बफ़ेटोलॉजी

बफ़ेटोलॉजी

पहली बार बताई गई तकनीकें जिन्होंने वॉरेन बफ़ेट
को संसार का सबसे प्रशिद्ध निवेशक बनाया

'वॉरेन बफ़ेट के निवेश के तरीक़े उजागर करने वाली अब
तक लिखी गई सर्वश्रेष्ठ पुस्तक'
–स्टेविन हूवर, हूवर कैपिटल मैनेजमेंट

मैरी बफ़ेट
और डेविड क्लार्क

अनुवाद : सुधीर दीक्षित

MANJUL
मंजुल पब्लिशिंग हाउस

MANJUL

मंजुल पब्लिशिंग हाउस

कॉरपोरेट एवं संपादकीय कार्यालय

• द्वितीय तल, उषा प्रीत कॉम्प्लेक्स, 42 मालवीय नगर, भोपाल-462 003

विक्रय एवं विपणन कार्यालय

• सी-16, सेक्टर 3, नोएडा, उत्तर प्रदेश, 201301

वेबसाइट : www.manjulindia.com

वितरण केन्द्र

अहमदाबाद, बेंगलुरू, कोच्चि, कोलकाता, चेन्नई,

हैदराबाद, मुम्बई, नई दिल्ली, पुणे

मैरी बफ़ेट और डेविड क्लार्क द्वारा लिखित मूल अंग्रेजी पुस्तक

बफ़ेटोलॉजी का हिन्दी अनुवाद

***Buffettology**: The Previously Unexplained Techniques that have made Warren Buffett the World's most Famous Investor*

by Mary Buffett and David Clark – Hindi edition

स्क्रिबनर (साइमन ऐंड शुस्टर इन्कॉर्पोरेटिड का प्रभाग) के सहयोग से प्रकाशित

यह हिन्दी संस्करण 2022 में पहली बार प्रकाशित

द्वितीय आवृत्ति 2025

ISBN 978-93-90924-94-3

अनुवाद : सुधीर दीक्षित

मुद्रण व जिल्दसाज़ी : रेप्रो इंडिया लिमिटेड

मेरे बच्चों के लिए

आभार

हम सबसे पहले एलीनोर रॉसन को धन्यवाद देना चाहते हैं। वे उन अद्भुत लोगों में से एक हैं, जिनके साथ हमने कभी काम किया है। हर जहाज़ का एक कप्तान होता है और वे हमारी कप्तान थीं। हम उनके प्रति हमेशा कृतज्ञ रहेंगे।

हम स्क्रिबनर के स्टाफ़ को भी धन्यवाद देना चाहते हैं। उनकी छवि यह है कि वे सर्वश्रेष्ठ हैं। हम आपको बता सकते हैं कि वे अपनी छवि से भी ज़्यादा ऊपर हैं।

हम सिंडी कोनोली को विशेष धन्यवाद देना चाहते हैं, जिन्होंने हमारे शुरुआती ड्राफ़्ट्स को बेहतर बनाया। इस प्रतिभाशाली पत्रकार ने अपनी कलम के दम पर कई साहित्यिक गुत्थियों को सुलझा दिया, जिनसे इस पुस्तक के लेखक जूझ रहे थे।

हम अपने प्रिय मित्र डैन माउंटेन को भी धन्यवाद देना चाहते हैं, जो सबसे मुश्किल पलों में समर्थन की शिला की तरह साबित हुए। एरिका और निकोल को, उनकी बुद्धिमत्तापूर्ण सलाह के लिए। सैम को, हम दोनों के साथ धैर्य रखने के लिए। जेम्स हेगुड को, प्रिय मित्र और अद्भुत पिता होने के लिए। वैलेरी शैड को, हर चीज़ चलाने के लिए, जिनमें हमारा जीवन भी शामिल था। पैट्टी को, जिन्होंने पैंतीस साल पहले एक छोटे बच्चे को एक स्टॉकब्रोकर की डेस्क पर बैठाकर कहा था, "तुम या तो उस कंपनी में निवेश कर सकते हो, जहाँ तुम्हारे डैडी काम करते हैं या फिर उस कंपनी में, जहाँ मिकी माउस काम करता है।" (बच्चे ने मिकी माउस को चुना और इसी से उसके कॉलेज की पढ़ाई का ख़र्च निकला।) स्वर्गीय और महान बेंजामिन ग्राहम को, सबसे अद्भुत शिक्षकों में से एक होने के लिए। स्वर्गीय बेंजामिन फ़्रैंकलिन को, पैसे की चक्रवृद्धि शक्ति के बारे में सिखाने के लिए। टिम ज़्वीबैक को, अँधेरे जंगल में मार्गदर्शक रोशनी होने के लिए। ब्रायन बेलीफ़ैंट को, हमारी पांडुलिपि पढ़ने वाले बहुत से पाठकों में सबसे सृजनात्मक और वाकपटु पाठक होने के लिए। किटी ओकीफ़ को जंक ज्वेलरी के संसार में जगमगाता हीरा होने के लिए। हमारे एन वाय सी रिसर्च असिस्टैंट एंडी क्लार्क को, जिन्होंने एन वाय यू के पुराने ढेरों में इतनी गहरी छानबीन की कि हमें यह लगने लगा कि वे अंततः चीन पहुँच जाएँगे। हमारे ओहामा रिसर्च असिस्टैंट मॉन्टे लेफहोल्ट्ज़ को, जिन्होंने सरकारी कर्मचारियों को ऐतिहासिक अभिलेख खोजने के लिए प्रेरित कर दिया, जिनके बारे में वे अब

भी कहते हैं कि वे मौजूद नहीं हैं। रिचर्ड ओशलो को, बैंकिंग के बारे में हमारे सारे सवालों के सटीक जवाब देने का समय निकालने के लिए। प्रतिभाशाली ब्रिटिश पेंटर हेलन ब्रो को, जिनकी शानदार पेस्टल ड्रॉइंग और पेंटिंग ने हमारी थकी आँखों को राहत दी। एन वाय सी आर्टिस्ट टेरी रोज़ेनबर्ग को, जिन्होंने हमें दिखाया कि हर सुबह उठकर ख़ाली सफ़ेद कैनवास पर उत्साह से कैसे काम करना है। बीट्रिस बोनर को, शुरू से अंत तक प्रिय मित्र बनने के लिए। जॉन जॉनसन को, हमारे मार्गदर्शक होने के लिए। सूज़ी को, जिन्होंने हर दिन निःस्वार्थ भाव से अपना हृदय बाक़ी लोगों के साथ बाँटा। और अंत में, डब्ल्यू.बी. को, उनकी उदारता और प्रतिभा के लिए।

अनुक्रम

खण्ड-II : एडवांस्ड बफ़ेटोलॉजी

चेतावनी

इस पुस्तक में लेखकों के विचार और राय दिए गए हैं। पुस्तक में जिन कंपनियों के नाम बताए गए हैं, लेकिन यह किसी कंपनी या निवेश के शेयर ख़रीदने या बेचने की अनुशंसा नहीं है। यह पुस्तक इस आधार पर बेची जा रही है कि लेखक और प्रकाशक क़ानूनी, लेखांकन, निवेश या अन्य पेशेवर सेवाएँ देने में संलग्न नहीं हैं। हर राज्य के क़ानून अलग होते हैं और किसी ख़ास सौदे पर संघीय क़ानून लागू हो सकते हैं, इसलिए यदि पाठक को विशेषज्ञतापूर्ण वित्तीय या अन्य सहायता या क़ानूनी सलाह की आवश्यकता हो, तो किसी सक्षम पेशेवर से परामर्श लेना चाहिए। लेखक या प्रकाशक इस पुस्तक में शामिल जानकारी की सटीकता की गारंटी नहीं दे सकते।

लेखक और प्रकाशक इस पुस्तक की किसी सामग्री के प्रत्यक्ष या अप्रत्यक्ष इस्तेमाल की वजह से होने वाली हानि या जोखिम की कोई ज़िम्मेदारी नहीं लेते हैं।

खण्ड-I

बुनियादी बफ़ेटोलॉजी की कला

1

यह पुस्तक शुरू करने से पहले

यह पुस्तक बर्कशायर हैथअवे के शेयरधारकों को लिखे वॉरेन बफ़ेट के पत्रों के अंशों का संग्रह नहीं है। ना ही यह बफ़ेट की जीवनी है, जिसमें क़िस्से-कहानियाँ भरे हों। यह पुस्तक तो बफ़ेट की निवेश तकनीकों पर लिखी गई अब तक की सबसे वृहद केस स्टडी और विस्तृत व्याख्या है।

यह पुस्तक इस तरह तैयार की गई है, ताकि आप बफ़ेट के व्यावसायिक दृष्टिकोण निवेश के असाधारण रूप से सफल सिस्टम के बारे में सब कुछ सीख जाएँ - अवधारणाएँ भी और गणित के सूत्र भी, जिनकी बदौलत वे अपनी रुचि की कंपनियों में निवेश करने के निर्णय लेते हैं।

इस पुस्तक में वॉरेन बफ़ेट ने कोई योगदान नहीं दिया है। मुझे यक़ीन है उन्होंने कभी सपने में भी नहीं सोचा होगा कि उनकी पूर्व-बहू ऐसी पुस्तक लिखेगी। 1970 के दशक में मैं एक महिला व्यवसायी के रूप में संगीत प्रकाशक कंपनी का प्रबंधन कर रही थी और सफल आयात-निर्यात व्यवसाय चला रही थी। 1981 में बहुत रोमांटिक प्रेम-प्रसंग के बाद मैंने वॉरेन बफ़ेट के बेटे पीटर से शादी कर ली। नतीजा यह हुआ कि मैं अचानक ही संसार के सबसे दौलतमंद परिवारों में से एक की सदस्य बन गई।

एफ़. स्कॉट फ़िट्ज़ेराल्ड ने लिखा था कि बहुत अमीर लोग आपसे और मुझसे अलग होते हैं। उनकी बात बिलकुल सही है। वे अलग होते हैं और कई मायनों में तो बहुत अजीब तरीक़े से अलग होते हैं। सबसे अजीब आदत यह है कि वे अपने परिवार और मित्रों से ख़ामोशी के नियम का पालन करने को कहते हैं। जब पीटर से मेरी शादी हुई, उसके बाद मुझे एक से ज़्यादा बार हिदायत दी गई कि मैं वॉरेन और उनके निवेश सिद्धांतों के बारे में परिवार के बाहर किसी से भी बात नहीं करूँगी। इस पुस्तक को लिखने का तो सवाल ही नहीं था।

लेकिन 1993 में पीटर और मेरा तलाक़ हो गया, जिससे मेरे दिल के हज़ार टुकड़े हो गए। उसके ठीक बाद बहुत से लिटरेरी एजेंट मेरे पास आए और उन्होंने मुझे वॉरेन बफ़ेट तथा उनके परिवार के बारे में चटपटी कहानी लिखने के लिए आमंत्रित किया। वॉरेन के व्यक्तिगत जीवन के बारे में बहुत कम लिखित सामग्री उपलब्ध है और जिन सौदों की मेरे सामने पेशकश की गई, वे तलाक़ के बाद की मेरी मानसिकता को देखते हुए बहुत मनमोहक थे। लेकिन अंत में मैंने उन सबको अस्वीकार कर दिया।

उस वक़्त मुझे महसूस हुआ था और अब भी होता है कि लोगों की सच्ची रुचि सिर्फ़ यह जानने में है कि वॉरेन ने शेयर बाज़ार में निवेश करके शुरुआती 1,05,000 डॉलर की पूँजी को 20 अरब से ज़्यादा की दौलत में बदला। मुझे वॉरेन का यह पहलू बहुत मनमोहक लगा, इसीलिए मैंने यह पुस्तक लिखी और चटपटी कहानियों वाली पुस्तक नहीं लिखी।

प्रोजेक्ट शुरू करने का निर्णय लेने के बाद मैंने डेविड क्लार्क से संपर्क किया। डेविड सुलझे हुए निवेश विश्लेषक हैं और ओमाहा में बफ़ेट परिवार के पुराने मित्र हैं, जिनसे मैं वॉरेन के घर पर सोलह साल पहले मिली थी। डेविड ने एक बार पीटर को सुझाव दिया था कि वे अपने पिता की निवेश तकनीकों पर एक पुस्तक लिखें। (मैं जानती हूँ कई लोग यह मानकर चलते हैं कि वॉरेन के बच्चों को अपने पिता के काम के बारे में बहुत कम समझ है या ज़रा भी समझ नहीं है कि उनके पिता क्या करते हैं। लेकिन यह आम मान्यता सच नहीं है। बच्चों के पैदा होने के बाद और उनकी किशोरावस्था के दौरान वॉरेन अपने पारिवारिक घर की छोटी स्टडी में ही अपना निवेश संबंधी कामकाज करते थे। हालाँकि उनके सबसे बड़े बेटे हॉवर्ड और बीच की बेटी सूज़ी शायद पीटर से ज्यादा जानते होंगे, लेकिन वे सभी काफ़ी अच्छी तरह समझते हैं कि उनके पिता किस तरह अपने निवेश का जादू करते हैं।)

मैंने डेविड से पूछा कि क्या वॉरेन के व्यावसायिक दृष्टिकोण वाले निवेश दर्शन पर लिखी जाने वाली पुस्तक में मदद करने में उनकी रुचि है। डेविड को बफ़ेट के ख़ेमे के अंदर और बाहर के कई लोग सबसे प्रतिभाशाली युवा बफ़ेटोलॉजिस्ट्स की श्रेणी में रखते हैं। वे एक तरह के वित्तीय इतिहासकार भी हैं। मेरा मानना था कि मैं वॉरेन के व्यावसायिक दृष्टिकोण वाले निवेश की प्रक्रिया के गुणवत्ता वाले पहलू को तो सटीकता से पेश कर सकती हूँ, लेकिन संख्यात्मक पहलू को अच्छी तरह स्पष्ट करने के लिए मुझे डेविड जैसे प्रतिभाशाली व्यक्ति की मदद की ज़रूरत थी। सौभाग्य से डेविड ने हाँ कर दी और इस पुस्तक को वॉरेन की निवेश प्रणालियों पर आदर्श केस स्टडी बनाने के काम में जुट गए।

अपने परिवार को अपना निवेश दर्शन सिखाने में वॉरेन की रुचि घटती-बढ़ती रही है। मेरे विवाह के शुरुआती वर्षों में वॉरेन हर क्रिसमस की सुबह अपने बच्चों

और उनके जीवनसाथियों में से प्रत्येक को 10,000 डॉलर का उपहार लिफ़ाफ़ों में देकर जश्न मनाते थे। पुराने सेंट निकोलस के खुशनुमा अरबपति की तरह वे लिफ़ाफ़े लिविंग रूम में रख देते थे और हर आनंदित पाने वाले को हँसकर "मेरी क्रिसमस" कहते थे। बाद में उन्होंने निर्णय लिया कि हमें पारिवारिक कारोबार में ज़्यादा रुचि लेनी चाहिए, इसलिए वे 10,000 डॉलर नक़द देने के बजाय उस कंपनी के 10,000 डॉलर के शेयर देने लगे, जिसमें उन्होंने कुछ समय पहले निवेश किया था। कैपिटल सिटीज़ अमेरिकस ट्रस्ट फ़ॉर कोका-कोला का शेयर (एक सार्वजनिक ख़रीद-फ़रोख्त वाला ट्रस्ट, जो अब अस्तित्त्व में नहीं है, जिसके पास कोका-कोला के शेयर थे), फ़्रेडी मैक और सर्विस मास्टर कुछ बेहतरीन कंपनियाँ थीं, जो मुझे मेरे क्रिसमस के तोहफ़े में मिलीं।

हमें कुछ ही समय में पता चल गया कि क्रिसमस के तोहफ़े अच्छे सौदे थे, लेकिन उन शेयरों को रोककर रखना ज़्यादा लाभदायक था। बिना किसी अपवाद के इन क्रिसमस के तोहफ़ों का मूल्य हमेशा बढ़ता जाता था। वे सच्चे उपहार थे, जो समय के साथ हमें ज़्यादा लाभ देते रहते थे। अंततः हम इन उपहारों को क्रिसमस शेयर टिप कहने लगे और जब क्रिसमस क़रीब आता था, तो हम शेयर और टिप दोनों का ही उत्सुकता से इंतज़ार करते थे।

लेकिन वे तोहफ़े क्रिसमस के उपहारों या शेयरों की टिप से ज़्यादा थे। इस तरह वॉरेन उन कंपनियों की ओर हमारा ध्यान आकर्षित कर रहे थे। वॉरेन के पुराने मित्र और बेहतरीन निवेशक वाल्टर स्क्लॉस ने एक बार कहा था कि आप दरअसल कभी किसी कंपनी को तब तक नहीं जानते हैं, जब तक कि आप उसके शेयर नहीं ख़रीद लेते। उनकी बात बिलकुल सच थी। हर क्रिसमस के उपहार के साथ डाक में एन्युअल रिपोर्ट और डिविडेंड के चेक आने लगते थे। *द वॉल स्ट्रीट जरनल* घर का एक स्थायी सदस्य था और हम सभी इन शानदार कंपनियों में अपने मिले हुए शेयरों की निगरानी करते थे।

मुझे अहसास हुआ कि वॉरेन को वॉल स्ट्रीट की सामान्य उठापटक से ज़्यादा मतलब नहीं था। उन्हें इस बात की परवाह नहीं रहती थी कि डाउ जोन्स किस दिशा में गया और निश्चित रूप से उन्हें भविष्यवक्ताओं तथा उनकी भविष्यवाणियों से कोई सरोकार नहीं था। सच तो यह है कि वे इस तरह काम करते थे, मानो शेयर बाज़ार मौजूद ही नहीं हो। वे कभी चार्ट नहीं देखते थे और अगर कोई उन्हें किसी शेयर की टिप देता था, तो वे आम तौर पर उसे चुप करा देते थे। उन्हें इफ़िशिएंट मार्केट थ्योरी पर हमला करने में ख़ास आनंद आता था, जिसे वे सरासर बकवास मानते थे। उन्हें केवल उन कंपनियों की ही परवाह थी, जिनके शेयर ख़रीदने में उनकी रुचि थी। वे बेहद एकाग्र इंसान हैं।

किसी भी अच्छे बफ़ेटोलॉजिस्ट की तरह मैंने बर्कशायर हैथअवे की पुरानी एन्युअल रिपोर्ट्स पढ़कर अपना काम शुरू किया। मैंने लिमिटेड पार्टनर्स को लिखे वॉरेन के मूल पत्र भी पढ़े। यह बहुत मनमोहक अनुभव था। मैं सौभाग्यशाली थी कि जब वॉरेन स्टैनफ़र्ड युनिवर्सिटी में ग्रेजुएट बिज़नेस विद्यार्थियों के सामने व्याख्यान देते थे, तो मैं कई बार वहाँ मौजूद थी। पीटर और मैं वीडियो कैमरा लेकर कमरे में पीछे बैठ जाते थे तथा रिकॉर्डिंग करते थे, ताकि इसे भावी पीढ़ियों के लिए सुरक्षित रखा जा सके।

अंततः मैंने बेंजामिन ग्राहम की दो पुस्तकें *द इंटेलिजेंट इनवेस्टर* और *सिक्युरिटी एनालिसिस* पढ़ीं। हालाँकि ग्राहम की पुस्तकें बहुत ज्ञानवर्धक और जानकारी से भरी हैं, लेकिन ग्राहम की पुस्तकों से आज के वॉरेन बहुत दूर आ चुके हैं। बहरहाल, ग्राहम ने ही व्यावसायिक दृष्टिकोण से निवेश करने का विचार दिया था, जो वॉरेन के दर्शन की बुनियाद है।

इस समय के आस-पास वॉरेन अपने नाती-पोतों को सिखाने में रुचि लेने लगे। मुझे वह दिन आज भी याद है, जब हमारी आठ साल की जुड़वाँ बेटियाँ *वॉल स्ट्रीट जरनल* खोलकर लिविंग रूम के सोफ़े पर बैठी थीं। वे उस समय ओमाहा में अपने दादाजी के घर से लौटी थीं और मैं उन्हें यह करते देख मुस्करा दी। मज़ाक़ में मैंने पूछा कि क्या उनके मन में निवेश का कोई विचार आया है। उन्होंने ऊपर देखा और जवाब दिया, "पिल्सबरी।" फिर उन्होंने पिल्सबरी के पास मौजूद उपभोक्ता एकाधिकारों की एक लंबी सूची सुना दी, जो वॉरेन ने उन्हें बताई थी। उन्हें बर्गर किंग और हागेन-डैज़ आइस क्रीम सबसे ज़्यादा पसंद आए थे। जैसा वॉरेन कहते हैं, उन कंपनियों में निवेश करें, जिनके प्रॉडक्ट्स की आपमें समझ हो। (जुड़वाँ लड़कियों ने जिस भाव पर पिल्सबरी की सिफ़ारिश की थी, कुछ साल बाद ग्रांड मेट्रोपॉलिटन ने पिल्सबरी को उससे दोगुने भाव पर ख़रीद लिया।)

मैं वॉरेन को एक तरह के संग्रहकर्ता के रूप में देखने लगी। महँगी पेंटिंग्स, आलीशान महलों, मिलियन डॉलर की याट या विलासिता की दूसरी वस्तुओं के बजाय, जिनसे बेहद अमीर लोग अपने जीवन को भरते हैं, वे उत्कृष्ट कंपनियों को इकट्ठा करते हैं। उन्होंने अपने जीवन का ज़्यादातर हिस्सा उस ख़ास तरह की कंपनी की तलाश में गुज़ारा है, जिसमें वे निवेश करना चाहते हों। वे इसे उपभोक्ता एकाधिकार कहते हैं। इसके बारे में हम बाद में ज़्यादा विस्तार से चर्चा करेंगे।

मैंने ग़ौर किया कि किसी भी समझदार संग्रहकर्ता की तरह वॉरेन भी बहुत सावधान रहते थे कि वे इन मूल्यवान कंपनियों को कितने भाव पर ख़रीदना चाहते हैं। सच तो यह है कि कंपनी का भाव ही यह तय करता था कि वे इसे ख़रीदेंगे या नहीं। मैं यह नहीं कह रही हूँ कि उनके पास इसे ख़रीदने के पैसे थे या नहीं। यह

कोई सोचने की बात नहीं है; उनके पास पैसों की कमी नहीं है। वे तो बस सही सौदे की तलाश करते थे और आज भी करते हैं। वॉरेन सबसे पहले तो यह तय करते हैं कि वे किस कंपनी के शेयर ख़रीदना चाहते हैं और फिर शेयर के भाव को यह तय करने देते हैं कि क्या इसे ख़रीदा जाए।

ये दो अलग-अलग विचार हैं : क्या ख़रीदना है? किस भाव पर? यह पुस्तक इसी बारे में है - वॉरेन कैसे तय करते हैं कि वे किन कंपनियों में निवेश करें और वे कितने भाव पर ख़रीदना चाहते हैं। सरल लगता है, है ना? यह है भी और नहीं भी है।

यदि आपकी निवेश में ज़रा भी रुचि है, तो मैं सोचती हूँ कि आपको यह पुस्तक बहुत मनमोहक और लाभदायक लगेगी। डेविड और मैंने इसे इस तरह लिखा है कि पाठक ज़्यादा विस्तृत विवरण में गोता लगाने से पहले मुख्य अवधारणाओं यानी मोटी-मोटी बातों को समझ ले। पहला खंड निवेश का गुणवत्ता वाला पहलू है। इसमें सामान्य सिद्धांत बताए गए हैं कि आपको किस तरह की कंपनियों में रुचि लेना चाहिए। दूसरा खंड संख्यात्मक हिस्सा है और यह गणित के सूत्रों से भरा हुआ है। यहाँ पर आप सीखेंगे कि ख़रीदने का सही भाव कैसे तय करना है। दोनों हिस्से वॉरेन के निवेश दर्शन को समझने की कुंजी हैं। हम सोचते हैं कि यह पुस्तक आपको बहुत ज्ञानवर्धक लगेगी, क्योंकि हमने इसमें ऐसी बहुत-सी बातें बताई हैं, जो पहले कभी जनता के सामने नहीं रखी गई थीं।

इस पुस्तक में हमने 54 कंपनियों की सूची दी है, जिनमें वॉरेन ने अतीत में निवेश किया है और हमें विश्वास है कि उनकी अब भी उनमें रुचि है। इनमें से ज़्यादातर कंपनियों को बफ़ेट कंपनियों के रूप में पहली बार पहचाना गया है। लेकिन चेतावनी का एक शब्द! यह सोचने के जाल में नहीं फँसें कि किसी ख़ास कंपनी के शेयर ख़रीदने में वॉरेन की रुचि की वजह से आपको इसके शेयर किसी भी भाव पर ख़रीद लेना चाहिए। हम आपको सही भाव तय करने का तरीक़ा भी बताएँगे। कृपया धैर्य रखें।

हमने पुस्तक में टैक्सस इंस्ट्रूमेंट्स बीए-35 सोलर फ़ाइनैंशियल कैलकुलेटर का इस्तेमाल भी शामिल किया है। पच्चीस साल पहले ये छोटे-छोटे चमत्कार मौजूद नहीं थे, लेकिन टैक्सस इंस्ट्रूमेंट्स की प्रतिभा की वजह से अब हर व्यक्ति वह काम कर सकता है, जो पहले केवल वॉल स्ट्रीट के विश्लेषक ही कर पाते थे।

पुस्तक की योजना बनाते समय हम चाहते थे कि यह पुस्तक भागमभाग में पढ़ने वाले लोगों के लिए सुविधाजनक हो - हवाई अड्डों पर, कम्प्यूटर ट्रेनों में, स्कूल से बच्चों को लेने का इंतज़ार करते वक़्त या बाक़ी के परिवार के सोने के बाद। इसीलिए हमने छोटे-छोटे अध्याय रखे हैं। इसमें हमने मुख्य अवधारणाओं को दोहराने

की शिक्षण तकनीक का भी इस्तेमाल किया है। इसलिए अगर आप एक-दो सप्ताह तक पुस्तक ना भी पढ़ पाएँ, तब भी आप इसे दोबारा वहीं से शुरू कर सकते हैं।

इस पुस्तक की मदद से आप बेंजामिन ग्राहम की अद्भुत जानकारी और वॉरेन बफ़ेट की शानदार तकनीकों को सचमुच समझने लगेंगे : निवेश सबसे बुद्धिमत्तापूर्ण तब होता है, जब इसे व्यवसाय की तरह किया जाता है। इस प्रक्रिया में आप भी वॉरेन की तरह ही बुद्धिमान निवेशक बन जाएँगे।

– मैरी बफ़ेट

लॉस एंजेलिस, 1997

2

इस पुस्तक का इस्तेमाल कैसे करें

वॉरेन बफ़ेट के निवेश दर्शन के दो मुख्य तत्त्व हैं - मूर्खता और अनुशासन। यानी दूसरों की मूर्खताएँ और वॉरेन का अनुशासन। वॉरेन किसी निवेश में पूँजी तभी लगाते हैं, जब व्यावसायिक दृष्टिकोण से इसमें समझदारी नज़र आती हो। यह व्यावसायिक दृष्टिकोण से निवेश करने की नीति ही है, जिसकी वजह से वे खुद को अनुशासित रखते हैं और शेयर बाज़ार की मूर्खता से फ़ायदा उठाते हैं। यह पुस्तक व्यावसायिक दृष्टिकोण से निवेश करने की नीति पर ही केंद्रित है।

व्यावसायिक दृष्टिकोण से निवेश करने के अनुशासन ने ही वॉरेन को संसार का छठा सबसे अमीर व्यवसायी बनाया है। वर्तमान में वॉरेन की नेट वर्थ 96 अरब डॉलर से भी ज़्यादा है। *वॉरेन एकमात्र अरबपति हैं,* जो सिर्फ़ शेयर बाज़ार में निवेश करने की बदौलत *फ़ोर्ब्स* की चार सौ सबसे अमीर अमेरिकियों की सूची में पहुँचे हैं। पिछले 32 वर्षों में उनके निवेश पोर्टफ़ोलियो ने हर साल औसतन 23.8 प्रतिशत (सीएजीआर) मुनाफ़ा दिया है।

मनुष्यों में भेड़ चाल की प्रवृत्ति होती है, इसलिए हम अक्सर शेयर बाज़ार की भावनात्मक उथल-पुथल के शिकार हो जाते हैं और वॉरेन जैसे अनुशासित लोगों का भारी फ़ायदा कराते हैं। जब डाउ जोन्स इंडस्ट्रियल एवरेज 508 पॉइंट गिर गया हो और सारी भेड़ें जहाज़ से कूद रही हों, तब व्यावसायिक दृष्टिकोण वाली निवेश नीति से ही वॉरेन को इतना आत्मविश्वास मिला कि वे डर और लोभ के भँवर में कूदकर (जिसे हम शेयर बाज़ार कहते हैं) ख़रीदना शुरू करें। जब शेयर बाज़ार आसमान छू रहा हो, तब व्यावसायिक दृष्टिकोण से निवेश करने के अनुशासन की बदौलत ही वॉरेन ऐसी कंपनियों में निवेश नहीं करते हैं, जो उनके निवेश पर अच्छा मुनाफ़ा नहीं देंगी।

यह पुस्तक सिर्फ़ और सिर्फ़ *व्यावसायिक दृष्टिकोण से निवेश करने के अनुशासन के बारे में है।* मिलकर हम इस दर्शन के उद्गम और विकास को टटोलेंगे।

हम वॉरेन के मार्गदर्शक बेंजामिन ग्राहम के शुरुआती लेखन में गोता लगाएँगे, इस सदी के अन्य वित्तीय दिग्गजों के विचार जानेंगे और फिर हम वर्तमान में आकर वॉरेन के दर्शन के मूल को समझेंगे।

वॉरेन ने कई अलग-अलग तरह के व्यवसायों के शेयरों में निवेश करके दौलत कमाई है। उन्हें सबसे अच्छा तो यह लगता है कि वे उस उद्यम के 100 प्रतिशत स्वामी बन जाएँ, जिसका व्यावसायिक अर्थशास्त्र और प्रबंधन उत्कृष्ट हो। जब वे ऐसा नहीं कर पाते, तो अगला विकल्प यह रहता है कि *वे उस कंपनी के शेयर लंबे समय के लिए ख़रीद लें,* जिसका व्यावसायिक अर्थशास्त्र और प्रबंधन उत्कृष्ट हो। उनका दर्शन समझने की कोशिश करने वाले लोगों को यह चीज़ दुविधा में डालती है कि वे दीर्घकालीन, मध्यमकालीन और अल्पकालीन आमदनी वाली सिक्युरिटीज़ में भी निवेश करते हैं। और वे आरबिट्रेज के क्षेत्र में भी काफ़ी बड़े खिलाड़ी हैं।

वे जिन व्यवसायों में निवेश कर रहे हैं, वह कैसा होगा, यह उनके निवेश की प्रकृति पर निर्भर करता है। हर क्षेत्र की अपनी बारीकियाँ और आवश्यकताएँ होती हैं। अगर वे किसी कंपनी में आरबिट्रेज के लिए निवेश कर रहे हैं, तो हो सकता है कि वह ऐसी कंपनी नहीं हो, जिसमें वे दीर्घकालीन निवेश करना चाहें। लेकिन चाहे वे किसी भी प्रकार के व्यवसाय में निवेश करें या उनके निवेश की प्रकृति जो भी हो, वॉरेन हमेशा व्यावसायिक दृष्टिकोण निवेश की बुनियादी बातों के आधार पर ही निर्णय लेते हैं।

ज़्यादातर लोगों में यह बौद्धिक क्षमता होती है कि वे व्यावसायिक दृष्टिकोण से निवेश करने के वॉरेन के दर्शन को समझ लें, लेकिन बहुत कम में उनकी कला के साधनों को सीखने की मेहनत करने का समर्पण व इच्छाशक्ति होती है। इस पुस्तक का उद्‌देश्य वॉरेन के दर्शन की बुनियाद को क़दम दर क़दम बताना है। इसमें यह भी बताया जाएगा कि वे इसका किस तरह इस्तेमाल करते हैं। इस पुस्तक से आपका सीखने का काम आसान हो जाएगा। *हमारा इरादा आपको वॉरेन का दर्शन सिखाना है,* ताकि आप इस अनुशासन के लिए आवश्यक योग्यताएँ खुद हासिल कर लें।

शुरू करने से पहले मैं कुछ अवधारणाएँ और शब्दावली स्पष्ट करना चाहूँगी, जिनका इस्तेमाल पूरी पुस्तक में किया जाएगा। इससे आपको यह अंदाज़ा लग जाएगा कि वित्त की ऊँची दुनिया के महासागर में यात्रा करते समय हम किस ओर जाएँगे।

सबसे पहले तो हम "इंट्रिन्सिक वैल्यू" शब्दावली को लेते हैं यानी "आंतरिक मूल्य।" इसकी परिभाषा को लेकर पिछले सौ वर्षों से बहस हो रही है। इसकी समझ हमारे लिए अनिवार्य है, क्योंकि वॉरेन किसी कंपनी को केवल तभी ख़रीदते हैं, जब इसके शेयर कंपनी के आंतरिक मूल्य से कम भाव पर बिक रहे हों, इसलिए उन्हें ख़रीदने में व्यावसायिक समझदारी हो।

किसी व्यवसाय के आंतरिक मूल्य को तय करना वॉरेन के निवेश दर्शन को समझने की कुंजी है। वॉरेन के हिसाब से किसी निवेश का आंतरिक मूल्य क्या होता है? यह है उस निवेश पर मिलने वाला अनुमानित वार्षिक चक्रवृद्धि रेट ऑफ़ रिटर्न।

अनुमानित चक्रवृद्धि रेट ऑफ़ रिटर्न का इस्तेमाल करने के बाद ही वॉरेन यह तय करते हैं कि निवेश करने में व्यावसायिक समझदारी है या नहीं। वॉरेन किसी कंपनी या व्यवसाय के भावी मूल्य का अनुमान लंबे समय के लिए लगाते हैं, जैसे दस साल बाद। *फिर वे उस व्यवसाय के भविष्य, अनुमानित मूल्य* और उस अनुमानित मूल्य तक पहुँचने के लिए उस व्यवसाय को लगने वाले समय के हिसाब से यह तौलते हैं कि उसके शेयर कितने भाव पर ख़रीदना चाहिए। हम बाद में आपको जो सूत्र बताएँगे, उनका इस्तेमाल करके वॉरेन यह पता लगाते हैं कि उस निवेश से अनुमानित वार्षिक चक्रवृद्धि रेट ऑफ़ रिटर्न कितना मिलेगा। निवेश पर अनुमानित रेट ऑफ़ रिटर्न के आधार पर ही वे यह तय करते हैं कि किसी दूसरी जगह पर निवेश करने के बजाय यहाँ निवेश करने में व्यावसायिक समझदारी है या नहीं।

इसका सरल उदाहरण देखें। मान लें कि एक्स कॉरपोरेशन का एक शेयर 10 डॉलर पर चल रहा है। वॉरेन अनुमान लगाते हैं कि दस साल बाद इस कंपनी का आंतरिक मूल्य 50 डॉलर होगा। इसके बाद वे रेट ऑफ़ रिटर्न निकालते हैं, जहाँ उन्हें पता चलता है कि दस वर्ष की अवधि में उनका अनुमानित *वार्षिक* चक्रवृद्धि रेट ऑफ़ रिटर्न लगभग 17.46 प्रतिशत होगा। इसके बाद वे इस 17.46 प्रतिशत के अनुमानित वार्षिक चक्रवृद्धि रेट ऑफ़ रिटर्न की तुलना दूसरे निवेशों से करके यह तय करेंगे कि क्या एक्स कॉरपोरेशन में निवेश करने में व्यावसायिक समझदारी है।

आप यह सोच सकते हैं : अगर वॉरेन के आंतरिक मूल्य के मॉडल के लिए किसी व्यवसाय के भावी मूल्य के प्रोजेक्शन या अनुमान की ज़रूरत होती है, तो वे उस भावी मूल्य को कैसे तय करते हैं?

मित्रों, यही वॉरेन के निवेश दर्शन की गुत्थी को सुलझाने की कुंजी है। कोई किसी कंपनी के भावी मूल्य और इस तरह इसके आंतरिक मूल्य को प्रोजेक्ट करने के लिए उसकी भावी आमदनी को कैसे तय करता है? हमारी ज़्यादातर पुस्तक इस समस्या और इसे सुलझाने के वॉरेन के तरीक़े पर ही केंद्रित होगी।

संक्षेप में, वॉरेन भावी आमदनी की निश्चितता पर ध्यान केंद्रित करते हैं। और वे मानते हैं कि भावी आमदनी के कमोबेश निश्चित अनुमान के बिना भावी मूल्य की कोई भी गणना सिर्फ़ अनुमान है और शेयर बाज़ार में कोरे अनुमान लगाना मूर्खता की निशानी है।

वॉरेन सिर्फ़ उन्हीं व्यवसायों में दीर्घकालीन निवेश करते हैं, जिनकी भावी आमदनी की भविष्यवाणी काफ़ी निश्चितता के साथ की जा सकती हो। भावी आमदनी

की निश्चितता से जोखिम ख़त्म हो जाता है और हम इसके आधार पर किसी कंपनी के भावी मूल्य का ठोस अनुमान लगा सकते हैं।

जब हम यह पता लगा लेंगे कि वॉरेन के हिसाब से भविष्यसूचक आय वाले व्यवसाय की क्या विशेषताएँ होती हैं, तो फिर हम यह पता लगाएँगे कि वे किन गणनाओं का इस्तेमाल करके उस व्यवसाय या कंपनी के आंतरिक मूल्य को तय करते हैं और यह भी कि उनके निवेश पर उन्हें कितना रिटर्न यानी मुनाफ़ा मिलेगा। यह बहुत महत्त्वपूर्ण है कि क्या उस निवेश को ऐसे भाव पर ख़रीदा जा सकता है, जिससे पर्याप्त रिटर्न मिलेगा। क्योंकि पर्याप्त रिटर्न देने वाले भाव और व्यावसायिक उद्यम की प्रकृति से ही उस निवेश का मूल्य तय होगा और यह भी पता चलेगा कि हम इसमें व्यावसायिक दृष्टिकोण से निवेश कर रहे हैं या नहीं।

अगर मुझे व्यावसायिक दृष्टिकोण से सफल निवेश करने के वॉरेन के महान रहस्यों का सार देना हो, तो मैं यह इस तरह दूँगी :

1

वॉरेन केवल उन्हीं कंपनियों में दीर्घकालीन निवेश करेंगे, जिनकी भावी आमदनी की वे तार्किक भविष्यवाणी कर सकते हैं। (आप यह बात पहले से ही जानते हैं।)

2

वॉरेन ने पाया है कि जिस तरह की कंपनी की भावी आय की वे तार्किक भविष्यवाणी कर सकते हैं, उसके पक्ष में उत्कृष्ट व्यावसायिक अर्थशास्त्र होता है। इस वजह से कंपनी ढेर सारे पैसे कमाती है, जिसका इस्तेमाल करके या तो यह नई कंपनियाँ ख़रीद सकती है या फिर उसे अपने मूल व्यवसाय में लगाकर अपने मुनाफ़े को बढ़ा सकती है, जिसकी वजह से यह सारी नक़दी उत्पन्न हुई।

3

उत्कृष्ट व्यावसायिक अर्थशास्त्र की पहचान जिन चीज़ों से होती है, वे हैं शेयरहोल्डर्स इक्विटी पर ऊँचा रिटर्न, ज़बर्दस्त आमदनी, जिसे वॉरेन उपभोक्ता एकाधिकार की उपस्थिति कहते हैं और ऐसा प्रबंधन, जो शेयरहोल्डरों के आर्थिक हितों को दिमाग़ में रखकर काम करता है।

4

आप किसी शेयर को जितने भाव पर ख़रीदते हैं, उसी से यह तय होता है कि आप अपने निवेश पर कितने रिटर्न या मुनाफ़े की उम्मीद कर सकते हैं। भाव जितना कम होगा, आपको उतना ही ज़्यादा मुनाफ़ा होगा। भाव जितना ज़्यादा होगा, मुनाफ़ा उतना ही कम होगा। (हम अध्याय 7 में इस बिंदु पर ज़्यादा विस्तार से बात करेंगे।)

5

निवेश करने वाले दूसरे पेशेवरों के विपरीत वॉरेन सबसे पहले तो अपनी मनपसंद कंपनी चुनते हैं, जिसे वे ख़रीदना चाहेंगे। फिर वे उस शेयर के भाव को यह तय करने देते हैं कि वॉरेन उसे ख़रीदेंगे या नहीं। इस तरह वे अपनी अपेक्षित रेट ऑफ़ रिटर्न को ऊँचा रख सकते हैं। (यह तो वैसा ही है, जैसे हाई स्कूल में वॉरेन किसी लड़की को चुन लें, जिसके साथ वे डेटिंग करना चाहते हैं और फिर कोई क़दम उठाने से पहले इस बात का इंतज़ार करें कि उस लड़की का उसके बॉयफ़्रेंड से ब्रेकअप हो जाए।)

6

वॉरेन ने यह पता लगा लिया है कि जिन कंपनियों के पक्ष में असाधारण अर्थशास्त्र काम करता है, सही भाव पर उनमें निवेश करने पर लंबे समय में वार्षिक चक्रवृद्धि रेट ऑफ़ रिटर्न 15 प्रतिशत या इससे ज़्यादा मिल सकती है। वॉरेन कैसे तय करते हैं कि सही कंपनी या व्यवसाय क्या है और इसका सही भाव क्या है? यह पुस्तक इसी बारे में है।

7

अंत में, वॉरेन ने प्रबंधन करने के लिए दूसरे लोगों के पैसों के इस्तेमाल का तरीक़ा खोज लिया है, ताकि वे अपनी निवेश विशेषज्ञता से लाभ कमा सकें। उन्होंने पहले तो यह काम निवेश साझेदारी के ज़रिये किया और बाद में बीमा कंपनियों का अधिग्रहण करके।

वॉरेन ऊपर बताए गए सारे काम कैसे करते हैं, वह मैं आपको सिखाने जा रही हूँ। अगर मैंने अपना काम सही तरीक़े से किया है, तो यह पुस्तक ख़त्म होने तक आप वॉरेन और व्यावसायिक दृष्टिकोण से निवेश करने की कला को अच्छी तरह

समझ जाएँगे। लेकिन सबसे महत्त्वपूर्ण बात, आप अपने निवेश पर 15 प्रतिशत या इससे ज़्यादा वार्षिक चक्रवृद्धि रेट ऑफ़ रिटर्न हासिल करने का रहस्य भी जान लेंगे।

मैं जानती हूँ कि आपमें से बहुत से लोग सोचते हैं कि अमीर बनने के लिए फटाफट ढेर सारे पैसे कमाने की ज़रूरत होती है। ऐसी बात नहीं है। इसके लिए तो आपको बस लंबे समय तक सामान्य से ज़्यादा वार्षिक रेट ऑफ़ रिटर्न लगातार हासिल करना है। वॉरेन की तरह।

मैं आपको यह भी दिखाऊँगी कि आप निवेश साझेदारी कैसे शुरू करें, जो सचमुच दौलतमंद बनने की कुंजी है। यह एक ऐसा तरीक़ा है, जिसका इस्तेमाल वॉरेन ने बेहतरीन कुशलता से किया है। संक्षेप में, मेरा इरादा यह है कि मैं आपको पहले क़दम से लेकर खुल जा सिम सिम तक पूरे रास्ते ले जाऊँ। आइए, अब आपकी शिक्षा की शुरुआत करते हैं। आइए बफ़ेटोलॉजी के संसार में चलते हैं और इसकी बारीकियों का पता लगाते हैं।

3

जड़ें

बेंजामिन ग्राहम वॉल स्ट्रीट के निवेश दर्शन के सबसे बड़े पुजारी थे। उन्होंने निवेश पर एक बेहतरीन पुस्तक *सिक्युरिटी एनालिसिस* लिखी, जिसके चार संस्करण प्रकाशित हुए (मैकग्रॉ हिल, 1934, 1940, 1951, 1962)। वे कोलंबिया युनिवर्सिटी में वॉरेन बफ़ेट के प्रोफ़ेसर थे। ग्राहम-न्यूमैन की न्यू यॉर्क निवेश फ़र्म में ग्राहम ने बफ़ेट को नियुक्त किया था और वे लगभग तीस साल तक बफ़ेट के मार्गदर्शक व मित्र थे। ग्राहम ने ही वॉरेन को यह सिखाया था कि "निवेश तब सबसे ज़्यादा बुद्धिमत्तापूर्ण होता है, जब इसे व्यवसाय की तरह किया जाता है।" अगर कोई एक सिद्धांत है, जिसे वॉरेन पवित्र मानते हैं और जिसे वे अपनी सफलता का श्रेय देते हैं, तो वह यही है। इस अकेले विचार की बुनियाद पर वॉरेन ने अपना पूरा वित्तीय साम्राज्य खड़ा किया है।

वॉरेन का अमीरी का सफ़र 1957 में शुरू हुआ, जब मित्रों और परिवार वालों ने उनकी लिमिटेड पार्टनरशिप में 1,05,000 डॉलर का निवेश किया। आज वॉरेन के पास 96 अरब डॉलर से ज़्यादा दौलत है। लेकिन अगर वे "व्यावसायिक दृष्टिकोण से निवेश करने" के ग्राहम के मार्गदर्शक सूत्र पर नहीं चलते, तो निवेशक के रूप में उनका प्रदर्शन शायद औसत ही रहता। बहरहाल, इसके दम पर उन्होंने वर्तमान इतिहास में दौलत कमाने का चमत्कार कर दिखाया।

हालाँकि वॉरेन इस दर्शन की पैरवी करते हैं - उनकी होल्डिंग कंपनी बर्कशायर हैथअवे के सीईओ के रूप में भी और कभी-कभार कॉलेज में दिए गए व्याख्यानों में भी - लेकिन इसकी सूक्ष्म बातें पेशेवर निवेशकों तथा आम जनता को मालूम नहीं हैं। लोग सोचते हैं कि हर पेशेवर निवेशक वॉरेन के निवेश सिद्धांतों पर गंभीर केस स्टडी करेगा और उनके दर्शन का विश्लेषण करेगा। लेकिन पेशेवर निवेशक और अध्ययनकर्ता वॉरेन पर चार सितारों वाले रहस्य का लेबल लगाना पसंद करते हैं।

बुनियादी तौर पर वे जीनियस निवेशक के रूप में उनकी असली प्रतिभाओं का सिर्फ़ मौखिक बखान करते हैं और इसका गंभीर अध्ययन करने की जहमत नहीं उठाते।

बहुत कम लोगों को इस बात का अहसास है कि वॉरेन सबसे पहले और मूलतः एक चिंतक और दार्शनिक हैं, जिनका विषय और विशेषज्ञता का क्षेत्र व्यावसायिक संसार है। वे एक ऐसे इंसान हैं, जिन्होंने वाणिज्य और पूँजी के विषयों पर लिखने वाले संसार के महानतम मस्तिष्कों के निवेश और व्यावसायिक दर्शन को लिया है और इन पुराने सबक़ों के आधार पर एक बिलकुल नई नीति को अपनाया है। कई मायनों में तो उनकी यह नीति वॉल स्ट्रीट की पारंपरिक बुद्धिमत्ता के विपरीत जाती है।

जब हम वॉरेन के निवेश दर्शन का गहन विश्लेषण करते हैं तो आप देखेंगे कि वह वास्तव में

- आंशिक रूप से बेंजामिन ग्राहम हैं, जिनसे उन्होंने व्यावसायिक दृष्टिकोण से निवेश करने का विचार लिया और निवेश चुनते समय शेयर के भाव को महत्त्वपूर्ण ही नहीं, बल्कि मुख्य प्रेरक घटक माना।
- आंशिक रूप से कैलिफ़ोर्निया के मशहूर मनी मैनेजर और लेखक फ़िलिप फ़िशर हैं, जिनसे वॉरेन ने यह विचार लिया कि निवेश करने लायक़ एकमात्र व्यवसाय वह है, जिसका उत्कृष्ट व्यावसायिक अर्थशास्त्र हो। उन्हीं से वॉरेन ने यह सिद्धांत भी लिया कि किसी उत्कृष्ट व्यवसाय के अपने पास मौजूद शेयरों को कभी नहीं बेचना चाहिए।
- आंशिक रूप से लॉरेंस एन. ब्लूमबर्ग हैं, 1930 के दशक के चिंतक और लेखक, जिन्होंने ग्राहम और वॉरेन दोनों को उपभोक्ता एकाधिकार के श्रेष्ठ निवेश मूल्य का विचार दिया (ग्राहम *सिक्युरिटी एनालिसिस* के 1951 के संस्करण में ब्लूमबर्ग का हवाला देते हैं।)
- आंशिक तौर पर 1930 के दशक के गणितज्ञ जॉन बर विलियम्स हैं, जिन्होंने वित्तीय दार्शनिक होने के साथ-साथ *द थ्योरी ऑफ़ इनवेस्टमेंट वैल्यू* (हारवर्ड युनिवर्सिटी प्रेस, 1938) भी लिखी, जिनसे ग्राहम ने यह विचार लिया कि किसी व्यवसाय का मूल्य इस बात से तय होता है कि यह भविष्य में कितनी कमाई करेगा।
- आंशिक मशहूर ब्रिटिश अर्थशास्त्री और लेखक लॉर्ड जॉन मैनर्ड कीन्स हैं, जिनसे वॉरेन ने कॉनसेंट्रेटेड पोर्टफ़ोलियो की अवधारणा ली और एक ही क्षेत्र को सचमुच अच्छी तरह सीखने पर तथा इससे कभी नहीं भटकने पर ज़ोर दिया।
- आंशिक एडगर स्मिथ हैं, जिन्होंने 1924 में लोकप्रिय, लेकिन अब विस्मृत पुस्तक

कॉमन स्टॉक्स एज लॉन्ग टर्म इनवेस्टमेंट्स (मैकमिलन, 1924) लिखी, जिन्होंने ग्राहम को लंबे समय तक *व्यवसाय में मूल्य जोड़ने के लिए रिटेन्ड अर्निंग्स की अवधारणा सिखाई*।

- और सबसे महत्त्वपूर्ण, आंशिक चार्ली मंगर हैं, क़ानूनी पंडित और वित्तीय विशेषज्ञ, जिन्होंने वॉरेन के मित्र और साझेदार के रूप में उन्हें इस बात के लिए राज़ी किया कि वे सिर्फ़ ग्राहम जैसे सौदे ही नहीं खोजें, बल्कि उत्कृष्ट कंपनियों के शेयर ऐसे भाव पर ख़रीदने के ज़्यादा अधुनातन दर्शन पर ध्यान केंद्रित करें, जिसमें व्यावसायिक बुद्धिमत्ता हो।

यह एक चुनिंदा समूह है, जिसका लेखन शेयरों में निवेश के विषय पर लगभग सौ वर्षों के विचारों को समाहित करता है।

ग्राहम इन सारे दर्शनों के बारे में जागरूक थे, लेकिन वॉरेन की असाधारण और अनूठी मानसिकता की बदौलत ही उन्होंने इन सबको मिलाकर एक ऐसी रणनीति बनाई, *जो इनमें से प्रत्येक दर्शन के व्यक्तिगत प्रयासों से श्रेष्ठ हो*। वॉरेन को इस बात का डर नहीं है कि कोई सफलता का उनका रहस्य खोज लेगा, क्योंकि हर महान शेफ़ की तरह ही वे भी अपनी सर्वश्रेष्ठ डिशेज़ की रेसिपी बताते समय एक-दो चीज़ें छोड़ देते हैं।

वॉरेन बेहद बुद्धिमान और प्रतिस्पर्धी व्यक्ति हैं। वे अपने राज़ कभी नहीं बताएँगे। वे हमेशा से मानते हैं कि निवेश के क्षेत्र में महान विचार कम होते हैं और उन्हें मौलिक मानकर सुरक्षित रखना चाहिए। वे अपने दर्शन के बारे में केवल अपने परिवार वालों और आंतरिक दायरे के मित्रों के साथ ही विस्तार से बात करते हैं। बाक़ी संसार को वे दाने डालते हैं और वे भी सिर्फ़ इतने कि उनकी रुचि बनी रहे। वे खुलकर कहते हैं कि ग्राहम की *सिक्युरिटी एनालिसस* निवेश के विषय पर लिखी गई सर्वश्रेष्ठ पुस्तक है, लेकिन वे आपको यह बताना छोड़ देते हैं कि वे आजकल ग्राहम के दर्शन पर पूरी तरह नहीं चलते हैं। नींव तो ग्राहम की थी, लेकिन महल वॉरेन ने खुद खड़ा किया।

ग्राहम ने वॉरेन को बुनियादी बातें सिखाईं। लेकिन वॉरेन वहीं नहीं रुके। उन्होंने आगे तक जाकर दूसरों से उधार लिया तथा विचारमंथन किया, जैसा सभी महान जीनियस करते हैं। वॉरेन ग्राहम की नक़ल हैं, यह कहना वैसा ही होगा जैसे हम कहें कि ओपेनहाइमर आइंस्टाइन हैं या बैलेन्चाइन डियागिलेव हैं। हो सकता है कि एक से दूसरा प्रभावित हुआ हो, लेकिन वास्तव में वे पूरी तरह से अलग हैं।

वॉरेन रातोंरात जीनियस निवेशक नहीं बने हैं। ग्राहम की पुस्तक *सिक्युरिटी एनालिसिस* के 1934 के संस्करण के साथ उनकी यात्रा शुरू हुई और वित्तीय विचारों

की भूलभुलैया से होती हुई वर्तमान तक पहुँची। उच्च प्रतिस्पर्धी क्षेत्र में प्रयुक्त किसी भी रणनीति को परिवेश के विकास के साथ-साथ अनुकूलन व परिवर्तन की योग्यता की आवश्यकता होती है। ग्राहम के लिए 1930 और 1940 के दशकों में जो कारगर रहा था, वह 1970 और 1980 के दशक में वॉरेन के लिए कारगर नहीं रह गया था।

अगर कोई वॉरेन की वर्तमान शैली की तुलना ग्राहम की शुद्ध निवेश शैली से करे, मान लें कि मशहूर पोर्टफ़ोलियो मैनेजर/निवेशक वाल्टर स्क्लॉस से (जिन्होंने ग्राहम की पुस्तकें पढ़ीं और उनकी ख़ातिर काम किया और अब उनके बेटे के साथ न्यू यॉर्क सिटी में एक बहुत सफल निवेश साझेदारी चलाते हैं), तो यह स्पष्ट हो जाएगा कि वे दिन और रात की तरह अलग हैं।

स्क्लॉस का पोर्टफ़ोलियो व्यापक और डाइवर्सिफ़ाइड रहता है, जिसमें प्रायः सौ से ज़्यादा शेयर होते हैं। भाव उनके लिए ख़रीदने का सबसे बड़ा तर्क है, जिसके आधार पर वे शेयर ख़रीदते हैं। वे ऐसे शेयरों की तलाश करते हैं, जो उनके आंतरिक मूल्य से कम भाव पर चल रहे हों। स्क्लॉस पारंपरिक ग्राहम दर्शन पर चलते हैं और आंतरिक मूल्य तक पहुँचने वाले हर शेयर को बेच देते हैं। इस तरह वे एक महान व्यवसाय के आर्थिक लाभों के रोमांस को ख़त्म कर देते हैं तथा टैक्स वालों को भी पार्टी में बुला लेते हैं।

दूसरी तरफ़, वॉरेन का पोर्टफ़ोलियो कहीं ज़्यादा कॉन्सेंट्रेटेड या केंद्रित रहता है। इसमें भाव के साथ-साथ व्यवसाय की आर्थिक प्रकृति भी महत्त्वपूर्ण होती है और इन दोनों से ही वे यह तय करते हैं कि क्या ख़रीदना है और कब ख़रीदना है। वॉरेन किसी शेयर को हमेशा-हमेशा के लिए रोककर रखने को भी तैयार रहते हैं, जब तक कि उस व्यवसाय का अर्थशास्त्र कम से कम वैसा ही बना रहे, जैसा यह ख़रीदते समय था। *इस तरह उन्हें रिटेन्ड अर्निंग्स के चक्रवृद्धि प्रभाव का लाभ मिल जाता है।* इससे वे मुनाफ़ा घटाने वाले टैक्सों से भी बच जाते हैं, जो शेयर बेचने पर लगते।

हालाँकि निवेश जगत में शुद्ध ग्राहम दर्शन की एक ख़ास जगह है, लेकिन इसे बस निवेश प्रक्रिया सीखने की सबसे महत्त्वपूर्ण बुनियाद ही मानना चाहिए। ग्राहम की *सिक्युरिटी एनालिसिस* निवेश संबंधी पुस्तक ही नहीं है। यह तो निवेश हेतु शेयरों के आकलन के लिए इस्तेमाल होने वाली तकनीकों पर एक ऐतिहासिक कमेंट्री है। 1934 और 1962 के बीच ग्राहम ने *सिक्युरिटी एनालिसिस* के चार संस्करण लिखे, जिनमें से प्रत्येक में शेयरों के विश्लेषण के पुराने और नए तरीक़ों को बताया गया और प्रासंगिकता के लिहाज़ से उनका विश्लेषण किया गया।

इंसान अनुभव से सीखता है या फिर अनुभवी लोगों से सीखता है। ग्राहम हमें अनुभव का ज्ञान प्रदान करते हैं। ग्राहम के लिए काम करते समय वॉरेन ने क़सम खाई कि वे तब तक निवेश नहीं करेंगे, जब तक कि वे ग्राहम की पुस्तक को बारह

बार नहीं पढ़ लें। आज तक वे उस पुस्तक के चारों संस्करणों को अपनी डेस्क के बग़ल में रखते हैं और उन्हें इसमें अब भी ऐसी सूक्ष्म बातें मिलती हैं, जो उनकी निगाह से पहले चूक गई थीं। बाइबल की तरह ही *सिक्युरिटी एनालिसिस* को पढ़ते समय भी हर बार सांसारिक अनुभव बढ़ता है, क्योंकि यह एक के बाद एक नए रहस्य उजागर करती है।

ग्राहम ने सचमुच ऐसे वृक्ष लगाए, जिनकी छाँव में दूसरे लोग बैठ सकें और उनके फलों का स्वाद ले सकें। इसलिए यह सही रहेगा कि बफ़ेटोलॉजी की आपकी शिक्षा ग्राहम के दर्शन के बुनियादी सिद्धांत से शुरू की जाए, जिसे वॉरेन अपनी सोच की भी बुनियाद मानते हैं।

4

व्यावसायिक दृष्टिकोण से निवेश करना

व्यावसायिक दृष्टिकोण से निवेश करना इस पुस्तक की सबसे चुनौतीपूर्ण अवधारणा है। इसलिए नहीं, क्योंकि इसमें वित्त और अकाउंटिंग के काफ़ी ज्ञान की ज़रूरत होती है, जो कि सचमुच होती है, बल्कि इसलिए, क्योंकि यह वॉल स्ट्रीट के बड़े निवेश समूहों की विद्यमान बुद्धिमत्ता से बहुत अलग है।

यह पुस्तक पढ़ते समय आप देखेंगे कि निवेश संबंधी व्यावसायिक दृष्टिकोण का सरोकार दर्शन से कम, अनुशासन से ज़्यादा है। जब आप एक बार इस अवधारणा को समझ लेते हैं, तो आपको पूरी तरह इसके प्रति निष्ठावान रहना पड़ता है। अगर आप इससे ज़रा भी भटकते हैं, तो आप वित्तीय परिदृश्य में भटक जाएँगे और डर व लोभ से उत्पन्न मूर्खता की धुन पर हमेशा नाचते रहेंगे।

इसकी बुद्धिमत्ता के अनुरूप चलने का लाभ यह है कि आप दूसरों की मूर्खताओं से फ़ायदा उठाते हैं। संक्षेप में, डर और लोभ के वशीभूत होकर की गई दूसरे लोगों की मूर्खताएँ आपको यानी निवेशक को उनकी ग़लतियों से लाभ लेने का अवसर देती हैं। आपको इस अनुशासन से लाभ होता है कि आप सिर्फ़ तभी निवेश में पूँजी लगाएँगे, जब यह व्यावसायिक दृष्टिकोण से समझदारी भरा लगता हो।

लेकिन एक चेतावनी याद रखें : यह कोई सर्वव्यापी अनुशासन नहीं है, जिस पर चलकर आप लाभ कमा सकते हों। यह तो "एक नकारात्मक कला" है, जैसा ग्राहम ने बॉण्ड चुनने के संदर्भ में कहा था। यह एक अनुशासन है, जो निवेशक को बताता है कि क्या ख़रीदा जाए, लेकिन शायद उतनी ही बार या उससे भी ज़्यादा बार यह बताता है कि क्या नहीं ख़रीदा जाए।

आप पाएँगे कि व्यावसायिक दृष्टिकोण निवेश से संबंधित लगभग हर चीज़ वॉल स्ट्रीट की किंवदंतियों के विपरीत है।

- इसमें आप बाज़ार के ऊपर चढ़ने के बजाय नीचे गिरने का इंतज़ार करते हैं, ताकि आप अपनी मनचाही कंपनियों के शेयर ख़रीद सकें, जिन्हें ख़रीदने का आप इंतज़ार कर रहे हैं।
- आप व्यावसायिक सोच की बुद्धिमत्ता को अपना लेंगे और आपको यह अहसास होगा कि किसी शेयर को ख़रीदने का सबसे मूर्खतापूर्ण कारण यह है कि आपके हिसाब से इसका भाव अगले सप्ताह बढ़ने वाला है।
- आपका दृष्टिकोण यह नहीं रहेगा कि आप अगले छह महीनों में 25 प्रतिशत मुनाफ़े की उम्मीद में शेयर ख़रीदें। यह दृष्टिकोण बदल जाएगा और आप किसी कंपनी का आंशिक स्वामित्व ख़रीदेंगे - एक ऐसी कंपनी, जिसके बारे में आप यह अनुमान लगाते हैं कि यह पाँच से दस सालों में आपको 15 प्रतिशत या ज़्यादा कम्पाउंड एन्युअल ग्रोथ रेट (सीएजीआर) देगी।
- आप सीखेंगे कि डाइवर्सिफ़िकेशन का इस्तेमाल लोग निवेश चतुराई की वजह से नहीं, बल्कि खुद की मूर्खता से अपनी रक्षा करने के लिए करते हैं।
- आप पाएँगे कि आपको सुपरबाज़ार में ख़रीदारी करने से निवेश के बेहतरीन विचार मिल रहे हैं।
- आप पाएँगे कि आशावादी शेखचिल्ली और आपका शेयर ब्रोकर दोनों ही बेहद आशावादी हो सकते हैं, लेकिन वित्तीय मामलों में एक भी ज़्यादा बुद्धिमान नहीं होता।
- आप सीखेंगे कि 1,500 डॉलर का शेयर सस्ता हो सकता है और 2 डॉलर का शेयर बहुत महँगा हो सकता है।
- आप शेयरों के बारे में इस तरह सोचना शुरू कर सकते हैं कि वे अलग-अलग ब्याज दर वाले बॉण्ड हैं।

और आपको अहसास होगा कि हालाँकि वॉरेन बेंजामिन ग्राहम की दार्शनिक बुनियाद का पालन करते हैं, लेकिन वे काफ़ी पहले ही उनके दर्शन के दायरे से बाहर निकल आए हैं। वॉरेन मूल्य की तलाश करते हैं, लेकिन उस तरह नहीं और उस ढाँचे में नहीं, जिसमें ग्राहम इसकी तलाश करते थे।

तो आइए उस विचार प्रक्रिया के इतिहास की तलाश करते हैं, जिसका इस्तेमाल करके वॉरेन ने अपनी क्रांतिकारी निवेश नीति बनाई। हम पीछे की ओर यात्रा करेंगे और बीसवीं सदी के शुरुआती हिस्से तक जाकर वॉरेन की रणनीति की जड़ों पर नज़र डालेंगे। हम उस वक़्त के वित्तीय दर्शनों पर बात करेंगे और इस बारे में भी कि उन्होंने ग्राहम को किस तरह प्रभावित किया तथा ग्राहम ने बदले में वॉरेन को किस तरह प्रभावित किया। हम वॉरेन की सोच के विकास को देखेंगे, जब उन्होंने ना सिर्फ़

अपनी सफलताओं और नुक़सानों को पचाया, बल्कि आधुनिक वित्तीय इतिहास के दो महानतम चिंतकों की बुद्धिमत्ता को भी पचाया - फ़िलिप फ़िशर और चार्ल्स मंगर।

हम देखेंगे कि वॉरेन ने ग्राहम की राह छोड़कर कब नई राह चुनी। कवि रेनर मारिया रिल्के के शब्दों में "स्पष्टता के अग्निपुंज" की बदौलत वॉरेन ने ग्राहम के मूल विचार को एक नए रूप में ढाला कि निवेश सबसे बुद्धिमत्तापूर्ण तब होता है, जब इसे व्यवसाय की तरह किया जाता है।

5

व्यवसाय जैसा निवेश क्या है?

"निवेश सबसे बुद्धिमत्तापूर्ण तब होता है, जब इसे व्यवसाय की तरह किया जाता है!" इसका क्या मतलब है? इसका मतलब है कि निवेशक शेयर बाज़ार या किसी शेयर के भाव को उद्देश्य मानना छोड़ देता है और *उन कंपनियों के अर्थशास्त्र के बारे में सोचने लगता है, जिनके अंश वे शेयर हैं।*

क्या? आपका शेयर ब्रोकर आपको फ़ोन करता है और कहता है कि उसके हिसाब से यह एक्सवायजेड को ख़रीदने का अच्छा समय है और पिछले सप्ताह में यह तीन पॉइंट बढ़ गया है! ज़रा ठहरें! शेयर किसी कंपनी का आंशिक स्वामित्त्व है। यह सही है, *व्यवसाय*। आपका शेयर ब्रोकर आपको घुड़दौड़ की संख्याओं के जाल में फँसा रहा है, जो हर सुबह *वॉल स्ट्रीट जरनल* में बिछा रहता है। लेकिन शेयर दरअसल किसी ख़ास व्यवसाय या कंपनी में शेयर मालिक के हित का मूर्त प्रतिनिधित्त्व होते हैं। यह ग्राहम थे, जिन्होंने वॉरेन को सिखाया कि यह मत पूछो (क) किस शेयर में? और (ख) किस भाव पर? इसके बजाय यह पूछो (क) *किस व्यवसाय में?* और *(ख) प्रस्तावित संबंध की शर्तें क्या हैं?* ये प्रश्न व्यावसायिक दृष्टिकोण के प्रश्न हैं।

वॉरेन का मुख्य विचार उत्कृष्ट कंपनियों के शेयर ऐसे भाव पर ख़रीदना है, जिसमें व्यावसायिक समझदारी हो। सवाल यह है कि व्यावसायिक समझदारी कैसी होती है? वॉरेन के संसार में व्यावसायिक समझदारी का मतलब है कि जिस कंपनी या उपक्रम में निवेश किया गया, वह आपको यानी निवेशक को सबसे कम जोखिम में सबसे विश्वसनीय तथा सबसे ज़्यादा भावी सीएजीआर मुनाफ़ा देगा, जिसकी भविष्यवाणी की जा सकती है। दूसरे निवेश मैनेजरों की तुलना में वॉरेन यह काम ज़्यादा अच्छी तरह इसलिए कर सकते हैं, क्योंकि व्यवसाय मालिक की तरह ही वे भी दीर्घकालीन निवेश के विचार से प्रेरित होते हैं - और वॉल स्ट्रीट के ज़्यादातर पेशेवर निवेशकों की तरह अल्पकाल से प्रेरित नहीं होते।

इसके बारे में इस तरह सोचें। अगर मैं आपको स्थानीय दवा की दुकान बेचने की पेशकश करूँ, तो आप उस व्यवसाय के बही-ख़ाते देखेंगे और यह पता लगाएँगे कि इस व्यवसाय में कितनी कमाई हो रही है। अगर आप देखते हैं कि इसमें मुनाफ़ा हो रहा है, तो फिर आप यह पता लगाने की कोशिश करेंगे कि क्या मुनाफ़ा हर वर्ष निरंतर हो रहा है या इसमें उतार-चढ़ाव हैं। अगर आपको यह पता लगता है कि दवा की दुकान का मुनाफ़ा निरंतरता से हो रहा है, तो आप खुद से पूछेंगे कि क्या इसमें बहुत ज़्यादा बदलाव हो सकता है। अगर जवाब नहीं है, तब आप यह सवाल पूछेंगे कि स्टोर कितने में बिक रहा है।

जब आपको पता चल जाता है कि मैं उसका क्या भाव माँग रहा हूँ, तो फिर आप इसकी तुलना दवा की दुकान की सालाना आमदनी से करते हैं और यह पता लगाते हैं कि आपको कितना मुनाफ़ा होगा। मान लें कि मैं आपसे 1 लाख डॉलर का भाव माँग रही हूँ और दवा की दुकान की आमदनी हर साल 20,000 डॉलर है, तो आपको अपने निवेश पर 20 प्रतिशत का वार्षिक मुनाफ़ा होगा।

जब आपको प्रोजेक्टेड रिटर्न का पता चल जाता है, तो आप बाक़ी जगहों पर भाव पता करके यह पता लगा सकते हैं कि क्या निवेश पर 20 प्रतिशत मुनाफ़ा अच्छा निवेश है। आप दरअसल मुनाफ़े की दर की तुलना करेंगे। अगर तुलना के बाद आपको दवा की दुकान वाले निवेश का मुनाफ़ा या रेट ऑफ़ रिटर्न आकर्षक लगता है, तो आप उस व्यवसाय को ख़रीद लेंगे।

वॉरेन इसी तरह काम करते हैं। चाहे वे पूरी कंपनी ख़रीद रहे हों या इसके शेयर ख़रीद रहे हों, वे खुद से पूछते हैं : यह व्यवसाय कितनी भविष्यसूचक आय कर सकता है और इसका क्या भाव है? जब उन्हें इन प्रश्नों के जवाब मिल जाते हैं, तो वे तुलना कर सकते हैं और संतुष्ट होने पर ख़रीदारी कर सकते हैं।

वॉल स्ट्रीट की विद्यमान बुद्धिमत्ता आपसे इस तरह काम नहीं कराती है। वॉरेन और दवा दुकान का ख़रीदार इस व्यवसाय से पूरा मुनाफ़ा कमाने के लिए लंबे समय तक इसे अपने पास रखता है। पंद्रह साल तक 20 प्रतिशत वार्षिक रेट ऑफ़ रिटर्न काफ़ी अच्छा मुनाफ़ा है।

दूसरी ओर, वॉल स्ट्रीट व्यवसाय को अल्पकालीन दृष्टिकोण से देखती है। हो सकता है कि इस वर्ष 20 प्रतिशत रेट ऑफ़ रिटर्न की बदौलत आपको मनी मैनेजरों की शीर्ष सूची में स्थान नहीं मिले। धन प्रबंधन के क्षेत्र में कुछ बुरी तिमाहियों की वजह से आपका करियर ख़त्म हो सकता है, इसलिए मनी मैनेजरों के लिए आने वाले कल के बजाय आज ज़्यादा महत्त्वपूर्ण होता है।

मान लें कि दवा की दुकान सचमुच अच्छा व्यवसाय है और इसका रिटर्न आकर्षक है और आप इसे ख़रीद लेते हैं। अब अगर कोई आपकी ख़रीद के भाव से

35 प्रतिशत ज़्यादा भाव पर इसे ख़रीदने की पेशकश करे, तो क्या आप स्वीकार कर लेंगे? वॉल स्ट्रीट इसे तुरंत स्वीकार कर लेगी। लेकिन वॉरेन नहीं करेंगे। इसके बजाय वे कहेंगे कि यह एक अच्छा व्यवसाय है, जिसमें मुझे 20 प्रतिशत भावी निश्चित रिटर्न मिलेगा, जो दूसरी जगह मिलना मुश्किल है। और अगर मुझे अल्पकालीन 35 प्रतिशत मुनाफ़ा होगा, तो मुझे इनकम टैक्स देना पड़ेगा, जिससे मेरा मुनाफ़ा घटकर लगभग 25 प्रतिशत हो जाएगा। अगर मैं इसे बेचूँगा, तो मुझे अपना पैसा कम रिटर्न वाले निवेशों में लगाना पड़ सकता है!

किसी भी अच्छे व्यवसायी की तरह वॉरेन एक अच्छी कंपनी या व्यवसाय को रोककर रखना पसंद करते हैं। वॉरेन के लिए सही कंपनियों की उत्पादन शक्तियों का दीर्घकालीन स्वामित्त्व अल्पकालीन मुनाफ़े के बजाय ज़्यादा मूल्यवान होता है, जिसे वॉल स्ट्रीट बढ़ावा देती है।

6

वॉरेन का आय संबंधी दृष्टिकोण

अगर आप वॉरेन के व्यावसायिक दृष्टिकोण से निवेश करने का तरीक़ा समझना चाहते हैं, तो यह जान लें कि किसी कॉरपोरेशन या कंपनी की आय के बारे में उनका दृष्टिकोण बहुत अपारंपरिक है।

- वे उस कंपनी की प्रति शेयर आय को अपनी व्यक्तिगत आय मानते हैं, जो उनके शेयरों की संख्या के अनुरूप में उनकी होती है। यानी अगर कोई कंपनी 5 डॉलर प्रति शेयर आय कमाती है और वॉरेन के पास उस कंपनी के 100 शेयर हैं, तो उनकी राय यह होती है कि उन्हें 500 डॉलर की आय हुई है।
- वॉरेन यह भी मानते हैं कि कंपनी के पास दो विकल्प होते हैं : एक विकल्प तो यह कि कंपनी ये 500 डॉलर उन्हें डिविडेंड में दे दे। दूसरा विकल्प यह होता है कि कंपनी उस आमदनी को अपने पास रोककर रखे और कारोबार में उसका दोबारा निवेश करके कंपनी के अंतर्निहित मूल्य को बढ़ा ले। वॉरेन मानते हैं कि कंपनी के अंतर्निहित मूल्य में होने वाली इस वृद्धि को शेयर बाज़ार आगे चलकर पहचान लेगा, जिससे उस कंपनी के शेयर का भाव बढ़ जाएगा।

वॉल स्ट्रीट के ज़्यादातर पेशेवरों का दृष्टिकोण इससे भिन्न होता है। वे आमदनी को तब तक अपनी नहीं मानते, जब तक कि उन्हें डिविडेंड नहीं मिले। अस्सी के दशक में वॉरेन की होल्डिंग कंपनी बर्कशायर हैथअवे का शेयर 500 डॉलर के भाव पर चल रहा था। आज इसका भाव 45,000 डॉलर है और इसने कभी डिविडेंड नहीं दिया है। शेयर का भाव इसलिए बढ़ा, क्योंकि कंपनी के अंतर्निहित मूल्य में वृद्धि हुई और इसका कारण यह था कि वॉरेन ने बर्कशायर की रिटेन्ड अर्निंग्स का दोबारा निवेश करके अच्छा मुनाफ़ा कमाया। (कृपया एक बात ध्यान रखें : बर्कशायर के शेयरों की

दो श्रेणियाँ हैं - क्लास ए और क्लास बी। इस पुस्तक में बर्कशायर हैथअवे के सभी उदाहरण क्लास ए शेयरों के संदर्भ में हैं।)

- वॉरेन का विश्वास है कि कंपनी को इसकी सारी आमदनी रोककर रखनी चाहिए, बशर्ते यह उससे ज़्यादा रेट ऑफ़ रिटर्न कमा सके, जो निवेशक को डिविडेंड के ज़रिये आमदनी देने से मिल सकती है। वॉरेन यह भी मानते हैं कि चूँकि डिविडेंड पर व्यक्तिगत आय वाला टैक्स लगता है, इसलिए कंपनी अगर सारी आमदनी अपने पास रोककर रखती है, तो यह टैक्स की दृष्टि से भी फ़ायदेमंद रहता है।

वॉल स्ट्रीट शुरू से ही उन कंपनियों के ख़िलाफ़ पूर्वाग्रह रखता आया है, जो अपनी सारी आमदनी रोककर रखती हैं और डिविडेंड नहीं देती हैं। इस पूर्वाग्रह की जड़ें बीसवीं सदी के शुरुआती हिस्से में मिलती हैं, जब ज़्यादातर लोग शेयर के बजाय बॉण्ड में निवेश करते थे। लोग बॉण्ड के मामले में ज़्यादा आरामदेह इसलिए महसूस करते थे, क्योंकि उनके पीछे कंपनियों की संपत्ति की सुरक्षा होती थी, जिसका मतलब था कि अगर कंपनी दिवालिया हो जाए, तो शेयरधारकों के बजाय बॉण्डधारकों का कंपनी की संपत्ति पर पहले हक़ होता था। बॉण्ड हर तिमाही में निवेशकों को ब्याज देते थे, इसलिए अगर ब्याज का चेक डाक में नहीं आता था, तो निवेशक समझ जाते थे कि कंपनी मुश्किल में है।

उस वक़्त शेयरों को वित्तीय दृष्टि से नासमझ लोगों के लिए ख़तरनाक माना जाता था, क्योंकि अकाउंटिंग संबंधी नियम-क़ायदे नहीं थे। ज़्यादातर मालिक और प्रबंधकों को बहीख़ातों में हेर-फेर करने की भारी छूट थी। (बेंजामिन ग्राहम की सिक्युरिटी एनालिसिस के 1934 के संस्करण में विस्तार से बताया गया है कि कोई सिक्युरिटी एनालिस्ट अकाउंटिंग धोखाधड़ी का कैसे पता लगा सकता है, यहाँ तक कि पिरामिडिंग जैसे स्कैम का भी। लेकिन जैसा ग्राहम बाद के संस्करणों में बताते हैं, 1940 में सिक्युरिटीज एक्सचेंज कमीशन बनने से इस तरह की हेराफेरी लगभग ख़त्म हो चुकी है, जिससे शेयरों का निवेश ओहदा काफ़ी बेहतर हुआ है और इससे शेयरों में निवेश का एक नया युग शुरू हुआ है।)

हालाँकि शेयरों का निवेश ओहदा काफ़ी बेहतर हुआ है, लेकिन लोग डाक से चेक मिलने वाले पूर्वाग्रह को ख़त्म नहीं कर पाए हैं। चाहे यह बॉण्ड हो या शेयर, वॉल स्ट्रीट डिविडेंड नहीं देने वाली कंपनियों को अच्छी नज़र से नहीं देखती है। इसे कमज़ोरी की निशानी माना जाता है।

आज भी सामान्यतः कुछ सिक्युरिटी विश्लेषक डिविडेंड देने वाली कंपनियों का मूल्य इसे नहीं देने वाली कंपनियों से ज़्यादा आँकते हैं। मज़े की बात यह है कि ऐसा तब भी होता है, जब सारी आमदनी रोककर रखने वाली कंपनी डिविडेंड देने

वाली कंपनी से बेहतर व्यवसाय हो। *(इस पूर्वाग्रह की वजह से भी अस्सी के दशक की शुरुआत में वॉरेन की होल्डिंग कंपनी बर्कशायर हैथअवे बुक वैल्यू के क़रीब या इससे नीचे चलती थी।)*

जैसा हम जानते हैं, वॉरेन शेयर को हमेशा अंतर्निहित व्यवसाय का आंशिक स्वामित्त्व मानते हैं। इसका मतलब है कि कंपनी की आमदनी आपकी यानी निवेशक की आमदनी है। कंपनी के निवेशक/मालिक अपने चुने हुए संचालक मंडल के ज़रिये कंपनी के प्रबंधन को यह निर्देश दे सकते हैं कि यह या तो आमदनी को डिविडेंड के रूप में बाँट दे या फिर कंपनी के व्यवसाय के विस्तार तथा आगामी विकास के लिए आमदनी को रोककर रखे।

इस व्यवस्था में कंपनी के प्रबंधन की ईमानदारी बहुत महत्त्वपूर्ण होती है, क्योंकि तभी यह कंपनी के शेयरधारकों के सर्वश्रेष्ठ हितों को रखते हुए निर्णय लेगा। अक्सर बेईमान प्रबंधन संचालक मंडलों को गुमराह कर सकता है और भव्य साम्राज्य बनाने की अपनी इच्छा पूरी करने के लिए राज़ी कर सकता है, जिससे प्रबंधन तो अमीर बन जाता है, लेकिन शेयरधारकों का बहुत कम या शून्य वित्तीय लाभ होता है।

- अपने निवेश निर्णय लेते वक़्त वॉरेन कंपनी के प्रबंधन की गुणवत्ता पर बहुत ग़ौर करते हैं। प्रबंधन की गुणवत्ता को तय करने का एक तरीक़ा यह देखना है कि यह कंपनी की आमदनी का क्या करता है। क्या यह डिविडेंड देता है या आमदनी को रोककर रखता है? अगर यह रोककर रखता है, तो क्या यह इससे *ज़्यादा मुनाफ़ा कमाता* है या फिर इसे भव्य सपनों पर उड़ा देता है?
- वॉरेन मानते हैं कि डिविडेंड दिया जाए या नहीं, यह तय करते समय प्रबंधन को इस पैमाने का इस्तेमाल करना चाहिए कि *क्या निवेशक/स्वामी व्यवसाय से पूँजी निकालकर किसी दूसरी जगह ज़्यादा लाभप्रद निवेश कर सकता है। मिसाल के तौर पर, आइए मान लेते हैं कि कंपनी ए के पास एक बेहतरीन व्यवसाय है, जो ढेर सारे पैसे कमाता है।* अब अगर प्रबंधन इस बेहतरीन व्यवसाय से होने वाली आमदनी को लाभकारी इस्तेमाल कर सकता है, तो ज़्यादा समझदारी इसी में दिखती है कि प्रबंधन डिविडेंड देने के बजाय आमदनी को रोककर रखे और इसका निवेश करके कंपनी की भावी संभावनाओं को बेहतर बनाए। लेकिन अगर प्रबंधन कंपनी की आमदनी का मूर्खतापूर्ण निवेश करता है और पैसे गँवा देता है, तो बेहतर यही होगा कि कंपनी शेयरधारकों को डिविडेंड दे दे, ताकि वे इसका ज़्यादा अच्छी तरह निवेश कर सकें।

रिटेन्ड आय का इस्तेमाल करके वॉरेन बर्कशायर हैथअवे की आय को लगभग 23 प्रतिशत वार्षिक चक्रवृद्धि दर से बढ़ाने में सफल हुए हैं, वह भी कॉरपोरेट इनकम टैक्स के बाद। इसका मतलब है कि बर्कशायर आय का जो 1 डॉलर रिटेन्ड अर्निंग्स

में रोककर रखती है, उस पर यह साल भर में 23 प्रतिशत मुनाफ़ा कमाती है। अगर बर्कशायर 23 प्रतिशत मुनाफ़ा इसके मालिकों को देने का निर्णय ले, तो उन पर व्यक्तिगत आयकर लगेगा, जिससे उनका मुनाफ़ा घटकर लगभग 15.9 प्रतिशत हो जाएगा। इसके अलावा, डिविडेंड से आमदनी जब निवेशक के हाथ में पहुँचेगी, तो उन्हें नए निवेश करने की झंझट उठानी पड़ेगी।

बर्कशायर निवेशक/स्वामी के लिए सवाल यह है, क्या वह कंपनी की आमदनी का अपना हिस्सा डिविडेंड के रूप में लेना चाहता है या फिर वह यह चाहता है कि बर्कशायर आमदनी को अपने पास रिटेन्ड अर्निंग्स के रूप में रोककर रखे और उसका दोबारा निवेश कर दे? अगर बर्कशायर निवेशक की आमदनी को रोककर रखती है, तो निवेशक यह उम्मीद कर सकता है कि इस रोकी हुई आय पर उसे 23 प्रतिशत का वार्षिक रिटर्न मिलेगा। वॉरेन के सिद्धांत के अनुसार इससे बर्कशायर का निहित मूल्य भी 23 प्रतिशत बढ़ जाएगा, जिससे समय के साथ बर्कशायर के शेयर का भाव भी बढ़ेगा, जिससे शेयरधारक/स्वामी को लाभ होगा।

इस विचारधारा की वजह से वॉरेन इस निष्कर्ष पर पहुँचे हैं कि शेयर बॉण्ड जैसे ही होते हैं, बस उनके रिटर्न की दर अलग होती है और यह किसी निश्चित वर्ष में उनकी आय पर निर्भर होती है। और उन्हें यह अहसास हुआ है कि कुछ शेयरों के निहित व्यवसाय ऐसे होते हैं, जो निरंतरता के साथ पर्याप्त आमदनी देते हैं, जिससे उनकी भावी रेट ऑफ़ रिटर्न के प्रोजेक्शन किए जा सकते हैं या अनुमान लगाए जा सकते हैं।

वॉरेन के संसार में शेयर और बॉण्ड में ज़्यादा फ़र्क़ नहीं होता। शेयर में बॉण्ड की विशेषताएँ शामिल होती हैं और बॉण्ड के ब्याज की तुलना शेयर की शुद्ध आय से की जा सकती है। वे कंपनी की वार्षिक प्रति शेयर शुद्ध आय में शेयर के ख़रीद भाव से भाग करके अपनी रेट ऑफ़ रिटर्न की गणना करते हैं। अगर किसी कंपनी के शेयर का भाव 10 डॉलर है और 2 डॉलर प्रति शेयर की वार्षिक आमदनी है, तो इसका मतलब है कि उन्हें 20 प्रतिशत रेट ऑफ़ रिटर्न मिल रहा है। वैसे यह समझ लें कि यह गणना तभी सही होगी, जब कंपनी की आमदनी की तार्किक भविष्यवाणी की जा सकती हो।

अगर आप असल ज़िंदगी में कोई स्थानीय व्यवसाय ख़रीदें, तो आप यह जानना चाहेंगे कि यह हर साल कितना कमाता है और यह कितने में बिक रहा है। बस ये दो संख्याएँ मालूम कर लें, जिनकी मदद से आप अपने संभावित निवेश पर वार्षिक रेट ऑफ़ रिटर्न निकाल सकते हैं। इसके लिए आपको बस उस व्यवसाय की वार्षिक आय में इसके भाव से भाग देना है। वॉरेन इसी तरह का विश्लेषण करते हैं, चाहे वे पूरी कंपनी ख़रीद रहे हों या उसका सिर्फ़ एक शेयर ख़रीद रहे हों। *वे जिस भाव पर ख़रीदते हैं, उसी से उनका रेट ऑफ़ रिटर्न तय होता है।*

7

आपके ख़रीदने के भाव से आपका मुनाफ़ा तय होता है

आप जिस भाव पर ख़रीदते हैं, उसी से आपका मुनाफ़ा यानी रेट ऑफ़ रिटर्न तय होता है। यह वह चाबी है, जिसे आपको हर समय अपने गले में लटकाकर रखना चाहिए। यह ग्राहम का वह अनमोल सिद्धांत है, जिसे वॉरेन ने अपने जीवन में बख़ूबी उतारा है।

भाव और रेट ऑफ़ रिटर्न के विषय पर आगे बढ़ने से पहले मैं आपको चेतावनी देना चाहूँगी कि मैं यहाँ स्पष्टता की ख़ातिर कुछ चीज़ों को बहुत सरल बनाकर बताने जा रही हूँ। मैं जानती हूँ कि आपमें से बहुत से लोग फ़ाइनैंस के संसार में थोड़ा अनुभव रखते होंगे और कुछ मुद्‌दों पर मुझसे बहस करने के लिए व्याकुल होंगे। ऐसे लोगों से मेरा यह कहना है कि इस पुस्तक में बाद में मैं ज़्यादा सूक्ष्म बिंदुओं पर विस्तार से बात करूँगी। लेकिन हाल-फ़िलहाल मुझे कुछ बुनियादी अवधारणाओं को स्पष्ट करने की ज़रूरत है, ताकि हर व्यक्ति बाद के अध्यायों को आसानी से समझ सके और उसके चेहरे पर वैसी हवाइयाँ नहीं उड़ें, जैसी अकाउंटिंग के विवरण पढ़ने पर उड़ने लगती हैं।

इसलिए आइए शुरू करने के लिए हम एक बहुत ही सतही काल्पनिक प्रकरण लेते हैं। (अनुभवी लोगों को भी इस पर ध्यान देना चाहिए, क्योंकि यहाँ बताई जाने वाली कुछ बुनियादी बातें वॉल स्ट्रीट में लोकप्रिय पारंपरिक बुद्धिमत्ता के विपरीत हैं।)

आइए एक सरल प्रश्न से शुरू करते हैं : अगर मैं कहूँ कि मैं आपको एक साल के अंत में 1,100 डॉलर लौटाऊँगी, तो आप पहले दिन मुझे इसके लिए अधिकतम कितने डॉलर देना चाहेंगे?

अगर आप मुझे 1,100 डॉलर देते हैं और मैं साल के अंत में आपको 1,100 डॉलर लौटा देती हूँ, तो आपको उस साल अपने निवेश पर शून्य मुनाफ़ा होगा।

लेकिन अगर आप एक साल के अंत में 1,100 पाने के लिए मुझे 1,000 डॉलर देते हैं, तो आपको 100 डॉलर का मुनाफ़ा होगा यानी आपको अपनी पूँजी पर एक साल में 10 प्रतिशत मुनाफ़ा होगा।

अब आपका अगला सवाल यह है कि क्या 10 प्रतिशत का मुनाफ़ा रेट ऑफ़ रिटर्न की अच्छी दर है। इसकी जाँच करने के लिए आपको दूसरे विकल्पों से इसकी तुलना करनी होगी। आपको यह जानकारी मिल सकती है कि अगर आप अपना पैसा स्थानीय बैंक में साल भर के लिए जमा रखें, तो वे आपको 7 प्रतिशत ब्याज देने को तैयार हैं। इसका मतलब है कि अगर आप एक साल के लिए अपने 1,000 डॉलर बैंक में जमा करते हैं, तो साल के अंत में बैंक आपको 1,070 डॉलर देगी, यानी आपको 70 डॉलर का मुनाफ़ा होगा और आपके मुनाफ़े की दर यानी रेट ऑफ़ रिटर्न 7 प्रतिशत होगी। ज़ाहिर है, मैंने आपके सामने 10 प्रतिशत मुनाफ़े की जो पेशकश की है, वह बैंक के 7 प्रतिशत मुनाफ़े से बेहतर है।

अगर आप बहुत सारे निवेशों पर नज़र दौड़ाने के बाद भी यह पाते हैं कि मेरी 10 प्रतिशत मुनाफ़े की दर यानी रेट ऑफ़ रिटर्न दूसरे निवेशों से ज़्यादा ऊँची है, तो आप इस नतीजे पर पहुँचेंगे कि मेरी पेशकश दूसरों से बेहतर है।

अब हम अपने मूल प्रश्न पर लौटते हैं - अगर मैं कहूँ कि मैं आपको एक साल के अंत में 1,100 डॉलर लौटाऊँगी, तो आप पहले दिन मुझे इसके लिए अधिकतम कितने डॉलर देना चाहेंगे? इसका जवाब यह है कि अगर आप अपने पैसे पर कम से कम 10 प्रतिशत मुनाफ़ा चाहते हैं, तो आप मुझे अधिकतम 1,000 डॉलर देना चाहेंगे। अगर आप इससे ज़्यादा पैसे देंगे - जैसे 1,050 डॉलर - तो आपका मुनाफ़ा 50 डॉलर कम हो जाएगा और आपके मुनाफ़े की दर यानी रेट ऑफ़ रिटर्न भी घटकर 4.7 प्रतिशत रह जाएगी। अगर आप मुझे 1,000 डॉलर से कम देते हैं - मान लें 950 डॉलर - तो आपको 150 डॉलर का मुनाफ़ा होगा और आपके मुनाफ़े की दर भी बढ़कर 15.7 प्रतिशत हो जाएगी। भाव जितना ज़्यादा होगा, मुनाफ़े की दर यानी रेट ऑफ़ रिटर्न उतनी ही कम होगी। भाव जितना कम होगा, मुनाफ़े की दर यानी रेट ऑफ़ रिटर्न उतनी ही ज़्यादा होगी। ज़्यादा पैसे देंगे, तो कम मुनाफ़ा होगा। कम पैसे देंगे, तो ज़्यादा मुनाफ़ा होगा।

फ़ाइनैंशियल एनालिस्ट इस जैसी समस्याओं को सुलझाने के लिए डिस्काउंटिंग टु प्रज़ेन्ट वैल्यू नामक गणित के सूत्र का इस्तेमाल करते हैं। यह सूत्र उन्हें भावी मूल्य, अपेक्षित ब्याज दर और समयावधि के हिसाब से वर्तमान मूल्य निकालने में मदद करता है। इस सूत्र के इस्तेमाल में बहुत समय लग सकता है, क्योंकि इसमें कई गणनाएँ करनी होती हैं और सारणियों का इस्तेमाल करना होता है। हो सकता है कि इसके इस्तेमाल को पूरी तरह से समझने के लिए किसी को फ़ाइनैंस या बिज़नेस मैथ्स में कॉलेज का कोर्स करने तक की ज़रूरत पड़ जाए।

सौभाग्य से, जैसा हम पहले ही बता चुके हैं, टैक्सस इंस्ट्रूमेंट्स के लोगों ने अपने बीए-35 सोलर कैलकुलेटर में इस सूत्र को दिया है, इसलिए आपको और मुझे वर्तमान मूल्य का पता करने के लिए केवल बटन भर दबाना है। या, अगर हम चाहें, तो हम यह भी निकाल सकते हैं कि वाय वर्षों तक एक्स दर पर बढ़ने वाली किसी राशि का भावी मूल्य कितना होगा। हम किसी निवेश पर वार्षिक चक्रवृद्धि दर भी निकाल सकते हैं, बशर्ते हमें ये तीन चीज़ें मालूम हों : (1) वर्तमान मूल्य, (2) भावी मूल्य, और (3) निवेश की अवधि।

चूँकि निवेश पर वार्षिक मुनाफ़े की चक्रवृद्धि दर की जानकारी वॉरेन को समझने की कुंजी है, इसलिए मेरी सलाह है कि आप भी इस उपयोगी कैलकुलेटर को तुरंत ख़रीद लें। यह वॉलमार्ट के अलावा ज़्यादातर ऑफ़िस सप्लाई स्टोर्स और युनिवर्सिटी बुकस्टोर्स में भी मिलता है। अगर यह आपको अपने आस-पास के किसी स्टोर में नहीं मिले, तो आप 1-800-685-8800 पर ऑफ़िस डिपो में फ़ोन करके इसका ऑर्डर दे सकते हैं। *कृपया ध्यान दें :* बाज़ार में कई अन्य फ़ाइनैंशियल कैलकुलेटर्स भी मौजूद हैं, जो इसी तरह की गणनाएँ कर सकते हैं।

(अगर आप सोच रहे हों, तो वॉल स्ट्रीट के एनालिस्ट्स ने काफ़ी समय पहले ही हाथ से वर्तमान और भावी मूल्य निकालना बंद कर दिया है। आजकल वे भी फ़ाइनैंशियल कैलकुलेटर का इस्तेमाल करते हैं।)

किसी व्यवसाय का मूल्य कितना है, इसका आकलन करते समय वॉरेन की विचार प्रक्रिया काफ़ी कुछ वैसी ही होती है, जिसे हमने देखा है। वे प्रति शेयर वार्षिक आय (ईपीएस) को अपने निवेश पर होने वाला मुनाफ़ा मानते हैं। यानी अगर कोई कंपनी प्रति शेयर 5 डॉलर कमा रही है और इसके शेयर का भाव 25 डॉलर है, तो वॉरेन यह सोचते हैं कि उन्हें उस साल अपने पैसे पर 20 प्रतिशत मुनाफ़ा हो रहा है। यह 5 डॉलर कंपनी या तो डिविडेंड के रूप में शेयरधारकों को दे सकती है या फिर इसे अपने पास रोककर रख सकती है और इसका इस्तेमाल करके अपने व्यवसाय को फैला या बढ़ा सकती है।

तो अगर आपने किसी शेयर को 40 डॉलर के भाव पर ख़रीदा और इसकी वार्षिक आमदनी 5 डॉलर प्रति शेयर है, तो वॉरेन इस निवेश पर वार्षिक मुनाफ़े की दर तुरंत निकाल लेंगे : 12.5 प्रतिशत। इसी तरह अगर 10 डॉलर के भाव वाले शेयर पर 5 डॉलर की वार्षिक आय हो, तो इसका मतलब है कि मुनाफ़े की दर 50 प्रतिशत होगी। आप जिस भाव पर ख़रीदते हैं, *उसी से आपके मुनाफ़े की दर तय होती है।*

एक चीज़ जो एकदम स्पष्ट हो जानी चाहिए, वह यह है कि अगर आप किसी शेयर को थोड़े लंबे समय तक रोककर रखने की सोच रहे हों, तो आमदनी की

शक्ति और भविष्यसूचकता एक महत्त्वपूर्ण विचारणीय बिंदु है। अगर आपने किसी शेयर को 25 डॉलर के भाव पर ख़रीदा और पिछले साल इसकी आमदनी 5 डॉलर प्रति शेयर थी (जिसका मतलब है कि मुनाफ़े की दर 20 प्रतिशत है), लेकिन अगले साल कंपनी की कोई आमदनी नहीं होती है, तो निवेश पर आपके वार्षिक मुनाफ़े की दर या रेट ऑफ़ रिटर्न शून्य हो जाती है।

वॉरेन व्यावसायिक अर्थशास्त्र और प्रबंधन वाली कंपनियाँ ख़रीदना चाहते हैं, जिनकी आमदनी की तार्किक भविष्यवाणी की जा सकती हो। सिर्फ़ तभी वॉरेन अपने निवेश पर भावी मुनाफ़े की दर का अनुमान लगा सकते हैं और यह निर्णय ले सकते हैं कि क्या उस कंपनी में निवेश करना सही होगा।

चिंता नहीं करें। हम इस बारे में पुस्तक में बाद में ज़्यादा विस्तार से बताएँगे। लेकिन हाल-फ़िलहाल यह अनिवार्य है कि आप वॉरेन की विचारशैली की दो बुनियादी बातों को समझ लें :

- जिस भाव पर आप ख़रीदते हैं, उसी से निवेश पर मिलने वाले मुनाफ़े की दर यानी रेट ऑफ़ रिटर्न तय होती है।
- मुनाफ़े की दर को तय करने के लिए आपको कंपनी की भावी आमदनी की तार्किक भविष्यवाणी करने में सक्षम होना चाहिए।

वॉरेन की विश्लेषण शैली का इस्तेमाल करते समय आपको इन तीन बिंदुओं पर लगातार सोचना होगा :

1

प्रति शेयर वार्षिक आय (ईपीएस) का आँकड़ा

2

इसकी भविष्यसूचकता

3

शेयर का बाज़ार भाव

शेयर का बाज़ार भाव जितना ज़्यादा होगा, मुनाफ़े की दर उतनी ही कम होगी और शेयर का भाव जितना कम होगा, मुनाफ़े की दर उतनी ही ज़्यादा होगी। प्रति शेयर आय यानी ईपीएस जितना ज़्यादा होगा, मुनाफ़ा भी उतना ही ज़्यादा होगा, बशर्ते शेयर का बाज़ार भाव वही रहे। मुझे उम्मीद है कि अब आप सारी चीज़ें पूरी तरह

समझ गए होंगे। या हो सकता है कि नहीं समझे हों। आइए एक वास्तविक उदाहरण देखते हैं कि यह कैसे काम करता है।

वॉरेन की कार्यप्रणाली का उदाहरण

1979 में वॉरेन ने जनरल फूड्स नामक कंपनी के शेयर ख़रीदे। उन्होंने 37 डॉलर के औसत भाव पर लगभग 40 लाख शेयर ख़रीदे। वॉरेन ने इस कंपनी में क्या देखा? उन्होंने यह देखा कि इसकी आमदनी बहुत अच्छी थी (पिछले साल यानी 1978 में यह 4.65 डॉलर प्रति शेयर थी) और आमदनी 8.7 प्रतिशत की औसत वार्षिक दर से बढ़ रही थी।

चूँकि जनरल फूड्स की आमदनी 8.7 प्रतिशत की वार्षिक दर से बढ़ रही थी, इसलिए वॉरेन की तरह हम भी यह देख सकते हैं कि कंपनी की आमदनी उस साल यानी 1979 में 4.65 डॉलर से बढ़कर 5.05 डॉलर हो जाएगी (4.65 डॉलर × 1.087 = 5.05 डॉलर)। इस तरह हम यह भविष्यसूचक अनुमान लगा रहे हैं कि 1979 में प्रति शेयर आमदनी 5.05 डॉलर होगी।

तो अगर हम 1979 में जनरल फूड्स का शेयर 37 डॉलर में ख़रीदते हैं, तो हमें पहले साल में 13.6 प्रतिशत का शुरुआती मुनाफ़ा मिलेगा (5.05/37 डॉलर × 100 = 13.6 प्रतिशत)। ध्यान दें : 1979 में जनरल फूड्स की प्रति शेयर वास्तविक आमदनी 5.12 डॉलर थी, जो हमारे 5.05 डॉलर के अनुमान से बेहतर थी।)

यदि ब्याज दर - मिसाल के तौर पर, दीर्घकालीन यू.एस. ट्रेज़री बॉण्ड (इसके बाद इसे "सरकारी बॉण्ड" कहा जाएगा) पर मुनाफ़े की दर 10 प्रतिशत हो, जो यह तब थी, तो जनरल फूड्स में निवेश पर मुनाफ़े की 13.6 प्रतिशत दर काफ़ी अच्छी दिखती है।

और चूँकि हम यह प्रोजेक्ट कर रहे हैं कि जनरल फूड्स की प्रति शेयर वार्षिक आमदनी हर साल 8.7 प्रतिशत की दर से बढ़ती रहेगी, तो हम यह तर्क दे सकते हैं कि हमें पहले साल 13.6 प्रतिशत का मुनाफ़ा हो रहा है और यह मुनाफ़ा हर साल 8.7 प्रतिशत बढ़ता रहेगा।

इस तरह जनरल फूड्स में पहले साल के मुनाफ़े की दर 13.6 प्रतिशत है, जो हर साल 8.7 प्रतिशत की दर से बढ़ती रहेगी। इसके शेयर में निवेश करना ज़्यादा अच्छा लगता है, अगर इसकी तुलना आप सरकारी बॉण्ड से करें, जो 10 प्रतिशत की निश्चित दर से वार्षिक ब्याज देता है। अगर आप प्रोजेक्टेड प्रदर्शन के आधार पर कठोर व्यावसायिक निर्णय ले रहे हों, तो जनरल फूड्स में निवेश सरकारी बॉण्ड से काफ़ी बेहतर नज़र आता है।

अब अगर मान लें कि आपने जनरल फूड्स के शेयर को ज़्यादा भाव पर ख़रीदा - मान लें कि 67 डॉलर के भाव पर - तो हम यह हिसाब लगा सकते हैं कि हमारे मुनाफ़े की शुरुआती दर कम होगी। 1979 में 5.05 डॉलर प्रति शेयर प्रोजेक्टेड आय 5.05 डॉलर है। इसके हिसाब से 67 डॉलर के भाव में जनरल फूड्स में निवेश करने पर हमें 7.5 प्रतिशत की शुरुआती रेट ऑफ़ रिटर्न मिलेगी। यह 13.6 प्रतिशत की मुनाफ़े की उस शुरुआती दर से काफ़ी कम है, जिसका भविष्यसूचक अनुमान हम 37 डॉलर के ख़रीदी भाव पर लगा रहे थे। इसके अलावा 7.5 प्रतिशत रेट ऑफ़ रिटर्न सरकारी बॉण्ड की तुलना में कम है, जिसकी रेट ऑफ़ रिटर्न 10 प्रतिशत है। ऐसे में जनरल फूड्स के शेयर और सरकारी बॉण्ड में से किसी एक को चुनना ज़्यादा मुश्किल हो जाता है।

अगर हम कम भाव पर ख़रीदते हैं - मान लें कि 15 डॉलर के भाव पर - तो हम हिसाब लगा सकते हैं कि हमारे मुनाफ़े की शुरुआती दर 33.6 प्रतिशत होती। कम भाव पर ख़रीदेंगे, तो मुनाफ़ा ज़्यादा होगा। आप जिस भाव पर ख़रीदते हैं, उसी से आपके मुनाफ़े की दर तय होती है। भाव जितना कम होगा, आपके मुनाफ़े की दर उतनी ही ज़्यादा होगी।

हर चीज़ भाव से ही तय होती है। भाव मालूम होने पर अपेक्षित रेट ऑफ़ रिटर्न को निकालना और दूसरे निवेशों से मिलने वाली रेट ऑफ़ रिटर्न से उसकी तुलना करना संभव हो जाता है। तुलना करना काफ़ी आसान है। इसीलिए वॉरेन बहुत फुरती से व्यावसायिक निर्णय लेने के लिए मशहूर हैं। वे बस उस वार्षिक चक्रवृद्धि मुनाफ़े की दर का हिसाब लगाते हैं, जिसकी उम्मीद वे किसी निवेश से करते हैं और फिर यह तय करते हैं कि क्या उन्हें वही मिल रहा है, जिसकी उन्हें तलाश है।

उपसंहार

वॉरेन का मानना था कि चूँकि जनरल फूड्स उन्हें पहले साल 13.6 प्रतिशत का मुनाफ़ा दे रही है, जो हर साल 8.7 प्रतिशत की दर से बढ़ेगा, तो समय के साथ शेयर बाज़ार इसके मूल्य में होने वाली वृद्धि पर ग़ौर करेगा और शेयर का भाव इसके अनुरूप बढ़ जाएगा। वाक़ई 1978 से 1984 तक जनरल फूड्स की प्रति वर्ष आमदनी लगभग 7 प्रतिशत की औसत वार्षिक दर से बढ़ी और 4.65 डॉलर प्रति शेयर से बढ़कर 6.96 प्रतिशत तक पहुँच गई। इस दौरान शेयर बाज़ार में भी इसके शेयर का भाव बढ़ता गया और 1984 तक यह लगभग 54 डॉलर पर पहुँच गया।

फिर 1985 में फ़िलिप मॉरिस कंपनी ने जनरल फूड्स के कई ब्रांड नेम प्रॉडक्ट्स के मूल्य को देखा, जिनका शक्तिशाली और विस्तृत आय आधार था। फ़िलिप मॉरिस ने पूरी कंपनी के लिए टेंडर ऑफ़र दिया और इसने वॉरेन के पास

रखे जनरल फ़ूड्स के सारे शेयर 120 डॉलर के भाव पर ख़रीद लिए। इससे वॉरेन को अपने निवेश पर टैक्स से पहले लगभग 21 प्रतिशत वार्षिक चक्रवृद्धि मुनाफ़ा हुआ। यह सही है, 21 प्रतिशत वार्षिक चक्रवृद्धि मुनाफा। किसी के लिए भी अच्छा है!

अब मैं जानती हूँ कि आपमें से कुछ, जो बफ़ेटोलॉजी के विशेषज्ञ हैं, शायद यह सोच रहे होंगे कि मैं चीज़ों को बहुत ज़्यादा सरल बना रही हूँ, जो मैं सचमुच कर रही हूँ, लेकिन अगर मैं वित्तीय शब्दावली की जटिल भाषा में फर्राटे से चीज़ें बताने लगी, तो हममें से कुछ लोगों को कुछ भी समझ नहीं आएगा, जब हम सचमुच महत्त्वपूर्ण चीज़ों पर पहुँचेंगे। हाँ, मामला इससे ज़्यादा जटिल और पेचीदा होता है। हाँ, बफ़ेटोलॉजी में कई सूक्ष्म बातें होती हैं, लेकिन इस वक़्त हमें नींव डालने पर ध्यान केंद्रित करना चाहिए; महल हम बाद में बनाएँगे।

8

कॉरपोरेशन, शेयर, बॉन्ड – कुछ उपयोगी स्पष्टीकरण

मैंने यह पाया है कि बहुत से लोगों को तो यह बिलकुल भी पता नहीं होता कि बॉण्ड क्या होता है या किसी कंपनी के शेयर का क्या मतलब होता है। दरअसल कई शेयर ख़रीदने वाले लोग भी सटीकता से यह नहीं बता पाएँगे कि कॉरपोरेशन क्या है। ऐसी बात नहीं है कि आप इस समूह में हैं। बात बस यह है कि लेखक को कभी पता नहीं होता कि उसकी पुस्तक कौन पढ़ने वाला है। इसलिए मुझे लगता है कि यहाँ संगठन के कॉरपोरेट स्वरूप और उसके इतिहास के बारे में थोड़ी जानकारी देना ज़रूरी है। यह एक ऐसी चीज़ है, जिसकी वॉरेन काफ़ी क़द्र करते हैं और यह एक ऐसी चीज़ है, जिसे जानने से किसी भी निवेशक को लाभ होगा।

शुरुआती पूँजी संरचना

वाणिज्य की शुरुआत समय में खो गई है। तब लोग इतने सभ्य नहीं हुए थे कि इसका लिखित दस्तावेज़ीकरण कर सकें। आज जो सबसे शुरुआती वाणिज्य संबंधी दस्तावेज़ मिले हैं, वे बैबिलोनिया की क्ले टेबलेट्स में पाए जाते हैं। इनमें बड़े व्यापारी परिवारों के पत्राचार के अलावा मंदिरों की जायदाद के रिकॉर्ड भी हैं। रिकॉर्ड बताते हैं कि महान शासक हम्मूराबी (जो 1792-1750 ई.पू. में रहे) के शासनकाल में बैबिलोनिया में जायदाद को गिरवी रखा जाता था और क़र्ज़ दिए जाते थे - खजूर, खजूर की शराब, आटा, तेल, जौ और कई बार चाँदी की पूँजी के साथ, जबकि ब्याज अनाज और चाँदी में दिया जाता था।

शुरुआती वाणिज्य में व्यक्ति या व्यक्तियों का समूह संगठित होकर साझेदारी करता था। फ़िनिशन्स (जो सीरिया के तट और फ़िलिस्तीन वाली ज़मीनी पट्टी पर

रहते थे) और यूनानी व्यावसायिक साझेदारी बनाने के कुछ शुरुआती उदाहरण प्रदान करते हैं। अगर कोई व्यापारी अपने कस्बे या देश के बाहर व्यापार करना चाहता था, तो ऐसे व्यापारी अपना एक समूह बना लेते थे। यह समूह एक कप्तान चुनता था और जिन वस्तुओं की माँग दूसरे देश या नगर में होती थी, उन्हें वहाँ भेजने के लिए एक जहाज़ किराए पर लेता था। शुरुआती व्यापारियों ने तेल, अंजीर, शहद, ऊन और संगमरमर जैसी चीज़ों का व्यापार किया।

सिकंदर की विजय यात्रा के फलस्वरूप यूनानियों को कई बेहतरीन व्यापारिक अवसर मिले, जो यूनान से हिंदुस्तान तक फैले थे। भारत काफ़ी समय से उच्च-विकसित कपड़ा उद्योग का आनंद ले रहा था और यूनानी व्यापारियों ने भारतीय व्यापारियों के साथ सामान ख़रीदने-बेचने से लाभ कमाने का अवसर देखा। उस ज़माने के अमीर और फ़ैशनेबल यूनानी भारतीय रेशमी और सूती वस्त्रों से लदे रहते थे। और जिस यूनानी व्यापारी के पास अपने खुद के कारवाँ के लिए पर्याप्त पैसे नहीं होते थे, वह व्यापारी साझेदारों का एक समूह बना सकता था, जो पैसे इकट्ठे करके भारत से व्यापार करने के लिए कारवाँ तैयार कर लेते थे।

सामान्यतः व्यावसायिक संगठन के शुरुआती रूप साझेदारी/संयुक्त उपक्रम की प्रकृति वाले होते थे, इसलिए उनका आकार थोड़ा सीमित होता था। यह साझेदारी उस यात्रा की अवधि तक ही क़ायम रहती थी, जब जहाज़ विदेशी बंदरगाह तक होकर लौट आता था।

कॉरपोरेशन की अवधारणा का सबसे शुरुआती स्वरूप वेनिस में पंद्रहवीं सदी के दौरान दिखाई देता है, जो मध्य पूर्व के साथ व्यापार का केंद्र बन गया था। यह बहुत दौलतमंद और शक्तिशाली राज्य था। इसका वैभव आज भी उन भव्य महलों में देखा जा सकता है, जो इसकी नहरों के आस-पास बने हैं, जिन्हें वेनिस के व्यापारी और बैंकिंग से जुड़े बड़े परिवारों ने बनाया था।

वेनिस को बुककीपिंग और बैंकिंग के शुरुआती विकास के लिए भी जाना जाता है, जिसने इसके महत्त्व को बढ़ाया और व्यापारिक क्षेत्र में वित्तीय शक्ति के नए आयाम दिए। अक्सर यूरोप के दूसरे हिस्सों के अमीर व्यापारियों के बेटे वाणिज्य की कला सीखने के लिए वेनिस आते थे। वास्तव में, इसी अवधि में वेनिस में रहने वाले फ़्रायर ल्यूका पैसिओली ने डबल-एंट्री बुककीपिंग का आविष्कार किया था। आप देख सकते हैं कि वेनिस का कितना शक्तिशाली प्रभाव था, क्योंकि वाणिज्य और बैंकिंग में प्रयुक्त होने वाले बहुत से शब्दों की जड़ें इतालवी भाषा में हैं : *कॉन्टो, कॉन्टो कोरेन्ट, पोर्टो, डिस्कोन्टो, नेट्टो, डिपॉज़िटो* और *फ़ोलियो*।

इस दौरान संगठन का जो कॉरपोरेट स्वरूप वेनिस में विकसित हुआ, उसे जॉइंट-स्टॉक कंपनी कहा जा सकता है। जॉइंट-स्टॉक कंपनियाँ शुरुआती साझेदारियों और संयुक्त उपक्रमों से ज़्यादा बड़ी होती थीं। ये बहुत से छोटे व्यापारियों के समूह

को इकट्ठा करके बड़ा और स्थायी पूँजी आधार बना सकती थीं, ताकि उन उद्यमों को फ़ाइनैंस किया जा सके, जिनके आकार और वित्तीय शक्ति की वजह से वहाँ ज़्यादा बड़े वाणिज्यिक अवसर मौजूद थे। ज़्यादा बड़ी वाणिज्यिक सफलता का मतलब था ज़्यादा सुरक्षित राजनीतिक व वित्तीय स्थिति।

जॉइंट-स्टॉक कंपनी का स्वरूप कई बार बदला, जब पुराने समय की बड़ी कंपनियाँ चर्च और राजाओं से शक्ति के लिए जूझीं। चर्च और राजाओं को उनकी वित्तीय उन्नति के लिए व्यापारियों की ज़रूरत थी, जबकि व्यापारियों को चोरों से अपने सामान की रक्षा करने और प्रतिस्पर्धियों से अपने बाज़ार की रक्षा करने के लिए चर्च व राजाओं की ज़रूरत थी। ईश्वर की शक्ति और राजा की सेना आपके पक्ष में महत्त्वपूर्ण साथी हो सकते हैं। अगर आप इसका आधुनिक उदाहरण देखना चाहते हैं, तो कुवैत के राज्य को देख लें, जिसकी सारी दौलत इराक के राज्य में जा सकती थी, अगर अमेरिका बीच में हस्तक्षेप नहीं करता और इराकियों को पीछे नहीं धकेलता। कुवैत के व्यवसाय यानी तेल साम्राज्य में तेल की अधोसंरचना बनाने वाली बेकटेल जैसी अमेरिकी कंपनियों ने अमेरिकी सरकार से सैन्य हस्तक्षेप का अनुरोध किया - यह लगभग वैसा ही मामला है, जैसे व्यापारी समुद्री डाकुओं और चोरों से रक्षा करने के लिए अपने राजा पर दबाव डाल रहे हों।

जब कॉरपोरेशन ज़्यादा शक्तिशाली बने, तो उन्होंने साम्राज्यों की शक्ति हथियाना शुरू कर दिया। राजाओं को जल्दी ही इस बात का अहसास हो गया कि संगठित पूँजी की शक्ति को सीमित करना उनके सर्वश्रेष्ठ हित में था, इसलिए उन्होंने ऐसे नियम बना दिए कि राजा के अनुमोदन के बिना जॉइंट-स्टॉक कंपनियाँ नहीं बनाई जा सकतीं। राजा द्वारा अनुमोदित जॉइंट-स्टॉक कंपनियों के उदाहरण हैं ईस्ट इंडिया कंपनी और हडसन्स बे कंपनी, जिन दोनों का रंगीन और मनमोहक इतिहास है।

1610 के आस-पास एक रोचक डच कंपनी विकसित हुई और इसका नाम था डच वेस्ट इंडीज़ कंपनी। यह एक असाधारण व्यावसायिक उपक्रम था, जिसने कुछ समय तक तो अच्छा लाभ दिया, लेकिन इसकी आमदनी हमेशा डावाँडोल थी, क्योंकि यह वाणिज्य और उपनिवेशवाद के सामान्य कामों से नहीं होती थी, बल्कि स्पेन के चाँदी के जहाज़ी बेड़ों पर सशस्त्र हमलों से होती थी। कंपनी ने अपने इरादे चार्टर में ही स्पष्ट कर दिए थे, जिसमें दरअसल हॉलैंड और स्पेन के बीच शांति का विरोध किया गया था। वास्तव में यह समुद्री डाकुओं का कॉरपोरेशन था, जिसने अपने निवेशकों की पूँजी को इकट्ठा किया, जिससे उन्होंने नए संसार से सोना-चाँदी लाने वाले स्पेन के जहाज़ों को लूटने के लिए डकैत जहाज़ बनाए और डकैतों को नियुक्त किया। (और वॉल स्ट्रीट के लोग सोचते हैं कि वे जानते हैं कि होस्टाइल टेकओवर कैसे करना है!)

जनता की वित्तीय शक्ति

बहुत समय पहले जब बैंकिंग का विकास नहीं हुआ था और जॉइंट-स्टॉक कंपनियाँ नहीं बनी थीं, तब लोग व्यक्तिगत बचत को जमा करके रखते थे, जिससे यह समाज के लिए अनुपयोगी हो जाती थी। क़साई, मोची, लुहार या दिहाड़ी मज़दूर जो छोटी पूँजी बचाता था, उसे वह किसी जगह पर छुपा देता था और उसकी बचत से किसी को भी फ़ायदा नहीं होता था। यह कुछ हद तक मध्ययुगीन धार्मिक सिद्धांत के कारण था, जिसके अनुसार कर्ज़ पर ब्याज लेना ग़लत है, लेकिन जब यह नज़र आया कि व्यापारी, पोप और राजा कर्ज़ लेना चाहते थे, तो इस सिद्धांत की शक्ति कम हो गई। इसलिए शासक वर्ग इस नतीजे पर पहुँचा कि यह समझदारी भरा है कि कर्ज़ के लेन-देन को प्रोत्साहित किया जाए और कर्ज़ देने वाले को इस पर ब्याज लेने की अनुमति दी जाए।

लेकिन किसी सामान्य व्यक्ति के पास ज़रूरत से ज़्यादा पैसा होना और उसे उधार देना एक बात है, जबकि बैंकर द्वारा उधार देने का व्यवसाय करना दूसरी बात है। दोनों में बहुत फ़र्क होता है। फ़र्क यह है - बैंकर कर्ज़ के लेन-देन का व्यवसाय करता है। बैंकर मध्यस्थ का काम करता है। जिन लोगों के पास पूँजी है लेकिन उनमें अपनी बचत का लाभकारी इस्तेमाल करने की या तो योग्यता नहीं है या फिर इच्छा नहीं है, बैंकर उनसे पैसे लेता है। फिर वह इस पैसे को उन लोगों को देता है, जिनके पास व्यवसाय करने की योग्यता और इच्छा तो है, लेकिन पर्याप्त पूँजी नहीं है। बैंकर इस पेशे में विशेषज्ञ होता है और अपने विशेष ज्ञान से वह अतिरिक्त या सरप्लस पूँजी इकट्ठी करने और इसे सबसे अच्छे लाभ वाली जगह पर लगाने का काम बाक़ी लोगों से बेहतर तरीक़े से कर सकता है। इस तरह समर जॉब करने वाला किशोर भी अपनी बचत को स्थानीय बैंकर के पास जमा करके उस पर मुनाफ़ा कमा सकता है, जो फिर उस पैसे को समुदाय के किसी सदस्य को उधार देगा, जो मूल धन के साथ ब्याज लौटाने के लिए क़ानूनी रूप से वादा करेगा। बैंकर जमा करने वाले और उधार लेने वाले की ब्याज दरों के अंतर से पैसा कमाने में पूरा जीवन बिता देता है। बैंक में जो लोग पैसे जमा करते हैं, उन्हें यह कम ब्याज दर देता है, जबकि बैंक से उधार लेने वालों से यह ज़्यादा ब्याज दर वसूल करता है। इसी अंतर की वजह से बैंकर जीवन भर पैसे कमाता है।

निवेश के खेल में ज़्यादातर लोगों का पहला क़दम यह होता है कि वे कोई बैंक ख़ाता खोलकर उसमें अपने साप्ताहिक वेतन का चेक जमा करते हैं। हो सकता है कि किसी एक व्यक्ति के वेतन का चेक ज़्यादा बड़ी रक़म नहीं लगती हो, लेकिन पचास हज़ार जमा करने वालों से इसका गुणा कर दें और संख्याएँ बहुत बड़ी हो जाती हैं। इस तरह हम देखते हैं कि बैंक दरअसल लोगों का एक बड़ा समूह

है, जिन्होंने अपना पैसा बैंक को उधार दिया है, ताकि यह दूसरे व्यक्तियों और व्यवसायों को पैसे उधार देकर मुनाफ़ा कमा सके तथा उसमें से उन्हें उनका हिस्सा दे सके।

जब बैंक *क़र्ज़* देते हैं, तो उधार लेने वाला व्यक्ति क़र्ज़दार बन जाता है। व्यवसाय क़र्ज़ से यथासंभव बचते हैं, क्योंकि अगर परिस्थितियाँ ख़राब होने की वजह से कारोबार मंदा हो जाए, तो बैंक उनके व्यवसाय की नीलामी कर सकता है और उसे ख़त्म कर सकता है। कई व्यवसायी पूँजी की व्यवस्था करने के लिए अपने व्यवसाय में सार्वजनिक आंशिक स्वामित्त्व बेचना ज़्यादा पसंद करते हैं, जिसे शेयर या इक्विटी कहा जाता है। पुराने ज़माने में ये सौदे उस जगह किए जाते थे, जिसे बाज़ार कहा जाता था। तब बाज़ार स्थानीय अधिकारियों द्वारा निर्धारित एक ख़ास जगह को कहा जाता था, जहाँ कारोबारी सौदे किए जा सकते थे। ख़ास जगह इसलिए होती थी, ताकि सौदे का सार्वजनिक रिकॉर्ड रखा जा सके। इससे यह भी सुनिश्चित होता था कि सरकार व्यवसाय करने वाले व्यापारियों से टैक्स वसूल कर सके। निश्चित दिनों में निश्चित जगहों पर बाज़ार तय किए जाते थे और जो भी निर्धारित सीमा के बाहर व्यापार करते हुए पकड़ा जाता था, उसका सामान ज़ब्त कर लिया जाता था।

शेयर बाज़ार इसी तरह विकसित हुआ, जहाँ विभिन्न निवेशक अलग-अलग कंपनियों में आंशिक स्वामित्त्व की ख़रीद-फ़रोख़्त करते थे। न्यू यॉर्क स्टॉक एक्सचेंज उसी पुराने ज़माने के बाज़ार का आधुनिक रूप है।

शेयर बाज़ार यही है। इसमें बैंक लोगों से पैसा जमा करने को नहीं कहता है, ताकि यह वह पैसा किसी कंपनी या व्यवसाय को उधार दे सके। इसके बजाय निवेश बैंक नामक एक ख़ास तरह का बैंक, जैसे मेरिल लिंच या सोलोमन ब्रदर्स, दौलतमंद लोगों या संस्थाओं की पूँजी की तलाश में कंपनी की ओर से मध्यस्थ का काम करता है, जो उस व्यवसाय में निवेश करने को तैयार हों। यह निवेश क़र्ज़ के रूप में हो सकता है, जिसका मतलब यह होगा कि कंपनी निवेशक को बॉण्ड बेच रही है। या फिर कंपनी स्वामित्त्व का हिस्सा - शेयर - निवेशक को बेचने का चुनाव कर सकती है।

निवेश बैंक ऐसे व्यक्तियों और संस्थाओं को खोजता है, जो पूँजी इकट्ठा करने वाली कंपनी के बॉण्ड या शेयर ख़रीदना चाहते हों। निवेश बैंक किसी कंपनी के लिए जो पूँजी इकट्ठा करती है, उसके बदले में यह फ़ीस लेती है।

जब जनरल मोटर्स को किसी प्लांट के विस्तार के लिए बहुत ज़्यादा पैसों की ज़रूरत होती है, तो यह सालोमन ब्रदर्स या मेरिल लिंच जैसे किसी निवेश बैंक के पास जा सकती है और इसे जीएम के बॉण्ड (क़र्ज़) या शेयर (आंशिक स्वामित्त्व) निवेशकों को बेचने को कह सकती है।

जब कोई कंपनी पहली बार जनता को आंशिक स्वामित्त्व बेचती है, तो इसे आईपीओ या इनिशियल पब्लिक ऑफ़रिंग कहा जाता है। दूसरी बार बेचने पर इसे सेकंडरी ऑफ़रिंग कहा जाता है। एक बार जब शेयर जनता को बेच दिए जाते हैं, तो उनके स्वामी यानी व्यक्तिगत निवेशक उस कंपनी के भविष्य के बारे में आशावादी या निराशावादी हो सकते हैं और वे या तो ज़्यादा शेयर ख़रीदना चाह सकते हैं या अपने पास मौजूद शेयर बेचने की सोच सकते हैं, जो इस बात पर निर्भर करता है कि वे उस कंपनी की संभावनाओं के बारे में कैसा महसूस करते हैं। न्यू यॉर्क स्टॉक एक्सचेंज एक ऐसी ही जगह है, जहाँ लोग शेयर ख़रीदने-बेचने के लिए इकट्ठे होते हैं, जिन्हें किसी निवेश बैंक के माध्यम से किसी कंपनी ने जनता को बेचा था। यह एक नीलामी बाज़ार है, जहाँ ख़रीदार और विक्रेता इकट्ठे होते हैं। ख़रीदार एक भाव लगाता है और बेचने वाला एक भाव लगाता है और जब दोनों का भाव बराबर हो जाता है, तो एक सौदा होता है तथा कंपनी के आंशिक स्वामित्त्व यानी शेयर का हस्तांतरण होता है।

जब आपका मेरिल लिंच का स्टॉकब्रोकर आपको फ़ोन करके कहता है कि आपको जनरल मोटर्स के शेयर ख़रीदना चाहिए, तो वह दरअसल दो में से एक चीज़ कर रहा है। वह या तो जनरल मोटर्स के लिए पैसे उगाहने की कोशिश कर रहा है या फिर वह आपके और किसी दूसरे निवेशक के बीच मध्यस्थ का काम कर रहा है, जो अपने जनरल मोटर्स के शेयर बेचना चाहता है। एक बिक्री से आपका मेरिल लिंच का ब्रोकर जनरल मोटर्स के लिए पैसे इकट्ठे करके कमीशन कमा रहा है। दूसरी बिक्री में वह ख़रीदार और विक्रेता को एक साथ लाने के लिए कमीशन कमा रहा है। स्वाभाविक रूप से स्टॉक ब्रोकर बहुत उत्साही लोग होते हैं, क्योंकि अगर सौदा नहीं होता है, तो उन्हें कोई कमीशन नहीं मिलता है।

कॉरपोरेशन शुरू करना – इसकी पूँजी संरचना

आइए मान लेते हैं कि आप कोई कॉरपोरेशन बनाकर व्यवसाय शुरू करना चाहते हैं – स्पेन के चाँदी के बेड़ों को लूटने के लिए नहीं, बल्कि कुकी और केक बनाने के लिए। हम इसका नाम केटीज़ बेकिंग कंपनी रख लेते हैं। कारोबार शुरू करने के लिए पैसे की ज़रूरत होती है। इसके लिए आप या तो मित्रों से उधार ले सकते हैं या बैंक से क़र्ज़ ले सकते हैं या निवेशकों को अपनी कंपनी के शेयर बेच सकते हैं। शेयर कंपनी के आंशिक स्वामित्त्व का प्रतीक हैं, जबकि क़र्ज़ केवल मूलधन व ब्याज चुकाने का वादा होता है।

किसी कंपनी में शेयर बेचने के लिए आपको अपने व्यवसाय को क़ानूनी रूप से स्थापित करना होता है। इसका मतलब है कि आपको इनकॉरपोरेशन

दस्तावेज़ कॉरपोरेशन के रूप में डिपार्टमेंट इन कॉरपोरेशन्स में जमा करना होते हैं। अमेरिका में जितने भी कॉरपोरेशन हैं, उनमें से प्रत्येक ने किसी न किसी राज्य में इनकॉरपोरेशन दस्तावेज़ जमा किए हैं।

कॉरपोरेशन बनाने के बारे में बेहतरीन चीज़ वह है, जिसे सीमित दायित्त्व कहा जाता है। इसका मतलब है कि अगर केटीज़ बेकिंग कंपनी कोई ख़राब कुकी बेचती है और कोई ग्राहक खाद्य विषाक्तता के लिए इस पर दावा ठोक देता है, जिस कारण इसे हर्जाना देना पड़ता है, तो उस हर्जाने से केटीज़ कंपनी के मालिकों यानी शेयरधारकों की रक्षा होती है। यह सच है कि अदालती निर्णय में कंपनी की सारी पूँजी लग सकती है, लेकिन दावा ठोकने वाला *शेयरधारकों* से एक भी पाई नहीं ले सकता।

कॉरपोरेशन के बारे में एक और बेहतरीन चीज़ यह है कि स्वामित्त्व को विभाजित किया जा सकता है और व्यवसाय शुरू करने या बढ़ाने हेतु पूँजी इकट्ठी करने के लिए इसे बेचा जा सकता है। केटी की पाई की तरह ही स्वामित्त्व को भी मनचाहे हिस्सों में काटा जा सकता है। पाई को जितना ज़्यादा काटा जाता है, पाई के टुकड़े उतने ही छोटे होते हैं। इसी तरह जितने ज़्यादा शेयर जारी किए जाते हैं, शेयर उतने ही छोटे हिस्से के स्वामित्त्व का प्रतिनिधित्त्व करता है। पाई को दो बराबर टुकड़ों में बाँटेंगे, तो हर टुकड़ा आधा स्वामित्त्व दर्शाता है। अगर किसी कंपनी के केवल दो ही शेयर हों, तो हर शेयर कंपनी में 50 प्रतिशत स्वामित्त्व दर्शाता है।

लेकिन आइए केटीज़ की ओर लौटते हैं। काफ़ी खोजबीन के बाद आपको पता चलता है कि आपकी बहन भी आपके व्यावसायिक उपक्रम में निवेश करने को तैयार है, बशर्ते आप भी उतनी ही धनराशि का निवेश करें। इसके बाद आपमें से प्रत्येक 5,000 डॉलर का निवेश करता है और बदले में कंपनी आप दोनों को 50-50 शेयर जारी करती है। ये सौ शेयर उस बेकरी के कुल शेयर हैं। इसका मतलब है कि आप और आपकी बहन दोनों ही बेकरी की 50-50 प्रतिशत मालिक हैं। पाई की तरह।

चूँकि आप और आपकी बहन व्यवसाय की स्वामी हैं, इसलिए आपको कंपनी के संचालन की देखरेख करने के लिए संचालक मंडल भी चुनना होगा। ज़्यादातर व्यवसायों की तरह, जिनका स्वामित्त्व कुछ बड़े शेयरधारकों के पास होता है, उनकी तरह ही आप खुद को और अपनी बहन को संचालक मंडल में चुन लेती हैं। फिर संचालक मंडल कंपनी को चलाने के लिए प्रबंधक को नियुक्त करता है। इस मामले में चूँकि आपको और आपकी बहन को बेकिंग का कोई अनुभव नहीं है, इसलिए आप केटीज़ को चलाने के लिए जेनेट स्वीटब्रेड्स नामक स्थानीय बेकर को नौकरी पर रख लेती हैं। मिस स्वीटब्रेड्स कंपनी की सीईओ (चीफ़ एक्ज़ीक्यूटिव ऑफ़िसर) हैं और सीधे संचालक मंडल के अधीन काम करती हैं। यदि संचालक मंडल को मिस

स्वीटब्रेड्स का कामकाज पसंद नहीं आता, तो यह उन्हें हटाकर कोई नया सीईओ चुन सकता है।

अगर कारोबार के पहले साल में कंपनी को कॉरपोरेट इनकम टैक्स के बाद 100 डॉलर की शुद्ध आमदनी होती है, तो चूँकि 100 शेयर हैं, इसलिए बेकिंग कंपनी को प्रति शेयर 1 डॉलर की आय होती है। शुद्ध आमदनी को कुल शेयरों से विभाजित करने पर प्रति शेयर आमदनी यानी ईपीएस का आँकड़ा निकल आता है।

अगर केटीज़ बेकिंग कंपनी को अतिरिक्त पैसे उगाहने की ज़रूरत पड़ती है, तो इसके पास दो विकल्प होते हैं। यह या तो और ज़्यादा शेयर बेच सकती है या फिर किसी से पैसे उधार ले सकती है। अगर यह ज़्यादा शेयर बेचती है, तो कंपनी में स्वामित्त्व कम हो जाएगा। अगर आप पचास अतिरिक्त शेयर जारी करती हैं, तो फिर कंपनी के 150 शेयर हो जाएँगे और आपके पास रखे 50 प्रतिशत अब कंपनी में 33 प्रतिशत स्वामित्त्व का ही प्रतिनिधित्त्व करेंगे। यह मालिक के रूप में आपको बहुत अच्छा नहीं लगता है। इसलिए अगली संचालक मंडल की बैठक में आप अपनी सीईओ मिस स्वीटब्रेड्स को बताती हैं कि कंपनी के लिए आवश्यक नई पूँजी इकट्ठी करने के लिए वह शेयर नहीं, बल्कि बॉण्ड बेचें।

बॉण्ड पैसे चुकाने का वादा है। जब आप लोन लेने के लिए बैंक जाते हैं, तो आप बुनियादी तौर पर इसे एक बॉण्ड दे रहे हैं। आप इसे एक काग़ज़ देते हैं, जिसमें यह लिखा रहता है कि आपने इतने डॉलर उधार लिए और आप इसे सूद समेत लौटाने का वादा करते हैं। जब बैंक आपसे पैसे उधार लेता है, तो यह आपको सर्टिफ़िकेट ऑफ़ डिपॉज़िट बेचता है, जो दरअसल एक तरह का बॉण्ड है। यह अनुबंध के मुताबिक़ सहमत होता है कि अगर आप इसे पैसे उधार देते हैं, तो यह आपका पूरा पैसा किसी भावी तारीख़ को लौटा देगा, साथ ही निश्चित दर पर ब्याज भी देगा।

जनरल मोटर्स जैसी बड़ी कंपनियाँ बैंकों से ही पैसे उधार नहीं लेती हैं; वे जनता को बॉण्ड भी जारी करती हैं। जीएम मेरिल लिंच जैसे किसी निवेश बैंक के पास जाकर कहता है कि इसे 200 मिलियन डॉलर इकट्ठे करने की ज़रूरत है। यह कोई छोटी रक़म नहीं है। मेरिल लिंच के पूरे अमेरिका में हज़ारों स्टॉकब्रोकर हैं और यह कहता है कि यह उनके माध्यम से अपने ग्राहकों को 200 मिलियन डॉलर के जीएम बॉण्ड बेच सकता है। इस सेवा के बदले में मेरिल लिंच जीएम से फ़ीस वसूल करता है। लेकिन देनदार-लेनदार संबंध जीएम और इसके बॉण्ड ख़रीदने वाले हज़ारों लोगों के बीच ही होता है।

मेरिल लिंच किसी कंपनी के लिए एक और तरीक़े से पैसे इकट्ठे कर सकता है - यह उस कंपनी के शेयर अपने ग्राहकों को बेच सकता है। आइए मान लेते हैं

कि जब केटीज़ शुरू हो रही थी, तब आपके पास सचमुच बड़ी योजनाएँ थीं और कारोबार शुरू करने के लिए आपको 10,000 डॉलर के बजाय 10 मिलियन डॉलर की ज़रूरत थी। आपकी बहन के पास इतने पैसे नहीं हैं, इसलिए आप मिलकर एक व्यावसायिक योजना बनाती हैं और मेरिल लिंच में निवेश बैंकरों से मिलने जाती हैं। मेरिल लिंच को यह विचार पसंद आता है और यह कहता है कि यह अपने ग्राहकों को आपकी कंपनी में निवेश करने के लिए राज़ी कर सकता है। आप कहते हैं, "बेहतरीन," और आप मेरिल लिंच को इसकी सेवा के बदले में फ़ीस चुकाने के लिए तैयार हो जाते हैं। मेरिल लिंच फिर अपने ग्राहकों को फ़ोन करके केटीज के शेयर बेच देता है। इसे आईपीओ कहा जाता है।

आईपीओ के बाद केटीज़ के स्वामित्त्व के काफ़ी शेयर हज़ारों लोगों के हाथ में पहुँच जाते हैं। केटीज़ के हज़ारों व्यक्तिगत मालिक हैं, जिनमें से प्रत्येक केटीज़ बेकिंग कंपनी के एक छोटे-से हिस्से का मालिक है।

जब आपके पास बहुत से स्वामी होते हैं, तो एक अजीब चीज़ होती है। उनमें से कुछ किसी भावी तारीख़ को कारोबार के बाहर जाना चाहते हैं। शायद उन्हें पैसे ही ज़रूरत हो या शायद वे अब नहीं सोचते हैं कि उनके पैसों के निवेश के लिए बेकिंग व्यवसाय सही जगह है। कारण चाहे जो हो, वे अपने शेयर बेचना चाहते हैं।

जो शेयरधारक बेचना चाहते हैं, वे अपने स्टॉकब्रोकर को फ़ोन करके कहते हैं कि वे केटीज़ बेकिंग कंपनी के सौ शेयर बेचना चाहते हैं। जो लोग इसके शेयर ख़रीदना चाहते हैं, वे अपने ब्रोकर को फ़ोन करके कहते हैं कि वे केटीज़ बेकिंग कंपनी के सौ शेयर ख़रीदना चाहते हैं।

ये दोनों ऑर्डर न्यू यॉर्क स्टॉक एक्सचेंज में मिलते हैं, जो संसार के कई स्टॉक एक्सचेंजों में से एक है। ख़रीदार और बेचने वाले एक साथ आते हैं; एक ख़रीदने का भाव बोलता है, दूसरा बेचने का भाव बताता है। जब ख़रीदने और बेचने के भाव बराबर हो जाते हैं, तो सौदा पूरा हो जाता है। यह बुनियादी तौर पर नीलामी वाला तरीक़ा है। इसे एक्सचेंज में रहने वाले विशेषज्ञ सुगम बनाते हैं, जो मार्केट मेकर के रूप में काम करते हैं। इन मार्केट मेकर्स की फ़्लोर पर एक निश्चित जगह होती है, जहाँ किसी ख़ास शेयर को ख़रीदने और बेचने वाले मिलते हैं। आप केटीज़ के कुछ शेयर ख़रीदना चाहते हैं और आपका ब्रोकर एक्सचेंज की फ़्लोर पर अपने एजेंट को फ़ोन करके उससे कहता है कि अगर कोई 10 डॉलर के भाव पर बेचने को तैयार हो, तो वह केटीज़ के सौ शेयर ख़रीद ले। एजेंट केटीज़ शेयर के मार्केट मेकर के पास जाता है और ऑर्डर लगा देता है। जो बेचना चाहता है, वह भी यही चीज़ करता है। और मार्केट मेकर सौदा पूरा करने के लिए दोनों को मिलाने का काम करता है। कई बार जब बाज़ार किसी ख़ास शेयर के लिए सुस्त होता है, तो मार्केट

मेकर अपने खुद के ख़ाते के लिए शेयर ख़रीद लेगा। यह शेयर उसकी इनवेंट्री का हिस्सा बन जाते हैं, जिन्हें वह तब बेचेगा, जब कोई ख़रीदार सामने आएगा। मार्केट मेकर जिन शेयरों में काम करता है, उसकी थोड़ी इनवेंट्री अपने पास हमेशा रखता है, ताकि जब कोई बेचने वाला नहीं हो, तो वह ख़रीदने के ऑर्डरों को पूरा कर सके।

हमारे उद्‌देश्यों से, किसी कंपनी में स्वामित्त्व का प्रतिनिधित्त्व हर शेयर को इक्विटी कहा जाता है। और बॉण्ड को डेट यानी क़र्ज़ कहा जाता है। जिन कंपनियों के बारे में हम इस पुस्तक में चर्चा करेंगे, वे बरसों पहले सार्वजनिक हुई थीं और उनके हज़ारों शेयरधारक हैं और विभिन्न शेयर बाज़ारों में उन कंपनियों के शेयरों की ख़रीद-फ़रोख़्त होती है।

9

किसी व्यवसाय का मूल्यांकन करना

अब हमारा नींव रखने का थोड़ा काम हो चुका है, इसलिए हम व्यावसायिक दृष्टिकोण से निवेश करने के वॉरेन के दर्शन का ज़्यादा विस्तृत विश्लेषण शुरू करते हैं।

आइए एक सरल व्यवसाय से शुरुआत करते हैं। हम इसका मूल्य आँककर यह तय करेंगे कि इसे किस भाव पर ख़रीदना आकर्षक रहेगा। यह व्यवसाय सीधा-सरल होगा और मूल्य आँकने की इस प्रक्रिया में हम मुद्रास्फीति और टैक्सेशन के प्रभाव पर विचार नहीं करेंगे। इससे हमें बैलेंस शीट, इनकम स्टेटमेंट और इनकॉरपोरेशन की प्रक्रिया को स्पष्ट करने का मौक़ा भी मिल जाएगा। बुद्धिमान निवेशक को इन चीज़ों की थोड़ी समझ होती है, लेकिन कई लोगों को नहीं होती। आपमें से जो लोग एमबीए हैं, वे इस अभ्यास से बहुत बोर हो जाएँगे, लेकिन मैं वॉरेन संबंधी जानकारी भी बीच-बीच में देती जाऊँगी।

आइए मान लेते हैं कि युवा वॉरेन अमेरिका में सबसे अमीर व्यक्ति बनने के बचपन के सपने पर काम शुरू करते हैं और सत्रह साल की उम्र में व्यवसाय शुरू करने का निर्णय लेते हैं। युवा वॉरेन हमेशा से वाणिज्यिक मानसिकता के रहे हैं और उन्होंने अपने *वॉशिंगटन पोस्ट* पेपर रूट की आमदनी में से 35 डॉलर बचा लिए हैं। सभी युवा बिज़नेस टाइकून्स की तरह वह पैसा भी उनकी जेब में उछल रहा है। उन्हें इसके साथ क्या करना चाहिए? इसे लड़कियों पर ख़र्च करना चाहिए? नहीं, वे अब तक अपनी पत्नी सूज़ी से नहीं मिले हैं, जो उनके बच्चों की माँ हैं। शायद उन्हें इसे कैंडी और सोडा पर ख़र्च करना चाहिए। इनसे आपके दाँत ख़राब हो जाते हैं, जिसका मतलब होगा डेंटिस्ट को पैसे देना, जिसका मतलब है बिना मुनाफ़े का ख़र्च।

नहीं, युवा वॉरेन व्यवसाय शुरू करके थोड़े ज़्यादा पैसे कमाना चाहते हैं। अगर वे चक्रवृद्धि ब्याज के चमत्कारों का पूरा लाभ लेना चाहते हैं, तो वे जानते हैं कि

वे जितनी कम उम्र में शुरू कर दें, उतना ही बेहतर है। जैसा हम सभी जानते हैं मृत्यु ही है, जो पैसे को चक्रवृद्धि होने से रोकती है और टैक्स वसूल करने वाले को आपके दरवाज़े पर लाती है।

खोजबीन के बाद वे एक पुरानी कामकाजी पिनबॉल मशीन को 35 डॉलर में ख़रीद लेते हैं। अब उनके पास उनके व्यवसाय की पहली संपत्ति है और उन्हें अहसास होता है कि उन्हें इसे किसी ऐसी जगह पर लगाना चाहिए, जहाँ लोग इसका इस्तेमाल कर सकें। स्थानीय पूल हॉल वाला बंदा कहता है कि उसके पास उसकी खुद की चार पिनबॉल मशीनें हैं और वह वॉरेन को उसके ग्राहकों को खींचने नहीं देना चाहता है। यह अहसास करते हुए कि पूल हॉल के पास पिनबॉल खेलने वाले लोगों का एक तरह से एकाधिकार है, युवा वॉरेन निराश हो जाते हैं कि उन्हें वहाँ काम करने से रोक दिया गया। जैसा रिटेल व्यवसाय में कहा जाता है : "जगह, जगह, और जगह।"

लेकिन इंतज़ार करें। युवा वॉरेन को अचानक अहसास होता है कि सभी पिनबॉल खेलने वाले पूल-हॉल क़िस्म के लोगों की क्रू कट होती है, एक ख़ास तरह की हेयरकट, जो सार्ज नाम का नाई करता है। सार्ज की नाई की दुकान जाने से दो चीज़ें पता चलती हैं : (1) वहाँ पिनबॉल मशीन नहीं है और (2) पिनबॉल खेलने वाले पूल हॉल क़िस्म के बहुत से लोग वहाँ सार्ज से क्रू कट कराने का इंतज़ार कर रहे हैं। उसी पल वॉरेन के दिमाग़ में "स्पष्टता का अग्निपुंज" प्रकट होता है और वे अपना पहला संयुक्त उपक्रम करते हैं। वे सार्ज को पिनबॉल मशीन से होने वाली आमदनी का 20 प्रतिशत देने का वादा करते हैं, बशर्ते वे युवा वॉरेन को उनकी दुकान में मशीन लगाने की अनुमति दे दें। सार्ज पैसे कमाने के लिए हमेशा उत्सुक रहते हैं, इसलिए "हाँ" कर देते हैं और तुरंत ही युवा वॉरेन के साथ कारोबारी अनुबंध में उतर जाते हैं। अगले दिन युवा वॉरेन नाई की दुकान में जाते हैं

संपत्तियाँ	
नक़दी *(व्यवसाय में पहले दिन से)*	8 डॉलर
जायदाद	35 डॉलर
कुल संपत्तियाँ	43 डॉलर
दायित्त्व	
क़र्ज़	0 डॉलर
पेड-इन कैपिटल *(वह पैसा जिससे* *उन्होंने व्यवसाय शुरू किया)*	35 डॉलर
रिटेन्ड अर्निंग्स (वह पैसा जो *उन्होंने आय से बचाकर रखा)*	8 डॉलर
शेयरधारकों की इक्विटी/बुक वैल्यू	
(पेड-इन कैपिटल और *रिटेन्ड अर्निंग्स का योग)*	43 डॉलर
कुल शेयरधारकों की इक्विटी तथा दायित्त्व	
	43 डॉलर

और उन्हें मशीन में 10 डॉलर मिलते हैं। उन्होंने अभी-अभी पहिये का आविष्कार कर लिया है, यह सोचते हुए वे आमदनी का 20 प्रतिशत यानी 2 डॉलर सार्ज को दे देते हैं और बाक़ी का 80 प्रतिशत अपनी जेब में रख लेते हैं। नाई की दुकान से बाहर आते समय युवा वॉरेन को अहसास होता है कि यह बहुत ही लाभदायक व्यावसायिक उपक्रम होने वाला है।

आप सभी एमबीए करने वाले लोग, ठीक है, अगर युवा वॉरेन का पिनबॉल व्यवसाय पूरे साल हर दिन उनके लिए 8 डॉलर कमाता रहे और वॉरेन सार्ज के साथ उस जगह के लिए दस साल का विशेष लीज़ अनुबंध कर लेते हैं और दस साल बाद इमारत को गिराना पड़ता है, तो युवा वॉरेन के व्यवसाय का आज कितना मूल्य है?

अच्छा प्रश्न। लेकिन जवाब पूरी तरह से स्पष्ट नहीं है। आइए व्यवसाय के थोड़े अर्थशास्त्र को देखते हैं। सबसे पहले तो वॉरेन की नक़दी और जायदाद की संपत्तियों का कुल मूल्य 43 डॉलर है और उन पर कोई देनदारी नहीं है। इसलिए उनकी बैलेंस शीट, जिसका इस्तेमाल लेखापाल किसी ख़ास दिन किसी व्यवसाय की वित्तीय स्थिति को तय करने के लिए करते हैं, उनके व्यवसाय के पहले दिन के अंत में इस तरह दिखती है।

आइए बैलेंस शीट पर नज़र डालते हैं।

नक़दी में 8 डॉलर की संपत्तियाँ उनके पहले दिन के कारोबार से आई हैं; जायदाद पिनबॉल मशीन है, जिसका मूल्य 35 डॉलर है। कोई क़र्ज़ नहीं है, इसलिए दायित्त्व 0 डॉलर है। पेड-इन कैपिटल वह पैसा है, जो व्यवसाय को शुरू करने के लिए निवेश किया गया था, जो इस मामले में पिनबॉल मशीन का मूल्य है यानी 35 डॉलर। रिटेन्ड अर्निंग्स वे हैं, जो पहले दिन के कारोबार में कमाई गई थीं, यानी 8 डॉलर। स्टॉकहोल्डर्स इक्विटी पेड-इन कैपिटल और रिटेन्ड अर्निंग्स का योग है यानी 43 डॉलर। ग़ौर करें कि आप साल के किसी भी दिन के लिए बैलेंस शीट बना सकते हैं, लेकिन ज़्यादातर व्यवसाय यह काम किसी वित्तीय तिमाही के अंत में और वित्तीय वर्ष के अंत में ही करते हैं।

इनकम स्टेटमेंट एक और दस्तावेज़ है, जो दिखाता है कि किसी व्यवसाय ने ख़ास समयावधि के दौरान कितना पैसा बनाया। वॉरेन के पिनबॉल व्यवसाय का पहले दिन का इनकम स्टेटमेंट इस तरह दिखेगा :

आमदनी	10 डॉलर
व्यय	– 2 डॉलर
लाभ	8 डॉलर

आमदनी में पूरी धनराशि आएगी, जो कमाई गई है। व्यय सार्ज को दिए गए पैसे हैं यानी 2 डॉलर। लाभ वह पैसा है, जिसे युवा वॉरेन अपनी जेब में रख सकते हैं।

वॉरेन के पिनबॉल व्यवसाय का मूल्यांकन

हम बैलेंस शीट से देख सकते हैं कि कंपनी की नेट वर्थ 43 डॉलर है। क्या आप इस व्यावसायिक उद्यम को 43 डॉलर यानी इसकी नेट वर्थ पर बेच देंगे? नहीं, मुझे ऐसा नहीं लगता, क्योंकि आप युवा वॉरेन की तरह मानते हैं कि यह अगले दस साल तक हर दिन 8 डॉलर कमाएगा। तो वॉरेन के व्यवसाय का मूल्य क्या है? अच्छा प्रश्न है। हम जानते हैं कि यह एक ऐसा व्यवसाय है, जो हर दिन 8 डॉलर का मुनाफ़ा दे सकता है। हम यह भी जानते हैं कि सार्ज अपनी दुकान सप्ताह में सातों दिन खुली रखते हैं और छुट्टियों में दुकान खोलने पर ख़ास गर्व करते हैं, जिसका मतलब है कि यह व्यवसाय साल में 365 दिन चलता है। (ठीक है, सार्ज थोड़े अजीब हैं।) 8 डॉलर के दैनिक मुनाफ़े का 365 दिनों से गुना कर दें, ताकि आपका साल भर का मुनाफ़ा निकल आए। परिणाम आता है 2,920 डॉलर। यानी आपको साल भर में 2,920 डॉलर का मुनाफ़ा होता है। अगर आपने व्यवसाय को इसकी शेयरहोल्डर्स इक्विटी/बुक वैल्यू यानी 43 डॉलर में ख़रीदा हो, तो आप पहले साल में 1,920 डॉलर के टैक्स से पूर्व मुनाफ़े के जेब में आने की उम्मीद करेंगे। आपके निवेश पर बुरा मुनाफ़ा नहीं है। इसलिए बेहतरीन निवेश की हमेशा तलाश में रहने की वजह से आप युवा वॉरेन के पास जाते हैं और उनका व्यवसाय 43 डॉलर में ख़रीदने की पेशकश करते हैं। युवा वॉरेन मूर्ख नहीं हैं और आपको बता देते हैं कि उनके पिनबॉल व्यवसाय का मूल्य 43 डॉलर से ज़्यादा है और आप कहीं और जा सकते हैं।

थोड़ा चिढ़कर आप प्रतिक्रिया करते हैं, “अच्छा, अगर आप इतने स्मार्ट हैं, वॉरेन, तो आपके पिनबॉल व्यवसाय का मूल्य कितना है?” और युवा वॉरेन जो हमेशा से बुद्धिमान व्यावसायिक मानसिकता के हैं, आपको बताते हैं कि उनके व्यवसाय का मूल्य कितना है।

वे कहते हैं कि उनका पिनबॉल व्यवसाय एक साल में 2,920 डॉलर कमाता है और वे अगले दस साल तक इस व्यवसाय में रहने की अपेक्षा करते हैं, इसलिए वे दरअसल आपको अगले दस साल तक हर साल 2,920 डॉलर की आमदनी का स्रोत बेच रहे हैं। वे आपको यह भी बताते हैं कि उनका व्यवसाय एक साल में 2,920 डॉलर की उस दस साल की आमदनी के स्रोत के वर्तमान मूल्य के बराबर है। वर्तमान मूल्य? “क्या?” आप कहते हैं। और वे जवाब देते हैं, “वर्तमान मूल्य।”

आपकी कारोबारी नादानी से परेशान होकर युवा वॉरेन डिसकाउंटिंग टु प्रज़ेन्ट वैल्यू की अवधारणा बताते हैं और मुनाफ़े की वार्षिक चक्रवृद्धि दरों की तुलना के बारे में बताते हैं।

वे कहते हैं, "देखिए, अगर आप दस सालों की अवधि तक हर साल 2,920 डॉलर की आमदनी का स्रोत पाना चाहते हैं तो दस साल के अंत तक आप 29,200 डॉलर की राशि इकट्ठी कर लेंगे। बशर्ते आप आने वाली आमदनी का पैसा ख़र्च नहीं करें और पूरी आमदनी को रोककर रखें। "

"और यह भी समझ लें," वे मुस्कराकर कहते हैं। "अगर आप यह पैसा बचा लेते हैं और 8 प्रतिशत मुनाफ़ा देने वाले किसी मनी मार्केट फ़ंड में मासिक जमा करते हैं, तो दस साल बाद आपके पास लगभग 44,516.86 डॉलर होंगे। तो ख़रीदार महाशय, आपको जो सवाल पूछना है, वह यह है कि आज उस भावी 44,516.86 डॉलर का मूल्य क्या है, जब हम यहाँ खड़े हैं?"

आप खुद से मन ही मन कहते हैं, ताकि युवा वॉरेन नहीं सुन सकें, "अगर ब्याज दर 8 प्रतिशत है तो आज मुझे कितने पैसे का निवेश करना होगा, ताकि दस साल में मुझे 44,516.86 डॉलर मिल जाएँ।" आप अपना बीए-35 सोलर सुपरकैलकुलेटर निकालते हैं, जो कलाई के एक झटके से वर्तमान और भावी मूल्य की गणना कर सकता है। आप उसमें वर्षों की संख्या डालते हैं (एन = 10), ब्याज दर (8 प्रतिशत) और भावी मूल्य (एफ़वी = 44,516.86 डॉलर) फिर आप गणना करने वाला बटन और प्रजेंट वैल्यू (पीवी) बटन दबाते हैं और लो परिणाम सामने आ जाता है, 20,619.92 डॉलर।

इसका मतलब यह है कि आपको यानी ख़रीदार को दस साल तक 8 प्रतिशत की सालाना चक्रवृद्धि दर से 20,619.92 डॉलर का निवेश करना होगा, बशर्ते आप दस साल के अंत तक 44,516.86 डॉलर की राशि इकट्ठी करना और बचाना चाहते हैं, ब्याज सहित।

आप युवा वॉरेन को पिनबॉल व्यवसाय के लिए 20,619.92 डॉलर दे सकते हैं और यह अपेक्षा कर सकते हैं कि व्यवसाय दस साल चलने के बाद कुल 44,516.86 डॉलर कमाकर देगा, जिसका मतलब है दस साल की अवधि तक 8 प्रतिशत का सालाना चक्रवृद्धि होने वाला मुनाफ़ा। यह आपके पैसे पर एक अच्छा मुनाफ़ा लगता है, बस एक चीज़ के सिवाय। आपको दस साल के 10 प्रतिशत एएए कॉरपोरेट बॉण्ड में निवेश करने पर इससे बेहतर मुनाफ़ा मिल सकता है।

इससे हमारे आकलन का क्या होता है? आप अपना पैसा निवेश करके 8 प्रतिशत मुनाफ़ा कमाना चाहते हैं या 10 प्रतिशत? अगर दोनों निवेशों में जोखिम समान हो, तो आप 10 प्रतिशत का विकल्प चुनेंगे।

इसलिए अगर आप युवा वॉरेन को 20,619.92 डॉलर देते हैं, तो आप हिसाब लगा सकते हैं कि आपको सालाना 8 प्रतिशत मुनाफ़ा ही मिलेगा। अगर आप 10 प्रतिशत मुनाफ़ा कमाना चाहते हैं, तो आपको युवा वॉरेन को कम पैसे देने होंगे।

10 प्रतिशत मुनाफ़े के हिसाब से वॉरेन के पिनबॉल व्यवसाय के लिए आपको इस समय कितनी राशि देनी चाहिए, यह पता लगाने के लिए आप ब्याज दर को बदलते हैं और अब 8 प्रतिशत की जगह 10 प्रतिशत की चक्रवृद्धि दर डालते हैं।

कैलकुलेटर में फिर आप हिसाब जोड़ते हैं, साल वही 10 रहेंगे, ब्याज दर 10 प्रतिशत, भावी मूल्य 44,516.86 डॉलर, फिर आप सीपीटी बटन और वर्तमान मूल्य बटन दबाते हैं। आँकड़ा आता है 17,163.17 डॉलर। आप वॉरेन के पिनबॉल व्यवसाय के लिए इतने पैसे देकर 10 प्रतिशत मुनाफ़ा कमा सकते हैं।

इसका मतलब है कि अगर आप युवा वॉरेन का व्यवसाय 17,162.17 डॉलर में ख़रीदते हैं, तो आप अपने मूलधन की वापसी के साथ 27,353.69 डॉलर की आमदनी पर भरोसा कर सकते हैं यानी कुल 44,516.86 डॉलर - जिससे आपको 10 प्रतिशत की प्रभावी वार्षिक चक्रवृद्धि दर मिल जाती है। (याद रखें हमारी रुचि *वार्षिक चक्रवृद्धि ब्याज* दर में ही है।)

इसलिए आपके मुनाफ़े की आवश्यकताएँ जो भी हों, आप हिसाब लगा सकते हैं कि उतना मुनाफ़ा पाने के लिए आपको इस समय कितनी राशि देनी चाहिए। उस राशि से ज़्यादा का भुगतान करेंगे, तो आप यह अटकल लगा रहे होंगे कि व्यवसाय पिछले परिणामों से बेहतर प्रदर्शन करेगा। अगर उस राशि से कम भुगतान करेंगे, तो आपको अपने निवेश पर ज़्यादा मुनाफ़ा होगा।

व्यावसायिक दृष्टिकोण रखना

इसका मतलब आपके यानी ख़रीदार के लिए यह है कि आप पहले से जानते हैं कि अपनी मुनाफ़े की दर यानी रेट ऑफ़ रिटर्न हासिल करने के लिए आप युवा वॉरेन को कितना भुगतान कर सकते हैं। आपका दृष्टिकोण व्यावसायिक है। आपको व्यवसाय की वास्तविकताओं और बताए गए मुनाफ़े का अहसास है और आप एक ऐसा भाव चुकाना चाहते हैं, जिसमें आर्थिक समझदारी हो। (वॉरेन के संसार में आर्थिक समझदारी का मतलब है कम से कम 15 प्रतिशत के मुनाफ़े की वार्षिक दर। इस बारे में बाद में विस्तार से बात करेंगे।)

आप इस भविष्यवाणी में नहीं उलझते हैं कि युवा वॉरेन पूरे अमेरिका में नाइयों की दुकानों की चेन में पिनबॉल मशीन रखकर अमेरिका के पिनबॉल बैरन बन जाएँगे। नहीं, यह काम आप वॉल स्ट्रीट के लोगों के लिए छोड़ देते हैं। आपकी रुचि तो निवेश की वार्षिक रेट ऑफ़ रिटर्न की निश्चितता में है।

आइए इस बारे में एक और दृष्टिकोण से सोचें। नई कैब ख़रीदने से पहले कैब का ड्राइवर हिसाब लगाता है कि कैब की लागत कितनी है और वह इससे कितनी कमाई करेगा। लेकिन जो आदमी जाकर 1962 की कॉरवेट इसलिए ख़रीदता है, क्योंकि वह सोचता है कि इसका भाव बढ़ने वाला है, उसे ज़रा भी अंदाज़ा नहीं होता कि उसे उसके निवेश पर कितना रिटर्न मिलेगा।

कैब ड्राइवर ने अपने निवेश के गुण-दोषों का विश्लेषण करने के लिए व्यावसायिक दृष्टिकोण अपनाया है।

कॉरवेट ख़रीदने वाला दाँव लगा रहा है और लालच व आशावादी सोच की वजह से काम कर रहा है। उसके भावी मुनाफ़े की गणना करने की योग्यता फ़ैशन और लालच की हवाओं में खुलकर बहती है।

एक और असली जीवन का उदाहरण वह व्यक्ति है, जो वाणिज्यिक रियल एस्टेट ख़रीदता है, जैसे ऑफ़िस की इमारत। किराये से जितनी आमदनी हो सकती है, बैंक पारंपरिक रूप से किसी वाणिज्यिक जायदाद के लिए उससे 80 प्रतिशत से ज़्यादा पैसे क़र्ज़ में नहीं देते हैं।

यानी अगर किसी वाणिज्यिक इमारत के ऑफ़िसों के किराये से एक साल में 1,00,000 डॉलर मिल सकते हों और यह क़र्ज़ मुक्त हो और बैंक मॉर्टगेज मनी के लिए 10 प्रतिशत वसूल कर रहे हों, तो इस बात की अच्छी संभावना है कि बैंक उस जायदाद के लिए 8 लाख डॉलर तक व्यक्ति को लोन देंगे।

ज़्यादातर बैंक किसी इमारत पर उससे ज़्यादा पैसे नहीं देंगे, जो ब्याज के भुगतान से ज़्यादा हों। वाणिज्यिक जायदाद लगभग हमेशा व्यावसायिक दृष्टिकोण के आधार पर ख़रीदी-बेची जाती है।

लेकिन रहवासी रियल एस्टेट में थोड़ा ज़्यादा अटकलें लगाने की प्रवृत्ति होती है। लोग अपार्टमेंट इमारतें ख़रीदते हैं और जितना वे किराये से कमा सकते हैं, उससे ज़्यादा का भुगतान करते हैं। इस तरह निवेशक को अतिरिक्त स्पेकुलेटिव भाव की भरपाई करने के लिए बहुत ज़्यादा डाउन पेमेंट देना होगा, ताकि बैंक आरामदेह रह सके और इससे बैंक को सुरक्षा का मार्जिन मिल सके। बैंक व्यावसायिक दृष्टिकोण से पैसे उधार देने की कोशिश करते हैं। वे इस बात पर पैनी निगाह रखते हैं कि जायदाद कितना कमा सकती है और उन्हें रियल एस्टेट के भाव बढ़ने की बहुत कम परवाह होती है। बैंकों को तो इस बात की परवाह होती है कि क्या जायदाद ब्याज के भुगतान लायक़ *आमदनी उत्पन्न* कर सकती है।

दूसरी तरफ़, स्पेकुलेटर यह उम्मीद करता है कि रियल एस्टेट के भाव बढ़ेंगे और भविष्य में वह अपने चुकाए गए भाव से ज़्यादा दाम में इमारत बेचेगा। वह कॉरवेट के ख़रीदार जैसा ही है, जिसे इस बारे में बहुत कम परवाह है कि जायदाद

यथार्थवादी ढंग से कितना कमा सकती है और इस बात की ज़्यादा परवाह है कि वह इसे भविष्य में कितने में बेच सकता है।

और शेयर बाज़ार भी ऐसा ही है, जहाँ कंपनियों के आंशिक स्वामित्त्वों को हर दिन नीलाम किया जाता है, व्यावसायिक दृष्टिकोण के निवेश से भी और लोभी स्पेकुलेशन के दृष्टिकोण से भी। व्यावसायिक दृष्टिकोण वाले पहलू में वे बड़े कॉरपोरेशन होते हैं, जो पूरी कंपनियों को ख़रीदना चाहते हैं, ताकि वे अपने आय आधार को बढ़ सकें। स्पेकुलेटिव पहलू में व्यक्तिगत निवेशक और कई मीच्युअल फ़ंड हैं, जो दमदार व्यावसायिक तर्क के आधार पर नहीं, बल्कि आशा और लोभ के आधार पर ख़रीद रहे हैं।

यह समझ लें कि किसी शेयर का भाव हमेशा कंपनी के मूल्य का सूचक नहीं होता। कई बार कंपनी का सच्चा मूल्य उससे ज़्यादा होता है, तो कई बार कम होता है। शेयर बाज़ार लोगों और कॉरपोरेशनों तथा मीच्युअल फ़ंड जैसी संस्थाओं से बना होता है, जो दो विपरीत रणनीतियों से प्रेरित होती हैं। ये दो रणनीतियाँ हैं कठोर व्यावसायिक दृष्टिकोण और भय व लोभ से प्रेरित सरासर दाँव लगाना या सट्टा खेलना।

यह स्पेकुलेशन यानी सट्टा लगाना है, जो शेयरों को आसमान पर पहुँचा देता है और फिर निराशाजनक डर से प्रेरित तलहटी में गिरा देता है। यह व्यावसायिक दृष्टिकोण है, जो उन्हें मध्यम स्तर पर लाता है, लोभी ऊँचाइयों से नीचे और डर से प्रेरित निचाइयों से ऊपर। इसका उदाहरण देखें। 1988 में आरजेआर नैबिस्को का शेयर 45 डॉलर पर था। इसकी प्रति शेयर आय 5.92 डॉलर थी और इस पर बहुत कम क़र्ज़ था। इसका आमदनी में शानदार वृद्धि का लंबा इतिहास था, जो तंबाखू व्यवसाय के मुनाफ़े की वजह से संभव हुआ था। लेकिन लोग इस कंपनी से दूर रहते थे, क्योंकि इसके ख़िलाफ़ लोगों ने मुकदमे दायर किए थे, जिनका दावा था कि उन्हें सिगरेट पीने से कैन्सर हुआ था। शेयर बाज़ार ने इसे देखा और इसके शेयर के भाव को कम रखकर प्रतिक्रिया दी।

आरजेआर नैबिस्को के प्रबंधन ने अपने शेयरों के कम भाव को देखा और उन्हें इस बात का अहसास हुआ कि वे अरबों डॉलर उधार लेकर विद्यमान शेयरधारकों के शेयर ख़रीद सकते हैं और इस तरह कंपनी का पूरा नियंत्रण अपने हाथों में ले सकते हैं। उन्होंने सोचा कि इसके बाद वे कंपनी के फ़्री कैशफ़्लो का इस्तेमाल करके अरबों डॉलर की उधारी चुका सकते हैं। इस अवसर को देखते हुए प्रबंधन ने निवेशकों का एक समूह बनाया, जिसने एक वॉल स्ट्रीट निवेश बैंक से अरबों डॉलर की फ़ाइनैंसिंग की व्यवस्था कर दी। जब फ़ाइनैंसिंग हो गई, तो प्रबंधन/निवेश समूह ने कंपनी के सारे शेयर विद्यमान शेयरधारकों से 75 डॉलर के भाव पर ख़रीदने की पेशकश की, जिसका मतलब था पूरी कंपनी के लिए 17 अरब डॉलर चुकाना। यह

कुछ हद तक वाणिज्यिक रियल एस्टेट ख़रीदने जैसा है, जिसमें आप विक्रेता को नई मॉर्टगेज के लिए पैसे चुका रहे हैं, जो आपने बैंक से प्राप्त किए और फिर किराये से मिलने वाली राशि से बैंक को भुगतान कर रहे हैं।

आरजेआर के मामले में ख़रीदार के रूप में काम करने वाला प्रबंधन/निवेश समूह कंपनी को ख़रीदना चाहता था, फिर मालिकों (शेयरधारकों) को भुगतान करने के लिए इसे मॉर्टगेज रखना चाहता था और फिर फ़्री कैशफ़्लो का इस्तेमाल करके बैंकों का उधार चुकाना चाहता था। यह बहुत चतुराई भरा खेल था, जो इसलिए संभव हुआ था, क्योंकि दाँव लगाने वाली जनता ने डर की वजह से शेयर बेच दिए और शेयर के भाव को नीचे गिरने पर मजबूर कर दिया। प्रबंधन/निवेश समूह का मालूम था कि व्यावसायिक दृष्टिकोण से कंपनी का मूल्य कितना था। इसने अवसर देखा और इस पर कूद पड़ा तथा शेयर का भाव 45 डॉलर की डर से बनी निचाई से उठकर 75 डॉलर के व्यावसायिक दृष्टिकोण के मूल्यांकन पर पहुँच गया।

प्रबंधन/निवेश समूह के लिए सब कुछ सुचारु होता, लेकिन लीवरेज बाइआउट फ़र्म केकेआर के कुछ लोगों ने सोचा कि कंपनी का सच्चा मूल्य शेयर के मूल्य से थोड़ा ज़्यादा है और उन्होंने पाया कि कुछ बैंक उनके इस विचार से सहमत हैं। केकेआर ने अंत में पूरी कंपनी को लगभग 28 अरब डॉलर में ख़रीद लिया। ख़रीदने के बाद केकेआर ने आरजेआर के फ़्री कैशफ़्लो का इस्तेमाल किया और साथ ही इसकी कई सहयोगी इकाइयों को बेच दिया, जिससे इसने क़र्ज़ को कम किया। यह पुस्तक लिखे जाने तक कंपनी मुनाफ़े में है और इसने कंपनी ख़रीदने के लिए लिए गए क़र्ज़ का एक बड़ा हिस्सा चुका दिया है। (केकेआर जैसी लीवरेज-बाइआउट फ़र्मों को निवेशकों के समूह की तरह मानें, जो ऐसी इमारत ख़रीदते हैं, जिस पर कोई मॉर्टगेज नहीं हो और फिर इमारत से मिलने वाले किराये से बैंक की क़िस्त चुकाते हैं। लेकिन इमारतों के बजाय केकेआर जैसे समूह कंपनियाँ ख़रीदते हैं, जिन पर ज़्यादा क़र्ज़ नहीं होता और जिनके शेयरों का भाव बाज़ार कम आँकता है।)

ग्राहम ने *सिक्युरिटी एनालिसिस* के 1951 संस्करण में लिखा था कि "सामान्य तौर पर बाज़ार किसी *मुकदमे वाले दावे* का संपत्ति के रूप में कम मूल्य आँकता है और इसे दायित्त्व के रूप में ज़्यादा आँकता है। इसलिए इन स्थितियों के विद्यार्थियों के लिए उन्हें उनके सच्चे मूल्य से कम पर ख़रीदने का और दावे के निबटने पर सामान्यतः आकर्षक मुनाफ़ा कमाने का अवसर होता है।"

आरजेआर डर से प्रेरित जनता द्वारा किसी दायित्त्व का अति अनुमान लगाने का आदर्श उदाहरण है, जिसकी वजह से आरजेआर के शेयर को लुढ़कना पड़ा। फिर व्यावसायिक संसार ने व्यावसायिक दृष्टिकोण से प्रेरित होकर मूल्य को देखा और बाज़ार भाव से कहीं ज़्यादा भाव देने की पेशकश की।

कृपया ग़ौर करें, इसका यह मतलब नहीं है कि व्यावसायिक संसार दाँव लगाने के लोभ में नहीं फँस सकता और किसी अधिग्रहण पर बहुत ज़्यादा पैसे ख़र्च नहीं कर सकता। यह एक ऐसी चीज़ है, जो आम तौर पर तब होती है, जब प्रबंधन का अहं बहुत ज़्यादा होता है और इसके साम्राज्य के विस्तार का लोभ इसके दिमाग़ पर हावी हो जाता है, जिससे दमदार व्यावसायिक तर्क बाहर चला जाता है, जिसकी व्यावसायिक दृष्टिकोण से निवेश करने में ज़रूरत होती है।

10

आपको व्यावसायिक दृष्टिकोण निवेश के बारे में सिर्फ़ दो चीज़ें जानने की ज़रूरत है : क्या ख़रीदें – और किस भाव पर ख़रीदें

यह सही है। अगर आप इन दो प्रश्नों के जवाब दे सकें, तो सफलता आपकी मुट्ठी में है। क्या ख़रीदें और किस भाव पर? आसान लगता है, है ना?

समस्या यह है कि वॉल स्ट्रीट के निवेश बैंकर और ब्रोकर बुनियादी तौर पर कमीशन के लिए काम करने वाले सेल्समैन होते हैं। ज़ाहिर है, वे जो बेच रहे हैं, उसका वे ज़्यादा से ज़्यादा भाव चाहते हैं। ख़रीदार को शायद ही कभी कोई अच्छा सौदा मिल सकता है। आईपीओ का भाव अधिकतम रखा जाता है, ताकि उसे जारी करने वाली कंपनी को इसके शेयरों के बदले में अधिकतम पैसे मिल सकें और निवेश बैंक को सबसे ज़्यादा कमीशन मिल सके। जो शेयर ब्रोकर आपको फ़ोन करता है, वह कमीशन ब्रोकर है और सभी कमीशन ब्रोकरों की तरह उसकी रुचि भी केवल सबसे महँगी चीज़ें बेचने में होती है, जिन्हें वह बेच सकता है।

अगर शेयर ब्रोकर आपको आईपीओ बेच रहा है, तो आप तुरंत समझ सकते हैं कि निवेश बैंक ने इसका भाव अधिकतम रखा होगा और आपको कोई अच्छा सौदा नहीं मिल रहा है। अगर स्टॉक ब्रोकर आपको ऐसी कंपनी बेच रहा है, जिसका समर्थन उसका शोध विभाग कर रहा है, तो आप जानते हैं कि आप भेड़ों की मानसिकता पर चल रहे हैं। क्योंकि जब शेयर का भाव बढ़ता है, तो शेयर ब्रोकर का उत्साह भी बढ़ेगा। "आज यह दो पॉइंट ऊपर है!" "इसके लिए तो आसमान ही सीमा है!" "बेहतर होगा कि जल्दी करें, ट्रेन स्टेशन से छूटने ही वाली है!"

दूसरी तरफ़, जब किसी शेयर का भाव बढ़ता है, तो उसके प्रति वॉरेन का उत्साह कम हो जाता है। रोचक है ना कि जिस आदमी ने इस खेल में सबसे ज़्यादा

पैसे बनाए हैं, उसकी रणनीति उस व्यक्ति से ठीक उलटी है, जो आपको फ़ोन करता है और कुछ बेचने की कोशिश करता है!

क्या ख़रीदना है और किस भाव पर ख़रीदना है? इन प्रश्नों को विचित्र कारणों से वॉल स्ट्रीट और व्यक्तिगत निवेशक ने वित्तीय आतिशबाज़ी में उलझाकर रख दिया है, जिसे देखकर कल्पना चकरा जाती है। वे कहाँ गड़बड़ करते हैं? दरअसल गड़बड़ यह होती है कि वे अपना पूरा ध्यान एक ही प्रश्न पर केंद्रित करते हैं : क्या ख़रीदना है। और इस प्रश्न को पूरी तरह से नज़रअंदाज़ कर देते हैं : *किस भाव पर ख़रीदना है?* आभूषण या पेंटिंग के सेल्समैन की तरह ही वे सौंदर्य को उपयोगिता पर हावी होने देते हैं। वॉल स्ट्रीट का ब्रोकर किसी उद्यम के अर्थशास्त्र का इस तरह बखान करता है, मानो वे सौंदर्य के गुण हों और हमेशा भाव को तसवीर से बाहर कर देता है। वे कभी फ़ोन करके यह नहीं कहते, "एक्सवायज़ेड कंपनी बहुत अच्छी है, लेकिन इसका भाव बहुत ज़्यादा है।" वे ऐसा इसलिए नहीं करते, क्योंकि सच तो यह है कि शायद वे यह सोचते हैं कि एक्सवायज़ेड को किसी भी भाव पर ख़रीदना बेहतरीन रहेगा, जो मूर्खता की वह सबसे बड़ी बात है, जो आपको इस खेल में मिल सकती है।

याद रखें, शेयर ब्रोकर आपको भाव बढ़ने वाले शेयरों की संभावनाएँ बेच रहा है और व्यवसाय के अर्थशास्त्र के सौंदर्य संबंधी गुण यहीं पर सामने आते हैं। ब्रोकर अर्थशास्त्र का बखान करके रोमांच उत्पन्न करता है और आप यानी निवेशक पाव्लोव के कुत्ते की तरह लार टपकाते हुए उसे अपने पैसे दे देते हैं। इस पूरे समय में किसी ने भी इस बारे में एक शब्द भी नहीं कहा कि क्या आपको अपने पैसों के बदले में कोई सच्चा मूल्य मिला। लेकिन मूल्य का सौंदर्य शास्त्र से क्या संबंध है? आपको अभी-अभी एक पेंटिंग 1 मिलियन डॉलर में बेची गई है, हालाँकि इसे बनाने की लागत शायद 500 डॉलर से भी कम थी।

लेकिन अगर उपयोगिता आपका पहला प्रश्न होती, तो आप किसी भी निवेश को उसी तरह देखते, जिस तरह वॉरेन देखते हैं - व्यावसायिक दृष्टिकोण से। जो प्रश्न आपको बार-बार पूछना चाहिए, वह शेयर के बढ़ते भाव के बारे में नहीं पूछना चाहिए, बल्कि इस बारे में पूछना चाहिए कि क्या अंतर्निहित व्यवसाय पर्याप्त आमदनी करेगा या नहीं। और अगर हाँ, तो कितनी? एक बार जब यह आँकड़ा तय हो जाता है, तो फिर माँगे जाने वाले भाव पर मुनाफ़े का हिसाब लगाया जा सकता है।

मुझे इस बात पर लगातार हैरानी होती है कि वॉल स्ट्रीट बहुत ही ऊँचे और मूर्खतापूर्ण भाव पर ऐसी कंपनियों के शेयर बेच सकती है, जो अभी शुरू हो रही हैं और कुछ समय तक उन्हें कोई आमदनी नहीं होगी। ऐसे दौर में आमदनी और विकास के लंबे इतिहास वाली कंपनियाँ इन नई स्पेकुलेटिव कंपनियों के भाव से बहुत कम में बिकती हैं।

ग्राहम के लिए ये दोनों प्रश्न परस्पर-निर्भर थे : क्या ख़रीदना है और किस भाव पर ख़रीदना है? लेकिन वॉरेन के बजाय ग्राहम भाव को ज़्यादा महत्त्व देते थे और उसी के आधार पर यह निर्णय लेते थे कि क्या ख़रीदना है। जब तक कंपनी की आमदनी स्थिर है, तब तक उसका भाव यह तय करेगा कि क्या ख़रीदा जा सकता है; ग्राहम को व्यवसाय की प्रकृति की बहुत कम परवाह थी। ग्राहम को इस बात से कोई मतलब नहीं था कि कंपनी कार बनाती या बेचती है या बैटरियाँ, हवाई जहाज़, रेल के डिब्बे या बीमा बेचती है। उन्हें तो सिर्फ़ इस बात से मतलब था कि कंपनी के शेयर का भाव उसके वास्तविक मूल्य से पर्याप्त कम होना चाहिए। ग्राहम के लिए पर्याप्त कम भाव ख़राब अंतर्निहित व्यावसायिक अर्थशास्त्र की भरपाई कर देता था।

ग्राहम ने संबंधित व्यवसाय या कंपनी का मूल्य तय करने के लिए कई तकनीकें ईजाद कीं। उनके आंतरिक मूल्य की गणना में संपत्ति के मूल्य से लेकर आमदनी की शक्ति तक हर चीज़ शामिल थी। ग्राहम किसी कंपनी के मूल्य का हिसाब लगाते थे और फिर तय करते थे कि क्या भाव इतना कम था कि उन्हें पर्याप्त मुनाफ़ा हो सके। पर्याप्त मुनाफ़े की संभावना की वजह से उन्हें वह मिलता था, जिसे वे "मार्जिन ऑफ़ सेफ़्टी" कहते थे।

वॉरेन का विजेता तरीक़ा

(यह एक महत्त्वपूर्ण अवधारणा है, इसलिए ध्यान दें!)

- दूसरी तरफ़, वॉरेन दोनों प्रश्नों को अलग रखने की नीति पर चलते हैं। जैसा हम जानते हैं, पहले वे यह तय करते हैं कि क्या ख़रीदना है और इसके बाद वे यह देखते हैं कि क्या उसका भाव सही है। असली जीवन का उदाहरण यह होगा कि ग्राहक सौदे की तलाश में डिस्काउंट स्टोर में ख़रीदारी करने जाए, चाहे अच्छा सौदा किसी भी चीज़ पर मिल रहा हो। आप शायद इस भावना को पहचानते होंगे। आप स्टोर में टहल रहे हैं और वहाँ आपको स्नोब्लोअर दिखते हैं, जिनका भाव 259 डॉलर से घटाकर 25 डॉलर कर दिया गया है। हालाँकि आप फ़्लोरिडा में रहते हैं और शायद आपको कभी स्नोब्लोअर का इस्तेमाल करने की नौबत नहीं आएगी, लेकिन भाव इतना कम है कि आप उसे ख़रीदने से खुद को रोक नहीं पाते। ग्राहम इसी नीति पर चलते थे और इसी तरह अपने निवेश चुनते थे।
- वॉरेन की नीति अलग है। वे पहले यह तय करते हैं कि वे क्या ख़रीदना चाहते हैं और फिर वे उस ख़ास चीज़ के सेल में बिकने का इंतज़ार करते हैं। इस तरह वे किसी डिस्काउंट स्टोर में सिर्फ़ यह देखने जाते हैं कि उन्हें

जिस चीज़ की ज़रूरत है, क्या वह सस्ते में बिक रही है। वॉरेन शेयर बाज़ार में भी इसी तरह काम करते हैं। वे पहले से जानते हैं कि वे किन कंपनियों के शेयर ख़रीदना चाहेंगे। वे तो बस सही भाव का इंतज़ार कर रहे हैं। वॉरेन के साथ क्या-ख़रीदना-है का प्रश्न किस-भाव-पर प्रश्न से अलग है। वे पहले क्या-ख़रीदना-है प्रश्न का जवाब देते हैं, इसके बाद ही यह तय करते हैं कि क्या यह सही भाव पर बिक रहा है।

- वॉरेन यह मानते हैं कि आपको सबसे पहले तो यह निर्णय लेना चाहिए कि आप किस कंपनी के शेयर ख़रीदना चाहते हैं और इसे सिर्फ़ तभी ख़रीदना चाहिए, जब यह एक ऐसे भाव पर बिक रहा हो, जिससे आपको अपने निवेश पर ऐसा मुनाफ़ा मिले, जिसमें व्यावसायिक समझदारी नज़र आती हो।

अब पीछे जाकर इसे एक बार फिर पढ़ें!

वॉरेन यह कैसे तय करते हैं कि ख़रीदने के लिए सही व्यवसाय या कंपनियाँ कौन-सी हैं और उनका सही भाव क्या है? बाक़ी की पुस्तक में इन्हीं दोनों प्रश्नों पर ध्यान केंद्रित किया गया है।

11

चक्रवृद्धि का जादू : हम वॉरेन के गुप्त हथियार से क्या सीख सकते हैं

चक्रवृद्धि मुनाफे की शक्ति और इसे पाने की मुश्किल दोनों को समझना बहुत-सी चीज़ों को समझने की आत्मा और हृदय है।

चार्ली मंगर

फ़ोर्ब्स, 22 जनवरी, 1996

आगे बढ़ने से पहले मैं यह स्पष्ट करना चाहूँगी कि पैसे को चक्रवृद्धि करने का जादू वॉरेन के दर्शन में कैसे फ़िट बैठता है और इसे अक्सर उनकी रणनीतियों को समझने की कोशिश करने वाले लोग कैसे नज़रअंदाज़ करते हैं।

शायद बचपन में आपको बताया गया था कि अगर आपके पास एक पेनी हो और यह एक साल में दोगुनी हो जाए, तो आपके पास दो पेनी होंगी। अब अगर आपके पास दूसरे साल में दो पेनी हैं और आप उस राशि को दोगुनी कर दें, तो आपके पास चार पेनी होंगी। अगर आप यह सिलसिला 27 साल तक जारी रखें - 1, 2, 4, 8, 16, 32, 64 - तो पहले साल की पेनी सत्ताईसवें साल में 1.3 मिलियन डॉलर बन जाएगी। यह वित्तीय दृष्टि से जादुई लगता है, है ना? आप एक साल में 100 प्रतिशत की दर से पैसे को चक्रवृद्धि होते देख रहे हैं।

निवेश साझेदारी के शुरुआती दिनों में वॉरेन में पैसे को चक्रवृद्धि करने के जादू को लेकर काफ़ी जुनून था। उन्होंने अपने सीमित साझेदारों को पत्रों में काफ़ी ज़ोर-शोर से इसकी अच्छाइयों को सामने रखा। इसका कारण यह है कि चक्रवृद्धि संसार के चमत्कारों में से एक है और वॉरेन ने अपने निवेशों के मूल्य को शानदार दर से बढ़ाने में इसके नाटकीय प्रभाव का इस्तेमाल किया है। *लेकिन उनकी असली चतुराई इस खेल में है कि वे एक ऊँची वार्षिक चक्रवृद्धि रेट ऑफ़ रिटर्न हासिल करते हैं, जो व्यक्तिगत आयकर से मुक्त होती है।* यह शायद उनका सबसे बड़ा रहस्य है, जिसे बफ़ेटोलॉजी के ज़्यादातर विद्यार्थी नहीं पकड़ पाते। हम इस अध्याय

में बाद में बफ़ेटोलॉजी के इस अदभुत अंश को संबोधित करेंगे, लेकिन हाल-फ़िलहाल हम चक्रवृद्धि की बुनियादी बातों पर ध्यान केंद्रित करते हैं।

चक्रवृद्धि

वॉरेन किसी निवेश से जो चाहते हैं, वह है टैक्स के बाद वार्षिक चक्रवृद्धि होने वाली सबसे ऊँची रेट ऑफ़ रिटर्न। वॉरेन मानते हैं कि चक्रवृद्धि ही सचमुच अमीर बनने का रहस्य है। आइए मैं आपको दिखाती हूँ कि क्यों। देखें कि चक्रवृद्धि किस तरह आपको अमीर बना सकता है।

नीचे दिखाया गया है कि 1,00,000 डॉलर दस, बीस और तीस वर्षों में कितने हो जाएँगे, अगर उन्हें 5, 10, 15 और 20 प्रतिशत की वार्षिक दर से करमुक्त चक्रवृद्धि होने दिया जाए।

	5 प्रतिशत	10 प्रतिशत	15 प्रतिशत	20 प्रतिशत
10 साल	1,62,889 डॉलर	2,59,374 डॉलर	4,04,555 डॉलर	6,19,173 डॉलर
20 साल	2,65,329 डॉलर	6,72,749 डॉलर	16,36,653 डॉलर	38,33,759 डॉलर
30 साल	4,32,194 डॉलर	17,44,940 डॉलर	66,21,177 डॉलर	2,37,37,631 डॉलर

यह आश्चर्यजनक है, है ना? बस 5 से 10 प्रतिशत के फ़र्क़ से आपके कुल मुनाफ़े पर कितना ज़बर्दस्त प्रभाव पड़ सकता है। आपके 1,00,000 डॉलर अगर 10 प्रतिशत की करमुक्त वार्षिक रेट ऑफ़ रिटर्न पर चक्रवृद्धि होते हैं, तो दस साल के अंत में आपको 2,59,374 डॉलर मिलेंगे। रेट ऑफ़ रिटर्न यानी मुनाफ़े की दर को बढ़ाकर 20 प्रतिशत कर देंगे, तो आपके 1 लाख डॉलर दस साल के अंत में 6,19,173 डॉलर हो जाएँगे और बीस साल बाद 38,33,759 डॉलर। लेकिन अगर उन्हीं 1 लाख डॉलर को 20 प्रतिशत वार्षिक रेट ऑफ़ रिटर्न पर तीस साल तक रखा जाए, तो ये बढ़कर 2,37,37,631 डॉलर हो जाएँगे।

केवल कुछ प्रतिशत से लंबे समय में बहुत आश्चर्यजनक फ़र्क़ पड़ सकता है। आपके 1 लाख डॉलर अगर 5 प्रतिशत वार्षिक करमुक्त रेट ऑफ़ रिटर्न पर चक्रवृद्धि होते हैं, तो ये तीस साल में 4,32,194 डॉलर हो जाएँगे। लेकिन 10 प्रतिशत पर ये तीस साल में 17,44,940 डॉलर हो जाएँगे। रेट ऑफ़ रिटर्न को 5 प्रतिशत और बढ़ाकर 15 प्रतिशत कर देंगे, तो तीस साल बाद वही 1 लाख डॉलर बढ़कर 66,21,177 डॉलर हो जाएँगे। 15 प्रतिशत से बढ़ाकर 20 प्रतिशत कर दें, तो आप पाएँगे कि वही 1 लाख डॉलर तीस साल में बढ़कर 2,37,37,631 डॉलर हो जाएँगे।

नीचे देखें कि 5, 10, 15 और 20 प्रतिशत की वार्षिक चक्रवृद्धि दर से 1 लाख डॉलर का मूल्य तीस साल बाद कितना होगा :

	5 प्रतिशत	10 प्रतिशत	15 प्रतिशत	20 प्रतिशत
30 साल	4,32,194 डॉलर	17,44,940 डॉलर	66,21,177 डॉलर	2,37,37,631 डॉलर

वॉरेन सबसे लंबे समय तक चक्रवृद्धि की सबसे ज़्यादा वार्षिक रेट ऑफ़ रिटर्न हासिल करना चाहते हैं। वॉरेन ने बर्कशायर हैथअवे की निहित *नेट वर्थ को पिछले 32 साल से 23.8 प्रतिशत की औसत वार्षिक चक्रवृद्धि दर से बढ़ाया है,* जो ज़बर्दस्त है।

मैं इस बात पर जितना ज़ोर दूँ, कम है कि चक्रवृद्धि की अवधारणा वॉरेन के दर्शन को समझने की कुंजी है। इसे समझना सरल और आसान है, लेकिन ना जाने क्यों निवेश सिद्धांत में इसके महत्त्व को बहुत कम आँका जाता है। वॉरेन के लिए चक्रवृद्धि का सिद्धांत सर्वोच्च है। आइए ज़्यादा क़रीब से देखते हैं कि क्यों।

चक्रवृद्धि और व्यक्तिगत करारोपण

हमारा लक्ष्य डिविडेंड न देने वाला शेयर ख़रीदना है, जो 30 साल तक हर साल 15 प्रतिशत चक्रवृद्धि होता रहे और उस अवधि के अंत में सिर्फ़ एक बार 35 प्रतिशत टैक्स दे। टैक्स के बाद वार्षिक रेट ऑफ़ रिटर्न 13.4 प्रतिशत होती है।

चार्ली मंगर

फ़ोर्ब्स, 22 *जनवरी* 1996

पहली चीज़ आपको यह समझना चाहिए कि चक्रवृद्धि मुनाफ़ा कॉरपोरेट बॉण्ड जैसे सामान्यतः निष्क्रिय निवेशों पर मिलने वाले मुनाफ़े से अलग होता है। आम तौर पर निवेशक बॉण्ड में एक निश्चित राशि लगाता है, आम तौर पर 1,000 डॉलर। वह इस राशि को बॉण्ड जारी करने वाले को उधार देता है, मान लें जनरल मोटर्स। यह उधार एक निश्चित अवधि के लिए दिया जाता है, जैसे पाँच साल और ब्याज दर भी निश्चित होती है, जैसे 8 प्रतिशत। निवेशक को अपने लगाए 1,000 डॉलर के बदले में पाँच साल तक हर साल 80 डॉलर मिलते हैं। फिर पाँचवें साल के अंत में जनरल मोटर्स निवेशक को उसके 1,000 डॉलर लौटा देगी। इस तरह हम देखते हैं कि निवेशक को ब्याज में कुल 400 डॉलर मिलते हैं।

टैक्स के दृष्टिकोण से जब भी निवेशक को जनरल मोटर्स से 80 डॉलर मिलते हैं, तो हर बार आयकर विभाग इसे उसकी आमदनी मानता है और उचित पर्सनल इनकम टैक्स रेट के हिसाब से निवेशक से टैक्स वसूल करता है। अगर निवेशक ऊँची

आमदनी वाला व्यक्ति है, तो उस 80 डॉलर पर उसे 31 प्रतिशत टैक्स देना होगा, जिसका मतलब है कि टैक्स के बाद निवेशक को हर साल सिर्फ़ 55.20 डॉलर का ही मुनाफ़ा होगा (80 डॉलर - 31 प्रतिशत = 55.20 डॉलर)। निवेशक को टैक्स के बाद पाँच साल की अवधि में 276 डॉलर ब्याज मिलेगा (55.20 × 5 वर्ष = 276 डॉलर)।

लेकिन सोचें यह कितना बेहतरीन होगा, अगर जनरल मोटर्स निवेशक को व्यक्तिगत आयकर से बचाने के लिए हर साल 8 प्रतिशत नहीं दे, बल्कि इसे खुदबखुद उस मूल धन में जोड़ती रहे, जो निवेशक ने मूलतः कंपनी को उधार दिया है। इससे निवेशक द्वारा जीएम को उधार दी गई मूल धन की राशि बढ़ जाएगी और निवेशक को इस बढ़ी हुई राशि पर 8 प्रतिशत मुनाफ़ा मिलेगा। इसका मतलब है कि जनरल मोटर्स के बॉण्ड में आपका निवेश 8 प्रतिशत की वार्षिक दर से चक्रवृद्धि होता रहेगा। इससे निवेशक व्यक्तिगत आयकर से बच जाता है। उसे सिर्फ़ एक बार टैक्स देना पड़ता है, जब बॉण्ड के पैसे वापस मिलते हैं और जनरल मोटर्स उसे मूल धन तथा ब्याज लौटाती है।

हमारे जनरल मोटर्स वाले प्रकरण में निवेशक जनरल मोटर्स को 1,000 डॉलर देता है और पहले साल 8 प्रतिशत यानी 80 डॉलर कमाता है। ये डॉलर निवेशक को देने के बजाय जीएम उसे अपने पास रख लेती है और निवेशक के लिए उससे ज़्यादा बॉण्ड ख़रीद लेती है। यानी निवेशक द्वारा जीएम को दिया गया क़र्ज़ दूसरे साल के पहले दिन बढ़कर 1,080 डॉलर हो जाएगा। दूसरे साल जीएम निवेशक को 1,080 डॉलर पर 8 प्रतिशत ब्याज देगी, यानी उसे 86 डॉलर ब्याज मिलेगा। और इसके बाद वे 86 डॉलर भी 1,080 डॉलर के बढ़े हुए मूलधन में जुड़ जाएँगे, जिससे तीसरे साल के पहले दिन निवेशक का मूल धन बढ़कर 1,166 डॉलर हो जाएगा। यह प्रक्रिया पाँचवें साल के अंत तक इसी तरह चलती रहती है।

नीचे दी गई टेबल करमुक्त चक्रवृद्धि के परिणाम दिखाती है :

वर्ष	निवेशित राशि	अर्जित ब्याज और प्रतिधारित राशि (डॉलर में)
1	1,000.00 डॉलर	80.00
2	1,080.00	86.40
3	1,166.40	93.31
4	1,259.71	100.77
5	1,360.48	108.83
		कुल 469.31 डॉलर

पाँच साल के अंत में जब बॉण्ड का मूल धन लौटाया जाएगा, तब निवेशक को 1,469.31 डॉलर का चेक मिलेगा। इसका मतलब है कि जनरल मोटर्स का चक्रवृद्धि

होने वाला बॉण्ड निवेशक को उसका 1,000 डॉलर का मूल धन लौटाता है, साथ ही पाँच वर्ष की अवधि का कुल ब्याज 469.31 डॉलर भी देता है। निवेशक इस 469.31 डॉलर के ब्याज पर व्यक्तिगत आयकर चुकाएगा, जिससे उसकी आमदनी 31 प्रतिशत घटकर 323.82 डॉलर हो जाएगी (469.31 डॉलर - 31 प्रतिशत = 323.82 डॉलर)। इसका मतलब है कि उसके निवेश के पाँच साल तक 8 प्रतिशत की वार्षिक दर से चक्रवृद्धि होने के बाद ही वह आयकर विभाग की नज़रों में आता है।

बेहतरीन लगता है, है ना? बहुत बुरी बात है कि आयकर विभाग निवेशक को यह नहीं करने देता। उन्होंने बहुत पहले ही इस चालाकी को भाँप लिया था और जिस साल ब्याज कमाया जाता है, उसी साल वे उसे टैक्स का बिल भेज देते हैं, भले ही उसे चेक नहीं मिला हो, जो उसे पाँचवें साल के अंत में मिलेगा।

लेकिन जहाँ तक वॉरेन का सवाल है, आयकर विभाग एक महत्त्वपूर्ण बिंदु को चूक गया है। वॉरेन के संसार में किसी कंपनी के शेयर ख़रीदना भी वैसा ही है, जैसा इसके बॉण्ड ख़रीदना। वॉरेन सोचते हैं कि शेयर भी एक तरह की इक्विटी/बॉण्ड है। इसमें और सामान्य बॉण्ड में इकलौता फ़र्क़ यह होता है कि इक्विटी/बॉण्ड पर मुनाफ़े की दर निश्चित नहीं होती, बल्कि कंपनी की आमदनी के अनुपात में हर साल बदलती रहती है। *आयकर विभाग इस बात को चूक गया है कि वॉरेन के इक्विटी/बॉण्ड पर होने वाला मुनाफ़ा व्यक्तिगत आयकर के अधीन नहीं है, जब तक कि इसे डिविडेंड के रूप में निवेशक को नहीं दिया जाता।*

यह समझ लें कि कंपनी अपनी सालाना रिपोर्ट में या स्टैंडर्ड ऐंड पुअर्स या वैल्यू लाइन जैसे निवेश सर्वे में जो शुद्ध आय बताती है, वह कॉरपोरेट इनकम टैक्स के बाद की आय है। इसका मतलब है कि इस आमदनी पर अब कोई कर नहीं लगेगा, जब तक कि कंपनी वह आमदनी आपको डिविडेंड के रूप में नहीं दे। अगर कंपनी आमदनी को डिविडेंड के रूप में देती है, तो आपको मिलने वाले डिविडेंड पर व्यक्तिगत आयकर देना होगा।

मिसाल के तौर पर, अगर कंपनी ए की टैक्स के बाद आय 10 डॉलर प्रति शेयर है और यह पूरे 10 डॉलर का डिविडेंड देती है, तो शेयरधारकों को उस 10 डॉलर पर व्यक्तिगत आयकर देना होता है, जिससे उन्हें व्यक्तिगत आयकर के बाद लगभग 7 डॉलर का मुनाफ़ा मिलता है। लेकिन अगर कंपनी ए पूरे 10 डॉलर रोककर रखती है और इसे डिविडेंड के रूप में नहीं देती है, तो शेयरधारकों का पैसा कंपनी के भीतर ही रहेगा और इस पर व्यक्तिगत आयकर का दंडात्मक प्रभाव नहीं पड़ेगा तथा यह चक्रवृद्धि होने के लिए स्वतंत्र होगा।

वॉरेन ने यह देखा कि कॉरपोरेट और सरकारी बॉण्ड के ब्याज पर व्यक्तिगत आयकर की दरों से टैक्स वसूला जाता है। इसका मतलब है कि अगर वे 8 प्रतिशत

ब्याज वाला कोई कॉरपोरेट या सरकारी बॉण्ड ख़रीदते हैं, तो व्यक्तिगत आयकर के बाद उनकी रेट ऑफ़ रिटर्न लगभग 5.5 प्रतिशत होगी (8 प्रतिशत मुनाफ़ा - 31 प्रतिशत टैक्स दर = 5.5 प्रतिशत)।

वॉरेन की रुचि उन कंपनियों में होती है, जिनकी प्रति शेयर आय बहुत अच्छी होती है और यह ऊपर जाती रहती है। इसका मतलब है कि उनके इक्विटी/बॉण्ड पर रेट ऑफ़ रिटर्न बढ़ता जाता है। इस बारे में सोचें : मुनाफ़े की दर निश्चित रहने के बजाय बढ़ रही है। और कंपनी वह आमदनी वॉरेन को डिविडेंड के रूप में नहीं देती है, बल्कि उसे रोककर रखने का चुनाव करती है, जिससे वॉरेन व्यक्तिगत इनकम टैक्स से तब तक सुरक्षित रहते हैं, जब तक कि वे अपने निवेश को नहीं बेचें, जो हो सकता है कि कभी नहीं हो।

जो आमदनी कंपनी अपने पास रोककर रखती है, वह उतने रेट ऑफ़ रिटर्न से चक्रवृद्धि होगी, जिस पर कंपनी उसका दोबारा लाभदायक निवेश कर सके। चक्रवृद्धि होने वाली आमदनी और कोई व्यक्तिगत इनकम टैक्स नहीं। मुझे तो बेहतरीन लगता है। (याद रहे, निवेश करते वक़्त वॉरेन का उद्देश्य सबसे लंबी अवधि तक सबसे ऊँची रेट ऑफ़ रिटर्न यानी मुनाफ़े की दर हासिल करना है।)

जैसा हम पहले ही बता चुके हैं, पिछले 32 सालों से बर्कशायर हैथअवे लगभग 23 प्रतिशत की दर से औसत *वार्षिक चक्रवृद्धि* मुनाफ़ा कमाने में कामयाब रही है। इसलिए अगर आप बर्कशायर का शेयर बुक वैल्यू के हिसाब से ख़रीदना चाहें, जो आप अस्सी के दशक की शुरुआत में कर सकते थे, तो आप दरअसल एक इक्विटी/बॉण्ड ख़रीद रहे हैं, जो आपको टैक्स के बाद हर साल लगभग 23 प्रतिशत का चक्रवृद्धि मुनाफ़ा दे रहा है। ज़ाहिर है, आपने अपने निवेश पर जो 23 प्रतिशत कमाया है, बर्कशायर आपको वह नहीं भेज सकती, क्योंकि ऐसा करने पर टैक्स वाले आपके दरवाज़े पर आकर खड़े हो जाएँगे। एक बार फिर बताना चाहूँगी, आप शायद पूँजी का उतनी अच्छी तरह निवेश नहीं कर सकते, जितनी अच्छी तरह वॉरेन कर सकते हैं, इसलिए अपने निवेश पर आपको 23 प्रतिशत मुनाफ़ा नहीं मिलेगा। इसलिए यह बेहतर है कि आप अपने पैसे बर्कशायर में ही रहने दें और यह विश्वास रखें कि बर्कशायर की नेट वर्थ बढ़ने पर इसके शेयर का भाव भी बढ़ेगा। बर्कशायर के शेयर का भाव 1982 में 500 डॉलर था, जो 1997 में 48,600 डॉलर पर पहुँच गया।

ज़ाहिर है, जब आप बर्कशायर में अपना निवेश बेचते हैं, तो टैक्स वसूलने वाला आपके कैपिटल गेन्स में हिस्सा माँगने आ जाता है। लेकिन यह कब होता है, यह आप पर निर्भर करता है और इस दौरान आप व्यक्तिगत इनकम टैक्स से मुक्त 23 प्रतिशत कमा रहे हैं।

$

तो आइए मान लेते हैं कि आप वॉरेन की तरह के इक्विटी/बॉण्ड में दस साल के लिए अपने 1,000 डॉलर का निवेश करते हैं और आप हर साल 23 प्रतिशत की चक्रवृद्धि दर से मुनाफ़ा कमाने की उम्मीद करते हैं। दसवें साल में आपका निवेश बढ़कर 7,925 डॉलर हो जाना चाहिए, जिसमें 6,925 डॉलर का मुनाफ़ा शामिल है। अगर आप इस 6,925 डॉलर के मुनाफ़े में से 20 प्रतिशत कैपिटल गेन्स टैक्स घटा दें, तो आपको अंततः 5,540 डॉलर का मुनाफ़ा होता है। इससे आपको टैक्स के बाद दस साल की अवधि में 20.65 प्रतिशत की वार्षिक रेट ऑफ़ रिटर्न मिलती है। (अगर आप सोच रहे हैं, तो आपको बता दें कि दस साल तक 20.65 प्रतिशत की दर से चक्रवृद्धि होने वाले 1,00,000 डॉलर दसवें साल में 6,53,541 डॉलर हो जाएँगे। इस अवधि को बढ़ाकर तीस साल कर देंगे, तो 1 लाख डॉलर चक्रवृद्धि होकर 2,79,13,853 डॉलर हो जाएँगे।)

अगर आप व्यक्तिगत आयकर के बाद सामान्य कॉरपोरेट बॉण्ड से 20.65 प्रतिशत की दर से चक्रवृद्धि रेट ऑफ़ रिटर्न हासिल करना चाहते हैं, तो उस बॉण्ड की रेट ऑफ़ रिटर्न लगभग 29.94 प्रतिशत होनी चाहिए। (29.94 प्रतिशत रिटर्न - 31 प्रतिशत व्यक्तिगत आयकर = 20.65 प्रतिशत।)

यदि मैं आपको किसी एएए-रेटेड कंपनी में 29.94 प्रतिशत की वार्षिक दर से रेट ऑफ़ रिटर्न देने वाला दस साल का बॉण्ड देने की पेशकश करूँ, तो क्या आप उसे स्वीकार करेंगे? शर्त लगा लें, आप ज़रूर करेंगे। दरअसल, आप जितने ले सकते होंगे, सब लेंगे और फिर आप इसमें अपने दोस्तों का पैसा लगाने के लिए एक साझेदारी भी कर लेंगे। अस्सी के दशक की शुरुआत में आप बर्कशायर हैथअवे में निवेश करके यही काम कर सकते थे। दरअसल पूरी वॉल स्ट्रीट यह कर सकती थी - लेकिन क्या उन्होंने यह किया? केवल कुछ लोगों ने किया, जैसे मारिया गैबेली, सेक्वोइया फ़ंड और टी. रोव प्राइस, लेकिन बस इतनों ने ही। और लोग इस बात पर हैरान होते हैं कि वॉल स्ट्रीट के ज़्यादातर ग्राहकों के पास शानदार नाव क्यों नहीं होती।

चक्रवृद्धि और आपका चुकाया गया भाव

कई निवेश विश्लेषक मानते हैं कि अगर आप किसी बेहतरीन कंपनी के शेयर कई सालों तक रखने के लिए ख़रीद रहे हों, तो आपको इस बात की चिंता करने की कोई ज़रूरत नहीं है कि आप उसे किस भाव पर ख़रीदते हैं। *यह बहुत ही ग़लत मान्यता है।* इस बारे में विचार करें : 1987 में तंबाखू और फूड सेक्टर की दिग्गज कंपनी फ़िलिप मॉरिस 6.07 डॉलर और 10.36 डॉलर के दायरे में चल रही थी (स्प्लिट को एडजस्ट करते हुए)। दस साल बाद 1997 में यह 44 डॉलर के भाव पर चल रही

थी। अगर आप 1987 में इसका शेयर 6.07 डॉलर में ख़रीदते और 1997 में इसे 44 डॉलर पर बेचते, तो आपको टैक्स से पहले लगभग 21.9 प्रतिशत का वार्षिक चक्रवृद्धि मुनाफ़ा मिलता। लेकिन अगर आप इसे 1987 में 10.36 डॉलर में ख़रीदते और 1997 में 44 डॉलर के भाव पर बेचते, तो आपको टैक्स के बाद जो वार्षिक चक्रवृद्धि रेट ऑफ़ रिटर्न मिलता, वह लगभग 15.56 प्रतिशत होता।

अगर आप 1987 में फ़िलिप मॉरिस में 1 लाख डॉलर का निवेश करके इसका शेयर 6.07 डॉलर में ख़रीदते, तो यह हर साल 21.9 प्रतिशत की दर से चक्रवृद्धि होता और 1997 तक लगभग 7,24,497.77 डॉलर हो जाता। लेकिन अगर आप 1987 में फ़िलिप मॉरिस में 1 लाख डॉलर का निवेश करके इसका शेयर 10.36 डॉलर में ख़रीदते, तो यह हर साल 15.56 प्रतिशत की दर से चक्रवृद्धि होता और 1997 तक बढ़कर 4,24,693.22 डॉलर होता। यानी दोनों में 2,99,804.55 डॉलर का अंतर होता। यह काफ़ी बड़ी राशि है!

आपके बीए-35 सोलर फ़ाइनैंशियल कैलकुलेटर पर इस सूत्र को करने के लिए सबसे पहले तो यह सुनिश्चित करें कि यह फ़ाइनैंशियल मोड में हो (मोड की दबाएँ, जब तक कि आपको स्क्रीन पर एफ़आईएन लिखा नहीं दिख जाए)। फ़िलिप मॉरिस के 1987 के शेयर के भाव 6.07 डॉलर को वर्तमान मूल्य के रूप में डालें (पीवी कुंजी), फिर वर्षों की संख्या डालें, 10 (एन कुंजी)। फिर 1997 में इस शेयर को बेचने का भाव यानी 44 डॉलर भावी मूल्य के रूप में डालें (एफ़वी कुंजी)। फिर कैलकुलेशन कुंजी (सीपीटी) और ब्याज कुंजी दबाएँ। कैलकुलेटर आपको बता देगा कि 6.07 डॉलर के मूल निवेश पर दस साल की अवधि में आपके चक्रवृद्धि वार्षिक मुनाफ़े की दर 21.9 प्रतिशत है।

चक्रवृद्धि के आश्चर्यों को लेकर *एक अंतिम विचार :* वॉरेन पुराने मॉडल की कार चलाने के लिए मशहूर हैं। साझेदारी के शुरुआती दिनों में वे वीडब्ल्यू बीटल चलाते थे। उन्हें देखने वाले यह सोचते हैं कि भौतिक वस्तुएँ हासिल करने में उनकी रुचि नहीं है। वे यह नहीं देख पाते कि उनका चक्रवृद्धि का जुनून उनके ख़र्च की आदतों को कैसे प्रभावित करता है। जिस कार की क़ीमत आज 20,000 डॉलर पड़ती है, दस साल बाद उस कार का मूल्य बहुत कम हो जाएगा या शून्य हो जाएगा। लेकिन वॉरेन जानते हैं कि वे अपने निवेशों पर 23 प्रतिशत वार्षिक चक्रवृद्धि मुनाफ़ा कमा सकते हैं। इसका मतलब है कि आज अगर वे 20,000 डॉलर का निवेश करते हैं, तो दस साल में यह 1,58,518 डॉलर में बदल जाएगा। बीस साल में 12,56,412 डॉलर और तीस साल में 99,58,257 डॉलर। वॉरेन के लिए 99,58,257 डॉलर इतनी बड़ी रक़म है कि वे इसे किसी नई कार पर ख़र्च नहीं करना चाहते।

12

यह तय करें कि आप किस तरह के व्यवसाय के स्वामी बनना चाहते हैं

उस व्यवसाय की विशेषताएँ क्या हैं, जिसके आप स्वामी बनना चाहते हैं? वॉरेन के संसार में यह अहम प्रश्न ही मंच को तैयार करता है। भाव देखने से पहले आपको यह पता लगाना चाहिए कि आप किस तरह की कंपनी के शेयर ख़रीदना चाहते हैं।

वॉरेन ने हमेशा माना है कि किस कंपनी में निवेश करना है, यह पहचानना दिमाग़ के लिए बहुत बड़ी चुनौती होती है। वॉरेन ने शुरुआती वर्षों में ग्राहम के दर्शन का पूरी तरह अनुसरण किया, जिसकी वजह से उन्होंने प्रायः औसत कंपनियों के शेयर ख़रीदे। लेकिन कुछ समय बाद उन्होंने अपने मार्गदर्शक के ख़िलाफ़ विद्रोह कर दिया और फ़िलिप फ़िशर तथा चार्ल्स मंगर के दर्शन को आत्मसात कर लिया।

फ़िशर और मंगर ने अपने अनुभव से एक निवेश दर्शन विकसित किया। इस दर्शन के अनुसार केवल उन्हीं कंपनियों में निवेश करना चाहिए, जिनके पक्ष में श्रेष्ठ *अर्थशास्त्र* काम कर रहा हो और जो सही भाव पर मिल रहे हों। फ़िशर और मंगर इस बात पर ग्राहम से सहमत थे कि आप जिस भाव पर ख़रीदते हैं, वही आपके रिटर्न ऑन इनवेस्टमेंट और रेट ऑफ़ रिटर्न को तय करता है। लेकिन किन कंपनियों के शेयर *ख़रीदना* है, इस मामले में वे ग्राहम से सहमत नहीं थे।

ग्राहम का मानना था कि ज़्यादातर कंपनियाँ निवेश की संभावित दावेदार हैं, बशर्ते उनके शेयर इतने कम भाव पर बिक रहे हों कि वे बेहतरीन सौदा लगें। ग्राहम के मामले में संभावनाएँ अनंत थीं और उनका निवेश पोर्टफ़ोलियो इस सोच को प्रतिबिंबित करता था। किसी भी समय उनके पास सौ या इससे ज़्यादा कंपनियों के शेयर रहते थे। उनका मानना था कि ज़्यादातर व्यवसायों का एक आंतरिक मूल्य होता है और जब वे इस मूल्य से काफ़ी कम पर बिक रहे हों, तो उन्हें ख़रीदना अच्छा रहता है। निवेशक को तो बस उस कंपनी या व्यवसाय के आंतरिक मूल्य को

तय करना था, जो ग्राहम ने कहा कि अकेले भाव के बजाय "मूल्य की श्रंखला" थी। वे यह कहना पसंद करते थे कि अगर कोई आदमी मोटा है, तो आपको यह जानने के लिए उसका सटीक वज़न जानने की ज़रूरत नहीं है कि वह मोटा है।

इस नीति के साथ समस्या मोटे की परिभाषा तय करना है। इस बारे में इस तरह सोचें। ज़्यादातर ब्रिटिश लोगों के हिसाब से जर्मनी के लोग मोटे हैं, जबकि जर्मनी के ज़्यादातर लोग सोचते हैं कि ब्रिटेन के लोग बहुत पतले हैं। यही व्यवसाय में भी सच है। जो बहुत पतला नज़र आता है, वह मोटा हो सकता है और जो मोटा नज़र आता है, वह दरअसल बहुत पतला हो सकता है। ग्राहम इस बात से ज़्यादा सरोकार नहीं रखते थे कि वे जिस कंपनी के शेयर ख़रीद रहे थे, उसकी प्रकृति क्या थी। वे रख भी नहीं सकते थे। वे बहुत सारी कंपनियों में रुचि रखते थे।

इस समस्या को सुलझाने के लिए ग्राहम ने यह तय करने के पैमाने ईजाद किए कि व्यवसाय मोटा है या नहीं है। निवेश प्रबंधन करते समय उन्होंने एक तरीक़े का इस्तेमाल तीस साल से ज़्यादा समय तक किया। वह तरीक़ा यह था कि वे कामकाजी पूँजी के मूल्य या नेट-करेंट-एसेट्स-वैल्यू वाले शेयरों के समूह को ख़रीद लेते थे और प्लांट तथा अन्य फ़िक्स्ड एसेट्स को कोई महत्त्व नहीं देते थे तथा सारे दायित्वों को करेंट एसेट्स में से घटा देते थे। उनका एक और तरीक़ा यह था कि वे पिछले बारह महीनों की आमदनी के सात गुने से कम भाव में मिलने वाले शेयरों के समूह को ख़रीद लेते थे।

ग्राहम ने चेतावनी दी कि इन तरीक़ों का इस्तेमाल किसी एक शेयर को ख़रीदने के लिए नहीं करना चाहिए, बल्कि बहुत-सी कंपनियों के शेयर ख़रीदने के लिए करना चाहिए। ग्राहम के हिसाब से यह समूह निवेशक को लंबे समय में, मान लें दस साल में 15 से 20 प्रतिशत का सालाना मुनाफ़ा देगा।

लेकिन ग्राहम का दर्शन असफल हुआ, क्योंकि मुख्य समस्या आंतरिक मूल्य से कम भाव पर ख़रीदने की थी। यानी निवेशक को लाभ तभी हो सकता था, जब उसके आंतरिक मूल्य से कम में ख़रीदे शेयर का भाव किसी दिन बढ़े और शेयर के आंतरिक मूल्य के ऊपर पहुँच जाए। इस तरह हमारे पास आंतरिक मूल्य केंद्रित निवेश की मूल्य-के-अहसास-की-समस्या आ जाती है।

इसे ज़्यादा स्पष्टता से कहें, तो आप उन शेयरों का क्या करेंगे, जिन्हें आपने उनके आंतरिक मूल्य से कम भाव पर ख़रीदा था, मगर वे उनके आंतरिक मूल्य के नीचे ही चलते रहें?

आइए एक उदाहरण देखते हैं। मान लें कि ग्राहम को एक कंपनी मिली, जिसके शेयर का आंतरिक मूल्य उनके हिसाब से 62.5 डॉलर है, लेकिन इसका भाव 50 डॉलर है। ग्राहम के संसार में इस कंपनी के शेयर का भाव इसके आंतरिक मूल्य से

12.50 डॉलर कम है। अगर ग्राहम इस कंपनी का शेयर 50 डॉलर में ख़रीदते हैं और शेयर का भाव पहले ही साल में बढ़कर 62.50 डॉलर हो जाता है, तो उन्हें अपने पैसों पर 25 प्रतिशत का मुनाफ़ा हो जाएगा। लेकिन समस्या यह है : अगर कंपनी के शेयर का भाव पहले साल बढ़कर 62.5 डॉलर नहीं होता है, तो उनके निवेश पर होने वाले मुनाफ़े की दर काफ़ी कम हो जाती है। अगर कंपनी दूसरे साल में अपने पूरे आंतरिक मूल्य यानी 62.50 डॉलर तक पहुँचती है, तो ग्राहम के मुनाफ़े की वार्षिक चक्रवृद्धि दर घटकर 11.8 प्रतिशत रह जाती है। अगर कंपनी तीसरे साल में इस भाव पर पहुँचती है, तो ग्राहम के मुनाफ़े की दर घटकर 7.7 प्रतिशत हो जाती है। चौथे साल में यह घटकर 5.7 प्रतिशत हो जाती है और पाँचवें साल में यह 4.5 प्रतिशत रह जाती है। अगर शेयर का भाव 50 डॉलर ही रहता है, तो उन्हें कोई मुनाफ़ा नहीं होगा।

आंतरिक मूल्य तक पहुँचने के साथ यही समस्या रहती है। अगर शेयर का भाव इसके आंतरिक मूल्य तक नहीं पहुँचता है, तो आप जितने साल तक इंतज़ार करते हैं, हर साल आपके वार्षिक चक्रवृद्धि मुनाफ़े की अनुमानित दर कम होती जाती है। और अगर इसमें कुछ सालों से ज़्यादा समय लगता है, तो आपको अंत में वार्षिक चक्रवृद्धि मुनाफ़े की इतनी कम दर मिलती है कि उससे ज़्यादा तो स्थानीय बैंक के बचत ख़ाते में मिल जाती।

इस समस्या का ग्राहम का समाधान यह था कि वे *मार्जिन ऑफ़ सेफ़्टी* रखते थे (एक अवधारणा, जिसे उन्होंने बॉण्ड के विश्लेषण से अपनाया)। इसके अनुसार ग्राहम केवल उन्हीं कंपनियों में निवेश करते थे, जिनका अनुमानित रिटर्न 25 प्रतिशत या उससे ज़्यादा हो, ताकि कई सालों तक रोककर रखने के लिए पर्याप्त मार्जिन ऑफ़ सेफ़्टी रहे। (अनुमानित रिटर्न शेयर के भाव और ग्राहम के हिसाब से उसके आंतरिक मूल्य के बीच का अंतर है।) इस तरह ग्राहम अपने लिए पर्याप्त मुनाफ़े की दर सुनिश्चित करते थे, भले ही उन्हें भाव के पूरे आंतरिक मूल्य तक पहुँचने के लिए कई साल इंतज़ार करना पड़े।

जो कंपनियाँ अपने आंतरिक मूल्य तक कभी नहीं पहुँच पाती थीं, उनसे रक्षा करने के लिए वे डाइवर्सिफ़िकेशन की नीति का इस्तेमाल करते थे, जिसके तहत वे कई बार तो सौ या इससे ज़्यादा कंपनियों के शेयर ख़रीदते थे। उन्होंने यह योजना भी बनाई कि अगर कोई शेयर दो-तीन साल के भीतर अपने पूरे आंतरिक मूल्य तक नहीं पहुँचे, तो उसे बेच देना चाहिए। ग्राहम दरअसल दीर्घकालीन खिलाड़ी नहीं थे। वे हो भी नहीं सकते थे। ग्राहम का शेयर आंतरिक मूल्य तक पहुँचने में जितना लंबा समय लेता था, उनका वार्षिक चक्रवृद्धि रेट ऑफ़ रिटर्न उतनी ही कम होती थी।

ग्राहम अंततः इस निष्कर्ष पर पहुँचे कि कई कंपनियों का विश्लेषण करना संभव नहीं है और उनका आंतरिक मूल्य तय नहीं किया जा सकता। उन्होंने एक

पैमाना विकसित किया, जिसके तहत कंपनी की आमदनी स्थिर होने पर ही विश्लेषक को इसका आंतरिक मूल्य तय करना चाहिए। ग्राहम के लिए स्थिर आमदनी का मतलब था भविष्यसूचक आमदनी, जिससे आंतरिक मूल्य की ज़्यादा सटीक गणना की जा सके। इस तरह स्थिर आमदनी की आवश्यकता ने ग्राहम को एक ऐसी दिशा में भेजा, जहाँ वे उन कंपनियों का आंतरिक मूल्य नहीं आँकते थे, जिनकी आमदनी स्थिर नहीं हो।

इस सीमित दृष्टिकोण का इस्तेमाल करके ग्राहम ने संभावित निवेश के अपने क्षेत्र को सीमित करना शुरू किया। हालाँकि संख्यात्मक तर्क किसी व्यवसाय के गुणवत्तात्मक पहलू की झलक होता है, लेकिन इससे पूरी तरह पता नहीं चलता कि *किसी व्यवसाय में क्या हो रहा है।* स्थिर आमदनी होने पर निवेशक किसी व्यवसाय का आंतरिक मूल्य तय कर सकता है, लेकिन इससे उस व्यवसाय की अंतर्निहित अर्थशास्त्र की प्रकृति पता नहीं चलती। स्थिर आमदनी केवल एक ठोस आधार प्रदान करती है, जिसके आधार पर गणित की गणनाएँ की जा सकती हैं।

वॉरेन ने पाया कि हालाँकि ग्राहम के तरीक़े प्रभावी थे, लेकिन उनमें निश्चितता का अभाव था और प्रायः उनके निवेश अपेक्षा के अनुरूप प्रदर्शन नहीं करते थे। वोरनैडो, स्पेरी ऐंड हचिंसन, डेम्पस्टर मिल मैन्युफ़ैक्चरिंग और हॉक्सचाइल्ड-कॉन जैसे व्यवसायों में वॉरेन ने ग्राहम के दर्शन के आधार पर निवेश किया, लेकिन उनका भाव तथा मूल्य नीचे गिरता गया, साथ ही उनके व्यवसायों का अर्थशास्त्र भी।

इसके अलावा, ग्राहम के दर्शन के अनुसार किसी निवेश को तभी बेचना चाहिए, जब यह अपने आंतरिक मूल्य पर पहुँच जाए या जब दो-तीन साल बाद भी यह अपेक्षा के अनुरूप प्रदर्शन नहीं करे। लेकिन वॉरेन ने पाया कि जब भी वे ग्राहम की नीति के आधार पर शेयर बेचते थे और उन्हें लाभ होता था, तो टैक्स की वजह से उनका मुनाफ़ा कम हो जाता था।

वॉरेन ने इस समस्या का समाधान चार्ली मंगर और फ़िलिप फ़िशर के दर्शनों में खोजा, जिन्होंने केवल उत्कृष्ट व्यवसायों में ही निवेश करने की वकालत की, जिनका *मूल्य लगातार बढ़ रहा हो।*

13

बढ़ते हुए आंतरिक मूल्य का सिद्धांत

फ़िलिप फ़िशर और चार्ली मंगर को इस बात का अहसास हुआ कि ख़ास अर्थशास्त्र वाली कुछ कंपनियों का मूल्य लगातार बढ़ता रहता है और हालाँकि कोई कंपनी लगातार इसके आंतरिक मूल्य से नीचे चलती रहे, लेकिन अगर कंपनी का मुनाफ़ा बढ़ता रहे, *तो अंततः शेयर का भाव भी व्यवसाय के बेहतर अर्थशास्त्र को प्रतिबिंबित करेगा और बढ़ जाएगा।*

जनरल फूड्स इसका आदर्श उदाहरण है, जिस पर हमने अध्याय 7 में चर्चा की थी। 1979 में वॉरेन ने जनरल फूड्स का शेयर ख़रीदना शुरू किया और इसकी प्रति शेयर आय 1979 से 1985 तक बढ़ती रही, जब फ़िलिप मॉरिस ने इस कंपनी को ख़रीद लिया। जैसे-जैसे जनरल फूड्स की आमदनी बढ़ी, इस कंपनी का आंतरिक मूल्य भी बढ़ा। और आंतरिक मूल्य बढ़ने के साथ-साथ कंपनी के शेयर का भाव भी बढ़ा। लेकिन शेयर का भाव बढ़ने के बावजूद बाज़ार कंपनी का मूल्यांकन इसके आंतरिक मूल्य पर या इससे थोड़ा कम ही करता रहा, जब इसकी तुलना सरकारी बॉण्ड पर मिलने वाले रेट ऑफ़ रिटर्न से की जाती है। मैं आपको दिखाती हूँ कि कैसे।

वर्ष	आमदनी (डॉलर में)	भाव	आंतरिक मूल्य	सरकारी बॉण्ड की यील्ड (प्रतिशत में)
79	5.12 डॉलर	28-37	51	10.0 %
80	5.14 डॉलर	24-35	43	11.9 %
81	4.47 डॉलर	28-35	34	13.1 %
82	5.73 डॉलर	29-48	54	10.6 %
83	6.10 डॉलर	37-54	51	11.9 %
84	6.96 डॉलर	45-60	60	11.6 %
85	फ़िलिप मॉरिस ने 120 डॉलर प्रति शेयर के भाव पर कंपनी को ख़रीद लिया।			

आंतरिक मूल्य = सरकारी बॉण्ड की तुलना में आंतरिक मूल्य। यह वह राशि है, जिसका निवेश आपको किसी वर्ष में सरकारी बॉण्डों में करना होगा, तभी आपको उतना रेट ऑफ़ रिटर्न मिलेगा, जो जनरल फूड्स का शेयर कमा रहा था। मूल्यांकन के इस तरीक़े को अध्याय 34 में पूरी तरह स्पष्ट किया गया है।

सरकारी बॉण्ड की यील्ड = उस वर्ष सरकारी बॉण्ड पर मिलने वाला मुनाफ़ा (प्रतिशत में)

इस टेबल में हम देखते हैं कि 1979 में जनरल फूड्स की प्रति शेयर आय 5.12 डॉलर थी और शेयर का भाव 28 से 37 डॉलर के बीच चल रहा था। 28 से 37 के बीच चलने वाले शेयर के भाव के हिसाब से प्रति शेयर 5.12 डॉलर की आय पर रेट ऑफ़ रिटर्न 13 से 18 प्रतिशत डॉलर के बीच आता है। हम यह भी देख सकते हैं कि 1979 में सरकारी बॉण्ड पर रेट ऑफ़ रिटर्न 10 प्रतिशत था, जिससे जनरल फूड्स के शेयर को 51.2 डॉलर के सरकारी बॉण्ड का तुलनात्मक मूल्य मिलता है। इसका मतलब है कि आपको एक साल में 5.12 डॉलर कमाने के लिए 10 प्रतिशत ब्याज देने वाले 51.20 डॉलर के सरकारी बॉण्ड ख़रीदने पड़ते।

ग्राहम के सिद्धांत का अक्षरशः पालन करने पर वॉरेन 1981 में जनरल फूड्स के शेयर बेच सकते थे, जब इसका भाव सरकारी बॉण्ड पर मिलने वाले रेट ऑफ़ रिटर्न की तुलना में कंपनी के आंतरिक मूल्य को दर्शाने लगा था। वे ऐसा 1984 में भी कर सकते थे, जब शेयर का भाव बढ़कर 60 डॉलर हो गया था, जिससे प्रति शेयर आय भाव में झलकने लगी थी। और एक बार फिर ग्राहम के सिद्धांत के अनुसार वॉरेन दो-तीन साल तक शेयर रोककर रखने के बाद इसे बेच सकते थे, क्योंकि शेयर का भाव ज़्यादा नहीं बढ़ा था।

लेकिन चूँकि जनरल फूड्स उस तरह का व्यवसाय था, जिसका मूल्य लगातार बढ़ रहा था, इसलिए वॉरेन ने उसे बेचने के पास रोककर रखा। हालाँकि कंपनी के शेयर कई बार इसके आंतरिक मूल्य से कम पर चल रहे थे, लेकिन बाज़ार में शेयर का भाव बढ़ता रहा। वॉरेन जानते थे कि बाज़ार का भाव अंततः बढ़ेगा, क्योंकि व्यवसाय के अर्थशास्त्र की बदौलत कंपनी दीर्घकालीन आर्थिक विकास करती रहेगी, *जिससे प्रति शेयर आय बढ़ती जाएगी। और इस प्रति शेयर आय के बढ़ने पर अंततः शेयर का भाव भी बढ़ जाएगा।*

फ़िशर और मंगर के तर्क का इस्तेमाल करते हुए वॉरेन को अहसास था कि अंततः शेयर बाज़ार जनरल फूड्स के शेयर का पूरा मूल्य आँकेगा और अगर यह ना भी आँके, तब भी शेयर का भाव बढ़ेगा, क्योंकि शेयर का बाज़ार भाव कंपनी के बढ़ते आंतरिक मूल्य का अनुसरण करेगा। ग्राहम की बातों को अपने शब्दों में कहें, *तो अल्पकाल में बाज़ार एक वोटिंग मशीन है, जो सनक, डर और लोभ के आधार पर वोट देता है। लेकिन लंबे समय में बाज़ार वज़न तौलने वाली मशीन है, जो किसी कंपनी का मूल्य इसके आंतरिक मूल्य के वज़न के हिसाब से तौलता है।*

चाहे 1978 से 1985 के बीच वित्तीय हवाएँ कैसी भी बह रही हों, वॉरेन जनरल फूड्स का शेयर किसी भी भाव पर ख़रीदते, तो प्रति शेयर आय के संदर्भ में उन्हें कम से कम 13 प्रतिशत मुनाफ़ा मिलता और प्रायः 20 प्रतिशत के क़रीब। (याद रखें, वॉरेन *कंपनी की रिटेन्ड* प्रति शेयर आमदनी को अपना मुनाफ़ा मानते हैं।) वॉरेन की एकमात्र चिंता यह थी कि *क्या जनरल फूड्स के कारोबार की प्रकृति*

ऐसी है कि कंपनी की आमदनी बढ़ती रहे, जिससे उनका अनुमानित रेट ऑफ़ रिटर्न सुरक्षित रहे तथा बढ़ता रहे।

इस तरह सत्तर के दशक में वॉरेन को अहसास होने लगा कि निवेश के प्रति ग्राहम की नीति - अच्छा सौदा दिखने वाली किसी भी चीज़ और हर चीज़ को ख़रीदना - आदर्श रणनीति नहीं है। वॉरेन ने पाया कि औसत कंपनी की आमदनी की सचमुच भविष्यवाणी नहीं की जा सकती। ख़राब आंतरिक अर्थशास्त्र वाली कंपनी अक्सर प्रतिस्पर्धा की दौड़ में नहीं टिक सकती। और हालाँकि हो सकता है कि कंपनी कुछ समय तक आशावादी परिणाम दे, लेकिन वाणिज्य की अति प्रतिस्पर्धा अंत में किसी भी दीर्घकालीन मुनाफ़े की संभावना को समाप्त कर देगी, जिससे कंपनी का मूल्य बढ़ने की संभावना भी समाप्त हो जाएगी।

उन्होंने यह भी पाया कि औसत या दोयम व्यवसाय दरअसल हमेशा पानी की सतह पर चलेगा और शेयर बाज़ार इसके दोयम परिणाम देखकर उसके बारे में कभी उत्साहित नहीं होगा। अंतिम परिणाम : एक ऐसी कंपनी, जिसके शेयर का भाव जहाँ का तहाँ रहता है और हिचकोले खाता रहता है। वॉरेन ने यह भी पाया कि जब बाज़ार शेयर के भाव और प्रोजेक्टेड आंतरिक मूल्य के बीच के अंतर को नहीं भरता था, तो उनका मुनाफ़ा औसत होता था, क्योंकि मुनाफ़ा बाज़ार भाव और आंतरिक मूल्य के अंतर तक सीमित था। इसके अलावा, कैपिटल गेन्स टैक्स से उनका मुनाफ़ा कम हो जाता था। लेकिन चूँकि कंपनी के व्यवसाय का अंतर्निहित अर्थशास्त्र इतना ख़राब था, इसलिए उसके शेयर रोककर रखना उस नाव में बैठने की तरह था, जो कहीं नहीं जाती थी।

वॉरेन ने ग्राहम की निवेश रणनीति को इस तरह परिभाषित किया है कि कोई चीज़ पर्याप्त कम भाव पर इस उम्मीद में ख़रीद लो कि निकट भविष्य में किसी समय कोई घटना होगी, जिससे कंपनी का भाग्य चमक जाएगा और निवेशक अच्छे मुनाफ़े पर उसका शेयर बेच पाएगा। चूँकि शेयर का कम भाव मार्जिन ऑफ़ सेफ़्टी प्रदान कर रहा है, इसलिए निवेशक की पूँजी के स्थायी तौर पर डूबने की आशंका कम ही रहती थी।

लेकिन उन्होंने पाया कि ऐसी घटना प्रायः कभी नहीं होती थी, जिससे कंपनी का भाग्य चमके; अक्सर इसकी विपरीत घटना होती थी। कोई घटना ऐसी हो जाती थी, जिससे कंपनी के सितारे गर्दिश में आ जाते थे और इस स्थिति में वे या तो अपने शेयर बेचने या फिर चरमराती नींव को सहारा देने के लिए मजबूर होते थे।

इसके अलावा अगर वह अच्छी घटना हो जाती थी और वॉरेन मुनाफ़ा कमा लेते थे, तो उन्हें कैपिटल गेन्स टैक्स देना पड़ता था, जिससे उनके मुनाफ़े का अच्छा-खासा हिस्सा कम हो जाता था।

निवेश की इस प्रणाली के बारे में उनका महान इलहाम यह था कि औसत कंपनियों के औसत ही बने रहने की ज़्यादा संभावना है और निवेशक को भी औसत दर्जे के ही परिणाम मिलेंगे। ख़रीदारी की वजह से निवेशक को मूलतः जो लाभ हुआ था, वह औसत कंपनी के कम मुनाफ़े की वजह से क्षीण हो जाएगा।

वॉरेन ने यह बात सीखी कि समय किसी बेहतरीन व्यवसाय का मित्र होता है और औसत यानी दोयम दर्जे के व्यवसाय का शत्रु होता है।

उन्होंने यह भी पाया कि किसी उत्कृष्ट व्यवसाय का अर्थशास्त्र औसत दर्जे के व्यवसाय के अर्थशास्त्र से पूरी तरह से अलग होता है। उन्होंने पाया कि अगर वे अगर वे एक उत्कृष्ट व्यवसाय ख़रीदें, तो व्यवसाय का मूल्य बढ़ता जाएगा, जबकि दोयम दर्जे के व्यवसाय का मूल्य स्थिर रहता है। उन्हें इस बात का अहसास हुआ कि उत्कृष्ट व्यवसाय के बढ़ते मूल्य की वजह से अंततः शेयर बाज़ार में उस शेयर का भाव बढ़ जाएगा।

उत्कृष्ट व्यवसाय के बढ़ते मूल्य के साथ यह सिद्धांत भी जुड़ गया : अगर व्यवसाय विकास करता रहे, तो निवेश को बेचने के बजाय इसे अनिश्चित काल तक रोककर रखने में ज़्यादा समझदारी है। इससे वॉरेन कैपिटल गेन्स टैक्स को दूर की किसी तारीख़ तक रोक सकते थे और चक्रवृद्धि होने वाली रिटेन्ड अर्निंग्स के फलों का आनंद लेते थे।

इस बिंदु को समझाने के लिए वॉरेन दो उदाहरणों का इस्तेमाल करना पसंद करते हैं। *वॉशिंगटन पोस्ट* पहला है। वॉरेन ने 1973 में 97,31,000 डॉलर में *वॉशिंगटन पोस्ट* के 17,27,765 शेयर ख़रीदे। वे उस निवेश को आज तक रोककर रखे हुए हैं और इसका वर्तमान मूल्य 600 मिलियन डॉलर के आस-पास है। इससे वॉरेन को उनके *वॉशिंगटन पोस्ट* के 24 वर्षों तक रोककर रखे गए निवेश पर लगभग 18.7 प्रतिशत सालाना चक्रवृद्धि मुनाफ़ा होता है।

कल्पना करें कि आप किसी ऐसे बॉण्ड में निवेश कर सकें, जो 18.7 प्रतिशत ब्याज देता हो। अब कल्पना करें कि जो ब्याज दिया जाएगा, वह भी 18.7 प्रतिशत कमाएगा। मुझे तो यह बहुत बेहतरीन सौदा लगता है। और *वॉशिंगटन पोस्ट* का शेयर ख़रीदते समय वॉरेन को यही सौदा मिला था - 18.7 प्रतिशत का सालाना मुनाफ़ा, जो चौबीस साल से चक्रवृद्धि हो रहा है।

हालाँकि वॉरेन ने स्वीकार किया है कि पिछले चौबीस सालों में कई बार *वॉशिंगटन पोस्ट* का बाज़ार भाव इसके आंतरिक मूल्य से ऊपर भी गया है, लेकिन वे उस निवेश को पकड़कर बैठे रहे, क्योंकि यह एक उत्कृष्ट व्यवसाय है और वे जानते थे कि चक्रवृद्धि के चमत्कारों का पूरा लाभ लेने के लिए उन्हें निवेश को लंबे समय तक अपने पास रखने की आवश्यकता है।

बीमा कंपनी गीको में उनका निवेश भी ऐसी ही स्थितियों में किया गया था। वॉरेन ने 1972 के आस-पास गीको के शेयर 4,57,13,000 डॉलर में ख़रीदे। 1995 में इनका मूल्य लगभग 1,75,95,94,000 डॉलर था, जिसका मतलब यह था कि उन्हें लगभग 17.2 प्रतिशत की सालाना चक्रवृद्धि रेट ऑफ़ रिटर्न मिला। गीको एक और कंपनी है, जिसे वॉरेन उत्कृष्ट व्यवसाय मानते हैं। (दरअसल उन्हें गीको का शेयर इतना ज़्यादा अच्छा लगा कि उन्होंने बाक़ी की कंपनी भी 1996 में ख़रीद ली। किसी अच्छी चीज़ का ज़्यादा होना - एक अच्छी चीज़ है।)

वे कोका-कोला के उदाहरण से भी प्रेम करते हैं। कोका-कोला 1919 में 40 डॉलर प्रति शेयर के भाव पर सार्वजनिक हुई थी। अगर आप तब 40 डॉलर में एक शेयर ख़रीदते और उसे 1993 तक रोककर रखते और सारे डिविडेंड का दोबारा निवेश करते रहते, तो आपका एक शेयर आज आपको 2.1 मिलियन डॉलर देता। यह आपके निवेश पर 15.8 प्रतिशत की वार्षिक चक्रवृद्धि रेट ऑफ़ रिटर्न है।

मूल्य तक पहुँचने की समस्या को देखकर वॉरेन किसी भी और सारी कंपनियों के शेयर ख़रीदने के ग्राहम के दर्शन को मूर्खतापूर्ण मानने लगे और जैसा हम बता चुके हैं, उन्होंने अपने दर्शन में उत्कृष्ट व्यवसाय के बढ़ते मूल्य के फ़िशर/मंगर के विचार को शामिल कर लिया।

14

साधारण व्यवसाय

वॉरेन की सफलता की एक बेहतरीन कुंजी यह है कि उन्होंने यह तय करने का तरीक़ा पता लगा लिया है कि क्या उनके सामने एक दुर्लभ उत्कृष्ट व्यवसाय है, जो साल दर साल उन्हें मुनाफ़े की अच्छी फ़सल काटने की अनुमति देगा या फिर एक साधारण व्यवसाय है, जिसके निहित अर्थशास्त्र से उन्हें साधारण परिणाम मिलेंगे।

अपनी सोच को सुगम बनाने के लिए वॉरेन ने कारोबार के संसार को दो श्रेणियों में बाँटा :

1

बुनियादी *कमॉडिटी-प्रकार की कंपनियाँ,* जिनके बारे में उन्होंने पाया कि वे निरंतर कमतर परिणाम देती थीं।

2

उत्कृष्ट व्यवसाय, जिनके पास वह होता है, जिसे वॉरेन उपभोक्ता एकाधिकार कहते हैं।

उन्होंने पाया कि उपभोक्ता एकाधिकार वाले व्यवसायों का निहित अर्थशास्त्र उनके मालिकों के लिए सबसे ज़्यादा लाभदायक होता है और ऐसी कंपनियों का समूह पूरे बाज़ार से बेहतर प्रदर्शन करता है।

लेकिन पहली चीज़ें पहले। आइए हम कमॉडिटी क़िस्म के व्यवसाय पर नज़र डालते हैं और उन सूक्ष्मताओं पर भी, जिनकी वजह से यह एक अनचाहा निवेश होता है, जब इसकी तुलना किसी ऐसी कंपनी से की जाती है, जिसके पक्ष में उपभोक्ता एकाधिकार काम कर रहा हो।

कमॉडिटी क़िस्म का व्यवसाय

जब हम कहते हैं कि कोई व्यवसाय कमॉडिटी क़िस्म का है, तो हमारा मतलब एक ऐसे व्यवसाय से है, जो ऐसा प्रॉडक्ट बेचता है, जिसका भाव उपभोक्ता के ख़रीदारी के निर्णय में सबसे महत्त्वपूर्ण अकेला प्रेरक घटक होता है। हमारे रोजमर्रा के जीवन में सबसे आसान और स्पष्ट कमॉडिटी क़िस्म के व्यवसाय ये हैं :

- टेक्स्टाइल उत्पादक
- मक्का और चावल जैसे कच्चे खाद्यान्नों के उत्पादक
- स्टील उत्पादक
- गैस और ऑइल कंपनियाँ
- लम्बर उद्योग
- काग़ज़ निर्माता

ये सभी कंपनियाँ एक कमॉडिटी बेचती हैं, जिसके बाज़ार में काफ़ी प्रतिस्पर्धा है। इस मामले में भाव ही अकेला सबसे महत्त्वपूर्ण प्रेरक घटक होता है, जिसके आधार पर उपभोक्ता ख़रीदने का निर्णय लेता है।

हम भाव के आधार पर गैसोलिन ख़रीदते हैं, ब्रांड के आधार पर नहीं, हालाँकि तेल कंपनियाँ हमें यह विश्वास दिलाना चाहती हैं कि एक ब्रांड दूसरे से बेहतर है। तो यहाँ भाव निर्णायक घटक है। यही कंक्रीट, लम्बर, ईंटों और आपके कंप्यूटर की मेमोरी तथा प्रोसेसिंग चिप्स के बारे में सही है (हालाँकि इंटेल अपनी प्रोसेसिंग चिप्स को ब्रांड नेम की पहचान देकर इसे बदलने की कोशिश कर रहा है)।

आइए सच का सामना करते हैं। इससे दरअसल कोई फ़र्क़ नहीं पड़ता कि आप स्टोर में जो मक्का ख़रीदते हैं, वह कहाँ से आता है, जब तक कि यह मक्का हो और इसमें मक्का का स्वाद आता हो। गहरी प्रतिस्पर्धा की वजह से बहुत प्रतिस्पर्धी यानी कम भाव तय किए जाते हैं और इस प्रक्रिया में मुनाफ़े का मार्जिन बहुत कम हो जाता है।

कमॉडिटी किस्म के व्यवसाय में वही बेचने वाली कंपनी जीतती है, जो सबसे कम लागत पर सामान बनाती है। ऐसा इसलिए है, क्योंकि कम लागत वाली कंपनी को भाव तय करने की ज़्यादा स्वतंत्रता होती है। उसकी लागत कम होती है, इसलिए प्रॉफ़िट मार्जिन ज़्यादा होता है। यह अवधारणा काफ़ी सरल है, लेकिन इसके परिणाम जटिल होते हैं, क्योंकि कम लागत वाला उत्पादक बनने का आम तौर पर यह मतलब होता है कि कंपनी को अपने व्यवसाय को प्रतिस्पर्धी रखने के लिए उत्पादन में लगातार सुधार करने होंगे। इसके लिए अतिरिक्त पूँजी ख़र्च करने की

ज़रूरत होती है, जो रिटेन्ड अर्निंग्स को खा जाती है, जिसे नए प्रॉडक्ट्स बनाने या नई कंपनियाँ ख़रीदने में ख़र्च किया जा सकता था, जिससे कंपनी का मूल्य बढ़ता।

यह परिदृश्य इस तरह काम करता है : ए कंपनी अपनी उत्पादन प्रक्रिया में सुधार करती है, जिससे इसके उत्पादन की लागत कम हो जाती है, जिससे इसका प्रॉफ़िट मार्जिन बढ़ जाता है। इसके बाद ए कंपनी अपने प्रॉडक्ट का भाव कम कर देती है, ताकि यह बी, सी और डी कंपनियों से मार्केट शेयर छीनकर अपना मार्केट शेयर बढ़ा सके।

बी, सी और डी कंपनियों की बाज़ार में हिस्सेदारी जब कम होने लगती है, तो प्रतिक्रिया में वे भी ए कंपनी जैसी उत्पादन प्रक्रिया अपनाने के लिए वही सुधार करती हैं। फिर बी, सी और डी कंपनियाँ ए कंपनी के साथ प्रतिस्पर्धा करने के लिए अपने भाव भी घटा देती हैं और इस प्रक्रिया में वे ए कंपनी के उस बढ़े हुए प्रॉफ़िट मार्जिन को ख़त्म कर देती हैं, जो उत्पादन प्रक्रिया के सुधारों की वजह से उत्पन्न हुआ था। और यह दुष्चक्र इसी तरह बार-बार चलता रहता है।

कई बार किसी सेवा या प्रॉडक्ट की माँग इतनी ज़्यादा हो जाती है कि आपूर्ति कम पड़ जाती है। जब हरीकेन एंड्रयू ने फ़्लोरिडा में तबाही मचाई और हज़ारों घर तबाह हो गए, तो शीट प्लाईवुड का भाव आसमान छूने लगा। ऐसे मौक़ों पर सभी उत्पादक और विक्रेता भारी मुनाफ़ा कमाते हैं। लेकिन माँग बढ़ने के फलस्वरूप आम तौर पर आपूर्ति भी बढ़ जाती है। और जब माँग घट जाती है, तो आपूर्ति में होने वाली अतिरिक्त वृद्धि की वजह से भाव और प्रॉफ़िट मार्जिन दोबारा कम हो जाते हैं।

इसके अलावा, कमॉडिटी क़िस्म की कंपनी मुनाफ़ा उत्पन्न करने के लिए प्रबंधन की गुणवत्ता और बुद्धिमत्ता पर पूरी तरह से निर्भर होती है। यदि प्रबंधन दूरदर्शी ना हो या यह बुद्धिहीन तरीक़े से संसाधन आवंटित करके कंपनी की मूल्यवान संपत्तियों को बरबाद कर दे, तो कंपनी कम लागत वाली उत्पादक होने का लाभ गँवा सकती है और प्रतिस्पर्धी हमले तथा वित्तीय बरबादी की संभावना का सामना कर सकती है।

निवेश के दृष्टिकोण से वॉरेन के दोनों व्यवसाय मॉडलों में से पहला यानी कमॉडिटी क़िस्म का व्यवसाय शेयरहोल्डर्स के मूल्य को बढ़ाने की सबसे कम संभावना प्रदान करता है। पहली बात, भाव की प्रतिस्पर्धा की वजह से कंपनियों का प्रॉफ़िट मार्जिन कम रहता है, इसलिए व्यवसाय का विस्तार करने या नए और ज़्यादा लाभदायक व्यवसायों में निवेश करने के लिए पैसा ही नहीं होता। और दूसरी बात, अगर वे थोड़े पैसे कमा भी लेते हैं, तो यह पूँजी आम तौर पर प्रतिस्पर्धियों के बराबर रहने के लिए प्लांट और मशीनों की मरम्मत या उन्नयन में ख़र्च हो जाती है।

कमॉडिटी क़िस्म के व्यवसाय कई बार ख़रीदारों पर विज्ञापन की बमबारी करके अपने प्रॉडक्ट की अलग पहचान बनाने की कोशिश करते हैं, जिनमें उत्पादक ख़रीदार

को यह विश्वास दिलाने की कोशिश करते हैं कि उनका प्रॉडक्ट प्रतिस्पर्धियों के प्रॉडक्ट से बेहतर है। कुछ मामलों में प्रतिस्पर्धियों से आगे बने रहने के लिए प्रॉडक्ट में बदलाव भी किए जाते हैं। लेकिन समस्या यह रहती है कि किसी कमॉडिटी क़िस्म के प्रॉडक्ट के साथ चाहे जो किया जाए, अगर उपभोक्ता केवल भाव के आधार पर ही चुनता है, तो सबसे कम लागत पर उत्पादन करने वाली कंपनी ही जीतेगी और बाक़ी जूझती रहेंगी।

कमॉडिटी क़िस्म के व्यवसाय के ख़राब निवेशों के उदाहरण के रूप में वॉरेन बर्लिंगटन इंडस्ट्रीज़ का उदाहरण देना पसंद करते हैं, जो टैक्सटाइल्स का उत्पादन करती है, एक कमॉडिटी क़िस्म का प्रॉडक्ट।

1964 में बर्लिंगटन इंडस्ट्रीज की बिक्री 1.2 अरब डॉलर थी और शेयर का भाव 30 डॉलर था (स्प्लिट के लिए एडजस्ट करने के बाद)। 1964 और 1985 के बीच कंपनी ने 3 अरब डॉलर की पूँजी सुधारों पर ख़र्च की, यानी लगभग 100 डॉलर प्रति शेयर, ताकि यह ज़्यादा कार्यकुशल और ज़्यादा लाभदायक बन सके। ज़्यादातर पूँजी व्यय लागत सुधार और संचालन के विस्तार के लिए थे। हालाँकि 1985 में कंपनी ने 2.8 अरब डॉलर की बिक्री की, लेकिन मुद्रास्फीति को ध्यान में रखते हुए दरअसल इसका सेल्स वॉल्यूम कम हो गया था। 1964 की तुलना में इसे बिक्री और इक्विटी पर कम मुनाफ़ा हो रहा था। इक्कीस साल तक कारोबार करने और शेयरहोल्डरों के 3 अरब डॉलर ख़र्च करने के बावजूद इसके शेयर से शेयरधारकों को बहुत कम मुनाफ़ा हुआ।

बर्लिंगटन के मैनेजर टैक्सटाइल उद्योग के सबसे कुशल लोगों में से हैं, लेकिन समस्या मैनेजर नहीं, उद्योग है। अत्यधिक प्रतिस्पर्धा की वजह से उद्योग का अर्थशास्त्र ही ख़राब है, जिससे पूरे टैक्सटाइल उद्योग की उत्पादन क्षमता बहुत ज़्यादा है। बहुत ज़्यादा उत्पादन क्षमता का मतलब है भाव की प्रतिस्पर्धा, जिसका मतलब है कम प्रॉफ़िट मार्जिन, जिसका मतलब है, कम मुनाफ़ा, जिसका मतलब है शेयर के भाव में गिरावट और निराश शेयरहोल्डर।

वॉरेन को यह कहना पसंद है कि जब उत्कृष्ट छवि वाला प्रबंधन किसी ख़राब छवि वाले व्यवसाय में जाता है, तो आम तौर पर व्यवसाय की छवि अक्षुण्ण रहती है।

कमॉडिटी क़िस्म की कंपनी को पहचानना

कमॉडिटी क़िस्म की कंपनी को पहचानना ज़्यादा मुश्किल नहीं है। आम तौर पर यह कोई ऐसी चीज़ बेचती है, जिसे दूसरी बहुत-सी कंपनियाँ बेचती हैं। इसकी विशेषताएँ इस प्रकार हैं : कम प्रॉफ़िट मार्जिन, कम रिटर्न ऑन इक्विटी, ब्रांड नेम के प्रति

ग्राहकों का निष्ठावान नहीं रहना, बहुत से प्रतिस्पर्धी उत्पादकों की मौजूदगी, उद्योग में अत्यधिक उत्पादन क्षमता की मौजूदगी, डावाँडोल मुनाफ़ा और मुनाफ़ा लगभग पूरी तरह से मूर्त संपत्तियों के कुशल उपयोग की प्रबंधकीय योग्यताओं पर निर्भर।

किसी कमॉडिटी कंपनी की बुनियादी विशेषताएँ हैं :

- *कम प्रॉफ़िट मार्जिन।* कम प्रॉफ़िट मार्जिन प्रतिस्पर्धी भाव का परिणाम है – एक कंपनी दूसरी कंपनी से प्रतिस्पर्धा करने के लिए अपने प्रॉडक्ट्स के भाव कम कर देती है।
- *कम रिटर्न ऑन इक्विटी।* इक्विटी पर कम रिटर्न इस बात का अच्छा सूचक है कि जिस कंपनी को आप देख रहे हैं, वह कमॉडिटी क़िस्म की है। चूँकि अमेरिकी कॉरपोरेशन के मामले में इक्विटी पर औसत रिटर्न लगभग 12 प्रतिशत है, इसलिए इससे कम रिटर्न ख़राब व्यावसायिक अर्थशास्त्र का संकेत हो सकता है, जिसे कमॉडिटी क़िस्म के बाज़ार और भाव ने उत्पन्न किया हो।
- *ब्रांड नेम के प्रति ग्राहकों का निष्ठावान नहीं रहना।* आपने जो प्रॉडक्ट ख़रीदा है, अगर उसके ब्रांड नेम का ज़्यादा मतलब नहीं है, तो आप शर्त लगा सकते हैं कि आपके सामने एक कमॉडिटी क़िस्म का व्यवसाय है।
- *बहुत से प्रतिस्पर्धी उत्पादकों की उपस्थिति।* किसी भी ऑटो सप्लाई स्टोर में चले जाएँ। वहाँ आपको सात-आठ अलग-अलग ब्रांड के ऑइल मिल जाएँगे, जो सभी लगभग एक ही भाव पर बिक रहे होंगे। बहुत से उत्पादकों की वजह से प्रतिस्पर्धा शुरू हो जाती है और प्रतिस्पर्धा की वजह से भाव कम हो जाते हैं और भाव कम होने से प्रॉफ़िट मार्जिन कम हो जाता है और कम प्रॉफ़िट मार्जिन से शेयरधारकों की आमदनी कम हो जाती है।
- *उद्योग में अत्यधिक उत्पादन क्षमता की मौजूदगी।* जब कभी आप किसी उद्योग में अत्यधिक उत्पादन क्षमता देखते हैं, तो माँग बढ़ने के बाद भी उस उद्योग की किसी कंपनी को दरअसल ज़्यादा फ़ायदा नहीं होगा, क्योंकि अत्यधिक उत्पादन क्षमता उस बढ़ी हुई माँग को आसानी से पूरा कर देगी। जब माँग अत्यधिक उत्पादन क्षमता से भी ज़्यादा बढ़ जाएगी, तब और केवल तभी भाव बढ़ सकते हैं। लेकिन जब भाव बढ़ते हैं, तो प्रबंधन के मन में उत्पादन क्षमता को और ज़्यादा बढ़ाने की इच्छा उत्पन्न हो जाएगी। प्रबंधन के दिमाग़ में विशाल औद्योगिक साम्राज्य के भव्य स्वप्न तैरने लगेंगे। जब ज़्यादा माँग और भाव बढ़ने की वजह से हासिल शेयरधारकों की दौलत से जेब भरी होगी, तो प्रबंधन भव्य भ्रम में सर्वोच्च शिखर की ओर बढ़ जाएगा। यह उत्पादन क्षमता बढ़ा देगा और इस प्रक्रिया में पहले से भी ज़्यादा उत्पादन क्षमता उत्पन्न कर देगा।

समस्या यह है कि उसके प्रतिस्पर्धियों के मन में भी ठीक यही विचार आएगा – जल्दी ही उद्योग की हर कंपनी अपनी उत्पादन क्षमता को बढ़ा लेगी और हम एक बार फिर से अति क्षमता की स्थिति में पहुँच जाएँगे। अति क्षमता का अर्थ है भाव के युद्ध और भाव के युद्धों का मतलब है कम प्रॉफ़िट मार्जिन तथा मुनाफ़ा। और फिर हर चीज़ एक बार फिर से शुरू हो जाती है।

वर्ष	आमदनी (डॉलर में)
1987	1.57
1988	0.16
1989	0.28
1990	0.42
1991	(0.23) (घाटा)
1992	0.60
1993	1.90
1994	2.39
1995	0.43
1996	(0.69) (घाटा)

- *डावाँडोल मुनाफ़ा* – आप कमॉडिटी क़िस्म के व्यवसाय को देख रहे हैं, इसका सच्चा संकेत यह है कि मुनाफ़े काफ़ी डावाँडोल होते हैं। पिछले सात से दस सालों की कंपनी की प्रति शेयर आय में आपको आम तौर पर उछाल और गिरावट के पैटर्न नज़र आएँगे, जो कमॉडिटी क़िस्म के व्यवसाय की निशानी होते हैं।

  अगर सामने वाले व्यवसाय की वार्षिक प्रति शेयर आय इस तरह की होती है, तो आप यह संदेह कर सकते हैं कि यह कमॉडिटी क़िस्म का व्यवसाय है।

- *मुनाफ़ा लगभग पूरी तरह से मूर्त संपत्तियों के कार्यकुशल उपयोग की प्रबंधन की योग्यताओं पर निर्भर करता है* – किसी भी समय किसी कंपनी का मुनाफ़ा पेटेंट, कॉपीराइट तथा ब्रांड नेम जैसी अमूर्त संपत्तियों के बजाय प्लांट और मशीनों जैसी मूर्त संपत्तियों के कार्यकुशल उपयोग की योग्यता पर बहुत ज़्यादा निर्भर हो, तो आपको यह संदेह करना चाहिए कि कंपनी कमॉडिटी क़िस्म की है।

याद रखें

अगर किसी प्रॉडक्ट की ख़रीद में भाव अकेला सबसे महत्त्वपूर्ण प्रेरक घटक है, तो आप संभवतः कमॉडिटी क़िस्म के व्यवसाय को देख रहे हैं। कंपनी शायद लंबे समय में आपको सिर्फ़ औसत परिणाम ही दे सकती है और वह भी सर्वश्रेष्ठ स्थिति में।

15

उत्कृष्ट व्यवसाय को कैसे पहचानें – वॉरेन के सौभाग्य की कुंजी

जैसा हम जानते हैं, वॉरेन केवल बेहतरीन अर्थशास्त्र वाली कंपनियों की ही ताक में रहते हैं, ऐसी कंपनियाँ जिनकी भावी आमदनी की वे तार्किक भविष्यवाणी कर सकें। अपने निवेश करियर में वॉरेन ऐसी कई कंपनियाँ खोजने में सफल हुए। उन्हें पता चला कि वे सभी एक ऐसा प्रॉडक्ट या सेवा बेच रही थीं, जिसे वे *उपभोक्ता एकाधिकार* कहते हैं।

टोल ब्रिज उपभोक्ता एकाधिकार का आदर्श रूप है। अगर आप यानी उपभोक्ता बगैर नाव का इस्तेमाल किए या बगैर तैरे नदी पार करना चाहते हैं, तो आपको संभवतः पुल के ज़रिये यह काम करना होगा और उस पुल का इस्तेमाल करने के लिए आपको टोल देना होगा। टोल ब्रिज उस ख़ास जगह से नदी पार करने पर एकाधिकार का एक रूप है। यही तब कहा जा सकता है, जब किसी बड़े कस्बे में केवल *एक* ही समाचारपत्र प्रकाशित होता हो। अगर आप उस समाचारपत्र में विज्ञापन देना चाहते हैं, तो आपको विज्ञापन की वही दर देनी होगी, जो वह समाचारपत्र वसूल कर रहा है, अन्यथा आप विज्ञापन नहीं दे सकते। यह उपभोक्ता एकाधिकार टोल ब्रिज या समाचारपत्र को भाव तय करने की ज़्यादा स्वतंत्रता देता है, जिसका मतलब है शेयरधारकों को ज़्यादा मुनाफ़ा होता है।

इस अध्याय में हम यह बताएँगे कि कैसे किसी असाधारण व्यवसाय या कंपनी को पहचानें, जिसके पक्ष में उपभोक्ता एकाधिकार काम करता है। यही इस पुस्तक का वह खंड है, "जिसे वॉरेन ख़रीदना पसंद करते हैं।" और वॉरेन ऐसी कंपनियाँ ख़रीदना चाहते हैं, जिनके पास ऐसे प्रॉडक्ट या सेवाएँ हों, जो उपभोक्ता एकाधिकार की श्रेणी में आती हों।

वॉरेन उपभोक्ता एकाधिकार वाली कंपनी की तलाश कर रहे हैं

अपने दिमाग़ को पूरी तरह सक्रिय करने के लिए आइए समय में पीछे चलते हैं और कुछ शुरुआती विचारकों पर नज़र डालते हैं, जिन्होंने उपभोक्ता एकाधिकार के निवेश मूल्य के बारे में बात की थी।

1938 में जॉन हॉकिन्स युनिवर्सिटी के लॉरेंस एन. ब्लूमबर्ग नाम के एक उद्यमी विद्यार्थी ने अपनी पीएच.डी. डिज़र्टेशन के हिस्से के रूप में उपभोक्ता एकाधिकार के निवेश मूल्य पर एक शोधपत्र लिखा। इस शोधपत्र का शीर्षक था, "गुडविल का निवेश मूल्य।" इसमें उपभोक्ता एकाधिकार वाली कंपनियों के निवेश मूल्य की तुलना कमॉडिटी क़िस्म की कंपनियों के निवेश मूल्य से की गई थी। ब्लूमबर्ग का विचार था कि यह उपभोक्ता की गुड विल यानी निष्ठा थी, जिससे उपभोक्ता एकाधिकार उत्पन्न होता था। उन्होंने लिखा कि हालाँकि गुड विल एक मानसिक अवस्था है, लेकिन कुछ ख़ास विशेषताओं के कारण यह उस कंपनी के प्रति हो जाती है, *जो ख़रीदारों के लिए ख़ास तौर पर आकर्षक होती हैं। इस वजह से ग्राहक का कंपनी और इसके द्वारा बेचे जाने वाले प्रॉडक्ट्स से जुड़ाव बन जाता है।*

ब्लूमबर्ग का विचार था कि उपभोक्ता की गुड विल किसी कारण भी हो सकती है : कोई कंपनी आरामदेह जगह पर है, कर्मचारी शिष्ट और तत्पर हैं, डिलिवरी बहुत जल्दी होती है या प्रॉडक्ट्स उत्कृष्ट हैं। उनका यह विचार भी था कि विज्ञापन इतना निरंतर और मनमोहक हो सकता है कि सामान ख़रीदते समय ख़रीदार के मन में कोई ख़ास प्रॉडक्ट या ब्रांड नेम अपने आप आ जाता है। या शायद किसी गोपनीय प्रक्रिया या पेटेंट की वजह से कंपनी कोई असाधारण या थोड़ा अलग प्रॉडक्ट बेच रही हो – कोका-कोला बनाने की गोपनीय प्रक्रिया के बारे में सोचें।

ब्लूमबर्ग का तर्क था कि ऊपर दिए गए घटकों की वजह से ऐसी कंपनी श्रेष्ठ परिणाम हासिल कर सकती थी – यानी बेहतर रिटर्न ऑन इक्विटी, आय में ज़्यादा बढ़ोतरी और शेयर के भाव का शेयर बाज़ार में बेहतर प्रदर्शन – और ऐसी कंपनियों के शेयर हमेशा शेयर बाज़ार में बाक़ी कंपनियों के शेयरों से बेहतर प्रदर्शन करेंगे, चाहे अर्थव्यवस्था फैले या संकुचित हो।

किसी कंपनी के पास इस तरह का उपभोक्ता एकाधिकार है या नहीं, यह कैसे तय करें? इसके लिए वॉरेन ने एक तरीक़ा ईजाद किया है। उपभोक्ता एकाधिकार की जाँच करने के लिए वे यह प्रश्न पूछना पसंद करते हैं : *अगर उनके पास अरबों डॉलर हों (जो उनके पास सचमुच हैं), और उनके पास देश के शीर्षस्थ पचास मैनेजरों में से चुनाव की स्वतंत्रता हो (जो उनके पास है), तो क्या वे वह व्यवसाय शुरू करके उस कंपनी से सफलतापूर्वक प्रतिस्पर्धा कर सकते हैं?*

यदि जवाब नहीं है, तो फिर उस कंपनी के पास कोई प्रबल एकाधिकार है, जिससे वह प्रतिस्पर्धियों से काफ़ी सुरक्षित है।

वॉरेन के संसार में किसी उपभोक्ता एकाधिकार की शक्ति का असली परीक्षण यह है कि कोई प्रतिस्पर्धी कितना ज़्यादा नुक़सान कर सकता है, अगर उसे पैसे बनाने की परवाह नहीं हो। *क्या वॉल स्ट्रीट जरनल के साथ प्रतिस्पर्धा करना संभव है?* आप अरबों डॉलर ख़र्च कर दें, तब भी इसके पाठकों की संख्या कम नहीं कर पाएँगे। क्या आप चुइंग ग़म मशीन बनाकर रिगली से प्रतिस्पर्धा कर सकते हैं? कइयों ने कोशिश की है और नाकाम रहे हैं। हर्शी चॉकलेट के बारे में? और कोका-कोला के बारे में?

पिछले साल इंडोनेशिया के ऊँचे पर्वतों में कार चलाते समय मैं कुछ पीने के लिए सड़क किनारे वाले एक स्टैंड पर रुकी। इस बियाबान में एक छोटे-से स्टैंड पर एक ऐसे देश में जहाँ किसी अमेरिकी चीज़ का कोई संकेत नहीं था, सोडा के नाम पर केवल एक ही चीज़ थी - कोका-कोला।

पल भर के लिए कोका-कोला के बारे में सोचें। ज़रा सोचें कि यह कितनी सारी जगहों पर बिकता है। कोका-कोला हर गैस स्टेशन, मूवी थिएटर, सुपरमार्केट, रेस्तराँ, फ़ास्ट फूड जॉइंट, क्विक शॉप, बार, होटल और खेल के मैदानों में बिकता है। आप शर्त लगा सकते हैं कि अमेरिका के हर ऑफ़िस की इमारत में कहीं न कहीं पर कोई कोका-कोला मशीन होगी, जो आपके पैसे डालने का इंतज़ार कर रही है। कोका-कोला इतना लोकप्रिय पेय है कि स्टोर्स और रेस्तराँओं को इसे रखना ही पड़ता है। *उन्हें यह रखना ही पड़ता है!* उन्हें यह इसलिए रखना पड़ता है, क्योंकि अगर वे इसे नहीं रखेंगे, तो उनकी बिक्री कम हो जाएगी। क्या आप मुझे किसी दूसरे ब्रांड नेम प्रॉडक्ट का नाम बता सकते हैं, जिसे इनमें से हर वेंडर को रखना ही पड़ता हो?

अगर आप कोका-कोला के साथ प्रतिस्पर्धा करने की कोशिश करेंगे, तो आपको दो जनरल मोटर्स के बराबर की पूँजी की ज़रूरत होगी और इसके बाद भी शायद आप नाकाम रहेंगे। यही उपभोक्ता एकाधिकार है, जिस पर किसी बम का कोई असर नहीं होगा! मैंने खुद यह पेय हज़ारों बार पिया है। आपने? आपके बच्चों ने?

मार्लबरो सिगरेट के बारे में? कभी मार्लबरो पीने वाले को दूसरे ब्रांड की सिगरेट पीने के लिए राज़ी करके देख लें?

उपभोक्ता एकाधिकार है या नहीं, यह तय करने का मेरा भी एक व्यक्तिगत पैमाना है। मैं यह सवाल पूछती हूँ : अगर कोई मुझे मार्लबरो या रिगली जैसे ख़ास ब्रांड नेम का अधिकार दे दे या कोका-कोला के गोपनीय फ़ॉर्मूले और नाम पर अधिकार दे दे, तो क्या सालोमन ब्रदर्स या गोल्डमैन सैक्स के निवेश बैंकर अरबों डॉलर उगाहने के लिए राज़ी हो जाएँगे, जिनकी ज़रूरत मुझे उत्पादन शुरू करने

के लिए होगी? अगर जवाब हाँ में है, तो मैं जानती हूँ कि मुझे विजेता उपभोक्ता एकाधिकार मिल गया है।

अगर कोई कंपनी शहर में इकलौती जल कंपनी हो, तो वह ढेर सारे पैसे कमा सकती है। एकमात्र पेंच यह है कि जनता में इतनी बुद्धि थी कि उन्होंने जल उद्योग का नियमन कर दिया। यही ज़्यादातर युटिलिटी कंपनियों के बारे में कहा जा सकता है। बेहतरीन व्यवसाय, लेकिन सरकारी नियम-क़ानून मालिकों को मनचाहा मुनाफ़ा कमाने से रोकते हैं। आपको दरअसल जो चाहिए, वह है नियम-क़ानून से स्वतंत्र शहर की इकलौती जल कंपनी।

समस्या यह है कि जब निवेश समुदाय इस तरह की एकाधिकार वाली कंपनियों को पहचान लेता है, तो उनके शेयर सामान्यतः बहुत ऊँचे भाव पर बिकते हैं। चूँकि आपकी ख़रीद के भाव से ही आपका रेट ऑफ़ रिटर्न तय होता है, इसलिए ऊँचे भाव पर ख़रीदने की वजह से आपको दरअसल कम रेट ऑफ़ रिटर्न मिलेगा। चतुराई किसी ऐसी कंपनी को खोजने में है, जिसे अब तक बाक़ी संसार ने नहीं पहचाना हो। आप कह सकते हैं कि आप एक छिपी हुई जल कंपनी की तलाश कर रहे हैं।

ब्लूमबर्ग के विचार से प्रबल उपभोक्ता एकाधिकार वाली कंपनियों के ज़्यादा लाभकारी होने का एक कारण यह था कि उन्हें ज़मीन, कारख़ाने और मशीनों में भारी निवेश की ज़रूरत नहीं होती। ग़ौर करने वाली बात यह है कि कमॉडिटी क़िस्म की कंपनियों के उत्पादन की लागत में कारख़ाने-मशीनों पर व्यय व जायदाद के टैक्स ज़्यादा होते हैं।

इसके विपरीत, उपभोक्ता एकाधिकार वाली कंपनियों की दौलत मुख्यतः अमूर्त संपत्तियों के रूप में होती है, जैसे कोका-कोला का गोपनीय फ़ॉर्मूला या मार्लबरो का ब्रांड नेम। चूँकि आयकर आमदनी पर लगता है, इसलिए इन कंपनियों का टैक्स मुनाफ़े के साथ घटता-बढ़ता है, जबकि जिन कंपनियों को भारी निवेश करना पड़ता है, जैसे जनरल मोटर्स, उनके द्वारा चुकाए गए टैक्स इतने लचीले नहीं होते। विस्तार की अवधि की बहुत शुरुआती अवस्थाओं को छोड़ दिया जाए, तो भौतिक संपत्ति/कमॉडिटी क़िस्म का व्यवसाय अपने प्रॉडक्ट्स की बढ़ती माँग को केवल कारख़ाने के विस्तार में भारी ख़र्च करके ही पूरा कर सकता है।

जो कंपनियाँ उपभोक्ता एकाधिकार से लाभ उठाती हैं, उनका कैशफ़्लो बहुत ज़्यादा होता है, इसलिए उन पर प्रायः कोई कर्ज़ नहीं होता। रिगली (चुइंग ग़म निर्माता) और यूएसटी (खाने वाली तंबाखू का निर्माता) की बैलेंस शीट में या तो कर्ज़ होता ही नहीं है या फिर बहुत कम होता है। इससे उन्हें दूसरे लाभकारी काम करने या अपने खुद के शेयर ख़रीदने की काफ़ी स्वतंत्रता मिल जाती है। इसके अलावा, वे अक्सर कम तकनीकी प्रॉडक्ट्स बनाते हैं, जिनके उत्पादन के लिए अत्याधुनिक

कारख़ानों की ज़रूरत नहीं होती। इसके अलावा, चूँकि उनके मुनाफ़े को कुतरने के लिए बहुत कम प्रतिस्पर्धा होती है, इसलिए उन्हें अपनी उत्पादन मशीनों का लंबे समय तक इस्तेमाल करने की छूट मिल सकती है। प्रतिस्पर्धा नहीं होने का मतलब यह है कि लगातार नई मशीनें लगाने और नए कारख़ाने बनाने की लागतों से छूट मिलना।

कार-निर्माता जनरल मोटर्स के प्रॉडक्ट्स भाव-संवेदनशील और कमॉडिटी क़िस्म के होते हैं। इसे बाज़ार में एक नए मॉडल की कार उतारने के लिए नई मशीनें लगाने तथा नए उत्पादन कारख़ाने बनाने में अरबों डॉलर ख़र्च करने होते हैं। और यह एक ऐसा प्रॉडक्ट है, जो केवल कुछ साल तक ही प्रतिस्पर्धी रह सकता है और इसके बाद जीएम को यह काम दोबारा शुरू करना पड़ता है।

ग़ौर करने वाली बात यह है कि वाणिज्य का इतिहास बताता है कि व्यापार की शुरुआत से ही उपभोक्ता एकाधिकार किसी न किसी रूप में मौजूद रहा है। वेनिस के लोगों का सुदूर पूर्व के साथ व्यापार पर एकाधिकार था, जिससे उन्हें भारी लाभ हुआ। ब्रिटिश साम्राज्य का उच्च गुणवत्ता वाले स्टील पर शुरुआती उपभोक्ता एकाधिकार था। शुरुआती अमेरिकन वेस्ट कोल्ट और विनचेस्टर नाम गुणवत्ता वाले हथियारों का प्रतीक था। जर्मनी के मशहूर कैनन निर्माता क्रुप के प्रॉडक्ट्स दो विश्व युद्धों में दोनों ही पक्षों के पास थे - इन सभी व्यवसायों को गुणवत्ता और सेवाओं की आवश्यकता की उपभोक्ता की अनुभूति से लाभ हुआ, क्योंकि इसकी वजह से उपभोक्ता उन्हें ज़्यादा पैसे देने को तैयार थे।

जनरल इलेक्ट्रिक के बारे में सोचें, वह कंपनी जिसे शुरू करने में टॉमस एडिसन ने सहायता की और इसने संसार के विद्युतीकरण में भारी मुनाफ़ा कमाया। आप एक देश को बिजली बनाने का ज्ञान बेचते हैं और फिर तार बिछाने के प्रॉडक्ट बेचते हैं। इसके बाद आप इसे बिजली के उपकरण, बल्ब, मशीनें और फ्रिज बेचते हैं। (यह वैसा ही है, जैसे जिलेट अपने रेज़र मुफ़्त बाँटे, ताकि ग्राहक रेज़र ब्लेड ख़रीदता रहे।) जीई आज तक अमेरिका की सबसे शक्तिशाली कंपनियों में से एक है। इसकी शक्ति आंशिक रूप से उस भारी पूँजी पर निर्भर है, जो इसने बीसवीं सदी के शुरुआती हिस्से में हासिल की थी, जब यह पूरे शहर या संसार की एकमात्र कंपनी थी।

16

कोई व्यवसाय सचमुच उत्कृष्ट है, यह तय करने में नौ प्रश्न आपकी मदद करेंगे

हम जिस कंपनी की तलाश कर रहे हैं, उसका एक ख़ास स्वभाव होता है। वॉरेन ने यह पता लगा लिया है कि उत्कृष्ट व्यवसाय में कुछ और विशेषताएँ होती हैं, जिनसे इसे पहचानने में मदद मिलती है।

मैंने यह पाया है कि विश्लेषण के इस हिस्से को प्रश्नों में तोड़ना ज़्यादा आसान रहता है। उपभोक्ता एकाधिकार, असाधारण व्यावसायिक अर्थशास्त्र और शेयरहोल्डर-केंद्रित प्रबंधन की उपस्थिति को तय करने की कोशिश में वॉरेन भी इसी तरह के प्रश्नों का इस्तेमाल करते हैं।

आइए प्रश्नों को देखते हैं।

प्रश्न 1

क्या कंपनी के पास कोई उपभोक्ता एकाधिकार है, जिसे पहचाना जा सकता है?

प्रश्न 2

क्या कंपनी की आमदनी बहुत अच्छी है और इसमें लगातार बढ़ने की प्रवृत्ति दिख रही है?

प्रश्न 3

क्या कंपनी की फ़ाइनैंसिंग कनज़र्वेटिव यानी पारंपरिक अंदाज़ में हुई है?

प्रश्न 4

क्या कंपनी शेयरहोल्डर्स इक्विटी पर ज़्यादा रेट ऑफ़ रिटर्न लगातार कमाती है?

प्रश्न 5

क्या कंपनी अपनी आमदनी को रोककर रखती है?

प्रश्न 6

कंपनी को वर्तमान कामकाज क़ायम रखने पर कितना ख़र्च करना पड़ता है?

प्रश्न 7

क्या कंपनी नए कारोबारी अवसरों, विस्तार या शेयरों को दोबारा ख़रीदने में अपनी रोकी हुई आमदनी का दोबारा निवेश करने के लिए स्वतंत्र है? इस मामले में प्रबंधन कितना अच्छा काम करता है?

प्रश्न 8

क्या कंपनी मुद्रास्फीति के हिसाब से भाव बढ़ाने के लिए स्वतंत्र है?

प्रश्न 9

क्या रोकी गई आमदनी की वजह से बढ़े हुए मूल्य से कंपनी का बाज़ार मूल्य बढ़ेगा?

यूरेका! की चिंगारी के लिए नौ विचार। एक तरह से यह पता लगाना कि आप जिसके साथ ब्लाइंड डेट करने गए हैं, क्या वह शादी करने लायक़ है? क्या उसकी पहले शादी हुई है? कॉलेज गई है? अच्छी नौकरी करती है? क्या वह खर्राटे लेता या लेती है?

निवेश में पूँजी लगाते समय हम भी यही चीज़ करते हैं। जैसा वॉरेन कहते हैं, निवेश के क्षेत्र में यह बेहतर होता है कि इंसान कैथोलिक सिद्धांत पर चले और जीवन भर के लिए शादी करे। अगर मामला ऐसा है, तो इंसान को अंदर जाने से पहले यह सुनिश्चित कर लेना चाहिए कि उसने जो साझेदार चुना है, वह हमेशा साथ रहने लायक़ हो - क्योंकि बाहर निकलने का कोई सवाल नहीं है।

तो आइए इन प्रश्नों को विस्तार से देखते हैं।

प्रश्न 1

क्या कंपनी के पास कोई उपभोक्ता एकाधिकार है, जिसे पहचाना जा सकता है?

हम उपभोक्ता एकाधिकार और टोल ब्रिज की अवधारणा पर बात कर चुके हैं। यह पहला प्रश्न है, जो आपको खुद से पूछना होता है : क्या यहाँ उपभोक्ता एकाधिकार है? यह या तो ब्रांड नेम प्रॉडक्ट होगा या मुख्य सेवा, जिस पर लोग या व्यवसाय निर्भर हों। प्रॉडक्ट्स को पहचानना सेवाओं को पहचानने से ज़्यादा आसान होता है, इसलिए आइए हम उन्हीं से शुरू करते हैं।

किसी कनवीनिएंस स्टोर, सुपरमार्केट, फ़ार्मेसी, बार, गैस स्टेशन या बुकस्टोर के बाहर खड़े होकर खुद से पूछें, *ब्रांड नेम के ऐसे कौन से प्रॉडक्ट्स हैं, जिन्हें यहाँ हर हाल में रखना ही होता है?* कौन से प्रॉडक्ट्स हैं, जिन्हें नहीं रखना मैनेजर के लिए पागलपन होगा? एक सूची बनाएँ।

अब अंदर जाकर प्रॉडक्ट की जाँच करें, जो आम तौर पर विज्ञापन द्वारा आपकी नज़रों में लाया जाता है। अगर इसका ब्रांड नेम है, जिसे आप तुरंत पहचान लेते हैं, तो इस बात की अच्छी संभावना है कि वहाँ किसी तरह का उपभोक्ता एकाधिकार काम कर रहा है।

मुझे एक समाचारपत्र का नाम बता दें, जिसे आप अमेरिका में न्यूज़स्टैंड पर ख़रीद सकते हैं - *यूएसए टुडे।* मुझे एक सोडा का नाम बताएँ, जिसे आप संसार में कहीं पर भी ख़रीद सकते हैं - कोका-कोला। मुझे एक सिगरेट ब्रांड का नाम बताएँ, जिसे हर कनवीनिएंस स्टोर रखता है - मार्लबरो। उस *लिटिल मरमेड* फ़िल्म के अधिकार किसके पास हैं, जिसे देखते हुए आपके बच्चे नहीं थकते हैं? डिज़्नी। आपका बच्चा नाश्ते में क्या खाता है? आप हर सुबह किस रेज़र ब्लेड का इस्तेमाल करते हैं? स्थानीय सुपरमार्केट में चारों ओर टहलें और आपकी कल्पना के पंख लग जाने चाहिए।

जो कंपनियाँ उपभोक्ता एकाधिकार की श्रेणी में आने वाली *सेवाएँ* देती हैं, उन्हें पहचानना कहीं ज़्यादा मुश्किल होता है। देखने की मुख्य जगहें विज्ञापन के क्षेत्र में हैं - टेलीविज़न नेटवर्क्स और विज्ञापन एजेंसियाँ - और वित्तीय सेवा प्रदान करने वाली कंपनियाँ, जैसे क्रेडिट कार्ड कंपनियाँ। (चिंता नहीं करें, ठीक आगे एक पूरा अध्याय है, जो आपको सटीकता से बताता है कि उपभोक्ता एकाधिकार वाली कंपनियों की कहाँ तलाश करें।)

किसी व्यवसाय का ब्रांड नेम वाला प्रॉडक्ट इसके पक्ष में काम कर रहा है, इसका यह मतलब नहीं है कि वह व्यवसाय या कंपनी उत्कृष्ट है। दर्जनों तरीक़े हैं, जिनसे प्रबंधन उपभोक्ता एकाधिकार के जादू का पूरा लाभ लेने में असफल रह सकता है।

इसलिए जब आपको कोई उपभोक्ता एकाधिकार वाला प्रॉडक्ट या सेवा दिख जाए, उसके बाद आपको कंपनी और इसके प्रबंधन के विश्लेषण की गुणवत्तापूर्ण/संख्यात्मक प्रक्रिया शुरू करनी चाहिए। शुरुआत बेहतरीन प्रॉडक्ट से होती है, लेकिन बेहतरीन प्रॉडक्ट का मतलब हमेशा बेहतरीन कंपनी नहीं होता।

प्रश्न 2

क्या कंपनी की आमदनी बहुत अच्छी है और इसमें लगातार बढ़ने की प्रवृत्ति दिख रही है?

उपभोक्ता एकाधिकार एक बेहतरीन चीज़ है, लेकिन हो सकता है कि प्रबंधन ने कंपनी को इतनी बुरी तरह चलाया हो कि वार्षिक प्रति शेयर आय बुरी तरह से झूलती हो। वॉरेन ऐसी वार्षिक प्रति शेयर आय की तलाश कर रहे हैं, जो बहुत अच्छी हो और जिसमें लगातार बढ़ने की प्रवृत्ति दिख रही हो।

क्या कंपनी की प्रति शेयर आय की तसवीर कंपनी 1 जैसी दिखती है या फिर कंपनी 2 जैसी?

कंपनी I		कंपनी II	
वर्ष	प्रति शेयर आय (डॉलर में)	वर्ष	प्रति शेयर आय (डॉलर में)
1987	1.07	1987	1.57
1988	1.16	1988	0.06
1989	1.28	1989	0.28
1990	1.42	1990	0.42
1991	1.64	1991	(0.23) घाटा
1992	1.60	1992	0.60
1993	1.90	1993	1.90
1994	2.39	1994	2.39
1995	2.43	1995	(0.43) घाटा
1996	2.69	1996	0.69

वॉरेन की रुचि कंपनी 2 में नहीं, कंपनी 1 में होगी। कंपनी 2 की प्रति शेयर आय इतनी ज़्यादा अनिश्चित है कि इसकी कोई सटीक या निश्चित भविष्यवाणी नहीं

की जा सकती। कंपनी 2 के प्रॉडक्ट्स का प्रतिस्पर्धी लाभ चाहे जितना हो, कोई न कोई ऐसी चीज़ हो रही है, जिससे आमदनी इतनी ज़्यादा डावाँडोल रहती है।

कंपनी 1 की प्रति शेयर आय की तसवीर से ना केवल ऐसी कंपनी का संकेत मिलता है, जिसके पास उपभोक्ता एकाधिकार वाला प्रॉडक्ट या प्रॉडक्ट्स हैं, बल्कि एक ऐसी कंपनी का भी संकेत मिलता है, जिसका प्रबंधन उस लाभ को सच्चे शेयरधारक मूल्य में बदल सकता है।

प्रश्न 3

क्या कंपनी की फ़ाइनैंसिंग कनज़र्वेटिव यानी पारंपरिक अंदाज में हुई है?

वॉरेन ऐसी कंपनियों को पसंद करते हैं, जिनकी फ़ाइनैंसिंग कनज़र्वेटिव यानी पारंपरिक अंदाज़ में होती है। यदि किसी कंपनी के पास बेहतरीन उपभोक्ता एकाधिकार है, तो यह बहुत ज़्यादा संभव है कि इसके पास नक़द राशि के ढेर होंगे और यह किसी दीर्घकालीन क़र्ज़ के बोझ से नहीं दबी होगी। वॉरेन की पसंदीदा कंपनियों जैसे रिगली, यूएसटी और इंटरनेशनल फ़्लेवर ऐंड फ़्रैंगरेंसेस के पास बहुत कम क़र्ज़ है या बिलकुल भी क़र्ज़ नहीं है। वॉरेन के सितारा प्रदर्शकों जैसे कोका-कोला और जिलेट दोनों का दीर्घकालीन क़र्ज़ उनकी एक साल की शुद्ध आय से भी कम है।

कई बार तो उपभोक्ता एकाधिकार वाला कोई उत्कृष्ट व्यवसाय किसी दूसरी कंपनी के अधिग्रहण के लिए भारी क़र्ज़ ले लेता है, जैसे जब कैपिटल सिटीज़ ने एबीसी टेलीविज़न तथा रेडियो नेटवर्क्स ख़रीदने के लिए अपना दीर्घकालीन क़र्ज़ दोगुना कर लिया था। इस जैसे प्रकरण में आपको पता लगाना होता है कि क्या वह अधिग्रहण भी उपभोक्ता एकाधिकार है, जो इस प्रकरण में था। लेकिन अगर यह नहीं है, तो सतर्क हो जाएँ!

जब दीर्घकालीन क़र्ज़ का इस्तेमाल किसी दूसरी कंपनी के अधिग्रहण के लिए किया जाता है, तो नियम ये हैं :

- जब उपभोक्ता एकाधिकार वाले दो व्यवसाय गठबंधन में बँध जाते हैं, तो उनका विवाह शानदार होने की काफ़ी संभावना रहती है। जब उपभोक्ता एकाधिकार वाली दो कंपनियाँ भारी मुनाफ़ा कमा रही हों, तो पहाड़ जितना क़र्ज़ भी काफ़ी जल्दी राई के दाने बराबर हो जाता है।
- लेकिन जब कोई उपभोक्ता एकाधिकार वाली कंपनी किसी कमॉडिटी क़िस्म की कंपनी से शादी करती है, तो आम तौर पर परिणाम काफ़ी औसत होता है।

ऐसा इसलिए है, क्योंकि कमॉडिटी क़िस्म का व्यवसाय अपने कमज़ोर अर्थशास्त्र के कारण उपभोक्ता एकाधिकार वाले व्यवसाय के मुनाफ़े को चूस लेगा, जिससे नए लिए गए क़र्ज़ को चुकाने के लिए बहुत कम नक़दी बचेगी। इसका अपवाद तब होता है, जब कमॉडिटी क़िस्म की कंपनी का प्रबंधन अपने कैशफ़्लो का इस्तेमाल करते हुए उपभोक्ता एकाधिकार वाले क़िस्म के व्यवसाय को हासिल करता है और फिर विवाह के बाद प्रबंधन नक़दी के भूखे कमॉडिटी क़िस्म के व्यवसाय को छोड़ देता है।

- जब कोई कमॉडिटी क़िस्म का व्यवसाय किसी दूसरे कमॉडिटी क़िस्म के व्यवसाय से शादी करता है, तो परिणाम आम तौर पर तबाही होता है। ऐसा इसलिए है, क्योंकि दोनों में से कोई भी कंपनी क़र्ज़ उतारने के लिए पर्याप्त मुनाफ़ा नहीं कमा पाती है।

जब आप उत्कृष्ट व्यवसाय की तलाश करें, तो ऐसी कंपनियों की तलाश करें, जिनके पास उपभोक्ता एकाधिकार हों और जिनकी फ़ाइनैंसिंग कनज़र्वेटिव अंदाज़ में हुई हो। अगर उपभोक्ता एकाधिकार वाली कंपनी भारी दीर्घकालीन क़र्ज़ का इस्तेमाल कर रही है, तो यह केवल उपभोक्ता एकाधिकार वाली किसी दूसरी कंपनी को ख़रीदने के लिए होना चाहिए।

प्रश्न 4

क्या कंपनी शेयरहोल्डर्स इक्विटी पर ज़्यादा रेट ऑफ़ रिटर्न लगातार कमाती है?

वॉरेन ने पता लगाया है कि अगर शेयरहोल्डर्स इक्विटी पर ज़्यादा रिटर्न कमाई जाए, तो इससे शेयरधारकों के लिए काफ़ी दौलत उत्पन्न हो सकती है। इसलिए वॉरेन ऐसी कंपनियों में निवेश करने की ताक में रहते हैं, जो शेयरहोल्डर्स इक्विटी पर ऊँचे रिटर्न लगातार कमाती हों।

शेयरहोल्डर्स इक्विटी पर ज़्यादा रिटर्न में वॉरेन इतनी रुचि क्यों लेते हैं, इसे पूरी तरह से समझने के लिए आइए नीचे दी गई बातों को देखते हैं।

शेयरहोल्डर्स इक्विटी की परिभाषा है कंपनी की कुल संपत्तियों में से कंपनी के कुल दायित्त्व घटाने के बाद बची राशि। यह आपके मकान की इक्विटी जैसी है। मान लें कि आपने किराये की जायदाद के रूप में एक मकान 2,00,000 डॉलर में ख़रीदा। सौदा पूरा करने के लिए आपने अपनी जेब से 50,000 डॉलर लगाए और

बाक़ी के 1,50,000 डॉलर बैंक से उधार लिए। आपने मकान में जो 50,000 डॉलर का निवेश किया, वह उस जायदाद में आपकी इक्विटी है।

जब आप अपने मकान को किराये पर देते हैं, तो आप अपने ख़र्च, लोन की क़िस्त और टैक्स चुकाने के बाद किराये से जो पैसे कमाते हैं, वह आपका रिटर्न ऑन इक्विटी होगा। मान लें कि आप अपना मकान सालाना 15,000 डॉलर किराये पर देते हैं और आप इस पर कुल 10,000 डॉलर ख़र्च करते हैं, तो आप अपनी 50,000 डॉलर की इक्विटी पर हर साल 5,000 डॉलर कमाते हैं। इस तरह आपको इक्विटी पर 10 प्रतिशत रिटर्न मिलता है।

इसी तरह अगर आप किसी व्यवसाय के स्वामी हैं और आपके पास 10 मिलियन डॉलर की संपत्ति है तथा 4 मिलियन डॉलर के दायित्त्व हैं, तो उस व्यवसाय की शेयरहोल्डर्स इक्विटी 6 मिलियन डॉलर होगी। अगर कंपनी ने टैक्स के बाद 19,80,000 डॉलर कमाए, तो आप गणना करके निकाल सकते हैं कि शेयरहोल्डर्स इक्विटी पर व्यवसाय का रिटर्न 33 प्रतिशत होगा। (19,80,000/60,00,000 × 100 = 33 प्रतिशत)।

इसका मतलब है कि 6 मिलियन डॉलर की शेयरहोल्डर्स इक्विटी 33 प्रतिशत रेट ऑफ़ रिटर्न कमा रही है।

पिछले चालीस वर्षों से अमेरिकी कॉरपोरेशन शेयरहोल्डर्स इक्विटी पर लगभग 12 प्रतिशत औसत रिटर्न कमा रहा है। इसका मतलब यह है कि कुल मिलाकर साल दर साल, अमेरिकी व्यवसाय अपनी शेयरहोल्डर्स इक्विटी पर 12 प्रतिशत कमाता है।

12 प्रतिशत से ऊपर का कोई भी रिटर्न औसत से ज़्यादा है। 12 प्रतिशत से *कम रिटर्न औसत से कम है। और हम औसत से कम की तलाश नहीं कर रहे हैं।*

वॉरेन किसी व्यवसाय में जिसकी तलाश कर रहे हैं, वह है इक्विटी पर औसत से ज़्यादा निरंतर रिटर्न। हम यहाँ 12-13 प्रतिशत की बात नहीं कर रहे हैं, बल्कि जैसा हम जानते हैं, 15 प्रतिशत या उससे ज़्यादा रेट ऑफ़ रिटर्न की बात कर रहे हैं - जितना ज़्यादा हो, उतना ही बेहतर है।

आइए कुछ कंपनियों पर नज़र डालते हैं, जिनमें वॉरेन की रुचि रही है और देखते हैं कि वे इक्विटी पर कितना रिटर्न हासिल कर रही थीं।

जब वॉरेन जनरल फूड्स कॉरपोरेशन के शेयर ख़रीद रहे थे, तब यह कंपनी इक्विटी पर औसतन 16 प्रतिशत वार्षिक रिटर्न दे रही थी। जिस वर्ष वॉरेन ने कोका-कोला के शेयर ख़रीदना शुरू किए, उस वर्ष इसका इक्विटी पर रिटर्न लगभग 33 प्रतिशत था और उसके पिछले पाँच वर्षों में इक्विटी पर वार्षिक रिटर्न औसतन 25 प्रतिशत था। हर्शी फूड्स में वॉरेन की लंबे समय से रुचि रही है। पिछले दस वर्षों में इक्विटी पर इसका औसत वार्षिक रिटर्न 16.7 प्रतिशत रहा है। तंबाखू और

खाद्य दिग्गज फ़िलिप मॉरिस का इक्विटी पर औसत वार्षिक रिटर्न पिछले दस वर्षों में औसतन 30.5 प्रतिशत रहा है। जब वॉरेन ने कैपिटल सिटीज़ के शेयर ख़रीदे, तो इक्विटी पर रिटर्न 18 प्रतिशत था (बाद में 1995 में उन्हें इसके बदले में एक अरब डॉलर नक़द और मिकी माउस यानी वाल्ट डिज़्नी कंपनी के बहुत सारे शेयर भी मिले)। सर्विस मास्टर का इक्विटी पर रिटर्न 40 प्रतिशत से ज़्यादा था और यूएसटी का 30 प्रतिशत से ज़्यादा। गैनेट कॉरपोरेशन, जिसे उन्होंने कुछ समय पहले ख़रीदा था, का रिटर्न ऑन इक्विटी 25 प्रतिशत था।

वॉरेन मानते हैं कि इक्विटी पर लगातार ऊँचा रिटर्न इस बात का अच्छा सूचक है कि कंपनी का प्रबंधन न सिर्फ़ विद्यमान व्यवसाय से पैसे बना सकता है, बल्कि रिटेन्ड अर्निंग्स का लाभदायक इस्तेमाल करके शेयरधारकों का मुनाफ़ा बढ़ा सकता है।

निरंतरता का मतलब है लगातार अच्छे परिणाम। वॉरेन ऐसी कंपनी नहीं चाहते हैं, जो कभी-कभार ऊँचा रिटर्न दे; वे तो ऐसी कंपनी चाहते हैं, जो लगातार ऊँचा रिटर्न दे।

कंपनी के रिटर्न ऑन इक्विटी का विश्लेषण करना

क्या संबंधित कंपनी की रिटर्न ऑन इक्विटी की तसवीर कंपनी 1 जैसी दिखती है या कंपनी 2 जैसी?

कंपनी I		कंपनी II	
वर्ष	रिटर्न ऑन इक्विटी (प्रतिशत में)	वर्ष	रिटर्न ऑन इक्विटी (प्रतिशत में)
1987	28.4	1987	5.7
1988	31.2	1988	1.6
1989	34.2	1989	2.8
1990	35.9	1990	4.2
1991	36.6	1991	2.3
1992	48.8	1992	7.0
1993	47.7	1993	9.4
1994	48.8	1994	9.3
1995	55.4	1995	4.3
1996	56.0	1996	6.9

वॉरेन की रुचि कंपनी 2 में नहीं, कंपनी 1 में होगी। कंपनी 2 का रिटर्न ऑन इक्विटी बहुत ज़्यादा कम है। कंपनी 1 इक्विटी पर बहुत ऊँचा रेट ऑफ़ रिटर्न दे रही है, जिससे पता चलता है कि इसके पास कोई बहुत शक्तिशाली उपभोक्ता एकाधिकार है।

सवाल यह है कि वॉरेन केवल उन्हीं कंपनियों में रुचि क्यों रखते हैं, जो इक्विटी पर ऊँचे रिटर्न देती हैं? इस बारे में अभी आपको बहुत कुछ समझने की

ज़रूरत है। हम इस पुस्तक के दूसरे खंड में इस विषय पर ज़्यादा विस्तार से बात करेंगे। रिटर्न ऑन इक्विटी की ऊँची दर उत्कृष्ट व्यवसाय की सूचक है।

प्रश्न 5

क्या कंपनी अपनी आमदनी को रोककर रखती है?

सिक्युरिटी एनालिसिस के 1934 के संस्करण में ग्राहम अपने पाठकों को एडगर लॉरेंस स्मिथ का परिचय देते हैं, जिन्होंने 1924 में निवेश पर एक पुस्तक लिखी थी, जिसका शीर्षक था *कॉमन स्टॉक्स एज़ लॉन्ग टर्म इनवेस्टमेंट्स* (मैकमिलन, 1924)। स्मिथ ने यह विचार दिया था कि सिद्धांततः शेयरों का मूल्य बढ़ते रहना चाहिए, जब तक कि उनकी आय डिविडेंड से ज़्यादा हो और रिटेन्ड अर्निंग्स कंपनी की नेट वर्थ में जुड़ती जाए। उदाहरण के लिए, एक कंपनी 12 प्रतिशत रिटर्न ऑन इक्विटी कमाती है, डिविडेंड में 8 प्रतिशत देती है और बाक़ी 4 प्रतिशत अपने पास रोककर रखती है। अगर यह ऐसा हर साल करती रहे, तो शेयर का मूल्य इसकी बुक वैल्यू के साथ बढ़ना चाहिए, जो सालाना 4 प्रतिशत की दर से चक्रवृद्धि होता रहे।

इस बात को ध्यान में रखते हुए स्मिथ बताते हैं कि शेयरों के मूल्य में वृद्धि संपत्ति के मूल्य बढ़ने से होती है, जब कंपनी अपनी अतिरिक्त आमदनी का पुनर्निवेश अपने काम को बढ़ाने में करती है। बहरहाल, ग्राहम हमें चेतावनी देते हैं कि सभी कंपनियाँ अपनी सरप्लस आमदनी का पुनर्निवेश अपने कारोबारी उद्यमों के विस्तार में नहीं करती हैं। दरअसल ज़्यादातर कंपनियों को तो अपनी रिटेन्ड अर्निंग्स का इस्तेमाल अपने जर्जर कारख़ानों के नवीनीकरण और मशीनों की *मरम्मत* या ख़रीदारी के ज़रिये यथास्थिति क़ायम रखने में ही करना पड़ता है। (हम इस मुद्दे पर बाद में बात करेंगे।) किसी कंपनी की भावी आमदनी की भविष्यवाणी करना बहुत मुश्किल हो सकता है और इसमें भारी अंतर आ सकता है। इसका मतलब है कि आमदनी की भविष्यवाणी करना तबाही से भरा हो सकता है।

वॉरेन ने निष्कर्ष निकाला कि स्मिथ के विश्लेषण के बारे में ग्राहम का आकलन ज़्यादातर कंपनियों के मामले में सही था। लेकिन उन्होंने पाया कि क़रीबी विश्लेषण में कुछ कंपनियाँ इस नियम का अपवाद होती हैं। वॉरेन ने पाया कि इन अपवादों ने लंबे समय तक रिटेन्ड अर्निंग्स पर औसत से ज़्यादा रेट ऑफ़ रिटर्न कमाया था। संक्षेप में, वॉरेन ने ऐसे कुछ *व्यवसाय* खोजे, जिन्हें कारख़ानों और मशीनों पर या नए प्रॉडक्ट तैयार करने पर अपनी रिटेन्ड अर्निंग्स को ख़र्च करने की ज़रूरत नहीं थी, बल्कि वे अपनी आमदनी को नए व्यवसाय हासिल करने पर या पहले से लाभदायक मूल उद्यमों के संचालन के विस्तार पर ख़र्च कर सकते थे।

हम ऐसी कंपनियों में निवेश करना चाहते हैं, जो उनकी आमदनी को रोककर रख सकें और जो अपने मुनाफ़े का बड़ा हिस्सा प्रतिशत डिविडेंड के रूप में नहीं चुकाती हों। इस तरह शेयरधारक चक्रवृद्धि के पूरे परिणामों का लाभ ले सकते हैं, जो सचमुच अमीर बनने का रहस्य है।

प्रश्न 6

कंपनी को वर्तमान कामकाज कायम रखने पर कितना ख़र्च करना पड़ता है?

जैसा हमने कहा था, *पैसे बनाना एक चीज़ है, इसे रोककर रखना दूसरी चीज़ है और वर्तमान कार्यसंचालन या कामकाज को कायम रखने पर इसे ख़र्च नहीं करना तीसरी चीज़ है।* वॉरेन ने पाया कि स्मिथ की अवधारणा तभी कारगर होगी, जब वे ऐसी कंपनियों में निवेश करें, जो (1) पैसे बनाती हों, (2) इसे रोककर रखती हों और (3) उन्हें ये रिटेन्ड अर्निंग्स विद्यमान कार्यसंचालन को क़ायम रखने के लिए ख़र्च करने की ज़रूरत नहीं हो।

वॉरेन ने खोजा कि किसी व्यवसाय की पूँजीगत आवश्यकताएँ इतनी ज़्यादा हो सकती हैं कि कंपनी के पास इसके शेयरधारकों के लाभ को बढ़ाने के लिए बहुत कम पैसे बचें या बिलकुल भी नहीं बचें।

आइए मैं आपको एक उदाहरण देती हूँ। अगर कोई व्यवसाय साल में 1 मिलियन डॉलर बनाता है और हर सेंट को रोककर रखता है, लेकिन हर दूसरे साल इसे प्लांट और मशीनें बदलने पर 2 मिलियन डॉलर ख़र्च करने पड़ते हैं, तो कंपनी दरअसल बिलकुल भी पैसे नहीं कमा रही है; व्यवसाय सिर्फ़ अपने ख़र्च को बराबर कर रहा है। वॉरेन के लिए आदर्श व्यवसाय वह है, जो 2 मिलियन डॉलर कमाता है और प्लांट तथा मशीनें बदलने पर शून्य ख़र्च करता है।

वॉरेन जब युनिवर्सिटी ऑफ़ नेब्रास्का में ओमाहा बिज़नेस स्कूल में निवेश पर नाइट क्लास चलाते थे, तब वे यह सबक़ सिखाया करते थे। वे किसी कंपनी की पूँजीगत आवश्यकताओं पर व्याख्यान देते थे और यह बताते थे कि इसका शेयरधारकों की समृद्धि पर क्या प्रभाव पड़ता है। अपने विद्यार्थियों को वे एटीऐंडटी और थॉमसन पब्लिशिंग के पिछले रिकॉर्ड दिखाकर इसे स्पष्ट करते थे।

वॉरेन यह दर्शाते थे कि विखंडन से पहले एटीऐंडटी शेयरधारकों के लिए ख़राब निवेश थी, क्योंकि हालाँकि यह बहुत से पैसे कमाती थी, लेकिन इसे अपनी आमदनी से ज़्यादा पैसे पूँजीगत आवश्यकताओं में लगाने पड़ते थे - शोध और विकास तथा

अधोसंरचना। अपने विस्तार को फ़ाइनैंस करने के लिए एटीऐंडटी को ज़्यादा शेयर जारी करने पड़े और बहुत-सा क़र्ज़ लेना पड़ा।

लेकिन थॉमसन पब्लिशिंग जैसी कंपनी ने अपने शेयरधारकों के लिए बहुत-सा पैसा बनाया, क्योंकि इसके पास एकमात्र अख़बार वाले शहरों में समाचारपत्रों का समूह था। ऐसा इसलिए था, क्योंकि एक बार जब समाचारपत्र मुद्रण की अधोसंरचना खड़ी कर लेता है, तो इसके बाद इसे पूँजी की ज़्यादा आवश्यकता नहीं रहती। इसका मतलब है कि अपने शेयरधारकों को ज़्यादा अमीर बनाने के लिए इसके पास बहुत ज़्यादा पैसे रहते हैं, ताकि यह ज़्यादा अख़बार ख़रीद सके।

सबक़ यह है कि एक व्यवसाय का मूल्य बढ़ा, क्योंकि इसमें ज़्यादा पूँजी डालने की ज़रूरत नहीं पड़ी और दूसरा व्यवसाय तभी बढ़ा, जब इसमें अतिरिक्त पूँजी का निवेश किया गया।

यही लक्षण जनरल मोटर्स कंपनी के वित्तीय रिकॉर्ड्स में देखा जा सकता है, जिनसे पता चलता है कि 1985 की शुरुआत से 1994 के अंत के बीच इसने प्रति शेयर लगभग 17.92 डॉलर की कमाई की और प्रति शेयर लगभग 20.60 डॉलर का डिविडेंड दिया। इस दौरान कंपनी ने पूँजीगत सुधारों पर लगभग प्रति शेयर 102.34 डॉलर ख़र्च किए। आपके दिमाग़ में जो प्रश्न दौड़ना चाहिए, वह यह है कि अगर इस दौरान जनरल मोटर्स की आमदनी 17.92 डॉलर थी और इसने 20.60 डॉलर का डिविडेंड दिया, तो यह अतिरिक्त 2.68 डॉलर कहाँ से आए? इसके अलावा, वे 102.34 डॉलर कहाँ से आए, जो इसने पूँजीगत सुधारों पर ख़र्च किए?

1985 से 1994 के बीच जनरल मोटर्स ने लगभग 33 अरब डॉलर का क़र्ज़ लिया, जिसका मतलब प्रति शेयर लगभग 43.70 डॉलर का क़र्ज़ था। कंपनी ने 132 मिलियन अतिरिक्त शेयर भी जारी किए। जनरल मोटर्स की प्रति शेयर बुक वैल्यू 34.29 डॉलर कम हो गई। यह 1985 में 45.99 डॉलर थी, जबकि 1994 में यह घटकर 11.70 डॉलर पर पहुँच गई, क्योंकि नई कार तैयार करने की लागत ने रिटेन्ड अर्निंग्स को चूस लिया। इसने शेयरधारकों की दौलत को बढ़ाने के लिए क्या किया? कुछ नहीं।

1985 की शुरुआत में जनरल मोटर्स का शेयर 40 डॉलर पर चल रहा था। दस साल बाद यानी 1994 के अंत में शेयर का भाव उतना ही था : 40 डॉलर। यानी दस साल की कारोबारी गतिविधि के बाद, 33 अरब डॉलर के अतिरिक्त क़र्ज़ के बाद और 132 मिलियन नए शेयर जारी करने के बाद भी शेयर का भाव जहाँ का तहाँ था। इसका मतलब था कि निवेशकों को 20.60 डॉलर के डिविडेंड का ही मुनाफ़ा हुआ, जो लगभग 5.8 प्रतिशत के वार्षिक करपूर्व चक्रवृद्धि रेट ऑफ़ रिटर्न के बराबर है। मुद्रास्फीति और करों को शामिल कर लें, तो दरअसल आपके निवेश का मूल्य बढ़ने के बजाय घट गया।

जनरल मोटर्स की पूँजी की आवश्यकताएँ बहुत ज़्यादा हैं, क्योंकि यह कार और ट्रक जैसे जो प्रॉडक्ट्स बनाती है, उन्हें लगातार बदलना पड़ता है। इसका मतलब है कि जीएम के उत्पादक कारखानों को नए डिज़ाइन परिवर्तनों को शामिल करने के लिए नई मशीनों की लगातार ज़रूरत पड़ती है, जिसका मतलब है कि जीएम को सिर्फ़ कारोबार में बने रहने के लिए भारी धनराशि ख़र्च करने की ज़रूरत होती है।

संदेश को पूरी तरह से पहुँचाने के लिए एक अंतिम कहानी। लगभग एक साल पहले मैं एक कंपनी के मालिक के साथ लंच कर रही थी, जो सरकारी एस्फ़ाल्ट सड़कें बनाता था। कुछ समय की बातचीत के बाद यह स्पष्ट हो गया कि मालिक लगभग 2,00,000 डॉलर का वार्षिक शुद्ध मुनाफ़ा कमा रहा था। मालिक ने इसकी पुष्टि की, लेकिन साथ में यह भी जोड़ दिया कि हर चार साल बाद उसे सारी मशीनें बदलनी पड़ती हैं और इसमें 6,00,000 डॉलर ख़र्च करने पड़ते हैं। इसका मतलब यह है कि वास्तविकता में मालिक हर साल केवल 50,000 डॉलर कमा रहा है।

वॉरेन ऐसा व्यवसाय चाहते हैं, जिसमें कारख़ानों और मशीनों को बदलने की ज़रूरत शायद ही कभी पड़े और उसमें निरंतर महँगे शोध व विकास की भी ज़रूरत नहीं हो। वे एक ऐसी कंपनी चाहते हैं, जो एक ऐसा प्रॉडक्ट बनाती है, जो कभी दक़ियानूसी नहीं होता, जिसका उत्पादन करना आसान हो और जिसकी बहुत कम प्रतिस्पर्धा हो या कोई प्रतिस्पर्धा नहीं हो : शहर का एकमात्र समाचारपत्र, कैंडी बार उत्पादक, चुइंग गम कंपनी, रेज़र ब्लेड उत्पादक, सोडा पॉप व्यवसाय, ब्रूअरी - बुनियादी व्यवसाय, जिनके प्रॉडक्ट्स में लोग कोई बदलाव नहीं देखना चाहते। भविष्यवाणी करने योग्य प्रॉडक्ट, भविष्यवाणी करने योग्य मुनाफ़ा।

प्रश्न 7

क्या कंपनी नए कारोबारी अवसरों, विस्तार या शेयरों को दोबारा ख़रीदने में अपनी रोकी हुई आमदनी का दोबारा निवेश करने के लिए स्वतंत्र है? इस मामले में प्रबंधन कितना अच्छा काम करता है?

बेहतरीन व्यवसाय को परिभाषित करने की वॉरेन की एक और कुंजी यह है कि कंपनी रिटेन्ड अर्निंग्स को अपने पास रोककर रख सकती है और ज़्यादा मुनाफ़े वाले व्यावसायिक उपक्रमों में उनका दोबारा निवेश कर सकती है।

युवा वॉरेन और पिनबॉल मशीन वाला उदाहरण याद है। अगर वे सिर्फ़ उसी एक पिनबॉल मशीन तक ही सीमित रहते और कभी अपने व्यवसाय को नहीं फैलाते, तो वे उस पिनबॉल मशीन से जो कमाते, वह सारा पैसा बैंक ख़ाते में जाता और मौजूदा दर पर ब्याज कमाता।

लेकिन अगर युवा वॉरेन अपनी आमदनी का निवेश बैंक ख़ाते से बेहतर रिटर्न देने वाले नए व्यावसायिक उपक्रमों में करते, तो वे इक्विटी पर ज़्यादा ऊँचा रिटर्न हासिल करते, जिससे वे ज़्यादा अमीर मालिक/शेयरधारक बन जाते।

इसे इस तरह से सोचें। अगर मैं आपको दस साल तक हर साल 10,000 डॉलर दूँ और आप उस पैसे को अपने ड्रेसर ड्रॉअर में रख दें, *तो दस साल के अंत तक आप 1,00,000 डॉलर बचा लेंगे।*

अगर आप उसी 10,000 डॉलर को एक बचत ख़ाते में रखें, जो 5 प्रतिशत चक्रवृद्धि वार्षिक ब्याज दे रहा है, तो दस साल के अंत में आपके पास 1,32,067 डॉलर हो जाएँगे।

आइए मान लेते हैं कि आपके पास वॉरेन की तरह पारस पत्थर है और आप 23 प्रतिशत वार्षिक चक्रवृद्धि रेट ऑफ़ रिटर्न पर आमदनी का दोबारा निवेश कर सकते हैं। इस प्रसंग में दस साल के अंत तक आपके पास 3,70,388 डॉलर होंगे - जो ड्रेसर ड्राअर के 1,00,000 डॉलर या बैंक ख़ाते के 1,32,067 डॉलर से 2 लाख डॉलर ज़्यादा है।

अगर आप यही 23 प्रतिशत रेट ऑफ़ रिटर्न बीस साल की अवधि तक कमा पाते, तो चक्रवृद्धि ब्याज का चमत्कार सचमुच अपना कमाल दिखाता और यह राशि बढ़कर 33,06,059 डॉलर हो जाती। यह राशि निश्चित रूप से उस 2,00,000 डॉलर से ज़्यादा है, जो पैसे को बीस साल तक ड्रेसर ड्रॉअर में रखने पर मिलती। यह उस 3,47,193 डॉलर से भी ज़्यादा है, जो आपको उन 10,000 डॉलर के भुगतानों को बीस साल तक स्थानीय बैंक में जमा करने पर 5 प्रतिशत ब्याज के हिसाब से मिलती।

वॉरेन मानते हैं कि अगर कोई कंपनी अपनी रिटेन्ड अर्निंग्स से औसत से ज़्यादा रेट ऑफ़ रिटर्न कमा सकती है, तो इसे अपनी आमदनी व्यवसाय में रोककर रखना चाहिए। उन्होंने कई बार कहा है कि जब बर्कशायर के पूर्ण स्वामित्त्व वाले व्यवसाय अपनी सारी आमदनी रोककर रखते हैं, तो उन्हें ज़रा भी दुख नहीं होता, बशर्ते वे इस राशि से औसत से ज़्यादा रेट ऑफ़ रिटर्न हासिल कर सकते हों।

वॉरेन ने इस दर्शन को उन कंपनियों पर लागू किया है, जिनके शेयर वे ख़रीदते हैं। वे मानते हैं कि अगर कंपनी अतीत में रिटेन्ड अर्निंग्स का लाभकारी इस्तेमाल करती आई है या भविष्य में लाभकारी इस्तेमाल की तार्किक संभावना नज़र आती है, तो यह शेयरधारकों के लिए फ़ायदे का सौदा है कि कंपनी उस सारी आमदनी को रोककर रखे, जिसका यह लाभकारी इस्तेमाल कर सकती है।

इस बारे में जागरूक रहें कि अगर किसी कंपनी की पूँजी की ज़रूरत कम हो, लेकिन वह पूँजी का इस्तेमाल करके ज़्यादा रेट ऑफ़ रिटर्न हासिल नहीं कर सकती हो या प्रबंधन ने अतीत में रिटेन्ड अर्निंग्स का निवेश कम मुनाफ़े वाले प्रोजेक्ट्स में

किया है, तो वॉरेन का मानना है कि पूँजी लगाने का सबसे आकर्षक विकल्प या तो आमदनी को डिविडेंड के ज़रिये शेयरधारकों को दे देना है या फिर उसका इस्तेमाल शेयरों के बाईबैक में करना है।

जब रिटेन्ड अर्निंग्स का इस्तेमाल शेयरों के बाईबैक में किया जाता है, तो कंपनी दरअसल अपने खुद के शेयर ख़रीदकर उन्हें रद्द करती है और इस तरह नहीं बेचने वाले शेयरधारकों की भावी प्रति शेयर आमदनी बढ़ा रही है। इसके बारे में इस तरह सोचें। अगर किसी साझेदारी में आप तीन साझेदार हैं, तो आपमें से प्रत्येक एक तिहाई कंपनी का स्वामी है। अगर साझेदारी के फ़ंड का उपयोग करके साझेदारी किसी एक पार्टनर के स्वामित्त्व को ख़रीद लेती है, तो फिर दो ही साझेदार बचेंगे, जिनमें से प्रत्येक कंपनी के 50-50 प्रतिशत हिस्से का स्वामी होगा और साझेदारी की भावी आमदनी पचास-पचास प्रतिशत बँटेगी। शेयरों के बाईबैक की वजह से प्रति शेयर आय बढ़ती है, जिससे शेयर का बाज़ार भाव बढ़ता है, जिससे शेयरधारक ज़्यादा अमीर बनते हैं। (अध्याय 40 उस अर्थशास्त्र का विस्तृत स्पष्टीकरण देता है, जो शेयरों की बाईबैक योजनाओं को प्रोत्साहित करते हैं और यह भी बताता है कि वॉरेन इसके बहुत बड़े समर्थक क्यों हैं।)

वॉरेन की प्राथमिकता कैश काउ कंपनियों में निवेश करने की है। ये बहुत लाभदायक व्यवसाय होते हैं, जिनमें भावी शोध और विकास करने की बहुत कम ज़रूरत होती है और इनमें कारख़ाने या मशीनें बदलने की भी बहुत कम ज़रूरत होती है। सर्वश्रेष्ठ कैश काउ कंपनियों में दूसरी कैश काउ कंपनियों या व्यवसायों में निवेश करने या उन्हें ख़रीदने की योग्यता होती है। आरजेआर नैबिस्को और फ़िलिप मॉरिस को देख लें। दोनों ही सिगरेट व्यवसायों की मालिक हैं, जो कैश काउ हैं और बहुत सी रिटेन्ड अर्निंग्स उत्पन्न करती हैं। मान लें कि वे इस आमदनी को ऑटोमोटिव व्यवसाय में पुनर्निवेश करने का निर्णय लेतीं, तो उस व्यवसाय से मुनाफ़ा कमाने से पहले उन्हें लंबे समय तक बड़े ख़र्च करने पड़ते। लेकिन इसके बजाय उन्होंने तंबाखू से उत्पन्न होने वाली आमदनी से नैबिस्को फूड्स, जनरल फूड्स और क्राफ़्ट फूड्स जैसी कैश काउ फूड कंपनियों को ख़रीद लिया, साथ ही बहुत से अन्य ब्रांड नेम फूड व्यवसायों को भी। इस रणनीति का एक और अच्छा उदाहरण सारा ली कॉरपोरेशन है, जो ना सिर्फ़ ब्रांड नेम चीज़केक बनाता है, बल्कि लेग्स, हेन्स और प्लेटेक्स जैसे कई अन्य उपभोक्ता ब्रांड नेम्स के पोर्टफ़ोलियो बनाने में भी कामयाब रहा है।

डिज़नी के साथ विलय से पहले कैपिटल सिटीज़ ने अपने कैश काउ केबल टीवी व्यवसाय का इस्तेमाल करके एक और कैश काउ व्यवसाय एबीसी टेलीविज़न नेटवर्क को ख़रीदा। लंबे समय तक इसने अपना ज़्यादातर पैसा दूसरी मीडिया संपत्तियों को ख़रीदने में ख़र्च किया। इसने यह शेयरधारकों के पैसे से किया, क्योंकि

लंबे समय तक टीवी और रेडियो स्टेशन ज़बर्दस्त कैश काउ थे। एक टीवी स्टेशन कमोबेश चालीस साल तक क़ायम रहता है। कुछ समय पहले तक मीडिया संपत्तियों के उपभोक्ता एकाधिकार को संघीय सरकार ने प्रतिस्पर्धा से सुरक्षित रखा था। लेकिन कुछ समय पहले केबल, सैटेलाइट और इंटरएक्टिव टीवी के विस्तार से, जो टेलीफ़ोन लाइन कॉल्स के उपयोग के ज़रिये होता है, यह प्रश्नचिह्न लग गया है कि क्या तीन बड़े नेटवर्क - एबीसी, सीबीएस और एनबीसी - नई प्रतिस्पर्धा से अपने व्यवसाय को सुरक्षित रख सकते हैं।

कैपिटल सिटीज़ के सीईओ टॉम मर्फ़ी के बारे में एक कहानी है, जो ओमाहा में वॉरेन के घर पर बैठकर टीवी देख रहे थे। किसी ने उनसे कहा, "क्या यह अद्भुत नहीं है कि प्रसारण प्रौद्योगिकी के क्षेत्र में इतनी सारी तरक़्क़ी हो गई है?" उन्होंने जवाब दिया कि उन्हें पुराने दिन ज़्यादा पसंद थे, जब केवल ब्लैक ऐंड व्हाइट टीवी होते थे और विज्ञापनदाताओं के लिए सिर्फ़ तीन नेटवर्क्स के बीच ही प्रतिस्पर्धा होती थी। वॉरेन का मानना है कि हो सकता है कि नेटवर्क अब पहले जितने ज़बर्दस्त व्यवसाय नहीं हों, लेकिन वे अब भी बेहतरीन व्यवसाय हैं।

कंपनी का प्रबंधन अपनी रिटेन्ड अर्निंग्स का इस्तेमाल अच्छी तरह कर सकता है या नहीं, यह शायद वह अकेला सबसे महत्त्वपूर्ण प्रश्न है, जो आपको दीर्घकालीन निवेशक के रूप में ख़ुद से पूछना चाहिए। किसी कंपनी के पास अगर अपनी रिटेन्ड अर्निंग्स को बढ़ाने का ना तो अवसर हो, ना ही प्रबंधकीय कौशल, तो उसमें पूँजी लगाने से आपकी निवेश की नैया पानी में डूब जाएगी।

प्रश्न 8

क्या कंपनी मुद्रास्फीति के हिसाब से भाव बढ़ाने के लिए स्वतंत्र है?

मुद्रास्फीति की वजह से भाव बढ़ते हैं। कमॉडिटी क़िस्म के व्यवसाय के साथ समस्या यह रहती है कि श्रम और कच्चे माल के भाव बढ़ने के बावजूद कई बार अति उत्पादन की वजह से ऐसी स्थिति उत्पन्न हो सकती है कि कंपनी को माँग बढ़ाने के लिए अपने प्रॉडक्ट्स के भाव कम करने पड़ें। इस तरह के मामले में उत्पादन की लागत कई बार तो प्रॉडक्ट्स के भाव से भी ज़्यादा पड़ती है, जिस वजह से कंपनी को बहुत घाटा होता है। आम तौर पर ऐसी स्थिति में कंपनी अपने उत्पादन में कटौती करती है, ताकि अतिरिक्त आपूर्ति ख़त्म हो जाए। अतिरिक्त आपूर्ति के ख़त्म होने में समय लगता है। माँग और पूर्ति का नियम काम करता है, लेकिन यह रातोंरात काम नहीं करता। इस दौरान घाटा बढ़ता जाता है और कंपनी की जमापूँजी कम

होती जाती है। (रैंचर्स के साथ यह समस्या लगातार होती है। मवेशियों का भाव कम हो जाता है, लेकिन चारे, ईंधन, श्रम, बीमा, पशु चिकित्सकों और चरागाहों की ज़मीन की लागत बढ़ती जाती है। अगर आपने अगले साल मवेशियों के भाव के बारे में ग़लत अनुमान लगा लिया, तो आपको परिवार के रैंच को नीलामी में बेचना पड़ सकता है।)

यह स्थिति समय-समय पर एयरलाइंस व्यवसाय में भी आती है। एयरलाइंस सभी तरह की भारी निश्चित लागतों का वादा कर लेती हैं। हवाई जहाज़ों के ईंधन और पायलटों, ग्राउंड क्रू, मैकेनिक और अटेंडेंट्स के यूनियन अनुबंधों तक – सभी में बहुत पैसे लगते हैं और मुद्रास्फीति के साथ उनकी लागत बढ़ती जाती है। लेकिन भाव का युद्ध छिड़ने पर एयरलाइंस को प्रतिस्पर्धी बने रहने के लिए टिकट के भाव घटाने पड़ते हैं। न्यू यॉर्क से लॉस एंजेलिस की उड़ान भरना चाहते हैं? आपके व्यवसाय के लिए आधा दर्जन या अधिक एयरलाइंस प्रतिस्पर्धा कर रही हैं। यदि एक भाव को बहुत ज़्यादा घटाती है, तो अंततः उन सभी को घाटा होता है। 1960 के दशक में ओमाहा से पेरिस तक का राउंड-ट्रिप विमान टिकट 1,000 डॉलर के क़रीब मिलता था। हाल में मैंने यही टिकट 500 डॉलर में ख़रीदा। हालाँकि विमानों, ईंधन, पायलटों, ग्राउंड क्रू, मैकेनिक और ख़राब एयरलाइन भोजन की लागत पिछले तीस साल में चार गुने से भी ज़्यादा हो गई है, लेकिन भाव के युद्ध की वजह से मेरा टिकट बहुत सस्ता हो गया। जिस एयरलाइन ने मुझे यह टिकट बेचा, वह इससे ज़्यादा अमीर नहीं बनी। अब आप समझ गए होंगे कि इतनी सारी एयरलाइंस दिवालिया क्यों हो जाती हैं।

कमॉडिटी क़िस्म के व्यवसाय के साथ यह संभव है कि आपके उत्पादन की लागत मुद्रास्फीति की वजह से बढ़ जाए, लेकिन इसके प्रॉडक्ट्स के भाव प्रतिस्पर्धा की वजह से घट जाएँ।

वॉरेन के लिए उत्कृष्ट व्यवसाय/उपभोक्ता एकाधिकार वह है, जो मुद्रास्फीति के साथ-साथ अपने प्रॉडक्ट्स के भाव बढ़ाने के लिए स्वतंत्र हो और ऐसा करने के बाद भी प्रॉडक्ट्स की माँग में कोई कमी नहीं आए। इस तरह मुद्रास्फीति चाहे जितनी बढ़ जाए, मुनाफ़ा हर स्थिति में तगड़ा होता है।

प्रश्न 9

क्या रोकी गई आमदनी की वजह से बढ़े हुए मूल्य से कंपनी का बाज़ार मूल्य बढ़ेगा?

ग्राहम ने अपने बाद के वर्षों में कहा था कि उनके हिसाब से बाज़ार के दो घटक होते हैं। एक है दीर्घकालीन निवेश केंद्रित, जिसमें किसी कंपनी के शेयर का बाज़ार

भाव समय के साथ इसके आंतरिक मूल्य को प्रतिबिंबित करता है। दूसरा घटक कैसिनो जैसा है : लोग भाव के अल्पकालीन उतार-चढ़ाव पर जुआ खेलते हैं। उनका मानना था कि कुल मिलाकर कैसिनो वाला पहलू ही हावी रहता है, जिसमें लोग और संस्थाएँ दैनिक जानकारी के शेयर के मूल्य पर पड़ने वाले प्रभाव पर दाँव लगाते हैं।

ग्राहम का मानना था कि यही कैसिनो पहलू धैर्यवान निवेशक को अपनी कला का अभ्यास करने का अवसर देता है। क्योंकि जब कैसिनो के फ़र्श पर डर और लोभ हावी हों, तो दीर्घकालीन निवेशक को कंपनियों के आंतरिक मूल्य से कम पर उन्हें ख़रीदने का मौक़ा मिल जाता है।

वॉरेन भी इस सिद्धांत को मानते हैं, लेकिन एक चीज़ जोड़ देते हैं। वे मानते हैं कि बाज़ार की दीर्घकालीन निवेश की प्रकृति किसी कंपनी के शेयर के भाव को लगातार ऊपर बढ़ाएगी, बशर्ते यह पूँजी का उचित आवंटन कर सके और कंपनी की नेट वर्थ को बढ़ाता रहे। इसका एक आदर्श उदाहरण उनकी खुद की बर्कशायर हैथअवे है, जिसकी नेट वर्थ 1981 में 527 डॉलर प्रति शेयर थी और जिसका भाव उस वक़्त 525 डॉलर के आस-पास चल रहा था। सोलह साल बाद 1997 में इसकी नेट वर्थ लगभग 20,000 डॉलर प्रति शेयर थी और यह 45,000 डॉलर के आस-पास चल रहा था। वॉरेन ने कंपनी की रिटेन्ड अर्निंग्स का आवंटन असाधारण अर्थशास्त्र वाले व्यवसायों को पूरा या आंशिक ख़रीदकर कंपनी का विस्तार किया। जब कंपनी की नेट वर्थ बढ़ी, तो बाज़ार का मूल्यांकन भी बढ़ा, जिससे शेयर का भाव बढ़ गया।

इस दीर्घकालीन बाज़ार के लक्षण का एक और बेहतरीन उदाहरण है फ़िलिप मॉरिस कंपनी। यह पिछले बीस सालों से सिगरेट की बड़ी उत्पादक है, जिसके सिर पर कैन्सर पीड़ित लोगों के सैकड़ों मुकदमों की तलवार लटक रही है, जो अपनी बीमारी का दोष फ़िलिप मॉरिस और इसके बहुत ही लाभदायक प्रॉडक्ट पर मढ़ रहे हैं।

बाज़ार बहुत ही अस्थिर और ढुलमुल होता है, इसलिए इसने मुकदमों को नुक़सान की आशंका के रूप में देखा और फ़िलिप मॉरिस का पीई आठ से चौदह के बीच तय किया, हालाँकि यह इक्विटी पर लगातार 21 प्रतिशत रिटर्न कमा रही थी। इस दौरान कंपनी ज़्यादा पैसे कमाती रही और ज़्यादा व्यवसाय ख़रीदती रही। इसकी नेट वर्थ और प्रति शेयर आय निरंतर बढ़ती रही। कंपनी की नेट वर्थ और प्रति शेयर आय बढ़ने के कारण कंपनी के शेयर का भाव भी बढ़ा, हालाँकि यह आठ और चौदह के पीई के बीच ही चलता रहा।

हालाँकि फ़िलिप मॉरिस को बाज़ार ने कलंकित मान लिया था, लेकिन बाज़ार भाव और व्यवसाय के आंतरिक मूल्य के समान होने की दीर्घकालीन प्रवृत्ति की वजह से शेयर का भाव बढ़ा और शेयरधारकों को पिछले दस सालों में लगभग 21.9 प्रतिशत वार्षिक चक्रवृद्धि रेट ऑफ़ रिटर्न मिला।

इसलिए याद रखें, अल्पकाल में बाज़ार जुनूनी होता है, जिसकी अतार्किक मनोदशा के उतार-चढ़ाव शेयरों के भाव को मूर्खता के शिखर या पागलपन की घाटी पर पहुँचा देते हैं। बाज़ार का यह जुनूनी व्यवहार ही निवेशक को अवसर प्रदान करता है। क्योंकि समझदार निवेशक जानता है कि लंबे समय में बाज़ार में शेयर का भाव उस व्यवसाय के असली मूल्य का प्रतिबिंब होगा।

वॉरेन ऐसी कंपनी की तलाश करते हैं, जिसके शेयर का भाव कंपनी के आर्थिक मूल्य में सच्ची वृद्धि पर प्रतिक्रिया कर रहा हो। वे किसी ऐसी कंपनी की तलाश नहीं कर रहे हैं, जिसके शेयर का भाव निवेशकों के लोभ के कारण बढ़ रहा हो। एक अचूक चीज़ है; दूसरी रेस ट्रैक पर लगाया गया दाँव है।

सार

वॉरेन ऐसे व्यवसाय में निवेश करने की तलाश करते हैं, जिसके पक्ष में उत्कृष्ट अर्थशास्त्र काम कर रहा हो, जो एकाधिकार जैसे मुनाफ़े देता हो। उन्होंने पाया है कि इन उत्कृष्ट व्यवसायों के पास आम तौर पर किसी तरह का उपभोक्ता एकाधिकार होता है, आम तौर पर कोई ब्रांड नेम प्रॉडक्ट या सेवा, जिसके बारे में उपभोक्ता यह मानते हैं कि यह प्रतिस्पर्धियों से श्रेष्ठ लाभ प्रदान करती है।

वॉरेन ने पाया है कि केवल आमदनी को रोककर रखना और उसे वर्तमान कामकाज को बरकरार रखने में ख़र्च करने की आवश्यकता से बचना ही काफ़ी नहीं है। कंपनी के प्रबंधकों में इस रिटेन्ड अर्निंग्स को नए लाभकारी उपक्रमों में लगाने की योग्यता भी होनी चाहिए, जो निवेशित पूँजी पर ऊँचा रेट ऑफ़ रिटर्न दें। यदि नए उपक्रम उपलब्ध नहीं हैं, तो उत्कृष्ट कंपनियाँ अपने शेयरों का बाईबैक करती हैं।

वॉरेन ने यह भी पाया है कि उत्कृष्ट कंपनियाँ लगभग हमेशा कनज़र्वेटिव ढंग से फ़ाइनैंस होती हैं और उनके पास मुद्रास्फीति के साथ अपने प्रॉडक्ट या सेवा के भाव बढ़ाने की स्वतंत्रता होती हैं

अब हमारे पास इस बात का अच्छा अंदाज़ है कि हमारी सपनों की कंपनी कैसे दिखती है। अगले अध्याय में हम देखेंगे कि यह व्यवसाय के किन क्षेत्रों में छिपी हो सकती है।

17

उत्कृष्ट व्यवसायों की तलाश कहाँ करें

आप उन उत्कृष्ट व्यवसायों को कहाँ खोजें, जिन्होंने एक मायने में टोल ब्रिज बनाए हैं? बुनियादी तौर पर तीन प्रकार के टोल ब्रिज व्यवसाय होते हैं, जो उत्कृष्ट परिणाम देते हैं :

1

ऐसे व्यवसाय जिनके बनाए प्रॉडक्ट जल्दी ख़त्म हो जाते हैं या जिनका जल्दी इस्तेमाल हो जाता है, जिनकी ब्रांड नेम अपील होती है और जिन्हें व्यापारियों को हमेशा अपने स्टोर में रखना पड़ता है या इस्तेमाल करना होता है।

2

संचार व्यवसाय, जो ऐसी दोहराई जाने वाली सेवा प्रदान करते हैं, जिसका इस्तेमाल उत्पादकों को करना ही पड़ता है, ताकि जनता को उनके प्रॉडक्ट्स ख़रीदने के लिए रिझाया जा सके।

3

ऐसे व्यवसाय, जो दोहराई जाने वाली उपभोक्ता सेवाएँ प्रदान करते हैं, जिनकी लोगों और व्यवसायों को निरंतर ज़रूरत होती है।

आइए एक-एक करके इन तीनों श्रेणियों की जाँच करते हैं।

ऐसे व्यवसाय जिनके बनाए प्रॉडक्ट जल्दी ख़त्म हो जाते हैं या जिनका जल्दी इस्तेमाल हो जाता है, जिनकी ब्रांड नेम अपील होती है और जिन्हें व्यापारियों को हमेशा अपने स्टोर में रखना पड़ता है या इस्तेमाल करना होता है।

निर्माताओं (जैसे कोका-कोला कंपनी) के विपरीत व्यापारी (जैसे स्थानीय सुपरमार्केट) कम भाव पर ख़रीदकर और ज़्यादा भाव पर बेचकर अपना मुनाफ़ा कमाते हैं। व्यापारी चाहते हैं कि वे यथासंभव न्यूनतम भाव चुकाएँ और यथासंभव अधिकतम भाव पर बेचें। प्रॉडक्ट के ख़रीदने और बेचने के भाव के अंतर से ही उसका मुनाफ़ा तय होता है। यदि कोई प्रॉडक्ट कई कंपनियाँ बना रही हैं, तो व्यापारी न्यूनतम भाव की ख़ातिर वह प्रॉडक्ट एक के बजाय दूसरी कंपनी से ख़रीद सकता है। लेकिन अगर किसी प्रॉडक्ट को केवल एक ही निर्माता बेचता हो, तो व्यापारी को निर्माता द्वारा माँगा जाने वाला भाव देना पड़ता है : इससे भाव तय करने का लाभ व्यापारी को नहीं, बल्कि निर्माता को मिलता है। इसका मतलब है निर्माता का प्रॉफ़िट मार्जिन ऊँचा रहता है।

यह भी ग़ौर करें कि जब बहुत से व्यापारियों को किसी ख़ास प्रॉडक्ट की ज़रूरत होती है और केवल एक ही निर्माता होता है, तो भाव की प्रतिस्पर्धा व्यापारियों के बीच होने लगती है। इस तरह अलग-अलग व्यापारी बिक्री को बढ़ाने के लिए प्रॉडक्ट के भाव कम कर देते हैं। *लेकिन निर्माता अपने सभी स्टोर्स से वही भाव लेना जारी रखता है। विभिन्न व्यापारियों के बीच की भाव की प्रतिस्पर्धा से निर्माता का नहीं,* बल्कि व्यापारियों का प्रॉफ़िट मार्जिन कम होता है।

जो कंपनियाँ ब्रांड नेम प्रॉडक्ट्स बनाती हैं, जो जल्दी ख़त्म हो जाते हैं या जिनका इस्तेमाल जल्दी हो जाता है और जिन्हें व्यापारियों को अपने स्टोर में रखना पड़ता है, वे दरअसल एक तरह का टोल ब्रिज हैं। उपभोक्ता एक ख़ास ब्रांड नेम का प्रॉडक्ट चाहता है; अगर व्यापारी मुनाफ़ा कमाना चाहता है, तो उसे उपभोक्ता को वही प्रॉडक्ट देना होता है। पेंच यह है कि केवल एक ही निर्माता है, केवल एक ही पुल है और अगर आप उस ब्रांड नेम का प्रॉडक्ट चाहते हैं, तो आपको *उस निर्माता को* टोल देना होता है।

आइए स्थानीय क्विक शॉप या 7-इलेवन की यात्रा पर चलते हैं। जब आप इसकी सीढ़ियों पर खड़े हों, तो क्या आप भविष्यवाणी कर सकते हैं कि इसे व्यवसाय में बने रहने की ख़ातिर कौन से ब्रांड नेम के प्रॉडक्ट्स अपने स्टोर में रखने होते हैं? देखिए, इसे कोका-कोला, मार्लबरो सिगरेट, स्कोल चुइंग टोबैको, हर्शीज़ चॉकलेट, रिगलीज़ चुइंग ग़म और डोरिटोज़ रखने पड़ते हैं। इन प्रॉडक्ट्स के बिना मालिक की बिक्री और पैसा कम हो जाता है। इन सभी प्रॉडक्ट्स के निर्माता - क्रमशः

कोका-कोला कंपनी, फ़िलिप मॉरिस कंपनी, यूएस टोबेको, हर्शी फूड्स, डब्ल्यूएम. रिगली जूनियर कंपनी और पेप्सी-कोला कंपनी - इक्विटी पर औसत से ज़्यादा रेट ऑफ़ रिटर्न कमाते हैं।

मुझे आठ ब्रांड नेम प्रॉडक्ट्स के नाम बताएँ, जो हर फ़ार्मेसी को रखने पड़ते हैं। क्रेस्ट टूथपेस्ट, एडविल, लिस्टरीन, कोका-कोला, मार्लबरो सिगरेट, टैम्पैक्स टैम्पन्स, बिक पेन और जिलेट रेज़र ब्लेड - इन प्रॉडक्ट्स के बिना ड्रगस्टोर व्यापारी की बिक्री कम हो जाएगी। और इन सभी प्रॉडक्ट्स के निर्माता इक्विटी पर ऊँचा रिटर्न कमाते हैं।

जब आप किसी रेस्तराँ में बाहर खाते हैं, तो आप ब्रांड नेम वाली कॉफ़ी का ऑर्डर नहीं देते हैं। ना ही आप अपने हैमबर्गर और फ़्राइज़ या बीएलटी या श्रिम्प फ़्राइड राइस का ऑर्डर ब्रांड नेम से देते हैं। जो कंपनी रेस्तराँ को हैमबर्गर बेचती है, वह इक्विटी पर औसत से ज़्यादा प्रॉफ़िट रिटर्न नहीं कमा रही है, क्योंकि कोई भी किसी रेस्तराँ में जाकर बॉब्स मीट्स का हैमबर्गर नहीं माँगता है।

लेकिन आप कोका-कोला का ऑर्डर ब्रांड नेम से देते हैं। और अगर आप किसी रेस्तराँ के मालिक हैं, पर कोका-कोला नहीं रखते हैं, तो आपको बिक्री का नुक़सान होगा।

ज़्यादातर कपड़ों के स्टोर्स को किन ब्रांड नेम्स के प्रॉडक्ट्स रखने होते हैं? फ़्रूट ऑफ़ द लूम या हेन्स अंडरवियर और ज़ाहिर है, लिवाइस। दोनों ही प्रॉडक्ट्स अपने निर्माताओं के लिए इक्विटी पर रिटर्न की ऊँची दर कमाते हैं। उन स्टोर्स के बारे में क्या, जो दौड़ने वाले जूते बेचते हैं? क्या नाइकी से घंटी बजती है? नाइकी इक्विटी पर उत्कृष्ट रिटर्न कमाती है। नुक्कड़ के हार्डवेयर स्टोर के बारे में क्या? डब्ल्यूडी-40 और जीई लाइट बल्ब। ये दोनों निर्माता इक्विटी पर औसत से ज़्यादा रिटर्न कमाते हैं।

दवा की दुकान के पीछे पर्चे पर मिलने वाली दवाओं के बारे में सोचें। हम एक ऐसे युग में रहते हैं, जहाँ बहुत भीड़ भरा ग्रह हज़ारों दैनिक अंतरराष्ट्रीय उड़ानों से आपस में जुड़ा हुआ है; इस वजह से नई बीमारियाँ एक देश से दूसरे देश तक कुछ ही घंटों में पहुँच सकती हैं। इसके साथ ही यह तथ्य भी जोड़ लें कि वाइरस लगभग रातोंरात एक नए रोग में रूपांतरित हो सकते हैं और यह देखने के लिए किसी जीनियस की ज़रूरत नहीं है कि आधुनिक युग में दवा बेचने वाली फ़ार्मा कंपनियों के जीवन बचाने वाले प्रॉडक्ट्स की माँग हमेशा बढ़ती रहेगी। पेटेंट का संरक्षण प्राप्त प्रॉडक्ट्स का मार्जिन बहुत ज़्यादा होता है, क्योंकि अगर लोगों को उनकी बुरी तरह ज़रूरत है, तो इसका मतलब है कि दोबारा स्वस्थ होने के लिए आपको टोल चुकाना होगा।

गेटकीपर यानी दवा की दुकान वाले को वे प्रॉडक्ट रखने ही पड़ते हैं, वरना सामान बेचने का मौक़ा उसके हाथ से निकल जाएगा। पर्चे की दवाओं के सभी अग्रणी निर्माता जैसे मर्क ऐंड कंपनी, मैरियन मेरेल डाउ, इंक. माइलैन लैब्स और एली लिली ऐंड कंपनी इक्विटी पर बहुत ऊँचे रिटर्न कमाती हैं। वे बहुत लाभदायक उद्यम हैं।

हमें उन रेस्तराँ चेन्स को भी ख़ास तौर पर दर्ज करना चाहिए, जिन्होंने जेनेरिक फूड से ब्रांड नेम प्रॉडक्ट्स बनाए हैं। मैकडॉनल्ड्स जैसी रेस्तराँ चेन्स ने हैमबर्गर को एक ब्रांड नेम प्रॉडक्ट में बदल दिया है। उनकी सफलता की कुंजी है गुणवत्ता, सुविधा, निरंतरता और किफ़ायत। हांगकांग में मैकडॉनल्ड्स का हैमबर्गर खाएँगे, तो वह भी आपको वैसा ही लगेगा, जैसा आपने एक महीने पहले अमेरिका में खाया था। मैकडॉनल्ड्स की निरंतरता इक्विटी पर औसत से ज़्यादा ऊँचे रिटर्न कमाती है।

निर्माताओं का विज्ञापन यह सुनिश्चित करता है कि ग्राहक विज्ञापित प्रॉडक्ट्स की माँग करेंगे और व्यापारी ज़्यादा सस्ते प्रॉडक्ट का विकल्प नहीं दे सकते, जिन पर उन्हें ज़्यादा मुनाफ़ा मिलता है। व्यापारी टोल ब्रिज का गेटकीपर बन जाता है, जिससे निर्माता को मुनाफ़े की गारंटी मिल जाती है। चूँकि इन प्रॉडक्ट्स को या तो उसी जगह या बहुत कम समय में खाना पड़ता है, इसलिए गेटकीपर और निर्माता दोनों ही पुल के पार कई लाभदायक यात्राओं की उम्मीद कर सकते हैं।

वॉरेन के लिए ब्रांड नेम वाला उपभोक्ता प्रॉडक्ट उसी तरह का टोल ब्रिज व्यवसाय है, जिसका स्वामी बनने में उनकी रुचि है।

संचार व्यवसाय, जो ऐसी दोहराई जाने वाली सेवा प्रदान करते हैं, जिसका इस्तेमाल उत्पादकों को करना ही पड़ता है, ताकि जनता को उनके प्रॉडक्ट्स ख़रीदने के लिए रिझाया जा सके।

काफ़ी पहले प्रॉडक्ट्स के निर्माता सेल्समैन के ज़रिये अपने संभावित ग्राहकों तक पहुँचते थे। लेकिन रेडियो, टेलीविज़न, समाचारपत्र और बहुत-सी विशेषज्ञ पत्रिकाओं के आगमन के बाद निर्माताओं ने पाया कि एक अच्छा विज्ञापन देकर वे हज़ारों लोगों तक सीधे अपना प्रचार कर सकते हैं। निर्माताओं ने पाया कि ग्राहक तक पहुँचने के ये नए माध्यम कारगर थे, जिसका मतलब था बिक्री और मुनाफ़े में वृद्धि। अंततः विज्ञापन वह युद्धभूमि बन गई, जिसमें निर्माता एक-दूसरे से प्रतिस्पर्धा करने लगे, जहाँ कई उपभोक्ता कॉरपोरेशन संभावित ग्राहक तक "हमारा प्रॉडक्ट ख़रीदो" संदेश पहुँचाने में हर साल सैकड़ों मिलियन डॉलर ख़र्च कर रहे हैं।

कुछ समय बाद इन कंपनियों ने पाया कि वे विज्ञापन देना बंद नहीं कर सकते। निर्माताओं को लगातार विज्ञापन करना ज़रूरी है, वरना यह जोखिम रहता है कि कोई प्रतिस्पर्धी अंदर आ जाएगा और बाज़ार में उनकी मनचाही ख़ास जगह को हथिया लेगा।

वॉरेन ने पाया कि विज्ञापन संभावित ग्राहक और निर्माता के बीच एक तरह का पुल बनाता था। निर्माता अगर अपने प्रॉडक्ट की माँग बनाना या बढ़ाना चाहता है, तो उसे विज्ञापन देना होगा। इसे विज्ञापन टोल ब्रिज कहें। और यह विज्ञापन टोल ब्रिज विज्ञापन एजेंसियों, पत्रिका के प्रकाशकों, समाचारपत्रों और संसार भर के दूरसंचार नेटवर्क्स को लाभ पहुँचाता है।

जब टीवी के केवल तीन ही बड़े नेटवर्क्स थे, तो उनमें से प्रत्येक बहुत पैसे बनाता था। यह देखकर वॉरेन ने पहले कैपिटल सिटीज़ में और फिर एबीसी में निवेश किया। अब 67 चैनल हैं, इसलिए नेटवर्क्स का प्रदर्शन उतना अच्छा नहीं रहता है। वे अब भी बहुत से पैसे बनाते हैं, लेकिन उतने नहीं, जितने तब कमाते थे, जब केवल तीन ही नेटवर्क टोल ब्रिज थे, जिनसे होकर नदी पार की जा सकती थी।

यही समाचारपत्र व्यवसाय के बारे में कहा जा सकता है। एक अच्छे आकार के कस्बे में एक अकेला अख़बार उत्कृष्ट रिटर्न कमा सकता है, लेकिन अगर कोई प्रतिस्पर्धी आ जाए, तो इसके बाद दोनों में से कोई भी बहुत अच्छा प्रदर्शन नहीं कर पाएगा। वॉरेन ने *बफ़ैलो ईवनिंग न्यूज़* में यही अनुभव किया। जब शहर में एक प्रतिस्पर्धी आ गया, तो वह समाचारपत्र औसत व्यवसाय बनकर रह गया। लेकिन जब से प्रतिस्पर्धी का कारोबार ठप्प हुआ है, तब से *बफ़ैलो ईवनिंग न्यूज़* को बेहतरीन परिणाम मिल रहे हैं। वॉरेन ने पाया है कि अगर शहर का इकलौता समाचारपत्र टोल ब्रिज होता है, तो यह अपनी विज्ञापन दरों को चाँद तक पहुँचा सकता है, लेकिन इसके बावजूद इसके ग्राहक कम नहीं होंगे। प्रिंट मीडिया से उपभोक्ता तक पहुँचने वाली नदी को निर्माता और व्यापारी दूसरी किस जगह से पार कर सकते हैं?

जो विज्ञापन एजेंसियाँ अंतरराष्ट्रीय स्तर पर काम करती हैं, उन्हें भी इक्विटी पर भारी मुनाफ़ा होता है, क्योंकि वे उन विशाल उपभोक्ता मल्टीनेशनल कंपनियों से लाभ लेने की अनूठी स्थिति में होती हैं, जो उनके प्रॉडक्ट्स पूरे संसार में बेचती हैं। अगर इनमें से कोई मल्टीनेशनल कंपनी विज्ञापन अभियान छेड़ना चाहती है, तो इसे इंटरपब्लिक जैसी विज्ञापन एजेंसी का इस्तेमाल करना होता है, जो संसार में दूसरी सबसे बड़ी विज्ञापन एजेंसी है। इंटरपब्लिक उपभोक्ता तक पहुँचने का टोल ब्रिज बन जाती है, जिसे मल्टीनेशनल निर्माता को पार करना ही है। इसी तर्क के आधार पर वॉरेन ने इंटरपब्लिक के 17 प्रतिशत शेयर ख़रीदे थे।

ऐसे व्यवसाय, जो दोहराई जाने वाली उपभोक्ता सेवाएँ प्रदान करते हैं, जिनकी लोगों और व्यवसायों को निरंतर ज़रूरत होती है।

प्रॉडक्ट्स नहीं, बल्कि सेवाएँ। सेवाएँ ग़ैर-यूनियन कर्मियों द्वारा दी जा सकती हैं, जिनमें अक्सर सीमित योग्यताएँ होती हैं और उन्हें ज़रूरत पड़ने के हिसाब से रखा या निकाला जाता है। कारोबारी जगत के इस अजीब खंड में सर्विस मास्टर जैसी कंपनियाँ शामिल हैं, जो पेस्ट कंट्रोल, प्रोफ़ेशनल क्लीनिंग, मेड सर्विस और लॉन केयर प्रदान करती है। इसमें रॉलिन्स भी शामिल है, जो संसार की सबसे बड़ी पेस्ट और दीमक नियंत्रण सेवा ऑरकिन चलाती है तथा घरों व कंपनियों को सुरक्षा सेवाएँ भी प्रदान करती है। हम सभी जानते हैं कि टैक्स के समय पर एचऐंडआर ब्लॉक ख़ाली लकीरों में सही टैक्स संख्याएँ भरकर हमारी गर्दन बचा लेगी। ये सभी कंपनियाँ इक्विटी पर काफ़ी ज़्यादा रेट ऑफ़ रिटर्न कमाती हैं।

वॉरेन के टोल ब्रिज के इस खंड में वे क्रेडिट कार्ड कंपनियाँ भी शामिल हैं, जिनमें उन्होंने निवेश किया है, जैसे अमेरिकन एक्सप्रेस और डीन विटर डिसकवर। जब भी आप इन कंपनियों में से किसी के क्रेडिट कार्ड का इस्तेमाल करते हैं, तो हर बार यह व्यापारी से फ़ीस या टोल वसूल करती है। यदि आप अपने ग्रेस पीरियड के भीतर अपने क्रेडिट कार्ड का पैसा नहीं चुका पाते हैं, तो वे आपसे उसकी फ़ीस वसूल करते हैं। करोड़ों छोटे-छोटे टोल के पैसे मिलकर बड़ी राशि में बदल जाते हैं। इसके अलावा इन क्रेडिट कार्ड टोल पुलों को पूँजी चूसने वाले विशाल कारख़ानों और मशीनों की ज़रूरत भी नहीं पड़ती।

इस तरह की कंपनियों की कुंजी यह है कि वे आवश्यक सेवाएँ प्रदान करती हैं, लेकिन उन्हें पूँजी व्यय या उच्च वेतन वाले, शिक्षित कार्यशक्ति की कम ज़रूरत होती है। इसके अलावा, प्रॉडक्ट के बासी या पुराने पड़ने जैसी कोई चीज़ नहीं होती। जब प्रबंधन और अधोसंरचना स्थापित हो जाते हैं, तो इसके बाद कंपनी काम की माँग के हिसाब से जितने चाहे उतने कर्मचारियों को निकाल सकती है या रख सकती है। आप किसी व्यक्ति को सुरक्षा गार्ड के रूप में 8 डॉलर प्रति घंटे के हिसाब से काम पर रखते हैं, उसे कुछ घंटों का प्रशिक्षण देते हैं और फिर उसे 25 डॉलर प्रति घंटे की दर से बाहर किराये पर दे सकते हैं। जब कोई काम नहीं होता, तो आपको उसे पैसे नहीं देने पड़ते।

इसके अलावा किसी को भी पुराने प्रॉडक्ट्स को उन्नत करने या नए प्रॉडक्ट्स विकसित करने पर पैसे या ऊर्जा ख़र्च नहीं करनी पड़ती। ये कंपनियाँ जो पैसे बनाती हैं, वे सीधे उनकी जेब में जाते हैं और इसे कार्य के विस्तार, डिविडेंड चुकाने या शेयर के बाईबैक में ख़र्च किया जा सकता है।

जब तक टिड्डियाँ आती रहेंगी, दीमक लगती रहेगी, चोर चोरी करते रहेंगे, ख़रीदार क्रेडिट कार्ड का इस्तेमाल करते रहेंगे, और सरकार हम पर टैक्स लगाती रहेगी, तब तक ये कंपनियाँ पैसे बनाती रहेंगे। बहुत सारे पैसे... लंबे समय तक।

सार

उत्कृष्ट व्यवसाय/टोल ब्रिज की तलाश शुरू करने का सर्वश्रेष्ठ तरीक़ा यह है कि आप किसी सुपरमार्केट, क्विक शॉप या 7-इलेवन के बाहर खड़े होकर सोचें कि उस स्टोर को व्यवसाय में बने रहने के लिए किन ब्रांड नेम प्रॉडक्ट्स को रखना ही पड़ता है। यह मानसिक प्रक्रिया अपने सपनों की कंपनी की तलाश में अंतहीन वित्तीय पत्रिकाओं और मार्गदर्शिकाओं को पलटने से काफ़ी बेहतर तरीक़ा है।

आपके दिमाग़ में जो प्रॉडक्ट्स आएँगे, वे आपको उन कंपनियों की ओर ले जाएँगे, जो उपभोक्ता के सोने के जैकपॉट पर बैठी हैं और अपने मालिकों के लिए बेहतर परिणाम तथा इक्विटी पर ऊँचे रिटर्न हासिल कर रही हैं। इसलिए काग़ज़-पेन लेकर अंदाज़ लगाना शुरू करें।

रुचि की दूसरी कंपनियाँ वे होंगी, जो व्यवसायों को विज्ञापन सेवाएँ प्रदान करके लाभ कमाने की अनूठी स्थिति में हैं, जैसे शहर का एकमात्र समाचारपत्र।

विशेष रुचि की वे कंपनियाँ होंगी, जो दोहराई जाने वाली सेवाएँ प्रदान करती हैं, जिनमें ना तो प्रॉडक्ट्स की ज़रूरत होती है, ना ही योग्य श्रम की, जैसे सर्विस मास्टर, रॉलिन्स, एचऐंडआर ब्लॉक और अमेरिकन एक्सप्रेस।

18

जिस कंपनी में आप निवेश करना चाहते हैं, उसे खोजने के और ज़्यादा तरीक़े

बफ़ेटोलॉजी में मेरे शिक्षण की शुरुआत में मैं सुपरमार्केट में उन वस्तुओं की खोज में गुज़री, जिन्हें मैं ख़रीदती थी या जिन्हें दूसरे लोग ख़रीद रहे थे। मुझे कहना होगा कि मेरे शेयरों का चयन शानदार से कम नहीं था। आप जब इसे आज़माएँगे, तो मेरी बात का मतलब समझ जाएँगे। कोका-कोला, फ़िलिप मॉरिस, कॉनएग्रा, क्राफ़्ट, जनरल फ़ूड्स, हर्शीज़ चॉकलेट, आरजेआर नैबिस्को, क्वेकर ओट्स, केलॉग्स, कैंपबेल सूप्स, रिगलीज़ चुइंग ग़म और सारा ली कॉरपोरेशन उन अद्भुत कंपनियों में से केवल कुछ थीं, जो आपके स्थानीय सुपरमार्केट में अपने ज़बर्दस्त प्रॉडक्ट बेच रही थीं। युगों-युगों तक हर साल के हर महीने के हर सप्ताह के हर दिन लोग अपनी मेहनत से कमाए गए डॉलर गर्म दिन को ठंडा करने के लिए कोका-कोला के सिक्स-पैक पर, शानदार दिखने के लिए मार्लबरो सिगरेट के पैक पर, बच्चों के लिए ओटमील या कूल-एड (बढ़ते बच्चों को भूख ज़्यादा लगती है) या शायद थोड़ी चुइंग ग़म पर ख़र्च करेंगे।

मेरी माँ जब बच्ची थीं, तब वे रिगलीज़ की चुइंग ग़म खाती थीं, मैं भी बचपन में ऐसा ही करती थी और कुछ समय पहले मेरी बेटी ने मुझे एक चुइंग ग़म देने की पेशकश की। और ओरियो कुकीज़ के बारे में? क्या आप सोचते हैं कि चॉकलेट के दो पतले वेफ़र्स, जिनके बीच में आइसिंग है, अगले दस साल में पुरातनपंथी होने वाले हैं, जिस तरह आपका कंप्यूटर या आपकी कार होगी? किसी तरह से नहीं। जब तक बच्चे पैदा होते रहेंगे, तब तक आरजेआर नैबिस्को के भले लोग ओरियो बनाते रहेंगे और हमारे बच्चों को बेचते रहेंगे। जहाँ तक मेरा सवाल है, मुझे अब भी उन्हें अलग करके बीच की आइसिंग खाना पसंद है।

मुद्दे की बात यह है कि शेयरों में निवेश यानी किसी व्यवसाय में आंशिक स्वामित्त्व के बेहतरीन विचार आपकी अँगुलियों पर होते हैं। यह बताएँ कि आपके

पास जेनेनटेक की कार्यविधि समझने का कितना अवसर है? और मेरा यक़ीन मानें, फ़ोन के दूसरे सिरे पर जो स्टॉक ब्रोकर आपको इसे ख़रीदने की सलाह दे रहा है, उसके पास भी ज़्यादा अवसर नहीं है।

किसी निवेश की वॉरेन की एक पूर्व शर्त यह है कि उन्हें इस बात की अच्छी समझ हो कि कंपनी क्या बनाती है और उस प्रॉडक्ट का कैसे इस्तेमाल होता है। वे ऐसे प्रॉडक्ट्स को पसंद करते हैं, जो किसी तकनीकी उन्नति की वजह से पुरातनपंथी नहीं पड़ें। इसका मतलब है कि वे बहुत सारी हाई-टेक कंपनियों पर विचार भी नहीं करते। इसका यह मतलब नहीं है कि आप वॉरेन के सिद्धांतों का इस्तेमाल करके उनमें निवेश नहीं कर सकते। इसका मतलब तो यह है कि अगर आप यह नहीं समझते हैं कि वे क्या करते हैं, तो उन्हें नहीं ख़रीदना ही बेहतर है। लेकिन कौन जानता है कि इस पुस्तक को कौन पढ़ेगा?

वॉरेन एक मित्र की कहानी बताना पसंद करते हैं, जो एक वक़्त सचमुच मुश्किल स्थितियों में था, लेकिन जिसने वाटर कंपनियों के बारे में हर चीज़ की जानकारी हासिल कर ली। वॉरेन बताते हैं कि वह आदमी तो यहाँ तक बता सकता था कि जब भी एक व्यक्ति टॉयलेट का फ़्लश चलाएगा, तो कोई निश्चित वाटर कंपनी कितने पैसे कमाएगी। कुछ समय बाद इस आदमी ने निवेश करके भारी दौलत कमाई और आप जानते हैं, उसने कहाँ निवेश किया? आप समझ गए, वाटर कंपनियों में!

चाल यह है कि आपको उस कंपनी को समझना होता है जिसमें आप निवेश कर रहे हैं और कभी सक्षमता के इस दायरे से नहीं भटकना चाहिए। इस बारे में कोई अगर-मगर, किंतु-परंतु नहीं चलेगा। आपको पता होना चाहिए कि आप जो खेल खेल रहे हैं, उसकी प्रकृति क्या है। व्यवसाय की प्रकृति की समझ उस व्यवसाय के अंतर्निहित अर्थशास्त्र को समझने की कुंजी है। और यह कंपनी का अर्थशास्त्र ही है, जो आपको बताएगा कि यह कमॉडिटी क़िस्म का व्यवसाय है या उपभोक्ता एकाधिकार वाला व्यवसाय है। यह आपको यह भी बताएगा कि प्रबंधन में रिटेन्ड अर्निंग्स का निवेश इस तरह करने की क्षमता है या नहीं, जिससे निवेशक को लाभ हो। और यह आपको एक अंदाज़ा देगा कि कंपनी का मूल्य कितना है और क्या कंपनी की भावी आय की भविष्यवाणी करना संभव है, जो अनिवार्य है, अगर आप निवेशक के रूप में कंपनी के मूल्य की गणना करना चाहते हैं।

तो आपको निवेश के विचार चाहिए? उन चीज़ों से शुरू करें, जिनका इस्तेमाल आप अपने दैनिक जीवन में करते हैं। उन्हें दो श्रेणियों में बाँट दें। एक में कमॉडिटी क़िस्म के व्यवसाय रखें और दूसरी में उपभोक्ता एकाधिकार वाले व्यवसाय। इनमें से कुछ कंपनियाँ शेयर बाज़ार में सूचीबद्ध होंगी, जिसका मतलब है कि आप उनके शेयर ख़रीद सकते हैं। लेकिन कुछ निजी स्वामित्त्व की होंगी, जिनमें आप निवेश नहीं कर सकते।

शायद आप कामकाज के बाद हमेशा कोका-काला पीते हैं। कोका-कोला पूरे संसार में मशहूर ब्रांड नेम है, इसलिए आप इसे उपभोक्ता एकाधिकार कहेंगे। शायद आप *वॉल स्ट्रीट जरनल* भी पढ़ते होंगे। उपभोक्ता एकाधिकार। शायद आप अपनी कार के लिए गैसोलीन भी ख़रीदते होंगे। कमॉडिटी। या आप चैनल परफ़्यूम का इस्तेमाल करते हैं। उपभोक्ता एकाधिकार। शायद आप ब्लैक ऐंड डेकर के औज़ारों से प्रेम करते हैं या कैटरपिलर में ऑफ़िस जाते हैं। अपने दैनिक जीवन में आप जहाँ भी देखते हैं, हर जगह ऐसे व्यवसाय हैं, जिनके प्रॉडक्ट्स का आप इस्तेमाल करते हैं और समझते हैं। कार मैकेनिक ऑटो बिज़नेस के बारे में जानते हैं, डॉक्टर मेडिकल बिज़नेस के बारे में जानते हैं और ड्रगिस्ट्स ड्रग बिज़नेस के बारे में जानते हैं। क्विक शॉप में काउंटर के पीछे काम करने वाला व्यक्ति आपको पल भर झिझके बिना ही यह बता सकता है कि बेस्टसेलिंग सॉफ़्ट ड्रिंक, बियर, सिगरेट या कैंडी बार कौन-सी है और उसने शायद ज़िंदगी में कभी किसी विश्लेषक की रिपोर्ट नहीं पढ़ी होगी।

किसी कंप्यूटर का सेल्समैन आपको बता सकता है कि कौन-सी कंपनियाँ सर्वश्रेष्ठ कंप्यूटर बेचती हैं और सबसे लोकप्रिय सॉफ़्टवेयर कौन-सा है। अगर आप किसी कंप्यूटर स्टोर में काम करते हैं और आपको अहसास होता है कि एपल को छोड़कर लगभग हर कंप्यूटर में विंडोज़ 95 ऑपरेटिंग सिस्टम डला है, तो आप यह अनुमान लगा सकते हैं कि विंडोज़ 95 बनाने वाले लोग अच्छी कमाई कर रहे होंगे। थोड़ी खोजबीन करेंगे, तो आपको अंत में पता चल जाएगा कि विंडोज़ 95 की निर्माता माइक्रोसॉफ़्ट है।

मैं यह कह रही हूँ कि आपके पास सैकड़ों कंपनियाँ हैं, जिन्हें आप समझते हैं, जिसका मतलब है कि आपको संभावित निवेश अवसरों के सैकड़ों सुराग़ मिल सकते हैं।

लेकिन याद रखें, ये केवल सुराग़ हैं और उनमें निवेश का निर्णय लेने से पहले आपको इससे आगे खोजबीन करने की ज़रूरत है।

यहाँ से कहाँ जाएँ?

आप जब किसी कंपनी का नाम जान लेते हैं, जिसके बनाए प्रॉडक्ट को आप समझते हैं, तो उसके बाद आप कहाँ जाएँ? आप उस प्रॉडक्ट के पैकेज को देखकर शुरुआत कर सकते हैं, ताकि आप यह पता लगा सकें कि इसे कौन बनाता है। फिर वेब सर्च करके उस कंपनी का फ़ोन नंबर हासिल करें। हो सकता है कि आपने जिस कंपनी को चुना है, वह किसी दूसरे कॉरपोरेशन की सबसिडियरी हो। मिसाल के तौर पर, हेन्स होजरी सारा ली की सबसिडियरी है। हाँ, जो लोग आपका चीज़केक बना रहे

हैं, वही महिलाओं के पैरों के लिए होजरी भी बना रहे हैं। यह भी हो सकता है कि लेबल पर लिखा पता कंपनी के ऑफ़िस के बजाय किसी कारख़ाने का हो।

ठीक है, आप कंपनी को फ़ोन करते हैं और होम ऑफ़िस का फ़ोन नंबर माँगते हैं। या फिर आप वेब सर्च से यह पता लगा लेते हैं। फिर आप होम ऑफ़िस को फ़ोन करते हैं। रिसेप्शनिस्ट से कहें कि आप कंपनी की एन्युअल रिपोर्ट डाक से हासिल करना चाहेंगे। इस बात की काफ़ी संभावना है कि रिसेप्शनिस्ट आपकी बात शेयरहोल्डर रिलेशन्स विभाग में किसी से करा देगी। अगर यह होता है, तो उस विभाग के व्यक्ति को बता दें कि आप कंपनी की एन्युअल रिपोर्ट हासिल करना चाहेंगे। वह व्यक्ति आपका पता लिख लेगा और आपको एन्युअल रिपोर्ट मुफ़्त में भेज देगा।

यह सही है, मुफ्त में। वैसे आजकल कंपनियों की एन्युअल रिपोर्ट ऑनलाइन भी उपलब्ध रहती हैं और आप किसी को फ़ोन किए बिना ही उन्हें अपने कंप्यूटर पर पढ़ सकते हैं।

ऑपरेटर आपको यह भी बता सकता है कि कंपनी शेयर बाज़ार में सूचीबद्ध नहीं है और यह एन्युअल रिपोर्ट जनता को नहीं भेजती है। मान लें कि आप चैनल कॉरपोरेशन की एन्युअल रिपोर्ट के लिए आग्रह करेंगे, जो बेहतरीन ख़ुशबू चैनल नंबर 5 बनाती है, तो आपको यही जवाब मिलेगा। अगर यह मामला है, तो आप इस बारे में कुछ नहीं कर सकते और आपको अपनी अगली कंपनी की ओर बढ़ जाना चाहिए।

लेकिन अगर एन्युअल रिपोर्ट डाक से आने वाली है या ऑनलाइन उपलब्ध है और आप जानते हैं कि कंपनी शेयर बाज़ार में सूचीबद्ध है और इसका होम ऑफ़िस कहाँ है और आप इसके द्वारा बनाए गए एक या अधिक प्रॉडक्ट्स की जानकारी रखते हैं, तो आप कुछ जानकारी देने वाले वित्तीय संसाधनों का इस्तेमाल शुरू करने की स्थिति में हैं।

आपको सबसे पहले तो स्थानीय लाइब्रेरी जाना चाहिए, जहाँ आपको *गाइड टु बिज़नेस पीरियोडिकल्स* नामक पुस्तकों के खंड मिलेंगे। इनमें हर उस प्रकाशन के पेज, सप्ताह, महीने और साल के हिसाब से सूची होती है, जिसमें उस कंपनी का ज़िक्र है। यह गाइड तीस साल से मौजूद है, इसलिए आपको नवीनतम जानकारी से शुरू करना चाहिए और अपनी कंपनी के बारे में लेखों की तलाश करनी चाहिए, जो *फ़ॉरच्यून, बिज़नेस वीक, फ़ोर्ब्स* और *स्मार्ट मनी* जैसे बड़े पीरियोडिकल्स में प्रकाशित हुए हैं। हालाँकि असंख्य अन्य प्रकाशन भी होंगे, लेकिन इनसे आपको अच्छी जानकारी मिल जाएगी कि कंपनी कैसी है और इसका उद्योग कैसा है। वैसे यह जानकारी आजकल आपको इंटरनेट पर भी आसानी से मिल सकती है।

जब आप इसके बारे में सोचते हैं, तो यह सचमुच आश्चर्यजनक है। आपको एक रिपोर्टर मिलता है, जिसने आपकी रुचि वाली कंपनी के बारे में लिखा है और उसने शायद प्रतिस्पर्धियों से बात की थी, कंपनी के मुखिया से बात की थी और उस शेयर की खोज-ख़बर रखने वाले दिग्गज विश्लेषकों की राय मालूम की थी। और सचमुच अच्छी चीज़ यह है कि आपको इस सेवा के लिए एक भी पैसा नहीं देना है, क्योंकि जब आप उस लेख की लिस्टिंग लिख लेते हैं, तो आप लाइब्रेरी में पीरियोडिकल डेस्क पर जाते हैं, जहाँ लाइब्रेरियन आपको बता देता है कि आप उस लेख को कैसे हासिल करें। इस बात की काफ़ी संभावना है कि लाइब्रेरी के पास या तो वह पत्रिका होगी या फिर माइक्रोफ़िल्म पर इसकी प्रति होगी। और यह सब मुफ़्त में। (स्थानीय सिटी लाइब्रेरी की तुलना में युनिवर्सिटी लाइब्रेरी प्रायः जानकारी का बेहतर स्रोत होती हैं, ख़ास तौर पर अगर युनिवर्सिटी में बिज़नेस स्कूल हो।)

जब आप ये लेख पढ़ें, तो नोट्स लेना नहीं भूलें। प्रतिस्पर्धियों के नाम लिखें और मुख्य बातें कहने वालों के भी। आप ऐसा इसलिए करते हैं, क्योंकि भविष्य में हो सकता है कि किसी दिन आप उनसे खुद संपर्क करना चाहें और कुछ सवाल पूछना चाहें। मैं जानती हूँ कि आप क्या सोच रहे हैं, मैं इन लोगों को फ़ोन करके उनसे सवाल कैसे पूछ सकता हूँ? बस फ़ोन उठाकर डायल कर दें! उनसे कहें कि आप एक छोटा फ़ंड चलाते हैं - भले ही इसमें केवल एक निवेशक है, आप? उन्हें बता दें कि आप उस कंपनी में निवेश करने की सोच रहे हैं। दस में से नौ बार वे आपसे कंपनी के बारे में बात करके खुश होंगे।

अब जब आपने कंपनी के बारे में थोड़ी जानकारी हासिल कर ली है, तो आप लाइब्रेरी की पीरियोडिकल डेस्क पर जा सकते हैं और वैल्यूलाइन इनवेस्टमेंट सर्वे नामक वित्तीय जानकारी के स्रोत के बारे में पूछ सकते हैं। इस निवेश परामर्श सर्वे को अरनॉल्ड बर्नहार्ड ने शुरू किया था, जिन्होंने 1937 में शेयरों के आँकड़े एकत्रित करके उन्हें प्रकाशित करना शुरू किया। बर्नहार्ड ग्राहम के समकालीन थे और वे शेयरों के लिए मूल्य का पैमाना बनाना चाहते थे। वे ग्राहम की आंतरिक मूल्य की अवधारणा से तो सहमत थे, लेकिन ग्राहम जिस तरह किसी विशेष कंपनी के आंतरिक मूल्य की गणना करते थे, वे उससे सहमत नहीं थे।

वैल्यू लाइन में 1,700 अलग-अलग कंपनियों की जानकारी होती है और यह पंद्रह साल पहले से मुख्य वित्तीय आँकड़ों की सूची देती है। यह खेल का मुख्य औज़ार है, जिसका वॉरेन नियमित इस्तेमाल करते हैं। इसमें सभी तरह के महत्त्वपूर्ण आँकड़े होते हैं, जैसे ईपीएस यानी प्रति शेयर आय और रिटर्न ऑन इक्विटी के आँकड़े। मैं इसकी बहुत अनुशंसा करती हूँ।

मूडीज़ गाइड जानकारी का एक और स्रोत है, जो आपको अपनी स्थानीय लाइब्रेरी में मिल सकता है। *स्टैंडर्ड ऐंड पुअर्स स्टॉक रिपोर्ट्स* भी चुनिंदा शेयरों की

जानकारी देती है। ध्यान रहे कि *मूडीज़, स्टैंडर्ड ऐंड पुअर्स* और *वैल्यू लाइन* की सदस्यता भी ली जा सकती है। यदि आप निवेश करने के बारे में गंभीर हैं, तो आपको इनकी सदस्यता लेने के बारे में भी सोचना चाहिए।

वैल्यू लाइन में अपनी कंपनी का नाम देखें और दिए गए पेज नंबर को पढ़ें। यदि आपको अपनी कंपनी *वैल्यू लाइन* की सूची में नहीं मिले, तो मूडीज़ को आज़माएँ। एक न्यू यॉर्क स्टॉक एक्सचेंज के शेयरों के लिए है और दूसरी ओटीसी यानी ओवर द काउंटर शेयरों के लिए।

यदि आपको अपनी कंपनी इनमें से किसी भी सेवा में सूचीबद्ध नहीं मिले, तो दोबारा कंपनी को फ़ोन करें और जितने साल पहले की एन्युअल रिपोर्ट मिल सकती हों, उन सभी को हासिल करने की कोशिश करें।

जब आप *गाइड टु बिज़नेस पीरियोडिकल्स* में पाए गए लेख पढ़ लें और कम से कम पिछले सात वर्षों के कंपनी के वित्तीय आँकड़े इकट्ठे कर लें, तो आप व्यवसाय की प्रकृति के बारे में कुछ मुख्य सवालों के जवाब देने को तैयार हैं, जैसे, क्या यह कमॉडिटी क़िस्म का व्यवसाय है या उपभोक्ता एकाधिकार क़िस्म का व्यवसाय है या इनके बीच का है? आप प्रबंधन के बारे में भी कुछ सवालों के जवाब दे सकते हैं : क्या इसके हृदय में शेयरहोल्डरों के हित हैं या फिर यह शेयरहोल्डर्स के पैसे को कम रिटर्न वाले प्रोजेक्ट्स में मूर्खतापूर्ण ढंग से ख़र्च करता है?

यदि स्थितियाँ आकर्षक दिखती हों, तो आप पिछले आठ-दस सालों से रिटर्न ऑन इक्विटी और अर्निंग्स ग्रोथ के आँकड़े भी देखना चाहेंगे। आप निवेशक के रूप में कंपनी के मूल्य की गणना भी करना चाहेंगे, जिसमें आप गणितीय औज़ारों वाले हमारे खंड में बताए सूत्रों का इस्तेमाल कर सकते हैं। लेकिन याद रखें, कंपनी की आमदनी में थोड़ी शक्ति होनी चाहिए और कंपनी के प्रॉडक्ट्स ऐसे होने चाहिए कि आप आरामदेह ढंग से कंपनी की भावी आमदनी को प्रोजेक्ट कर सकें तथा उसका अनुमान लगा सकें।

वॉरेन *सक्षमता के दायरे* के बारे में अक्सर बात करते हैं और इसका उदाहरण देने के लिए बिल गेट्स तथा उनकी अविश्वसनीय कंपनी माइक्रोसॉफ़्ट का ज़िक्र करते हैं। वे कहते हैं कि गेट्स आज संभवतः कारोबारी संसार में सबसे स्मार्ट और सबसे सृजनात्मक मैनेजर हैं तथा कंपनी बेहतरीन है। लेकिन वॉरेन कहते हैं कि वे आरामदेह ढंग से यह भविष्यवाणी नहीं कर सकते कि कंपनी की भावी आमदनी क्या होगी और इस तरह वे माइक्रोसॉफ़्ट के भावी मूल्य की गणना नहीं कर सकते। अगर वॉरेन किसी कंपनी के भावी मूल्य की गणना नहीं कर सकते, तो वह कंपनी उनके विश्वास के दायरे में नहीं आ पाएगी और वे निवेश के लिए उस पर विचार नहीं करेंगे। माइक्रोसॉफ़्ट के मामले में वे कहते हैं कि वे इस व्यवसाय को इतनी अच्छी

तरह नहीं समझते हैं कि इसका आकलन या गणना कर लें और अगर वे इसका आकलन नहीं कर सकते, तो वे इसमें निवेश नहीं करेंगे।

ठीक है, तो आइए मान लेते हैं कि सभी चीज़ों पर विचार करते हुए, कंपनी ठीक वैसी ही दिखती है, जिसकी आप तलाश कर रहे हैं। इस बिंदु पर आप अगला क़दम उठा सकते हैं।

अगला क़दम दरअसल उसका रूपांतरण है, जिसे निवेश जीनियस फ़िलिप फ़िशर ने अपनी बेहतरीन पुस्तक *कॉमन स्टॉक्स ऐंड अनकॉमन प्रॉफ़िट्स* में लिखा था। इसमें वे जाँच की एक प्रक्रिया का वर्णन करते हैं, जिसे वे *स्कटलबट एप्रोच* कहते हैं। यह एक ऐसी जाँच तकनीक है, जिसमें संभावित निवेशक किसी कंपनी के प्रतिस्पर्धियों और ग्राहकों को फ़ोन करके उनसे कंपनी के बारे में पूछता है। काफ़ी कुछ वैसा ही, जैसे आप जिस व्यक्ति के साथ डेटिंग करने की सोच रहे हैं, उसके पूर्व बॉयफ्रेंड या पूर्व गर्लफ्रेंड से काफ़ी पर बातचीत करें।

वॉरेन दरअसल फ़ोन पर प्रतिस्पर्धियों से यह पूछते हैं कि वे उस ख़ास कंपनी के बारे में क्या सोचते हैं। या फिर वे अपने किसी परिचित से पूछ सकते हैं, जिसे उस व्यवसाय के ख़ास क्षेत्र का अच्छा ज्ञान हो। यदि आप वॉरेन के आस-पास हों, जब वे चार-पाँच कोका-कोला पी चुके हों, तो वे आपको कोलंबिया स्कूल ऑफ़ बिज़नेस में अपने दिनों के शुरुआती स्कटलबट रोमांच की कहानियाँ बताते हैं। मेरी प्रिय कहानी वह है, जब वॉरेन को पता चला कि उनके प्रिय प्रोफ़ेसर बेंजामिन ग्राहम गर्वनमेंट एम्प्लॉइज़ इंश्योरेंस (गीको) नामक बीमा कंपनी के चेयरमैन हैं। यह पता चलने पर युवा वॉरेन कोलंबिया लाइब्रेरी गए और उन्होंने गीको संबंधी जानकारी हासिल की, जिससे उन्हें पता चला कि कंपनी का ऑफ़िस वॉशिंगटन, डी.सी. में है।

एक शनिवार को वॉरेन ट्रेन में बैठकर वॉशिंगटन डी.सी. पहुँच गए और सुबह ग्यारह बजे के क़रीब गीको के मुख्यालय में पहुँच गए। दरवाज़ों पर ताला था, लेकिन उन्होंने सामने वाला दरवाज़ा तब तक खटखटाया, जब तक कि एक सुरक्षाकर्मी वहाँ नहीं आ गया। वॉरेन ने उससे पूछा कि इमारत में ऐसा कौन व्यक्ति है, जिससे वे कंपनी के बारे में बात कर सकते हैं। सुरक्षाकर्मी ने तरस खाते हुए उन्हें छठी मंज़िल पर रहने वाले एक व्यक्ति के बारे में बताया, जो संभवतः उनकी मदद कर सकता था। वॉरेन छठी मंज़िल तक गए और वहाँ उनकी मुलाक़ात गीको के चीफ़ इनवेस्टमेंट ऑफ़िसर लोरिमर डेविडसन से हुई, जो बाद में सीईओ बने। डेविडसन कंपनी के बारे में जानकारी हासिल करने की वॉरेन की इच्छा से प्रभावित हुए और उन्होंने कई घंटों तक उन्हें समझाया कि बीमा व्यवसाय तथा गीको किस तरह काम करता है। इसके बाद वॉरेन कंपनी पर पूरी तरह लट्टू हो गए। जैसा हमने ज़िक्र किया है, बाद में उन्होंने गीको को अपने विश्वास के दायरे में ले लिया और कंपनी

में 45 मिलियन डॉलर के निवेश पर अगले चालीस साल में 1.7 अरब डॉलर से भी ज़्यादा कमाए।

स्कटलबट करें, हाँ!

निवेश कंपनियाँ आपको यह सूची भी दे सकती हैं कि कोई ख़ास शेयर किन-किन संस्थाओं के पास है। वैसे यह जानकारी इंटरनेट पर भी आसानी से मिल सकती है। मुझे यह अद्‌भुत रूप से ज्ञानवर्धक लगा है कि आप इन संस्थाओं में फ़ोन करके उस एनालिस्ट से बात करवाने को कह सकते हैं, जो मेरी रुचि की कंपनी पर नज़र रखता है। मैं उससे कहती हूँ कि मैं एक छोटा निवेश फ़ंड चलाती हूँ और मैं उस कंपनी को अपने पोर्टफ़ोलियो में शामिल करने की सोच रही हूँ। एक भी बार एक भी एनालिस्ट ने मुझे जानकारी देने से इंकार नहीं किया। लगभग सभी एनालिस्ट बहुत बातूनी होते हैं और हमेशा वे उन घटकों को विस्तार से बताएँगे, जिनकी वजह से उन्होंने वह शेयर ख़रीदा। कई बार तो वे यह भी बता सकते हैं कि वे अफ़सोस कर रहे हैं कि काश! उन्होंने वह शेयर नहीं ख़रीदा होता। लेकिन याद रखें, मैं पहले ही कंपनी पर अपना होमवर्क कर चुकी हूँ और मैं बुद्धिमत्तापूर्ण ढंग से व्यवसाय के बारे में बात कर सकती हूँ और सही समय पर सही प्रश्न पूछ सकती हूँ।

हाल में एक निवेश फ़ंड मैनेजर ने मुझे बताया कि मैंने उनसे जिस कंपनी के बारे में पूछा है, वह बहुत अच्छी नहीं थी और उसकी भावी संभावनाएँ भी ख़राब थीं, लेकिन प्रबंधन उत्कृष्ट था और सीईओ इस तरह का व्यक्ति था, जिसे चलाने के लिए आप अपना खुद का व्यवसाय सौंप सकते थे। यह फ़ंड मैनेजर उन कंपनियों में निवेश करना पसंद करता था, जिनके प्रबंधन पर वह भरोसा करता था।

मैं एक और चीज़ करना पसंद करती हूँ। मैं उस स्टोर में जाती हूँ, जहाँ उस कंपनी के प्रॉडक्ट बिकते हैं। मैं स्टोर मैनेजर से पूछती हूँ कि वह ख़ास प्रॉडक्ट कैसा बिक रहा है।

जब फ़िलिप मॉरिस ने मार्लबरोज़ के भाव कम किए, ताकि यह सस्ते ब्रांड्स के कारण कम हुई बिक्री को दोबारा जीत सके, तो मैंने क्विक शॉप के क्लर्क्स से पूछना शुरू किया कि क्या मार्लबरोज़ के भाव घटने से बिक्री बढ़ी है। सबने यही कहा कि हाँ, यह बढ़ी है। कई सप्ताह बाद जाकर प्रेस ने जनता को बताया कि प्रॉडक्ट का भाव घटाने से बिक्री बढ़ी थी और इससे फ़िलिप मॉरिस ने बाज़ार की हिस्सेदारी दोबारा हासिल कर ली थी। लेकिन मैं उससे काफ़ी पहले ही यह जान गई थी कि उनकी रणनीति कारगर थी।

वॉरेन स्कटलबट करते हैं, फ़िलिप फ़िशर स्कटलबट करते हैं, डेविड (मेरे सह-लेखक) और मैं स्कटलबट करती हूँ और आप भी ऐसा ही कर सकते हैं। सृजनात्मक बनें और आनंद लें। सबसे बुरी चीज़ यह होगी कि कोई आपके सवाल

का जवाब नहीं देगा। सबसे अच्छी चीज़ यह है कि आपको एक नया दोस्त मिल सकता है।

ये चीज़ें कोई भी कर सकता है। आपको एमबीए करने की ज़रूरत नहीं है और आपको वॉल स्ट्रीट के किसी बड़े निवेश समूह में काम करने की ज़रूरत नहीं है। आपको तो बस लाइब्रेरी में थोड़े समय पढ़ने और कुछ फ़ोन करने की ज़रूरत है। संकोच नहीं करें। आख़िर यह आपका पैसा है और अगर आप अपने निवेश निर्णयों पर कम से कम थोड़ी मेहनत नहीं करना चाहते, तो शायद यह पैसा लंबे समय तक आपके पास नहीं रहेगा।

19

आप जिस कंपनी में निवेश कर सकते हैं, उसके प्रबंधन के बारे में आपको क्या जानने की ज़रूरत है

आइए उन लोगों के बारे में बात करते हैं, जिन पर भरोसा करके आप किसी कंपनी में निवेश करते हैं - उसका प्रबंधन।

कमज़ोर व्यवसाय अक्सर कमज़ोर ही रहते हैं और कितनी भी उच्च कोटि की प्रबंधकीय प्रतिभा से कोई फ़र्क़ नहीं पड़ेगा। वॉरेन इस संदर्भ में जहाज़ के कप्तानों का उदाहरण देते हैं। अगर आपके पास जहाज़ के दो कप्तान हों और एक दूसरे से बहुत ज़्यादा अनुभवी हो, तो आप क्या सोचते हैं कि रेस कौन जीतेगा, अगर आप ज़्यादा अनुभवी कप्तान को एक साधारण नाव में बैठा दें और कम अनुभवी कप्तान को स्पीडबोट में? अगर व्यवसाय या कंपनी आंतरिक रूप से कमज़ोर अर्थशास्त्र की शिकार है, तो इससे कोई फ़र्क़ नहीं पड़ता कि प्रबंधन कितना आला दर्जे का है।

यही असाधारण अर्थशास्त्र वाले व्यवसायों के बारे में कहा जा सकता है, क्योंकि अकुशल प्रबंधक भी उस व्यवसाय या कंपनी के अर्थशास्त्र को आसानी से नहीं गड़बड़ा सकते। वॉरेन ने एक बार कहा था कि उनकी रुचि उन कंपनियों में ही निवेश करने में है, जिनका आंतरिक अर्थशास्त्र इतना शक्तिशाली हो कि कोई मूर्ख भी उन्हें मुनाफ़े में चला सकें।

यह व्यवसाय का प्रबंधन नहीं, बल्कि अर्थशास्त्र है, जिस पर निवेशक को सबसे पहले नज़र डालकर यह तय करना चाहिए कि क्या उसमें निवेश करना सही रहेगा। लेकिन जैसी पुरानी कहावत है, ना सिर्फ़ आप ऐसा प्रबंधन चाहते हैं, जो मेहनती और बुद्धिमान हो, बल्कि इसे ईमानदार भी होना चाहिए। क्योंकि अगर यह ईमानदार नहीं है, तो पहले दो गुणों - मेहनती और बुद्धिमान - का इस्तेमाल आपको धोखा देने में किया जाएगा।

ईमानदारी शायद प्रबंधन का अकेला सबसे महत्त्वपूर्ण गुण है। ईमानदार प्रबंधक इस तरह व्यवहार करते हैं, मानो वे ही कंपनी मालिक हों। प्रबंधक ईमानदार हों, तो इस बात की आशंका कम रहती है कि वे शेयरहोल्डर्स की संपत्तियों को उड़ा देंगे। सफल निवेश का एक अहम तत्त्व यह है कि प्रबंधन उसी दृष्टिकोण से काम करे, जिससे आप और वॉरेन काम करते हैं - ठोस व्यावसायिक दृष्टिकोण से।

जिस मैनेजर में मालिक का दृष्टिकोण हो, उसकी योग्यताओं को पहचानना आसान होता है, जिनमें ये शामिल होती हैं :

- पूँजी को लाभकारी तरीक़े से आवंटित करना
- इक्विटी पर रिटर्न को अधिकाधिक ऊँचा रखना
- रिटेन्ड अर्निंग्स को डिविडेंड में देना या उन्हें कंपनी के शेयरों के बाईबैक पर ख़र्च करना, अगर कोई निवेश अवसर सामने नहीं हो।

वॉरेन का मानना है कि प्रबंधन के अच्छे इरादों को सूचित करने वाला अनिवार्य पैमाना यह है कि यह अतिरिक्त रिटेन्ड अर्निंग्स का इस्तेमाल कंपनी के शेयरों के बाईबैक के लिए करता है, *जब ऐसा करने में व्यावसायिक समझदारी होती है।*

जब कोई कंपनी अपने खुद के शेयर ऐसे भाव पर बाईबैक करती है, जो बाक़ी संभावित निवेशों से बेहतर रिटर्न देता है, तो यह दीर्घकालीन निवेशकों के लिए अच्छा रहता है। उनका केक में हिस्सा ज़्यादा बड़ा हो जाता है और उन्हें इसके लिए कुछ भी नहीं करना होता। अच्छा लगता है, है ना? वॉरेन तो यही सोचते हैं।

कैपिटल सिटीज़ के प्रबंधन को देखें कि यह कैसे काम करता है।

1989 से 1992 तक कैपिटल सिटीज़ के मैनेजमेंट ने कंपनी के 10 लाख से ज़्यादा शेयरों का बाईबैक किया और इसके लिए 40 करोड़ डॉलर ख़र्च किए। शेयरहोल्डर्स के पैसे इस तरह ख़र्च करने के पीछे तर्क यह था कि चूँकि कैपिटल सिटीज़ एक प्रसारण व्यवसाय था, इसलिए इसे केवल उसी व्यवसाय में निवेश करना चाहिए जिसे यह समझती है - इस प्रकरण में प्रसारण।

समस्या यह है कि उस समय निजी बाज़ार में प्रसारण कंपनियाँ बहुत महँगे भाव पर चल रही थीं, जो शेयर बाज़ार के विपरीत था, जहाँ कंपनियाँ अपनी ग़ैर-सार्वजनिक, निजी मार्केट की प्रतिस्पर्धियों से काफ़ी डिस्काउंट पर बिक रही थीं। कैपिटल सिटीज़ के प्रबंधन ने देखा कि इसका शेयर निजी बाज़ार के भाव से डिस्काउंट पर चल रहा था। इसलिए कैपिटल सिटीज़ के प्रबंधन ने अपने खुद के शेयर ख़रीद लिए, जो निजी स्वामित्त्व वाली कंपनियों के शेयर ख़रीदने से बेहतर सौदा था। इससे शेयर रोककर रखने वाले शेयरहोल्डर्स की दौलत बढ़ गई।

एक बार फिर, आपको ईमानदार प्रबंधन की ज़रूरत है, जो अपनी जागीर बढ़ाने के बजाय शेयरहोल्डर्स की दौलत बढ़ाने को अपना कर्तव्य मानते हैं। 1920 और 1930 के दशकों में वॉल स्ट्रीट के बेहतरीन खिलाड़ी बरनार्ड बरूच ने अपने निवेश संबंधी पैमानों की सूची बताते हुए कहा था, "सबसे महत्त्वपूर्ण प्रबंधन का चरित्र और दिमाग़ है। मैं तो अच्छे प्रबंधन और कम पैसों को बुरे प्रबंधकों तथा ज़्यादा पैसे से ज़्यादा पसंद करता हूँ। कमज़ोर प्रबंधक अच्छी स्थिति को भी बरबाद कर सकते हैं। प्रबंधन की गुणवत्ता विकास की भावी संभावनाओं का आकलन करने के लिए ख़ास तौर पर महत्त्वपूर्ण होती है।" (*माई ओन स्टोरी*, होल्ट, राइनहार्ट ऐंड विन्स्टन, 1957)

अंत में यह ध्यान रखें कि प्रबंधन का आपके पैसे पर पूरा नियंत्रण होता है। प्रबंधक आपके पैसों का जो इस्तेमाल कर रहे हैं, अगर आपको वह पसंद नहीं है, तो या तो आप नया संचालक मंडल चुनकर उन्हें बाहर निकाल सकते हैं या फिर अपना शेयर बेचकर खुद बाहर निकल सकते हैं।

20

कंपनी के सबसे बुरे हाल में भी निवेश एक अवसर हो सकता है

वॉरेन को देखने वाले ज़्यादातर लोगों को जो चीज़ अजीब लगती है, वह यह है कि कई बार वे किसी ऐसी कंपनी के शेयर ख़रीद लेते हैं, जिसकी संभावनाएँ सबसे बुरी नज़र आती हैं। उन्होंने यह काम 1990 के दशक की शुरुआत में किया, जब उन्होंने वेल्स फ़ार्गो बैंक के शेयर ख़रीदे। यही उन्होंने साठ के दशक में अमेरिकन एक्सप्रेस के शेयर ख़रीदते समय किया था, जब सलाद ऑइल स्कैंडल की वजह से इसके भाव बहुत गिर गए थे। सत्तर के दशक में गीको के शेयर ख़रीदते समय भी उन्होंने यही किया था।

इसे समझने के लिए आपको ग्राहम की यह बात याद रखनी होगी कि चूँकि शेयर बाज़ार के ज़्यादातर खिलाड़ी अल्पकाल पर केंद्रित होते हैं, इसलिए उनका 90 प्रतिशत मूल्यांकन वर्तमान रिज़ल्ट्स पर आधारित होता है। इसका मतलब है कि अगर किसी कंपनी का बुरा वर्ष रहा है, तो शेयर बाज़ार उस शेयर के भाव को रसातल में पहुँचा देगा, भले ही पिछले वर्षों में इसके रिज़ल्ट्स बेहतरीन रहे हों। ग्राहम के हिसाब से इससे दीर्घकालीन दृष्टिकोण रखने वाले निवेशक को बेहतरीन अवसर मिल जाता है। वॉरेन ने खोजा कि अल्पकालीन गिरावट से दीर्घकालीन निवेशक को ख़रीदने का अवसर मिल जाता है।

मैं आपको इसका एक व्यावहारिक उदाहरण देती हूँ। आइए मान लेते हैं कि आप एक छोटे स्की रिज़ॉर्ट के मालिक हैं। आप पिछले तीस साल से कारोबार कर रहे हैं और हर साल आप लगभग 3 लाख डॉलर का शुद्ध मुनाफ़ा कमाते हैं। कभी-कभार आपका साल बेहतरीन जाता है और आप 6 लाख डॉलर कमा लेते हैं। कभी-कभार आपका साल बुरा जाता है, जब बर्फ़ नहीं गिरती है और आप कुछ नहीं कमा पाते हैं।

जब बर्फ़ नहीं गिरती है और आप कोई पैसे नहीं कमा पाते हैं, उस साल क्या आप अपने स्की रिज़ॉर्ट व्यवसाय का मूल्य कम आँकेंगे? शायद नहीं। आप जानते हैं कि कभी-कभार के मौसम चक्र की वजह से ही वह साल बुरा रहा है और इसी वजह से कभी-कभार सचमुच बेहतरीन साल जाता है। यह आपके व्यवसाय का उतार-चढ़ाव है। और अपने व्यवसाय का मूल्यांकन करते वक़्त आप इन उतार-चढ़ावों को उनके सही परिप्रेक्ष्य में रखेंगे। समझदारी लगती है, है ना?

लेकिन अगर आपका स्की रिज़ॉर्ट शेयर बाज़ार में सूचीबद्ध हो, तो अल्पकाल पर केंद्रित होने की वजह से शेयर बाज़ार आमदनी के घटने-बढ़ने के साथ हर साल आपके व्यवसाय का नया मूल्य आँकेगा। सचमुच बेहतरीन वर्षों में यह स्की रिजॉर्ट का मूल्य बहुत ज़्यादा आँकेगा और शेयर के भाव को आसमान पर पहुँचा देगा। इसी तरह बुरे वर्षों में, जब बर्फ़ नहीं गिरती है, यह शेयर के भाव को बुरी तरह से गिराकर ज़मीन पर ला देगा।

इस तरह की घटना समय-समय पर लगभग सभी व्यवसायों में होती है, चाहे वे कमॉडिटी क़िस्म के हों या उपभोक्ता एकाधिकार वाले हों। टेलीविज़न और समाचारपत्र उद्योग को विज्ञापन से आमदनी होती है। लेकिन विज्ञापन की दरें और आमदनी पूरी अर्थव्यवस्था की व्यावसायिक गतिविधियों के साथ कम-ज़्यादा होती रहती है। यदि अर्थव्यवस्था में मंदी आ जाती है, तो विज्ञापन से आमदनी भी कम हो जाएगी और समाचारपत्र व टेलीविज़न नेटवर्क्स कम पैसे कमाएँगे। लेकिन आमदनी की इस कमी पर प्रतिक्रिया करते हुए शेयर बाज़ार समाचारपत्र या टेलीविज़न कंपनी के शेयर का भाव रसातल में पहुँचा देता है।

1990 में कैपिटल सिटीज़/एबीसी इंक. शेयर बाज़ार के इस अजीब जुनूनी व्यवहार का शिकार हुई। कारोबारी मंदी की वजह से विज्ञापन से आमदनी कम होने लगी और कैपिटल सिटीज़ ने 1990 में भी लगभग उतना ही शुद्ध मुनाफ़ा कमाया, जितना पिछले साल यानी 1989 में कमाया था। शेयर बाज़ार यह देखने का आदी था कि कैपिटल सिटीज़ की प्रति शेयर आय हर साल लगभग 27 प्रतिशत बढ़ती है, इसलिए इसने इस ख़बर पर बहुत बुरी प्रतिक्रिया दी और छह महीनों के भीतर ही इसके शेयर का भाव 63.30 डॉलर से घटकर 38 डॉलर हो गया। इस तरह कैपिटल सिटीज़ के शेयर का भाव 40 प्रतिशत कम हो गया, सिर्फ़ इसलिए क्योंकि इसने यह अनुमान लगाया था कि स्थितियाँ वैसी ही रहने वाली हैं, जैसी वे पिछले साल रही थीं। (1995 में कैपिटल सिटीज़ और वाल्ट डिज़्नी कंपनी विलय के लिए सहमत हो गए। इससे बाज़ार ने कैपिटल सिटीज़ के भाव को ऊपर पहुँचाकर 125 डॉलर पर ला दिया। अगर आप 1990 में 38 डॉलर पर यह शेयर ख़रीदते और इसे 1995 में 125 डॉलर के भाव पर बेचते, तो आपको हर शेयर पर 87 डॉलर का मुनाफ़ा होता, जो टैक्स से पहले 26 प्रतिशत वार्षिक चक्रवृद्धि रेट ऑफ़ रिटर्न होती।)

इसी तरह की घटना बैंकिंग उद्योग में हो सकती है। ब्याज दरों में परिवर्तन की वजह से किसी ख़ास साल में किसी बैंक की आमदनी घट-बढ़ सकती है। उत्थान और पतन के रियल इस्टेट चक्र से भी बैंकों पर प्रभाव पड़ता है। रियल इस्टेट मार्केट में बेहतरीन विस्तार का दौर होता है और उसके बाद बहुत ज़्यादा संकुचन का दौर भी आता है, जिसके बाद लंबे समय तक तुलनात्मक शांति का दौर चलता है। लेकिन उद्योगव्यापी मंदी किसी अकेले बैंक के ख़राब व्यावसायिक परंपराओं के कारण दिवालिया होने से अलग होती है। वेल्स फ़ार्गो जैसे बड़े मनी-सेंटर बैंक के लिए यह समस्या किसी मध्यम आकार के क्षेत्रीय बैंक से कहीं ज़्यादा गंभीर होती है। एक के कारण पूरी अर्थव्यवस्था ढह सकती है, जबकि क्षेत्रीय बैंक की समस्या क्षेत्रीय आपदा है।

मनी-सेंटर बैंक वाणिज्यिक जगत के मुख्य खिलाड़ी होते हैं। ये बैंक हमारी अर्थव्यवस्था में एक स्थायी और बहुत महत्त्वपूर्ण जगह बना लेते हैं। वे ना सिर्फ़ लाखों व्यक्तिगत ग्राहकों और व्यवसायों के साथ व्यवसाय करते हैं, बल्कि वे छोटे बैंकों के बैंकर भी होते हैं। ज़्यादातर मनी-सेंटर बैंक उन वित्तीय संस्थाओं के अभिजात्य समूह का हिस्सा हैं, जिन्हें अमेरिकी ट्रेज़री से बॉण्ड ख़रीदकर दूसरे बैंकों या संस्थाओं को दोबारा बेचने की अनुमति होती है, एक तरह का मास्टर टोल ब्रिज। फ़ेडरल रिज़र्व बैंक की निगाह में वे वित्तीय सृष्टि का केंद्र हैं। अगर कोई बैंक ख़राब तरीक़े से चल रहा है और उसके दिवालिया होने की आशंका है, तो फ़ेडरल रिज़र्व किसी दूसरे मनी-सेंटर बैंक के साथ इसका विलय करने की पूरी कोशिश करेगा। लेकिन मंदी में, जब सारे बैंक समस्याग्रस्त होते हैं, तो फ़ेडरल रिज़र्व के पास केवल एक ही समाधान होता है - धन की आपूर्ति को बढ़ाना और मनी-सेंटर बैंकों को दिवालियेपन से बचाने की कोशिश करना।

ज़्यादातर लोगों को इस बात का अहसास नहीं है कि बैंक दूसरे बैंकों से उधार लेते हैं। फ़ेडरल रिज़र्व बैंक के पास डिस्काउंट विंडो होती है, जहाँ मुश्किल में फँसे बैंक पारंपरिक रूप से उधार लेने के लिए जाते हैं। डिस्काउंट विंडो बैंकों के लिए सस्ते पैसों का स्रोत है। इससे वे फ़ेडरल रिज़र्व बैंक से पैसे उधार लेकर मुनाफ़े पर लोन में दे सकते हैं। सामान्य बैंकिंग गतिविधि के दौर में अगर कोई बैंक डिस्काउंट विंडो पर ज़्यादा बार नज़र आता है, तो बैंकिंग नियामकों का समूह उस पर चढ़ाई कर देगा। लेकिन राष्ट्रव्यापी मंदी के समय में डिस्काउंट बैंक एक तरीक़ा है, जिससे फ़ेडरल रिज़र्व बैंक यह सुनिश्चित करता है कि मुख्य मनी-सेंटर बैंक कारोबार में बने रहें।

याद रखें, पूरे उद्योग में मंदी आने से हर एक को चोट पहुँचती है। लेकिन शक्तिशाली व्यवसाय बच जाते हैं, जबकि कमज़ोर व्यवसाय आर्थिक परिदृश्य से हट जाते हैं। वेल्स फ़ार्गो वेस्ट कोस्ट के मुख्य मनी-सेंटर बैंकों में सबसे कनज़र्वेटिव,

अच्छी तरह चलने वाले और वित्तीय दृष्टि से शक्तिशाली बैंक है। यह देश का आठवाँ सबसे बड़ा बैंक है।

1990 और 1991 में वेल्स फ़ार्गो ने रियल इस्टेट बाज़ार में राष्ट्रव्यापी मंदी पर प्रतिक्रिया करते हुए 10.3 अरब डॉलर को संभावित क़र्ज़ घाटे के लिए अलग रख दिया। इसका मतलब एक तरह से यह था कि यह 55 डॉलर प्रति शेयर में से लगभग 25 डॉलर प्रति शेयर घाटे के लिए अलग रख रहा था। जब कोई बैंक संभावित घाटे के लिए राशि अलग रखता है, तो यह संभावित भावी घाटे के लिए अपनी नेट वर्थ का एक हिस्सा रिज़र्व में रख रहा है। इसका यह मतलब नहीं है कि वे घाटे हो चुके हैं, ना ही इसका यह मतलब है कि वे होंगे। इसका मतलब तो यह है कि उन घाटों के होने की आशंका है और बैंक उनके लिए तैयार है।

इसका मतलब है कि अगर वेल्स फ़ार्गो हर वह पेनी खो देता, जो इसने संभावित घाटे के लिए अलग रखी थी यानी 25 डॉलर प्रति शेयर, तो भी इसके पास 28 डॉलर प्रति शेयर की नेट वर्थ होती। घाटा अंततः हुआ, लेकिन यह उतना बुरा नहीं था, जितनी वेल्स फ़ार्गो को आशंका थी। 1991 में घाटे ने वेल्स फ़ार्गो की ज़्यादातर आमदनी को मिटा दिया। लेकिन बैंक के पास अब भी काफ़ी पैसा था और इसने 1991 में 21 मिलियन डॉलर का कम शुद्ध मुनाफ़ा कमाया, यानी 0.04 प्रतिशत प्रति शेयर।

वॉल स्ट्रीट ने इस तरह प्रतिक्रिया दी, मानो वेल्स फ़ार्गो क्षेत्रीय सेविंग ऐंड लोन बैंक हो और दिवालियेपन की कगार पर हो। चार महीनों में वेल्स फ़ार्गो के शेयर का भाव 86 डॉलर से घटकर 41.30 डॉलर हो गया। वेल्स फ़ार्गो के शेयर का भाव 52 प्रतिशत घट गया, क्योंकि यह 1991 में बुनियादी तौर पर पैसे नहीं कमा रहा था। वॉरेन ने इस पर प्रतिक्रिया करते हुए 57.80 डॉलर के भाव पर कंपनी की 10 प्रतिशत हिस्सेदारी ख़रीद ली - 5 मिलियन शेयर।

वॉरेन ने वेल्स फ़ार्गो में यह देखा कि यह देश में सबसे अच्छे प्रबंधन वाले और सबसे लाभदायक मनी-सेंटर बैंकों में से एक है और शेयर बाज़ार में यह ऐसे भाव पर बिक रहा था, जो उसकी तुलना में काफ़ी कम था, जिस पर उसी जैसे बैंक निजी बाज़ार में बिक रहे थे। और हालाँकि सभी बैंक एक दूसरे से प्रतिस्पर्धा करते हैं, लेकिन वेल्स फ़ार्गो जैसे मनी-सेंटर बैंकों के पास, जैसा हम बता चुके हैं, वित्तीय सौदों पर एक तरह का टोल ब्रिज एकाधिकार होता है। अगर आप समाज में काम करने जा रहे हैं, चाहे यह व्यक्ति के रूप में हो, पारिवारिक छोटे व्यवसाय में हो या अरबों डॉलर के कॉरपोरेशन में हो, तो आपको एक बैंक अकाउंट या चेकिंग अकाउंट की ज़रूरत होगी और शायद कार लोन या हाउस लोन की भी। और हर बैंक अकाउंट, चेकिंग अकाउंट, कार लोन या हाउस लोन के साथ बैंकर अपने द्वारा

प्रदान की जाने वाली बहुत-सी सेवाओं के लिए फ़ीस वसूल करता है। कैलिफ़ोर्निया की जनसंख्या बहुत ज़्यादा है, यहाँ हज़ारों व्यवसाय हैं और बहुत से छोटे तथा मझोले बैंक हैं और वेल्स फ़ार्गो वहाँ पर सबकी सेवा करने के लिए है - फ़ीस की ख़ातिर।

वैसे क़र्ज़ के जिन घाटों का वेल्स फ़ार्गो ने अनुमान लगाया था, वे कभी उतने नहीं हुए और सात साल बाद 1997 में अगर आप वेल्स फ़ार्गो का शेयर ख़रीदना चाहते, तो उस समय आपको लगभग 270 डॉलर की क़ीमत चुकाना पड़ती। वॉरेन को अपने 1990 के निवेश पर टैक्स से पहले 24.6 प्रतिशत वार्षिक चक्रवृद्धि रेट ऑफ़ रिटर्न मिला।

ख़रीदारी करने से पहले आपको यह तय करना चाहिए कि आपकी रुचि किसमें है। लेकिन कई बार व्यावसायिक चक्र में मोड़ आने की वजह से आम तौर पर उत्कृष्ट व्यवसाय में भी मंदी के कई साल आते हैं। और इस दौरान शेयर बाज़ार प्रतिक्रिया करते हुए उस शेयर के भाव को रसातल में पहुँचा देता है।

कैपिटल सिटीज़ के मामले में आम मंदी की वजह से विज्ञापन से आय कम हुई। लेकिन इस तरह की चीज़ पहले हो चुकी है। इसी मंदी की वजह से रियल एस्टेट बाज़ार ढह गया था और इस प्रक्रिया में पूरे बैंकिंग उद्योग को भारी घाटा उठाना पड़ा था। लेकिन वेल्स फ़ार्गो रातोंरात ग़ायब नहीं होने वाला था। इसका प्रबंधन बहुत अच्छा था और यह बैंकिंग के खेल में बहुत महत्त्वपूर्ण खिलाड़ी था। दिग्गजों के गिरने से बहुत पहले कमज़ोर बैंक ग़ायब हो जाते हैं। वित्तीय तंत्र की आत्म-रुचि और फ़ेडरल रिज़र्व इसे सुनिश्चित करते हैं।

तो मुद्दे की बात क्या है? मुद्दे की बात यह है : अगर आपने उन कंपनियों को पहचान लिया है, जिनका प्रबंधन उत्कृष्ट है या जिनका बेहतरीन उपभोक्ता एकाधिकार है या दोनों ही है, तो यह भविष्यवाणी करना संभव है कि वे निश्चित रूप से मंदी से बच जाएँगी और बहुत संभव है कि इसके बाद उनकी स्थिति पहले से बेहतर हो जाए। *कमज़ोर कंपनियों के लिए मंदी झेलना मुश्किल होता है, इसलिए मंदी से मैदान साफ़ हो जाता है, जिस कारण स्थिति सुधरने पर शक्तिशाली खिलाड़ियों के पास पहले से ज़्यादा बड़ी हिस्सेदारी आ जाती है।*

व्यक्तिगत गड़बड़ी

कभी-कभार बेहतरीन उपभोक्ता एकाधिकार वाली कंपनी कोई ऐसी चीज़ कर देती है, जो मूर्खतापूर्ण होती है, लेकिन जिसे सुधारा जा सकता है। 1936 से लेकर 1970 के दशक के मध्य तक गीको ने चुनिंदा ड्राइवरों का बीमा करके दौलत कमाई। यह कंपनी कम लागत पर काम करती थी और डायरेक्ट मेल के ज़रिये काम करके एजेंटों की

मध्यस्थता को ख़त्म करती थी। लेकिन 1970 के दशक की शुरुआत में नए प्रबंधन ने निर्णय लिया कि यह दरवाज़ा खटखटाने वाले हर व्यक्ति को बीमा बेचकर कंपनी के विकास की रफ़्तार को तेज़ करेगा।

सबका बीमा करने के इस नए दर्शन की वजह से गीको के पास बहुत से ऐसे ड्राइवर आए, जो दुर्घटना-संभावित थे। ज़्यादा दुर्घटनाओं का मतलब था कि गीको को ज़्यादा पैसे का नुक़सान होगा, जो इसे हुआ। 1975 में इसने 126 मिलियन डॉलर का शुद्ध घाटा दिखाया, जिससे यह दिवालियेपन की कगार पर पहुँच गई। संकट पर प्रतिक्रिया करते हुए गीको के संचालक मंडल ने जैक बर्न को नया चेयरमैन और प्रेसिडेंट युक्त किया। चेयरमैन बनने के बाद जैक ने वॉरेन से कंपनी में निवेश करने का अनुरोध किया। वॉरेन को सिर्फ़ एक ही चिंता थी और वह यह थी कि क्या गीको सभी ड्राइवरों का बीमा करने की घाटा उठाने वाली परंपरा को छोड़ने वाली है और दोबारा डायरेक्ट मेल से कम लागत पर सिर्फ़ चुनिंदा ड्राइवरों का बीमा करने की समयसिद्ध पुरानी परंपरा पर लौटने वाली है। बर्न ने कहा कि योजना यही थी और यह सुनकर वॉरेन ने निवेश कर दिया।

एक अलग तरह की घटना 1960 के दशक के मध्य में अमेरिकन एक्सप्रेस के साथ हुई। कंपनी ने एक वेयरहाउसिंग सबसिडियरी के ज़रिये लगभग 60 मिलियन डॉलर मूल्य के सलाद ऑइल से भरे टैंकों के अस्तित्त्व की पुष्टि की, जो कमॉडिटीज़ डीलर एंथनी डी एंजेलिस के थे। डी एंजेलिस ने 60 मिलियन डॉलर के लोन के बदले में यह सलाद ऑइल ज़मानत के तौर पर रख दिया। जब डी एंजेलिस कर्ज़ नहीं चुका पाया, तो उसे कर्ज़ देने वालों ने सलाद ऑइल को नीलाम करने की कोशिश की। लेकिन कर्ज़ देने वाले यह देखकर दंग रह गए कि जिस ज़मानत के बदले में उन्होंने कर्ज़ दिया था, वह मौजूद ही नहीं थी। चूँकि अमेरिकन एक्सप्रेस ने अस्तित्त्वहीन तेल के अस्तित्त्व को अनजाने में ही प्रमाणित किया था, इसलिए इसे कर्ज़ देने वालों के घाटे के लिए अंततः ज़िम्मेदार ठहराया गया। अमेरिकन एक्सप्रेस को उन कर्ज़दाताओं को लगभग 60 मिलियन डॉलर देने पड़े।

इस वजह से अमेरिकन एक्सप्रेस के इक्विटी आधार का ज़्यादातर हिस्सा चला गया और वॉल स्ट्रीट ने प्रतिक्रिया करते हुए इसके शेयर को ज़मीन पर ला पटका। यह देखकर वॉरेन ने सोचा कि भले ही कंपनी का ज़्यादातर इक्विटी आधार खो गया है, लेकिन क्रेडिट कार्ड संचालन और ट्रैवलर्स चेक्स के कंपनी के अंतर्निहित उपभोक्ता एकाधिकार अब भी अक्षुण्ण हैं। इस पूँजी के जाने से अमेरिकन एक्सप्रेस को कोई दीर्घकालीन नुक़सान नहीं हुआ था। यह देखकर वॉरेन ने बफेट पार्टनरशिप की 40 प्रतिशत निवेश पूँजी इसमें लगा दी और बफेट पार्टनर्स के लिए अमेरिकन एक्सप्रेस के लगभग 5 प्रतिशत शेयर ख़रीद लिए। दो साल बाद शेयर का भाव बढ़ा और वॉरेन ने इसे बेचकर 20 मिलियन डॉलर का मुनाफ़ा कमाया।

इसे इस तरह से सोचें। मान लें कि आप कोका-कोला पर मुकदमा करके 1993 में 2.2 अरब डॉलर जीत लेते, जो उस साल कंपनी का शुद्ध मुनाफ़ा था। शेयर बाज़ार आपकी जीत की ख़बर पर कोका-कोला के शेयर का भाव बुरी तरह गिरा देता। लेकिन वास्तव में इस नुक़सान का उस पैसे की मात्रा पर कोई प्रभाव नहीं पड़ता, जो कोका-कोला 1994 में कमाने वाली थी, क्योंकि कोका-कोला का आंतरिक उपभोक्ता एकाधिकार तब भी जस का तस रहता। एक तरह से 2.2 अरब डॉलर के मुआवज़े का निर्णय वैसा ही होता, जैसे कोका-कोला ने 1993 में 2.2 अरब डॉलर का डिविडेंड दे दिया हो। लेकिन इसके शेयरधारकों को डिविडेंड देने के बजाय कोका-कोला ने आपको डिविडेंड दे दिया। अगले साल 1994 में कोका-कोला 2.2 अरब डॉलर या उससे ज़्यादा का शुद्ध मुनाफ़ा कमाती। जब तक 1995 आता है, तब तक किसी को भी आपके 1993 वाले मुआवज़े की याद नहीं रहती और कोका-कोला के शेयर का भाव इसके मुआवज़े के पहले वाले भाव पर लौट आएगा। लोग कितनी जल्दी भूल जाते हैं!

सबक यह है कि मंदी की वजह से किसी कंपनी के शेयर के भाव में गिरावट, जैसा कैपिटल सिटीज़ या वेल्स फ़ार्गो के प्रकरण में हुआ या किसी असामान्य घटना की वजह से शेयर के भाव में गिरावट, जैसी गीको या अमेरिकन एक्सप्रेस के प्रकरण में हुई, दीर्घकालीन और व्यावसायिक दृष्टिकोण वाले निवेशक के लिए सुनहरा अवसर पेश कर सकती है।

21

बाज़ार की प्रक्रिया ख़रीदारी के अवसर उत्पन्न करने के लिए शेयर के भावों में उतार–चढ़ाव कैसे लाती है

वॉरेन मानते हैं कि शेयर बाज़ार की तकनीकी प्रक्रियाएँ ऐसी स्थितियाँ उत्पन्न कर सकती हैं, जो व्यवसायों के अंतर्निहित अर्थशास्त्र की परवाह किए बिना शेयरों के भाव को झूले की तरह ऊपर-नीचे झुलाती हैं। वे मानते हैं कि यह अतार्किक आर्थिक व्यवहार ऐसी स्थितियाँ उत्पन्न कर सकता है, जिससे व्यावसायिक दृष्टिकोण वाले निवेशक के लिए ख़रीदारी के उत्कृष्ट अवसर मिलते हैं।

शेयर बाज़ार की प्रक्रिया और अल्पकालीन दृष्टिकोण वाले मुनाफ़े में अंतर है - जो व्यक्तिगत व्यावसायिक उतार-चढ़ाव या सामान्य व्यावसायिक चक्रों पर प्रतिक्रिया करता है, जिस पर हम बात कर चुके हैं। शेयर बाज़ार की प्रक्रियाएँ तो शेयर बाज़ार की अधोसंरचना की विचित्रता हैं, जिसकी वजह यह है कि शेयर ख़रीदने-बेचने के तरीक़े विचित्र होते हैं। इसमें कुछ निवेश रणनीतियों की भी अहम भूमिका होती है, जैसे पोर्टफ़ोलियो बीमा और इंडेक्स आर्बिट्रेज - दो निवेश रणनीतियाँ जो पूरे शेयर बाज़ार की भाव की गतिविधि का दोहन करने की कोशिश करती हैं।

इन स्थितियों में व्यक्तिगत कंपनियों के शेयर कमॉडिटी बन जाते हैं, जिसकी माँग उन शक्तियों से संचालित होती है, जो व्यावसायिक मूल्य या अर्थशास्त्र या शेयर के वास्तविक भाव पर प्रतिक्रिया नहीं करती हैं, बल्कि पूरे बाज़ार के भाव बदलने की दिशा और गति की दर पर प्रतिक्रिया करती हैं।

यह अधोसंरचना की समस्या जनउन्माद उत्पन्न कर सकती है। जब लोगों को बिना किसी स्पष्ट तार्किक कारण के दौलत का भारी नुक़सान अनुभव होता है, तो वे अक्सर दहशत में आ जाते हैं, अपने शेयर बेच देते हैं और हाशिये पर पहुँच जाते

हैं, जब तक कि बाज़ार दोबारा स्थिर नहीं हो जाता। दहशत स्थिति की गंभीरता को और बढ़ा देती है, जिससे हमें व्यावसायिक दृष्टिकोण वाले निवेश का अभ्यास करने का अवसर मिल जाता है।

समस्या और ख़रीदारी के अवसर को स्पष्ट करने के लिए हम दो अलग-अलग वित्तीय तबाहियों को देखेंगे, जो शेयर बाज़ार की अधोसंरचना की इन विचित्रताओं के फलस्वरूप हुईं।

प्रक्रियाएँ

जैसा हम पहले बता चुके हैं, शेयर बाज़ार के कई निवेश दर्शन दोहनों को दो पृथक और स्पष्ट रणनीतियों में विभाजित किया जा सकता है। एक है अल्पकाल केंद्रित और दूसरी है दीर्घकाल केंद्रित। जैसा हम जानते हैं, वॉरेन के हिसाब से व्यावसायिक दृष्टिकोण वाला निवेश दीर्घकालीन श्रेणी में आता है।

एक आदर्श संसार में किसी ख़ास कंपनी के बारे में सारी जानकारी की व्याख्या इन दो अलग-अलग रणनीतियों से की जाती है। बदले में वे उस कंपनी के शेयर का बाज़ार भाव तय करती हैं। हम जानते हैं कि अल्पकालीन रणनीति बाज़ार में सबसे प्रबल शक्ति होती है और इसलिए यह शेयर के भाव को तय करती है। यहीं पर दीर्घकालीन व्यावसायिक दृष्टिकोण वाला ख़रीदार अपनी ख़रीदारी के अवसर को ताड़ता है।

बहरहाल ऐसी स्थितियाँ होती हैं, जिनमें कंपनी संबंधी जानकारी का उन शक्तियों से बहुत कम संबंध होता है, जो शेयर के भाव को गिराती-बढ़ाती हैं। ऐसा ही प्रकरण 1901 की दहशत में हुआ था और ऐसा ही 1987 की दहशत में भी हुआ। इन दोनों ही स्थितियों में मार्केट मेकर्स के बीच लिक्विडिटी का संकट उत्पन्न हो गया, जिससे बाज़ार में दहशत फैल गई।

1901 की दहशत

1901 की दहशत में हमारी रुचि इसलिए है, क्योंकि यह केवल एक सप्ताह तक ही चली। यह नॉर्दर्न पैसिफ़िक रेलरोड के नियंत्रण को लेकर ई.एच. हैरिमैन और जेम्स हिल (और उनके क्रमशः बैंकर कुह्न, लोएब ऐंड कंपनी तथा जे.पी. मॉर्गन ऐंड कंपनी) के आपसी संघर्ष की वजह से उत्पन्न हुई।

उन दिनों जब रेलरोड उद्योग के दिग्गज किसी दूसरी रेलरोड कंपनी पर क़ब्ज़ा करना चाहते थे, तो वे खुले बाज़ार में जाकर उस कंपनी के शेयर चुपचाप ख़रीदने लगते थे, जब तक कि वे नियंत्रण हासिल नहीं कर लेते थे। आज एसईसी के नियमों

की वजह से किसी कंपनी में 5 प्रतिशत या अधिक हिस्सेदारी हासिल करने वाले को इसकी सार्वजनिक घोषणा करना अनिवार्य है। 1901 में ऐसी कोई अनिवार्यता नहीं थी, इसलिए कोई व्यक्ति या कंपनी धीरे-धीरे और चुपचाप किसी कंपनी में नियंत्रणकारी स्थिति हासिल सकती थी, जिसका पता सामान्य बाज़ार को बाद में चलता था, जिससे उस शेयर का भाव बढ़ जाता था। नॉर्दर्न पैसिफ़िक के मामले में यही हुआ था।

1901 की शुरुआत में नॉर्दर्न पैसिफ़िक रेलरोड में जेम्स हिल और जे.पी. मॉर्गन ऐंड कंपनी की काफ़ी बड़ी हिस्सेदारी थी, लेकिन उनके पास 51 प्रतिशत शेयर नहीं थे। अप्रैल 1901 में ई.एच. हैरिमैन ने गोपनीय रूप से शेयर ख़रीदना शुरू किया और अप्रैल माह में शेयर का भाव 25 प्रतिशत बढ़ गया। इससे कोई ख़तरे की घंटी नहीं बजी, क्योंकि उस वक़्त पूरा शेयर बाज़ार ही चढ़ रहा था। चूँकि टेकओवर की संभावना स्पष्ट नहीं थी, इसलिए कुछ ट्रेडर्स ने सोचा कि नॉर्दर्न पैसिफ़िक के शेयर का भाव बहुत तेज़ी से चढ़ गया है और यह सोचकर वे इसे शॉर्ट करने लगे।

जब कोई ट्रेडर किसी शेयर को *शॉर्ट* करता है, तो वह दरअसल किसी से वह शेयर उधार लेकर उसे *बेचता* है। अगर बाद में शेयर का भाव नीचे जाता है, तो शेयर को शॉर्ट करने वाला बाज़ार से बेचे गए शेयर दोबारा ख़रीद सकता है और उस व्यक्ति को लौटा सकता है, जिससे उसने ये उधार लिए थे। अगर कोई किसी शेयर को शॉर्ट करता है और बाद में इसे कम भाव पर ख़रीदता है, तो उसे मुनाफ़ा होता है। अगर कोई किसी शेयर को शॉर्ट करता है और बाद में उसे ज़्यादा भाव पर ख़रीदना पड़ता है, तो उसे घाटा होता है।

सोमवार 6 मई 1901 को नॉर्दर्न पैसिफ़िक के शेयर ने अचानक बहुत ऊँची छलाँग लगाई। किसी को भी शेयर के बढ़ने का कारण मालूम नहीं था। नॉर्दर्न पैसिफ़िक के डायरेक्टर्स को कुछ पता नहीं था और उनके बैंकर भी अँधेरे में थे। कई ने सोचा कि बाज़ार में कोई चालाकी दिखा रहा है और यह सोचकर शॉर्ट करने वालों ने और ज़्यादा शेयर शॉर्ट कर दिए।

मंगलवार 7 मई को शेयर का भाव चढ़ता रहा और 117 डॉलर से बढ़कर 143 डॉलर तक पहुँच गया। देर दोपहर तक सबकी समझ में आने लगा कि क्या हो रहा था। यह ख़बर फैल गई कि हैरिमैन कंपनी का नियंत्रण लेने के लिए अपनी अंतिम बोली लगा रहे थे। जब हिल और मॉर्गन ने यह ख़बर सुनी, तो उन्होंने शेयर को हैरिमैन के हाथों में पड़ने से रोकने के लिए शेयर के भाव मुँहमाँगे दामों पर ख़रीदने की कोशिश की।

बुधवार 8 मई तक सभी संबंधित लोगों के सामने स्पष्ट हो गया कि संघर्ष करने वाले दलों हैरिमैन बनाम हिल और मॉर्गन ने नियंत्रण की ख़ातिर अपने संघर्ष

में नॉर्दर्न पैसिफ़िक के शेयर के बाज़ार पर क़ब्ज़ा कर लिया था। इससे दरअसल पूरे शेयर बाज़ार पर कोई प्रभाव नहीं पड़ता, अगर एक पेंच नहीं होता : जिन लोगों ने शेयर को शॉर्ट किया था, वे अब भी शॉर्ट थे - उन्होंने अपनी पोज़ीशन कवर नहीं की थी यानी बेचे हुए शेयर दोबारा नहीं ख़रीदे थे।

कोई भी नॉर्दन पैसिफ़िक का शेयर बेचने को तैयार नहीं था और बड़े ख़रीदार भाव को आसमान पर पहुँचा रहे थे। इसका मतलब था कि शॉर्ट करने वाले लोग बहुत बुरी स्थिति में फँस चुके थे और जब शेयर का भाव बढ़ता रहा, तो वे दहशत में आ गए। यह समझ लें कि उन दिनों जो लोग किसी शेयर को शॉर्ट करते थे, उन्हें अगले दिन इसकी डिलिवरी देनी होती थी। अगर वह शेयर उनके पास नहीं होता था, तो उन्हें जाकर उधार देना पड़ता था। अगर वे इसकी डिलिवरी नहीं दे पाते थे, तो उन्होंने इसे जिसे बेचा था, वह बाज़ार में जाकर शेयर को बाज़ार भाव पर ख़रीद सकता था और बिल शॉर्ट करने वाले व्यक्ति को थमा सकता था, जो शेयर की डिलिवरी नहीं दे पाया था।

8 मई को बहुत कम बेचने वाले थे और शॉर्ट करने वाले अपनी पोज़ीशन कवर करने की कोशिश में शेयर के बहुत ऊँचे भाव लगाने लगे। शाम तक शेयर 180 डॉलर पर चल रहा था।

जब गुरुवार 9 मई को ट्रेडिंग शुरू हुई, तो शॉर्ट करने वाले डर की चरम अवस्था में पहुँच चुके थे और दहशत जंगल की आग की तरह उनमें फैल चुकी थी। दोपहर तक शॉर्ट करने वालों ने शेयर के लिए 1,000 डॉलर तक की बोली लगा दी थी। जब आपको इसे हर हाल में ख़रीदना होता है, तो आपको इसे हर हाल में ख़रीदना होता है।

इसी समय बाक़ी के बाज़ार के साथ एक बहुत रोचक चीज़ हो रही थी। यह नीचे गिरने लगा। शॉर्ट करने वाले बहुत ख़तरनाक स्थिति में फँस गए थे, इसलिए अपनी शॉर्ट पोज़ीशन को कवर करने लायक़ पैसा इकट्ठा करने के लिए वे अपने बाक़ी शेयर दहशत में बेचने लगे। दर्जनों बड़ी ट्रेडिंग कंपनियों की हालत पतली हो गई थी और अब वे अपनी इज़्ज़त बचाने के लिए दहशत में छटपटा रही थीं।

उस उथलपुथल भरे दिन एक्सचेंज के फ़्लोर पर बरनार्ड बरूच थे, जिन्होंने बाद में लिखा, "एक्सचेंज की फ़्लोर पर डर ने तर्क की जगह ले ली। शेयरों को बुरी तरह औने-पौने दामों पर बेचा जा रहा था और वे दस से बीस पॉइंट गिर रहे थे। दूसरे शेयरों में भी शेयरों पर क़ब्ज़ा करने की अफ़वाहें फैल रही थीं।"

अगले दिन हैरिमैन और हिल तथा मॉर्गन के बीच संघर्षविराम हो गया, लेकिन इससे पहले अग्रणी शेयर साठ पॉइंट तक गिर गए और जो बैंक ट्रेडर्स को उधार देने के लिए 4 प्रतिशत फ़ीस लेते थे, उन्होंने डरकर अपनी फ़ीस बढ़ाकर 60 प्रतिशत

तक कर दी। एक शेयर छत फोड़कर ऊपर चला जाता है और बाक़ी का बाज़ार धूल चाटने लगता है।

सबक़ यह है। दूसरे शेयरों के भाव में गिरावट मंदी या व्यावसायिक चक्र में गिरावट की वजह से उत्पन्न नहीं हुई थी, ना ही कंपनियों की आमदनी कम होने से, ना ही बदलती आर्थिक तसवीर से। यह गिरावट इन कंपनियों के बारे में उपलब्ध जानकारी की व्याख्या बदलने की वजह से भी नहीं हुई थी।

हुआ यह था कि जिन निवेशकों ने नॉर्दर्न पैसिफ़िक के शेयर शॉर्ट किए थे, वे बुरी तरह फँस गए थे और दिवालिया होने की कगार पर थे। इससे उनके सामने लिक्विडिटी का संकट उत्पन्न हो गया, जिस पर प्रतिक्रिया करते हुए वे अपने बाक़ी के शेयर बेचने लगे। यह उन्होंने नक़दी इकट्ठी करने के लिए किया, ताकि वे नॉर्दन पैसिफ़िक में शॉर्ट पोज़ीशन के जाल से निकल सकें।

बाक़ी ट्रेडर्स दूसरी कंपनियों में भी ऐसी ही अनहोनी की आशंका से डर गए और बौखलाहट व दहशत में बेचने की लहर शुरू हो गई।

बरनार्ड बरूच को अहसास था कि क्या हो रहा था। वे जानते थे कि बेहतरीन कंपनियाँ मूर्खतापूर्ण भावों पर बिक रही थीं और उन्होंने ख़रीदने का अवसर ताड़ लिया।

इस तरह बाज़ार की शॉर्टसेलिंग की प्रक्रिया की वजह से - साथ ही नॉर्दर्न पैसिफ़िक के शेयर का भाव अचानक बढ़ने से - एक विस्फोटक स्थिति निर्मित हो गई, जिससे पूरे शेयर बाज़ार में भारी और अतार्किक बिकवाली होने लगी। बाज़ार की प्रक्रिया की इस अजीब स्थिति से बरूच के लिए ख़रीदारी का अवसर उत्पन्न हो गया। जल्दी ही शेयर बाज़ार दोबारा सुधरा और बरूच को काफ़ी लाभ हुआ।

अप्रत्याशित गतिविधियों की वजह से बाज़ार की प्रक्रियाएँ भाव में भारी उतार-चढ़ाव उत्पन्न कर सकती हैं, जिनका आर्थिक ख़बर या जानकारी से कोई संबंध नहीं होता।

1987 की दहशत

आप सोच रहे होंगे कि आज के बाज़ार से इसका क्या संबंध है। क्या 1930 के दशक में एसईसी ने ऐसे नियम नहीं बनाए हैं, जिनसे 1901 जैसी दहशत नहीं फैले? जवाब है हाँ। लेकिन परिस्थितियाँ बदलती हैं और सरकारी संस्थाएँ प्रायः घटना के बाद नियम बनाती हैं। 1980 के दशक के उत्तरार्ध में नए तथ्य सामने आ रहे थे।

1987 की दहशत के दौरान दो नई निवेश रणनीतियाँ *इंडेक्स आर्बिट्रेज* और *पोर्टफ़ोलियो इंश्योरेंस लोकप्रिय* हुईं तथा शेयर बाज़ार पर वर्चस्व जमाने लगीं। उनकी

अंतर्क्रिया ने 13 अक्टूबर से लेकर 19 अक्टूबर 1987 तक बाज़ार की बखिया उधेड़ दी।

प्रेसिडेंशियल टास्क फ़ोर्स ऑन मार्केट मैकेनिज़्म्स, जिसे लोकप्रिय भाषा में "ब्रैडी रिपोर्ट" के नाम से जाना जाता है, में कहा गया था :

> मंगलवार 13 अक्टूबर 1987 को बाज़ार बंद होने से लेकर 19 अक्टूबर 1987 को बाज़ार बंद होने तक डाउ जोन्स इंडस्ट्रियल एवरेज "डाउ" 769 पॉइंट यानी 31 प्रतिशत गिरा। इन चार दिनों की ट्रेडिंग में अमेरिकी शेयरों का मूल्य लगभग 1 ट्रिलियन डॉलर कम हुआ (1 ट्रिलियन डॉलर!!!) अकेले 19 अक्टूबर 1987 को ही डाउ 508 पॉइंट यानी 22.6 प्रतिशत गिरा। 19 अक्टूबर 1987 की गिरावट इतनी भरी थी कि 1920 के दशक से केवल एक ही गिरावट इतनी भारी रही है। यह 1929 की गिरावट थी, जब 28 अक्टूबर 1929 को डाउ 12.8 प्रतिशत गिरा था और अगले दिन 11.7 प्रतिशत गिरा था, जिन्हें मिलाकर 1929 का क्रैश कहा जाता है। (ब्रैडी रिपोर्ट, पृष्ठ 1)

अक्टूबर 1987 के बीच में बाज़ार की यह भारी गिरावट कुछ ख़ास घटनाओं से प्रेरित हुई थी : अप्रत्याशित रूप से ज़्यादा व्यापार घाटा, जिससे ब्याज दर नए ऊँचे स्तरों पर पहुँच गए और प्रस्तावित कर नियम, जिसने कई टेकओवर उम्मीदवारों के शेयरों को धूल चटा दी।

भाव की इस शुरुआती गिरावट से कई मीच्युअल फ़ंड समूहों की तरफ़ से मशीनी, मूल्य के प्रति असंवेदनशील बिकवाली शुरू हो गई, जो भाव गिरने की वजह से प्रेरित हुई। इन निवेशकों की बिकवाली और भावी बिकवाली की आशंका को देखते हुए कई आक्रामक ट्रेडिंग करने वाली संस्थाओं ने बाज़ार के और ज़्यादा गिरने की उम्मीद में बिकवाली कर दी। इन संस्थाओं में हेज फ़ंड्स के अलावा कई पेंशन और एंडोमेंट फ़ंड्स, मनी मैनेजमेंट फ़र्म्स और निवेश बैंकिंग हाउस शामिल थे। इस बिकवाली से भाव और ज़्यादा गिर गए, जिसकी प्रतिक्रिया में पोर्टफ़ोलियो इंश्योरर्स और मीच्युअल फ़ंडों ने और ज़्यादा बिकवाली की।

उस अक्टूबर के पागलपन को समझने के लिए मीच्युअल फ़ंड्स और पेंशन फ़ंड्स की ख़रीदने और बेचने की रणनीति को समझना ज़रूरी है, जो पोर्टफ़ोलियो इंश्योरेंस का इस्तेमाल करते हैं। पोर्टफ़ोलियो इंश्योरेंस एक रणनीति है, जो कंप्यूटर-आधारित मॉडलों का इस्तेमाल करके बाज़ार के विभिन्न भाव स्तरों पर शेयर व नक़दी का आदर्श अनुपात तय करता है। इसमें शेयरों के भाव गिरने पर उन्हें बेचने की नीति अपनाई जाती है और भाव बढ़ने पर ख़रीदने की। वास्तव में

1987 में शामिल दो पोर्टफ़ोलियो इंश्योरेंस उपयोगकर्ताओं के प्रोग्राम्स में यह शामिल था कि एसऐंडपी 500 इंडेक्स में 10 प्रतिशत की गिरावट होने पर वे अपने 50 प्रतिशत शेयरों की होल्डिंग बेच देंगे।

यानी अगर एसऐंडपी का प्राइस इंडेक्स 10 प्रतिशत गिर जाता है, तो ये दोनों पोर्टफ़ोलियो इंश्योरेंस उपयोगकर्ता अपनी होल्डिंग के 50 प्रतिशत शेयर बेच देंगे। इसमें समझदारी नज़र आती है, है ना? नहीं, इसमें कोई समझदारी नज़र नहीं आती।

और अगर एसऐंडपी इंडेक्स 10 प्रतिशत चढ़ जाता है, तो सोचिए कि वे क्या करते होंगे। सही सोचा, वे अपने शेयरों की होल्डिंग को 50 प्रतिशत बढ़ा लेते हैं।

क्या यह मूर्खतापूर्ण लगता है? पेंशन फ़ंड चलाने की मूर्खतापूर्ण योजना? देखिए, इसे समझ लें! क्रैश के दौरान दो दिनों तक एक ही पोर्टफ़ोलियो इंश्योरर उन्हीं शेयरों का सबसे बड़ा ख़रीदार और सबसे बड़ा बिकवाल रहा। बॉस देखिए, एसऐंडपी इंडेक्स 10 प्रतिशत नीचे चला गया है! बेचो! बेचो! बॉस देखिए, एसऐंडपी इंडेक्स 10 प्रतिशत बढ़ गया है! ख़रीदो! ख़रीदो! (जैसे कोई छोटा मुर्गा इनवेस्टमेंट फ़ंड चला रहा हो।)

आपको यह पर्याप्त पागलपन लगता है? लेकिन ज़रा यह भी सुन लें। सीधे शेयर बेचने के बजाय पोर्टफ़ोलियो इंश्योरर्स यह बात जान गए हैं कि उनके लिए एसऐंडपी 500 इंडेक्स के कमॉडिटीज़ कॉन्ट्रैक्ट बेचना ज़्यादा सस्ता पड़ता है। इससे वे केवल कुछ डॉलर की फ़ीस में करोड़ों डॉलर के शेयर बेच सकते हैं। शानदार लगता है, है ना? आइए मैं एसऐंडपी कमॉडिटीज़ कॉन्ट्रैक्ट को थोड़ी ज़्यादा अच्छी तरह समझाना चाहूँगी।

मक्का, शकर, कपास और तेल जैसी कमॉडिटीज़ की ट्रेडिंग पूरे संसार में कमॉडिटी फ़्यूचर एक्सचेंजों पर होती हैं। इसका सबसे बड़ा एक्सचेंज शिकागो में है। इन एक्सचेंजों में किसी ख़ास कमॉडिटी की भावी डिलिवरी के कॉन्ट्रैक्ट की ट्रेडिंग होती है। अगर आप कॉर्न फ़्लेक्स के निर्माता हैं और आप आज से नौ महीने बाद डिलिवरी में 5,000 बुशेल मक्का (56 पौंड या 25.4 किलो मक्का का माप) ख़रीदना चाहते हैं, तो थोड़े पैसे एडवांस देकर आप एक कॉन्ट्रैक्ट ख़रीद सकते हैं, जो आपको एक निश्चित भाव पर आज से नौ महीने बाद 5,000 बुशेल मक्का ख़रीदने का अधिकार देता है।

जिस व्यक्ति ने आपको वह कॉन्ट्रैक्ट बेचा है, वह यह दाँव लगा रहा है कि नौ महीने बाद उस कॉन्ट्रैक्ट का भाव उसके इस समय बेचे गए भाव से कम होगा। अगर यह सचमुच कम होता है, तो वह कॉन्ट्रैक्ट के तय भाव और कॉन्ट्रैक्ट के उस समय के भाव के अंतर पर पैसे बना लेता है।

1980 के दशक में एक नए क़िस्म का फ़्यूचर्स कॉन्ट्रैक्ट विकसित हुआ, जिसमें आप एसऐंडपी 100 और एसऐंडपी 500 इंडेक्सों के भाव की दिशा पर दाँव लगा सकते हैं। इस कॉन्ट्रैक्ट का भाव उतना होता है, जो उस इंडेक्स में शामिल शेयरों के समूह का होता है। कॉन्ट्रैक्ट का भाव दिन भर बदलता रहता है, जो इंडेक्स में शामिल शेयरों के भाव बदलने के साथ लगातार ऊपर-नीचे होता रहता है।

यानी अगर आपको विश्वास है कि सामान्य बाज़ार अगले छह महीनों में ऊपर जा रहा है, तो आप एसऐंडपी 100 या एसऐंडपी 500 इंडेक्स के कमॉडिटी जैसे कॉन्ट्रैक्ट को ख़रीद सकते हैं।

सोने, कपास, गेहूँ और मक्का जैसी चीज़ों के लिए कमॉडिटीज़ कॉन्ट्रैक्ट के मामले में आप उस कमॉडिटी की सचमुच डिलिवरी ले सकते हैं। अगर आपने 10,000 बुशेल गेहूँ ख़रीदने का कॉन्ट्रैक्ट ख़रीदा है, तो आप चाहें, तो आप सचमुच 10,000 बुशेल गेहूँ की डिलिवरी ले सकते हैं। लेकिन एसऐंडपी कॉन्ट्रैक्ट के मामले में शेयरों की डिलिवरी नहीं होती। इसमें डिलिवरी का मतलब है कॉन्ट्रैक्ट के भाव और उस भावी तारीख़ को एसऐंडपी कॉन्ट्रैक्ट के वर्तमान भाव के बीच का अंतर आपको मिल जाएगा। इस तरह एक सचमुच का कैसिनो तैयार हो गया, जिसमें लोग और संस्थाएँ शेयर बाज़ार की दिशा पर बड़े और लीवरेजिंग वाले दाँव लगा सकते थे।

चूँकि एसऐंडपी इंडेक्स कॉन्ट्रैक्ट सिद्धांततः कैश में डिलिवरी देता है, इसलिए एसऐंडपी कॉन्ट्रैक्ट और एसऐंडपी इंडेक्स में शामिल शेयरों के बीच कोई सीधा संबंध नहीं होता, बस निवेशक शेयर बाज़ार की दिशा पर ऊँचे दाँव लगाते हैं।

इसी तरह के स्टॉक इंडेक्स पूल इंस्ट्रूमेंट ऑप्शन मार्केट्स में भी आ गए।

अब वॉल स्ट्रीट के उत्साही लोगों ने यह खोजा कि वास्तविक शेयरों और इंडेक्स के अलग-अलग इंस्ट्रूमेंट्स के भावों के बीच आर्बिट्रेज का अवसर रहता है।

मैं आपको दिखाती हूँ कि यह कैसे काम करता है। आइए मान लेते हैं कि एसऐंडपी 500 इंडेक्स कॉन्ट्रैक्ट उससे कम पर मिल रहा है, जितने भाव पर न्यू यॉर्क स्टॉक एक्सचेंज के फ़्लोर पर इस इंडेक्स के पाँच सौ अलग-अलग शेयर चल रहे हैं। वॉल स्ट्रीट के लोग एसऐंडपी 500 कॉन्ट्रैक्ट ख़रीद सकते हैं और न्यू यॉर्क स्टॉक एक्सचेंज पर उस इंडेक्स में शामिल शेयरों के उसी तरह के पूल को बेच सकते हैं। अजीब बात यह है खिलाड़ी केवल एक ही कॉन्ट्रैक्ट नहीं ख़रीदते हैं। वे एक बार में कई हज़ार कॉन्ट्रैक्ट ख़रीदते हैं, जिसका मतलब है कि वे एक साथ न्यू यॉर्क स्टॉक एक्सचेंज पर करोड़ों डॉलर के शेयर बेचते हैं। और अगर खेल गरम होता है, तो बिकवाली अरबों डॉलर की भी हो सकती है।

पेंच यह है कि पोर्टफ़ोलियो इंश्योरर्स एसऐंडपी 500 कॉन्ट्रैक्ट का इस्तेमाल असली चीज़ के स्थानापन्न के रूप में करते हैं। सोमवार 19 अक्टूबर 1987 को

पोर्टफ़ोलियो इंश्योरर्स ने ना सिर्फ़ न्यू यॉर्क स्टॉक एक्सचेंज पर 2 अरब डॉलर के शेयर बेचे, बल्कि उन्होंने शिकागो कमॉडिटीज एक्सचेंज पर लगभग 4 अरब डॉलर के शेयरों के 34,500 एसऐंडपी 500 कॉन्ट्रैक्ट्स भी बेचे। पोर्टफ़ोलियो इंश्योरर्स की इस भारी बिकवाली ने एसऐंडपी 500 कमॉडिटीज़ कॉन्ट्रैक्ट के भाव को न्यू यॉर्क स्टॉक एक्सचेंज पर बिकने वाले एसऐंडपी 500 के शेयरों के बास्केट से कम भाव पर धकेल दिया।

फिर बड़े निवेश बैंकों के इंडेक्स आर्बिट्रेज प्रोग्राम ट्रेडर्स सक्रिय हो गए, जिन्होंने एसऐंडपी 500 कमॉडिटीज कॉन्ट्रैक्ट ख़रीदे और न्यू यॉर्क स्टॉक एक्सचेंज पर एसऐंडपी 500 के शेयरों के उसी बास्केट को बेच दिया। इससे उन्होंने दोनों बाज़ारों के बीच की भाव की असमानता का लाभ ले लिया।

इंडेक्स आर्बिट्रेज प्रोग्राम ट्रेडर्स ने पोर्टफ़ोलियो इंश्योरर्स के एसऐंडपी 500 कमॉडिटीज कॉन्ट्रैक्ट की बिकवाली को उन शेयरों पर पहुँचा दिया, जिनसे एसऐंडपी 500 कमॉडिटीज कॉन्ट्रैक्ट बना था। इससे उन व्यक्तिगत शेयरों पर अतिरिक्त दबाव पड़ा, जो एसऐंडपी 500 कमॉडिटीज़ कॉन्ट्रैक्ट का हिस्सा थे और इससे पहले कि किसी को पता चल पाए, एसऐंडपी 500 इंडेक्स एक बार फिर 10 प्रतिशत गिर गया और पोर्टफ़ोलियो इंश्योरर्स ने बिकवाली का दूसरा चक्र शुरू कर दिया। चकरा रहे हैं क्या?

यह दुष्चक्र राउंड रॉबिन का खेल शुरू करता रहा, जब तक कि शेयरों के भाव इतने मूर्खतापूर्ण नहीं हो गए कि वॉरेन जैसे निवेशक भी संभावित ख़रीदारी के अवसरों की छानबीन करने लगे। (1987 में उन्होंने कोका-कोला कंपनी के शेयर ख़रीदे थे।)

न्यू यॉर्क स्टॉक एक्सचेंज के फ़्लोर के वे मार्केट मेकर्स याद हैं, जो जोड़ियाँ मिलाने का काम करते हैं? जब हर कोई बेच रहा हो, तो उन्हें वे शेयर ख़रीदने पड़ते हैं। आम तौर पर शेयर थोड़े ऊपर जाते हैं और फिर थोड़े नीचे जाते हैं। इससे मार्केट मेकर्स को उनका पैसा बनाने की अनुमति मिल जाती है और वे बाज़ार को सुव्यवस्थित रख पाते हैं। लेकिन जब सिर्फ़ बिकवाली हो रही हो, तो जो शेयर उन्होंने सुबह ख़रीदे थे, उनका भाव दोपहर तक और कम हो जाता है। इसके अलावा, अगर कोई शेयर ख़रीद ही नहीं रहा है, तो उन्होंने जो शेयर सुबह ख़रीदे थे, उन्हें बेचने का कोई तरीक़ा नहीं है, जिससे वे नक़दी इकट्ठी कर सकें, ताकि वे दोपहर को उन लोगों के शेयर ख़रीद लें, जो अपने शेयर बेचना चाहते थे। पाँच दिनों तक की लगातार भारी बिकवाली से मार्केट मेकर्स का पैसा ख़त्म हो रहा था, जिससे लोग सचमुच दहशत में आ गए। आम तौर पर बड़े वॉल स्ट्रीट के बैंक उन्हें अतिरिक्त पैसे उधार दे देते, लेकिन इस मामले में बैंक भी दहशत में आने लगे थे।

जब पूरा वित्तीय सिस्टम ढह रहा था, तब न्यू यॉर्क स्टॉक एक्सचेंज और शिकागो बोर्ड ऑफ़ ट्रेड ने उस कंप्यूटर सिस्टम को बंद कर दिया, जिससे प्रोग्राम ट्रेडिंग होती थी। उन्हें यह समझने में पाँच दिन लग गए! फ़ेडरल रिज़र्व बैंक ने कहा कि यह बैंकों का समर्थन करने के लिए तैयार है और इसने खुले बाज़ार के ज़रिये ज़्यादा पैसे सिस्टम में डाले।

लंबी कहानी को संक्षेप में कहें, तो हर चीज़ ठीक हो गई और आप तथा मैं अब भी गोमर पाइल्स के साथ यहाँ हैं। "हे, गोमर! एसऐंडपी 500 इंडेक्स 10 प्रतिशत नीचे है। हमारे 50 प्रतिशत निवेश पोर्टफ़ोलियो को बेचने का समय है।"

वॉल स्ट्रीट जरनल के टिम मेट्ज़ ने इस विषय पर एक उत्कृष्ट पुस्तक लिखी है, जिसका शीर्षक है *ब्लैक मंडे* (विलियम मॉरो ऐंड कंपनी, 1988)। मेरा सुझाव है कि आप उसे पढ़ लें। इसके अलावा "ब्रैडी रिपोर्ट" भी है, जो घटनाओं के बारे में सरकारी स्पष्टीकरण है।

यहाँ सबक यह है कि शेयर बाज़ार में ऐसी बड़ी *शक्तियाँ* सक्रिय रहती हैं, जो शेयरों की बहुत भारी संख्या में ख़रीदती-बेचती हैं। और उन्हें उन कंपनियों के अर्थशास्त्र की रत्ती भर भी परवाह नहीं है, जिन्हें वे ख़रीद-बेच रही हैं। और कई बार ये शक्तियाँ बहुत बुरी तरह से असंतुलित हो जाती हैं और व्यावसायिक दृष्टिकोण वाले निवेश के लिए अद्भुत अवसर बना देती हैं। यह 1901 में बरनार्ड बरूच के लिए हुआ और यह 1987 में वॉरेन बफ़ेट के लिए हुआ। और यह बार-बार तथा हर बार होगा। मूर्ख और लोभ आम तौर पर एक साथ चलते हैं, जिससे तार्किक व्यक्ति के लिए अवसर बन जाता है।

22

मुद्रास्फीति

वॉरेन के निवेश दर्शन को पूरी तरह से समझने के लिए आपको यह समझने की ज़रूरत है कि मुद्रास्फीति क्या है और यह कैसे उत्पन्न होती है। इसके लिए आपको यह समझने की ज़रूरत है कि पैसा क्या है और यह कैसे काम करता है।

बहुत पहले लोग विभिन्न प्रॉडक्ट्स और सेवाओं के लिए एक-दूसरे के साथ वस्तुओं का विनिमय करते थे : हल के बदले में सुअर, मछली के बदले में गेहूँ और आशीर्वाद के बदले में स्थानीय पुजारी को ऊन देना। लोगों ने पाया कि इस सारे सामान को लाना-ले जाना मुश्किल था, इसलिए विनिमय की वे वस्तुएँ एक तरह की मुद्रा बन गईं, जो छोटी और लाने-ले जाने में आसान थीं तथा ख़राब नहीं होती थीं। और संसार के कुछ हिस्सों में तो आज तक किसी इंसान की दौलत नमक से लेकर उसके पास मौजूद ऊँटों की संख्या से मापी जाती है।

लेकिन प्रायः सोने-चाँदी को मुद्रा का काम करने के लिए चुना गया। सोना और चाँदी मूल्यवान अर्ध-दुर्लभ वस्तुएँ थीं, जिन्हें विभाजित करना, लाना-ले जाना और रखना आसान था। इस तरह सोने और चाँदी के सिक्के अस्तित्त्व में आए। कुछ समय बाद संसार जैतून के तेल और भेड़ों के बजाय सोने और चाँदी के टुकड़ों में भाव तय करने लगा।

जो सरकारें सोने और चाँदी में कर वसूल रही थीं, वे अपने खुद के सिक्के ढालने लगीं, जिन्हें उन्होंने अपने सेनापतियों और सेनाओं को अपने ख़ज़ाने में से दिए और देश चलाने के लिए वस्तुओं तथा सेवाओं के लिए पैसे के रूप में दिए। रोम के राजा ढले हुए सिक्कों की रोमन मुद्रा विकसित करने में ख़ास तौर पर अच्छे थे।

अमेरिका में हमने डॉलर बनाया, जो विभिन्न वज़नों के सोने के सिक्कों का प्रतिनिधित्त्व करता था। 20 डॉलर सोने का टुकड़ा एक औंस सोने के बराबर था। फ़्रांस में फ़्रैंक था और इंग्लैंड में पौंड सोने या चाँदी के निश्चित वज़न के मूल्य के सूचक थे।

इस सदी के शुरुआती हिस्से में एक अजीब चीज़ हुई। जो सरकारें इस समय तक अच्छी तरह स्थापित थीं, वे सिर टकराने लगीं और इस प्रक्रिया में प्रथम विश्व युद्ध शुरू हो गया। युद्ध मुफ़्त में नहीं होते। किसी को उनके लिए पैसे चुकाने पड़ते हैं और यह काम सरकार को करना पड़ता है, जो सेनाओं को नियंत्रित करती है।

आम तौर पर सरकार अपने ख़ज़ाने से युद्ध में ख़र्च करती है और सैनिकों के ख़र्च की व्यवस्था करने के लिए टैक्स का इस्तेमाल करती है। लेकिन औद्योगिक युग में पहुँचने पर युद्ध बहुत ख़र्चीला हो गया। हज़ार बंदूकें और थोड़ा गोला-बारूद ख़रीदना एक बात है और सैकड़ों आधुनिक जहाज़ों तथा हवाई जहाज़ों को बनाने या ख़रीदने में पैसे ख़र्च करना दूसरी बात है। आज दो क्रूज़ मिसाइलों पर ही इतना ख़र्च हो जाता है, जितना अमेरिकी क्रांति में दोनों पक्षों का मिलाकर भी नहीं हुआ था।

ज़ाहिर है, युद्ध में शामिल सरकारों को भी आवश्यक धन जुटाने के लिए हर संसाधन का दोहन करना था। उन सभी ने जिस त्वरित उपाय को अपनाया, वह था सोने के सिक्कों के बदले में काग़ज़ी धन जारी करना। आइए उस देश के प्रकरण पर विचार करते हैं, जो मान लें कि सोने के 100 सिक्कों की मुद्रा के साथ व्यवसाय कर रहा था और यह फ़्रैंक, मार्क, डॉलर या दूसरी इकाई की संख्या को व्यक्त करने के लिए इसका इस्तेमाल कर रहा था। अगर सरकार काग़ज़ी धन की 100 इकाइयाँ छापती है और जनता सोने के सिक्कों की 100 इकाइयों के बदले में काग़ज़ी धन की 100 इकाइयों को स्वीकार कर लेती है, तो सरकार ने प्रभावी रूप से काग़ज़ के टुकड़ों के बदले में सोने के टुकड़े हासिल कर लिए हैं।

यह धीरे-धीरे किया गया। अमेरिका में सरकार ने आदेश दिया कि सोने-चाँदी के सिक्कों की काग़ज़ी सोने-चाँदी के प्रमाणपत्रों से अदला-बदली की जाए, जिन्हें आपके स्थानीय फ़ेडरल रिज़र्व बैंक में उनकी धातु के दाम लेकर लौटाया जा सकता था। मैं इसके साथ आरामदेह हूँ, क्या आप नहीं हैं? अब आपको उन सोने के सिक्कों को लेकर घूमने की ज़रूरत नहीं है, बस अच्छे, साफ़-सुथरे डॉलर के नोट लेकर चलना है।

कुछ समय बाद लोग लौटाने की बात भूल गए और सरकार ने इसका प्रस्ताव रखना छोड़ दिया। 1933 में एक उजले दिन अमेरिकी सरकार ने आदेश दिया कि अमेरिका में व्यक्तियों के पास मौजूद सारे सोने के सिक्के और सोना अमेरिकी ट्रेज़री में जमा किया जाए - काग़ज़ के डॉलरों के बदले में। 1933 से पर्ल हार्बर पर आक्रमण के समय तक अमेरिकी ट्रेज़री के सोने के भंडार 8.2 बिलियन डॉलर से बढ़कर 22.7 बिलियन डॉलर के हो गए। क़लम के एक ही झटके से अमेरिकी सरकार ने अमेरिका की जनता के पास मौजूद सारे सोने का राष्ट्रीयकरण कर दिया।

जब सोना ख़ज़ाने में आ गया, तो सरकार इसे ख़र्च करके दूसरे देशों से युद्ध के लिए आवश्यक चीज़ें तथा सामान ख़रीद सकती थी। काग़ज़ को सोने में

बदलने की इस अच्छी चाल के बारे में जानकार सरकारें, जब किसी विदेशी सरकार से पेश आती थीं, तो इस बात पर ज़ोर देती थीं कि उन्हें सोने में भुगतान दिया जाए - उन काग़ज़ की अजीब-सी चीज़ों में नहीं, जिनके बारे में उन्होंने अपने खुद के नागरिकों को विश्वास दिया था कि वे उसका इस्तेमाल उस क़ीमती धातु की जगह करें। फलस्वरूप विभिन्न देशों के बीच गोल्ड स्टैंडर्ड विकसित हो गया। ब्रिटिश ट्रेज़री अपने नागरिकों से हासिल सोने के बदले में काग़ज़ी डॉलर ले सकती थी, ताकि युद्ध की सामग्री ख़रीदी जा सके। जब अमेरिका द्वितीय विश्व युद्ध में दाख़िल हुआ, तो अमेरिकी ट्रेज़री के स्वर्ण भंडार में कमी आने लगी, क्योंकि अमेरिकी सरकार ने तीन महाद्वीपों में युद्ध लड़ने के लिए अमेरिकी सेना को तैयार करने तथा सामान ख़रीदने पर अपना स्वर्ण भंडार ख़र्च किया।

ना सिर्फ़ सरकारें अंतरराष्ट्रीय व्यापार में संलग्न होती हैं, बल्कि व्यवसाय भी होते हैं। और अमेरिकी वस्तुओं की ज़रूरत वाले ब्रिटिश व्यवसायी को उन्हें अमेरिकी डॉलरों में ख़रीदना होता है तथा इसका उलटा भी होता है। पुराने ज़माने में ब्रिटिश व्यवसायी सोने में भुगतान कर सकता था या अपने सोने को काग़ज़ी डॉलरों में बदलवा सकता था। लेकिन चूँकि सोना अब विनिमय का साधन नहीं रह गया था, इसलिए बैंक ऑफ़ इंग्लैंड या अमेरिकी फ़ेडरल रिज़र्व बैंक को उस व्यापारी के स्थानीय बैंक के ज़रिये इस विनिमय को सुगम बनाना होता था।

यानी अगर आप एक ब्रिटिश व्यापारी होते और आपको अमेरिकी वस्तुओं को ख़रीदने की ज़रूरत होती और आपको इस सौदे को करने के लिए डॉलरों की ज़रूरत होती, तो आप अपने स्थानीय बैंक जाते, जो बैंक ऑफ़ इंग्लैंड के पास जाता। बैंक ऑफ़ इंग्लैंड आपसे काग़ज़ी पौंड लेकर उन्हें सोने में बदल देता और फिर न्यू यॉर्क सिटी में अमेरिकी फ़ेडरल रिज़र्व बैंक से आपके लिए काग़ज़ी डॉलर ख़रीद देता। ब्रिटिश व्यापारी काग़ज़ी डॉलर लेकर उन्हें अमेरिकी वस्तुएँ ख़रीदने के लिए अमेरिका भेज सकता था।

इस सारी ख़रीदारी और बिकवाली से एक बहुत कार्यकुशल तंत्र विकसित हो गया। कोई भी सौदा चंद मिनटों में हो सकता था। वास्तव में बैंक ऑफ़ इंग्लैंड सौदों के लिए अमेरिकी डॉलरों का भंडार अपने पास रखता था; अमेरिकी फ़ेडरल रिज़र्व भी बैंक ऑफ़ इंग्लैंड के पौंड अपने पास रखता था। बड़े ब्रिटिश व्यवसायी सौदों को सुगम बनाने के लिए अमेरिका में डॉलर वाले बैंक ख़ाते रखते थे और अमेरिकी व्यवसायी इंग्लैंड में पौंड वाले बैंक ख़ाते रखते थे।

लेकिन द्वितीय विश्व युद्ध के बाद जब अमेरिका एकमात्र देश था, जिसका बड़ा औद्योगिक आधार अक्षुण्ण था, इसलिए विदेशी कारोबारी समुदाय को अपनी लगभग सारी निर्मित वस्तुएँ अमेरिका से ख़रीदनी होती थीं। नतीजा यह हुआ कि इन देशों के केंद्रीय बैंकों को डॉलरों के लिए सामान्य से ज़्यादा सोना देना पड़ा - और कुछ

समय बाद उनका सोना ख़त्म हो गया। एक-एक करके संसार के केंद्रीय बैंकों ने घोषणा की कि वे गोल्ड स्टैंडर्ड को छोड़ रहे हैं तथा उनकी मुद्रा का मूल्य माँग और पूर्ति के हिसाब से तय होगा।

इनमें से कई विदेशी केंद्रीय बैंकों ने अपनी नोट छापने की मशीनें चला दीं। अगर आपको ज़्यादा पैसे चाहिए, तो आप बस इसे छाप लें। अंततः इन ज़्यादा छपे नोटों वाली मुद्राओं का विनिमय मूल्य डॉलर के संदर्भ में गिरने लगा। अर्थशास्त्री इसे मुद्रा का अवमूल्यन कहते हैं। यही चीज़ 1970 के दशक की शुरुआत में अमेरिका में हुई, जब निक्सन ने अमेरिका को अंतरराष्ट्रीय गोल्ड स्टैंडर्ड से अलग कर लिया और डॉलर के अंतरराष्ट्रीय मूल्य को संसार की अन्य मुद्राओं के संदर्भ में माँग और पूर्ति के भरोसे छोड़ दिया। अगर आपको याद हो, तो उस वक़्त अमेरिका का वियतनाम से युद्ध चल रहा था, जिसमें बहुत पैसे लग रहे थे और अमेरिकी सरकार अर्थव्यवस्था को फुलाकर इसके लिए भुगतान कर रही थी, जिससे मुद्रास्फीति दो अंकों में पहुँच गई।

बहुत पहले जब काग़ज़ के नोट नहीं थे, तब अगर कोई सरकार अपनी दौलत बढ़ाना चाहती, तो इसे ज़्यादा सोना हासिल करना होता था। यह इसे खदान से निकालकर कर सकती थी, व्यापारी वर्ग पर टैक्स लगाकर कर सकती थी या इसे दूसरे देश से चुराकर कर सकती थी। जैसा हम पहले ही ज़िक्र कर चुके हैं, मशहूर डच ईस्ट इंडीज़ कंपनी सार्वजनिक वित्त वाली डाकू कंपनी थी, जो डकैत युद्धपोत बनाती और चलाती थी, जिनका एकमात्र उद्देश्य नए संसार की खदानों में निकले सोने को ला रहे स्पेन के जहाज़ों को लूटना था।

लेकिन काग़ज़ी पैसे के आने के बाद सरकार को नई दौलत उत्पन्न करने के लिए बस प्रिंटिंग प्रेस चलाना था। ज़बर्दस्त, अपनी खुद की दौलत छापने वाली पैसों की मशीन! अब सोने की खुदाई करने की ज़रूरत नहीं है। तुरंत दौलत।

लेकिन जब सरकार प्रिंटिंग प्रेस चला देती है, तो इससे एक अजीब चीज़ होती है; इससे धन की आपूर्ति बढ़ जाती है। और जब धन की आपूर्ति बढ़ जाती है, तो एक और अजीब चीज़ होने लगती है - भाव बढ़ने लगते हैं। यही मुद्रास्फीति है। आइए देखते हैं कि यह कैसे होती है।

मुद्रास्फीति की जड़ें

मुद्रास्फीति को स्पष्ट करने के लिए मैं सोचती हूँ सबसे अच्छा यह रहेगा कि हम एक काल्पनिक उदाहरण से शुरू करें। मान लें कि आप एक टापू वाले देश में रहते हैं और इस टापू पर कभी केवल 100 मिलियन डॉलर के सोने के सिक्के चलते थे।

आइए मान लेते हैं कि 1 डॉलर के सोने के सिक्के से आप एक दर्जन अंडे ख़रीद सकते हैं। अगर सरकार 100 मिलियन डॉलर के सोने के सिक्कों की जगह काग़ज़ के 100 मिलियन डॉलर चला दे, तब भी काग़ज़ का एक डॉलर एक दर्जन अंडे ही ख़रीदेगा। और हर चीज़ ठीक है।

लेकिन सरकार के लोगों ने यह समझ लिया है कि वे अतिरिक्त डॉलर छाप सकते हैं और उन्हें ख़र्च कर सकते हैं। व्यापारी को यह विश्वास होता है कि उसे उन्हीं मूल 100 मिलियन डॉलरों में से एक दिया जा रहा है और वह सरकार को 1 डॉलर के बदले में बारह अंडे देता है। सरकार यह करती रहती है - कुछ नहीं के बदले में कुछ पाती रहती है। कुछ समय बाद प्रचलन में 100 मिलियन डॉलर नहीं रह जाते हैं, बल्कि अब हमारे पास 200 मिलियन काग़ज़ी डॉलर प्रचलन में आ चुके हैं।

जब सरकार ज़्यादा पैसे ख़र्च करती है, तो व्यापार को लाभ होता है - बहुत से बड़े सरकारी अनुबंध, जिनमें बहुत से लोग ज़्यादा पैसे कमाते हैं। जो व्यापारी 1 डॉलर में 12 अंडे बेच रहा था, एक दिन ग़ौर करता है कि लोगों के पास ख़र्च करने के लिए अचानक ज़्यादा पैसा आ गया है और वे उसके अंडों के लिए ज़्यादा भाव देने को तैयार हैं। वह सोचता है कि अब वह एक दर्जन अंडों के बदले में 2 डॉलर का भाव ले सकता है और इसके बाद भी लोग उतने ही अंडे ख़रीदने के लिए तैयार हैं, जितने कि 1 डॉलर में लेने को तैयार थे।

कल्पना करें कि आप और मैं एक नीलामी में हों और हम दोनों की ही जेब में 50 डॉलर हों तथा हम दो ही लोग किसी चीज़ की बोली लगा रहे हों। उस सामान के लिए जो अधिकतम बोली लगाई जा सकती है, वह 50 डॉलर है। लेकिन अगर आपके पास 100 डॉलर हैं और मेरे पास 100 डॉलर हैं, तो हम उस सामान का भाव बढ़ाकर 100 डॉलर तक की बोली लगा सकते हैं।

समस्या यह है कि नक़द पैसों की आपूर्ति बढ़ने से भाव बढ़ जाते हैं। अंडे बेचने वाला व्यक्ति सच्ची क्रय शक्ति के मामले में उससे ज़्यादा अमीर नहीं है, जितना वह एक दर्जन अंडों के बदले में 1 डॉलर लेते समय था, क्योंकि उसे अंडों के लिए किसान को ज़्यादा पैसे देने पड़ते हैं। और किसान भी ज़्यादा अमीर नहीं है, क्योंकि उसे मुर्गी और उनके दानों के लिए ज़्यादा पैसे देने पड़ते हैं। और जिस व्यक्ति की जेब में अब 200 डॉलर हैं, वह पहले की तुलना में ज़्यादा अमीर नहीं है, जब उसके पास 100 डॉलर थे। दोनों ही राशियों से अंततः चीज़ों की समान मात्रा ख़रीदी जा सकती है।

लेकिन सरकार का खेल यह है कि वह बढ़े हुए डॉलरों के बदले में आपको मुद्रास्फीति से पहले के भाव पर अपनी वस्तुएँ तथा सेवाएँ बेचने के लिए प्रेरित करे। सरकारों ने पैसे के असली मूल्य के मामले में आपको धोखा देने का तरीक़ा खोज लिया है।

संसार की सरकारें प्रथम विश्व युद्ध के समय से उनकी अर्थव्यवस्थाओं में मुद्रास्फीति भर रही हैं। इसीलिए 1960 के दशक में आप जिस कैंडी बार को एक निकल में ख़रीदते थे, अब वह 50 सेंट में बिक रही है और मैकडॉनल्ड का हैमबर्गर 15 सेंट से बढ़कर 75 सेंट का हो चुका है या स्की लिफ़्ट का टिकट 5 डॉलर से बढ़कर 45 डॉलर हो गया है। आप अमेरिकी सरकार और इसके शानदार नेताओं को धन्यवाद दे सकते हैं, जो प्रिंटिंग प्रेस चलाते रहते हैं और हर चीज़ की लागत को बढ़ाते रहते हैं।

अमेरिका में मुद्रास्फीति की ऐतिहासिक वार्षिक दर 5 प्रतिशत के आस-पास है। कुछ देशों में, जैसे द्वितीय विश्व युद्ध के दौरान जर्मनी में और शीतयुद्ध के बाद रूस में मुद्रास्फीति की वार्षिक दर 50 प्रतिशत से अधिक थी।

इससे निवेशक के रूप में हमें चोट पहुँचती है। यदि हम डॉलरों को पकड़े रहें, तो वे मुद्रास्फीति की दर के अनुपात में मूल्य खो देंगे। यानी अगर मुद्रास्फीति 25 प्रतिशत चल रही है, तो आपके पैसे की क्रय शक्ति हर साल 25 प्रतिशत कम हो जाती है। इसलिए वॉरेन मानते हैं कि अगर आपके यहाँ मुद्रास्फीति की दर 25 प्रतिशत है, तो आपको अपने निवेश पर कम से कम 25 प्रतिशत रिटर्न हासिल करना चाहिए, ताकि आपकी दौलत की *असली क्रय शक्ति मुद्रास्फीति के बराबर तो बनी रहे।*

वॉरेन मानते हैं कि मुद्रास्फीति हमेशा रहेगी। इसका कारण यह है कि इसका विकल्प यानी अवस्फीति हमारे नेताओं के लिए राजनीतिक आत्महत्या है। इसके बारे में सोचें। मुद्रास्फीति से दौलत का मुग़ालता उत्पन्न होता है। जिस घर को आपने तीस साल पहले 1,00,000 डॉलर में ख़रीदा था, उसका मूल्य अब 5,00,000 डॉलर हो चुका है और इससे आप मालिक के रूप में मुस्कराते हैं। आप मानते हैं कि आप ज़्यादा अमीर बन गए हैं, हालाँकि अगर आप अपना मकान बेचकर वैसा ही दूसरा मकान ख़रीदना चाहें, तो आपको इस वक़्त 5,00,000 डॉलर ख़र्च करने होंगे। तीस साल पहले आपका वेतन 20,000 डॉलर प्रति वर्ष था और अब आप 1,00,000 डॉलर कमाते हैं। आप सोचते हैं कि आप ज़्यादा पैसे कमा रहे हैं, लेकिन आज 1,00,000 डॉलर में उससे ज़्यादा क्रय शक्ति नहीं है, जितनी कि तीस साल पहले 20,000 डॉलर में थी। आप सोचते हैं कि आप ज़्यादा अमीर बन रहे हैं, लेकिन सच तो यह है कि सारी चीज़ें समान बनी रहती हैं। और अगर आप फ़िक्स्ड इनकम पर हैं या आपने दीर्घकालीन बॉण्ड ख़रीद रखे हैं, या अपने पैसे को नक़द रखा है, तो आपकी वास्तविक दौलत संभवतः कम हो रही है।

जिन वित्तीय संस्थाओं और कॉरपोरेशनों को पैसे उधार लेने पड़ते हैं, उन्होंने मुद्रास्फीति से लाभ लेना सीख लिया है। वे आज आपका पैसा उधार लेते हैं और

आपको भविष्य में मुद्रास्फीति वाले डॉलरों से उसे चुकाने का वादा करते हैं। बैंक यह काम करते हैं, बीमा कंपनियाँ यह काम करती हैं, रियल एस्टेट डेवलपर यह करते हैं और बड़ी उत्पादन कंपनियाँ यह करती हैं। उन सौ वर्ष के बॉण्ड्स के बारे में सोचें, जो वॉल स्ट्रीट पर कभी-कभार बिकते हैं। अगर मैं आपसे आज 1,00,000 डॉलर उधार लेता हूँ और आपको सौ साल में इस पैसे को लौटाने का वादा करता हूँ, तो क्या इसमें उतनी ही क्रय शक्ति होगी, जितनी कि आज है? अगर मुद्रास्फीति की दर 6 प्रतिशत ही रहे, तो सौ साल में 1,00,000 डॉलर की क्रय शक्ति उतनी ही होगी, जितनी आज 294 डॉलर की है!

ज़ाहिर है, मुद्रास्फीति का विकल्प है *डिफ़्लेशन* या अवस्फीति। यानी भाव घटना। बेहतरीन लगता है, है ना? चीज़ें ज़्यादा सस्ती हो जाती हैं। समस्या यह है कि आपका वेतन भी कम हो जाता है। इसके अलावा, आपके मकान का भाव भी गिर जाता है। लेकिन अगर आपने नए घर को ख़रीदने के लिए 5,00,000 डॉलर उधार लिए हैं और अचानक आपका वेतन इस क़दर घट जाता है कि आप अपने हाउस लोन की क़िस्त नहीं चुका सकते, तो आप मुश्किल में हैं। बैंक आपके घर को नीलाम करा देता है। लेकिन चूँकि रियल एस्टेट के भाव भी घट रहे हैं, इसलिए बैंक भी पैसा गँवाते हैं, क्योंकि इसने आपको जो क़र्ज़ दिया था, उसे यह पूरा नहीं वसूल पाता। अगर यह ज़्यादा बार हुआ, तो बैंक दिवालिया हो जाता है और जिन लोगों ने बैंक में निवेश किया था, उनका सारा पैसा डूब जाता है। अगर बहुत ज़्यादा बैंक दिवालिया हो जाते हैं और बहुत से लोगों का पैसा डूब जाता है, तो देश गंभीर डिप्रेशन में चला जाता है। डिप्रेशन का मतलब है भारी बेरोज़गारी, बेघरबारी, ब्रेड के लिए क़तारें और बहुत नाराज़ मतदाता। और नेता चुनाव हारने लगते हैं। यह एक ऐसी चीज़ है, जिससे नेता नफ़रत करते हैं - चुनाव हारने से। इसलिए अगर उन्हें मुद्रास्फीति या अवस्फीति में से किसी एक को चुनने का अवसर दिया जाए, तो नेता हमेशा मुद्रास्फीति को ही चुनेंगे।

हो सकता है आप यह सोच रहे हों कि क्या सरकार के पास सचमुच यह चुनने का विकल्प होता है। आप जानते हैं कि सामान्य मुद्रास्फीति पैसों की आपूर्ति बढ़ने से उत्पन्न होती है। जब धन की आपूर्ति किसी देश के पास मौजूद सोने की मात्रा से तय होती थी, तो अर्थव्यवस्था में मुद्रास्फीति लाने के लिए आपको सोने की आपूर्ति को बढ़ाना होता था। (जब स्पेन ने न्यू वर्ल्ड से भारी मात्रा में सोना निकालना शुरू किया, तो इससे यूरोप में मुद्रास्फीति की लहर फैल गई।) सोने की पूर्ति को बढ़ाकर धन की आपूर्ति को रातोंरात बढ़ाना असंभव-सी चीज़ है। आप ज़्यादा सोना नहीं छाप सकते। लेकिन अगर आपकी धन की आपूर्ति काग़ज़ी डॉलरों से होती है, तो आप बस प्रिंटिंग प्रेस को चलाते जाते हैं। चूँकि अवस्फीति का मतलब राजनीतिक और वित्तीय बरबादी है, इसलिए अगर विकल्प दिया जाए, तो नेता हमेशा

अवस्फीति के विनाशकारी परिणामों के बजाय दौलत का सुहावना मुग़ालता पैदा करने वाली मुद्रास्फीति को चुनेंगे।

वॉरेन के लिए मुद्रास्फीति आर्थिक परिदृश्य का स्थायी हिस्सा है। इसलिए वे जब भी किसी संभावित निवेश को देखते हैं, तो इसके दंडात्मक परिणामों पर विचार करते हैं।

अंतिम टीप : अब यह एक बार फिर संभव हो गया है कि अमेरिकी सोने के स्वामी बन सकते हैं। आज से बीस साल बाद अमेरिकी सरकार हमसे कह सकती है कि हम अपना सोना इसके पास जमा कर दें और बदले में इससे क्या ले लें... हाँ, आप समझ गए, काग़ज़ के डॉलर। मुझे एक बार मूर्ख बनाओ, तो तुम्हें शर्म आनी चाहिए। अगर मुझे दो बार मूर्ख बनाते हो, तो मुझे शर्म आनी चाहिए।

23

मुद्रास्फीति और उपभोक्ता एकाधिकार

कई सालों से वॉरेन को यह महसूस होता है कि मुद्रास्फीति उनकी सबसे बड़ी शत्रु है। और सामान्य निवेशक के लिए यह सचमुच है। मुद्रास्फीति वाली अर्थव्यवस्था में आज पैसे उधार लेकर कल लौटाने के वादे मूर्खता को आमंत्रण देना है। लेकिन 1960 के दशक में जिन मकान मालिकों ने 5 प्रतिशत फिक्स्ड हाउस लोन रेट पर उधार लिए थे, उन्हें मुद्रास्फीति से फ़ायदा हुआ, क्योंकि उनकी आमदनी बढ़ती गई, जबकि उनकी हाउस लोन की क़िस्तें निश्चित बनी रहीं। कॉरपोरेशनों ने भी साठ के दशक में लाभ लिया, जब उन्होंने निवेशकों को निश्चित दर पर दीर्घकालीन निवेश करने को राज़ी किया, जिससे उन्हें मुद्रास्फीति वाले डॉलरों से भविष्य में लोन चुकाने की अनुमति मिली। नुक़सान तो निवेशकों का हुआ, जिन्हें क्रय शक्ति में सच्चे नुक़सान का अनुभव हुआ। उन्होंने साठ के दशक में जीएम को जो 4,000 डॉलर उधार दिए थे (बॉण्ड ख़रीदकर), उससे वे 100 प्रतिशत कार ख़रीद सकते थे। जब जीएम ने नब्बे के दशक में उनका पैसा लौटाया, तो उनका 4,000 डॉलर का मूल धन केवल 25 प्रतिशत नई कार ही ख़रीद सकता था। लगभग कोई भी निवेश मुद्रास्फीति की चपेट से नहीं बच पाता है।

लेकिन 1983 में वॉरेन ने एक अवधारणा विकसित की कि जिन कंपनियों को शक्तिशाली उपभोक्ता एकाधिकार का लाभ मिलता है और जिन्हें अपना काम करते रहने के लिए लगातार ज़्यादा पूँजी का निवेश करने की ज़रूरत नहीं होती है, उन्हें दरअसल मुद्रास्फीति के परिणामों से लाभ होता है। *इन कंपनियों में निवेश करेंगे, तो मुद्रास्फीति निवेशक की मदद करती है। यह आपको ज़्यादा अमीर बनाती है।*

वॉरेन ने इस अवधारणा को स्पष्ट करने के लिए सीज़ कैंडी का इस्तेमाल किया। 1972 में सीज़ कैंडी 8 मिलियन डॉलर की शुद्ध मूर्त संपत्तियों पर लगभग 2 मिलियन डॉलर कमा रही थी (मूर्त संपत्तियाँ उत्पादन करने वाले कारख़ाने और मशीनें जैसी चीज़ें हैं, जबकि अमूर्त संपत्तियाँ पेटेंट व कॉपीराइट जैसी चीज़ें हैं)।

इसका मतलब है कि सारे ख़र्च और टैक्स के बाद सीज़ के कारख़ाने और मशीनें 2 मिलियन डॉलर की शुद्ध आय उत्पन्न कर रही थीं। कंपनी अपने शुद्ध मूर्त संपत्ति आधार पर 25 प्रतिशत कमा रही थी। (2 मिलियन डॉलर/8 मिलियन डॉलर × 100 = 25 प्रतिशत)।

बर्कशायर हैथअवे ने सीज़ कैंडी के लिए 1972 में लगभग 25 मिलियन डॉलर चुकाए, जिसका मतलब है टैक्स के बाद 8 प्रतिशत की रिटर्न (2 मिलियन डॉलर/25 मिलियन डॉलर × 100 = 8 प्रतिशत)। इसकी तुलना 1972 में सरकारी बॉण्डों से करें, जो टैक्स से पहले 5.8 प्रतिशत का रेट ऑफ़ रिटर्न दे रहे थे, तो सीज़ का इनकम टैक्स के बाद 8 प्रतिशत का वार्षिक रेट ऑफ़ रिटर्न ज़्यादा बुरा नहीं लगता है।

अब आइए मान लेते हैं कि सीज़ कैंडी की तुलना में ज़्यादा कमज़ोर अर्थशास्त्र वाला कोई स्टील उत्पादक शुद्ध आमदनी में 2 मिलियन डॉलर कमाता है और इसके पास शुद्ध मूर्त संपत्तियों में 18 मिलियन डॉलर होते हैं। (स्टील बनाने वाली ब्लास्ट फ़रनेस की लागत कैंडी बनाने वाले कुकिंग पॉट से बहुत ज़्यादा होती है।)

दो अलग-अलग व्यवसाय, जिनकी 2 मिलियन डॉलर की शुद्ध आय है। एकमात्र फ़र्क़ यह है कि सीज 8 मिलियन डॉलर के मूर्त संपत्ति आधार पर 2 मिलियन डॉलर कमाता है, जबकि स्टील निर्माता 18 मिलियन डॉलर की शुद्ध मूर्त संपत्ति पर 2 मिलियन डॉलर कमाता है।

अब आइए मुद्रास्फीति को जोड़ लेते हैं। अगले दस सालों में भाव दोगुने हो जाते हैं, साथ ही बिक्री और आमदनी भी। इस तरह हमारे दोनों व्यवसायों की आमदनी दोगुनी हो जाती है, यानी 4 मिलियन डॉलर। यह अनुमान लगाना आसान है, क्योंकि आपको नई मुद्रास्फीति वाले भाव पर उतनी ही इकाइयाँ बेचने की ज़रूरत है, जो हर व्यक्ति अपने नए मुद्रास्फीति वाले वेतन से ख़रीदता है।

लेकिन बस एक समस्या है। मशीनें ख़राब हो जाती हैं और अंततः उन्हें बदलना ज़रूरी हो जाता है। जब ये दोनों कंपनियाँ अपनी शुद्ध मूर्त संपत्ति आधार को बदलने जाती हैं, तो जिसका संपत्ति आधार 8 मिलियन डॉलर है, यानी सीज़, उसे 16 मिलियन डॉलर ख़र्च करने होंगे। भाव सिर्फ़ कैंडी के ही नहीं बढ़े हैं, बल्कि मशीनों और कारख़ानों के भी बढ़े हैं। लेकिन 18 मिलियन डॉलर की शुद्ध मूर्त संपत्ति वाले स्टील निर्माता को 36 मिलियन डॉलर की व्यवस्था करनी होती है।

आप किस कंपनी के स्वामी बनना चाहेंगे - सीज़ के, जिसे 16 मिलियन डॉलर जुटाने की ज़रूरत है या स्टील उत्पादक के, जिसे व्यवसाय में क़ायम रहने के लिए 36 मिलियन डॉलर जुटाने की ज़रूरत है? समझ गए? स्टील व्यवसाय निर्माता को सीज़ के बराबर आमदनी उत्पन्न करने के लिए 20 मिलियन डॉलर ज़्यादा निवेश करना होता है।

किसी ऐसे व्यवसाय के लाभ सोचें, जिसे लगभग कभी अपने कारख़ाने और मशीनों को बदलने की ज़रूरत नहीं पड़े और जो छोटे शुद्ध मूर्त संपत्ति आधार पर ऊँचे रेट ऑफ़ रिटर्न देने की क्षमता रखता है - जैसी सीज़ रखती है। *शेयर बाज़ार मुद्रास्फीति की इस आर्थिक चाल को देखता है और सीज़ जैसे व्यवसायों को स्टील व्यवसाय की तुलना में ज़्यादा ऊँचा पीई रेशो मूल्यांकन देता है, क्योंकि स्टील व्यवसाय में ज़्यादा ऊँचे शुद्ध मूर्त संपत्ति आधार की ज़रूरत होती है।*

हालाँकि मुद्रास्फीति बहुत से व्यवसायों के लिए हानिकारक हो सकती है, *लेकिन यह दरअसल उन कंपनियों के शेयरधारकों को लाभ पहुँचा सकती है, जिनके पक्ष में उपभोक्ता एकाधिकार काम कर रहा है।*

24

टैक्स के बारे में कुछ शब्द

आप जानते हैं कि टैक्स क्या होते हैं। लेकिन दरअसल मुझे नहीं मालूम कि आपको इस बारे में कितना ज्ञान है। चूँकि यह पुस्तक हर उस व्यक्ति के लिए है, जिसकी निवेश में रुचि है, इसलिए मुझे निवेश प्रक्रिया पर टैक्स के प्रभाव पर बातचीत करने के लिए एक-दो पन्ने दें, क्योंकि यह एक ऐसी चीज़ है, जिसके बारे में वॉरेन बहुत ज़्यादा सोचते हैं। लेकिन चिंता नहीं करें, मैं इस जानकारी को संक्षिप्त रखूँगी।

ज़्यादातर निवेशकों के मन में टैक्स संबंधी विचार लाभ होने के बाद आते हैं। वॉरेन के लिए वे निवेश के चयन और उसे रोककर रखने की अवधि संबंधी निर्णय में बहुत अहम भूमिका निभाते हैं।

जब कोई कॉरपोरेशन सालाना मुनाफ़ा कमाता है, तो यह कॉरपोरेट इनकम टैक्स देता है। कंपनी की नेट इनकम टैक्स के बाद का आँकड़ा है। प्रति शेयर आय भी टैक्स के बाद वाला आँकड़ा है। इसलिए जब हम कहते हैं कि कंपनी एक्स को प्रति शेयर 10 डॉलर की आय हुई, तो हम यह कह रहे हैं कि इसने कॉरपोरेट इनकम टैक्स चुकाने के बाद 10 *डॉलर प्रति शेयर कमाए।*

कॉरपोरेट टैक्स देने के बाद कंपनी अपनी शुद्ध आय के साथ इन तीन चीज़ों में से एक कर सकती है। यह या तो उसे डिविडेंड के रूप में दे सकती है, अपने पास रोककर रख सकती है और इसे अपनी विद्यमान संपत्तियों में जोड़ सकती है या दोनों ही कर सकती है।

आइए मान लेते हैं कि हम जिस कंपनी को देख रहे हैं, उसकी आय 10 डॉलर प्रति शेयर है। इसलिए यह अपनी सारी आमदनी डिविडेंड के रूप में दे सकती है या अपनी सारी आमदनी को रोककर रख सकती है या दोनों का मिला-जुला रूप कर सकती है, जैसे डिविडेंड में 7 डॉलर प्रति शेयर देना और 3 डॉलर प्रति शेयर अपने पास रोककर रखना।

(डिविडेंड देने के लिए यह ज़रूरी नहीं है कि कंपनी हमेशा मुनाफ़े में ही हो। यह अपने संपत्ति आधार का इस्तेमाल करके भी डिविडेंड दे सकती है। ज़ाहिर है, इससे कंपनी की नेट वर्थ कम हो जाएगी।)

यदि कंपनी अपने शेयरधारकों को डिविडेंड देती है, तो उन्हें इसे आमदनी के रूप में दिखाना पड़ेगा और इस पर व्यक्तिगत आयकर देना होगा। अगर आपके पास एक्स कंपनी का एक शेयर है और यह आपको एक शेयर पर 10 डॉलर डिविडेंड देती है, तो आपको उस 10 डॉलर पर आयकर देना होगा। अगर आप 31 प्रतिशत के टैक्स स्लैब में हैं, तो आपको 3.10 डॉलर टैक्स देना होगा, जिससे आपका लाभ घटकर 6.9 डॉलर प्रति शेयर हो जाएगा।

लेकिन अगर कंपनी 10 डॉलर प्रति शेयर की आमदनी को अपने पास रोककर रखती है और इसे कंपनी के संपत्ति आधार में जोड़ लेती है, तो शेयरधारक को इस 10 डॉलर पर कोई टैक्स नहीं देना पड़ता।

इसलिए अगर एक्स कंपनी अपनी आमदनी को रोककर रखती है, तो निवेशक व्यक्तिगत टैक्स देने से बच जाते हैं।

जब कोई निवेशक, चाहे वह व्यक्ति हो या दूसरा कॉरपोरेशन, शेयर बेचता है, तो उसे मुनाफ़े पर कैपिटल गेन्स टैक्स देना पड़ता है। इस पुस्तक को लिखते समय व्यक्ति को अधिकतम 20 प्रतिशत टैक्स देना पड़ता है। कॉरपोरेशन को सामान्य कॉरपोरेट इनकम टैक्स दर से टैक्स देना पड़ता है, जो 35 प्रतिशत तक हो सकता है। टैक्स का प्रतिशत और होल्डिंग की अवधि समय-समय पर बदलती रहती है, जो नेताओं तथा सरकार की सनक को दर्शाती है।

किसी कंपनी द्वारा इसके बॉण्ड के धारकों को दिए जाने वाले ब्याज पर व्यक्तिगत या कॉरपोरेट इनकम टैक्स रेट से टैक्स लगता है। संघीय व्यक्तिगत आयकर 39.6 प्रतिशत तक हो सकता है। व्यक्तियों के लिए सम्मिलित राज्य व संघीय आयकर और ज़्यादा हो सकते हैं। कॉरपोरेशन के लिए संघीय आयकर की दर 35 प्रतिशत तक हो सकती है।

एक कंपनी से दूसरी कंपनी को डिविडेंड के भुगतान पर लगभग 14 प्रतिशत का सम्मिलित संघीय तथा राज्य टैक्स लगता है। इसका मतलब है कि इस मामले में कॉरपोरेशन्स व्यक्तियों की तुलना में बेहतर स्थिति में होते हैं, जिन्हें डिविडेंड मिलने पर उन्हें संघीय तथा राज्य के सम्मिलित इनकम टैक्स चुकाने होते हैं।

टैक्स के विषय पर सैकड़ों पन्ने लिखे जा सकते हैं, लेकिन उन्हें हर कुछ साल बाद दोबारा लिखने की ज़रूरत पड़ेगी, क्योंकि टैक्स की दरें लगातार बदलती रहती हैं। यह बात हमेशा ध्यान रहें कि आपको निवेश पर जो भी मुनाफ़ा होगा, सरकार उसमें से अपना हिस्सा लेने के लिए हमेशा टैक्स लगाएगी। इसी बात को ध्यान में रखते हुए हम इस पूरी पुस्तक में निवेश प्रक्रिया पर इसके प्रभाव पर बात करेंगे।

25

रेट ऑफ़ रिटर्न पर मुद्रास्फीति तथा टैक्स के प्रभाव, और आपके निवेश पर 15% रिटर्न हासिल करने की आवश्यकता

वॉरेन ने अक्सर कहा है कि असल संसार की मुद्रास्फीति और टैक्स से निवेशक का मुनाफ़ा बहुत ज़्यादा बदल जाता है। वे तर्क देते हैं कि अगर हम 5 प्रतिशत मुद्रास्फीति वाले संसार में रहते हैं, तो हमारी संपत्तियाँ हर साल 5 प्रतिशत की दर से असली क्रय शक्ति खो रही हैं।

इसी कारण हम अपने पैसों का निवेश करते हैं। अगर हम निवेश नहीं करें, तो हमारे नक़द पैसे जल्दी ही इसकी क्रय शक्ति खो देंगे।

यदि हमारे धन का मूल्य 5 प्रतिशत की दर से घटता है, तो हमें मुद्रास्फीति के प्रभाव को समाप्त करने के लिए कम से कम 5 प्रतिशत मुनाफ़ा कमाना होगा। लेकिन 5 प्रतिशत मुद्रास्फीति वाले संसार में 5 प्रतिशत मुनाफ़े से हमारी क्रय शक्ति में 0 प्रतिशत वृद्धि होती है। यह ज़्यादा अच्छा नहीं है।

5 प्रतिशत मुद्रास्फीति वाले संसार में हमें क्रय शक्ति में असली वृद्धि दिखाने के लिए 5 प्रतिशत से ज़्यादा मुनाफ़े की ज़रूरत है। और 10 प्रतिशत मुद्रास्फीति वाले संसार में हमें 10 प्रतिशत से ज़्यादा मुनाफ़े की ज़रूरत होगी।

टैक्स के प्रभाव

टैक्स की स्थिति में एक और दृष्टिकोण जोड़ देते हैं। यदि हम अपने पैसों पर 5 प्रतिशत मुनाफ़ा हासिल करने में कामयाब हो जाते हैं, तो इनकम टैक्स उस 5 प्रतिशत का 31 प्रतिशत ले सकते हैं, जिसका मतलब है कि हमारे पास केवल 3.45

प्रतिशत का ही सच्चा मुनाफ़ा बचेगा। इसका मतलब है कि 5 प्रतिशत मुद्रास्फीति वाले संसार में इनकम टैक्स चुकाने के बाद हमें हर साल 1.55 प्रतिशत की दर से क्रय शक्ति का सच्चा नुक़सान होगा और यह भी अच्छी बात नहीं है।

इसलिए 5 प्रतिशत मुद्रास्फीति और 31 प्रतिशत इनकम टैक्स वाले संसार में हमें अपने निवेश पर कम से कम सालाना 7.2 प्रतिशत रिटर्न की ज़रूरत होती है, ताकि हम खेल में बने रहें और हमारी दौलत की क्रय शक्ति में कोई कमी नहीं आए।

इसका मतलब है कि अगर आप अपनी दौलत को बढ़ाना चाहते हैं, तो आपका वार्षिक मुनाफ़ा 7.2 प्रतिशत से अधिक होना चाहिए। यदि आप कॉरपोरेट बॉण्ड में निवेश करते हैं, जो आपके पैसे पर 8 प्रतिशत ब्याज देते हैं, तो दरअसल आपके मुनाफ़े पर लगभग 31 प्रतिशत इनकम टैक्स लगता है (जो इस पर निर्भर करता है कि आप इनकम टैक्स के किस स्लैब में हैं), जिसका मतलब है कि टैक्स के बाद आपका मुनाफ़ा घटकर 5.5 प्रतिशत रह जाता है। अगर इसमें से मुद्रास्फीति की 5 प्रतिशत दर को घटा दें, तो आपका असली रेट ऑफ़ रिटर्न 0.5 प्रतिशत ही रह जाता है।

यदि आप मुद्रास्फीति की दर को बढ़ाकर 9 प्रतिशत कर दें और टैक्स की दर को 40 प्रतिशत कर दें, जैसी स्थिति सत्तर के दशक के शुरू में थी, तो आपको अपनी दौलत की असली क्रय शक्ति को बरकरार रखने के लिए कम से कम 15 प्रतिशत रिटर्न की ज़रूरत होगी (15 प्रतिशत - 40 प्रतिशत टैक्स दर = 9 प्रतिशत; - 9 प्रतिशत मुद्रास्फीति की दर = 0 प्रतिशत)।

पिछले बीस सालों के दौरान अमेरिकी इतिहास में हमने दो अंकों में मुद्रास्फीति और व्यक्तिगत आय पर 50 प्रतिशत या इससे भी ज़्यादा टैक्स दर देखी है। वॉरेन मानते हैं कि नेता लगातार अर्थव्यवस्था को मुद्रास्फीति पर ही चलाने की कोशिश करेंगे और साथ ही टैक्स भी बढ़ाएँगे। इसलिए उन्होंने यह तय किया कि वे अपने निवेश पर जो सालाना करपूर्व न्यूनतम चक्रवृद्धि रेट ऑफ़ रिटर्न चाहते हैं, वह लगभग 15 प्रतिशत होना चाहिए।

यह ग़ौर करना रोचक है कि ग्राहम को महसूस हुआ कि "दीर्घकालीन प्रवृत्ति मुद्रास्फीति की ओर है, जिसमें डिफ़्लेशन के उतने ही मुश्किल दौर आते हैं," और "सामान्य शेयर मुद्रास्फीति के ख़िलाफ़ आदर्श रक्षा नहीं है, लेकिन इस स्थिति में वे निवेशक के लिए बॉण्ड या नक़द से ज़्यादा लाभकारी साबित होते हैं" (*सिक्युरिटी एनालिसिस,* 1951, पृष्ठ 8)।

इसलिए सारांश में अगर आप अपनी क्रय शक्ति को सचमुच बढ़ाना चाहते हैं, तो यह ज़रूरी है कि आप अपनी दौलत पर जो मुनाफ़ा या *रेट ऑफ़ रिटर्न कमाएँ, वह कम से कम मुद्रास्फीति और टैक्स के प्रभावों के बराबर हो।*

26

डाइवर्सिफ़िकेशन का मिथक बनाम केंद्रित पोर्टफ़ोलियो

वॉरेन का मानना है कि अपनी मूर्खता से खुद की रक्षा करने के लिए लोग डाइवर्सिफ़िकेशन करते हैं। उनमें केवल कुछ कंपनियों में बड़े निवेश करने की बुद्धिमत्ता और योग्यता नहीं होती है, इसलिए वे कई अलग-अलग निवेशों के बीच अपनी पूँजी फैलाकर अज्ञान की मूर्खता के ख़िलाफ़ अपनी रक्षा करते हैं।

जैसा हम जानते हैं, ग्राहम की निवेश रणनीति के हिसाब से यह ज़रूरी था कि उनके पोर्टफ़ोलियो में सचमुच सौ या ज़्यादा कंपनियों के शेयर रहें। वे इस आशंका से अपनी रक्षा करने के लिए ऐसा करते थे कि उनके कुछ निवेश कभी कामयाब नहीं होंगे। उन्हें महसूस होता था कि व्यवसाय की प्रकृति संख्याओं में बंद है और उन्हें दरअसल उन कंपनियों को जानने की उतनी परवाह नहीं थी, जिनके शेयर उनके पास थे।

वॉरेन ने कुछ समय तक तो ग्राहम की रणनीति का अनुसरण किया, लेकिन अंत में उन्होंने पाया कि यह शेयर पोर्टफ़ोलियो के बजाय चिड़ियाघर के मालिक बनने जैसा ज़्यादा था। और जब उन्होंने अपनी विश्लेषण प्रणाली को मंगर/फ़िशर साँचे में ढाल लिया, तो उन्होंने पाया कि वे जिन कंपनियों में निवेश कर रहे हैं, उनके व्यवसाय की उन्हें ग्राहम से बेहतर समझ रखने की ज़रूरत है।

फ़िशर इस बात से तो सहमत थे कि थोड़ा डाइवर्सिफ़िकेशन ज़रूरी है, लेकिन वे सोचते थे कि निवेश सिद्धांत के रूप में डाइवर्सिफ़िकेशन को कुछ ज़्यादा ही महत्त्व दिया गया था। (उन्होंने कहा कि कुछ आलोचकों ने तो इसके पीछे यह कारण बताया है कि यह बहुत सरल तर्क है, जो शेयर ब्रोकर भी समझ सकते हैं।) फ़िशर सहमत थे कि निवेशक, जो एक ही डलिया में अपने सारे अंडे रखने की दहशत पर प्रतिक्रिया करते थे, अंततः अपने अंडों को दर्जनों अलग-अलग डलियाओं में फैला

देते थे, जिनमें से कई डलियों में टूटे अंडे होते थे। इसके अलावा सारी डलियों के सारे अंडों पर निगाह रखना असंभव था। फ़िशर ने सोचा कि ज़्यादातर निवेशक डाइवर्सिफ़िकेशन के पीछे इतने ज़्यादा बौराए हुए थे कि अंततः वे ऐसे कई शेयर ख़रीद लेते थे, जिनके बारे में उन्हें बहुत कम अंदाज़ था या बिलकुल भी नहीं था कि उन्होंने जिन कंपनियों में निवेश किया था, वे किस तरह के व्यवसाय हैं।

वॉरेन महान ब्रिटिश अर्थशास्त्री जॉन मैनर्ड कीन्स के लेखन से भी बहुत प्रभावित थे। कीन्स निवेश के क्षेत्र में विख्यात विशेषज्ञ थे और उन्होंने कहा था कि उन्होंने अपना ज़्यादातर पैसा केवल कुछ निवेशों से कमाया था - ऐसे अंतर्निहित व्यवसाय, जिनका निवेश मूल्य वे समझते थे।

वॉरेन ने केंद्रित पोर्टफ़ोलियो नीति को अपनाया, जिसका मतलब है कि वे केवल कुछ ही निवेश करते हैं, जिन्हें वे सचमुच समझते हैं और लंबी अवधि तक रोककर रखने के इरादे से करते हैं। इससे यह प्रश्न बहुत गंभीर बन जाता है कि किसी निवेश में पूँजी लगाई जाए या नहीं। *वॉरेन मानते हैं कि किस कंपनी में निवेश करें और किस कीमत पर करें, इन प्रश्नों को वे जितनी गंभीरता से लेते हैं,* उससे जोखिम कम हो जाता है। उनके नुक़सान की आशंका उनके निवेश की रणनीति की वजह से भी कम होती है कि वे केवल असाधारण व्यवसायों में निवेश करते हैं और वह भी ऐसे भाव पर, जिसमें व्यावसायिक समझदारी नज़र आती हो।

वॉरेन ने अक्सर कहा है कि अगर कोई व्यक्ति अपने पूरे जीवन में खुद को केवल दस निवेश तक ही सीमित रखे, तो उसके निवेश निर्णय कम ख़राब होंगे। सिर्फ़ दस! क्या आपको ऐसा नहीं लगता कि आप उन दस निर्णयों को लेने में थोड़ी मेहनत करेंगे?

यह आश्चर्यजनक है कि बुद्धिमान, मेहनती लोग अपनी नेट वर्थ का एक बड़ा हिस्सा किसी ऐसी कंपनी में निवेश करने के बारे में ज़रा भी नहीं सोचते, जिसके बारे में वे बहुत कम जानते हैं या कुछ भी नहीं जानते। अगर आप उनसे किसी स्थानीय व्यवसाय में निवेश करने को कहें, तो वे आपसे दर्जनों प्रश्न पूछ लेंगे। लेकिन कोई शेयर ब्रोकर उनसे फ़ोन पर बात कर ले और अगले ही पल वे किसी दूर-दराज़ के विचित्र व्यवसाय के शेयर ख़रीद लेते हैं।

बरूच ने कहा था, "जो शक्तियाँ किसी शेयर के मूल्य में परिवर्तन कर सकती हैं, उनकी जानकारी रखने के लिए समय और ऊर्जा की ज़रूरत होती है। हालाँकि व्यक्ति कुछ शेयरों के बारे में वह सारी जानकारी रख सकता है, जो रखनी चाहिए, लेकिन व्यक्ति बहुत ज़्यादा शेयरों के बारे में इतनी ज़्यादा जानकारी संभवतः नहीं रख सकता" (*माई ओन स्टोरी,* होल्ड, राइनहार्ट ऐंड विन्स्टन, 1957)।

बरूच बहुत लंबे जिए और वे बहुत, बहुत दौलतमंद थे।

27

आपको अपने निवेश कब बेचने चाहिए?

कहा जाता है कि निवेश का व्यवसाय 50 प्रतिशत विज्ञान है और 50 प्रतिशत कला है और 100 प्रतिशत किंवदंती है। बेचने को लेकर वॉल स्ट्रीट की प्रचलित किंवदंती का कुछ संबंध इस पुरानी कहावत से है कि कोई भी मुनाफ़ावसूली करके दिवालिया नहीं हुआ। वॉरेन यह प्रतिक्रिया कर सकते हैं कि इस तरह कभी कोई सचमुच दौलतमंद भी नहीं बना। (इस आख़िरी वाक्य से आपके दिमाग़ में एक बड़ा प्रश्नचिह्न उभर आया होगा। उत्सुक हैं? आइए देखते हैं कि वॉरेन ऐसा क्यों सोचते हैं कि इस पुरानी कहावत पर अमल करके आप बेहद अमीर नहीं बनेंगे।) *कृपया ग़ौर करें* : इस अध्याय के हिस्से आपको इस पुस्तक के दूसरे खंडों में भी दिख सकते हैं। हमारे विचार से यह ज़्यादा फ़ायदेमंद रहेगा, अगर बेचने से संबंधित सारे विचार एक ही जगह पर रख दिए जाएँ। इसलिए अगर यह आपको जाना-पहचाना लगता है, तो यह संभवतः है।

बेचने के प्रति ग्राहम की नीति

वॉरेन ने मूलतः ग्राहम की बिक्री नीति का अनुसरण किया था। जैसा हम जानते हैं, ग्राहम की सलाह यह थी कि किसी शेयर को तब बेच देना चाहिए, जब यह इसके आंतरिक मूल्य पर पहुँच जाए। ग्राहम का तर्क था कि उस बिंदु के पार शेयर में मुनाफ़े की बहुत कम संभावना रह जाती है, इसलिए बेहतर यही रहेगा कि निवेशक कोई दूसरा अंडरवैल्यूड शेयर खोज ले, जिसका भाव उसके आंतरिक मूल्य से काफ़ी कम हो और जिसमें मार्जिन ऑफ़ सेफ़्टी हो।

अगर ग्राहम किसी शेयर को 15 डॉलर पर ख़रीदते थे और यह तय करते थे कि इसका आंतरिक मूल्य 30 से 40 डॉलर के बीच है, तो शेयर का भाव 30 डॉलर पर पहुँचते ही वे उसे बेच देते थे। फिर वे उस पैसे का निवेश किसी दूसरे अंडरवैल्यूड शेयर में कर देते थे।

जैसा हम पहले ही देख चुके हैं, ग्राहम ने यह खोजा कि जब आप आंतरिक मूल्य से कम भाव पर बिकने वाले किसी अंडरवैल्यूड शेयर को ख़रीदते थे, तो आपको उसे जितने लंबे समय तक रोकना पड़ेगा, उससे आपके निवेश पर अनुमानित वार्षिक चक्रवृद्धि रेट ऑफ़ रिटर्न उतनी ही कम होती थी। अगर आप किसी शेयर को 20 डॉलर पर ख़रीदते थे, जबकि इसका आंतरिक मूल्य 30 डॉलर प्रति शेयर होता था और अगर यह एक साल के भीतर ही 30 डॉलर पर पहुँच जाता था, तो आपका रेट ऑफ़ रिटर्न 50 प्रतिशत होगा। लेकिन अगर शेयर के भाव को उसके आंतरिक मूल्य तक पहुँचने में दो साल लग जाते थे, तो आपका वार्षिक चक्रवृद्धि रेट ऑफ़ रिटर्न घटकर 22.4 प्रतिशत रह जाता था। अगर इसमें तीन साल लग जाते थे, तो आपका वार्षिक चक्रवृद्धि रेट ऑफ़ रिटर्न घटकर 14.4 प्रतिशत हो जाता था। चार साल में यह घटकर 10.6 प्रतिशत रह जाता था, पाँच साल में 8.4 प्रतिशत, छह साल में 6.9 प्रतिशत, सात साल में 5.9 प्रतिशत और आठ साल में 5.1 प्रतिशत। इसमें जितना ज़्यादा समय लगता था, आपका वार्षिक चक्रवृद्धि रेट ऑफ़ रिटर्न उतना ही कम होता था। इस समस्या का ग्राहम का समाधान यह था कि किसी कंपनी का शेयर तभी ख़रीदा जाए, जब इसका बाज़ार भाव शेयर के आंतरिक मूल्य से पर्याप्त कम हो, ताकि आपको मार्जिन ऑफ़ सेफ़्टी मिल जाए। अगर शेयर को इसके पूरे आंतरिक मूल्य तक पहुँचने में लंबा समय लगता है, तो यह मार्जिन ऑफ़ सेफ़्टी आपकी रक्षा करेगा। आपके विचार से निवेश को इसके आंतरिक मूल्य तक पहुँचने में कितना समय लग सकता है, इसी से तय होगा कि आवश्यक मार्जिन ऑफ़ सेफ़्टी कितना ज़्यादा होना चाहिए। अगर लंबे समय की उम्मीद है, तो ज़्यादा मार्जिन ऑफ़ सेफ़्टी की ज़रूरत है; लेकिन अगर कम समय की उम्मीद है, तो शायद कम मार्जिन ऑफ़ सेफ़्टी पर्याप्त है।

लेकिन ग्राहम की एक और समस्या थी। अगर शेयर का भाव कभी इसके आंतरिक मूल्य तक नहीं पहुँच पाए, तो क्या करें? अगर बाज़ार किसी शेयर के पूरे आंतरिक मूल्य को देने से इंकार कर दे, तो क्या करें? निवेशक को कितने लंबे समय तक इंतज़ार करना चाहिए? दो साल? पाँच साल?

ग्राहम का जवाब था दो-तीन साल। उनका तर्क था कि अगर शेयर दो-तीन साल में इसके आंतरिक मूल्य तक नहीं पहुँचता है, तो संभवतः यह कभी नहीं पहुँचेगा। उस प्रकरण में यह बेहतर था कि उस शेयर को बेच दिया जाए और किसी नए अंडरवैल्यूड शेयर को खोजा जाए।

वॉरेन की नीति

वॉरेन ने पाया कि इस समाधान से दरअसल मूल्य तक पहुँचने की समस्या सचमुच नहीं सुलझती थी। उन्होंने पाया कि प्रायः उनके पास ऐसे गिरे हुए शेयर पड़े रहते थे, जो उनके आँके गए आंतरिक मूल्य तक कभी नहीं उठ पाते थे। और जब वे उठते थे, तो उन्हें बेचने पर उन्हें कैपिटल गेन्स टैक्स देना पड़ता था। इसलिए उन्होंने पाया कि ग्राहम के समाधान में कोई कमी है।

चार्ली मंगर और फ़िलिप फ़िशर ने इस समस्या का एक और समाधान बताया। उनका तर्क था कि अगर कोई निवेशक एक उत्कृष्ट व्यवसाय ख़रीदता है, जो लगातार विकास कर रहा है और इसका प्रबंधन शेयरधारकों के वित्तीय लाभ को अपना मुख्य लक्ष्य बनाकर काम करता है, तो शेयर बेचने की ज़रूरत कभी नहीं पड़ेगी - जब तक कि परिस्थितियाँ नहीं बदल जाएँ या कोई बेहतर अवसर सामने नहीं आ जाए। उनका मानना था कि इस नीति पर चलकर श्रेष्ठ परिणाम पाए जा सकते थे, क्योंकि जब व्यवसाय अपनी आमदनी को रोककर उसका लाभकारी इस्तेमाल करता था, तो इससे निवेशक को चक्रवृद्धि का लाभ मिलता था।

इस रणनीति पर अमल करने के लिए यह ज़रूरी था कि वॉरेन ग्राहम की नीति को छोड़ दें और सिर्फ़ भाव के आधार पर शेयर ख़रीदना छोड़ दें। इसलिए वे व्यवसाय की आर्थिक प्रकृति के आधार पर अपने निवेश निर्णय लेने लगे। रिटर्न ऑन इक्विटी की ऊँची दर वाली उत्कृष्ट कंपनियाँ, स्पष्ट दिखने वाला उपभोक्ता एकाधिकार और शेयरहोल्डर केंद्रित प्रबंधन उनका मुख्य लक्ष्य बन गए।

इसके बावजूद यह भाव से ही तय होता था कि क्या और कब शेयर को ख़रीदना चाहिए तथा वॉरेन का वार्षिक चक्रवृद्धि रेट ऑफ़ रिटर्न क्या होगा। लेकिन एक बार जब शेयर ख़रीद लिया जाता था, तो वॉरेन उसे कई साल तक रोककर रख सकते थे, जब तक कि उस व्यवसाय का अर्थशास्त्र बदतर नहीं हो जाए।

इस रणनीति का इस्तेमाल करके वॉरेन ने अपने कुछ सबसे महान निवेश किए, जिनमें *वॉशिंगटन पोस्ट* और गीको शामिल हैं, जिन दोनों ने उन्हें 17 प्रतिशत या इससे ज़्यादा वार्षिक चक्रवृद्धि रेट ऑफ़ रिटर्न दिया है और वे यह काम पिछले बीस साल से लगातार कर रहे हैं। उनके हिसाब से ये ऐसी कंपनियाँ हैं, जिनका मूल्य बढ़ रहा है, जिससे उन्हें लंबे समय में लाभ होगा। हालाँकि इनके शेयर समय-समय पर ग्राहम के आंतरिक मूल्य से ज़्यादा भाव पर बिकते हैं, लेकिन इसके बावजूद वॉरेन उन्हें रोककर रखते हैं। निवेशक को बगीचे से खरपतवार हटानी चाहिए, ना कि अच्छे फल देने वाले पौधे।

बियर और बुल मार्केट – कब बेचें

कई निवेशकों को हमेशा ख़तरा लगता रहता है कि अगला बियर मार्केट शुरू होने ही वाला है। शायद यह *वॉल स्ट्रीट जरनल* में या *वॉल स्ट्रीट वीक* में शुरू होता है। आपका शेयर ब्रोकर आपसे कहता है कि आप रक्षात्मक स्थिति में आ जाएँ, जिसका मतलब यह है कि आपको अपने कुछ शेयर बेचकर नक़द पर बैठ जाना चाहिए। (ब्रोकरों को यह बहुत पसंद आता है, क्योंकि इससे उन्हें शेयर बेचने पर कमीशन मिलता है। जब निवेशक अपने नक़द पैसों का दोबारा निवेश करके दूसरे शेयर ख़रीदता है, तब भी उन्हें कमीशन मिलता है।)

फ़िशर के हिसाब से यह निवेश का मूर्खतापूर्ण तरीक़ा था। सबसे पहले बात तो यह है कि यह संभव नहीं है कि बियर मार्केट तय समय पर आएगा और वॉल स्ट्रीट के भविष्यवक्ता जितनी बार सही रहे हैं, उतनी ही बार ग़लत भी साबित हुए हैं। और अगर आप अपने बेहतरीन निवेश को बेच देते हैं, तो हो सकता है कि बियर मार्केट की जगह पर बुल मार्केट शुरू हो जाए और आप इससे चूक जाएँ।

लेकिन आप कहते हैं, ज़रा ठहरें, अगर बियर मार्केट नहीं आता है, तो मैं दोबारा शेयर ख़रीद सकता हूँ और अगर यह आता है, तो मैं इसे कम भाव पर दोबारा ख़रीद सकता हूँ। पहली बात, जब आपने शेयर बेचा, तो आपको कैपिटल गेन्स टैक्स और ब्रोकर का कमीशन देना पड़ा, जिसका मतलब है कि आपके पास उतना पैसा नहीं है, जितना शुरुआत में था। अगर बियर मार्केट नहीं आता है, तो आपको उतने ही शेयर ख़रीदने के लिए ज़्यादा पैसों का इंतज़ाम करना होगा। इसके अलावा, अगर बियर मार्केट आता है और आप अपने शेयर दोबारा ख़रीदना चाहते हैं, तो आपके शेयर का भाव इतना कम होना चाहिए कि आपके चुकाए गए कैपिटल गेन्स टैक्स और ब्रोकर के कमीशन की भरपाई हो सके।

फ़िशर का यह भी तर्क है कि उनकी जान-पहचान के लोग शायद ही कभी उन कंपनियों में दोबारा निवेश करते हैं, भले ही बियर मार्केट सचमुच आ जाए। जो लोग डर की वजह से प्रतिक्रिया करते हैं, वे भविष्यवक्ताओं की भविष्यवाणी सच होने पर आम तौर पर पंगु हो जाते हैं।

बरनार्ड बरूच ने इस विषय पर बुद्धिमत्तापूर्ण सलाह दी है : "कभी तलहटी में ख़रीदने और शिखर पर बेचने की कोशिश नहीं करें। यह नहीं किया जा सकता – सिर्फ़ झूठे ही ऐसा करने का दावा करते हैं।"

बियर/बुल मार्केट की इस गुत्थी को लेकर वॉरेन का समाधान आसान है कि इसे पूरी तरह नज़रअंदाज़ कर दिया जाए। वे ऐसा इसलिए कर सकते हैं, क्योंकि वे भाव के आधार पर किसी व्यवसाय के शेयर ख़रीदते हैं। अगर भाव बहुत ऊँचा

है, तो निवेश पर पर्याप्त रेट ऑफ़ रिटर्न नहीं मिलेगा, इसलिए वे इसे नहीं ख़रीदेंगे। बाज़ार किसी दिन कहाँ पर है, यह दरअसल उनके लिए महत्त्वपूर्ण नहीं होता। वे इसके बारे में नहीं सोचते हैं। इसके बजाय वे उस व्यवसाय के बारे में सोचते हैं, जिसमें निवेश करने की वे सोच रहे हैं और यह भी क्या यह उन्हें सही भाव पर मिल सकता है।

वॉरेन इस बारे में जागरूक हैं कि बेहतरीन भाव पर ख़रीदारी के अवसर भारी बुल मार्केट में भी मिल सकते हैं, लेकिन उन्होंने यह भी पाया है कि बियर मार्केट उन्हें सचमुच शानदार सौदा खोजने का सबसे बड़ा अवसर प्रदान करता है, क्योंकि तब बहुत सारी कंपनियाँ सस्ते में मिलती हैं।

1987 के भारी क्रैश में पूरा बाज़ार बुरी तरह गिरा और वॉरेन उस तलहटी में एक कंपनी का इंतज़ार करते हुए खड़े थे, जिससे वे प्रेम करते थे। और निश्चित रूप से, जैसा हमने आपको बताया है, कोका-कोला शेयर का भाव बुरी तरह गिरा और वॉरेन अरबों डॉलर लेकर इसमें कूद गए। नहीं, वे शेयर बेचकर नक़दी पर नहीं बैठे और नहीं, वे वहाँ अपनी जेब में हाथ डालकर नहीं खड़े रहे। जहाँ दूसरों ने केवल डर देखा, वहाँ वॉरेन ने अवसर देखा। और वे ऐसा इसलिए कर सकते थे, क्योंकि वे अपने निवेश निर्णय व्यावसायिक दृष्टिकोण से लेते हैं।

सार

जैसा हमने कहा है, वॉरेन उन व्यवसायों के दीर्घकालीन स्वामित्त्व में ही रुचि रखते हैं, जिनके पास किसी तरह का उपभोक्ता एकाधिकार हो और जिनकी प्रति शेयर आमदनी लगातार बढ़ सके, या तो उनके काम को फैलाकर या शेयरों के बाईबैक के ज़रिये। चूँकि प्रति शेयर आमदनी लगातार बढ़ने की वजह से कंपनी के शेयर का भाव भी बढ़ता है, इसलिए वॉरेन के हिसाब से किसी निवेश को यथासंभव अधिकतम समय तक रोककर रखने में ज़्यादा समझदारी है, भले ही बाज़ार उस शेयर का मूल्य बहुत ज़्यादा आँक रहा हो।

वॉरेन चक्रवृद्धि के जादू को ज़्यादा से ज़्यादा लंबे समय तक काम करने देना चाहते हैं। निश्चित रूप से अल्पकाल में शेयर बेचकर वे अच्छा मुनाफ़ा कमा सकते हैं, लेकिन वे बेहतरीन मुनाफ़ा चाहते हैं, उस तरह का मुनाफ़ा, जो आपको संसार के सबसे अमीर लोगों में से एक बना दे। इतने अमीर बनने के लिए आपको यह चाहिए कि आपकी पूँजी लंबे समय तक ऊँचे वार्षिक रेट ऑफ़ रिटर्न पर चक्रवृद्धि होती रहे!

28

वॉरेन के विभिन्न प्रकार के निवेश

वॉरेन बफेट ने कई विभिन्न प्रकार के व्यवसायों की सिक्युरिटीज़ में निवेश करके अपनी दौलत बनाई है। हम जानते हैं कि उनका पसंदीदा काम उस पूरी कंपनी को ख़रीदना है, जिसमें उत्कृष्ट व्यावसायिक अर्थशास्त्र और प्रबंधन हो। जब यह संभव नहीं होता, तो उनका दूसरा विकल्प किसी कंपनी के शेयरों में दीर्घकालीन निवेश करना होता है, जिसे उत्कृष्ट व्यावसायिक अर्थशास्त्र और प्रबंधन से लाभ होता है।

वॉरेन इनमें भी निवेश करते हैं :

- दीर्घकालीन फ़िक्स्ड इनकम सिक्युरिटीज़
- मीडियम-टर्म फ़िक्स्ड इनकम सिक्युरिटीज़
- शॉर्ट-टर्म कैश इक्विवैलेंट्स
- शॉर्ट-टर्म आरबिट्रेज कमिटमेंट्स

ये निवेश उन्हें ख़ास पसंद नहीं हैं, ना ही इनसे उन्हें सबसे ज़्यादा मुनाफ़ा होता है। लेकिन वे संपत्तियों का एक लाभकारी उपयोग हैं, जब तक कि किसी पूरे व्यवसाय या किसी कंपनी के दीर्घकालीन शेयर को ख़रीदने का अवसर सामने नहीं आए। उनके इसी तरह के निवेशों से पत्रकार और जनता दुविधा में पड़ जाते हैं। वे यह नहीं देख पाते कि जिस कंपनी में वॉरेन *आरबिट्रेज पोज़ीशन* लेते हैं, यह वैसी कंपनी नहीं है, जिसमें वे *दीर्घकालीन निवेश करना चाहें।*

इस पुस्तक का ज़्यादातर हिस्सा शेयरों में दीर्घकालीन निवेश की वॉरेन की व्यावसायिक दृष्टिकोण वाली निवेश रणनीति से संबंधित है। इस अध्याय में हम वॉरेन के कुछ अन्य प्रकार के निवेशों की जाँच करना चाहेंगे और यह पता लगाएँगे कि व्यावसायिक दृष्टिकोण वाला निवेश उनके चयन में कैसे भूमिका निभाता है।

दीर्घकालीन फ़िक्स्ड इनकम सिक्युरिटीज़

सामान्यतः वॉरेन कभी भी दीर्घकालीन फ़िक्स्ड इनकम सिक्युरिटीज़ (दीर्घकालीन बॉण्ड) में निवेश नहीं करेंगे। कारण यह है कि इसमें एक ऐसे निवेश में पूँजी को लंबे समय तक फँसाकर रखना होता है, जो सामान्यतः कम रेट ऑफ़ रिटर्न देता है। वॉरेन का यह भी मानना है कि मुद्रास्फीति का राक्षस हमारी राजनीतिक अर्थव्यवस्था का स्थायी हिस्सा है और मुद्रास्फीति की ऊँची दरें आसानी से दीर्घकालीन फ़िक्स्ड इनकम सिक्युरिटीज़ में निवेश के मूल्य को कुतर सकती हैं।

इसका अपवाद तब होता है, जब बाज़ार कोई अनूठी परिस्थिति पेश करता है, जिसमें जोखिम कम रहता है और रेट ऑफ़ रिटर्न पर्याप्त रहता है। वॉशिंगटन पब्लिक पॉवर सप्लाई सिस्टम (डब्ल्यूपीपीएसएस) बॉण्डों में वॉरेन का निवेश एक ऐसी ही दुर्लभ परिस्थिति थी।

अक्टूबर 1983 से जून 1984 के बीच वॉरेन ने प्रोजेक्ट्स 1, 2 और 3 के 139 मिलियन डॉलर के डब्ल्यूपीपीएसएस बॉण्ड ख़रीदे। उस समय प्रोजेक्ट्स 4 और 5 बनाने के लिए जारी बॉण्डों पर डब्ल्यूपीपीएसएस ने 2.2 अरब डॉलर का डिफ़ॉल्ट किया था।

वॉरेन ने डब्ल्यूपीपीएसएस बॉण्ड ख़रीदते वक़्त उसी पैमाने का इस्तेमाल किया, जिसका इस्तेमाल वे पूरी कंपनी को ख़रीदते समय करते हैं। डब्ल्यूपीपीएसएस बॉण्ड में उनके 139 मिलियन डॉलर के निवेश से उन्हें 22.7 मिलियन डॉलर का करमुक्त वार्षिक ब्याज मिलेगा। वॉरेन ने हिसाब लगाया कि टैक्स के बाद उन्हें लगभग 16 प्रतिशत वार्षिक रेट ऑफ़ रिटर्न मिलेगा।

वॉरेन ने व्यावसायिक दृष्टिकोण वाले निवेश के इस तर्क का इस्तेमाल करते हुए हिसाब लगाया कि 1984 में टैक्स के बाद 22.7 मिलियन डॉलर की आमदनी उत्पन्न करने के लिए किसी सामान्य व्यवसाय को टैक्स से पहले लगभग 45 मिलियन डॉलर की आमदनी करने की ज़रूरत होगी। वॉरेन ने यह आकलन किया कि टैक्स के बाद 22.7 मिलियन डॉलर उत्पन्न करने वाली पूरी कंपनी को ख़रीदने में उन्हें लगभग 250-300 मिलियन डॉलर की लागत आएगी यानी *डब्ल्यूपीपीएसएस बॉण्ड के निवेश से लगभग दोगुना।*

इस तरह व्यावसायिक दृष्टिकोण वाले निवेश की अवधारणा ने वॉरेन के लिए *बॉण्ड व्यवसाय* के रूप में उप-अवधारणा उत्पन्न कर दी। वॉरेन ने इस बात पर गौर किया कि इस बॉण्ड/व्यवसाय का अधिकतम मूल्य 205 मिलियन डॉलर था - बॉण्ड की फ़ेस वैल्यू - जो उनकी ख़रीदी के भाव 139 मिलियन डॉलर से 48 प्रतिशत ज़्यादा था। वॉरेन ने इस बात पर भी ग़ौर किया कि उस वक़्त ज़्यादातर व्यवसायों

में ऊपर जाने की क्षमता सीमित थी, जब तक कि आप उनमें अतिरिक्त पूँजी का निवेश नहीं करें। इसलिए सीमित विकास क्षमता से उन्हें परेशानी नहीं हुई। इसके अलावा, डब्ल्यूपीपीएसएस बॉण्ड नक़द ब्याज का भुगतान करते थे, इसलिए वॉरेन उस ब्याज को किसी दूसरी जगह लगा सकते थे।

वॉरेन बॉण्ड में निवेश केवल तभी करेंगे, जब यहाँ उन्हें दूसरे व्यावसायिक उपक्रमों से ज़्यादा मुनाफ़े का बेहतर अवसर नज़र आएगा।

मीडियम-टर्म फ़िक्स्ड इनकम सिक्युरिटीज़

वॉरेन ने हमेशा मीडियम-टर्म फ़िक्स्ड इनकम (कर-मुक्त) सिक्युरिटीज़ को कैश इक्विवैलेंट्स यानी नक़दी के समतुल्यों का व्यावहारिक विकल्प माना है, जैसे अमेरिकी ट्रेज़री के टी-बिल। 1986 में उन्होंने कर-मुक्त बॉण्ड में लगभग 700 मिलियन डॉलर लगाए, जिनमें से ज़्यादातर की परिपक्वता आठ से बारह सालों में थी। वॉरेन इन बॉण्डों को दोयम दर्जे के निवेश मानते हैं, लेकिन ये बॉण्ड ट्रेज़री जैसे नक़द समतुल्यों में निवेश करने का सर्वश्रेष्ठ विकल्प थे।

उन्हें ख़रीदते समय वॉरेन का इरादा यह था कि जब उन्हें दूसरे निवेश करने के लिए पूँजी की ज़रूरत पड़ेगी, तो वे उन्हें बेच देंगे। इस रणनीति के हिसाब से यह संभव था कि ब्याज दर बढ़ने के बाद उन्हें नुक़सान पर बेचना पड़े। लेकिन वॉरेन को इससे दिक़्क़त नहीं थी। वॉरेन का मानना था कि इससे जो भी नुक़सान होगा, वह उस संभावित लाभ से कम होगा, जो कोका-कोला जैसे उत्कृष्ट व्यवसाय में दीर्घकालीन निवेश करने पर मिलेगा।

वॉरेन ने चैंपियन इंटरनेशनल, सैलोमन ब्रदर्स और यूएसएयर के कनवर्टिबल प्रिफ़र्ड स्टॉक्स में अपने निवेशों को भी मीडियम-टर्म फ़िक्स्ड इनकम सिक्युरिटीज़ की इसी श्रेणी में माना है। इन कनवर्टिबल प्रिफ़र्ड स्टॉक्स से लंबे समय तक वॉरेन को देखने वाले चकरा गए हैं। वे किसी तरह के उपभोक्ता एकाधिकार या बेहतरीन अंतर्निहित व्यावसायिक अर्थशास्त्र की तलाश में भटकते रहते हैं, जबकि वहाँ ऐसा कुछ है ही नहीं। इन निवेशों को करने का प्रलोभन वॉरेन के मन में टैक्स लाभ की वजह से आया, जो प्रिफ़र्ड स्टॉक के डिविडेंड को मिलता है और साथ ही शेयर में छुटपुट लाभ की संभावना, जिसमें प्रिफ़र्ड स्टॉक कनवर्ट होगा। याद रहे, मैंने कहा "छुटपुट", क्योंकि चैंपियन इंटरनेशनल, सैलोमन ब्रदर्स और यूएसएयर औसत व्यवसाय हैं, जो अपने निवेशकों को औसत रिटर्न देते हैं। *वे असाधारण व्यवसाय नहीं हैं,* जैसे कि वॉरेन के कई अन्य विकल्प हैं।

तो फिर वॉरेन ने उनमें निवेश क्यों किया? देखिए, सैलोमन ब्रदर्स के मामले में उन्होंने 1,000 डॉलर प्रति शेयर के भाव पर 9 प्रतिशत प्रिफ़र्ड स्टॉक 700 मिलियन

डॉलर में ख़रीदा। प्रिफ़र्ड स्टॉक में यह प्रावधान था कि वॉरेन के पास तीन साल बाद इसे सैलोमन के शेयरों में बदलने का अधिकार रहेगा। इसके अलावा, सौदे की शर्तों में अगर वॉरेन प्रिफ़र्ड स्टॉक को शेयरों में नहीं बदलते हैं, तो सैलोमन को 1995 में अगले पाँच साल तक हर साल 1,40,000 प्रिफ़र्ड शेयरों की दर पर पैसे देने होंगे। इसका मतलब यह है कि अगर वॉरेन चाहें, तो वे सैलोमन प्रिफ़र्ड स्टॉक में अपने 700 मिलियन डॉलर के बदले में 700 मिलियन डॉलर के शेयर ले लें - जिसका मतलब है लगभग 18.5 मिलियन शेयर। या अगर वे प्रिफ़र्ड स्टॉक रखने का चुनाव करते थे, तो उनके पास या तो नक़द लेने या फिर सौदे की वार्षिक रिडेम्शन टर्म्स के तहत सैलोमन के शेयरों में बदलने का विकल्प था, जो 1995 में शुरू हुआ। (अगर आप चकरा रहे हों कि उन्होंने कौन-सा विकल्प चुना, तो बताना चाहूँगी कि वॉरेन ने 1995 में नक़दी को चुना; उन्होंने कहा कि वे इसका बेहतर इस्तेमाल कर सकते हैं। 1996 में उन्होंने सैलोमन के शेयर चुने, जिनका इस्तेमाल करके उन्होंने 500 मिलियन डॉलर के बर्कशायर नोट्स को सेक्योर करने के लिए किया, जो सैलोमन के शेयर में बदलते हैं। कनवर्टिबल बर्कशायर नोट्स वॉरेन का बहुत चतुराई भरा तरीक़ा हैं, जिससे उन्होंने सैलोमन के 88,25,000 शेयर सीधे बाज़ार में डाले बिना ही बेच दिए।)

आर्थिक दृष्टिकोण से सैलोमन प्रिफ़र्ड बर्कशायर को 9 प्रतिशत वार्षिक डिविडेंड यील्ड देता है। आपकी तरह के व्यक्तिगत शेयरहोल्डर को मिलने वाले डिविडेंड पर आमदनी के स्लैब के हिसाब से टैक्स लगता है, जिसका मतलब है कि आपको उस पर 31 प्रतिशत इनकम टैक्स देना होता है। इसका मतलब है कि 9 प्रतिशत यील्ड व्यक्तिगत शेयरधारक के लिए टैक्स के बाद दरअसल 6.21 की यील्ड होती है।

लेकिन वॉरेन के मामले में उनकी होल्डिंग कंपनी बर्कशायर हैथअवे ने सैलोमन के 9 प्रतिशत कनवर्टिबल प्रिफ़र्ड ख़रीदे थे। यहाँ लाभ यह है कि कॉरपोरेशनों को जब दूसरे कॉरपोरेशन से आमदनी मिलती है, तो उसमें टैक्स पर छूट मिलती है। वास्त्व में, बर्कशायर को जब दूसरे कॉरपोरेशनों से डिविडेंड मिलते हैं, तो इसे केवल 14 प्रतिशत टैक्स ही देना होता है। इसका मतलब है कि 9 प्रतिशत सैलोमन कनवर्टिबल प्रिफर्ड पर बर्कशायर का टैक्स के बाद रिटर्न लगभग 7.7 प्रतिशत बैठता है। बर्कशायर के लिए संचालन आय पर टैक्स के बाद 7.7 प्रतिशत रिटर्न कमाने के लिए इसे टैक्स से पहले लगभग 11.8 प्रतिशत रिटर्न कमाना होगा। इसलिए व्यावसायिक दृष्टिकोण से वॉरेन ने बस एक "कनवर्टिबल प्रिफ़र्ड बिज़नेस" ख़रीदा था, जो टैक्स से पहले सालाना 11.8 प्रतिशत और टैक्स के बाद 7.7 प्रतिशत रिटर्न कमा रहा था।

जब वे सैलोमन 9 प्रतिशत कनवर्टिबल प्रिफ़र्ड स्टॉक में निवेश कर रहे थे, तो वॉरेन बहुत अच्छी तरह जानते थे कि यह उस तरह के रिटर्न नहीं देगा, जो

बर्कशायर को उत्कृष्ट व्यवसायों में निवेश से मिल रहे थे, जो आकर्षक भाव पर बिक रहे थे। वे इस बारे में भी जागरूक थे कि सैलोमन का निवेश उस तरह के रिटर्न नहीं देगा, जो बर्कशायर के पूर्ण स्वामित्त्व वाली सबसिडियरी कंपनियाँ दे रही थीं।

वॉरेन यह जानते थे कि सैलोमन 9 प्रतिशत कनवर्टिबल प्रिफ़र्ड निवेश एक ऐसा रिटर्न देगा, जो बर्कशायर के सामान्य फ़िक्स्ड-इनकम पोर्टफ़ोलियो से ज़्यादा होगा, जिसका मूल्य 1986 में 1.2 अरब डॉलर था, जो बर्कशायर के सैलोमन 9 प्रतिशत कनवर्टिबल प्रिफर्ड ख़रीदने से पिछले वर्ष में था। कनवर्टिबल प्रिफर्ड निवेश ने वॉरेन को पूँजी की बड़ी राशियाँ रखने की एक लाभकारी जगह दी, जब तक कि कोई दूसरी ज़्यादा लाभकारी चीज़ नहीं आ जाती।

अल्पकालीन नक़द समतुल्य

वॉरेन समय-समय पर अमेरिकी सरकार, कुछ चुनिंदा व्यवसायों और कुछ नगरपालिकाओं के शॉर्ट-टर्म नोट्स में भी बहुत ज़्यादा नक़द राशि रखते हैं। इनमें से किसी में भी एक साल से ज़्यादा की परिपक्वता अवधि नहीं होती। इसे अल्पकालीन पार्किंग ही मानें। बहुत लाभदायक नहीं, लेकिन घर पर गद्‌दे के नीचे पैसे रखने से बेहतर।

अल्पकालीन आरबिट्रेज कमिटमेंट्स

यह वॉरेन के निवेश शस्त्रागार के सबसे महत्त्वपूर्ण शस्त्रों में से एक है। इसलिए हमने इस पर एक अलग अध्याय लिखने का निर्णय लिया है, जिसमें हम आरबिट्रेज के वॉरेन के इस्तेमाल पर विस्तार से चर्चा करेंगे। चूँकि वह अध्याय समीकरणों या सूत्रों से भरा है, इसलिए हमने इसे एडवांस्ड बफ़ेटोलॉजी के खंड में रखा है, जो इस पुस्तक का दूसरा खंड है। अगर आपके मन में इसी समय वहाँ जाने की जिज्ञासा है, तो आप अध्याय 43 पर जा सकते हैं।

अब जब आप जान चुके हैं कि आपको किस तरह की कंपनी में निवेश करना है, तो यह सीखने का समय है कि यह कैसे पता लगाएँ कि कितना भाव देना है। अब एडवांस्ड बफ़ेटोलॉजी की ओर बढ़ने का समय है। पन्ना पलटें।

खण्ड-II

एडवांस्ड बफ़ेटोलॉजी

आपने अभी-अभी इस पुस्तक का गुणवत्ता वाला खंड पूरा कर लिया है। आगे संख्यात्मक खंड है, जो गणित वाला खंड है। इसमें कुछ सूत्र दिए गए हैं, जिनकी मदद से आप यह पता लगाने में माहिर हो जाएँगे कि क्या किसी शेयर के बाज़ार भाव में व्यावसायिक समझदारी नज़र आती है। पुस्तक का यह खंड बफ़ेटोलॉजी की पूरी समझ तक पहुँचने के लिए अनिवार्य है। आपको व्यावसायिक दृष्टिकोण वाली निवेश योजना पर लाभकारी अमल के लिए इन योग्यताओं को तराशने की ज़रूरत है। हमने इन सूत्रों को बहुत आसान बनाने के लिए कड़ी मेहनत की है। अगर आपके पास फ़ाइनैंशियल कैलकुलेटर है, जिसकी हमने पहले सलाह दी थी, तो आगे दिया गया गणित आपके बाएँ हाथ का खेल बन जाता है।

इस पुस्तक के इस खंड की कुंजी गणितीय साधनों वाला खंड है, जिसमें सबसे पहले तो कुछ छोटे-छोटे अध्याय हैं, जो आपको गणितीय परीक्षणों के इस्तेमाल के बारे में बताएँगे, जिनसे आपको यह तय करने में मदद मिलेगी कि किसी शेयर में किस भाव पर निवेश करने में व्यावसायिक समझदारी है। यह आय शक्ति तय करने में विश्लेषक की भूमिका वाले अध्याय से शुरू होता है। इसके बाद केस स्टडीज़ का अध्याय है, जो आपको दिखाता है कि आप सीखी हुई चीज़ों को लागू कैसे करें और फिर एक अध्याय है, "वॉरेन ने कैसे शुरू किया : निवेश माध्यम," जो इस बारे में है कि आप भी वॉरेन की तरह अपनी खुद की निवेश साझेदारी कैसे शुरू कर सकते हैं। और हमारे अंतिम से पहले वाले अध्याय में 54 कंपनियों पर नज़र डाली गई है, जो उन कंपनियों की सूची है, जिनमें वॉरेन निवेश कर चुके हैं और लेखक मानते हैं कि अब भी उनके निवेश संसार का हिस्सा हैं और फिर अंत में जो अध्याय है, उसका शीर्षक है, "आदर्श गेंद का इंतज़ार करें।"

क्या आप तैयार हैं? तो फिर आइए शुरू करते हैं।

29

आय शक्ति तय करने में विश्लेषक की भूमिका

जिस व्यवसाय में वॉरेन की रुचि होती है, उसकी आय शक्ति तय करने के लिए वे गणित की कई मूल्यांकन तकनीकों का इस्तेमाल करते हैं। कंपनी की आय की संभावना को तय करके वे मुनाफ़े की वार्षिक चक्रवृद्धि दर का अनुमान लगा सकते हैं, जिससे वे अपने निवेश पर होने वाली आमदनी की अपेक्षा कर सकते हैं। ग्राहम की ही तरह वॉरेन ने भी पाया है कि कुछ कंपनियों के मामले में कई साल पहले से ही आय और डिविडेंड की भविष्यवाणी करना संभव होता है।

हालाँकि वॉल स्ट्रीट में बहुत से वित्तीय विश्लेषक हैं, लेकिन इसके बावजूद उन्हें कभी व्यवसाय के दीर्घकालीन प्रोजेक्शन्स देने का शौक नहीं रहा है। उनका तर्क रहता है कि वर्तमान या अगले साल की आमदनी का सटीक अनुमान लगाना ही बहुत मुश्किल होता है। सामान्यतः वॉल स्ट्रीट के विश्लेषक तुलनात्मक रूप से बहुत संक्षिप्त अवधि के लिए ही किसी कंपनी की भावी आमदनी की गणना करना पसंद करते हैं, आम तौर पर बारह महीने या इससे कम अवधि के लिए। उनकी तरफ़ से यह संख्यात्मक जाँच का अंत है।

ग्राहम ने सिक्युरिटी एनालिसिस में कहा था कि वॉल स्ट्रीट विश्लेषक का बाक़ी का अध्ययन गुणवत्ता के दृष्टिकोण से होता है और "एक सकल राय की ओर ले जाता है, जो मुख्यतः उद्यम की वर्तमान स्थिति और संभावनाओं का वर्णन करती है।" ग्राहम ने आगे कहा था,

> इस तरह का आम अध्ययन ख़रीदने की सलाह पर ख़त्म होता है, जो शायद ही कभी सावधानीपूर्ण और पूर्ण अंदाज में विकसित की जाती है... कुछ मामलों में शेयर को "सस्ता" और "आकर्षक" कह दिया जाता

> है, क्योंकि यह इसकी वर्तमान आय या भावी आय की तुलना में कम भाव पर चल रहा है। हालाँकि इस तरह का पैमाना महत्त्वपूर्ण होता है, लेकिन यह निवेश संबंधी निर्णय के लिए सामान्यतः काफ़ी नहीं होता, क्योंकि मूल्य को कम समय की आमदनी के आधार पर ठोस तरीक़े से निर्धारित नहीं किया जा सकता।

ग्राहम ने आगे कहा था : "विश्लेषक किसी शेयर का मूल्यांकन करने का ज़्यादा विश्वसनीय और पेशेवर काम कर सकता है, बशर्ते वह शेयर के भाव से स्वतंत्र होकर ऐसा निष्पक्ष मूल्य निर्धारित कर सके, जिससे वह शेयर के वर्तमान भाव की तुलना कर सके।"

ग्राहम के संसार में अगले साल के मुनाफ़े का महत्त्व तभी था, अगर उसे व्यवसाय की दीर्घकालीन आय शक्ति के सूचक के रूप में देखा जा सकता हो। मुनाफ़ा कमाने की निवेशक की सबसे बड़ी संभावना तब है, जब वह संबंधित व्यवसाय की दीर्घकालीन आमदनी की संभावनाओं को तय कर सके।

यहीं पर वॉरेन ने शेयर के विश्लेषण के सिद्धांत में सबसे बड़े मार्ग बनाए हैं और प्रगति की है। वॉरेन ने उन व्यवसायों को पहचानने के चुनिंदा पैमाने विकसित किए, जिनकी दीर्घकालीन आय शक्ति को पहचाना जा सकता है तथा प्रोजेक्ट किया जा सकता है। इसी वजह से वे इन व्यवसायों के दीर्घकालीन निवेश मूल्य को किसी सामान्य या अल्पकालीन दृष्टिकोण वाले विश्लेषक से बेहतर देख पाए हैं।

तो विश्लेषक के रूप में आपकी भूमिका उन व्यवसायों को पहचानना है, जिनकी दीर्घकालीन आय शक्ति को आप प्रोजेक्ट कर सकते हैं। फिर उनके प्रोजेक्टेड मुनाफ़े के आधार पर आप निवेश निर्णय लेते हैं।

किसी कंपनी के बारे में संभावित मुनाफ़े संबंधी दृष्टिकोण हासिल करने के लिए और यह पता लगाने के लिए कि इसकी दीर्घकालीन संभावनाओं को पहचाना जा सकता है या नहीं, गणित के कई सूत्रों का इस्तेमाल करना सीखना ज़रूरी है। ये सूत्र संबंधित कंपनी की आर्थिक वास्तविकताओं की बेहतर समझ हासिल करने में हमारी मदद करेंगे।

30

गणित से जुड़े साधन

किसी कंपनी में वर्तमान भाव पर निवेश करने में व्यावसायिक समझदारी है या नहीं? इस बात का मूल्यांकन करने के लिए आपको जिन गणितीय साधनों की ज़रूरत होगी, वे प्रायः काफ़ी सरल हैं।

लेकिन एक बात का ध्यान रखें। अपने कैलकुलेटर पर हिसाब-किताब शुरू करने से पहले आपको कंपनी की प्रकृति का पता लगाना चाहिए और कंपनी की भावी आमदनी की सुनिश्चितता तय करने के लिए आवश्यक मुख्य प्रश्नों का जवाब दे देना चाहिए। फिर आपको यह निर्णय लेना चाहिए कि क्या कंपनी एक उत्कृष्ट व्यवसाय है, जिसे उपभोक्ता एकाधिकार से लाभ होता है या फिर यह कमॉडिटी क़िस्म का व्यवसाय है, जिसे औसत परिणाम मिलना तय है। आपको यह भी तय करना चाहिए कि क्या कंपनी का प्रबंधन ऐसे लोग करते हैं, जो ईमानदार हैं, सक्षम हैं और अपने शेयरधारकों के सर्वश्रेष्ठ हितों को दिमाग़ में रखकर काम करते हैं।

हालाँकि जैसा हम जानते हैं, वॉरेन मानते हैं कि ख़राब प्रबंधन वाले बेहतरीन उपभोक्ता एकाधिकार को नुक़सान पहुँचाना मुश्किल होता है, लेकिन ख़राब प्रबंधन की वजह से बेहतरीन उपभोक्ता एकाधिकार के अर्थशास्त्र से लाभ कमाना मुश्किल में पड़ सकता है। जैसा हम देख चुके हैं, 1970 के दशक में कोका-कोला इसका बेहतरीन उदाहरण है। कोका-कोला एक शानदार उपभोक्ता एकाधिकार है, लेकिन सत्तर के दशक में इसे ऐसा प्रबंधन चला रहा था, जिसे पता नहीं था कि यह व्यवसाय के प्रति शेयर मूल्य को कैसे बढ़ाएँ। फलस्वरूप कंपनी एक तरह की बेहोशी में रही और ज़्यादा प्रबुद्ध प्रबंधन का इंतज़ार करती रही। यह 1980 में रॉबर्टो गॉइज़ुएटा के कोका-कोला के प्रेसिडेंट बनने के बाद आया। गॉइज़ुएटा ने तुरंत ही दौड़ना शुरू कर दिया और एक के बाद एक गोल करते गए, जिससे कोका-कोला की प्रति शेयर आय बढ़ी और शेयर का भाव रॉकेट की तरह बढ़ गया।

निवेशक के रूप में आपको भी यह पता लगाना चाहिए कि क्या कंपनी के प्रबंधन में पूँजी को प्रभावी तरीक़े से लाभकारी काम में लगाने की योग्यता है। यह कुछ गणनाओं की मदद से तय किया जा सकता है। व्यवसाय की आर्थिक प्रकृति को तय करने के बाद आप कई अन्य गणनाओं का इस्तेमाल कर सकते हैं, जो आगे के पन्नों में विस्तार से बताई गई हैं, ताकि आप यह पता लगा सकें कि क्या शेयर आकर्षक भाव पर चल रहा है।

31

परीक्षण #1, एक नज़र में आय की भविष्यसूचकता को तय करना

यह सबसे आसान परीक्षण है जो आप कर सकते हैं और यह शायद सबसे बुनियादी परीक्षण भी है। हालाँकि मूडीज़ या वैल्यू लाइन पर नज़र पड़ते ही हर शेयर विश्लेषक इसे तुरंत करता है, लेकिन बहुत कम लोग यह मानने को तैयार नहीं होंगे कि वे इसकी गणना करते हैं। लेकिन यही वह पहली जगह है जहाँ आपको सांख्यिकीय विश्लेषण की प्रक्रिया शुरू करनी चाहिए। सरलता से कहें, तो आप कई वर्षों की प्रति शेयर आय को देखकर उसकी तुलना करते हैं। क्या वे निरंतर हैं या उनमें असमानता है? क्या आय ऊपर जा रही है या फिर किसी झूले की तरह ऊपर-नीचे झूल रही है।

निवेश सर्वे सेवाएँ जैसे मूडीज़ और वैल्यू लाइन वार्षिक आँकड़ों की इस तुलना को आपके लिए बहुत आसान बना देती हैं, क्योंकि वे कई सालों की आय की सूची प्रदान करती हैं।

आपकी कंपनी की आय की तसवीर कंपनी 1 की तरह दिखती है या कंपनी 2 की तरह?

कंपनी I		कंपनी II	
वर्ष	प्रति शेयर आय (डॉलर में)	वर्ष	प्रति शेयर आय (डॉलर में)
1983	1.07	1983	1.57
1984	1.16	1984	0.16
1985	1.28	1985	0.28
1986	1.42	1986	0.42
1987	1.64	1987	(0.23) घाटा
1988	1.60	1988	0.60
1989	1.90	1989	1.90
1990	2.39	1990	2.39
1991	2.43	1991	(0.43) घाटा
1992	2.69	1992	0.69

कंपनी 2 के बजाय कंपनी 1 की आमदनी ज़्यादा भविष्यसूचक है।

आपको यह पता लगाने के लिए जीनियस होने की ज़रूरत नहीं है। कंपनी 1 की आय को देखकर ही आप बता सकते हैं कि प्रति शेयर आय 1988 को छोड़कर हर साल बढ़ी है, जहाँ यह 1.64 डॉलर प्रति शेयर से घटकर 1.60 डॉलर प्रति शेयर हुई थी। कंपनी 2 की आमदनी पर नज़र डालने से आपको पता चलता है कि इसकी आय हर तरफ़ गई है, जिसमें कोई स्पष्ट प्रवृत्ति नहीं नज़र आती।

फटाफट सवाल : इस पल आप किस कंपनी की भावी आय की भविष्यवाणी करने के इच्छुक होंगे?

आपको कंपनी 1 को चुनना चाहिए। हालाँकि आप कंपनी के बारे में केवल इसकी दस साल की आय के बारे में ही जानते हैं, लेकिन आप जानते हैं कि वे (1) अच्छी हैं और (2) उनमें ऊपर की तरफ़ का रुझान है। आपका अगला सवाल यह होना चाहिए, ऐसे कौन से आर्थिक कारण थे, जिनसे यह स्थिति बनी।

ग्राहम के दृष्टिकोण से कंपनी 2 में निवेश उचित नज़र आ सकता है। लेकिन बफ़ेट के दृष्टिकोण से अच्छी आय का अभाव यह बताता है कि कंपनी 2 की भावी आमदनी की आरामदेह भविष्यवाणी करना असंभव होगा। इस तरह ग्राहम कंपनी 1 और कंपनी 2 दोनों में ही निवेश पर विचार कर सकते थे। लेकिन वॉरेन पहली नज़र में केवल कंपनी 1 पर ही विचार करेंगे।

हमने बताया है कि ग्राहम कहते थे कि कोई इंसान मोटा है, यह जानने के लिए आपको उसका वज़न जानने की ज़रूरत नहीं होती। यही किसी कंपनी की आय के इतिहास की समीक्षा के बारे में सच है। किसी कंपनी की आय के इतिहास की जाँच करते समय आपको सबसे पहले तो पिछले सात से दस साल तक के प्रति शेयर आय के आँकड़ों को इकट्ठा करना चाहिए। फिर आपको यह देखना चाहिए कि वे जो तसवीर पेश करते हैं, वह स्थिर है या अस्थिर। बहुत से स्पष्ट प्रकरण होंगे, लेकिन कुछ अस्पष्ट भी होंगे। अगर कोई चीज़ गड़बड़ नज़र आए, तो आगे बढ़ने से नहीं घबराएँ। लेकिन आप अब जो जानते हैं, वह जानने के बाद अगर कोई चीज़ रोचक नज़र आती है, तो थोड़ी गहरी छानबीन करने से नहीं घबराएँ।

एक नज़र में आय की भविष्यवाणी करना

आइए यह परीक्षण वॉरेन के कोका-कोला के शेयरों की ख़रीद पर करते हैं। (सभी कोका-कोला के उदाहरण 1996 तक के स्टॉक स्प्लिट को ध्यान में रखते हुए किया गया है।) 8 अगस्त 1994 को वॉरेन ने कोका-कोला के 2,57,640 शेयर 21.95 डॉलर प्रति शेयर के भाव पर ख़रीदे।

जब वॉरेन ने कोका-कोला की वार्षिक प्रति शेयर आय पर पहली नज़र डाली, तो उन्हें यह दिखा : यह देखना आसान है कि 1983 से 1994 तक कोका-कोला की प्रति शेयर आय निरंतर है, अच्छी है और लगातार बढ़ रही है।

वर्ष	आय (डॉलर)
1983	0.17
1984	0.20
1985	0.22
1986	0.26
1987	0.30
1988	0.46
1989	0.42
1990	0.51
1991	0.61
1992	0.72
1993	0.84
1994	0.98 (अनुमानित)

32

परीक्षण # 2 : शुरुआती रेट ऑफ़ रिटर्न तय करना

यह गणना आपको बताती है कि आप किसी निश्चित भाव पर कितने शुरुआती रेट ऑफ़ रिटर्न की आशा कर सकते हैं।

मान लें कि 1979 में कैपिटल सिटीज़ का शेयर $3.80 डॉलर के भाव पर चल रहा था (जो यह सचमुच चल रहा था) तथा उस साल प्रति शेयर 0.46 डॉलर की अनुमानित आय थी। इसका मतलब है कि 1979 में अगर आप कैपिटल सिटीज़ का शेयर 3.80 डॉलर में ख़रीदते, तो आप यह गणना कर सकते थे कि आपका शुरुआती रेट ऑफ़ रिटर्न 12.1 प्रतिशत होगा ($0.46 + 3.80 × 100 = 12.1 प्रतिशत)।

वॉरेन ने 1988 में कोका-कोला का शेयर 5.22 डॉलर में ख़रीदा था, जबकि 1988 की आय 0.36 डॉलर प्रति शेयर थी, इसलिए वे हिसाब लगा सकते थे कि उनका शुरुआती रेट ऑफ़ रिटर्न 6.89 प्रतिशत होगा ($0.36 + 5.22 × 100 प्रतिशत = 6.89 प्रतिशत)। 1994 में उन्होंने 21.95 डॉलर के भाव पर कोका-कोला के शेयर ख़रीदे, जबकि 1994 में आय 0.98 डॉलर प्रति शेयर थी, इसलिए उनका शुरुआती रेट ऑफ़ रिटर्न 4.5 प्रतिशत था ($0.98 + $21.95 × 100 = 4.5 प्रतिशत)।

वॉरेन शुरुआती रेट ऑफ़ रिटर्न के साथ यह दृष्टिकोण भी रखते हैं कि अनुमानित आय आगे बढ़ती रहेगी, इसलिए वे 1994 में कोका-कोला का इक्विटी/बॉण्ड ख़रीद रहे हैं, जो 4.5 प्रतिशत रेट ऑफ़ रिटर्न देता है और यह रेट ऑफ़ रिटर्न बढ़ता रहेगा, क्योंकि कोका-कोला की प्रति शेयर आय हर साल 17 से 19 प्रतिशत की अनुमानित दर से बढ़ेगी।

यहीं से वॉरेन और ग्राहम शुरुआती तौर पर यह सिद्धांत निकालते हैं कि आप जो भाव देते हैं, उसी से आपका मुनाफ़ा तय होता है। भाव जितना ज़्यादा होगा, रेट ऑफ़ रिटर्न उतना ही कम होगा। भाव जितना कम होगा, रेट ऑफ़ रिटर्न उतना ही ज़्यादा होगा।

33

परीक्षण # 3 : प्रति शेयर विकास दर तय करना

कंपनी की प्रति शेयर आय को बढ़ाने की प्रबंधन योग्यता *कंपनी में शेयरहोल्डर्स* के मूल्य को बढ़ाने की कुंजी है। प्रति शेयर आय के बढ़ाने के लिए कंपनी को अपनी रिटेन्ड अर्निंग्स का इस तरह इस्तेमाल करना चाहिए, ताकि यह प्रति शेयर ज़्यादा से ज़्यादा कमाई करे। प्रति शेयर आय में वृद्धि होने पर समय के साथ कंपनी के शेयर का बाज़ार भाव अपने आप बढ़ जाएगा।

प्रति शेयर आय बढ़ाने की कंपनी की योग्यता की जाँच कैसे करें? इसका सचमुच फटाफट और आसान गणितीय तरीक़ा यह है कि पिछले दस सालों की कंपनी की प्रति शेयर आय की वार्षिक चक्रवृद्धि विकास दर निकालें और फिर यही दर पिछले पाँच सालों की निकालें। इससे आपको पता चल जाएगा कि लंबे और मध्यम काल में आय वृद्धि की वार्षिक चक्रवृद्धि दर कितनी है। हम इन दो संख्याओं का इस्तेमाल करके कंपनी की सच्ची दीर्घकालीन प्रकृति को देखते हैं और यह तय करते हैं कि क्या प्रबंधन का अल्पकालीन प्रदर्शन दीर्घकालीन प्रदर्शन के तारतम्य में है।

आइए कुछ उदाहरण देखते हैं और फिर थोड़ा गहरा विश्लेषण करते हैं। हम जनरल फूड्स की वार्षिक प्रति शेयर आय को देखते हैं : कोका-कोला 1994 में वॉरेन के पहले परीक्षण में खरी उतरती है।

जनरल फूड्स की आय, 1970-1980

वर्ष	आय (डॉलर)
1970	2.38
1971	2.36
1972	2.21
1973	2.40
1974	2.00
1975	3.02
1976	3.56
1977	3.40
1978	4.65
1979	5.12
1980	5.14

कंपनी की प्रति शेयर आय की वार्षिक चक्रवृद्धि विकास दर की गणना के लिए पहले वर्ष को अपना वर्तमान मूल्य मानें, जो इस मामले में 1970 की 2.38 डॉलर की आय है। फिर 1980 की 5.14 डॉलर की आय को भावी मूल्य मानें। वर्ष 10 हैं। अब इन संख्याओं को अपने कैलकुलेटर में डालकर हिसाब लगाएँ कि दस सालों में वार्षिक चक्रवृद्धि विकास दर कितनी होगी। परिणाम आता है 8 प्रतिशत।

अब यही 1975 और 1980 के बीच की पाँच साल की अवधि के लिए करें, जिसमें वर्तमान मूल्य के लिए 1975 की 3.02 डॉलर की आय का इस्तेमाल करें। भावी मूल्य 1980 की आय यानी 5.14 डॉलर ही रहेगा। वर्ष की संख्या 5 हो जाएगी। एक बार फिर हिसाब लगाएँ और आपको पता चल जाएगा कि 1975 से 1980 के बीच की पाँच साल की अवधि में आपकी वार्षिक चक्रवृद्धि विकास दर 11.2 प्रतिशत है।

ये दो संख्याएँ आपको अलग-अलग चीज़ें बताती हैं। पहली तो यह कि 1970 से 1980 के बीच के दस सालों में कंपनी की आय में उतनी तीव्र वृद्धि नहीं हुई, जितनी कि 1975 से 1980 के बीच के पाँच सालों में हुई। आपको यह प्रश्न पूछने की ज़रूरत है, ऐसा क्यों? इसके अलावा, अतीत के अर्थशास्त्र का कंपनी की भावी आय की भविष्यवाणी करने की हमारी योग्यता पर क्या असर होगा? वे कौन से व्यावसायिक अर्थशास्त्र थे, जिनकी वजह से आय में ज़्यादा तीव्र वृद्धि हुई? क्या जनरल फूड्स अपने शेयर बाईबैक कर रही थी या यह नए लाभकारी व्यावसायिक उपक्रमों में गई थी?

प्रति शेयर आय वृद्धि परीक्षण का उदाहरण

यहाँ हम 1994 में वॉरेन की कोका-कोला के 2,57,640 शेयरों की ख़रीद पर प्रति शेयर आय वृद्धि का परीक्षण करके देखते हैं।

कोका-कोला की प्रति शेयर आय की जाँच से यह पता चलता है : कोका-कोला की प्रति शेयर आय 1984 से 1994 तक 17.2 प्रतिशत वार्षिक दर से बढ़ी और 1989 से 1994 के बीच की पाँच वर्ष की अवधि में 18.4 प्रतिशत वार्षिक दर से बढ़ी।

वर्ष	आय (डॉलर)
1983	0.17
1984	0.20
1985	0.22
1986	0.26
1987	0.30
1988	0.46
1989	0.42
1990	0.51
1991	0.61
1992	0.72
1993	0.84
1994	0.98 (अनुमानित)

यह गणना करने के लिए 1984 की प्रति शेयर आय को वर्तमान मूल्य मानें और 1994 की प्रति शेयर आय को भावी मूल्य मानें। वर्ष की संख्या 10 है। अब आपको इस हिसाब से वार्षिक वृद्धि दर निकालना है। अगर आपके पास टैक्सस इंस्ट्रूमेंट्स का सोलर कैलकुलेटर है, तो उससे हिसाब लगाएँ और 0.20 डॉलर को पीवी (वर्तमान मूल्य) में डालें, एफ़वी (भावी मूल्य) में 0.98 डालें और एन (वर्षों की संख्या) में 10 डालें। फिर बटन दबाकर परिणाम देखें। आपको पता चल जाएगा कि 1984 से 1994 के बीच कोका-कोला की आमदनी की वार्षिक विकास दर 17.2 प्रतिशत रही है।

1989 से 1994 के बीच की पाँच वर्ष की अवधि के लिए पीवी में 0.42 डॉलर डालें, एफ़वी में 0.98 डॉलर डालें, एन में 5। फिर बटन दबाकर देखें। आपको 18.4 प्रतिशत मिलेगा।

वॉरेन का तर्क यह हो सकता है कि 1994 में अगर वे कोका-कोला के शेयर के लिए 21.95 डॉलर का भाव देते हैं, जिसकी आय 0.98 डॉलर प्रति शेयर थी, तो वे दरअसल कॉरपोरेट टैक्स के बाद अपने निवेश पर 4.5 प्रतिशत का शुरुआती रिटर्न हासिल कर रहे हैं। और उनका रेट ऑफ़ रिटर्न बढ़ता रहेगा, क्योंकि कोका-कोला की प्रति शेयर आय हर साल 17.2 प्रतिशत से 18.4 प्रतिशत तक की वार्षिक चक्रवृद्धि दर से बढ़ रही है।

34

सरकारी बॉण्ड की तुलना में कंपनी का मूल्य तय करना

सरकारी बॉण्ड की तुलना में किसी कंपनी का मूल्य स्थापित करने का एक तरीक़ा यह है कि प्रति शेयर वर्तमान आय को सरकारी बॉण्ड के वर्तमान रेट ऑफ़ रिटर्न से विभाजित कर दिया जाए। इससे आप उनकी तुरंत तुलना कर सकते हैं।

1979 में कैपिटल सिटीज़ में वॉरेन के निवेश के प्रकरण में प्रति शेयर आय 0.47 डॉलर प्रति शेयर थी। 1979 में सरकारी बॉण्ड पर लगभग 10 प्रतिशत रेट ऑफ़ रिटर्न था। 0.47 को 0.10 से विभाजित करने पर आपको तुलनात्मक मूल्य मिलता है 4.70 डॉलर। इसका मतलब है कि अगर आप कैपिटल सिटीज़ के शेयर के बदले में 4.70 डॉलर दे रहे हैं, तो आपको सरकारी बॉण्ड के बराबर ही रिटर्न मिलेगा, जो 10 प्रतिशत था। इसका मतलब है कि सरकारी बॉण्ड की तुलना में कैपिटल सिटीज़ का मूल्य 4.70 डॉलर प्रति शेयर है।

1979 में आप कैपिटल सिटीज़ का शेयर 4.70 डॉलर से कम पर ख़रीद सकते थे। (दरअसल शेयर का भाव 3.60 डॉलर और 4.70 डॉलर के बीच में चल रहा था। इसका मतलब है कि आप इस शेयर को ऐसे भाव पर ख़रीद सकते थे, जो 1979 में सरकारी बॉण्ड के रिटर्न की तुलना में इसके मूल्य से कम था। इसका मतलब यह भी है कि आपका रेट ऑफ़ रिटर्न 10 प्रतिशत से ज़्यादा होता।) यहाँ आप वार्षिक प्रति शेयर आय वृद्धि दर का इस्तेमाल करते हैं। कैपिटल सिटीज़ शेयर की वार्षिक प्रति शेयर आय वृद्धि दर 1970 से 1979 तक लगभग 21 प्रतिशत है।

अब आप खुद से यह प्रश्न पूछ सकते हैं : मैं किसे ख़रीदना चाहूँगा - 4.7 डॉलर के सरकारी बॉण्ड को, जिसमें 10 प्रतिशत का निश्चित रेट ऑफ़ रिटर्न मिलेगा या कैपिटल सिटीज़ के शेयर/बॉण्ड को, जिसका रिटर्न 10 प्रतिशत या बेहतर है और जिसकी प्रति शेयर आय लगभग 21 प्रतिशत की वार्षिक दर से बढ़ रही है?

हो सकता है कि आप किसी को भी नहीं ख़रीदना चाहें, लेकिन अगर दोनों में से किसी एक विकल्प को चुनना हो, तो कैपिटल सिटीज़ के शेयर/बॉण्ड में ज़्यादा आकर्षक संभावनाएँ हैं।

कई विश्लेषक मानते हैं कि अगर आप प्रति शेयर आय को सरकारी बॉण्ड के वर्तमान रेट ऑफ़ रिटर्न से विभाजित कर दें, तो इससे आपको कंपनी का आंतरिक मूल्य पता चल जाता है। लेकिन आपको दरअसल सरकारी बॉण्ड पर मिल रहे रिटर्न की तुलना में कंपनी का मूल्य पता चलता है।

यही चीज़ इस सिद्धांत पर लागू होती है कि किसी व्यवसाय का आंतरिक मूल्य इसकी भावी आय को वर्तमान मूल्य पर डिस्काउंट करके निकाला जाए। अगर आप डिस्काउंट रेट तय करने के लिए सरकारी बॉण्ड पर रेट ऑफ़ रिटर्न का इस्तेमाल करते हैं, तो आपको सरकारी बॉण्ड पर रेट ऑफ़ रिटर्न की तुलना में डिस्काउंटेड वर्तमान मूल्य मिल जाता है।

इसके अलावा यह भी याद रखें कि सरकारी बॉण्ड का रिटर्न इनकम टैक्स से पहले का है, जबकि कॉरपोरेशन का शुद्ध आय वाला आँकड़ा कॉरपोरेट टैक्स के बाद का है। इस पर ध्यान दिए बिना दोनों की तुलना करने में मूर्खतापूर्ण संभावनाएँ हो सकती हैं। फिर भी हमें इस तरीक़े को अपनी औज़ारपेटी में रखना चाहिए।

35

रिटर्न ऑन इक्विटी की ऊँची दर वाली कंपनियों में वॉरेन की रुचि को समझना

जिन कंपनियों का रिटर्न ऑन इक्विटी ऊँचा होता है, उनके प्रति वॉरेन के प्रेम को समझने के लिए आपको याद रखना चाहिए कि वॉरेन कुछ शेयरों को एक तरह का बॉण्ड समझते हैं। वे शेयर को *इक्विटी/बॉण्ड* कहते हैं, अगर इसकी ब्याज दर उस वार्षिक रिटर्न ऑन इक्विटी के बराबर हो, जो वह कंपनी कमा रही है। प्रति शेयर आय शेयर की यील्ड है। अगर कंपनी की शेयरहोल्डर्स इक्विटी का मूल्य 10 डॉलर प्रति शेयर है और इसकी शुद्ध आय 2.50 डॉलर प्रति शेयर है, तो वॉरेन कहेंगे कि कंपनी का रिटर्न ऑन इक्विटी 25 प्रतिशत है (2.5/10 × 100=25 प्रतिशत)।

लेकिन चूँकि व्यवसाय की आय में उतार-चढ़ाव आते रहते हैं, इसलिए रिटर्न ऑन इक्विटी कोई निश्चित आँकड़ा नहीं होता, जैसा कि बॉण्ड के मामले में होता है। वॉरेन मानते हैं कि शेयर/बॉण्ड के मामले में निवेशक परिवर्तनशील रेट ऑफ़ रिटर्न ख़रीद रहा है। यदि आय बढ़ती है, तो यह निवेशक के लिए सकारात्मक होगा और यदि आय घटती है, तो यह निवेशक के लिए नकारात्मक होगा। जब-जब इक्विटी का शुद्ध आय से संबंध बदलेगा, तब-तब रिटर्न ऑन इक्विटी में परिवर्तन होगा।

जैसा हम जानते हैं *शेयरहोल्डर्स की इक्विटी* की परिभाषा है, कंपनी की कुल संपत्तियाँ माइनस कंपनी के कुल दायित्त्व। आइए मान लेते हैं कि आप किसी कंपनी के स्वामी हैं। हम इसे कंपनी ए नाम देते हैं। अगर इसके पास 10 मिलियन डॉलर की संपत्तियाँ और 4 मिलियन डॉलर के दायित्त्व यानी लाएबिलिटीज़ हैं, तो कंपनी के पास 6 मिलियन डॉलर की शेयरहोल्डर्स इक्विटी है। अगर कंपनी टैक्स के बाद 19,80,000 डॉलर कमाती है, तो हम शेयरहोल्डर्स इक्विटी पर कंपनी के रिटर्न को निकाल सकते हैं, जो 33 प्रतिशत है (19,80,000 डॉलर/60,00,000 × 100 = 33 प्रतिशत)।

इसका मतलब है कि 6 मिलियन डॉलर की शेयरहोल्डर्स इक्विटी का रेट ऑफ़ रिटर्न 33 प्रतिशत है।

	कंपनी ए	कंपनी बी
संपत्तियाँ	10 मिलियन डॉलर	10 मिलियन डॉलर
दायित्त्व	4 मिलियन डॉलर	4 मिलियन डॉलर
शेयरहोल्डर्स इक्विटी	6 मिलियन डॉलर	6 मिलियन डॉलर
टैक्स के बाद आय	19,80,000 डॉलर	4,80,000 डॉलर
शेयरहोल्डर्स इक्विटी पर रिटर्न	33 प्रतिशत	8 प्रतिशत

अब कल्पना करें कि आपकी एक और कंपनी है, जिसे हम कंपनी बी नाम देते हैं। यह भी कल्पना करें कि इसके पास भी 10 मिलियन डॉलर की संपत्तियाँ और 4 मिलियन डॉलर के दायित्त्व हैं, जिसका मतलब है कि कंपनी ए की तरह ही इसके पास भी 6 मिलियन डॉलर की शेयरहोल्डर्स इक्विटी है। लेकिन यह मान लें कि 6 मिलियन डॉलर की इक्विटी पर 19,80,000 डॉलर कमाने के बजाय यह सिर्फ़ 4,80,000 डॉलर कमा रही है। इसका मतलब है कि कंपनी बी का इक्विटी पर रिटर्न 8 प्रतिशत होगा (4,80,000/60,00,000 डॉलर × 100 = 8 प्रतिशत)।

दोनों ही कंपनियों की पूँजी की स्थिति एक समान है, लेकिन कंपनी ए कंपनी बी की तुलना में चार गुना ज़्यादा लाभदायक है। यह इस चाल का आसान हिस्सा है। ज़ाहिर है, कंपनी ए बेहतर कंपनी है।

अब आइए मान लेते हैं कि कंपनी ए और कंपनी बी दोनों का ही प्रबंधन अपने काम में सचमुच अच्छा है। कंपनी ए का प्रबंधन इक्विटी पर 33 प्रतिशत रिटर्न हासिल करने में सचमुच अच्छा है और कंपनी बी का प्रबंधन इक्विटी पर 8 प्रतिशत रिटर्न हासिल करने में सचमुच अच्छा है।

आप किस कंपनी में ज़्यादा पैसों का निवेश करेंगे - कंपनी ए में, जिसका प्रबंधन आपके निवेशित धन पर आपको 33 प्रतिशत रिटर्न कमाकर देगा या कंपनी बी में, जिसका प्रबंधन आपको सिर्फ़ 8 प्रतिशत रिटर्न कमाकर देगा? ज़ाहिर है, आप कंपनी ए को चुनेंगे, जिसका प्रबंधन आपके निवेश पर आपको 33 प्रतिशत मुनाफ़ा कमाकर देगा।

अब कंपनी ए के मालिक के रूप में आपके पास दो विकल्प हैं। या तो साल के अंत में कंपनी ए से 19,80,000 डॉलर डिविडेंड में ले लें या फिर कंपनी ए को आपकी आमदनी रखने दें और इसके प्रबंधन को इस पर भी 33 प्रतिशत रिटर्न

कमाने दें। आप क्या करेंगे? आप डिविडेंड लेंगे? या फिर कंपनी ए के प्रबंधन को अपनी ख़ातिर 33 प्रतिशत रिटर्न कमाने देंगे? क्या 33 प्रतिशत रेट ऑफ़ रिटर्न आपके लिए पर्याप्त है? ज़ाहिर है, यह है। कंपनी ए आपको बहुत अमीर बना रही है। इसलिए आप इसे अपना पैसा रखने देते हैं।

कंपनी बी के मालिक के रूप में आपके पास दो विकल्प हैं। या तो आप साल के अंत में 4,80,000 डॉलर का डिविडेंड ले सकते हैं या फिर कंपनी बी को आपकी आय रोककर रखने दे सकते हैं, ताकि प्रबंधन आपको 8 प्रतिशत रिटर्न कमाकर दे? क्या आप 8 प्रतिशत रिटर्न लेंगे? क्या 8 प्रतिशत रेट ऑफ़ रिटर्न आपके लिए पर्याप्त है? यहाँ तसवीर उतनी स्पष्ट नहीं है, जितनी कि कंपनी ए में है। अब मैं आपसे यह पूछती हूँ : अगर मैं आपको बताऊँ कि आप कंपनी बी का डिविडेंड लेकर कंपनी ए में निवेश कर सकते हैं, तो क्या इससे आपको निर्णय लेने में मदद मिलेगी? ज़ाहिर है, मिलेगी। आप अपना पैसा कंपनी बी से निकाल सकते हैं, जहाँ यह केवल 8 प्रतिशत रेट ऑफ़ रिटर्न कमा रहा है और कंपनी ए में निवेश कर सकते हैं, जहाँ यह 33 प्रतिशत रेट ऑफ़ रिटर्न कमाएगा।

अब तक आपको समझ में आने लगा होगा कि जो कंपनियाँ शेयरहोल्डर्स इक्विटी पर ऊँचा रिटर्न कमाती हैं, वे वॉरेन की सूची में ऊपर क्यों रहती हैं। लेकिन दौलत बनाने की इस शक्ति में कुछ और पेंच हैं, जो इक्विटी पर ऊँचे रिटर्न से मिलते हैं। आइए थोड़ी ज़्यादा गहराई में चलते हैं।

आइए मान लेते हैं कि आप कंपनी ए के मालिक नहीं हैं, ना ही कंपनी बी के मालिक हैं। यह पर्याप्त आसान है। लेकिन आप बाज़ार में एक कंपनी ख़रीदने आए हैं। इसलिए आप कंपनी ए और कंपनी बी के मालिकों के पास जाते हैं और उनसे कहते हैं कि आप उनकी कंपनी ख़रीदने में रुचि रखते हैं। आप उनसे पूछते हैं कि क्या इसे बेचने में उनकी रुचि है।

अब वॉरेन मानते हैं कि सारे रेट ऑफ़ रिटर्न अंततः सरकारी बॉण्डों के रेट ऑफ़ रिटर्न से प्रतिस्पर्धा करते हैं। वे मानते हैं कि कर लगाने की सरकार की शक्ति बॉण्डों को सुरक्षित बनाती है और निवेशक इस बारे में बहुत जागरूक हैं। वे मानते हैं कि दरों की इस प्रतिस्पर्धा की वजह से ही जब ब्याज दर ऊपर जाती है, तो शेयर बाज़ार नीचे जाता है और जब ब्याज दर नीचे जाती है, तो शेयर बाज़ार ऊपर जाता है। शेयरों में 10 प्रतिशत रेट ऑफ़ रिटर्न देने वाला निवेश 5 प्रतिशत रेट ऑफ़ रिटर्न देने वाले सरकारी बॉण्ड से काफ़ी ज़्यादा आकर्षक लगता है। लेकिन ब्याज दर को अगर इस बिंदु तक पहुँचा दें कि सरकारी बॉण्ड आपको 12 प्रतिशत रेट ऑफ़ रिटर्न देने लगे, तो शेयर का 10 प्रतिशत का रेट ऑफ़ रिटर्न अचानक अपना आकर्षण खो देता है।

इस बात को ध्यान में रखते हुए ए और बी कंपनियों के मालिक यह हिसाब लगाते हैं कि वे अपने व्यवसाय को बेचकर और अपनी पूँजी को सरकारी बॉण्ड में लगाकर कितना कमा सकते हैं। इसका मतलब है कि वे कंपनी के मालिक बनने की झंझटों के बारे में भूल सकते हैं और इसके बाद भी उतने ही पैसे कमा सकते हैं। आइए मान लेते हैं कि जिस समय आप कंपनी ख़रीदने की पेशकश करते हैं, उस वक़्त आप सरकारी बॉण्ड ख़रीदकर 8 प्रतिशत रेट ऑफ़ रिटर्न कमा सकते हैं।

कंपनी ए हर साल 1.98 मिलियन डॉलर कमा रही है। ब्याज में 1.98 मिलियन डॉलर हासिल करने के लिए आपको 24.75 मिलियन डॉलर के सरकारी बॉण्ड ख़रीदने होंगे। इसलिए कंपनी ए का मालिक कहता है कि वह आपको अपनी कंपनी 24.75 मिलियन डॉलर में बेचने को तैयार है। इसका मतलब है कि अगर आप कंपनी ए के लिए 24.75 मिलियन डॉलर देते हैं, तो आप 6 मिलियन डॉलर की शेयरहोल्डर्स इक्विटी का लगभग चार गुना देंगे और 1.98 मिलियन डॉलर की कंपनी ए की वर्तमान आय का 12.5 गुना।

कंपनी बी साल भर में 4,80,000 डॉलर कमा रही है। इतनी रक़म को ब्याज में कमाने के लिए 6 मिलियन डॉलर के सरकारी बॉण्डों की ज़रूरत होगी। इसलिए कंपनी बी का मालिक कहता है कि वह आपको अपनी कंपनी 6 मिलियन डॉलर में बेच देगा। इसका मतलब है कि अगर आप कंपनी बी के लिए 6 मिलियन डॉलर चुकाते हैं, तो आप शेयरहोल्डर्स इक्विटी का एक गुना भुगतान कर रहे होंगे और कंपनी बी की 4,80,000 डॉलर की वर्तमान आय का 12.5 गुना।

दोनों कंपनियों ए और बी का पूँजी तंत्र समान है - लेकिन सरकारी बॉण्डों की तुलना में कंपनी ए का मूल्य 24.75 मिलियन डॉलर है और कंपनी बी का मूल्य 6 मिलियन डॉलर है। लेकिन अगर आप कंपनी ए के लिए 24.75 मिलियन डॉलर देते हैं, तो आप अपने पहले साल ही 33 प्रतिशत रेट ऑफ़ रिटर्न की उम्मीद कर सकते हैं। और अगर आप कंपनी बी के लिए 6 मिलियन डॉलर चुकाते हैं, तब भी आप अपने पहले साल में 8 प्रतिशत रिटर्न की अपेक्षा कर सकते हैं।

वॉरेन को समझने की एक कुंजी यह है कि उनकी इस बारे में बहुत रुचि नहीं होती कि कोई कंपनी अगले साल कितना कमाएगी। *उनकी रुचि तो इस बारे में होती है कि कंपनी दस साल में कितना कमा रही होगी।* हालाँकि वॉल स्ट्रीट का पूरा ध्यान अगले साल पर केंद्रित होता है, लेकिन वॉरेन को इस बात का अहसास है कि चक्रवृद्धि से चमत्कार कराने के लिए उन्हें भविष्य का सटीक अनुमान लगाने पर ध्यान केंद्रित करना होगा। इसलिए जिन कंपनियों का उपभोक्ता एकाधिकार होता है और जो शेयरहोल्डर इक्विटी पर ऊँचा रेट ऑफ़ रिटर्न कमा रही हैं, वे उनके लिए बहुत महत्त्वपूर्ण होती हैं।

वॉरेन कंपनी ए को कंपनी बी के मुक़ाबले ज़्यादा आकर्षक पाएँगे। कंपनी ए का अर्थशास्त्र ऐसा है कि यह शेयरहोल्डर्स इक्विटी पर 33 प्रतिशत रिटर्न कमा सकती है। इसका मतलब है कि अगर प्रबंधन यह सिलसिला जारी रख सके, तो इसकी रोकी गई आमदनी भी 33 प्रतिशत कमाएगी। *और इस तरह हर साल शेयरहोल्डर्स इक्विटी का ख़ज़ाना बढ़ता चला जाएगा। इसी बढ़ते ख़ज़ाने और इससे जुड़ी आय में वॉरेन की रुचि है।* आइए मैं आपको दिखाती हूँ।

(अब एक पल का समय निकालें और नीचे दिए चार्ट में कंपनी ए की इक्विटी और आय के प्रोजेक्शन पर नज़र डालें।)

कंपनी ए

वर्ष	इक्विटी आधार (डॉलर में)*	आर.ओ.ई. (प्रतिशत में) †	आय (जिसे अगले वर्ष के इक्विटी आधार में जोड़ दिया गया है -डॉलर में)
1.	60,00,000	33	19,80,000
2.	79,80,000	33	26,33,400
3.	1,06,13,400	33	35,02,422
4.	1,41,15,822	33	46,58,221
5.	1,87,74,043	33	61,95,434
6.	2,49,60,478	33	82,39,927
7.	3,32,09,405	33	1,09,59,104
8.	4,41,68,509	33	1,45,75,608
9.	5,87,44,117	33	1,93,85,559
10.	7,81,29,675	33	2,57,82,793
11.	10,39,12,470	33	3,42,91,115

* प्रारंभिक वर्ष इक्विटी आधार

† रिटर्न-ऑन-इक्विटी

ऊपर दी गई टेबल में शेयरहोल्डर्स का इक्विटी आधार 33 प्रतिशत रेट ऑफ़ रिटर्न से चक्रवृद्धि हो रहा है। (याद रहे कि वॉरेन सबसे ऊँचे चक्रवृद्धि रेट ऑफ़ रिटर्न की तलाश में रहते हैं।)

11वें वर्ष के प्रारंभ में कंपनी ए के पास 10,39,12,470 डॉलर का इक्विटी आधार होगा और 11वें वर्ष की अपेक्षित आय 3,42,91,115 डॉलर होगी। यदि सरकारी बॉण्ड अब भी 8 प्रतिशत रिटर्न दे रहे हैं, तो इस 3,42,91,115 डॉलर की राशि को उत्पन्न करने के लिए लगभग 428 मिलियन डॉलर के सरकारी बॉण्ड की ज़रूरत होगी।

यदि आप पहले वर्ष की शुरुआत में कंपनी ए को 24.75 मिलियन डॉलर में ख़रीदते और 11वें साल की शुरुआत में 10,39,12,470 डॉलर की इसकी इक्विटी के मूल्य के लिए इसे बेचते, तो आप इस निवेश को पूरे दस वर्ष तक रखे रहते और आपका वार्षिक चक्रवृद्धि रेट ऑफ़ रिटर्न 15.4 प्रतिशत होता। अगर आप इसे 428 मिलियन डॉलर में बेचते, जिस राशि की ज़रूरत आपको कंपनी ए की ग्यारहवें वर्ष में अनुमानित आय 3,42,91,115 डॉलर के हिसाब से सरकारी बॉण्ड ख़रीदने के लिए होती, तो आपका वार्षिक चक्रवृद्धि रेट ऑफ़ रिटर्न लगभग 33 प्रतिशत होता।

अब इसकी तुलना कंपनी बी से करते हैं। कंपनी बी का अर्थशास्त्र ऐसा है कि यह शेयरहोल्डर्स इक्विटी पर सिर्फ़ 8 प्रतिशत मुनाफ़ा ही कमा सकती है। इसका मतलब है कि अगर प्रबंधन यह काम करता रहता है, तो इसकी रोककर रखी आमदनी भी 8 प्रतिशत ही कमाएगी। इसका मतलब है कि शेयरहोल्डर्स इक्विटी का घड़ा हर साल 8 प्रतिशत की दर से ही भरेगा। (एक पल ठहरकर कंपनी बी के लिए इक्विटी और आय के प्रोजेक्शन्स का अध्ययन करें।)

कंपनी बी

वर्ष	इक्विटी आधार *(डॉलर में)**	आर.ओ.ई. *(प्रतिशत में)*†	आय *(जिसे अगले वर्ष के इक्विटी आधार में जोड़ दिया गया है -डॉलर में)*
1.	60,00,000	8	4,80,000
2.	64,80,000	8	5,20,000
3.	70,00,000	8	5,60,000
4.	75,60,000	8	6,00,000
5.	81,60,000	8	6,50,000
6.	88,20,000	8	7,10,000
7.	95,20,000	8	7,60,000
8.	1,02,80,000	8	8,20,000
9.	1,11,10,000	8	8,90,000
10.	1,19,90,000	8	9,60,000
11.	1,29,50,000	8	10,36,000

* प्रारंभिक वर्ष इक्विटी आधार

† रिटर्न-ऑन-इक्विटी

ग्यारहवें वर्ष की शुरुआत में कंपनी बी के पास 1,29,50,000 डॉलर का इक्विटी आधार होगा और इसकी 11वें वर्ष की अपेक्षित आय 10,36,000 डॉलर होगी। यदि सरकारी बॉण्ड अब भी 8 प्रतिशत ब्याज दे रहे हैं, तो इस 10,36,000 डॉलर को ब्याज में हासिल करने के लिए 12.95 मिलियन डॉलर के सरकारी बॉण्ड ख़रीदने की ज़रूरत होगी।

अगर आप पहले वर्ष की शुरुआत में कंपनी बी को 6 मिलियन डॉलर में ख़रीदते और इसे 11वें वर्ष की शुरुआत में 12.95 मिलियन डॉलर के इक्विटी मूल्य पर बेचते और इस तरह पूरे दस साल तक अपने निवेश को रखते, तो आपकी वार्षिक चक्रवृद्धि रेट ऑफ़ रिटर्न लगभग 8 प्रतिशत होती। अगर आप इसे 12.95 मिलियन डॉलर में बेचते और 11वें वर्ष में इसकी अपेक्षित आमदनी को कमाने के लिए सरकारी बॉण्ड ख़रीदते, तो आपकी वार्षिक चक्रवृद्धि रेट ऑफ़ रिटर्न अब भी लगभग 8 प्रतिशत होती।

मान लें आप खुद से कहते हैं कि आपके पास केवल 61,87,500 डॉलर हैं और क्या यह बेहतर नहीं रहेगा कि आप कंपनी ए की 25 प्रतिशत हिस्सेदारी ख़रीदने के बजाय कंपनी बी को पूरा ख़रीद लें? वॉरेन ने यह समझ लिया है कि कंपनी ए की 25 प्रतिशत हिस्सेदारी भी कंपनी बी के 100 प्रतिशत स्वामित्त्व से बेहतर निवेश है। अगर आप कंपनी ए का 25 प्रतिशत ख़रीदने के लिए 61,87,500 डॉलर देते हैं और इसे ग्यारहवें वर्ष की शुरुआत में इसके इक्विटी मूल्य के 25 प्रतिशत यानी 2,59,78,000 डॉलर पर बेचते हैं, तो आपका वार्षिक चक्रवृद्धि रेट ऑफ़ रिटर्न अब भी 15.4 प्रतिशत होगा। अगर आप इसे सरकारी बॉण्ड ख़रीदने के लिए बेचते, तो आपका वार्षिक चक्रवृद्धि रेट ऑफ़ रिटर्न अब भी लगभग 33 प्रतिशत होगा।

आपने अब तक अंदाज़ लगा लिया होगा कि कंपनी ए के लिए 12.5 के पीई पर 24.75 मिलियन डॉलर देना एक ज़बर्दस्त सौदा है, बशर्ते आप दस साल तक 33 प्रतिशत चक्रवृद्धि वार्षिक रेट ऑफ़ रिटर्न कमाने की अपेक्षा रखते हैं। वास्तव में कंपनी ए का मूल्य इससे बहुत ज़्यादा होगा। वॉरेन यह सवाल पूछते हैं, कितना ज़्यादा और? आइए इसका हिसाब लगाते हैं।

आइए मान लेते हैं कि 12.5 के पीई यानी 24.7 मिलियन डॉलर चुकाने के बजाय आपने कंपनी ए की पहले साल की आमदनी यानी 1.98 मिलियन डॉलर के 30 गुने पीई पर 59.4 मिलियन डॉलर का भुगतान किया। और आइए मान लेते हैं कि आपने इसे 11वें वर्ष की शुरुआत में बेचा, तो इसका मतलब है कि आपने इस निवेश को दस साल तक रोककर रखा और आपने इसे 11वें वर्ष की 3,42,91,115 डॉलर की अनुमानित आय के 12.5 गुने पर बेचा, तो यह राशि 42,86,38,937 डॉलर होगी। अगर आपने पहले साल में कंपनी ए को 30 के पीई पर 59.4 मिलियन डॉलर में ख़रीदा होता और इसे दस साल बाद 42,86,38,937 डॉलर में बेचा होता, तो आपका चक्रवृद्धि रेट ऑफ़ रिटर्न 21.8 प्रतिशत होता।

अगर आप कंपनी की पहले साल की आमदनी के हिसाब से इसे 40 के पीई पर 79.2 मिलियन डॉलर में ख़रीदते - और फिर दस साल बाद कंपनी ए को 42,86,38,937 डॉलर में बेचते, तो आपका चक्रवृद्धि वार्षिक रेट ऑफ़ रिटर्न 18.3

प्रतिशत होता। दस साल तक 18.3 प्रतिशत का चक्रवृद्धि वार्षिक रेट ऑफ़ रिटर्न एक ऐसी चीज़ है, जिसके निवेश मैनेजर सपने देखते हैं।

वॉरेन ने जो रहस्य खोजा है, वह यह है कि उत्कृष्ट कंपनियाँ, जिनके पास उपभोक्ता एकाधिकार का लाभ होता है और जो शेयरहोल्डर्स इक्विटी पर ऊँचे रेट ऑफ़ रिटर्न लगातार कमाती हैं, वे बहुत ऊँचे पीई रेशो पर भी अक्सर ख़रीदारी के अच्छे सौदे होती हैं।

मैं जानती हूँ आपमें से कुछ सोच रहे होंगे कि ऊपर दिया उदाहरण काल्पनिक है और इस तरह की चीज़ असली ज़िंदगी में कभी नहीं होती और शेयर बाज़ार कार्यकुशल है और इस तरह का रिटर्न कभी प्रदान नहीं करता।

1988 में कोका-कोला ने शेयरहोल्डर्स काफ़ी ऊँचा रिटर्न ऑन इक्विटी कमाने की निरंतर क्षमता दिखाई - हर साल लगभग 33 प्रतिशत। अगर आपने 1988 में कोका-कोला के शेयर में 1,00,000 डॉलर का निवेश किया होता और इसे आठ साल तक रोककर रखा होता, तो 1996 में आपका 1,00,000 डॉलर का निवेश बढ़कर 9,12,280 डॉलर हो चुका होता। इसका मतलब है कि टैक्स से पहले वार्षिक चक्रवृद्धि रेट ऑफ़ रिटर्न 31 प्रतिशत के क़रीब होता। कोका-कोला के शेयर में 1,00,000 डॉलर का निवेश आठ साल बाद आपको 9,12,280 डॉलर देता। और साथ ही बीच में मिले डिविडेंड - लगभग 40,524 डॉलर - भी जोड़ लें, तो आपका टैक्स से पहले चक्रवृद्धि वार्षिक रेट ऑफ़ रिटर्न 32.5 प्रतिशत हो जाता है।

1988 में वॉरेन ने कोका-कोला के उपभोक्ता एकाधिकार को देखा और यह भी कि यह शेयरहोल्डर्स इक्विटी पर कितने ऊँचे रेट ऑफ़ रिटर्न कमा रही थी। यही देखकर उन्होंने 592.9 मिलियन डॉलर के शेयर ख़रीद लिए और बाक़ी वह चीज़ है, जिससे निवेश किंवदंतियाँ बनती हैं।

रिटर्न-ऑन-इक्विटी परीक्षण का उदाहरण

यहाँ 1994 में वॉरेन की कोका-कोला के 2,57,640 शेयर ख़रीदने पर रिटर्न-ऑन-इक्विटी परीक्षण का उदाहरण है। इक्विटी पर कोका-कोला के वार्षिक रिटर्न की जाँच से पता चलता है कि 1994 से पहले के छह सालों में हर साल यह 30 प्रतिशत से ज़्यादा था। इसका मतलब है कि यह ज़्यादातर कंपनियों के 12 प्रतिशत औसत से बहुत ज़्यादा था। 1994 में कोका-कोला वॉरेन की इस आवश्यकता पर खरी उतरी कि कंपनी इक्विटी पर लगातार औसत से ज़्यादा वार्षिक रेट ऑफ़ रिटर्न दे।

36

अनुमानित वार्षिक चक्रवृद्धि रेट ऑफ़ रिटर्न तय करना, भाग 1

हम यहाँ वार्षिक चक्रवृद्धि रेट ऑफ़ रिटर्न का अनुमान लगाएँगे, जो हम किसी संभावित निवेश से चाहते हैं। लेकिन इससे पहले आपको यह बात समझ लेनी चाहिए कि ये सारे गणितीय सूत्र आपको सिर्फ़ उस कंपनी की आर्थिक प्रकृति की ज़्यादा अच्छी तसवीर दिखाते हैं। हर आकलन आपको थोड़ी अलग चीज़ बताता है। लेकिन हर आकलन उसी कंपनी का वर्णन करता है और आपको उस कंपनी की आय की शक्ति का एक और पहलू दिखाता है। आय कमाने की शक्ति भविष्यसूचकता की कुंजी है और भावी परिणामों की सटीक भविष्यवाणी करना शेयर विश्लेषक का काम है।

वॉरेन के अनुसार किसी कंपनी का आंतरिक मूल्य उस कंपनी की सारी भावी आय को इसके वर्तमान मूल्य तक डिस्काउंट करना है और उचित डिस्काउंट रेट के लिए वे सरकारी बॉण्ड का इस्तेमाल करते हैं। वॉरेन इस परिभाषा के अपने स्रोत के लिए जॉन बर विलियम्स की पुस्तक द थ्योरी ऑफ़ इनवेस्टमेंट वैल्यू (हारवर्ड युनिवर्सिटी प्रेस, 1938) का उद्धरण देते हैं। जॉन बर विलियम्स इस परिभाषा के अपने स्रोत के लिए रॉबर्ट एफ़. वाइज़ के लेख "इनवेस्टिंग फ़ॉर फ़्यूचर वैल्यूज़" (*बैरन्स,* 8 सितंबर 1930) का उल्लेख करते हैं। वाइज़ ने कहा था कि "किसी सिक्युरिटी का उचित भाव, चाहे वह शेयर हो या बॉण्ड, सारे भावी आय भुगतानों का योग है, जिसे वर्तमान मूल्य तक आने के लिए वर्तमान ब्याज दर से डिस्काउंट किया जाए।" (ध्यान देने वाली रोचक बात यह है कि विलियम्स और वाइज़ दोनों ही भावी डिविडेंड के भुगतान का ज़िक्र कर रहे थे, कंपनी की भावी आमदनी का नहीं। वॉरेन इसे भावी आमदनी ही मानते हैं, चाहे इसका डिविडेंड के रूप में भुगतान किया जाए या नहीं किया जाए।)

हम सभी जानते हैं कि अगले सौ वर्षों तक किसी कंपनी की आमदनी का अनुमान नहीं लगाया जा सकता। यह असंभव है। निश्चित रूप से आप कोशिश कर सकते हैं, लेकिन संसार की वास्तविकताओं का तकाज़ा है कि कोई न कोई ऐसा परिवर्तन होगा, जो संबंधित व्यवसाय के अर्थशास्त्र को या तो बदल देगा या नष्ट कर देगा। टेलीविज़न उद्योग को ही देख लें। यह 1940 के दशक में आर्थिक परिदृश्य पर मुश्किल से दिखाई देता था। 1960 और 1970 के दशक में यह सभी संबंधित लोगों के लिए ज़बर्दस्त व्यवसाय था। तब सिर्फ़ तीन ही चैनल थे। नेटवर्क्स का एकाधिकार इतना ज़्यादा था कि वॉरेन ने अस्सी के दशक की शुरुआत में कहा था कि अगर उन्हें केवल एक कंपनी में निवेश करना हो और दस साल तक किसी वीरान टापू पर रहने जाना हो, तो यह कैपिटल सिटीज़ होगी। इससे ज़्यादा विश्वास भला क्या हो सकता है?

लेकिन 1992 तक वॉरेन की राय यह थी कि टेलीविज़न व्यवसाय अब पहले जैसा नहीं रहा था। दर्जनों चैनल उभर आए थे और विज्ञापन की आमदनी के लिए प्रतिस्पर्धा कर रहे थे। ऐसे व्यवसाय खोजना मुश्किल था, जो कभी नहीं डूबें। (शायद कोका-कोला चंद ऐसे व्यवसायों में से एक था।)

इतिहास हमें बताता है कि भले ही आपका नाम मेडिसी हो, क्रुप हो, रॉथ्सचाइल्ड हो, विनचेस्टर हो या रॉकेफ़ेलर हो, वाणिज्य के पहिये हमेशा आपके पक्ष में नहीं घूम सकते। आपने पहले जिस एकाधिकार का आनंद लिया था, जिस तरह शुरुआती टेलीविज़न नेटवर्क्स ने लिया था, वह प्रौद्योगिकी के परिवर्तन या सरकारी अधिकारियों के आदेश से लगभग रातोंरात ख़त्म हो सकता है। इटली के मेडिसी परिवार ने पिछले पाँच सौ साल तक यह भूलने की कोशिश की कि डच हॉर्न ऑफ़ अफ़्रीका के पास से जाने लगे और इस तरह उन्होंने पूर्व के साथ वेनिस के व्यापार के एकाधिकार को नष्ट कर दिया था। परिस्थितियाँ बदलती हैं और हालाँकि वाणिज्य में दोहराव के तत्त्व होते हैं, लेकिन क़िस्मत बहादुर का साथ देती है और बहादुर लोग लगातार वाणिज्य के उर्वर पानी का इम्तहान लेते हैं तथा पैसे कमाने के नए तरीक़ों की तलाश में रहते हैं।

इसे ध्यान में रखते हुए यह सोचना निरी मूर्खता है कि आपके पास किसी कंपनी की पचास या सौ साल बाद की आमदनी का अनुमान लगाने की हल्की-सी भी संभावना है और आप इस अनुमान के हिसाब से कंपनी का वर्तमान मूल्य तय कर सकते हैं। बहुत सारी चीज़ें बदल सकती हैं और बदलती हैं। यह सिद्धांततः सच हो सकता है - लेकिन वास्तविकता में, किसी कंपनी की सारी भावी आमदनी का योग लगाना और उसके आधार पर इसका वर्तमान मूल्य निकालने से संख्याओं के असंभव तालमेल बनते हैं, ख़ास तौर पर अगर आप सतत वृद्धि दर का इस्तेमाल करें।

यह रोचक है कि ग्राहम ने भी कहा था कि किसी कंपनी की भावी आमदनी को डिस्काउंट करके वर्तमान मूल्य तय करने से पागलपन भरे मूल्यांकन निकलते हैं, ख़ास तौर पर जब आमदनी लगातार बढ़ रही हो।

कुछ विश्लेषक इस समस्या को सुलझाने के लिए भावी आमदनी को दो अवधियों में विभाजित करते हैं। पहली अवधि में उच्च्व विकास या वृद्धि दर दी जाती है और दूसरी अवधि में कम विकास दर दी जाती है। यहाँ समस्या यह है, जैसा विलियम्स ने ज़िक्र किया था, कि किसी समय जब आपकी आय बढ़ने की दर डिसकाउंटिंग के सूत्र में इस्तेमाल की गई ब्याज दर से कम हो जाती है, तो शेयर का मूल्य शून्य हो जाएगा, हालाँकि विकास या वृद्धि असीमित रूप से चलती रहती है। (देखें : *निवेश मूल्य का सिद्धांत,* पृष्ठ 89।)

एक अतिरिक्त समाधान डिस्काउंट रेट को चुनना है। अगर आप सरकारी बॉण्डों के रेट ऑफ़ रिटर्न को चुनते हैं, तो आप दरअसल कंपनी की भावी आमदनी को ऐसे रेट ऑफ़ रिटर्न से डिस्काउंट कर रहे हैं, जो सरकारी बॉण्ड के रेट ऑफ़ रिटर्न की तुलना में है। इसके अलावा, अगर सरकारी बॉण्ड की ब्याज दर बदलती है, तो आपका आकलन भी बदल जाता है। ब्याज दर जितनी ज़्यादा होती है, आँका गया मूल्य उतना ही कम होता है। ब्याज दर जितनी कम होती है, आँका गया मूल्य उतना ही ज़्यादा होता है।

डिस्काउंट रेट के रूप में सरकारी बॉण्ड का इस्तेमाल करने के साथ एक और समस्या यह है कि उनकी यील्ड टैक्स से पहले की होती है। इसलिए जो सरकारी बॉण्ड 8 प्रतिशत रिटर्न दे रहा है, उससे व्यक्तिगत निवेशक को टैक्स के बाद केवल 5.52 प्रतिशत का ही मुनाफ़ा होता है। कंपनी की जिन भावी आमदनियों को डिस्काउंट किया जा रहा है, उन्हें कॉरपोरेट इनकम टैक्स के बाद के आँकड़ों पर किया जाता है, जिसका मतलब है कि 8 प्रतिशत रिटर्न 8 प्रतिशत ही रहेगा, जब तक कि इसे डिविडेंड के रूप में नहीं दिया जाता।

वॉरेन किसी निश्चित अवधि के लिए, मान लें पाँच से दस साल की अवधि के लिए, संबंधित कंपनी के प्रति शेयर इक्विटी मूल्य को प्रोजेक्ट करते हैं। यह रिटर्न ऑन इक्विटी में से डिविडेंड पेआउट रेट को घटाकर ऐतिहासिक रुझानों का इस्तेमाल करके किया जाता है।

वॉरेन लगभग अनुमान लगा लेते हैं कि किसी भावी तिथि पर, मान लें कि दस साल में, कंपनी का इक्विटी मूल्य क्या होगा और फिर वे दस साल तक इक्विटी पर प्रोजेक्टेड भावी रेट ऑफ़ रिटर्न द्वारा प्रति शेयर इक्विटी मूल्य का गुना करते हैं, जिससे उन्हें कंपनी की प्रोजेक्टेड भावी प्रति शेयर आय मिल जाती है। कंपनी की प्रोजेक्टेड प्रति शेयर आय का इस्तेमाल करके वे कंपनी के शेयर का भावी बाज़ार

भाव प्रोजेक्ट करने में सक्षम होते हैं। उन्होंने शेयर के लिए जो भाव दिया है, उसे वर्तमान मूल्य मानकर वे इसके बाद अपना अनुमानित वार्षिक चक्रवृद्धि रेट ऑफ़ रिटर्न निकाल सकते हैं। फिर वॉरेन इस प्रोजेक्टेड वार्षिक चक्रवृद्धि रेट ऑफ़ रिटर्न की तुलना बाज़ार में मौजूद अन्य रेट्स ऑफ़ रिटर्न और मुद्रास्फीति से आगे निकलने की आवश्यकताओं से करते हैं।

आइए मैं बर्कशायर हैथअवे के उदाहरण का इस्तेमाल करके आपको दिखाती हूँ। 1986 में बर्कशायर हैथअवे के पास प्रति शेयर 2,071 डॉलर की शेयरहोल्डर्स इक्विटी थी। 1964 से 1983 के बीच शेयरहोल्डर्स इक्विटी के लिए बर्कशायर का वार्षिक चक्रवृद्धि रेट ऑफ़ रिटर्न 23.3 प्रतिशत था। अगर आप 1996 के लिए कंपनी की प्रति शेयर इक्विटी को प्रोजेक्ट करना चाहते हैं, तो आप अपने फ़ाइनैंशियल कैलकुलेटर पर ऐसा कर सकते हैं।

सबसे पहले तो 1986 के प्रति शेयर इक्विटी मूल्य यानी 2,073 डॉलर को वर्तमान मूल्य (पीवी) में डाल दें, फिर ब्याज दर में वृद्धि की दर के लिए 23.3 प्रतिशत डालें, फिर वर्षों की संख्या के लिए 10 डाल दें। फिर आप भावी मूल्य (एफ़वी) निकालें। कैलकुलेटर आपको बताता है कि 1996 में बर्कशायर का प्रति शेयर इक्विटी मूल्य 16,835 डॉलर होना चाहिए।

आपको खुद से यह सवाल पूछना चाहिए कि 1986 में आप कितना पैसा देना चाहेंगे, ताकि आप 1996 में 16,835 डॉलर की शेयरहोल्डर्स इक्विटी हासिल कर लें। सबसे पहले तो आपको खुद से यह पूछने की ज़रूरत है कि आप कितना रिटर्न हासिल करना चाहते हैं। अगर आप वॉरेन की तरह हैं, तो आप न्यूनतम 15 प्रतिशत रिटर्न चाहेंगे। इसलिए आपको 16,835 में 15 प्रतिशत डिस्काउंट रेट का इस्तेमाल करके वर्तमान मूल्य निकालना होगा।

सबसे पहले तो अपने कैलकुलेटर में भावी मूल्य (एफ़वी) में 16,835 डॉलर डालें, फिर डिस्काउंट रेट 15 प्रतिशत डालें और वर्षों की संख्या 10 लिखें। इसके बाद वर्तमान मूल्य निकालने के लिए पीवी बटन दबाएँ। कैलकुलेटर आपको बता देगा कि अगले दस सालों में 15 प्रतिशत वार्षिक रेट ऑफ़ रिटर्न हासिल करने के लिए आप 1986 में जो अधिकतम राशि ख़र्च कर सकते हैं, वह 4,161 डॉलर प्रति शेयर है।

1986 के स्थानीय समाचारपत्र की जाँच से आपको पता चल जाएगा कि उस साल बर्कशायर के शेयर का भाव 2,700 डॉलर के क़रीब चल रहा था। आप सोचते हैं, वाह, मुझे तो 15 प्रतिशत रिटर्न की तलाश थी, यहाँ तो मुझे उससे ज़्यादा मिल रहा है। कितना ज़्यादा? यह जानने के लिए फिर से कैलकुलेटर का इस्तेमाल करें। वर्तमान मूल्य (पीवी) में 2,700 डॉलर डालें, भावी मूल्य (एफ़वी) के लिए 16,835 डॉलर का इस्तेमाल करें और वर्षों की संख्या (एन) में 10 डालें। फिर आप ब्याज

बटन (आई) दबाएँ और कैलकुलेटर आपको बता देगा कि आप 20 प्रतिशत वार्षिक चक्रवृद्धि रेट ऑफ़ रिटर्न की अपेक्षा कर सकते हैं।

1996 तक बर्कशायर का प्रति शेयर इक्विटी मूल्य अंततः लगभग 24.8 प्रतिशत की चक्रवृद्धि वार्षिक दर से बढ़ा। लगभग 24.8 प्रतिशत की चक्रवृद्धि वार्षिक रेट ऑफ़ रिटर्न के साथ बर्कशायर का प्रति शेयर इक्विटी आधार 1996 में बढ़कर 19,011 डॉलर हो गया।

लेकिन यह जान लें। जब आप बर्कशायर के मूल्य के बढ़ने का धैर्यपूर्वक इंतज़ार कर रहे थे, तो बाज़ार बर्कशायर को पसंद करने लगा और इसने 1996 तक शेयर का भाव बढ़ाकर 38,000 डॉलर कर दिया। अगर आपने 1986 में बर्कशायर का शेयर 2,700 डॉलर में ख़रीदा होता और इसे 1996 में 38,000 डॉलर के भाव पर बेचा होता, तो इस दस साल की अवधि में आपको अपने निवेश पर 30.2 प्रतिशत का वार्षिक चक्रवृद्धि रेट ऑफ़ रिटर्न मिलता।

रेट ऑफ़ रिटर्न निकालने के लिए आप 2,700 को वर्तमान मूल्य (पीवी) के रूप में लें, 38,000 को भावी मूल्य (एफ़वी) और वर्षों की संख्या (एन) 10। फिर आप ब्याज निकालें, जो चक्रवृद्धि वार्षिक रेट ऑफ़ रिटर्न के रूप में 30.2 प्रतिशत होगा।

आइए मान लेते हैं कि आपने 1996 में बर्कशायर हैथअवे का एक शेयर 38,000 डॉलर में ख़रीदा। अगर आप इस शेयर को दस साल तक रोककर रखें, तो आपका वार्षिक रेट ऑफ़ रिटर्न क्या होगा?

हम जानते हैं कि 1996 में बर्कशायर का प्रति शेयर इक्विटी मूल्य 19,011 डॉलर है और यह पिछले 32 सालों से लगभग 23 प्रतिशत औसत वार्षिक चक्रवृद्धि दर से बढ़ रहा है। यह मानते हुए हम यह प्रोजेक्ट कर सकते हैं कि दस वर्षों में यानी 2006 में बर्कशायर हैथअवे का प्रति शेयर इक्विटी मूल्य 1,50,680 डॉलर होगा।

अगर आप 1996 में बर्कशायर का शेयर 38,000 डॉलर में ख़रीदें, जिसका प्रति शेयर इक्विटी मूल्य 2006 में 1,50,680 डॉलर होगा, तो आपका चक्रवृद्धि वार्षिक रेट ऑफ़ रिटर्न क्या होगा? कैलकुलेटर से गणना करें। 1,50,680 डॉलर को भावी मूल्य (एफ़वी), 38,000 डॉलर को वर्तमान मूल्य (पीवी) और 10 को वर्षों की संख्या (एन) में दर्ज करें। फिर ब्याज दर निकालें - आपका वार्षिक चक्रवृद्धि रेट ऑफ़ रिटर्न 14.76 प्रतिशत होगा।

आप इस गणना में बाज़ार भाव का समायोजन कर सकते हैं, क्योंकि आप यह बात जानते हैं कि पिछले 32 सालों में बर्कशायर के शेयर का भाव प्रति शेयर इक्विटी मूल्य का कभी एक गुना रहा है और कभी दोगुने तक गया है। यदि यह प्रवृत्ति जारी रहती है, तो आप यह प्रोजेक्ट कर सकते हैं कि 2006 में बर्कशायर के शेयर का भाव इसके प्रोजेक्टेड प्रति शेयर इक्विटी मूल्य यानी 1,50,680 डॉलर

से लेकर 3,01,360 डॉलर के बीच हो सकता है, जो इसके प्रोजेक्टेड प्रति शेयर इक्विटी मूल्य का दोगुना है।

अगर आप 1996 में बर्कशायर का शेयर 38,000 डॉलर में ख़रीदते और इसे 2006 में इसके प्रति शेयर इक्विटी मूल्य पर यानी 1,50,680 डॉलर में बेचते, तो आपका वार्षिक चक्रवृद्धि रेट ऑफ़ रिटर्न 14.72 प्रतिशत होता। अगर आप इसे 3,01,360 डॉलर में बेचते यानी इसके प्रोजेक्टेड प्रति शेयर इक्विटी मूल्य से दोगुने पर, तो आपका वार्षिक चक्रवृद्धि रेट ऑफ़ रिटर्न 23 प्रतिशत होता।

इस तरह बर्कशायर के शेयर के बाज़ार भाव पर निर्भर करते हुए आप टैक्स से पहले वार्षिक चक्रवृद्धि रेट ऑफ़ रिटर्न को 14.72 प्रतिशत से 23 प्रतिशत के बीच मान सकते हैं।

इससे बेहतर रिटर्न हासिल करने की इच्छा दिवास्वप्न की श्रेणी में आती है।

37

प्रोजेक्टेड वार्षिक चक्रवृद्धि रेट ऑफ़ रिटर्न तय करना, भाग 2

पिछले अध्याय में हमने सीखा कि बर्कशायर हैथअवे के भावी प्रति शेयर इक्विटी मूल्य को प्रोजेक्ट कैसे करें और इसका भावी मूल्य कैसे निकालें। हमने यह भी देखा कि भावी मूल्य तय करने के बाद हम वह वार्षिक चक्रवृद्धि रेट ऑफ़ रिटर्न निकाल सकते हैं, जो हमें उस निवेश से मिलने की संभावना है।

इस अध्याय में हम किसी कंपनी की भावी प्रति शेयर आय निकालना सीखेंगे और फिर इसका भविष्य का बाज़ार भाव तय करना भी सीखेंगे। फिर हम इन गणनाओं के परिणामों से उस निवेश का वार्षिक चक्रवृद्धि रेट ऑफ़ रिटर्न निकालना सीखेंगे।

मैं सोचती हूँ कि इस बिंदु पर वॉरेन के निर्णय का एक वास्तविक उदाहरण देखना बहुत ज्ञानवर्धक रहेगा। आगे हम उस वित्तीय तर्कशास्त्र की गहराई में जाएँगे, जिसकी वजह से वॉरेन ने कोका-कोला कंपनी के शुरुआती शेयर ख़रीदे। (कृपया ध्यान दें : यह बहुत अहम अध्याय है, क्योंकि इसमें ऐसी कुछ मुख्य अवधारणाएँ सामने आती हैं, जिन्हें वॉरेन तकनीक के कई विद्यार्थी भी नहीं समझ पाए हैं। कोका-कोला के सभी ऐतिहासिक आँकड़े 1996 तक शेयर स्प्लिट हेतु समायोजित किए गए हैं।)

कोका-कोला कंपनी - 1988

1988 में वॉरेन ने इक्विटी-बॉण्ड-के-रूप-में तर्क का इस्तेमाल करके अपनी होल्डिंग कंपनी बर्कशायर हैथअवे के माध्यम से 5.22 डॉलर प्रति शेयर के भाव पर

कोका-कोला कंपनी के 11,33,80,000 शेयर ख़रीदे और इसमें कुल 59,25,40,000 डॉलर का निवेश किया। 1988 में कोका-कोला की शेयरहोल्डर्स इक्विटी 1.07 डॉलर प्रति शेयर थी और इसकी शुद्ध आय 0.36 डॉलर प्रति शेयर थी। वॉरेन के दृष्टिकोण से उन्होंने कोका-कोला के जो शेयर ख़रीदे थे, उनमें से प्रत्येक के साथ एक कूपन जुड़ा था, जो 0.36 डॉलर देता था। इसका मतलब है कि वॉरेन का हर शेयर इक्विटी पर 33.6 प्रतिशत रिटर्न दे रहा था (0.36/1.07 × 100 = 33.6 प्रतिशत), जिसमें से 58 प्रतिशत कंपनी रोककर रख रही थी और 42 प्रतिशत डिविडेंड के रूप में शेयरहोल्डर्स को दे रही थी।

इस तरह सिद्धांततः जब वॉरेन ने कोका-कोला के शेयर 1.07 डॉलर के प्रति शेयर इक्विटी मूल्य पर ख़रीदे, तो उन्होंने गणना की कि उनका 1.07 डॉलर का शेयर/बॉण्ड प्रभावी रूप से 33.6 प्रतिशत रिटर्न कमाएगा। उन्होंने यह भी देख लिया कि इस 33.6 प्रतिशत रिटर्न में दो अलग-अलग प्रकार की यील्ड शामिल हैं।

एक यील्ड होगी इक्विटी पर 33.6 प्रतिशत रिटर्न का 58 प्रतिशत, जिसे कंपनी अपने पास रोककर रखेगी। यह राशि 0.36 डॉलर की प्रति शेयर आय में से 0.21 डॉलर होगी। यील्ड का यह हिस्सा कॉरपोरेट टैक्स के बाद वाला हिस्सा है और इस पर कोई दूसरा टैक्स नहीं लगेगा।

दूसरी यील्ड इक्विटी पर 33.6 प्रतिशत रिटर्न का बचा हुआ 42 प्रतिशत हिस्सा है, जिसे डिविडेंड के रूप में दिया जाता है। यह राशि 0.36 डॉलर प्रति शेयर आय में 0.15 डॉलर के बराबर है। रिटर्न के इस हिस्से पर डिविडेंड पर लागू होने वाला व्यक्तिगत या कॉरपोरेट टैक्स लगता है।

इस तरह हम देखते हैं कि इक्विटी पर हमारे 33.6 प्रतिशत रिटर्न में दो अलग-अलग प्रकार की यील्ड शामिल हैं। एक तो 19.4 प्रतिशत रिटर्न ऑन इक्विटी है, जो 0.21 डॉलर है, जिसे कोका-कोला कंपनी अपने पास रोककर रखती है और अपने इक्विटी आधार में जोड़ती है।

बाक़ी 14.2 प्रतिशत रिटर्न ऑन इक्विटी 0.15 डॉलर का है, जो कोका-कोला डिविडेंड के रूप में अपने शेयरधारकों दे देती है।

1988

कोका-कोला का इक्विटी मूल्य 1.07 डॉलर प्रति शेयर है और इक्विटी पर रिटर्न 33.6 प्रतिशत है, जबकि इसकी प्रति शेयर आय 0.36 डॉलर है।

यह 0.36 डॉलर दो हिस्सों में विभाजित है। एक हिस्सा कंपनी अपने पास रोककर रखती है और यह प्रति शेयर आय के 58 प्रतिशत के बराबर है यानी 0.21

डॉलर। दूसरा हिस्सा डिविडेंड के रूप में शेयरधारकों को दे दिया जाता है और यह प्रति शेयर आय के 42 प्रतिशत के बराबर है यानी 0.15 डॉलर।

0.21 डॉलर कंपनी के इक्विटी आधार में जोड़ दिए जाते हैं
और
0.15 डॉलर डिविडेंड के रूप में दिए जाते हैं

अब अगर हम यह मानते हैं कि कोका-कोला अगले बारह वर्षों तक इक्विटी पर इस 33.6 प्रतिशत रिटर्न को क़ायम रख सकती है और इस रिटर्न का 58 प्रतिशत अपने पास रोककर रखेगी तथा बचा हुआ 42 प्रतिशत डिविडेंड के रूप में देगी, तो कंपनी की भावी प्रति शेयर इक्विटी मूल्य तथा इसकी प्रति शेयर आय को प्रोजेक्ट करना संभव है।

इसके लिए हम इक्विटी पर 33.6 प्रतिशत रिटर्न के 58 प्रतिशत को लेंगे, यानी कुल 19.4 प्रतिशत को तथा इसे हर साल कंपनी के प्रति शेयर इक्विटी आधार में जोड़ देंगे।

यह इस तरह होगा। 1988 में कोका-कोला का प्रति शेयर इक्विटी मूल्य 1.07 डॉलर है, इसलिए अगर हम इसे 19.4 प्रतिशत बढ़ा लेते हैं, तो हमें 1989 का प्रति शेयर प्रोजेक्टेड इक्विटी मूल्य मिल जाएगा - 1.28 डॉलर। (1.07 डॉलर × 1.194 = 1.28 डॉलर)।

यह गणना आप अपने कैलकुलेटर पर भी कर सकते हैं। पीवी में 1.07 डॉलर डालें, ब्याज दर में 19.4 प्रतिशत और वर्ष की संख्या में 1। फिर भावी मूल्य बटन दबाएँ। इससे आपको 1989 के लिए प्रति शेयर भावी प्रोजेक्टेड इक्विटी मूल्य 1.28 डॉलर निकल आएगा।

अगर आप जानना चाहते हैं कि 1998 में प्रति शेयर इक्विटी मूल्य कितना होगा, तो आपको ऊपर दी गणना में केवल वर्षों की संख्या को बढ़ाकर 10 करना है और इससे आपको पता चल जाएगा कि 1998 में प्रोजेक्टेड प्रति शेयर इक्विटी मूल्य 6.30 डॉलर होगा।

अगर आप प्रति शेयर आय को प्रोजेक्ट करना है, तो आपको प्रति शेयर इक्विटी मूल्य को 33.6 प्रतिशत से गुना करना है। 1989 के प्रकरण में हम 1.28 डॉलर के प्रति शेयर इक्विटी मूल्य को 33.6 प्रतिशत से गुना करेंगे और हमें 0.43 डॉलर की प्रोजेक्टेड प्रति शेयर आय मिल जाएगी। 1998 के लिए हम 6.30 डॉलर की प्रोजेक्टेड प्रति शेयर इक्विटी को 33.6 प्रतिशत से गुना करेंगे और हमें 2.12 डॉलर की प्रोजेक्टेड प्रति शेयर आय मिल जाएगी।

आइए हम गणना करते हैं और बारह साल तक कोका-कोला के प्रति शेयर इक्विटी मूल्य और प्रति शेयर आय को प्रोजेक्ट करते हैं, यानी 1988 से शुरू करते हैं और 2000 पर ख़त्म करते हैं।

प्रोजेक्शन्स का आम तौर पर कोई ख़ास महत्त्व नहीं होता। ज़्यादातर वित्तीय विश्लेषक सिर्फ़ अगले एक-दो वर्षों के लिए आय प्रोजेक्ट करना पसंद करते हैं, जिसके बाद वे कंपनी की संक्षिप्त समीक्षा करके इसे ख़रीदने की सलाह देते हैं। लेकिन ग्राहम के हिसाब से विश्लेषक की असली भूमिका व्यवसाय की कमाने की शक्ति तय करना और कंपनी की आय क्षमता का दीर्घकालीन प्रोजेक्शन करना था (*सिक्युरिटी एनालिसिस,* 1951, पृष्ठ 412)।

नीचे दी टेबल में हमने बारह साल की प्रति शेयर आय को प्रोजेक्ट किया है। ज़्यादातर स्थितियों में यह पागलपन भरा काम होगा। लेकिन जैसा वॉरेन ने पाया है, अगर कंपनी में पर्याप्त कमाने की शक्ति हो और यह शेयरहोल्डर्स इक्विटी पर ऊँचे रेट ऑफ़ रिटर्न कमाती हो और इसके पास किसी तरह का उपभोक्ता एकाधिकार हो, तो इस बात की अच्छी संभावना है कि आमदनी के सटीक दीर्घकालीन प्रोजेक्शन्स किए जा सकते हैं।

1988 से 2000 तक के प्रोजेक्शन्स

वर्ष	इक्विटी मूल्य (डॉलर में)	प्रति शेयर आय (डॉलर में)	दिए गए डिविडेंड (डॉलर में)	रोकी गई आय (डॉलर में)
1988	1.07	0.36	0.15	0.21
1989	1.28	0.43	0.18	0.25
1990	1.53	0.51	0.21	0.30
1991	1.83	0.61	0.26	0.35
1992	2.18	0.72	0.30	0.42
1993	2.60	0.87	0.37	0.50
1994	3.10	1.04	0.44	0.60
1995	3.70	1.24	0.52	0.72
1996	4.42	1.48	0.62	0.86
1997	5.28	1.77	0.75	1.02
1998	6.30	2.12	0.90	1.22
1999	7.52	2.53	1.07	1.46
2000	8.98	3.02	1.27	1.75
			कुल 7.04	कुल 9.66

चूँकि हमने 1988 से कोका-कोला की प्रति शेयर आय को प्रोजेक्ट किया है, इसलिए हम यह पता लगा सकते हैं कि हमारा विश्लेषण वैध है या नहीं। ऐसा करने

के लिए हम 1988 से 1996 तक की अपनी प्रोजेक्टेड प्रति शेयर आय की तुलना इसी अवधि में कोका-कोला के वास्तविक परिणामों या रिज़ल्ट्स से कर सकते हैं।

हम देख सकते हैं कि आठ वर्षों के हमारे प्रोजेक्शन और वास्तविक परिणामों में सिर्फ़ 0 प्रतिशत से लेकर 5.4 प्रतिशत तक का अंतर रहा है। बुरा नहीं है। अगर कोका-कोला 1988 से आगामी बारह वर्षों तक शेयरहोल्डर्स इक्विटी पर 33.6 प्रतिशत का रिटर्न क़ायम रख सके, तो हम प्रोजेक्ट कर सकते हैं कि कंपनी सन् 2000 में लगभग 3.02 डॉलर प्रति शेयर कमाएगी। (*कृपया ध्यान दें :* आप जितना ज़्यादा आगे जाते हैं, वास्तविक परिणामों और प्रोजेक्टेड परिणामों में अंतर की आशंका उतनी ही ज़्यादा होती जाती है। यह कोई सटीक भविष्यवाणी नहीं है।)

वर्ष 2000 तक वॉरेन को टैक्स के बाद कितना डिविडेंड मिल चुका होगा? लगभग 686 मिलियन डॉलर (7.04 डॉलर × 113.38 मिलियन शेयर - लगभग 14 प्रतिशत का डिविडेंड पर इनकम टैक्स = 686 मिलियन डॉलर)।

कोका-कोला के प्रति शेयर आय प्रोजेक्शन्स तथा वास्तविक रिज़ल्ट की तुलना

वर्ष	प्रोजेक्टेड प्रति शेयर आय (डॉलर में)	वास्तविक प्रति शेयर आय (डॉलर में)	मार्जिन या एरर (प्रतिशत में)
1989	0.43	0.42	2.3
1990	0.51	0.51	0
1991	0.61	0.61	0
1992	0.72	0.72	0
1993	0.87	0.84	3.5
1994	1.04	0.99	5
1995	1.24	1.19	4
1996	1.48	1.40	5.4

इसलिए वॉरेन यह भी प्रोजेक्ट कर सकते हैं कि वर्ष 2000 तक कोका-कोला में उन्होंने 59,24,01,000 डॉलर का जो मूल निवेश किया था, वह उनके पास वापस लौट आएगा और कोका-कोला के 113.38 मिलियन शेयर मुनाफ़े के रूप में उनके पास रहेंगे। यदि कंपनी हमारी 3.02 डॉलर की प्रोजेक्टेड प्रति शेयर आय के 15 के पीई पर चलती है, जो ऐतिहासिक दृष्टि से सामान्य है, तो कोका-कोला के 113.38 मिलियन शेयरों में से प्रत्येक का भाव 45.30 डॉलर होना चाहिए, यानी 5.136 अरब डॉलर। एक दिन के काम के लिहाज़ से बुरा मुनाफ़ा नहीं है।

कृपया ध्यान दें : जब आप अपनी प्रोजेक्टेड भावी प्रति शेयर आय का गुना करने के लिए पीईं रेशो को चुनें, तो पिछले दस वर्षों के औसत वार्षिक पीईं रेशो के हिसाब से ही गणना करें। आपको पिछले दस वर्षों के अधिकतम और न्यूनतम पीईं रेशो के हिसाब से भी गणना करनी चाहिए, ताकि आपको इस बात का बेहतर अंदाज़ लग जाए कि शेयर का भाव कितना अच्छा या बुरा हो सकता है। लेकिन सावधान रहें, शेयर हमेशा अपने ऐतिहासिक दृष्टि से सर्वोच्च पीईं पर नहीं चलते हैं। ऐतिहासिक दृष्टि से ऊँचे पीईं रेशो का इस्तेमाल करने में अति आशावादी होने से बचें, क्योंकि ऐसी स्थिति में आपके प्रोजेक्शन्स तबाही की ओर ले जा सकते हैं। पिछले दस वर्षों के औसत वार्षिक पीईं रेशो को ही चुनें, ख़ास तौर पर अगर पिछले दस वर्षों में पीईं रेशो के उच्चतम और न्यूनतम स्तरों के बीच काफ़ी फ़ासला हो। जब भी शंका हो, मध्यम मार्ग अपनाएँ।

अब अगर हम वर्ष 2000 में कोका-कोला की प्रति शेयर आय 3.02 डॉलर प्रोजेक्ट कर रहे हैं, तो हम यह भी अनुमान लगा सकते हैं कि इसका बाज़ार भाव 15 से 25 के पीईं के बीच कहीं पर चल रहा होगा। इसका मतलब है कि सन् 2000 में यह शेयर 45.30 डॉलर से 75.50 डॉलर के बीच किसी भाव पर चल रहा होगा। हम यह भी जानते हैं कि वॉरेन ने इसमें 5.22 डॉलर प्रति शेयर के भाव पर निवेश किया था।

1988 से 2000 तक की अवधि के लिए वार्षिक चक्रवृद्धि रेट ऑफ़ रिटर्न तय करने के लिए हमें अपने कैलकुलेटर पर हिसाब लगाना होगा। वर्षों की संख्या (एन) है 12, वर्तमान मूल्य (पीवी) है 5.22 डॉलर और भावी मूल्य (एफ़वी) या तो 45.30 डॉलर है या 75.50 डॉलर। फिर ब्याज का बटन दबाएँ। इससे आपको वार्षिक चक्रवृद्धि रेट ऑफ़ रिटर्न मिल जाएगा, जो 45.30 डॉलर के बाज़ार भाव के लिए 19.7 प्रतिशत होगा और 75.50 डॉलर के बाज़ार भाव के लिए 24.9 प्रतिशत होगा। इस तरह वॉरेन 1988 से 2000 के बीच की बारह वर्षों की अवधि के लिए 19.7 प्रतिशत से लेकर 24.9 प्रतिशत तक के वार्षिक चक्रवृद्धि रेट ऑफ़ रिटर्न को प्रोजेक्ट कर सकते थे।

हम इन संख्याओं में थोड़ा बदलाव कर सकते हैं, ताकि कोका-कोला के दिए डिविडेंड और सन् 2000 में शेयर बेचने पर वॉरेन पर लगने वाले टैक्स को भी गणना में शामिल कर लें। इसके लिए आपको 45.30 डॉलर में से वॉरेन का ख़रीद भाव 5.22 डॉलर घटाना होगा (इस 5.22 डॉलर पर टैक्स नहीं लगेगा)। इसे घटाने पर वॉरेन का मुनाफ़ा निकल आता है - 40.08 डॉलर। फिर आप इस मुनाफ़े पर 35 प्रतिशत कॉरपोरेट टैक्स घटाते हैं, जिसके बाद आपके पास 26.05 डॉलर बचते हैं। फिर आप इसमें कोका-कोला के डिविडेंड जोड़ देते हैं, जो वॉरेन बारह साल से इकट्ठे कर रहे हैं। कुल डिविडेंड की राशि थी 7.04 डॉलर, जिनमें से 14 प्रतिशत

टैक्स घटाने पर बचे 6.05 डॉलर। इस तरह आपको टैक्स के बाद 32.10 डॉलर का मुनाफ़ा हासिल होता है (6.05 डॉलर - 26.05 डॉलर = 32.10 डॉलर)। इसके बाद आप इसमें 5.22 डॉलर जोड़ सकते हैं, जिससे आपको टैक्स के बाद कुल 37.32 डॉलर राशि मिलती है (32.10 डॉलर- 5.22 डॉलर = 37.32 डॉलर)।

इस शेयर को उन्होंने 5.22 डॉलर पर ख़रीदा था और इसे बेचने पर टैक्स के बाद उन्हें 37.32 डॉलर मिले, यानी टैक्स के बाद मुल मुनाफ़ा 32.10 डॉलर हुआ। इसका मतलब है कि टैक्स के बाद वार्षिक चक्रवृद्धि रेट ऑफ़ रिटर्न 17.8 प्रतिशत था। इस तरह वर्ष 2000 में अगर कोका-कोला का भाव शेयर बाज़ार में 15 के पीई पर चल रहा है और वॉरेन अपने शेयर बेचने का चुनाव करते हैं, तो उन्हें 1988 से 2000 के बीच के बारह वर्षों में टैक्स के बाद वार्षिक चक्रवृद्धि रेट ऑफ़ रिटर्न 17.8 प्रतिशत मिलेगा।

इसी तरह की गणना आप 25 के पीई पर भी कर सकते हैं, जिसका मतलब है कि सन् 2000 में इस शेयर का बाज़ार भाव 75.50 डॉलर होगा। जब आप टैक्स को घटा देते हैं और टैक्स के बाद के डिविडेंड को जोड़ देते हैं, तो अंततः आपको 51.73 डॉलर का कुल रिटर्न मिलता है, यानी बारह साल की अवधि में 22 प्रतिशत का वार्षिक चक्रवृद्धि रेट ऑफ़ रिटर्न। (*ध्यान दें :* अगर कोका-कोला का शेयर वर्ष 2000 में सिर्फ़ 9 के पीई पर भी चल रहा हो, तब भी वॉरेन को टैक्स के बाद वार्षिक चक्रवृद्धि रेट ऑफ़ रिटर्न 14.4 प्रतिशत मिलेगा।)

अब कल्पना करें कि मैं आपके पास आकर कहती हूँ कि मैं आपको बारह साल का कोका-कोला बॉण्ड बेचना चाहती हूँ, जो आपको टैक्स-फ्री, निश्चित 14.4 प्रतिशत या इससे भी बेहतर 17.8 प्रतिशत का वार्षिक रेट ऑफ़ रिटर्न देगा। या फिर 22 प्रतिशत कैसा रहेगा? आपके मुँह में पानी आने लगा? आप क्या करेंगे? मैं तो खेत, मकान आदि को भी बेच दूँगी और ज़्यादा से ज़्यादा ख़रीद लूँगी। बहरहाल, मैं आपको बता सकती हूँ कि ऐसा होने की संभावना शून्य है।

लेकिन 1988 में आप कोका-कोला कंपनी का शेयर ख़रीद सकते थे और बुनियादी तौर पर 14.4 प्रतिशत से लेकर 22 प्रतिशत के बीच का वार्षिक चक्रवृद्धि रेट ऑफ़ रिटर्न हासिल कर सकते थे और वह भी टैक्स के बाद। शर्त सिर्फ़ इतनी थी कि आपको अपना निवेश बारह साल की अवधि तक रोककर रखना पड़ता। (*ध्यान दें :* क़िस्मत की बात, शेयर बाज़ार 1996 और 1997 में कोका-कोला के शेयर को ऐतिहासिक दृष्टि से ऊँचे 40 या इससे ज़्यादा के पीई रेशो पर चलाने लगा। इससे 1988 से 1997 के बीच की अवधि में वॉरेन को ऊपर बताए गए प्रोजेक्शन से ज़्यादा ऊँचे वार्षिक चक्रवृद्धि रेट ऑफ़ रिटर्न मिले। ध्यान रहे, कोका-कोला के ऐतिहासिक दृष्टि से ऊँचे 40 के पीई रेशो का इस्तेमाल वर्तमान मूल्यांकन के लिए

करना थोड़ा ज़्यादा आशावादी है। *इसके बजाय पिछले दस वर्षों के औसत वार्षिक पीई रेशो का इस्तेमाल करें।)*

यह सारी दौलत कैसे बनी? यह कोका-कोला की योग्यता से बनी, जो अपनी रिटेन्ड अर्निंग्स को शेयरहोल्डर्स इक्विटी में जोड़ती है और उस पर 33.6 प्रतिशत रेट ऑफ़ रिटर्न कमाती है। फिर यह उस 33.6 प्रतिशत में से 58 प्रतिशत को दोबारा रोककर रखती है, जो कंपनी के शेयरहोल्डर्स इक्विटी आधार में जुड़ जाती है। इससे रिटेन्ड अर्निंग्स चक्रवृद्धि होती जाती है।

और यह इसी तरह से होता है।

1994 में वॉरेन द्वारा कोका-कोला शेयर ख़रीद का उदाहरण

8 अगस्त 1994 को वॉरेन ने 21.95 डॉलर के भाव पर कोका-कोला के 2,57,640 शेयर और ख़रीद लिए। वॉरेन ने जो देखा, वह था 0.99 डॉलर की प्रति शेयर आय, जो पिछले दस वर्षों से 17-18 प्रतिशत की वार्षिक दर से बढ़ रही थी और पिछले चार वर्षों में रिटर्न ऑन इक्विटी 40 प्रतिशत से अधिक था। वॉरेन ने यह भी देखा कि पिछले सात वर्षों से शेयर का बाज़ार भाव औसतन 21 के पीई पर चल रहा था।

आइए मान लें कि 40 प्रतिशत से अधिक रिटर्न ऑन इक्विटी के बाद भी वॉरेन प्रोजेक्टेड अर्निंग्स की अपनी मूल सारणी पर अमल करना चाहते हैं, जो 1988 से 2000 तक के लिए बनाई गई थी। यह भी मान लेते हैं कि वे अपने 1994 में ख़रीदे गए शेयर 1999 तक ही रोककर रखना चाहते हैं। अगर वे 1994 में ख़रीदे गए कोका-कोला के शेयर 1999 में बेच दें, तो उनका अपेक्षित रेट ऑफ़ रिटर्न क्या होगा?

टेबल से पता चलता है कि 1999 में प्रति शेयर आय का प्रोजेक्शन 2.53 डॉलर है। अगर हम 21 के औसत पीई से 2.53 डॉलर को गुना कर दें, तो 1999 का प्रोजेक्टेड बाज़ार भाव 53.13 डॉलर होगा। पीवी में 21.95 डॉलर डालें, एफ़वी में 53.13 डॉलर डालें, वर्षों की संख्या में 5 डालें और फिर ब्याज निकालें। आपको वॉरेन का प्रोजेक्टेड वार्षिक चक्रवृद्धि रेट ऑफ़ रिटर्न मिल जाता है, जो 19.33 प्रतिशत है।

टैक्स और डिविडेंड को गणना में शामिल करने के बाद आपको कुल 46.07 डॉलर मिलते हैं। टैक्स के बाद 42.21 डॉलर मिलते हैं, जिसमें आप 3.86 डॉलर के डिविडेंड जोड़ देते हैं। 46.07 डॉलर के कुल रिटर्न का मतलब है 15.98 प्रतिशत का वार्षिक चक्रवृद्धि रेट ऑफ़ रिटर्न, वह भी टैक्स के बाद। पीवी के लिए 21.95 डॉलर

डालें, एफ़वी के लिए 46.07 डॉलर, वर्ष की संख्या के लिए 5 और ब्याज का बटन दबा दें। इस तरह आपको वॉरेन का प्रोजेक्टेड वार्षिक चक्रवृद्धि टैक्स पश्चात् रेट ऑफ़ रिटर्न मिल जाता है, जो 15.98 प्रतिशत है। इस तरह वॉरेन 1994 में प्रोजेक्ट कर सकते थे कि अगर वे अपने निवेश को 1999 तक रोककर रखेंगे, तो इससे उन्हें टैक्स के बाद 15.98 प्रतिशत का वार्षिक चक्रवृद्धि रेट ऑफ़ रिटर्न मिलेगा।

टैक्स के बाद 15.98 प्रतिशत का चक्रवृद्धि वार्षिक रेट ऑफ़ रिटर्न आपको आकर्षित नहीं करता है? याद रखें, अगर यह सरकारी बॉण्ड होता, तो वॉरेन को टैक्स के बाद 15.98 प्रतिशत का चक्रवृद्धि वार्षिक रेट ऑफ़ रिटर्न हासिल करने के लिए टैक्स से पहले 24.58 प्रतिशत का वार्षिक रेट ऑफ़ रिटर्न की ज़रूरत होती। आपको ऐसे सरकारी बॉण्ड नज़र आते हैं, जो 24.58 प्रतिशत रेट ऑफ़ रिटर्न दे रहे हों? कॉरपोरेट बॉण्ड? मुझे तो कहीं नज़र नहीं आते हैं। अब क्या आप देख सकते हैं कि वॉरेन क्यों बार-बार कोका-कोला ख़रीदते हैं? कोका-कोला के साथ चीज़ें बेहतर हो जाती हैं, जिसमें आपका पैसा भी शामिल है।

38

बढ़ते कूपन के साथ इक्विटी–बॉण्ड

किसी निवेश को वॉरेन एक से ज़्यादा तरीक़ों से देखते हैं। इनमें से एक तरीक़ा यह है कि वे शेयर को ऐसा इक्विटी/बॉण्ड मानते हैं, जिसका कूपन रेट लगातार बढ़ता रहता है। आइए देखते हैं कि कोका-कोला के मामले में उनका यह दृष्टिकोण कैसे काम करता है। (आप सोच रहे होंगे कि यह कूपन की अवधारणा कहाँ से आई। बॉण्ड के साथ दर्जनों कूपन जुड़े रहते थे। आप एक कूपन काटकर बॉण्ड जारी करने वाली कंपनी को भेज देते थे और यह आपको उस ख़ास अवधि का निश्चित ब्याज दे देती थी। इस तरह कंपनी को यह ध्यान रखने की ज़रूरत नहीं पड़ती थी कि उस वक़्त बॉण्ड का मालिक कौन था; जो कूपन भेजता था, उसे ब्याज मिल जाता था। आज जारी करने वाली कंपनी बॉण्ड को बाक़ायदा पंजीकृत करती हैं और ब्याज के चेक पाने के लिए बॉण्ड के मालिक को कुछ भी नहीं करना पड़ता। वॉरेन के संसार में कुछ कंपनियों की इक्विटी/बॉण्ड में ऐसा कूपन होता है, जिसका ब्याज लगातार बढ़ रहा है। हर साल इक्विटी/बॉण्ड आपको थोड़ा ज़्यादा पैसा देता है। इस तरह इक्विटी/बॉण्ड का कूपन बढ़ता रहता है।)

अब वह बात याद रखें, जो हमने पहले कही थी : आप किसी शेयर को जिस भाव पर ख़रीदते हैं, उसी से आपका रेट ऑफ़ रिटर्न तय होता है। जब वॉरेन ने 1988 में कोका-कोला का शेयर पहली बार ख़रीदा था, तो कंपनी की इक्विटी/बुक वैल्यू 1.07 डॉलर प्रति शेयर थी और इसकी प्रति शेयर आय 0.36 डॉलर थी। इसका मतलब है कि 1988 में कोका-कोला इक्विटी पर 33.6 प्रतिशत रिटर्न कमा रही थी। अगर आपने कोका-कोला शेयर के बदले में 1.07 डॉलर दिए होते, तो आप इसे इसके 1.07 डॉलर प्रति शेयर इक्विटी मूल्य पर ख़रीद रहे होते, जिससे आपको 33.6 प्रतिशत का शुरुआती रेट ऑफ़ रिटर्न मिलता। लेकिन इस बात पर ग़ौर करें कि वॉरेन ने यह शेयर 1.07 डॉलर में नहीं ख़रीदा था। उन्होंने तो 5.22 डॉलर प्रति शेयर का औसत भुगतान किया था, जिसका मतलब है कि कोका-कोला

इक्विटी/बॉण्ड पर उनका शुरुआती रेट ऑफ़ रिटर्न 6.89 प्रतिशत था (0.36/5.22 डॉलर × 100 = 6.89 प्रतिशत)। यह उस 33.6 प्रतिशत से काफ़ी कम था, जो कोका-कोला 1988 में अपने इक्विटी आधार पर कमा रही थी।

देखिए, 6.89 प्रतिशत का शुरुआती रेट ऑफ़ रिटर्न बहुत अच्छा नहीं दिखता है। लेकिन वॉरेन यह अनुमान लगा रहे थे कि कोका-कोला की प्रति शेयर आय आगे भी बढ़ती रहेगी और इस प्रक्रिया में उनका रेट ऑफ़ रिटर्न भी हर साल बढ़ता रहेगा। आकर्षक लगता है? आइए, ज़्यादा ग़ौर से देखते हैं।

हम कई बिंदुओं से कोका-कोला के अर्थशास्त्र को स्पष्ट कर सकते हैं, लेकिन कुंजी है रिटर्न ऑन इक्विटी और रिटेन्ड अर्निंग्स। 1988 में वॉरेन 5.22 डॉलर के अपने मूल निवेश पर 0.36 डॉलर कमाएँगे, जिसका मतलब है 6.89 प्रतिशत रेट ऑफ़ रिटर्न। यदि कोका-कोला उस 0.36 डॉलर में से लगभग 58 प्रतिशत को अपने पास रोककर रखती है, तो यह 0.21 डॉलर रोककर रखेगी। कोका-कोला वॉरेन के इस 0.21 डॉलर का निवेश कंपनी में दोबारा कर देगी। (*टिप्पणी :* इस 0.36 डॉलर का 42 प्रतिशत हिस्सा यानी 0.15 डॉलर डिविडेंड के रूप में दिया गया था।)

इसलिए 1989 की शुरुआत में वॉरेन ने कोका-कोला के शेयर में अपने मूल 1988 के निवेश (5.22 डॉलर प्रति शेयर) तथा 1988 की 0.21 डॉलर प्रति शेयर की रिटेन्ड अर्निंग्स का निवेश किया, यानी कुल 5.43 डॉलर का निवेश।

1989 की शुरुआत में कोका-कोला में वॉरेन का कुल निवेश इस तरह हुआ :

मूल 1988 का निवेश	5.22 डॉलर
1988 की रिटेन्ड अर्निंग्स	+0.21 डॉलर
1989 में प्रति शेयर कुल निवेश	5.43 डॉलर

हम यह प्रोजेक्ट कर सकते हैं कि 1989 में 5.43 का मूल 5.22 डॉलर वाला हिस्सा, जिसका निवेश वॉरेन ने कोका-कोला में किया है, अब भी 0.36 डॉलर कमाएगा यानी 6.89 प्रतिशत। अगर कोका-कोला इक्विटी पर 33.6 प्रतिशत का रिटर्न आगे भी क़ायम रखती है, तो हम यह प्रोजेक्ट कर सकते हैं कि 1988 की रिटेन्ड अर्निंग्स यानी 0.21 डॉलर प्रति शेयर 1989 में 0.07 डॉलर की नई आय उत्पन्न करेगी (0.21 डॉलर × .336 = 0.07 डॉलर)। इसका मतलब है कि 1989 की प्रोजेक्टेड आय 0.43 डॉलर प्रति शेयर होगी (0.36 डॉलर - 0.07 डॉलर = 0.43 डॉलर)।

वॉरेन अब भी 5.22 डॉलर के 1988 के अपने मूल निवेश पर 6.89 प्रतिशत की दर से 0.36 डॉलर कमाएँगे, लेकिन इसके साथ वे प्रति शेयर 0.21 डॉलर की रिटेन्ड अर्निंग्स पर 33.6 प्रतिशत की दर से 0.07 डॉलर प्रति शेयर भी कमाएँगे।

इसका मतलब है कि 1989 में कोका-कोला का उनका हर शेयर 0.43 डॉलर कमाएगा, जिससे उन्हें उनके शुरुआती निवेश धन 5.43 डॉलर प्रति शेयर की रिटेन्ड अर्निंग्स पर 7.9 प्रतिशत रेट ऑफ़ रिटर्न मिलेगा। (0.43/5.43 × 100 = 7.9 प्रतिशत)।

1989 के लिए निवेशित और रिटेन्ड कैपिटल पर प्रति शेयर प्रोजेक्टेड रिटर्न

1988 का मूल निवेश	5.22 डॉलर × 6.89 प्रतिशत	= 0.36 डॉलर
1988 की रिटेन्ड अर्निंग्स	+ 0.21 डॉलर × 33.6 प्रतिशत	= 0.07 डॉलर
1989 में कुल प्रति शेयर निवेश	5.43 डॉलर × 7.9 प्रतिशत	= 0.43 डॉलर

1989 के लिए कुल निवेशित पूँजी पर रेट ऑफ़ रिटर्न : 0.43 डॉलर की प्रति शेयर आय/ 5.43 डॉलर की निवेशित पूँजी और रिटेन्ड अर्निंग्स = 7.9 प्रतिशत रेट ऑफ़ रिटर्न।

यही विश्लेषण 1990 के लिए भी किया जा सकता है। कोका-कोला 1989 की 0.43 डॉलर प्रति शेयर की आय का 58 प्रतिशत अपने पास रोककर रखेगी, यानी लगभग 0.25 डॉलर। यह उस 0.25 डॉलर को उस 5.43 डॉलर में जोड़ देगी, जो वॉरेन ने कोका-कोला में अब तक लगाए हैं। इसलिए 1990 की शुरुआत में कोका-कोला के शेयर में उनका निवेश इस तरह होगा, 5.22 डॉलर का 1988 का मूल निवेश, धन 1988 की रिटेन्ड अर्निंग्स यानी 0.21 डॉलर, धन 1989 की रिटेन्ड अर्निंग्स यानी 0.25 यानी कुल मिलाकर 5.68 डॉलर।

1990 की शुरुआत में कोका-कोला में प्रति शेयर कुल निवेश

मूल 1988 का निवेश	5.22 डॉलर
1988 और 1989 की रिटेन्ड अर्निंग्स	+ 0.46 डॉलर
1989 में प्रति शेयर कुल निवेश	5.68 डॉलर

हम प्रोजेक्ट कर सकते हैं कि वॉरेन का प्रति शेयर 5.22 डॉलर का मूल निवेश 6.89 प्रतिशत यानी 0.36 डॉलर प्रति शेयर कमाएगा। लेकिन 1988 की प्रति शेयर रिटेन्ड अर्निंग्स यानी 0.21 डॉलर और 1989 की रिटेन्ड अर्निंग्स यानी प्रति शेयर 0.25 डॉलर भी इक्विटी पर 33.6 प्रतिशत रेट ऑफ़ रिटर्न कमाएँगी। 0.46 डॉलर प्रति शेयर की यह सम्मिलित रिटेन्ड अर्निंग्स 1990 में प्रति शेयर 0.15 डॉलर की आमदनी उत्पन्न करेंगी। इस तरह 1990 की कुल आमदनी 0.51 डॉलर प्रति शेयर प्रोजेक्ट होती है (0.36 डॉलर, 0.15 डॉलर = 0.51 डॉलर)। इसका मतलब है कि 1990 में वॉरेन द्वारा 5.68 डॉलर की निवेशित पूँजी व रिटेन्ड अर्निंग्स पर प्रोजेक्टेड

रेट ऑफ़ रिटर्न प्रति शेयर 0.51 डॉलर होगा। इसका मतलब है उनकी शुरुआती पूँजी और 1988 व 1989 की रिटेन्ड अर्निंग्स पर उन्हें 8.9 प्रतिशत रेट ऑफ़ रिटर्न मिलेगा (0.51 / 5.68 × 100 = 8.9 प्रतिशत)।

1990 के लिए निवेशित और रिटेन्ड कैपिटल पर प्रति शेयर प्रोजेक्टेड रिटर्न

1988 का मूल निवेश	5.22 डॉलर × 6.89 प्रतिशत	0.36 डॉलर
1988 व 1989 की रिटेन्ड अर्निंग्स	+ 0.46 डॉलर × 33.6 प्रतिशत	0.15 डॉलर
1989 में कुल प्रति शेयर निवेश	5.68 डॉलर × 8.9 प्रतिशत प्रति शेयर आय	0.51 डॉलर

1989 के लिए कुल निवेशित पूँजी पर रेट ऑफ़ रिटर्न : 0.51 डॉलर की प्रति शेयर आय + निवेशित और रिटेन्ड पूँजी 5.68 डॉलर = 8.9 प्रतिशत रेट ऑफ़ रिटर्न।

मुझे यक़ीन है आपने इस बात पर ग़ौर किया होगा कि रेट ऑफ़ रिटर्न हर साल बढ़ती जा रही है, लेकिन मैं यहाँ दरअसल आपको यह दिखाना चाहती हूँ कि वॉरेन का कोका-कोला में मूल निवेश 6.89 प्रतिशत के रेट ऑफ़ रिटर्न पर निश्चित है और बढ़ नहीं रहा है, लेकिन रिटेन्ड अर्निंग्स 33.6 प्रतिशत रेट ऑफ़ रिटर्न कमा रही हैं। इसे इस तरह सोचें, जैसे आपने 6.89 प्रतिशत रिटर्न देने वाला कोका-कोला का इक्विटी/बॉण्ड ख़रीदा, और हर बार जब आपको डाक में ब्याज का चेक मिलता है, तो आप उस ब्याज के चेक का निवेश कोका-कोला के एक नए इक्विटी/बॉण्ड में कर सकते हैं, जो 33.6 प्रतिशत वार्षिक चक्रवृद्धि रेट ऑफ़ रिटर्न देता है। 33.6 प्रतिशत वार्षिक चक्रवृद्धि रेट ऑफ़ रिटर्न हासिल करने में एकमात्र पेंच यह है कि आपको इसके लिए कोका-कोला की इक्विटी/बॉण्ड ख़रीदना होता है, जो 6.89 प्रतिशत रेट ऑफ़ रिटर्न देता है।

आप दरवाज़े से अंदर जाने के लिए भारी क़ीमत चुकाते हैं, लेकिन एक बार अंदर पहुँचने के बाद आनंद ही आनंद है। और आप वहाँ जितनी ज़्यादा देर तक रुकते हैं, स्थिति उतनी ही बेहतर होती जाती है।

39

किसी शेयर के भावी मूल्य को प्रोजेक्ट करने के लिए प्रति शेयर आय की वार्षिक वृद्धि दर का इस्तेमाल करना

कंपनी की प्रति शेयर आय की वार्षिक वृद्धि दर का इस्तेमाल करके किसी कंपनी के शेयर के भावी भाव को प्रोजेक्ट किया जा सकता है। प्रति शेयर आय की वार्षिक वृद्धि दर का इस्तेमाल करके हम अगले वर्ष की प्रति शेयर आय प्रोजेक्ट कर सकते हैं और फिर शेयर के भाव को प्रोजेक्ट कर सकते हैं। अगर हम शेयर का भावी भाव प्रोजेक्ट कर सकें और हमें पता हो कि हमने इसे कितने भाव पर ख़रीदा तथा कितने वर्षों तक निवेश किया, तो हम उस निवेश का वार्षिक चक्रवृद्धि रेट ऑफ़ रिटर्न प्रोजेक्ट कर सकते हैं।

इस स्पष्टीकरण के लिए मैं कैपिटल सिटीज़ का उदाहरण देना चाहती हूँ। 1970 से 1980 के बीच के दस वर्षों में कैपिटल सिटीज़ की प्रति शेयर आय में वृद्धि बहुत निरंतर रही थी। हम 1980 से दस साल आगे 1990 तक की प्रति शेयर आय को प्रोजेक्ट करेंगे। फिर हम भाव का एक दायरा प्रोजेक्ट करेंगे, जिसमें कैपिटल सिटीज़ का शेयर 1990 में चल सकता है। फिर हम आपके वार्षिक चक्रवृद्धि रेट ऑफ़ रिटर्न को प्रोजेक्ट करेंगे, जो आपको कैपिटल सिटीज़ का शेयर 1980 में ख़रीदने और 1990 में बेचने पर मिलता। (कृपया ग़ौर करें : कैपिटल सिटीज़ के शेयर के भाव और प्रति शेयर आय 1994 में 1 के बदले 10 के स्टॉक स्प्लिट को समायोजित करने के बाद के हैं।)

1990 के लिए कैपिटल सिटीज़ की भावी प्रति शेयर आय को प्रोजेक्ट करना

1970 से 1980 के बीच कैपिटल सिटीज़ की प्रति शेयर शुद्ध आय 0.08 डॉलर से 0.53 डॉलर तक पहुँच गई यानी लगभग 20 प्रतिशत वार्षिक चक्रवृद्धि रेट ऑफ़ रिटर्न। अगर हम 1980 से 1990 तक के दस वर्षों के लिए कैपिटल सिटीज़ की प्रति शेयर आय प्रोजेक्ट करें, तो हम 20 प्रतिशत रेट ऑफ़ ग्रोथ का इस्तेमाल करेंगे और हमें 1990 के लिए 3.28 डॉलर की प्रति शेयर प्रोजेक्टेड आय मिलेगी। पीवी = 0.53, एन = 10, % आई = 20। एफ़वी बटन दबाएँ और आपको 3.28 डॉलर मिल जाएगा। इसका मतलब है हम यह प्रोजेक्ट कर सकते हैं कि 1990 में कैपिटल सिटीज़ की प्रति शेयर आय 3.28 डॉलर होगी।

1990 में कैपिटल सिटीज़ शेयर का बाज़ार भाव प्रोजेक्ट करना

1970 से 1980 की अवधि के लिए कैपिटल सिटीज़ के शेयर के पीई रेशो की समीक्षा बताती है कि यह शेयर 9 के पीई से लेकर 25 के पीई तक चला था। आइए तर्क की ख़ातिर मान लेते हैं कि हम बहुत ही सुरक्षात्मक हैं और हम कैपिटल सिटीज़ की 1990 की प्रोजेक्टेड प्रति शेयर आय के ऐतिहासिक न्यूनतम पीई पर यानी 9 के पीई पर इसका भाव प्रोजेक्ट करेंगे। इस तरह 1990 की हमारी प्रति शेयर 3.28 डॉलर की प्रोजेक्टेड आय से हमें 29.52 डॉलर का प्रोजेक्टेड भाव मिलता है, जिसकी हम 1990 में अपेक्षा कर सकते हैं $(3.28 \times 9 = 29.52)$।

अगर आप कैपिटल सिटीज़ का शेयर 1980 में ख़रीदते और इसे 1990 में बेचते, तो चक्रवृद्धि वार्षिक रेट ऑफ़ रिटर्न इस तरह प्रोजेक्ट करें

वॉल स्ट्रीट जरनल में आप देख सकते हैं कि 1980 में आप कैपिटल सिटीज़ का शेयर 5 डॉलर में ख़रीद सकते थे। अपना कैलकुलेटर निकालें और उसमें पीवी 5 डॉलर, एफ़वी 29.52 डॉलर और एन 10 वर्ष डालें। फिर ब्याज का बटन दबाएँ। आपको 19.4 प्रतिशत की वार्षिक चक्रवृद्धि रेट ऑफ़ रिटर्न मिल जाती है। इसका मतलब है कि अगर आप 1980 में कैपिटल सिटीज़ का शेयर 5 डॉलर के भाव पर ख़रीदते, तो आप अगले दस साल तक 19.4 प्रतिशत वार्षिक चक्रवृद्धि रेट ऑफ़ रिटर्न प्रोजेक्ट कर सकते थे।

चूँकि हम कैपिटल सिटीज़ के इस उदाहरण के लिए पुराने आँकड़ों का इस्तेमाल कर रहे हैं, इसलिए हम यह देख सकते हैं कि 1980 में हमने 5 डॉलर प्रति शेयर का जो निवेश किया था, उसका सचमुच क्या हुआ। 1990 में कंपनी की प्रति शेयर आय 2.77 डॉलर थी, जबकि हमारा प्रोजेक्शन 3.28 डॉलर था। (देखिए, यह कोई सटीक विज्ञान नहीं है।) 1990 में शेयर का भाव 38 से लेकर 63 के बीच झूलता रहा था, जबकि हमने 29.52 डॉलर के भाव का अनुमान लगाया था। आइए मान लेते हैं कि आपने 1990 में अपने शेयर 38 डॉलर के न्यूनतम भाव पर ही बेचे। आपने 1980 में जो 5 डॉलर का निवेश किया था, उस पर अपनी वार्षिक चक्रवृद्धि रेट ऑफ़ रिटर्न मालूम करने के लिए कैलकुलेटर निकालें, पीवी = 5 डॉलर, एफ़वी = 38 डॉलर, एन = 10। फिर ब्याज दर वाला बटन दबाएँ; आपको 22.4 प्रतिशत मिल जाता है। इस तरह कैपिटल गेन्स टैक्स से पहले आपको 1980 से 1990 के बीच की दस वर्ष की अवधि में 22 प्रतिशत वार्षिक चक्रवृद्धि रेट ऑफ़ रिटर्न मिल जाता है। अगर आप 1990 में इसे इसके अधिकतम भाव यानी 63 डॉलर पर बेचते, तो 1980 से 1990 के बीच की दस वर्ष की अवधि में आपको कैपिटल गेन्स टैक्स से पहले 28.8 प्रतिशत वार्षिक चक्रवृद्धि रेट ऑफ़ रिटर्न मिलता।

इस तरह शेयर बाज़ार ने कैपिटल सिटीज़ की रिरेटिंग करते हुए इसे ज़्यादा ऊँचा पीई दिया और इस प्रक्रिया में हमारे मुनाफ़े को हमारी उम्मीद से ज़्यादा कर दिया।

अगर आप सोच रहे हों, तो बता दूँ। अगर आप 1980 में कैपिटल सिटीज़ के शेयर 5 डॉलर के भाव पर ख़रीदने में 1,00,000 डॉलर का निवेश करते, तो आपका निवेश हर साल 22.4 प्रतिशत की दर से चक्रवृद्धि होता और 1990 तक लगभग 7,54,769.21 डॉलर हो जाता।

आपको यह समझना चाहिए कि वॉरेन किसी शेयर के लिए किसी निश्चित भाव का अनुमान नहीं लगाते हैं, जैसा कई लेखक और वॉरेन पर नज़र रखने वाले लोग मानते हैं। वॉरेन यह नहीं कहते हैं कि कैपिटल सिटीज़ का वास्तविक प्रति शेयर मूल्य एक्स है और मैं इसे एक्स से आधे भाव पर ख़रीद सकता हूँ; यह तो ग्राहम कहा करते थे। इसके बजाय वॉरेन यह कहते हैं, अगर मैं कैपिटल सिटीज़ के शेयर के लिए एक्स भाव देता हूँ, तो कंपनी की आर्थिक वास्तविकताओं को देखते हुए दस वर्षों के अंत में मेरा अपेक्षित वार्षिक चक्रवृद्धि रेट ऑफ़ रिटर्न क्या होगा? अपेक्षित वार्षिक चक्रवृद्धि रेट ऑफ़ रिटर्न तय करने के बाद वॉरेन इसकी तुलना अन्य निवेशों से करते हैं और यह भी देखते हैं कि क्या उन्हें वह वार्षिक चक्रवृद्धि रेट ऑफ़ रिटर्न मिल रहा है, जिसकी ज़रूरत उन्हें मुद्रास्फीति से आगे रहने के लिए है।

इस तरह काम करके वॉरेन जब कोई शेयर ख़रीदते हैं, तो उन्हें इस बात की चिंता नहीं रहती कि शेयर बाज़ार इसका क्या मूल्य आँक रहा है। वॉरेन को लगभग

पता होता है कि उनका दीर्घकालीन वार्षिक चक्रवृद्धि रेट ऑफ़ रिटर्न क्या होने वाला है। वे यह भी जानते हैं कि कंपनी की नेट वर्थ बढ़ने पर लंबे समय में शेयर बाज़ार भी कंपनी का मूल्य बढ़ा देगा।

अगर वॉरेन ग्राहम के दृष्टिकोण से ख़रीदते, तो मामला इस तरह होता। अगर उनके हिसाब से किसी कंपनी के शेयर का वास्तविक मूल्य 10 डॉलर है और वे इसे 5 डॉलर में ख़रीदने में कामयाब हो जाते हैं, तो उस शेयर का भाव 10 डॉलर पहुँचने पर वे उसे बेच देते। अगर यह मामला होता, तो वॉरेन हर दिन *वॉल स्ट्रीट जरनल* में अपनी नाक गड़ाए रहते और यह देखते कि शेयर बाज़ार उनके शेयरों का क्या भाव लगा रहा है।

40

कंपनी अपने शेयरों का बाईबैक करके अपने शेयरधारकों की दौलत कैसे बढ़ा सकती है

अब अगर आप 1988 से 1993 के बीच कोका-कोला कंपनी के हमारे प्रोजेक्टेड इक्विटी मूल्य की तुलना कोका-कोला के वास्तविक प्रति शेयर इक्विटी मूल्य से करें, तो आप यह पाएँगे :

वर्ष	प्रोजेक्टेड प्रति शेयर इक्विटी मूल्य (डॉलर में)	वास्तविक प्रति शेयर इक्विटी मूल्य (डॉलर में)
1989	1.28	1.18
1990	1.53	1.41
1991	1.83	1.67
1992	2.18	1.49
1993	2.60	1.77

आप देख सकते हैं कि हमारे प्रोजेक्टेड प्रति शेयर इक्विटी मूल्य और वास्तविक इक्विटी मूल्य के बीच काफ़ी अंतर है। क्या हमारे प्रोजेक्शन ग़लत थे? प्रति शेयर आय के हमारे प्रोजेक्शन की समीक्षा यह बताती है कि वे काफ़ी सटीक थे।

वर्ष	प्रोजेक्टेड प्रति शेयर आय (डॉलर में)	वास्तविक प्रति शेयर आय (डॉलर में)	प्रोजेक्शन से अंतर (प्रतिशत में)
1989	0.43	0.42	2.3
1990	0.51	0.51	0
1991	0.61	0.61	0
1992	0.72	0.72	0
1993	0.87	0.84	3.5

यहाँ हो यह रहा है कि कोका-कोला अपने इक्विटी आधार को ख़र्च करके अपने शेयरों का बाईबैक कर रही है। दरअसल 1984 से लेकर 1993 के अंत तक कोका-कोला ने अपनी लगभग 5.8 अरब डॉलर की इक्विटी अपने शेयरों के बाईबैक में ख़र्च की। 1984 से 1993 के अंत तक कोका-कोला ने अपने कुल शेयरों की संख्या काफ़ी कम कर ली। 1984 में इसके कुल 3.174 अरब शेयर थे, जो 1993 के अंत तक घटकर 2.604 अरब रह गए। इसका मतलब है इसने अपने 57 करोड़ शेयर कम कर लिए यानी 1984 में कंपनी के शेयरों की संख्या का 21 प्रतिशत।

1984 में कोका-कोला के 3.174 अरब शेयर थे और अगले नौ वर्षों में कोका-कोला ने अपने शेयरहोल्डर्स के 5.8 अरब डॉलर बाईबैक में ख़र्च कर दिए, इसलिए आप तर्क दे सकते हैं कि कोका-कोला ने अपने शेयरहोल्डर्स के लगभग 1.82 डॉलर प्रति शेयर बाईबैक यानी अपने शेयर दोबारा ख़रीदने में ख़र्च किए (5.8 अरब डॉलर/3.174 अरब शेयर 1984 में = 1.82 डॉलर प्रति शेयर)।

1993 में कोका-कोला की शुद्ध सकल आय लगभग 2.176 अरब डॉलर थी। अगर आप 1993 की शुद्ध नेट इनकम को 1993 के अंत में कुल शेयरों की संख्या से विभाजित करें, जो 2.604 अरब शेयर थे, तो आपको प्रति शेयर शुद्ध आय 0.84 डॉलर मिलता है। इसका मतलब है कि 1993 में 2.604 अरब शेयर और 2.176 अरब डॉलर की शुद्ध आय के साथ कंपनी ने प्रति शेयर 0.84 डॉलर की आमदनी दिखाई (2.176 अरब डॉलर / 2.604 अरब शेयर × 100 = 0.84 डॉलर प्रति शेयर)।

अब इस पर विचार करें : अगर 1993 के अंत में भी कंपनी के शेयर उतने ही होते, जितने 1984 में थे, यानी लगभग 3.174 अरब शेयर और कोका-कोला की 1993 की शुद्ध कुल आय 2.176 अरब डॉलर होती, तो कोका-कोला की 1993 में प्रति शेयर आय 0.68 डॉलर होती (2.176 अरब डॉलर / 3.174 अरब शेयर = 0.68 डॉलर प्रति शेयर)।

इसका मतलब है कि कोकाकोला ने 1984 से 1993 तक अपने शेयरों के बाईबैक के लिए 1.82 डॉलर प्रति शेयर की जो शेयरहोल्डर्स इक्विटी ख़र्च की, उससे 1993 में प्रति शेयर आय 0.16 डॉलर बढ़ गई (1993 में शेयर के बाईबैक के बाद ईपीएस 0.84 डॉलर - 1993 में शेयर के बाईबैक के बिना ईपीएस 0.68 डॉलर = 0.16 डॉलर की प्रति शेयर शुद्ध आय में वृद्धि)।

1983 में कोका-कोला के 3.174 अरब शेयर थे और इसने 0.16 डॉलर की प्रति शेयर आय बढ़ाने के लिए 1.82 डॉलर प्रति शेयर ख़र्च किए। इसका मतलब है लगभग 8.7 प्रतिशत रेट ऑफ़ रिटर्न (0.16 डॉलर/1.82 × 100 = 8.7 प्रतिशत)। यह ज़्यादा पुरस्कारदायक नहीं लगता, है ना? वास्तव में कोका-कोला का पूँजी का

यह छोटा-सा आवंटन दरअसल आर्थिक प्रतिभा का कमाल है, जब आप इस बात पर विचार करते हैं कि शेयर बाज़ार आमदनी में इस 0.16 डॉलर की वृद्धि की किस तरह व्याख्या करता है।

1993 में शेयर बाज़ार कोका-कोला के शेयर का मूल्य 25 के पीई पर कर रहा था। इसका मतलब है कि प्रति शेयर आय में 0.16 डॉलर की वृद्धि से शेयर का बाज़ार भाव 4 डॉलर बढ़ गया। आइए मैं आपको दिखाती हूँ कि यह कैसे होता है।

1993 में शेयरों के बाईबैक के बिना : 1993 की कुल शुद्ध आय 2.176 अरब डॉलर / 3.174 अरब शेयर = 1993 में 0.68 डॉलर की प्रति शेयर आय। अगर आप इस 0.68 डॉलर को 25 के पीई से गुना करते हैं, तो आपको प्रति शेयर 17 डॉलर का बाज़ार भाव मिलता है।

1993 में शेयर के बाईबैक के बाद : 1993 में कुल शुद्ध आय 2.176 अरब डॉलर / 2.604 अरब शेयर = 1993 में 0.84 डॉलर की प्रति शेयर आय। अगर आप इस 0.84 डॉलर को 25 के पीई से गुना कर देते हैं, तो आपको प्रति शेयर 21 डॉलर का बाज़ार भाव मिलता है।

दोनों के बीच का अंतर है 4 डॉलर (21 डॉलर - 17 डॉलर = 4 डॉलर)।

याद रखें कि कोका-कोला ने अपने शेयरों के बाईबैक के लिए शेयरहोल्डर्स इक्विटी में से प्रति शेयर केवल 1.87 डॉलर ख़र्च किए। इस तरह प्रति शेयर 1.87 डॉलर के ख़र्च से कोका-कोला का प्रति शेयर बाज़ार भाव 4 डॉलर बढ़ गया। शेयरों के बाईबैक में इक्विटी आधार को ख़र्च करके कोका-कोला ने अपने इक्विटी आधार तथा शेयरों की संख्या को कम कर लिया। हालाँकि इससे कुल शुद्ध आय पर प्रभाव नहीं पड़ता है, लेकिन शेयरों की संख्या घटने के कारण प्रति शेयर आय बढ़ जाती है। केक का आकार वही रहता है, लेकिन स्लाइसों की संख्या घटने के कारण टुकड़े बड़े हो जाते हैं।

इसके साथ ही इक्विटी आधार घटने की वजह से रिटर्न ऑन इक्विटी भी बढ़ जाएगी। (याद रहे, रिटर्न ऑन इक्विटी निकालने के लिए शुद्ध आय को इक्विटी मूल्य से विभाजित किया जाता है। आप शुद्ध आय को बढ़ाकर या कंपनी के इक्विटी मूल्य को घटाकर रिटर्न ऑन इक्विटी बढ़ा सकते हैं।)

निष्कर्ष यह है कि कोका-कोला ने अपने शेयरों के बाईबैक के लिए अपनी शेयरहोल्डर्स इक्विटी में से प्रति शेयर जो 1.87 डॉलर ख़र्च किए, उससे प्रति शेयर आमदनी 0.16 डॉलर बढ़ गई, जिससे शेयर का बाज़ार भाव 4 डॉलर बढ़ गया। आप अपने पैसे को दोगुना कर लेते हैं और आपको केक का ज़्यादा बड़ा टुकड़ा भी मिल जाता है।

यह समझ लें कि जब समय के साथ कुल शुद्ध आय बढ़ती है, तो शेयरों की कम संख्या होने के कारण शेयर का बाज़ार भाव और ज़्यादा बढ़ेगा। मिसाल के तौर पर, हम यह मान लेते हैं कि दस साल में यानी वर्ष 2003 तक कोका-कोला की शुद्ध कुल आय 15 प्रतिशत की वार्षिक दर से बढ़ती है और 1993 में 2.176 अरब डॉलर से बढ़कर 2003 में 8.403 अरब डॉलर हो जाती है। अब आइए 2003 में हम प्रति शेयर आँकड़े देखते हैं, अगर इसके पास अब भी वही 3.174 अरब शेयर होते, जो 1984 में थे। हम 2003 में प्रति शेयर आँकड़े भी देखेंगे, जिनमें हम 2.604 अरब शेयरों के मान से गणना करेंगे, क्योंकि 1984 से 1993 के बीच कंपनी ने अपने शेयरों का बाईबैक किया था।

2003 में शेयरों के बाईबैक के बिना : 2003 की कुल शुद्ध आय 8.403 अरब डॉलर / 3.174 अरब शेयर = 2003 में 2.65 डॉलर की प्रति शेयर आय। अगर आप इस 2.65 डॉलर को 25 के पीई से गुना करते हैं, तो आपको प्रति शेयर 66.25 डॉलर का बाज़ार भाव मिल जाता है।

2003 में शेयर के बाईबैक के बाद : 2003 में कुल शुद्ध आय 8.403 अरब डॉलर / 2.604 अरब शेयर = 2003 में 3.23 डॉलर की प्रति शेयर आय। अगर आप इस 3.23 डॉलर को 25 के पीई से गुना करते हैं, तो आपको प्रति शेयर 80.75 डॉलर का बाज़ार भाव मिलता है।

दोनों के बीच का अंतर है 14.50 डॉलर (80.75 डॉलर - 66.25 डॉलर = 14.50 डॉलर)।

2003 में शेयर बाईबैक के बिना प्रति शेयर आय लगभग 2.65 डॉलर होगी, जिसका मतलब है शेयर का भाव 66.25 होगा। लेकिन शेयर बाईबैक के बाद 2003 में प्रति शेयर आय लगभग 3.23 डॉलर होगी, जिसका मतलब है शेयर का भाव 80.75 डॉलर होगा। इसका मतलब है कि शेयरहोल्डर्स इक्विटी में प्रति शेयर 1.87 डॉलर की जो राशि 1984 से 1993 के बीच ख़र्च की गई, उससे 2003 में शेयर का बाज़ार भाव 14.50 डॉलर बढ़ेगा। इससे शेयरहोल्डर्स को उनके 1.87 डॉलर की राशि पर लगभग 15 प्रतिशत वार्षिक चक्रवृद्धि रेट ऑफ़ रिटर्न मिलेगा, जो कोका-कोला ने अपने शेयरों को दोबारा ख़रीदने में ख़र्च किए थे।

कोका-कोला अगर वह 5.8 अरब डॉलर की राशि डिविडेंड के रूप में देती, जिससे इसने बाईबैक किया था, तो शेयरहोल्डर्स को इस डिविडेंड पर व्यक्तिगत इनकम टैक्स देना पड़ता। इनकम टैक्स की वजह से यह 5.8 अरब डॉलर की राशि घटकर लगभग 4 अरब डॉलर रह जाती यानी 1.26 डॉलर प्रति शेयर।

निवेशक के रूप में आपको यह विकल्प चुनना है कि आप 1.26 डॉलर प्रति शेयर अपनी जेब में पाना चाहते हैं या फिर आप यह चाहते हैं कि कोका-कोला

इसे ख़र्च करके आपके हिस्से के आकार को बड़ा कर दे? अगर आप कोका-कोला को टैक्स के बाद के 1.26 डॉलर रखने देते हैं, तो यह इस राशि को अपने खुद के शेयर बाईबैक करने पर ख़र्च कर सकती है, जिससे प्रति शेयर आय बढ़ जाएगी और आपके शेयर का मूल्य बढ़ जाएगा।

जब से वॉरेन ने कोका-कोला के शेयर ख़रीदे हैं और संचालक मंडल में शामिल हुए हैं, तब से कंपनी अपने शेयरों का आक्रामक बाईबैक करने लगी है। इसी अवधि में शेयर बाज़ार ने कंपनी का मूल्यांकन भी बढ़ा दिया है। 1988 में इसका पीई 18 पर चल रहा था, जो 1997 में बढ़कर 40 हो गया है। शेयर बाज़ार प्रति शेयर आय में मोटी वृद्धि से प्रेम करता है और यह इक्विटी पर ऊँचे रिटर्न को भी बहुत पसंद करता है। वॉरेन के हिसाब से कोका-कोला की बाईबैक योजना ने एक अच्छी चीज़ को और भी बेहतर बना दिया था।

41

यह कैसे तय करें कि प्रति शेयर आय शेयर बाईबैक के कारण बढ़ रही है

हम इस बारे में बात कर चुके हैं कि कई वर्षों तक प्रति शेयर आय की वार्षिक चक्रवृद्धि वृद्धि दर कैसे तय करना है। हमने यह भी बात की है कि कंपनी अपने शेयरों की संख्या घटाकर प्रति शेयर आय पर वार्षिक चक्रवृद्धि वृद्धि दर बढ़ा सकती है। लेकिन किसी शेयर का विश्लेषण करते समय आपको यह जानने की ज़रूरत है कि प्रति शेयर आय क्यों बढ़ रही है। क्या यह व्यवसाय के आर्थिक इंजनों की वजह से बढ़ रही है? या फिर यह वित्तीय बाज़ीगरी है? या फिर दोनों का तालमेल है?

यह जानने का तरीक़ा यह है कि कंपनी की वास्तविक शुद्ध आय की वार्षिक चक्रवृद्धि वृद्धि दर की तुलना प्रति शेयर आय की वार्षिक चक्रवृद्धि वृद्धि दर से करें। यह समझ लें कि प्रति शेयर आँकड़ा निकालने के लिए आपको कंपनी की शुद्ध आय को कंपनी के शेयरों की संख्या से विभाजित करना है।

1986 में वॉशिंगटन पोस्ट कंपनी की कुल शुद्ध आय 100.2 मिलियन डॉलर थी। इसके शेयरों की संख्या 12.83 मिलियन थी। जब आप 100.2 मिलियन डॉलर में 12.83 मिलियन का भाग देते हैं, तो आपको प्रति शेयर 7.80 डॉलर का आँकड़ा मिलता है। अगर आप शेयरों की संख्या को घटाकर 10 मिलियन कर दें, तो आपको 10.02 डॉलर की प्रति शेयर आय का आँकड़ा मिलता है। शेयरों की संख्या घटा देंगे, तो प्रति शेयर आय का आँकड़ा ऊपर चला जाएगा। शेयरों की संख्या बढ़ा देंगे, तो प्रति शेयर आय का आँकड़ा नीचे चला जाएगा।

इस तरीक़े से प्रबंधन पूँजी का प्रभावी इस्तेमाल करके शेयरहोल्डर्स की दौलत बढ़ा सकता है। लेकिन यह साधारण प्रदर्शन को छिपा भी सकता है।

आइए मान लेते हैं कि 1980 में एक्स कंपनी की शुद्ध आय 100 मिलियन डॉलर थी और इसके 10 मिलियन शेयर थे, जिसका मतलब है प्रति शेयर 10 डॉलर

की आय। अब मान लेते हैं कि 1990 में कंपनी ने 75 मिलियन डॉलर का शुद्ध लाभ कमाया और इसके 5 मिलियन शेयर हैं, तो इसका मतलब है कि इसे प्रति शेयर 15 डॉलर की आय हुई।

हालाँकि एक्स कंपनी की वास्तविक शुद्ध आय 1980 से 1990 के बीच के दस वर्ष की अवधि में कम हुई और 100 मिलियन डॉलर प्रति वर्ष से घटकर 75 मिलियन डॉलर हो गई, लेकिन इसके बावजूद कंपनी की प्रति शेयर आय बढ़ गई, जो 1980 में 10 डॉलर थी, लेकिन 1990 में बढ़कर 15 डॉलर हो गई।

इसका मतलब है कि कंपनी एक्स की प्रति शेयर आय की वार्षिक वृद्धि दर 4.13 प्रतिशत रही। लेकिन वास्तविक शुद्ध आय में हर साल 2.83 प्रतिशत का नुक़सान हो रहा था। प्रबंधक सृजनात्मक कलाकार होते हैं, इसलिए वे अपने शेयरहोल्डर्स को संतुष्ट रखने के लिए इस तकनीक का इस्तेमाल करते हैं। देखिए, प्रति शेयर आय पिछले साल 4.13 प्रतिशत बढ़ गई। बुरा नहीं है! अब दोबारा टीवी देखने लगें और हमें अकेला छोड़ दें।

आप सोचते हैं कि मैं मज़ाक़ कर रही हूँ, है ना? कोई भी इतना मूर्ख नहीं होगा कि वह प्रति शेयर आय के साथ-साथ वास्तविक शुद्ध आय की जाँच नहीं करे। मैं जानती हूँ कि आप शायद डिज़नीलैंड गए हैं, लेकिन क्या आप कभी वॉल स्ट्रीट में गए हैं?

पैट्रियॉट मिसाइल के निर्माता रेथियॉन चतुर रॉकेट साइंटिस्ट थे और उन्होंने अपनी प्रति शेयर आय 1985 से 1995 तक 11.2 प्रतिशत की वार्षिक चक्रवृद्धि दर से बढ़ाई। प्रबंधन चार्ट को गर्व के साथ दिखा सकता है और अपने शेयरहोल्डर्स को बता सकता है कि प्रति शेयर आय 1985 में 2.30 डॉलर थी, जबकि 1995 में यह बढ़कर 6.65 डॉलर हो गई। उन लोगों ने इतना अच्छा काम किया है कि उन्हें बोनस मिलना चाहिए। लेकिन दरअसल रेथियॉन की शुद्ध आय सिर्फ़ 7.8 प्रतिशत की वार्षिक दर से बढ़ी थी। अगर आप सोच रहे हों, तो 7.8 प्रतिशत कोई ऐसी चीज़ नहीं है, जिसकी डींगें हाँकी जाएँ; इससे आप मुद्रास्फीति से बस थोड़े से ही आगे रहते हैं। प्रति शेयर आय इतने नाटकीय रूप से इसलिए बढ़ती दिखी, क्योंकि रेथियॉन ने अपने शेयरों की संख्या 24 प्रतिशत कम कर ली, जो 1985 में 155 मिलियन थे, जबकि 1995 में 117 मिलियन रह गए।

शेयर बाईबैक ना सिर्फ़ कुल आय में हल्की वृद्धि को भी ज़्यादा दिखा सकते हैं, बल्कि वे अच्छे प्रदर्शन को और बेहतर बना सकते हैं। कोका-कोला कंपनी ने बताया कि 1985 से 1995 तक प्रति शेयर आय 19.5 प्रतिशत की वार्षिक चक्रवृद्धि दर से बढ़ी, जो ज़बर्दस्त है। इस दौरान वास्तविक शुद्ध आय 15.2 प्रतिशत वार्षिक चक्रवृद्धि वृद्धि दर से बढ़ी थी, जो अपने आप में बेहतरीन है। कोका-कोला ने

प्रभावी दर से अपनी वास्तविक शुद्ध आय बढ़ाई, लेकिन शेयरों की संख्या घटने से इसकी प्रति शेयर आय और ज़्यादा बढ़ गई, जो 1985 में 3.087 अरब थे, लेकिन 1995 में घटकर 2.475 अरब रह गए।

फ़िलिप मॉरिस कंपनी ने बताया कि इसकी वास्तविक शुद्ध आय 1985 से 1995 के बीच 16 प्रतिशत की वार्षिक चक्रवृद्धि दर से बढ़ी। लेकिन इस दौरान इसकी प्रति शेयर आय 18.35 प्रतिशत की वार्षिक चक्रवृद्धि दर से बढ़ी, जो बहुत ही ज़बर्दस्त है। यह काफ़ी हद तक इस वजह से हुआ, क्योंकि फ़िलिप मॉरिस ने अपने शेयरों की संख्या 13 प्रतिशत घटा ली थी। 1985 में इसके 954 मिलियन शेयर थे, जबकि 1995 में ये घटकर 823 मिलियन रह गए।

कई बार किसी कंपनी को पूँजी की इतनी ज़्यादा ज़रूरत होती है कि अपने शेयरों का बाईबैक करने के बजाय यह और ज़्यादा शेयर जारी कर देती है। इससे शेयरों की संख्या बढ़ जाती है और प्रति शेयर वार्षिक वृद्धि दर कम हो जाती है। जिस तरह शेयरों की संख्या में कमी से वास्तविक शुद्ध आय की वृद्धि दर पर कोई प्रभाव नहीं पड़ता, उसी तरह शेयरों की संख्या बढ़ने से भी कोई प्रभाव नहीं पड़ता। जनरल मोटर्स इसका आदर्श उदाहरण है।

1985 से 1995 के बीच जीएम की शुद्ध आय में 4.82 प्रतिशत की वार्षिक वृद्धि हुई। लेकिन इसकी प्रति शेयर आय सिर्फ़ 2.68 प्रतिशत की वार्षिक दर से ही बढ़ी। ऐसा इसलिए हुआ, क्योंकि जीएम ने अपने शेयरों की संख्या बढ़ा ली थी। 1985 में इसके 682 मिलियन शेयर थे, जो 1995 में बढ़कर 755 मिलियन हो गए। यह एक अच्छा संकेत है कि आय में जीएम की वृद्धि इसके पूँजी आधार में वृद्धि दर्शाती है और इसके व्यवसाय के अर्थशास्त्र को नहीं दर्शाती।

बैंक होल्डिंग कंपनियाँ इसमें ख़ास तौर पर अच्छी होती हैं। वे इसलिए विकास नहीं करती हैं, क्योंकि कोई ज़बर्दस्त व्यवसाय भारी नक़दी छाप रहा है, बल्कि इसलिए करती हैं, क्योंकि निवेशक उस व्यवसाय में ज़्यादा पैसों का निवेश करते हैं। नॉरवेस्ट अमेरिका में तेरहवीं सबसे बड़ी बैंक होल्डिंग कंपनी है। 1985 से 1995 के बीच इसने प्रति शेयर आय में 21 प्रतिशत वार्षिक चक्रवृद्धि ग्रोथ रेट दी, जबकि इसकी वास्तविक शुद्ध आय की वार्षिक चक्रवृद्धि ग्रोथ रेट 28 प्रतिशत थी। इस अवधि में इसके शेयरों की संख्या 1985 में 178 मिलियन से बढ़कर 1995 में 325 मिलियन हो गई। नॉरवेस्ट केवल नए स्टॉक सर्टिफ़िकेट छापता है और दूसरे बैंकों के लिए उन्हें बदलता है। अगर नॉरवेस्ट को शेयरों का अच्छा मूल्य मिलता है, तो नए बैंक नॉरवेस्ट के मूल्य को बढ़ा देंगे, जिससे इसकी प्रति शेयर आय बढ़ जाएगी।

42

रिटेन्ड अर्निंग्स के इस्तेमाल की प्रबंधन की योग्यता को कैसे मापा जाए

जब कोई कंपनी मुनाफ़ा कमाती है, तो इसे यह निर्णय लेना होता है कि यह इसका क्या करे। सामान्य परंपरा यह है कि मुनाफ़े का एक हिस्सा उस मूल व्यवसाय की मशीनों के नवीनीकरण या उन्नयन में इस्तेमाल करना चाहिए, जिसने मुनाफ़ा उत्पन्न किया। वॉरेन इस आय को प्रतिबंधित आय मानते हैं।

प्रतिबंधित आय का एक उदाहरण देखें। मान लें कि कंपनी ए 1992 में 1 मिलियन डॉलर कमाती है, लेकिन 1993 में यह इस नतीजे पर पहुँचती है कि इसे 4 लाख डॉलर की लागत पर अपने मुख्य प्लांट का एक जेनरेटर बदलना होगा। इसका मतलब है कि 1993 में कंपनी को जेनरेटर बदलने में 4 लाख डॉलर ख़र्च करने होंगे, वरना यह कारोबार से बाहर हो जाएगी। अगर कंपनी ने अपने बैंक ख़ाते में 4 लाख डॉलर नहीं बचाए हैं, तो यह बाहर जाकर इस पैसे का इंतज़ाम करेगी। लेकिन कंपनी ए ने 1992 में 1 मिलियन डॉलर कमाए हैं, इसलिए जब कंपनी 1992 के अंत में यह पता लगाने की कोशिश कर रही है कि इस 1 मिलियन डॉलर का क्या किया जाए, तो कंपनी का प्रबंधन 1993 में नया जेनरेटर ख़रीदने के लिए 1 मिलियन डॉलर के मुनाफ़े में से 4 लाख डॉलर का प्रावधान कर देगा।

इसका मतलब है कि कंपनी ए को 1 मिलियन डॉलर का जो मुनाफ़ा हुआ, उसमें से 4 लाख डॉलर अब प्रतिबंधित या सीमित हो गए। इस तरह कंपनी ए ने 1992 में 1 मिलियन डॉलर का मुनाफ़ा कमाया, उसमें से 4 लाख 1993 में नया जेनरेटर ख़रीदने के लिए प्रतिबंधित हो गए और बचे 6 लाख डॉलर अप्रतिबंधित हैं, जो कंपनी ए के शेयरहोल्डर्स को दिए जा सकते हैं या नए व्यावसायिक उपक्रमों में ख़र्च किए जा सकते हैं।

यह 6 लाख डॉलर की अप्रतिबंधित आय है, जिसे वॉरेन इतना रोचक पाते हैं। कंपनी ए का प्रबंधन इसके साथ क्या करता है, उसी से यह तय होगा कि कंपनी ए शेयरहोल्डर्स के लिए मूल्य में बढ़ती है या नहीं।

वॉरेन मानते हैं कि प्रबंधन को अप्रतिबंधित आय का इस्तेमाल शेयरहोल्डरों को सर्वश्रेष्ठ मूल्य देने के लिए करना चाहिए।

कंपनी ए के प्रबंधन के पास यह विकल्प होता है कि यह अप्रतिबंधित मुनाफ़े को या तो इसके शेयरहोल्डर्स को डिविडेंड में दे दे, या फिर इसे अपने पास रोककर रखे तथा शेयर बाईबैक करने या नए कारोबारी उपक्रमों में ख़र्च कर दे।

वॉरेन मानते हैं कि प्रबंधन को अप्रतिबंधित मुनाफ़े को सिर्फ़ तभी रोककर रखना चाहिए, जब यह अप्रतिबंधित मुनाफ़े पर इतना ऊँचा रेट ऑफ़ रिटर्न कमा सकता हो, जितना शेयरहोल्डर्स बाहर नहीं कमा सकते।

आइए मान लेते हैं कि कंपनी ए का प्रबंधन 6,00,000 डॉलर के अप्रतिबंधित मुनाफ़े का इस्तेमाल इस तरह करता है कि कंपनी उस पर 15 प्रतिशत का वार्षिक रिटर्न हासिल करती है। लेकिन यदि शेयरहोल्डर्स को 6,00,000 डॉलर डिविडेंड में दे दिए जाएँ, तो संभवतः वे इतना अच्छा रेट ऑफ़ रिटर्न हासिल नहीं कर पाएँगे। इसलिए इस बात में ज़्यादा समझदारी नज़र आती है कि कंपनी ए इस अप्रतिबंधित मुनाफ़े को डिविडेंड में देने के बजाय इसे रोककर रखे। (सरलता की दृष्टि से इस उदाहरण में टैक्स के प्रभाव को नज़रअंदाज़ किया गया है।) वॉरेन मानते हैं कि कंपनी को अप्रतिबंधित आय को सिर्फ़ तभी रोककर रखना चाहिए, अगर यह सोचना तार्किक हो कि शेयरहोल्डर्स के बजाय प्रबंधन इस अप्रतिबंधित मुनाफ़े का ज़्यादा अच्छा निवेश कर सकता है।

यदि इसका विपरीत सच है और शेयरहोल्डर्स 15 प्रतिशत रिटर्न कमा सकते हैं, जबकि कंपनी ए का प्रबंधन इस मुनाफ़े का दोबारा निवेश करके केवल 5 प्रतिशत रिटर्न कमा सकता है, तो ज़्यादा समझदारी इसी में रहेगी कि यह अप्रतिबंधित मुनाफ़े को डिविडेंड के रूप में शेयरहोल्डर्स को दे दे।

निवेशक के रूप में हमारी समस्या यह है कि यह तय करना मुश्किल होता है कि क्या प्रबंधन अप्रतिबंधित मुनाफ़े पर रिटर्न कमाने का बेहतर काम कर रहा है या नहीं। ऐसा इसलिए है, क्योंकि मूल व्यवसाय में असाधारण अर्थशास्त्र वाली कंपनी बहुत-सा सरप्लस कैश उत्पन्न कर सकती है और इस प्रक्रिया में प्रबंधन द्वारा पूँजी आवंटन में की गई किसी भी तरह की ग़लतियों को ढँक सकती है। जैसा बताया जा चुका है, ज़बर्दस्त कारोबार इतना शक्तिशाली होता है कि यह प्रबंधन की अयोग्यता को भी छिपा सकता है।

मुद्रास्फीति भी मूल व्यवसाय की आय के स्तर को बढ़ाकर प्रबंधन के प्रदर्शन को छिपा सकती है, भले ही बिक्री के यूनिट्स समान रहें। 10 प्रतिशत भाव बढ़ने का मतलब है कंपनी के प्रॉडक्ट्स के भाव में 10 प्रतिशत वृद्धि और मुनाफ़े में 10 प्रतिशत वृद्धि। अगर मूल व्यवसाय में नए पूँजी निवेश की बहुत कम ज़रूरत है, तो मुद्रास्फीति द्वारा उत्पन्न मुनाफ़े में वृद्धि को इस बात का ग़लत श्रेय दिया जा सकता है कि प्रबंधन में अप्रतिबंधित मुनाफ़े को आवंटित करने की अच्छी योग्यता है।

तो यह समस्या है। निवेशक के रूप में हम अप्रतिबंधित मुनाफ़े को लाभकारी रूप से आवंटित करने की कंपनी या प्रबंधन की योग्यता को कैसे माप सकते हैं?

प्रबंधन के प्रदर्शन को मापने का एक सरल गणितीय तरीक़ा है। यह इसलिए सरल है कि मूल व्यवसाय और मुद्रास्फीति अंतिम परिणाम को चाहे जैसा कर सकती हैं, लेकिन यह वस्तुस्थिति का काफ़ी क़रीबी अंदाज़ दे देता है। फिर भी आवश्यकता आविष्कार की जननी है और प्रदर्शन को मापने की आवश्यकता बहुत ज़्यादा है। इसलिए जब तक अकाउंटिंग और रिपोर्टिंग पैमाने ज़्यादा विस्तृत विश्लेषण नहीं देते हैं, तब तक हम प्रबंधन के प्रदर्शन के मोटे अनुमान लगाने से ज़्यादा कुछ नहीं कर सकते।

हम निश्चित अवधि के लिए *किसी कंपनी द्वारा रोकी गई प्रति शेयर आय को लेते हैं, फिर इसकी तुलना उसी अवधि में होने वाली प्रति शेयर आय में वृद्धि से करते हैं।*

आइए कुछ उदाहरण देखते हैं, ताकि आपको बेहतर पता चल जाए कि यह कैसे काम करता है।

1983 में कोका-कोला ने 0.17 डॉलर कमाए। इसका मतलब है कि 1983 के अंत तक कोका-कोला में जितनी भी पूँजी का निवेश किया गया, उससे 1983 में कोका-कोला ने 0.17 डॉलर कमाए। अब 1983 और 1993 के बीच की दस वर्ष की अवधि में कोका-कोला ने 4.44 डॉलर प्रति शेयर का कुल मुनाफ़ा कमाया। दस वर्ष की अवधि में कोका-कोला ने उस 4.44 डॉलर में से 1.89 डॉलर प्रति शेयर डिविडेंड में दिए। इसका मतलब है कि 1983 और 1994 के बीच की दस वर्ष की अवधि में कोका-कोला के पास 2.55 डॉलर की प्रति शेयर रिटेन्ड अर्निंग्स बची थीं (4.44 डॉलर - 1.89 डॉलर = 2.55 डॉलर)।

इस तरह 1983 के अंत से लेकर 1993 के अंत तक कोका-कोला ने प्रति शेयर कुल 4.44 डॉलर कमाए, डिविडेंड में 1.89 डॉलर प्रति शेयर दिए और 2.55 डॉलर प्रति शेयर को अपने पूँजी आधार में जोड़ दिया।

1983 और 1993 के बीच कोका-कोला की प्रति शेयर आय 0.17 डॉलर से बढ़कर 0.84 डॉलर प्रति शेयर हो गई। हम यह मान सकते हैं कि कोका-कोला की

प्रति शेयर 0.17 डॉलर की आय उस सारी निवेशित पूँजी पर थी, जो 1983 के अंत तक लगी थी। हम यह तर्क भी दे सकते हैं कि 1983 में 0.17 डॉलर प्रति शेयर की आय बढ़कर 1993 में 0.84 डॉलर हो गई, जिसका मतलब है कि कोका-कोला के प्रबंधन ने प्रति शेयर 2.55 डॉलर के मुनाफ़े का इस्तेमाल करने का उत्कृष्ट काम किया है, जो कोका-कोला ने 1983 से 1993 के बीच रोककर रखा।

अगर हम 1993 की प्रति शेयर आय 0.84 डॉलर में से 1983 की प्रति शेयर आय 0.17 डॉलर को घटा देते हैं, तो हम पाते हैं कि अंतर 0.67 डॉलर प्रति शेयर है। इस तरह हम तर्क दे सकते हैं कि 1983 से 1993 के बीच रोकी गई 2.55 डॉलर प्रति शेयर की राशि ने 1993 में 0.67 डॉलर की अतिरिक्त आय उत्पन्न की। इसका मतलब है कि 2.55 डॉलर की रिटेन्ड अर्निंग्स ने 1993 में 0.67 डॉलर कमाए, जिसका कुल रिटर्न 26.2 प्रतिशत था (0.67 डॉलर / 2.55 डॉलर × 100 = 26.2 प्रतिशत)।

इस तरह हम तर्क दे सकते हैं कि कोका-कोला के प्रबंधन ने 2.55 डॉलर प्रति शेयर की शेयरहोल्डर्स कैपिटल या रिटेन्ड अर्निंग्स पर 1993 में 26.2 प्रतिशत रिटर्न हासिल किया, जो कोका-कोला ने 1983 से 1993 तक रोककर रखी थीं।

आइए इसकी तुलना जनरल मोटर्स जैसी कंपनी से करते हैं, जिसकी प्रति शेयर आय 1983 से 1993 के बीच 37.67 डॉलर थी, जिसमें से 22.18 डॉलर इसने डिविडेंड में दिए और 15.49 डॉलर रोककर रखे। लेकिन जनरल मोटर्स की प्रति शेयर आय 1983 में 5.92 डॉलर से घटकर 1993 में 2.13 डॉलर रह गई। जनरल मोटर्स के प्रबंधन ने शेयरहोल्डर्स के मुनाफ़े में से 15.49 डॉलर रोककर रखे और उन्हें इस तरह आवंटित किया कि प्रति शेयर मुनाफ़ा दरअसल घट गया। इससे आपको ऑटो व्यवसाय के अंतर्निहित अर्थशास्त्र के बारे में शंका हो सकती है।

अगर हम 1995 तक के जनरल मोटर्स के आँकड़े देखें, जब इसने 7.28 डॉलर प्रति शेयर कमाए, तो हम देखेंगे कि 1983 से 1995 तक जनरल मोटर्स ने शेयरहोल्डर्स के मुनाफ़े में से लगभग 26.27 डॉलर रोककर रखे और इसके प्रति शेयर मुनाफ़े को 1983 में 5.92 डॉलर से 1995 में 7.28 डॉलर कर लिया। इसका मतलब है कि जनरल मोटर्स ने शेयरहोल्डर्स के मुनाफ़े में से 26.27 डॉलर रोककर रखे और इस प्रक्रिया में प्रति शेयर आय को 1.36 डॉलर बढ़ाया (7.28 डॉलर - 5.92 डॉलर = 1.36 डॉलर)। इस तरह हम तर्क दे सकते हैं कि 1983 से 1995 के बीच जो 26.27 डॉलर प्रति शेयर रोककर रखे गए, उससे 1995 में 1.36 डॉलर की अतिरिक्त आय उत्पन्न हुई। हम यह तर्क दे सकते हैं कि 26.27 डॉलर की रिटेन्ड अर्निंग्स ने 1995 में 1.36 डॉलर रिटर्न कमाया, जिसका रेट ऑफ़ रिटर्न 5.1 प्रतिशत था (1.36 डॉलर / 26.27 डॉलर × 100 = 5.1 प्रतिशत)।

क्रे रिसर्च सुपरकंप्यूटर बनाता है। 1983 से 1993 के बीच इसकी प्रति शेयर आय 31.67 डॉलर थी और इसने पूरी आय अपने पास रोककर रखी। 1983 से 1993 के बीच आय 1.44 प्रति शेयर बढ़ी, जो 1983 में 0.89 डॉलर थी, जबकि 1994 में यह 2.33 डॉलर हो गई। इस तरह क्रे रिसर्च ने शेयरहोल्डर्स के मुनाफ़े में से प्रति शेयर 31.67 डॉलर रोककर रखे, जिससे 1993 में प्रति शेयर 1.44 डॉलर की आय उत्पन्न हुई, जिसका मतलब है कि 1983 से 1993 के बीच की अवधि की कुल रिटेन्ड अर्निंग्स पर इसका रेट ऑफ़ रिटर्न केवल 4 प्रतिशत था (1.44 डॉलर / 31.67 डॉलर × 100 = 4.5 प्रतिशत)।

क्रे रिसर्च की तुलना गैनेट कॉरपोरेशन से करें, जो लगभग 190 अख़बार प्रकाशित करता है। गैनेट ने 1983 के अंत से 1993 के अंत तक प्रति शेयर 20.88 डॉलर की आय हासिल की, जिसमें से 10.37 डॉलर डिविडेंड के रूप में दिए गए। इसका मतलब है कि 1983 से 1993 के बीच गैनेट कॉरपोरेशन ने 10.51 डॉलर प्रति शेयर शेयरहोल्डर्स अर्निंग्स में रोककर रखे। 1983 से 1993 के बीच प्रति शेयर आय में 1.59 डॉलर की वृद्धि हुई, जो 1983 में 1.13 डॉलर से बढ़कर 1993 में 2.72 डॉलर हो गई।

हम तर्क दे सकते हैं कि गैनेट कॉरपोरेशन ने शेयरहोल्डर्स अर्निंग्स में 10.51 डॉलर रोककर रखे, जिसने 1993 में 1.59 डॉलर प्रति शेयर की आमदनी उत्पन्न की, जिसका मतलब यह है कि इस राशि का रेट ऑफ़ रिटर्न 15.1 प्रतिशत था। लेकिन क्रे रिसर्च ने शेयरहोल्डर्स अर्निंग्स में प्रति शेयर 31.67 डॉलर रोककर रखे, यानी गैनेट से तीन गुना ज़्यादा और प्रति शेयर आय सिर्फ़ 1.44 डॉलर बढ़ी, यानी रेट ऑफ़ रिटर्न 4 प्रतिशत था।

भले ही हमें इस बात का कोई अंदाज़ नहीं हो कि ये चारों कंपनियाँ कौन-सा व्यवसाय करती हैं, लेकिन इसके बावजूद हम यह समझ सकते हैं कि कोका-कोला कंपनी और गैनेट कॉरपोरेशन अपनी रिटेन्ड अर्निंग्स को लाभकारी रूप से आवंटित करने का काम जनरल मोटर्स और क्रे रिसर्च से ज़्यादा अच्छी तरह करती हैं।

इन चारों कंपनियों के प्रति शेयर बाज़ार भाव की जाँच से पता चलता है कि जनरल मोटर्स और क्रे रिसर्च के शेयर का भाव 1993 में भी लगभग वही था, जो 1983 में था। इसका मतलब है कि हालाँकि जनरल मोटर्स ने शेयरहोल्डर्स अर्निंग्स में 15.49 डॉलर रोककर रखे और क्रे रिसर्च ने 31.67 डॉलर रोककर रखे, लेकिन दोनों में से कोई भी अपने शेयरहोल्डर्स के लिए दीर्घकालीन मूल्य को ज़्यादा नहीं बढ़ा पाई।

लेकिन कोका-कोला और गैनेट दोनों के ही शेयरों का मूल्य 1983 से 1993 के बीच काफ़ी ज़्यादा बढ़ा, जिससे उनके शेयरहोल्डर्स को लाभ पहुँचा और मूल्य का सृजन हुआ।

यह परीक्षण आदर्श नहीं है। हमें ध्यान रखना चाहिए कि जिन प्रति शेयर आय के आँकड़ों का इस्तेमाल किया जाए, वे असामान्य नहीं हों। हमें ध्यान रखना चाहिए कि प्रति शेयर आय के आँकड़े आय की शक्ति में वास्तविक वृद्धि या कमी के सूचक हों। इस परीक्षण का लाभ यह है कि इससे आपको यानी निवेशक को यह तय करने का एक फटाफट तरीक़ा मिल जाता है कि किसी कंपनी और इसके प्रबंधन में रिटेन्ड अर्निंग्स को इस तरह आवंटित करने की योग्यता है या नहीं, जिससे कंपनी के शेयरहोल्डर्स की दौलत बढ़ती है।

43

अल्पकालीन आरबिट्रेज निवेश

वॉरेन की एक छुपी हुई योग्यता यह है कि वे आरबिट्रेज के क्षेत्र में बहुत सफल हैं - या जैसा वे इसे कहते हैं, *वर्कआउट।* ये आरबिट्रेज या वर्कआउट अवसर कई घटनाओं की वजह से उत्पन्न होते हैं, जैसे कंपनी का बिकना, पुनर्गठन, मर्जर यानी विलय, स्पिन-ऑफ़ यानी खंडीकरण और शत्रुतापूर्ण अधिग्रहण यानी टेकओवर।

वॉरेन दीर्घकालीन निवेश में पूँजी लगाना पसंद करते हैं, लेकिन जब दीर्घकालीन निवेश का कोई अवसर सामने नहीं होता, तो उन्होंने पाया है कि आरबिट्रेज या वर्कआउट के अवसर उन्हें अन्य अल्पकालीन निवेशों की तुलना में बहुत ज़्यादा लाभदायक मार्ग प्रदान करते हैं। वास्तव में, 30 साल से ज़्यादा समय से वॉरेन ने आरबिट्रेज स्थितियों में सक्रियता से निवेश किया है और उनका अनुमान है कि टैक्स से पहले उनका औसत वार्षिक रेट ऑफ़ रिटर्न 25 प्रतिशत के आस-पास रहा है। यह किसी के लिए भी बहुत लाभदायक रेट ऑफ़ रिटर्न है।

बफेट पार्टनरशिप के शुरुआती दिनों में 40 प्रतिशत फ़ंड का निवेश आरबिट्रेज या वर्कआउट स्थितियों में हो सकता था। और 1962 जैसे स्याह वर्षों में जब पूरा शेयर बाज़ार ढह रहा था, तो वर्कआउट से होने वाले लाभों ने उन्हें मुनाफ़े में रखा। उन्होंने साझेदारी को 13.9 प्रतिशत मुनाफ़े में रखा, जबकि डाउ 7.6 प्रतिशत गिरा था। (बहरहाल, 1962 में सामान्य शेयरों में बफेट पार्टनरशिप के निवेशों में घाटा हुआ। यह आरबिट्रेज/वर्कआउट के मुनाफ़े थे, जिन्होंने एक आपदा को उस चीज़ में बदला, जो वित्तीय महारथियों के ही बूते की बात होती है।)

हालाँकि कई प्रकार के आरबिट्रेज/वर्कआउट होते हैं या "विशेष स्थितियाँ" जैसा ग्राहम उन्हें कहते हैं, लेकिन वॉरेन उसके साथ बहुत आरामदेह हैं, जिसे ग्राहम ने बिक्री या लिक्विडेशन पर नक़द भुगतान कहा था। इस प्रकार के आरबिट्रेज में एक कंपनी अपना कारोबारी संचालन दूसरी कंपनी को बेच देती है या अपना काम बंद करके संपत्तियाँ बेच देती है और इसे शेयरहोल्डर्स में बाँट देती है।

वॉरेन ने 1988 में 281.8 मिलियन डॉलर में आरजेआर नैबिस्को के 33,42,000 शेयर ख़रीदे। यह कंपनी के लिए आरजेआर मैनेजमेंट की बोली की घोषणा के बाद किया गया। यह कंपनी किसी दूसरी कंपनी को बेचने का अच्छा उदाहरण है।

जनरल डाइनैमिक्स का शेयर ख़रीदते समय वॉरेन कंपनी की इस घोषणा से प्रेरित हुए कि यह कुछ व्यावसायिक जायदाद बेचने वाली है और शेयरधारकों में पैसा बाँटने वाली है। घोषित बिक्री के भाव और बिक्री से पहले कंपनी के शेयर के बाज़ार भाव के बीच के अंतर की वजह से निवेश का अवसर उत्पन्न होता है।

उदाहरण के लिए, एक्स कंपनी घोषणा करती है कि यह अपने सारे शेयर भविष्य में किसी तारीख़ को वाय कंपनी को 120 डॉलर प्रति शेयर के भाव पर बेच देगी। लेकिन निवेशक सौदा होने से पहले 100 डॉलर के भाव पर शेयर ख़रीदने में कामयाब हो जाता है, जिसका मतलब है कि उसे 20 डॉलर प्रति शेयर का मुनाफ़ा होता है - बाज़ार में दिया गया भाव 100 डॉलर और बिक्री का भाव 120 डॉलर, इसलिए दोनों के बीच का अंतर 20 डॉलर। प्रश्न यह है, सौदा कब पूरा होगा, ताकि निवेशक 120 डॉलर में अपना शेयर बेचकर 20 डॉलर प्रति शेयर का मुनाफ़ा कमा सके?

इसलिए बड़ा प्रश्न समय का है। शेयर ख़रीदने के बाद सौदा पूरा होने में जितना लंबा समय लगता है, आपका वार्षिक रेट ऑफ़ रिटर्न उतना ही कम होता जाता है। आइए मैं आपको बताती हूँ।

अगर आप 100 डॉलर के भाव पर कोई शेयर ख़रीदते हैं और कंपनी बारह महीने के भीतर 120 डॉलर प्रति शेयर में बिक जाती है, तो आपको 20 डॉलर का मुनाफ़ा होगा और आपका टैक्स से पहले वार्षिक रेट ऑफ़ रिटर्न भी 20 प्रतिशत होगा। लेकिन मान लें कि किसी जटिलता के कारण सौदा दो साल बाद होता है, तो क्या होगा? तो आपका टैक्स से पहले वार्षिक रेट ऑफ़ रिटर्न घटकर 10 प्रतिशत हो जाएगा।

इसी तरह अगर आप खुशक़िस्मत रहते हैं और सौदा बारह महीनों के बजाय सिर्फ़ छह महीनों में ही पूरा हो जाता है, तो आपका टैक्स से पहले वार्षिक चक्रवृद्धि रेट ऑफ़ रिटर्न 40 प्रतिशत हो जाएगा।

आरबिट्रेज/वर्कआउट स्थिति अनिवार्यतः टाइमटेबल के साथ किया गया निवेश है। आप जो राशि कमाने जा रहे हैं, वह निश्चित है - हमारे दिए उदाहरण में 20 डॉलर। आप शेयर को अपने पास जितने लंबे समय तक रखते हैं, उसी से टैक्स से पहले वार्षिक रेट ऑफ़ रिटर्न तय होगा। समय जितना कम लगता है, टैक्स-पूर्व वार्षिक रेट ऑफ़ रिटर्न उतना ही ज़्यादा होता है। समय की अवधि जितनी ज़्यादा होती है, टैक्स-पूर्व वार्षिक रेट ऑफ़ रिटर्न उतनी ही कम होती है।

इस तरह की स्थितियों में निवेश के कुछ जोखिम होते हैं। जैसा हम पहले ही ज़िक्र कर चुके हैं, एक तो यह रहता है कि सौदे में उम्मीद से ज़्यादा लंबा समय लग सकता है। दूसरा यह है कि हो सकता है कि सौदा ही नहीं हो पाए, जो बहुत बड़ी निराशा का कारण हो सकता है।

सैकड़ों कारणों से सौदों में उम्मीद से ज़्यादा लंबा समय लग सकता है या वह रद्द हो सकता है। कई बार शेयरहोल्डर प्रस्ताव को अस्वीकार कर देते हैं; कई बार सरकार के एकाधिकार विरोधी लोग इसे नकार देते हैं और कई बार तो इनकम टैक्स विभाग टैक्स संबंधी दिशानिर्देश जारी करने में अनंत काल लगा देता है। कोई भी चीज़ गड़बड़ हो सकती है।

वॉरेन एक तरीक़े से अपना जोखिम करते हैं। वे केवल ऐसी स्थितियों में निवेश करते हैं, जिनकी घोषणा हो चुकी हो। यह सामान्य और बुद्धिमत्तापूर्ण चीज़ लगती है। ऐसा मूर्ख कौन होगा, जो किसी ऐसे सौदे में निवेश करेगा, जिसकी घोषणा भी नहीं हुई हो? अंदाज़ा लगाएँ? ठीक है, आप समझ गए। वॉल स्ट्रीट! हाँ, उन्होंने अपने दिमाग़ का अतिरिक्त इस्तेमाल करके यह पता लगा लिया है कि वे सचमुच बहुत सारे पैसे कमा सकते हैं, बशर्ते वे ऐसी कंपनियों में निवेश करें, जिनके अधिग्रहण की अफ़वाह है। अफ़वाहों पर ख़रीदने-बेचने में बड़ा मुनाफ़ा हो सकता है, लेकिन इसमें जोखिम भी ज़्यादा होता है।

वॉरेन ने सैकड़ों आरबिट्रेज/वर्कआउट स्थितियों के अनुभव के बाद यह पाया है कि 25 प्रतिशत का लगभग निश्चित वार्षिक रेट ऑफ़ रिटर्न आम तौर पर उस 100 प्रतिशत रेट ऑफ़ रिटर्न से ज़्यादा लाभदायक होता है, जो अनिश्चित है। शेयर बाज़ार के लोग अफ़वाहों पर ख़रीद-फ़रोख़्त कर सकते हैं, लेकिन वॉरेन बिक्री या विलय की घोषणा के बाद ही निवेश करते हैं।

1957 से 1969 के बीच बफ़ेट पार्टनरशिप के वर्षों के दौरान वॉरेन की राय थी कि निवेश की आरबिट्रेज/वर्कआउट श्रेणी साल दर साल पार्टनरशिप को सबसे स्थिर और अच्छे मुनाफ़े देगी तथा बाज़ार की गिरावट के वर्षों में पार्टनरशिप को बड़ा प्रतिस्पर्धी लाभ देगी।

आपको यह समझना चाहिए कि जब शेयर बाज़ार नीचे जा रहा होता है, तो शेयरधारक और प्रबंधन कंपनी के शेयर के गिरते भाव के बारे में चिंता करने लगता है, इसलिए यह बेचने, लिक्विडेशन या किसी अन्य प्रकार के पुनर्गठन के बारे में ज़्यादा इच्छुक होता है। यानी बाज़ार गिरने पर आरबिट्रेज के क्षेत्र में अवसर उत्पन्न होने लगते हैं।

ग्राहम का सूत्र

वॉरेन ने आरबिट्रेज/वर्कआउट का यह खेल ग्राहम से सीखा था। ग्राहम इस विषय पर मेयर एच. वाइनस्टाइन की 1931 की पुस्तक *आरबिट्रेज इन सिक्युरिटीज़* (हार्पर ब्रदर्स) से प्रभावित थे और उन्होंने *सिक्युरिटी एनालिसिस* के 1951 के अपने संस्करण में इस विषय पर बहुत अच्छी तरह लिखा है।

ग्राहम ने बताया कि कोई कंपनी जब नक़द पैसों में बिक रही हो, तो उसके शेयर घोषणा से पहले ख़रीदने पर भारी मुनाफ़ा हो सकता है। ग्राहम ने यह भी कहा कि घोषणा के बाद - लेकिन बिक्री के पूरी होने से पहले - शेयर के बाज़ार भाव और घोषित बिक्री भाव के बीच में प्रायः एक रोचक अंतर उत्पन्न हो जाता है। इस तरह का आरबिट्रेज वॉरेन को सबसे ज़्यादा लाभदायक लगता है।

निवेश की जटिलता और अन्य परिवर्तनशील घटकों की मौजूदगी की वजह से ग्राहम ने किसी ख़ास सौदे में मुनाफ़े की संभावना को तय करने का एक सामान्य फ़ॉर्मूला विकसित किया। यह फ़ॉर्मूला उन्होंने वॉरेन को सिखाया। यह फ़ॉर्मूला इस तरह है :

G = सफलता की स्थिति में अपेक्षित लाभ

L = असफलता की स्थिति में अपेक्षित हानि

C = सफलता की अपेक्षित संभावनाएँ, प्रतिशत के रूप में

Y = शेयर रोककर रखने का अपेक्षित समय, वर्षों में

P = शेयर का वर्तमान भाव

$$\text{वार्षिक रिटर्न} = \frac{CG - L(100\% - C)}{YP}$$

यह फ़ॉर्मूला हानि की आशंका पर भी ध्यान देता है, जिसका मूल्यांकन इस तरह के किसी भी सौदे में करना चाहिए। आइए देखते हैं कि यह कैसे काम करता है।

ग्राहम के आरबिट्रेज के फ़ॉर्मूले के इस्तेमाल का उदाहरण

13 फ़रवरी 1982 को बेयूक सिगार्स इंक. ने घोषणा की कि इसे जस्टिस डिपार्टमेंट से अनुमोदन मिल गया है कि यह अपना सिगार व्यवसाय अमेरिकन मेज़ प्रॉडक्ट्स कंपनी को 14.5 मिलियन डॉलर यानी लगभग 7.87 डॉलर में बेच दे। इसने यह

घोषणा भी की कि यह लिक्विडेशन की योजना बना रही है और बिक्री से मिलने वाला पैसा अपने शेयरहोल्डर्स में बाँट देगी।

इस घोषणा के कुछ ही समय बाद वॉरेन ने बेयूक सिगार्स के 5.71 प्रतिशत शेयर 5.44 डॉलर प्रति शेयर के भाव पर 5,72,907 डॉलर में ख़रीद लिए। बाज़ार भाव था 5.44 डॉलर और बेयूक की संपत्तियों की बिक्री से शेयरधारकों को मिलने वाली राशि थी 7.87 डॉलर। वॉरेन इन दोनों के अंतर पर आरबिट्रेज का खेल खेल रहे थे।

आरबिट्रेज की स्थितियों के लिए उपर्युक्त ग्राहम सूत्र पर अमल करने में वॉरेन को सबसे पहले तो अपना संभावित प्रति शेयर मुनाफ़ा निकालना होगा। यह बिक्री के भाव 7.87 डॉलर प्रति शेयर में से बाज़ार भाव को घटाकर किया जाता है, जो वॉरेन ने प्रति शेयर चुकाया था - 5.44 डॉलर। इसका मतलब है कि उन्हें प्रति शेयर 2.43 डॉलर के मुनाफ़े की संभावना है (7.87 डॉलर - 5.44 डॉलर = 2.43 डॉलर)।

फिर वे संभावित मुनाफ़े 2.43 डॉलर को सफलता की संभावना से गुणा करते हैं, जो प्रतिशत में व्यक्त होती है। इस प्रकरण में सौदे की घोषणा हो चुकी है और जस्टिस डिपार्टमेंट का अनुमोदन भी मिल चुका है। इसके पूरा होने में बहुत कम चीज़ें बाधा डाल सकती हैं। इसका मतलब है कि वॉरेन इस बिक्री की संभावना को 90 प्रतिशत या अधिक मान सकते हैं। अगर वॉरेन अपने मुनाफ़े की संभावना को 90 प्रतिशत मानते हैं, तो वे 2.43 डॉलर को 0.90 से गुना कर देंगे, जिससे उन्हें 2.18 डॉलर मिल जाते हैं, जो सफलता की संभावना को समीकरण में शामिल करने के बाद की राशि है।

वॉरेन को यह पता लगाना है कि सौदा नहीं होने पर उन्हें कितनी हानि होगी। अगर बिक्री किसी कारण रद्द हो जाती है, तो शेयर का भाव शायद लौटकर उसी जगह आ जाएगा, जहाँ यह बिक्री की घोषणा से पहले था। यानी बिक्री नहीं होने पर बेयूक सिगार्स का शेयर लौटकर 4.50 डॉलर पर आ सकता है, जहाँ यह बिक्री की घोषणा से पहले चल रहा था। इसका मतलब है कि अगर वॉरेन ने शेयर को 5.44 डॉलर में ख़रीदा है और शेयर का भाव 4.50 डॉलर तक गिर सकता है, तो वॉरेन को प्रति शेयर 0.94 डॉलर का घाटा हो सकता है।

लेकिन याद रखें, वॉरेन को घाटे की आशंका को भी समीकरण में शामिल करना होगा। जैसा हम देख चुके हैं, सफलता की संभावना 90 प्रतिशत है, इसलिए असफलता की संभावना सिर्फ़ 10 प्रतिशत ही है कि यह सौदा नहीं होगा। अब प्रोजेक्टेड नुक़सान 0.94 डॉलर को 10 प्रतिशत से गुना करने पर वॉरेन को 0.09 डॉलर की प्रोजेक्टेड हानि मिलती है।

फिर वॉरेन को यह तय करना होगा कि सौदा होने में कितना समय लग जाएगा। कंपनी को अपनी संपत्तियाँ बेचते समय उसी वित्तीय वर्ष में लाभ बाँटना होगा, वरना कैपिटल गेन्स टैक्स लगेगा। इसलिए वॉरेन इस नतीजे पर पहुँच सकते हैं कि बिक्री हो जाने पर मुनाफ़ा उसी साल बाँट दिया जाएगा। वॉरेन यह तय करते हैं कि बिक्री एक साल की अवधि में हो जाएगी।

बेयूक सिगार की स्थिति पर ग्राहम का आरबिट्रेज फ़ॉर्मूला इस तरह लागू होता है :

G = 2.43 डॉलर, सफलता की स्थिति में अपेक्षित लाभ

L = 0.94 डॉलर, असफलता की स्थिति में अपेक्षित हानि

C = 90 प्रतिशत, सफलता की अपेक्षित संभावनाएँ, प्रतिशत में

Y = 1 वर्ष, रोककर रखने का अपेक्षित समय

P = 5.44 डॉलर, शेयर का वर्तमान भाव।

$$\text{वार्षिक रिटर्न} = \frac{CG - L(100\% - C)}{YP}$$

या

$$\text{वार्षिक रिटर्न} = \frac{\overset{C}{90\%} = \times \overset{G}{2.43 \text{ डॉलर}} - \overset{L}{0.94 \text{ डॉलर}} (100\% - \overset{C}{90\%})}{\underset{Y}{1} \times \underset{P}{5.44 \text{ डॉलर}}}$$

या

$$\text{वार्षिक रिटर्न} = \frac{\overset{CG}{2.18 \text{ डॉलर}} - \overset{LC}{0.09 \text{ डॉलर}}}{\underset{Y}{1} \times \underset{P}{5.44 \text{ डॉलर}}}$$

या

$$\text{वार्षिक रिटर्न} = \frac{2.09 \text{ डॉलर}}{5.44 \text{ डॉलर}} = 38 \text{ प्रतिशत}$$

वॉरेन इस नतीजे पर पहुँच सकते हैं कि अगर बेयूक सिगार्स का सौदा समय पर हो जाता है, तो उनका वार्षिक रेट ऑफ़ रिटर्न 38 प्रतिशत होगा। इतनी कम अवधि के पूँजी निवेश पर बुरा रेट ऑफ़ रिटर्न नहीं है।

वॉरेन ने कई आरबिट्रेज अवसरों को भुनाया है। बेयूक सिगार्स और आरजेआर सौदों के अलावा आरबिट्रेज के उद्देश्य से उन्होंने टैक्सस नेशनल पेट्रोलियम, अलेजिस, लिगर-सीगलर, चीज़ब्रो-पॉन्ड्स, क्राफ़्ट, इंटरको, फ़ेडरेटेड, साउथलैंड और मैरीन मिडलैंड आदि के शेयर भी ख़रीदे हैं। किसी साल में उनके पास बीस अलग-अलग आरबिट्रेज स्थितियाँ हो सकती हैं या हो सकता है कि एक भी नहीं हो।

ऐतिहासिक दृष्टिकोण से वॉरेन ने यह सीखा है कि आरबिट्रेज के क्षेत्र में मूल्य हासिल होने की समस्या, जो मूल्य निवेश में बाधक है, सौदे की तारीख़ निश्चित होने से सुलझ जाती है। निवेश निश्चित तारीख़ तक पूरे मूल्य पर पहुँच जाएगा। निवेशक को अपनी पूँजी का निवेश करने से पहले सिर्फ़ यह हिसाब लगाना होता है कि क्या रेट ऑफ़ रिटर्न पर्याप्त है।

लेकिन याद रखें, *जैसा हम पहले ही कह चुके हैं, वॉरेन आरबिट्रेज के अवसरों में तभी हाथ डालते हैं, जब बाईआउट या बिक्री की घोषणा हो चुकी हो।*

44

समग्र दृष्टि – केस स्टडीज़

इस अध्याय में कुछ केस स्टडीज़ दी गई हैं, जिनमें उन कंपनियों का मूल्यांकन किया गया है, जिनमें वॉरेन ने अब तक निवेश किया है। हर केस स्टडी का प्रारूप समान है, हालाँकि भाव के विश्लेषण वाले गणितीय खंड व वार्षिक चक्रवृद्धि रेट ऑफ़ रिटर्न तय करने में हल्के अंतर हैं। हमने ऐसा इसलिए किया है, ताकि विश्लेषण प्रक्रिया में थोड़ी विविधता रहे और आपको गणितीय साधनों के अलग-अलग इस्तेमाल व दृष्टिकोणों की जानकारी मिले।

गैनेट कॉरपोरेशन, 1994

समाचारपत्र व्यवसाय के साथ वॉरेन का प्रेम प्रसंग शायद तब शुरू हुआ, जब वे वॉशिंगटन, डी.सी. में लड़कपन में *वॉशिंगटन पोस्ट* का अख़बार रूट चलाते थे। जैसा हम जानते हैं, बाद में उन्होंने इस कंपनी में महत्त्वपूर्ण निवेश किया।

1994 की गर्मियों में वॉरेन ने समाचारपत्र होल्डिंग कंपनी गैनेट कॉरपोरेशन के शेयर भारी संख्या में ख़रीदना शुरू किया। उन्होंने अंततः 33,52,16,000 डॉलर में गैनेट के 68,54,500 शेयर ख़रीद लिए यानी उन्होंने 48.90 के औसत भाव पर ये शेयर ख़रीदे। आइए देखते हैं कि इस कंपनी की किस चीज़ ने उन्हें आकर्षित किया।

जासूसी का काम

इस कंपनी की पृष्ठभूमि की जाँच करना आसान है। हम सभी *यूएसए टुडे* को जानते हैं, क्योंकि यह अख़बार अमेरिका के हर न्यूज़स्टैंड पर रखा रहता है। अगर आप इसे पढ़ते हैं, तो आपके दिमाग़ में इस प्रश्न की बत्ती जल सकती है : इस अख़बार को कौन प्रकाशित करता है और क्या उस कंपनी का शेयर हम शेयर बाज़ार में ख़रीद सकते हैं? देखिए, इसे गैनेट प्रकाशित करता है और दूसरे प्रश्न का जवाब है हाँ।

वैल्यू लाइन इनवेस्टमेंट सर्वे हमें बताता है कि गैनेट कॉरपोरेशन अमेरिका के 38 राज्यों व प्रदेशों में 190 समाचार पत्र प्रकाशित करता है। इसके सबसे बड़े प्रकाशन हैं *डेट्रॉयट न्यूज़* (प्रसार संख्या 3,12,093) और *यूएसए टुडे* (प्रसार संख्या 2.1 मिलियन)। गैनेट 13 रेडियो स्टेशनों और 15 नेटवर्क-संबद्ध टीवी स्टेशनों का स्वामी भी है।

जब आप वित्तीय जानकारी जुटा लें, तो हमारे प्रश्नों का जवाब देने का समय है।

1

क्या कंपनी के पास कोई उपभोक्ता एकाधिकार या ब्रांड नेम प्रॉडक्ट्स हैं, जिन्हें पहचाना जा सकता है या फिर वे कमॉडिटी क़िस्म का प्रॉडक्ट बेचते हैं? हम जानते हैं कि अख़बार, रेडियो और टीवी स्टेशन अच्छे व्यवसाय हैं। जैसा हम जानते हैं, आम तौर पर अख़बार एक बेहतरीन व्यवसाय होता है, अगर यह शहर का एकमात्र बड़ा अख़बार हो - कम प्रतिस्पर्धा का मतलब यह है कि मालिकों को ज़्यादा कमाई होती है। हमने यह पाया कि गैनेट कॉरपोरेशन के ज़्यादातर अख़बार शहर के एकमात्र अख़बार थे। अच्छी बात है।

2

क्या आप समझते हैं कि यह कैसे काम करता है? यह एक और प्रकरण है, जिसमें आपको यानी उपभोक्ता/निवेशक को प्रॉडक्ट का इस्तेमाल करने का अंदरूनी ज्ञान तथा अनुभव होता है। आप अपने शहर से बाहर के किसी हवाई अड्डे में अटक गए हैं और आपके पास करने के लिए कुछ नहीं है, इसलिए आप न्यूज़स्टैंड से एक अख़बार ख़रीदते हैं। आप कौन-सा अख़बार ख़रीदते हैं? स्थानीय अख़बार? नहीं। आपकी यह जानने में कोई रुचि नहीं है कि उस राज्य में स्थानीय सरकार क्या कर रही है। लेकिन वहाँ पर *यूएसए टुडे* भी रखा दिखता है और इसमें राष्ट्रीय समाचार हैं!

3

क्या कंपनी की फ़ाइनैंसिंग कनज़र्वेटिव है? 1994 में डेट टु इक्विटी की जाँच बताती है कि गैनेट पर 767 मिलियन डॉलर का दीर्घकालीन क़र्ज़ था और 1.8 अरब डॉलर से थोड़ी ज़्यादा इक्विटी थी। हालाँकि यह क़र्ज़रहित नहीं है, लेकिन 1994 में कंपनी ने 465 मिलियन डॉलर की

महत्त्वपूर्ण राशि कमाई थी, इसे देखते हुए यह समझना आसान है कि गैनेट सिर्फ़ दो साल में ही अपना पूरा क़र्ज़ उतार सकती है।

4

क्या कंपनी की आमदनी बहुत अच्छी है और इसमें लगातार बढ़ने की प्रवृत्ति दिख रही है? 1994 में प्रति शेयर मुनाफ़ा 3.20 डॉलर होने का अनुमान था। गैनेट की प्रति शेयर आय की जाँच से पता चलता है कि यह 1984 से 1994 तक 8.6 प्रतिशत की वार्षिक चक्रवृद्धि दर से बढ़ी थी। यह 1989 से 1994 के हाल के पाँच वर्षों के बीच 5.3 प्रतिशत की दर से बढ़ी थी। प्रति शेयर आय काफ़ी स्थिर मानी जा सकती है, जो 1984 से 1994 तक हर साल बढ़ी थी। सिर्फ़ 1990 और 1991 इसके अपवाद थे, जिनमें कमज़ोर विज्ञापन दर की वजह से पूरा प्रकाशन और मीडिया व्यवसाय मंदी का अनुभव कर रहा था। याद रहे, किसी उद्योग में *आम मंदी* अक्सर ख़रीदारी का अवसर होती है।

वर्ष	रिटर्न ऑन इक्विटी (प्रतिशत में)
1983	1.13
1984	1.40
1985	1.58
1986	1.71
1987	1.98
1988	2.26
1989	2.47
1990	2.36
1991	2.00
1992	2.40
1993	2.72
1994	3.20 (अनुमानित)

वार्षिक ईपीएस यानी प्रति शेयर आय के आँकड़ों पर नज़र डालने से पता चलता है कि वे शक्तिशाली हैं और उनमें ऊपर की तरफ़ का रुझान नज़र आता है, जिसकी हमें तलाश है।

5

कंपनी सिर्फ़ उन्हीं व्यवसायों में पूँजी लगाती है, जो इसकी विशेषज्ञता के दायरे के भीतर हैं, जो इस प्रकरण में मीडिया उद्योग है।

6

आगे की जाँच से पता चलता है कि गैनेट अपने शेयरों का बाईबैक कर रहा था। इसने 1988 से 1994 तक अपने 21.2 मिलियन शेयरों का बाईबैक किया था। यह एक संकेत है कि प्रबंधन शेयरहोल्डर मूल्य को बढ़ाने के लिए पूँजी का यथासंभव इस्तेमाल करता है।

7

प्रबंधन ने कंपनी की रिटेन्ड अर्निंग्स को जिस तरह ख़र्च किया, उससे नज़र आता है कि प्रति शेयर आय और इस तरह *शेयरहोल्डर्स का मूल्य* बढ़ा है।

1984 से 1994 के बीच कंपनी ने 11.64 डॉलर प्रति शेयर आय को अपने पास रोककर रखा था। 1984 के अंत में प्रति शेयर आय 1.80 डॉलर थी, जो 1994 के अंत में बढ़कर 3.20 डॉलर हो गई। इस तरह हम यह तर्क दे सकते हैं कि 11.64 डॉलर की रिटेन्ड अर्निंग्स ने 1994 में कॉरपोरेट टैक्स के बाद 1.80 डॉलर का रिटर्न दिया, जिसका मतलब है 15.5 प्रतिशत रेट ऑफ़ रिटर्न।

8

कंपनी का *रिटर्न ऑन इक्विटी औसत से ज़्यादा है।* जैसा हम जानते हैं, जब कोई व्यवसाय इक्विटी पर औसत से ज़्यादा रिटर्न कमा सकता हो, तो वॉरेन इसे अच्छा संकेत मानते हैं। पिछले तीस वर्षों से अमेरिकी कॉरपोरेशन का औसत रिटर्न ऑन इक्विटी लगभग 12 प्रतिशत है। गैनेट को पिछले दस वर्षों में इक्विटी पर 20.4 प्रतिशत का औसत वास्तविक रेट ऑफ़ रिटर्न मिला है, जो इस तरह दिखता है। लेकिन औसत से भी ज़्यादा महत्त्वपूर्ण बात यह है कि कंपनी लगातार इक्विटी पर ऊँचे रिटर्न कमा रही है, जिससे यह पता चलता है कि प्रबंधन रिटेन्ड अर्निंग्स को नए प्रोजेक्ट में मुनाफ़े पर लगाने का बहुत अच्छा काम कर रहा है।

वर्ष	रिटर्न ऑन इक्विटी (प्रतिशत में)
1983	17.6
1984	19.6
1985	19.9
1986	19.3
1987	19.8
1988	20.4
1989	19.9
1990	18.3
1991	19.6
1992	21.9
1993	20.8
1994	24.5 (अनुमानित)

9

क्या कंपनी मुद्रास्फीति के हिसाब से भाव बढ़ाने के लिए स्वतंत्र है? अख़बारों की क़ीमत पहले बहुत कम होती थी और अब भी उनकी क़ीमत पचास सेंट से एक डॉलर तक होती है। लेकिन यह ध्यान रखें कि उनकी असली कमाई अख़बार बेचने से नहीं होती। समाचारपत्रों और

टीवी स्टेशनों की असली कमाई विज्ञापनों से होती है। अगर आप शहर के इकलौते अख़बार हैं, तो आप अपनी विज्ञापन दर को काफ़ी ज़्यादा रख सकते हैं, क्योंकि लोगों के पास किसी दूसरी जगह जाने के ख़ास विकल्प नहीं होते। जैसा पहले बताया जा चुका है, क्लासिफ़ाइड विज्ञापन, सुपरमार्केट, ऑटो डीलर्स और मूवी थिएटर्स जैसे मनोरंजन के साधन स्थानीय अख़बार में विज्ञापन देने पर निर्भर होते हैं। कुल मिलाकर, हम यह मान सकते हैं कि गैनेट मुद्रास्फीति के हिसाब से अपने भाव बढ़ा सकता है और बावजूद इसके बिक्री घटने का जोखिम नहीं है।

10

क्या कंपनी के कामकाज में कारख़ानों और मशीनों के नवीनीकरण या उन्नयन में लगातार भारी पूँजी लगाने की ज़रूरत होती है? जैसा हम पहले ज़िक्र कर चुके हैं, अगर प्रतिस्पर्धी बने रहने के लिए कंपनी को भारी पूँजी ख़र्च लगातार करनी पड़ती है, तो उसकी कमाई का ज़्यादातर हिस्सा इसी में लग जाएगा और उसका मुनाफ़ा बहुत कम हो सकता है। गैनेट के मुख्य व्यवसाय समाचारपत्र और ब्रॉडकास्टिंग स्टेशन है। इसलिए शुरुआती अधोसंरचना स्थापित व अद्यतन होने के बाद बहुत ज़्यादा पूँजी की ज़रूरत नहीं होती। प्रिंटिंग मशीनें बरसों तक चलती हैं और टीवी तथा रेडियो स्टेशनों को भी नए ट्रांसमीटर की ज़रूरत कभी-कभार ही पड़ती है।

इसका मतलब है कि गैनेट को अपनी आमदनी रिसर्च ऐंड डेवलपमेंट पर ख़र्च नहीं करना पड़ता, ना ही प्लांट तथा मशीनों को अपग्रेड करने पर ज़्यादा पैसे ख़र्च करने पड़ते हैं। इसके बजाय गैनेट ज़्यादा अख़बार और रेडियो स्टेशन ख़रीद सकता है या फिर अतिरिक्त पैसों का इस्तेमाल करके अपने शेयरों का बाईबैक कर सकता है। इसका मतलब है कि गैनेट के शेयरहोल्डर ज़्यादा अमीर बनते जाते हैं।

आँकड़ों का सार

चूँकि ऊपर दिए गए मुख्य प्रश्नों पर वॉरेन को सकारात्मक प्रतिक्रिया मिलती है, इसलिए वे इस निष्कर्ष पर पहुँचते हैं कि गैनेट कॉरपोरेशन एक ऐसी कंपनी है, जो उनके “विश्वास के क्षेत्र” में बिलकुल फ़िट बैठती है और इसकी आमदनी की भविष्यवाणी काफ़फ़ी निश्चितता से की जा सकती है। लेकिन इन प्रश्नों पर सकारात्मक प्रतिक्रिया का मतलब *यह नहीं* है कि इसके शेयर सीधे ख़रीद लिए जाएँ।

जब हम आश्वस्त हो जाते हैं कि *कंपनी का व्यवसाय* ऐसा है कि हम इसके शेयर ख़रीदना चाहते हैं, तो इसके बाद भी हमें यह गणना करनी होती है कि क्या शेयर का बाज़ार भाव हमारे दूसरे विकल्पों के बराबर या बेहतर रिटर्न देगा।

भाव का विश्लेषण

> जैसा हम कह चुके हैं और एक बार फिर कहेंगे, *कंपनी को पहचानें और फिर उसके भाव को ख़रीदने का निर्णय लेने दें।*

शुरुआती रेट ऑफ़ रिटर्न और सरकारी बॉण्डों से तुलनात्मक मूल्य

गैनेट के मामले में यह अनुमान था कि 1994 में इसकी प्रति शेयर आय 3.20 डॉलर प्रति शेयर होगी। इस 3.20 डॉलर को 1994 के दीर्घकालीन सरकारी बॉण्ड की ब्याज दर से विभाजित कर दें, जो उस वक़्त लगभग 7 प्रतिशत थी। यह करने पर आपको 45.71 डॉलर प्रति शेयर का तुलनात्मक मूल्य मिलता है। इसका मतलब है कि अगर आप गैनेट का शेयर 45.71 डॉलर में ख़रीदें, तो आपको सरकारी बॉण्ड जितना रिटर्न मिलता। 1994 में आप गैनेट का शेयर 46.40 डॉलर से 59 डॉलर के बीच के भाव पर ख़रीद सकते थे। जैसा हम बता चुके हैं, वॉरेन ने इसे 48.90 डॉलर के औसत भाव पर ख़रीदा था।

चूँकि 1994 की अनुमानित आय 3.20 डॉलर प्रति शेयर थी, इसलिए अगर मान लें कि आप इसे 48.90 डॉलर के भाव पर ख़रीदते हैं, तो आपको 6.5 प्रतिशत का अनुमानित शुरुआती रेट ऑफ़ रिटर्न मिलेगा। पिछले दस वर्षों की गैनेट की प्रति शेयर आय की वृद्धि दर की समीक्षा से पता चलता है कि यह हर साल 8.6 प्रतिशत चक्रवृद्धि दर से बढ़ रही है। इस तरह आप खुद से यह सवाल पूछ सकते हैं : मैं किसे ख़रीदना चाहूँगा – 48.9 डॉलर के सरकारी बॉण्ड को, जिसका रेट ऑफ़ रिटर्न 7 प्रतिशत पर स्थिर है या गैनेट कॉरपोरेशन इक्विटी/बॉण्ड को, जिसका शुरुआती रेट ऑफ़ रिटर्न 6.5 प्रतिशत है, जो हर साल 8.6 प्रतिशत की दर से बढ़ेगा?

इक्विटी/बॉण्ड के रूप में गैनेट कॉरपोरेशन का शेयर

रिटर्न ऑन इक्विटी के दृष्टिकोण से हम यह तर्क दे सकते हैं कि 1994 में गैनेट की प्रति शेयर इक्विटी वैल्यू 13.04 डॉलर है। अगर गैनेट इक्विटी पर 20.4 प्रतिशत के औसत रेट ऑफ़ रिटर्न को अगले दस साल तक क़ायम रख सके और उस रिटर्न के लगभग 60 प्रतिशत हिस्से को अपने पास रोककर रखे, तो प्रति शेयर इक्विटी

मूल्य लगभग 12.24 प्रतिशत की वार्षिक दर से बढ़ना चाहिए और दसवें वर्ष यानी 2004 में 41.37 डॉलर प्रति शेयर हो जाना चाहिए। अपने कैलकुलेटर पर 13.04 डॉलर को वर्तमान मूल्य यानी पीवी में डालें, 10 वर्षों की संख्या, एन; वार्षिक ब्याज दर 12.24 प्रतिशत, फिर भावी मूल्य बटन एफ़वी दबाएँ। आपका भावी मूल्य 41.37 डॉलर निकल आएगा।

यदि दसवें वर्ष यानी 2004 में प्रति शेयर इक्विटी मूल्य 41.37 डॉलर है और गैनेट अब भी इक्विटी पर 20.4 प्रतिशत रिटर्न कमा रहा है, तो गैनेट की प्रति शेयर आय 8.44 डॉलर होनी चाहिए (41.37 डॉलर × 20.4 प्रतिशत = 8.44 डॉलर)। अगर गैनेट पिछले दस वर्षों के इसके न्यूनतम पीई यानी 15 पर चले, तो शेयर का बाज़ार भाव लगभग 126.60 डॉलर होना चाहिए (8.44 डॉलर × 15 = 126.60 डॉलर)। अगर प्रति शेयर आय को दस साल के सबसे ऊँचे पीई यानी 23 से गुना किया जाए, तो प्रति शेयर बाज़ार भाव 194.12 डॉलर होगा (8.44 डॉलर × 23 = 194.12 डॉलर)। 1994 से 2004 तक यह जो प्रोजेक्टेड कुल डिविडेंड देगा, उसे भी गणना में शामिल कर लें, तो 23.85 डॉलर और जुड़ जाएँगे। अब आपके पास दस वर्षों का प्रोजेक्टेड टैक्स-पूर्व वार्षिक चक्रवृद्धि रेट ऑफ़ रिटर्न निकल आएगा, जो 11.89 प्रतिशत से 16.12 प्रतिशत के बीच होगा।

वार्षिक प्रति शेयर आय वृद्धि के ऐतिहासिक आँकड़े का इस्तेमाल करके वार्षिक चक्रवृद्धि रेट ऑफ़ रिटर्न निकालना

वॉरेन यह हिसाब लगा सकते हैं कि अगर प्रति शेयर आय हर साल 8.6 प्रतिशत की दर से बढ़ती रहे और अगर गैनेट प्रति शेयर आय के 40 प्रतिशत की दर से डिविडेंड देता रहे, तो अगले दस वर्षों में प्रति शेयर आय और डिविडेंड की तसवीर इस तरह होगी : इसका मतलब है वॉरेन यह प्रोजेक्ट कर सकते हैं कि सन् 2004 में गैनेट की प्रति शेयर आय 7.48 डॉलर होगी। अगर गैनेट पिछले दस वर्षों के इसके न्यूनतम पीई रेशो 15 पर चल रहा है, तो हम हिसाब लगा सकते हैं कि इसका बाज़ार भाव 112.20 डॉलर होगा (7.48 डॉलर × 15 = 112.20)। टैक्स-पूर्व का 21.19 डॉलर डिविडेंड भी जोड़ लें, तो हमारा कुल टैक्स-पूर्व रिटर्न बढ़कर 133.39 डॉलर प्रति शेयर हो जाता है (112.20 डॉलर + 21.19 डॉलर = 133.39 डॉलर)।

अगर यह पिछले दस वर्षों के सर्वोच्च 23 के पीई पर चल रहा है, तो हम हिसाब लगा सकते हैं कि वर्ष 2004 में शेयर का बाज़ार भाव 172.04 डॉलर होगा। 21.19 डॉलर का टैक्स-पूर्व डिविडेंड भी जोड़ लें, तो हमारा कुल टैक्स-पूर्व रिटर्न 193.23 डॉलर हो जाता है (172.04 डॉलर + 21.19 डॉलर = 193.23 डॉलर)।

वर्ष	आय (डॉलर में)	डिविडेंड (डॉलर में)
1995	3.56	1.42
1996	3.86	1.54
1997	4.20	1.68
1998	4.56	1.82
1999	4.95	1.98
2000	5.38	2.15
2001	5.84	2.33
2002	6.34	2.53
2003	6.89	2.75
2004	7.48	2.99
	कुल	21.19

अगर आप वॉरेन होते और इस तरीक़े का इस्तेमाल करके 1994 में गैनेट का शेयर 48.90 डॉलर में ख़रीदते, तो आप यह प्रोजेक्ट कर सकते थे कि दस सालों में डिविडेंड सहित इसका बाज़ार भाव 133.39 डॉलर से लेकर 193.23 डॉलर प्रति शेयर होगा। इसका मतलब है कि टैक्स-पूर्व वार्षिक चक्रवृद्धि रेट ऑफ़ रिटर्न की दर 10.55 से लेकर 14.72 प्रतिशत के बीच रहेगी। (आप यह गणना अपने कैलकुलेटर पर कर सकते हैं। पीवी में 48.90 डॉलर, वर्षों की संख्या 10 और भावी मूल्य 133.39 डॉलर या 193.23 डॉलर। फिर ब्याज दर का बटन दबाने पर आपको वार्षिक चक्रवृद्धि रेट ऑफ़ रिटर्न मिल जाएगा – या तो 10.55 प्रतिशत या फिर 14.72 प्रतिशत)।

संक्षेप में

1994 में वॉरेन ने गैनेट कॉरपोरेशन के 33,52,16,000 डॉलर में 6.854 मिलियन शेयर औसतन 48.90 डॉलर के भाव पर ख़रीदे। शेयर ख़रीदते समय वॉरेन यह तर्क दे सकते थे कि उन्होंने अभी-अभी गैनेट का इक्विटी/बॉण्ड ख़रीदा है, जिसकी यील्ड 6.5 प्रतिशत है और इसका कूपन हर साल लगभग 8.6 प्रतिशत की दर से बढ़ सकता है। वे यह भी अनुमान लगा सकते थे कि अगर वे शेयर को दस साल तक रोककर रखेंगे, तो उनका प्रोजेक्टेड टैक्स-पूर्व वार्षिक चक्रवृद्धि रेट ऑफ़ रिटर्न 10.55 प्रतिशत से 16.12 प्रतिशत के बीच होगा।

इसका मतलब है कि दस वर्षों में गैनेट कॉरपोरेशन में उनका 33,52,16,000 डॉलर का निवेश टैक्स से पहले 91,39,36,654 डॉलर और 1,49,41,66,165 डॉलर के बीच कहीं पर होगा।

फ़ेडरल होम लोन मॉर्टगेज कॉरपोरेशन, 1992

बैंकिंग उद्योग में वॉरेन की संलग्नता की वजह से वे फ़ेडरल होम लोन मॉर्टगेज कॉरपोरेशन की चौखट पर पहुँचे, जिसे लोकप्रिय भाषा में फ्रेडी मैक कहा जाता है। फ्रेडी मैक मॉर्टगेज को सिक्युरिटी का रूप देने और इसकी गारंटी देने के व्यवसाय में

है। जब आप अपने स्थानीय बैंक में मॉर्टगेज रखते हैं, तो बैंक यह लोन फ़्रेडी मैक को बेच देता है, जो इसे अपनी ख़रीदी दूसरी मॉर्टगेजेस के साथ मिलाकर मॉर्टगेजेस का एक बड़ा समूह बनाती है। फिर फ़्रेडी मैक मॉर्टगेजेस के इस समूह में हितों को संस्थागत निवेशकों को बेच देती है। जब आप अपने मॉर्टगेज पर ब्याज चुकाते हैं, तो आपके ब्याज का भुगतान उन निवेशकों के हाथ में पहुँचता है, जिन्होंने मॉर्टगेजेस के उस समूह में हित ख़रीदे थे। शेयर बाज़ार में मॉर्टगेजेस के इस सुरक्षा-प्रदत्त समूह को मॉर्टगेज-बैक्ड बॉण्ड कहा जाता है।

जब 1988 में फ़्रेडी मैक में सार्वजनिक ख़रीद-फ़रोख़्त शुरू हुई, तो बर्कशायर ने अपनी सबसिडियरी वेस्को फ़ाइनैंशियल के ज़रिये इसके 4 प्रतिशत शेयर ख़रीद लिए। 1992 में जब फ़्रेडी मैक का शेयर अपने लाइफ़टाइम हाई पर चल रहा था, तो वॉरेन ने फ़्रेडी मैक में बर्कशायर की होल्डिंग में 87,11,100 शेयर बढ़ा लिए। उन्होंने 38.68 डॉलर के भाव पर लगभग 337 मिलियन डॉलर ख़रीदे। 1992 के अंत में बर्कशायर के पास फ़्रेडी मैक के कुल शेयरों का 9 प्रतिशत हिस्सा था।

हमारी केस स्टडी का विषय यह है कि फ़्रेडी मैक में बर्कशायर ने 1992 में अपनी होल्डिंग क्यों बढ़ाई? हमारी जाँच का केंद्र 1992 में फ़्रेडी मैक के व्यावसायिक अर्थशास्त्र की प्रकृति है, जिसने वॉरेन को होल्डिंग बढ़ाने पर मजबूर किया।

जासूसी का काम

इस मामले में पृष्ठभूमि का काम करना आसान नहीं होगा। हालाँकि यह शेयर सबको दिखता है, लेकिन संभवतः असली जीवन में आपका कंपनी के साथ कोई सरोकार नहीं होगा।

वैल्यू लाइन में इस शेयर के बारे में जानकारी रहती है और कई निवेश समूह भी इस पर नज़र रखते हैं। इसलिए आप इसे इनमें से किसी स्रोत से खोज सकते हैं। पत्रिकाओं की जाँच करने, कंपनी से एन्युअल रिपोर्ट्स मँगाकर पढ़ने और 10-के के अवलोकन से आपको इतनी जानकारी मिल जाएगी कि आप हमारे प्रश्नों की सूची का जवाब दे सकें।

1

क्या कंपनी के पास कोई *उपभोक्ता एकाधिकार या ब्रांड नेम प्रॉडक्ट्स* हैं, जिन्हें पहचाना जा सकता है या फिर यह कमॉडिटी क़िस्म के प्रॉडक्ट बनाती या बेचती है? हालाँकि मॉर्टगेज कमॉडिटी क़िस्म के प्रॉडक्ट हैं, लेकिन फ़ैनी मे नामक समान कंपनी की ही तरह फ़्रेडी मैक भी सरकारी अनुमोदन प्राप्त संस्था है, जिसे संसद ने बनाया था, ताकि होम मॉर्टगेज

ख़रीदने वाले लोगों की मदद के लिए पैसे जुटा सके। इस प्रक्रिया में फ्रेडी मैक और फैनी मे ने बाज़ार के इस खंड में अर्ध-एकाधिकार बना लिया है।

2

क्या कंपनी की *फ़ाइनैंसिंग कनज़र्वेटिव* यानी पारंपरिक अंदाज में हुई है? नहीं। लेकिन फ्रेडी मैक के दायित्त्व इसकी संपत्तियों से बराबर हो जाते हैं, जो बहुत लिक्विड हैं - मॉर्टगेज। चूँकि कंपनी एक तरह से सरकारी संस्था है, इसलिए इसकी किसी भी तरह की वित्तीय समस्याओं पर अमेरिकी संसद का तुरंत ध्यान जाएगा - और इसके पास अमेरिकी करदाताओं की एक बड़ी चेकबुक है, जिससे यह मुश्किल समय में कंपनी की मदद कर सकती है। लेकिन इसके बावजूद अगर समूहों में अंतर्निहित मॉर्टगेजों पर काफ़ी ज़्यादा डिफ़ॉल्ट होता है, तो फ्रेडी मैक मुश्किल में आ सकती है।

3

वर्ष	आय (डॉलर में)
1986	1.24
1987	1.51
1988	1.91
1989	2.19
1990	2.30
1991	3.08
1992	3.29

क्या कंपनी की आमदनी बहुत अच्छी है *और इसमें लगातार बढ़ने की प्रवृत्ति दिख रही है?* फ्रेडी मैक की प्रति शेयर आय बताती है कि यह 1986 से 1992 के छह वर्षों में हर साल 17.66 प्रतिशत चक्रवृद्धि हो रही है।

प्रति शेयर वार्षिक आय शक्तिशाली है और इसका रुझान ऊपर की तरफ़ है, जिसकी हमें तलाश है।

4

कंपनी सिर्फ़ उन्हीं व्यवसायों में पूँजी लगाती है, जो इसकी विशेषज्ञता के दायरे के भीतर हैं, जो इस मामले में मॉर्टगेज-बैक्ड सिक्युरिटी उद्योग है।

5

आगे जाँच करने पर पता चलता है कि फ्रेडी मैक अपने शेयरों का बाईबैक नहीं कर रही है। ना ही यह अधिग्रहणों के लिए नए शेयर जारी कर रही है। (कृपया ग़ौर करें : 1995 में फ्रेडी मैक ने शेयरों का बाईबैक शुरू कर दिया है।)

6

जिस तरह प्रबंधन ने कंपनी की रिटेन्ड अर्निंग्स को ख़र्च किया है, उससे प्रति शेयर आय और इस तरह शेयरहोल्डर्स का मूल्य भी बढ़ रहा है।

1986 के अंत से लेकर 1992 के अंत तक कंपनी ने प्रति शेयर 11 डॉलर की रिटेन्ड अर्निंग्स अपने पास रखीं। प्रति शेयर आय 1986 के अंत में 1.24 डॉलर थी और 1992 के अंत में यह 3.29 डॉलर हो गई, यानी इस दौरान इसकी प्रति शेयर आय 2.05 डॉलर बढ़ी। इस तरह हम तर्क दे सकते हैं कि 11 डॉलर प्रति शेयर की रिटेन्ड अर्निंग्स ने 1992 में टैक्स के बाद 2.05 डॉलर का रिटर्न दिया, जिसका मतलब है 18.6 प्रतिशत रेट ऑफ़ रिटर्न।

7

कंपनी का *रिटर्न ऑन इक्विटी औसत से ज़्यादा है।* जैसा हम जानते हैं, जब कोई कंपनी इक्विटी पर औसत से ज़्यादा रिटर्न कमा सकती हो, तो वॉरेन इसे अच्छा संकेत मानते हैं। पिछले तीस वर्षों से अमेरिकी कॉरपोरेशनों का इक्विटी पर औसत रिटर्न लगभग 12 प्रतिशत है। पिछले छह वर्षों में फ़्रेडी मैक ने औसतन 22.3 प्रतिशत रिटर्न ऑन इक्विटी दिया और इसके आँकड़े इस तरह दिखते हैं। लेकिन औसत से ज़्यादा महत्त्वपूर्ण यह तथ्य है कि कंपनी ने इक्विटी पर निरंतर ज़्यादा रिटर्न कमाया, जिससे यह संकेत मिलता है कि प्रबंधन रिटेन्ड अर्निंग्स को आवंटित करने और व्यवसाय को फैलाने का उत्कृष्ट काम कर रही है।

वर्ष	रिटर्न ऑन इक्विटी (प्रतिशत में)
1986	25.9
1987	25.5
1988	24.1
1989	22.8
1990	19.4
1991	21.6
1992	17.4

8

क्या कंपनी मुद्रास्फीति के हिसाब से भाव बढ़ाने के लिए स्वतंत्र है? मुद्रास्फीति की वजह से मकान के भाव बढ़ते हैं। मकान के भाव बढ़ने का मतलब है ज़्यादा बड़े मॉर्टगेज। ज़्यादा बड़े मॉर्टगेज का मतलब है कि फ़्रेडी मैक को मुनाफ़े का ज़्यादा बड़ा हिस्सा मिलता है, जिससे इसका मुनाफ़ा बढ़ जाता है। अगर आप मॉर्टगेज मनी में 100 मिलियन डॉलर

जुटाने के लिए 6 प्रतिशत हिस्सा वसूलते हैं, तो आप 6 मिलियन डॉलर कमाते हैं। अगर भाव दोगुने हो जाते हैं और 100 मिलियन डॉलर 200 मिलियन डॉलर बन जाते हैं तथा आप 6 प्रतिशत हिस्सा वसूलते हैं, तो आप 12 मिलियन डॉलर बनाते हैं।

9

क्या कंपनी के कामकाज में कारख़ानों और मशीनों के नवीनीकरण या उन्नयन में लगातार भारी पूँजी लगाने की ज़रूरत होती है? जैसा हम पहले ज़िक्र कर चुके हैं, अगर प्रतिस्पर्धी बने रहने के लिए कंपनी को भारी पूँजी ख़र्च लगातार करनी पड़ती है, तो उसकी कमाई का ज़्यादातर हिस्सा इसी में लग जाएगा और उसका मुनाफ़ा बहुत कम हो सकता है।

फ़्रेडी मैक समूह मॉर्टगेज के व्यवसाय में है, जिसमें महँगी मशीनों या शोध और विकास में ख़र्च करने की बहुत कम ज़रूरत होती है। यह थोड़ा-सा ख़र्च करके अपने काम को काफ़ी फैला सकता है। कंपनी के कारख़ानों और मशीनों को नवीनीकरण के लिए बड़े पूँजी व्यय की ज़रूरत नहीं होती।

संक्षेप में

चूँकि वॉरेन को ऊपर दिए मुख्य प्रश्नों पर सकारात्मक प्रतिक्रिया मिलती है, इसलिए वे इस निष्कर्ष पर पहुँचते हैं कि फ़्रेडी मैक कंपनी उनके विश्वास के दायरे में फ़िट बैठती है और इसकी आय की भविष्यवाणी काफ़ी निश्चितता से की जा सकती है। लेकिन इन प्रश्नों पर सकारात्मक प्रतिक्रिया का मतलब यह नहीं है कि वे सीधे इसके शेयर ख़रीद लें। एक बार जब हम पहचान लेते हैं कि यह उसी तरह का व्यवसाय है, जिसके शेयर हम ख़रीदना चाहते हैं, तब भी हमें हिसाब लगाकर देखना पड़ता है कि शेयर का बाज़ार भाव हमारे दूसरे विकल्पों के बराबर या बेहतर रिटर्न देगा।

भाव का विश्लेषण

जैसा हमने पहले कहा है और एक बार फिर कहेंगे, *कंपनी को पहचानें और फिर बाज़ार के भाव को ख़रीदने का निर्णय लेने दें। हम ऐसा इसलिए करते हैं, क्योंकि आप जिस भाव पर ख़रीदते हैं, उसी से आपका रेट ऑफ़ रिटर्न तय होता है।*

शुरुआती रेट ऑफ़ रिटर्न और सरकारी बॉण्ड का तुलनात्मक मूल्य

फ़्रेडी मैक के बारे में यह अनुमान था कि 1992 में प्रति शेयर आय 3.29 डॉलर होगी। इस 3.29 डॉलर को 1992 के 7.39 प्रतिशत की दीर्घकालीन ब्याज दर से विभाजित कर दें, तो आपको 44.51 डॉलर प्रति शेयर का तुलनात्मक मूल्य मिल जाता है। 1992 में आप फ़्रेडी का शेयर 33.80 डॉलर और 49.30 डॉलर के बीच ख़रीद सकते थे।

1992 में आमदनी 3.29 डॉलर प्रति शेयर थी। अगर आप उसी भाव पर ख़रीदते, जिस पर वॉरेन ने ख़रीदा था, यानी 38.68 डॉलर प्रति शेयर के औसत भाव पर, तो आपको 8.5 प्रतिशत का अनुमानित शुरुआती रेट ऑफ़ रिटर्न मिलता।

पिछले आठ वर्षों की फ़्रेडी मैक की प्रति शेयर आय की ग्रोथ रेट की समीक्षा से पता चलता है कि यह 17.66 प्रतिशत की वार्षिक चक्रवृद्धि दर से बढ़ रही थी। इसे देखते हुए आप ख़ुद से यह प्रश्न पूछ सकते हैं : मैं किसे ख़रीदना ज़्यादा पसंद करूँगा - 38.68 डॉलर का सरकारी बॉण्ड, जिसका स्थिर रेट ऑफ़ रिटर्न 7.39 प्रतिशत हो या फिर फ़्रेडी मैक का इक्विटी/बॉण्ड, जिसका शुरुआती रेट ऑफ़ रिटर्न 8.5 प्रतिशत हो, जो हर साल 17.66 प्रतिशत की चक्रवृद्धि दर से बढ़ता रहे?

इक्विटी/बॉण्ड के रूप में फ़्रेडी मैक का शेयर

रिटर्न ऑन इक्विटी के दृष्टिकोण से हम तर्क दे सकते हैं कि अगर फ़्रेडी मैक इक्विटी पर औसत वार्षिक रिटर्न को क़ायम रख सके, जो इसने पिछले छह सालों में कमाया था - यानी 22.3 प्रतिशत - और अगले दस वर्षों तक यह साल में इसका लगभग 72 प्रतिशत अपने पास रोककर रखे, तो प्रति शेयर इक्विटी मूल्य 1992 में 19.67 डॉलर से बढ़कर 2002 तक लगभग 87.19 डॉलर हो जाना चाहिए।

यदि 2002 में प्रति शेयर इक्विटी मूल्य 87.19 डॉलर है और फ़्रेडी मैक अब भी इक्विटी पर 22.3 प्रतिशत से रिटर्न कमा रही है, तो फ़्रेडी मैक की प्रति शेयर आय 19.44 डॉलर होनी चाहिए (87.19 × .223 = 19.44 डॉलर)। अगर फ़्रेडी मैक शेयर बाज़ार में इतिहास के सबसे कम पीई यानी 9 पर चल रहा हो, तो इसका मतलब है 174.96 डॉलर प्रति शेयर का बाज़ार भाव। यदि प्रति शेयर आय को 12.8 के ऐतिहासिक उच्चतम पीई से गुना किया जाए, तो आपको प्रति शेयर बाज़ार भाव 248.83 डॉलर मिल जाता है। इसमें लगभग 30.47 डॉलर का डिविडेंड भी जोड़ लें, तो आपको टैक्स से पहले 205.43 डॉलर और 279.30 डॉलर के बीच कुल रिटर्न मिल जाता है।

इसका मतलब है कि 38.68 डॉलर के निवेश पर 1992 में वॉरेन का वार्षिक टैक्स पूर्व चक्रवृद्धि रेट ऑफ़ रिटर्न 18.17 से 21.85 प्रतिशत के बीच है। (एक

लाख डॉलर यदि 21.85 प्रतिशत की वार्षिक दर से चक्रवृद्धि हों, तो दस साल में वे 7,21,531 डॉलर हो जाएँगे।)

ऐतिहासिक वार्षिक प्रति शेयर आय वृद्धि के आँकड़े का इस्तेमाल करके वार्षिक चक्रवृद्धि रेट ऑफ़ रिटर्न को प्रोजेक्ट करना

वॉरेन अनुमान लगा सकते हैं कि अगर प्रति शेयर आय हर साल 17.66 प्रतिशत की दर से बढ़ती रहे और अगर फ्रेडी मैक उस प्रति शेयर आय में से 28 प्रतिशत की दर से डिविडेंड देती रहे, तो प्रति शेयर आय और डिविडेंड की तसवीर अगले दस सालों में इस तरह होगी : इसका मतलब है वॉरेन यह प्रोजेक्ट कर सकते हैं कि वर्ष 2002 में फ्रेडी मैक की प्रति शेयर आय 16.72 डॉलर होगी। अगर फ्रेडी मैक सूचीबद्ध होने से लेकर अब तक के अपने न्यूनतम पीई रेशो 9 पर चल रहा हो, तो हम गणना कर सकते हैं कि सन् 2002 में शेयर का बाज़ार भाव 150.48 डॉलर होगा (16.72 डॉलर × 9 = 150.48 डॉलर)।

अगर यह 1989 से अब तक के इसके सर्वोच्च पीई यानी 12.8 पर चले, तो हम गणना कर सकते हैं कि इस शेयर का बाज़ार भाव सन् 2002 में 214.01 डॉलर होगा। अगर आप 1992 में फ्रेडी मैक का शेयर 38.68 डॉलर में ख़रीदते और दस वर्षों में इसका भाव 150.48 और 214.01 डॉलर के बीच होता, तो आपका टैक्स-पूर्व वार्षिक चक्रवृद्धि रेट ऑफ़ रिटर्न 14.55 प्रतिशत और 18.65 प्रतिशत के बीच कहीं पर होगा। आप कैलकुलेटर पर ये आँकड़े निकाल सकते हैं। वर्तमान मूल्य में 38.68 डॉलर डालें, वर्ष की संख्या 10 रहेगी और भावी मूल्य 150.48 डॉलर या 214.01 डॉलर रहेगा। फिर ब्याज दर का बटन दबाने पर आपका रेट ऑफ़ रिटर्न निकल आएगा। अगर हम कुल 25.03 डॉलर का डिविडेंड जोड़ दें, तो हमारा प्रोजेक्टेड टैक्स पूर्व रिटर्न बढ़कर 175.51 डॉलर और 239.04 डॉलर के बीच हो जाता है, जिसका मतलब है टैक्स से पहले 16.32 प्रतिशत से 19.97 प्रतिशत के बीच का वार्षिक चक्रवृद्धि रेट ऑफ़ रिटर्न।

संक्षेप में

1992 में वॉरेन ने लगभग 337 मिलियन डॉलर में फ्रेडी मैक के 87,11,100 शेयर 38.68 डॉलर के भाव पर ख़रीदे। ये शेयर ख़रीदते समय वॉरेन यह तर्क दे सकते थे कि उन्होंने बस फ्रेडी मैक का इक्विटी/बॉण्ड ख़रीदा था, जिसका रेट ऑफ़ रिटर्न 8.5 प्रतिशत था, जो हर साल लगभग 17.66 प्रतिशत की दर से बढ़ेगा। वे यह अनुमान भी लगा सकते थे कि अगर वे दस साल तक शेयर रोककर रखते हैं, तो

टैक्स से पहले उन्हें 16.32 और 21.85 प्रतिशत के बीच वार्षिक चक्रवृद्धि रेट ऑफ़ रिटर्न मिलेगा।

मैक्डॉनल्ड्स कॉरपोरेशन, 1996

वॉरेन लंबे समय से फ़ास्ट फ़ूड के प्रति आकर्षित हैं और उनकी ख़ास रुचि रेस्तराँ चेन्स में है, जैसे मैक्डॉनल्ड्स, जिसने हैमबर्गर जैसे साधारण खाद्य पदार्थ को ब्रांड नेम प्रॉडक्ट में बदल दिया है। 1996 में बर्कशायर हैथअवे ने 41.95 डॉलर प्रति शेयर के औसत भाव पर मैक्डॉनल्ड्स के 3,01,56,600 शेयर ख़रीदे। आइए देखते हैं कि 1996 में वॉरेन को मैक्डॉनल्ड्स के शेयर इतने आकर्षक क्यों लगे।

जासूसी काम करना

प्रॉडक्ट कैसे काम करता है, यह समझना आसान है। आप इसे खाते हैं।

लाइब्रेरी जाएँ। *वैल्यू लाइन* में मैक्डॉनल्ड्स कॉरपोरेशन की तलाश करें और इसके बाद *गाइड टु बिज़नेस पीरियोडिकल्स में जाएँ* तथा कंपनी पर पत्रिका के लेखों की सूची निकालें। कंपनी को फ़ोन करके एन्युअल रिपोर्ट भी मँगवा लें। जब आप सारी जानकारी इकट्ठी कर लें, तो फिर आगे पढ़ें।

1

क्या कंपनी के पास कोई *उपभोक्ता एकाधिकार या ब्रांड नेम प्रॉडक्ट्स हैं,* जिन्हें पहचाना जा सकता है या फिर यह कमॉडिटी क़िस्म के प्रॉडक्ट बनाती या बेचती है? कभी मैक्डॉनल्ड्स हैमबर्गर खाया है? वास्तव में आपको ऐसा व्यक्ति शायद ही मिले, जिसने इसे नहीं खाया हो। मैक्डॉनल्ड्स संसार की सबसे बड़ी रेस्तराँ चेन है। सौ से अधिक देशों में इसके 2,000 से ज़्यादा रेस्तराँ हैं और रोनाल्ड मैकडॉनल्ड से दूर रहना मुश्किल है। वास्तव में मैक्डॉनल्ड्स संसार की जनसंख्या से भी ज़्यादा हैमबर्गर बेचती है। बहुत बड़ी बात है! हाँ, मैक्डॉनल्ड्स का ब्रांड नेम प्रॉडक्ट है, जिसके उपभोक्ता एकाधिकार को पहचाना जा सकता है (आपको इस बारे में जागरूक रहना चाहिए कि घरेलू मैदान में मैक्डॉनल्ड्स की प्रतिस्पर्धा बढ़ी है। क्या मैक्डॉनल्ड्स अपनी शक्ति दिखाएगा और अमेरिका में इसकी बाज़ार की हिस्सेदारी को सुरक्षित रखेगा या फिर यह फ़ास्ट फ़ूड के विश्व बाज़ार में इसके वर्चस्व को लगने वाला पहला धक्का है? वॉरेन पहले ही अपना वोट दे चुके हैं। आप क्या सोचते हैं?)

2

क्या कंपनी की *फ़ाइनैंसिंग कनज़र्वेटिव यानी पारंपरिक अंदाज में हुई है?* दीर्घकालीन कर्ज़ की जाँच करने से पता चलता है कि कंपनी के दीर्घकालीन क़र्ज़ इसके पूँजी तंत्र का 35 प्रतिशत है, जो कनज़र्वेटिव है, क्योंकि ज़बर्दस्त आय का इसका लंबा इतिहास है।

3

वर्ष	आय (डॉलर में)
1986	0.62
1987	0.72
1988	0.86
1989	0.98
1990	1.10
1991	1.18
1992	1.30
1993	1.45
1994	1.68
1995	1.97
1996	2.21

क्या कंपनी की आमदनी बहुत अच्छी है और *इसमें लगातार बढ़ने की प्रवृत्ति दिख रही है?* मैक्डॉनल्ड्स की प्रति शेयर आय की जाँच में पता चलता है कि यह 1986 से 1996 के दस वर्षों में हर साल 13.5 प्रतिशत चक्रवृद्धि हो रही है और पिछले पाँच वर्षों में यह दर 13.37 प्रतिशत थी। आय को बहुत निरंतर माना जा सकता है, जो पिछले दस वर्षों में हर वर्ष बढ़ी है।

नीचे वार्षिक प्रति शेयर आय के चार्ट को देखने पर पहली ही नज़र में पता चल जाता है कि इसकी आय बहुत अच्छी है और इसमें लगातार बढ़ने की प्रवृत्ति दिखती है, जिसकी हमें तलाश है।

4

कंपनी सिर्फ़ उन्हीं व्यवसायों में पूँजी लगाती है, जो इसकी विशेषज्ञता के दायरे के भीतर हैं, जो इस मामले में इसके कामकाज का विस्तार है।

5

आगे की जाँच से पता चलता है कि मैक्डॉनल्ड्स अपने शेयरों का बाईबैक कर रही है।

6

जिस तरह से प्रबंधन ने मैक्डॉनल्ड्स की रिटेन्ड अर्निंग्स को ख़र्च किया है, उससे नज़र आता है कि प्रति शेयर आय बढ़ी है और *शेयरहोल्डर्स के मूल्य* में वृद्धि हुई है।

कंपनी ने 1986 से 1996 के बीच 11.48 डॉलर प्रति शेयर की रिटेन्ड अर्निंग्स अपने पास रखी हैं। प्रति शेयर आय 1.59 डॉलर प्रति शेयर बढ़ी है, जो 1986 के अंत में 0.62 डॉलर थी और 1996 के अंत तक 2.21 डॉलर हो गई। इस तरह हम तर्क दे सकते हैं कि 11.48 डॉलर की रिटेन्ड अर्निंग्स ने 1996 में कॉरपोरेट इनकम टैक्स के बाद 1.59 डॉलर प्रति शेयर का रिटर्न दिया, जिसका मतलब है 13.8 प्रतिशत का रेट ऑफ़ रिटर्न। इससे पता चलता है कि प्रबंधन ने रिटेन्ड अर्निंग्स का लाभकारी आवंटन किया है और जैसा हम देख सकते हैं प्रति शेयर आय बढ़ी है। इससे मैक्डॉनल्ड्स के शेयर का बाज़ार भाव भी इतना ही बढ़ा है, जो 1986 में लगभग 10 डॉलर पर चल रहा था और 1996 में लगभग 47 डॉलर हो गया।

7

कंपनी का *रिटर्न ऑन इक्विटी औसत से ज़्यादा है। जैसा हम जानते हैं,* जब कोई कंपनी इक्विटी पर औसत से ज़्यादा रिटर्न कमा सकती हो, तो वॉरेन इसे अच्छा संकेत मानते हैं। पिछले तीस वर्षों से अमेरिकी कॉरपोरेशनों का इक्विटी पर औसत रिटर्न लगभग 12 प्रतिशत है। पिछले दस वर्षों में मैक्डॉनल्ड्स ने औसतन 18.25 प्रतिशत वार्षिक रिटर्न ऑन इक्विटी दिया, जो इस तरह दिखता है। लेकिन औसत से ज़्यादा महत्त्वपूर्ण यह तथ्य है कि कंपनी ने इक्विटी पर निरंतर ऊँचा रिटर्न कमाया, जिससे यह संकेत मिलता है कि मैक्डॉनल्ड्स का प्रबंधन रिटेन्ड अर्निंग्स आवंटित करने और व्यवसाय फैलाने का उत्कृष्ट काम कर रहा है।

वर्ष	रिटर्न ऑन इक्विटी (प्रतिशत में)
1986	19.1
1987	18.8
1988	18.9
1989	20.5
1990	19.2
1991	17.8
1992	16.0
1993	17.3
1994	17.8
1995	18.2
1996	18.0

8

क्या कंपनी मुद्रास्फीति के हिसाब से भाव बढ़ाने के लिए स्वतंत्र है? यह एक आसान सवाल है, क्योंकि हममें से कई को याद होगा कि कभी हम पंद्रह सेंट में मैक्डॉनल्ड्स बर्गर खाते थे, जो आज 75 सेंट का हो गया है। इसलिए हम इस प्रश्न का उत्तर हाँ में देते हैं। मुद्रास्फीति का मैक्डॉनल्ड्स के प्रॉडक्ट्स की माँग पर कोई प्रभाव नहीं पड़ेगा और

मैक्डॉनल्ड्स उत्पादन की लागत बढ़ने पर अपने प्रॉडक्ट्स के भाव बढ़ाता रहेगा।

9

मैक्डॉनल्ड्स के कामकाज में कंपनी के कारख़ानों और मशीनों के नवीनीकरण या उन्नयन में लगातार भारी पूँजी लगाने की ज़रूरत नहीं पड़ती है। दरअसल यहाँ कोई शोध और विकास नहीं हो रहा है और ज़्यादातर रेस्तराँओं को बनाने का ख़र्च फ्रैंचाइज़ी उठाते हैं। ना ही कंपनी को कारख़ाने और मशीनों को अद्यतन करने के लिए भारी धनराशि ख़र्च करने की ज़रूरत होती है।

संक्षेप में

चूँकि वॉरेन को ऊपर दिए मुख्य प्रश्नों पर सकारात्मक प्रतिक्रिया मिलती है, इसलिए वे इस निष्कर्ष पर पहुँचते हैं कि मैक्डॉनल्ड्स उनके विश्वास के दायरे में फ़िट बैठती है और इसकी आय की भविष्यवाणी काफ़ी निश्चितता से की जा सकती है।

भाव का विश्लेषण

शुरुआती रेट ऑफ़ रिटर्न और सरकारी बॉण्ड का तुलनात्मक मूल्य

1996 में मैक्डॉनल्ड्स की प्रति शेयर आय 2.21 डॉलर थी। इस 2.21 डॉलर को 1996 की दीर्घकालीन सरकारी बॉण्ड की 7 प्रतिशत ब्याज दर से विभाजित कर दें, तो आपको 35.57 डॉलर प्रति शेयर का तुलनात्मक मूल्य मिल जाता है (2.21 डॉलर /0.07 = 31.57)।

1996 में आप मैक्डॉनल्ड्स का शेयर 41 डॉलर से 54 डॉलर के बीच ख़रीद सकते थे। चूँकि 1996 में प्रति शेयर आय 2.21 डॉलर थी, इसलिए अगर आप 41 डॉलर या 54 डॉलर के भाव पर ख़रीदेंगे, तो आपका शुरुआती रेट ऑफ़ रिटर्न 4 प्रतिशत से लेकर 5.3 प्रतिशत के बीच होगा। वॉरेन ने बर्कशायर हैथअवे के लिए इन शेयरों को 41.95 डॉलर के भाव पर ख़रीदा था, जिसका मतलब है 5.2 प्रतिशत का शुरुआती रेट ऑफ़ रिटर्न।

पिछले दस वर्षों की मैक्डॉनल्ड्स की प्रति शेयर आय की ग्रोथ रेट की समीक्षा से पता चलता है कि यह हर साल औसतन 13.5 प्रतिशत की दर से बढ़ रही है। इसलिए अगर आप वॉरेन होते, तो आप खुद से यह सवाल पूछ सकते थे : मैं

किसे ख़रीदना ज़्यादा पसंद करूँगा - सरकारी बॉण्ड को जिसका 7 प्रतिशत रेट ऑफ़ रिटर्न स्थिर है या मैक्डॉनल्ड्स की इक्विटी/बॉण्ड को, जिसका शुरुआती रेट ऑफ़ रिटर्न 5.2 प्रतिशत है, लेकिन यह हर साल 13.5 प्रतिशत की दर से बढ़ रहा है?

इक्विटी/बॉण्ड के रूप में मैक्डॉनल्ड्स का शेयर

रिटर्न ऑन इक्विटी के दृष्टिकोण से हम तर्क दे सकते हैं कि 1996 में मैक्डॉनल्ड्स का प्रति शेयर इक्विटी मूल्य 12.35 डॉलर था। अगर मैक्डॉनल्ड्स दस वर्षों के इक्विटी पर अपने औसतन रिटर्न 18.25 प्रतिशत को क़ायम रख सके और इसका लगभग 84 प्रतिशत अपने पास रोककर रखे तथा 16 प्रतिशत डिविडेंड के रूप में दे, तो मैक्डॉनल्ड्स का प्रति शेयर इक्विटी मूल्य हर साल 15.33 प्रतिशत चक्रवृद्धि दर से बढ़ना चाहिए। अगर मैक्डॉनल्ड्स का प्रति शेयर इक्विटी मूल्य हर साल 15.33 प्रतिशत की दर से बढ़ता है, तो दसवें वर्ष यानी 2006 तक यह बढ़कर 51.41 डॉलर हो जाएगा।

यदि दसवें साल यानी 2006 में प्रति शेयर इक्विटी मूल्य 51.41 डॉलर है और मैक्डॉनल्ड्स अब भी इक्विटी पर 18.25 प्रतिशत रिटर्न कमा रहा है, तो मैक्डॉनल्ड्स की प्रति शेयर आय 9.38 डॉलर होनी चाहिए। अगर मैक्डॉनल्ड्स का शेयर दस साल के अपने औसत पीई रेशो यानी 16.7 के पीई पर चलता है, तो हम प्रोजेक्ट कर सकते हैं कि सन् 2006 में मैक्डॉनल्ड्स के शेयर का बाज़ार भाव 156.64 डॉलर होगा $(9.38 \times 16.7 = 156.64)$। इसमें इस बीच दिए गए कुल डिविडेंड 7.50 डॉलर को जोड़ लें, तो बिक्री तथा डिविडेंड से हमें कुल 164.14 डॉलर प्रति शेयर मिलेंगे। इसका मतलब है टैक्स से पहले हमें 14.6 प्रतिशत का वास्तविक चक्रवृद्धि रेट ऑफ़ रिटर्न मिलेगा।

इसका मतलब है कि अगर आप वॉरेन की तरह 1996 में 41.95 डॉलर पर शेयर ख़रीदें और अपने निवेश को 2006 में बेचें, तो आप टैक्स से पहले 14.6 प्रतिशत के वार्षिक चक्रवृद्धि रेट ऑफ़ रिटर्न की आशा कर सकते थे।

ऐतिहासिक वार्षिक प्रति शेयर आय वृद्धि के आँकड़े का इस्तेमाल करके वार्षिक चक्रवृद्धि रेट ऑफ़ रिटर्न को प्रोजेक्ट करना

वॉरेन यह अनुमान लगा सकते थे कि अगर 1996 में मैक्डॉनल्ड्स की प्रति शेयर आय 2.21 डॉलर थी और यह हर साल 13.5 प्रतिशत की दर से बढ़ती रहे, और अगर इस प्रति शेयर आय में से 16 प्रतिशत डिविडेंड में दिया जाता रहे, तो प्रति शेयर आय और डिविडेंड वितरण की तसवीर अगले दस साल में इस प्रकार होगी।

इसका मतलब है हम यह प्रोजेक्ट कर सकते हैं कि सन् 2006 में मैक्डॉनल्ड्स की प्रति शेयर आय 7.81 डॉलर होगी। अगर मैक्डॉनल्ड्स पिछले दस वर्षों के इसके औसत पीई यानी 16.7 पर चल रहा हो, तो हम यह हिसाब लगा सकते हैं कि सन् 2006 में मैक्डॉनल्ड्स के शेयर का बाज़ार भाव 130.42 डॉलर होगा (7.81 डॉलर × 16.7 = 130.42 डॉलर)।

वर्ष	आय (डॉलर में)	डिविडेंड (डॉलर में)
1997	2.50	0.40
1998	2.83	0.45
1999	3.22	0.51
2000	3.65	0.58
2001	4.14	0.66
2002	4.70	0.75
2003	5.34	0.85
2004	6.06	0.97
2005	6.88	1.10
2006	7.81	1.25
	कुल	7.52

अगर आप 1996 में वॉरेन की तरह मैक्डॉनल्ड्स का शेयर 41.95 डॉलर में ख़रीदते और दस साल में इसका भाव लगभग 130.42 डॉलर हो जाता, तो आपका टैक्स से पहले वार्षिक चक्रवृद्धि रेट ऑफ़ रिटर्न लगभग 12.01 प्रतिशत होता। आप इन आँकड़ों को अपने कैलकुलेटर से निकाल सकते हैं। पीवी में 41.95 डॉलर डालें, एन में 10 और एफ़वी में 130.42। फिर ब्याज दर वाला बटन दबाएँ और आपका टैक्स से पहले चक्रवृद्धि वार्षिक रेट ऑफ़ रिटर्न निकल आएगा - 12.01 प्रतिशत।

अगर हम मैक्डॉनल्ड्स के दिए सारे डिविडेंड भी जोड़ लें, जो कुल 7.52 डॉलर थे, तो 2006 में शेयर का प्रोजेक्टेड भाव 130.42 डॉलर से बढ़कर 137.94 डॉलर हो जाएगा, जिससे हमें टैक्स से पहले वार्षिक चक्रवृद्धि रेट ऑफ़ रिटर्न 12.6 प्रतिशत मिलेगा।

संक्षेप में

1996 में वॉरेन ने कुल 1.265 अरब डॉलर में मैक्डॉनल्ड्स के 3,01,56,600 शेयर 41.95 डॉलर के भाव पर ख़रीदे। जब वॉरेन ने शेयर ख़रीदे, तो वे तर्क दे सकते थे कि उन्होंने अभी-अभी मैक्डॉनल्ड्स का इक्विटी/बॉण्ड ख़रीदा है, जो 5.2 प्रतिशत का शुरुआती रेट ऑफ़ रिटर्न दे रहा है, जो हर साल लगभग 13.5 प्रतिशत की दर से बढ़ेगा। वे यह भी समझ सकते थे कि अगर वे दस साल तक शेयर को रोककर रखते हैं, तो टैक्स से पहले उनका वार्षिक चक्रवृद्धि रेट ऑफ़ रिटर्न 12.6 प्रतिशत से 14.6 प्रतिशत के बीच होगा।

45

वॉरेन ने यह कैसे शुरू किया : निवेश माध्यम

अब जब आप बफ़ेटोलॉजी से लैस हो चुके हैं, तो आप लंबे समय तक हर साल 15 से 25 प्रतिशत तक चक्रवृद्धि औसत रिटर्न हासिल कर सकते हैं। इसका मतलब है कि अगर आप 1 मिलियन डॉलर से शुरू करते हैं, तो आपको अधिकतम 807 मिलियन डॉलर मिल सकते हैं। क्या? बिलियन डॉलर नहीं! (मैं सोचती हूँ आप कह रहे होंगे कि यह तो अरबपति बनने की मार्गदर्शिका थी।) यह है। बात बस यह है कि अभी आपको इस खेल का एक और पैंतरा सीखना है - अरबपति बनने के लिए आपको निवेश करने के लिए दूसरे लोगों को पैसा देने के लिए राज़ी करना होगा।

आप कई रास्ते चुन सकते हैं, लेकिन चूँकि यह अनिवार्यतः उसी तरह अरब डॉलर बनाने की मार्गदर्शिका है, जिस तरह वॉरेन ने बनाए थे, इसलिए हम उनके पदचिह्नों पर चलते हैं और बताते हैं कि वॉरेन ने दूसरे लोगों के पैसों का निवेश करके पैसे कैसे बनाए।

सबसे पहले तो आपको यह चुनना चाहिए कि आप किस निवेश माध्यम का इस्तेमाल करेंगे। वॉरेन के पास कई माध्यमों का विकल्प था, लेकिन सबसे आसान और सबसे लाभदायक विकल्प है लिमिटेड पार्टनरशिप। इसीलिए 1956 में पैसा इकट्ठा करने के लिए उन्होंने सबसे पहले इसी को चुना।

मैं इसे आसान इसलिए कहती हूँ, क्योंकि जब तक आप सौ से ज़्यादा निवेशकों के साथ साझेदारी नहीं करते हैं, तब तक आपको मीच्युअल फ़ंड्स के लिए रजिस्ट्रेशन नहीं कराना होगा। मीच्युअल फ़ंड में आपको इतने ज़्यादा नियमों का पालन करना होता है, जितना किसी सैनिक को भी नहीं करना होता।

लिमिटेड पार्टनरशिप का एक और लाभ यह है कि आप इसमें जितनी चाहे उतनी फ़ीस ले सकते हैं, जबकि मीच्युअल फ़ंड में आप नियमों से बँधे होते हैं।

जब वॉरेन ने न्यू यॉर्क में बेंजामिन ग्राहम के साथ अप्रेंटिसशिप पूरी कर ली, तो वे 1956 में ओमाहा लौट आए। उन्होंने पैसे इकट्ठे करने के लिए जिस माध्यम को चुना, वह था लिमिटेड पार्टनरशिप। उन्होंने बफेट एसोसिएट्स, लिमिटेड की स्थापना की, जिसके सात लिमिटेड पार्टनर थे। वॉरेन जनरल पार्टनर थे। सीमित पार्टनर्स ने 1,05,000 डॉलर की पूँजी लगाई थी।

लिमिटेड पार्टनरशिप का प्रमाणपत्र इस तरह दिखता है :

लिमिटेड पार्टनरशिप का प्रमाणपत्र

अधोहस्ताक्षरकर्ता एतद द्वारा प्रमाणित करते हैं कि वे आज दिनांक को एक सीमित पार्टरशिप में सम्मिलित हो रहे हैं और यह कि :

1

पार्टनरशिप का नाम बफ़ेट एसोसिएट्स, लिमिटेड है।

2

व्यवसाय साझेदारी की तरफ़ से शेयर, बॉण्ड व अन्य सिक्युरिटीज़, कमॉडिटीज़ तथा निवेश ख़रीदने-बेचने का होगा।

3

व्यवसाय का मुख्य स्थान ओमाहा, डगलस काउंटी, नेब्रास्का होगा।

4

जनरल पार्टनर हैं :

वॉरेन ई. बफ़ेट
ओमाहा, नेब्रास्का

लिमिटेड पार्टनर्स हैं :

चार्ल्स ई. पीटरसन, जूनियर
ओमाहा, नेब्रास्का

एलिज़ाबेथ पी. पीटरसन
ओमाहा, नेब्रास्का

डोरिस बी. वुड
ओमाहा, नेब्रास्का

डेनियल जे. मोनेन, जूनियर
ओमाहा, नेब्रास्का
विलियम एच. थॉमसन
ओमाहा, नेब्रास्का
एलिस आर. बफ़ेट
ओमाहा, नेब्रास्का

इसके पश्चात सामूहिक रूप से लिमिटेड पार्टनर्स के रूप में संबोधित किए जाएँगे।

5

साझेदारी की अवधि 1 मई 1956 से शुरू होती है और 30 अप्रैल 1976 को ख़त्म होती है, जब तक कि इसे जल्दी ख़त्म नहीं किया जाता, जैसा साझेदारी अनुबंध में तय है या जैसा नेब्रास्का के क़ानूनों के अधीन है।

6

प्रत्येक लिमिटेड पार्टनर द्वारा प्रदत्त नक़द पूँजी इस प्रकार है :

लिमिटेड पार्टनर्स	**लगाई गई पूँजी (डॉलर में)**
चार्ल्स ई. पीटरसन, जूनियर	5,000
एलिज़ाबेथ बी. पीटरसन	25,000
डोरिस बी. वुड	5000
ट्रूमैन एस. वुड	5,000
डेनियल जे. मोनेन, जूनियर	5,000
विलियम एच. थॉमसन	25,000
एलिस आर. बफ़ेट	35,000

7

लिमिटेड पार्टनर्स आगे कोई योगदान नहीं देंगे।

8

पार्टनरशिप की समाप्ति तिथि या साझेदारी से लिमिटेड पार्टनर के हटने तक लिमिटेड पार्टनर्स के योगदानों के रिटर्न के बारे में कोई समयसीमा तय नहीं की गई है।

9

योगदान के एवज में प्रत्येक लिमिटेड पार्टनर को मुनाफ़े या किसी अन्य पारितोषिक का हिस्सा इस प्रकार मिलेगा : प्रत्येक लिमिटेड पार्टनर को पिछले वर्ष के 31 दिसंबर को उसके कैपिटल अकाउंट में शेष राशि पर 4 प्रतिशत प्रति वर्ष की दर से ब्याज चुकाया जाएगा, जैसा फ़ेडरल इनकम टैक्स रिटर्न में दिखाया जाएगा, जो साझेदारी ने उस वर्ष के व्यवसाय में दाख़िल किया है। उक्त ब्याज का भुगतान पार्टनरशिप के व्यवसाय में ख़र्च के रूप में दिखाया जाएगा। 31 दिसंबर 1956 को समाप्त होने वाली अवधि के लिए ब्याज की अलग गणना में हर लिमिटेड पार्टनरशिप को उसके मूल पूँजी योगदान पर 2 प्रतिशत भुगतान किया जाएगा तथा इसे भी उक्त अवधि के लिए पार्टनरशिप व्यवसाय के ख़र्च के रूप में दिखाया जाएगा। इसके अतिरिक्त प्रत्येक लिमिटेड पार्टनर पार्टनरशिप के सकल शुद्ध लाभ में हिस्सेदार होगा, यानी, गठन के बाद से समाप्ति की अवधि तक साझेदारी के शुद्ध मुनाफ़े में प्रत्येक की हिस्सेदारी इस अनुपात में होगी :

चार्ल्स ई. पीटरसन, जूनियर	1/42
एलिज़ाबेथ बी. पीटरसन	5/42
डोरिस बी. वुड	1/42
ट्रूमैन एस. वुड	1/42
डेनियल जे. मोनेन, जूनियर	1/42
विलियम एच. थॉमसन	5/42
एलिस आर. बफ़ेट	7/42

10

लिमिटेड पार्टनर को उसके स्थान पर किसी दूसरे व्यक्ति को योगदानकर्ता के रूप में रखने का कोई अधिकार नहीं है।

11

पार्टनर्स को अतिरिक्त लिमिटेड पार्टनर बनाने का कोई अधिकार नहीं दिया गया है।

12

लिमिटेड पार्टनर्स के बीच कोई प्राथमिकता नहीं है।

13

जनरल पार्टनर की मृत्यु, रिटायरमेंट या विक्षिप्तता पर पार्टनरशिप व्यवसाय को जारी रखने के लिए बचे हुए पार्टनर्स को कोई अधिकार नहीं दिया गया है।

14

लिमिटेड पार्टनर को उसके योगदान के बदले में नक़दी के अतिरिक्त किसी प्रकार की जायदाद की माँग करने और पाने का कोई अधिकार नहीं दिया जाता है।

दिनांक 1 मई, 1956

गवाही :

(हस्ताक्षर)
वॉरेन ई. बफ़ेट
चार्ल्स ई. पीटरसन, जूनियर
एलिज़ाबेथ बी. पीटरसन
डोरिस बी. वुड
ट्रूमैन एस. वुड
डेनियल जे. मोनेन, जूनियर
विलियम एच. थॉमसन
एलिस आर. बफ़ेट

यह आसान था, है ना?

वॉरेन यहीं पर नहीं रुके। 1956 से 1962 के बीच उन्होंने विभिन्न लोगों के पैसे का प्रबंधन करने के लिए नौ अन्य लिमिटेड पार्टनरशिप्स बनाईं : एन इनवेस्टमेंट्स, लिमिटेड, बफेट फ़ंड लिमिटेड, बफ़ेट-हॉलैंड लिमिटेड, बफ़ेट-टीडी लिमिटेड, डेसी लिमिटेड, एनडी लिमिटेड, गेनॉफ़ लिमिटेड, मो-बफ़ लिमिटेड और द अंडरवुड पार्टरशिप लिमिटेड।

परिस्थितियों को समझ में आने लायक़ बनाने के लिए 1962 में वॉरेन ने इन सभी लिमिटेड पार्टनरशिप्स का विलय करके बफेट पार्टनरशिप लिमिटेड बना ली। तब तक उन्होंने 98 लिमिटेड पार्टनर्स इकट्ठे कर लिए थे और 10.55 मिलियन डॉलर की पूँजी जुटा ली थी।

बफ़ेट पार्टनरशिप की शर्तें बहुत आसान थीं। निवेशकों को किसी भी वर्ष में बचत ख़ाते में 6 प्रतिशत मिल सकता था, इसलिए इसके ऊपर उन्हें जितना भी मुनाफ़ा होता था, उसमें से 25 प्रतिशत हिस्सा वॉरेन का रहता था। उन्हें महसूस हुआ कि उन्हें निवेशकों से फ़ीस नहीं वसूलना चाहिए, अगर वे कम से कम उतना मुनाफ़ा नहीं कमा पाते, जितना वे स्थानीय बैंक में बचत ख़ाते से कमा सकते थे। इसके अलावा वे किसी भी वर्ष में हुए घाटे को पिछले वर्ष के मुनाफ़े से बराबर करने वाले थे, लेकिन उन्हें यह कभी नहीं करना पड़ा, क्योंकि घाटे का एक भी साल नहीं रहा।

निवेश लिमिटेड पार्टनरशिप अनुबंध का ड्राफ़्ट कोई भी वकील बना सकता है, जो सिक्युरिटीज़ और पार्टनरशिप लॉ से परिचित हो। यह ध्यान रखें कि किसी भी स्थिति में आपको किसी वकील की सहायता के बिना निवेश लिमिटेड पार्टनरशिप नहीं बनाना चाहिए। एसईसी और स्टेट सिक्युरिटी रजिस्ट्रेशन की आवश्यकताएँ हालाँकि समझने में आसान है और उन पर अमल करना किफ़ायती भी है, लेकिन अनुपालन नहीं होने की स्थिति में गंभीर दंड का प्रावधान भी है। इसलिए अपनी सहायता के लिए किसी वकील को नियुक्त करें! इसके अलावा वकील के रहने से पेशेवर माहौल भी बनता है।

निवेशक खोजना

परोपकार घर से शुरू होता है और यहीं पर आप संभावित निवेशकों को खोज सकते हैं। वॉरेन ने परिवार और मित्रों से शुरू किया था और हर किसी को यहीं से शुरू करना चाहिए। जब आप घरेलू मैदान को टटोल लें, तो इसके बाद आपको अपने किसी अमीर परिचित या अपरिचित से संपर्क करना चाहिए। वॉरेन अपने घर में छोटे निवेश मिलन समारोह आयोजित करते थे। उनकी पत्नी सूज़ी चिकन सूप बनाती थीं और लोगों को आमंत्रित करती थीं कि वे बेंजामिन ग्राहम की बुद्धिमत्ता पर चलने वाले युवा निवेश जीनियस की बुद्धिमत्ता भरी बातें सुनें।

जब वॉरेन को व्यवसाय में कुछ साल हो गए, तो वे पार्टनरशिप में शामिल होने के लिए संभावित निवेशकों से आवश्यक पैसा उगाहने लगे। याद रहे, आपकी सीमा सौ निवेशक की है, इसलिए आपको शहर के सबसे दौलतमंद लोगों को अपना सीमित पार्टनर बनाना चाहिए, ख़ास तौर पर ऐसे लोगों को, जिनकी आमदनी अच्छी है - *जैसे डॉक्टर!*

वॉरेन के बारे में मशहूर था कि वे अपने डॉक्टर मित्रों/निवेशकों के साथ रोज़ेस लॉज नामक छोटे से चिकन-डिनर स्थान पर मिलते थे। फ्राइड चिकन की प्लेट, कुछ बियर और ग्राहम की बुद्धिमत्ता के कुछ शब्दों के बाद चेकबुक बाहर

निकल आती थी। इनमें से कुछ शुरुआती निवेशकों की नेट वर्थ अब 100 मिलियन से अधिक है। दरअसल लॉरेंस टिश ने सीमित पार्टनर बनकर काफ़ी पैसे बनाए, जिन्होंने हॉवर्ड न्यूमैन से वॉरेन के बारे में सुना था, जो ग्राहम-न्यूमैन में ग्राहम के पार्टनर थे।

कुछ समय बाद निवेश परिवेश बदल गया और बाज़ार ओवरवैल्यूड हो गया। वॉरेन भाव पर बहुत केंद्रित थे, इसलिए उन्होंने अपने साझेदारों को बताया कि भाव बहुत महँगे हो गए हैं। किसी दूसरी रणनीति आज़माने के बजाय, जिसके साथ वे आरामदेह नहीं होते, उन्होंने पार्टनरशिप को बंद करने का निर्णय लिया। कुछ साल बाद बाज़ार ने ज़ोर का गोता लगाया और करेक्शन हो गया। उस समय वॉरेन की जेब में नक़दी भरी थी और अचानक उनकी प्रिय कंपनियाँ उनके आंतरिक मूल्य से बहुत कम भाव पर बिक रही थीं। वॉरेन ख़रीदने लगे।

पुराने ज़माने में उच्च आय वर्ग के लिए इनकम टैक्स की दर 50 प्रतिशत या अधिक थी, इसलिए उस वक़्त किसी कॉरपोरेशन के ज़रिये निवेश करना लाभकारी था, जिस पर कम दर से टैक्स लगता था। इकलौता पेंच यह था कि आप कंपनी में 49 प्रतिशत से ज़्यादा स्वामित्त्व नहीं ले सकते थे, वरना इनकम टैक्स विभाग इसे पर्सनल होल्डिंग कंपनी मानकर आप पर व्यक्तिगत आयकर की दरों से टैक्स लगाता, यानी 50 प्रतिशत या इससे ज़्यादा। (पर्सनल होल्डिंग कंपनियों के साथ यह समस्या अब भी मौजूद है। इसलिए ध्यान रखें!) इसलिए वॉरेन ने बर्कशायर हैथअवे नामक टेक्सटाइल कंपनी में 48 प्रतिशत हिस्सेदारी ख़रीद ली, जिसे उन्होंने ग्राहम के फ़ॉर्मूले के हिसाब से ख़रीदा था, जो यहाँ नाकाम रहा। टेक्सटाइल व्यवसाय हालाँकि कभी बेहतरीन था, लेकिन यह कमॉडिटी व्यवसाय था और बर्कशायर की मिल कभी प्रतिस्पर्धा नहीं कर सकती थी। यह देखकर वॉरेन ने एक बहुत चतुराई भरा काम किया और बर्कशायर की कामकाजी पूँजी से बीमा कंपनियाँ ख़रीदने लगे। दरअसल जो पैसा कभी नए लूम्स ख़रीदने में ख़र्च होता था, वह अब नेशनल इनडेमिटी इंश्योरेंस कंपनी ख़रीदने में ख़र्च हो रहा था।

बीमा कंपनियाँ क्यों? ऐसी बात नहीं है कि वे ख़रीदारी के लिए बेहतरीन थीं। दरअसल वॉरेन को इस व्यवसाय के अर्थशास्त्र ने आकर्षित किया था। देखिए, जब आप अपनी कार, मकान, जीवन बीमा आदि के लिए अपनी बीमा कंपनी को चेक भेजते हैं, तो बीमा कंपनी उस पैसे को एक फ़ंड में रख देती है। अगर आप अपनी कार टकरा देते हैं, आपका मकान जल जाता है या आप मर जाते हैं और आप या आपका जीवनसाथी दावा दायर करता है, तो बीमा कंपनी उस फ़ंड में से आपको भुगतान कर देगी। लेकिन वह दावा होने में कई वर्ष भी लग सकते हैं और तब तक बीमा कंपनी आपके पैसे का इस्तेमाल कर सकती है। बीमा व्यवसाय में इस फ़ंड को फ़्लोट कहा जाता है और वॉरेन इसी से सम्मोहित थे।

बीमा कंपनी अपनी फ़्लोट या फ़ंड का निवेश करके पैसे बनाती है। और वॉरेन किस चीज़ में बेहतरीन थे? निवेश करने में। 1996 में बर्कशायर के बीमा व्यवसाय ने 6.7 अरब डॉलर की फ़्लोट हासिल कर ली थी। इसका मतलब है कि 1996 में वॉरेन दूसरे लोगों के 6.7 अरब डॉलर का इस्तेमाल कर सकते थे - जो पैसा किसी दिन दावों में चुकाया जाना था, लेकिन तब तक वॉरेन इसका निवेश करने के लिए स्वतंत्र थे।

निवेश के खेल में अरब डॉलर बनाने की कुंजी यह सीखना है कि 23 प्रतिशत या अधिक का औसत वार्षिक रेट ऑफ़ रिटर्न कैसे हासिल करना है, कैसे लिमिटेड निवेश पार्टनरशिप बनाना है, अपने निवेशकों को प्रेरित करना है और जब आपके पास पर्याप्त पैसे आ जाएँ, तो बीमा कंपनी में 49 प्रतिशत हिस्सेदारी ख़रीदना है। (पुनःश्च। मैं लगभग भूल गई। आप अपने दोस्तों से कहते हैं कि वे उस बीमा कंपनी की 2 प्रतिशत हिस्सेदारी ख़रीद लें, ताकि आप कंपनी के 51 प्रतिशत वोटिंग स्टॉक को नियंत्रित कर सकें, जिसका मतलब है कि आप संचालक मंडल को नियंत्रित कर लेते हैं, जो कंपनी को नियंत्रित करते हैं।)

आसान लगता है? यह वॉरेन के लिए था? और यह आपके लिए भी हो सकता है, बशर्ते आप व्यावसायिक दृष्टिकोण वाले निवेश की राह पर चलें।

46

54 कंपनियाँ जिन पर आप नज़र डाल सकते हैं

शेयर बाज़ार में हज़ारों कंपनियाँ हैं और उत्कृष्ट व्यवसाय की तलाश में उन सभी की छानबीन करना काफ़ी मुश्किल काम है। आपका बहुत सारा समय बचाने के लिए हम आपको 54 कंपनियों की सूची दे रहे हैं, जिनमें वॉरेन निवेश कर चुके हैं और हमारा मानना है कि वे अब भी इन पर अपनी निगाह रखते होंगे। *इस सूची में ज़्यादातर कंपनियों के नाम पहली बार बफ़ेट कंपनियों के रूप में दिए जा रहे हैं।*

ध्यान रहे कि कई दिन बाज़ार इनमें से कुछ कंपनियों के बारे में बहुत ज़्यादा उत्साही रहेगा और उनका भाव ज़्यादा लगाएगा; बाक़ी दिन बाज़ार उनकी संभावनाओं के बारे में निराश रहेगा और उनके भाव कम लगाएगा। हमारी रुचि उन दिनों में है, जब बाज़ार उनके कम भाव लगाता है।

हमने हर कंपनी पर उपभोक्ता एकाधिकार या टोल ब्रिज का लेबल लगाया है। याद रहे, उपभोक्ता एकाधिकार कंपनी ऐसी उत्कृष्ट कंपनी है, जिसका कोका-कोला जैसा ब्रांड नेम वाला प्रॉडक्ट होता है। दूसरी ओर, टोल ब्रिज ऐसी उत्कृष्ट कंपनी है, जो ऐसी सेवाएँ प्रदान करती है, जिसका इस्तेमाल दूसरी कंपनियों को करना ही होता है, मिसाल के तौर पर, विज्ञापन एजेंसी। अक्सर दोनों के बीच काफ़ी धुंध होती है।

हमने इन कंपनियों के फ़ोन नंबर भी दिए हैं। आप उन्हें फ़ोन करके मुफ़्त एन्युअल रिपोर्ट हासिल कर सकते हैं। जैसा पहले बताया जा चुका है, आप मुफ़्त 10-के भी माँग सकते हैं, जो एसईसी में जमा होने वाला वित्तीय दस्तावेज़ है, जिसमें काफ़ी जानकारी रहती है। इसमें आम तौर पर एन्युअल रिपोर्ट से ज़्यादा विस्तृत जानकारी दी जाती है। (*वैल्यू लाइन* और *एसऐंडपी* वास्तव में *वैल्यू लाइन इनवेस्टमेंट सर्वे* और *स्टैंडर्ड ऐंड पुअर्स स्टॉक रिपोर्ट्स* का संक्षिप्त रूप हैं।) हमने उन कंपनियों के इंटरनेट एड्रेस भी दिए हैं, जो उपलब्ध हैं।

आनंद लें!

एडवो इंक.
टोल ब्रिज

एडवो इंक. अमेरिका की सबसे बड़ी डायरेक्ट-मेल मार्केटिंग कंपनी है। आपको जंक मेल मिलती होगी, जिसमें आपको कुछ बेचने की कोशिश की जाती है। देखिए, संभवतः यह एडवो इंक. ने ही भेजी होगी। अगर आप आज डाक से किसी चीज़ की मास-मार्केटिंग करने की कोशिश कर रहे हैं, तो संभवतः आप इसी कंपनी का इस्तेमाल करेंगे। हाँ, वे राजनीतिक प्रचार भी करते हैं।

इस कंपनी के बारे में उसी तरह सोचें, जिस तरह आप विज्ञापन कंपनियों के बारे में सोचते हैं। यानी, अगर कोई कंपनी अमेरिका या विदेशों में विज्ञापन करना चाहती है, तो इसे चंद अंतरराष्ट्रीय विज्ञापन एजेंसियों में से किसी एक का सहारा लेना पड़ेगा। और अगर आप कोई बड़ा डायरेक्ट-मेल प्रचार अभियान चलाना चाहते हैं, तो आपको एडवो इंक. का इस्तेमाल करना होगा। यह वाणिज्य के समुद्र का एक तरह का टोल ब्रिज है। अगर आप डाक से अपने प्रॉडक्ट का प्रचार करना चाहते हैं, तो या तो आपको अपना खुद का पुल बनाना होगा या फिर एडवो को टोल टैक्स देना होगा।

वैल्यू लाइन में इस कंपनी के बारे में जानकारी शामिल रहती है और आप 203-285-6100 पर कंपनी को फ़ोन कर सकते हैं। याद रहे, बेहतरीन कंपनी बेहतरीन होती है, लेकिन आप जिस भाव पर इसके शेयर ख़रीदते हैं, उसी से आपका रेट ऑफ़ रिटर्न तय होगा।

अमेरिकन ब्रांड्स
उपभोक्ता एकाधिकार

यह कंपनी गैलेहर टोबैको लिमिटेड की स्वामी है, जो इंग्लैंड में मार्केट लीडर है। यह बेंसन ऐंड हेजेस सिगरेट बनाती है। अमेरिकन ब्रांड्स ने 1994 में अपने अमेरिकी तंबाखू कामकाज को बेच दिया था और कैन्सर के मुकदमों से जुड़ी बुरी ख़बरों तथा संभावित हरजाने से विदा ले ली थी। सिगरेट प्रॉडक्ट्स का प्रॉफ़िट मार्जिन बेहतरीन होता है, जिसका मतलब बहुत सारे पैसे हैं। अमेरिकन ब्रांड्स कई अन्य चीज़ों की भी स्वामी है, लेकिन इसे सबसे ज़्यादा कमाई तंबाखू से ही होती है। तंबाखू के काम आदर्श उपभोक्ता एकाधिकार हैं।

वैल्यू लाइन में इस कंपनी के बारे में जानकारी दी रहती है और आप कंपनी को 203-698-5000 पर फ़ोन करके एन्युअल रिपोर्ट माँग सकते हैं।

अमेरिकन एक्सप्रेस

टोल ब्रिज

अमेरिकन एक्सप्रेस एक बड़ी वित्तीय सेवा कंपनी है, जो लगभग सब कुछ करती है। लेकिन इसकी शक्ति कंपनियों को यात्रा उद्योग संबंधी सेवाएँ देना है, जहाँ यह सिरमौर है। क्रेडिट कार्ड वॉरेन के संसार में एक तरह का टोल ब्रिज हैं। कोई व्यक्ति अमेरिकन एक्सप्रेस कार्ड का इस्तेमाल करके पैसे ख़र्च करता है। बदले में अमेरिकन एक्सप्रेस व्यापारी से फ़ीस वसूल करती है और फिर यह कार्ड का इस्तेमाल करने वाले से फ़ीस वसूल करती है। हर बार जब भी पैसा इधर से उधर होता है, तो अमेरिकन एक्सप्रेस को मुनाफ़ा होता है। दोहरा मुनाफा।

1990 के दशक की शुरुआत में अमेरिकन एक्सप्रेस को समस्याएँ आने लगी थीं। सितंबर 1991 से सितंबर 1994 के बीच कंपनी ने लगभग 2.2 मिलियन व्यक्तिगत कार्ड उपयोगकर्ता गँवा दिए। 1990 में कुल क्रेडिट कार्ड बाज़ार में इसकी हिस्सेदारी 22.5 प्रतिशत थी, जो 1995 में घटकर 16.3 प्रतिशत रह गई। यह कुछ हद तक इसलिए हुआ, क्योंकि अमेरिकन एक्सप्रेस आपकी सभी वित्तीय आवश्यकताओं के लिए वन-स्टॉप शॉप बनने की कोशिश कर रही थी। अलग-अलग वित्तीय प्रॉडक्ट्स उतारने की प्रक्रिया में इसने अपने क्रेडिट कार्ड के काम पर एकाग्रता खो दी, जो इसका सबसे ज़्यादा मुनाफ़े वाला काम था। आपको यह ध्यान रखना चाहिए कि कई बार अद्भुत कंपनियों का प्रबंधन डाइवर्सिफ़िकेशन के चक्कर में उस अद्भुत अंतर्निहित व्यवसाय को नज़रअंदाज़ कर देता है, जिसने कंपनी को बेहतरीन बनाया था। अमेरिकन एक्सप्रेस के मामले में हार्वे गोलब बचाव के लिए कंपनी के सीईओ बने और वॉरेन ने गोलब की गाड़ी में सवार होकर शेयर ख़रीद लिए। याद रखें, आप केवल कंपनी में ही निवेश नहीं करते हैं, बल्कि इसे चलाने वाले लोगों में भी निवेश करते हैं। दोनों ही महत्त्वपूर्ण होते हैं।

वैल्यू लाइन और *एसऐंडपी* में इसके बारे में जानकारी दी रहती है और अगर आप 212-640-2000 पर फ़ोन करें, तो आपको एन्युअल रिपोर्ट मिल सकती है। इसकी वेबसाइट है http://www.americanexpress.com

अमेरिकन होम प्रॉडक्ट्स

उपभोक्ता एकाधिकार

यह एक दवा कंपनी है। यह प्रिस्क्रिप्शन दवाओं की अग्रणी निर्माता है, साथ ही इसके पास कुछ अद्भुत ओवर-द-काउंटर ब्रांड नेम भी हैं, जैसे एडविल, एनासिन, लोडाइन और रोबिटुसिन। पिछले दस वर्षों में रिटर्न ऑन इक्विटी 30 प्रतिशत से

ज़्यादा हमेशा रहा है। प्रति शेयर आमदनी वृद्धि दर 7.9 प्रतिशत रही है। सही भाव पर यह हमेशा के लिए रोककर रखने वाली कंपनी है। लोगों में बीमार होने की आदत होती है और मुझे नहीं लगता कि यह आदत निकट भविष्य में बदलेगी।

वैल्यू लाइन में इस कंपनी के बारे में जानकारी दी रहती है और आप 201-660-5000 पर फ़ोन करके एन्युअल रिपोर्ट का आग्रह कर सकते हैं।

अमेरिकन सेफ़्टी रेज़र

उपभोक्ता एकाधिकार

यह जिलेट की प्रतिस्पर्धी है। यह दर्जनों ब्रांड नेम प्रॉडक्ट बनाती है और यह प्राइवेट-लेबल और वैल्यू-ब्रांड शेविंग ब्लेड्स की शहंशाह है। कंपनी सौ साल से ज़्यादा पुरानी है। यह पहले फ़िलिप मॉरिस के पास हुआ करती थी और इसे सत्तर के दशक में निजी किया गया था। यह 1993 में एक बार फिर सार्वजनिक हुई और इसने अधिग्रहण करना शुरू ही किया है।

इसके बारे में एसऐंडपी में जानकारी रहती है और आप 504-248-8000 पर फ़ोन करके एन्युअल रिपोर्ट माँग सकते हैं।

एनह्यूज़र-बुश

उपभोक्ता एकाधिकार

यह कोका-कोला तो नहीं है, लेकिन बहुत से लोग बियर पीते हैं। एनह्यूज़र-बुश संसार की सबसे बड़ी ब्रुइंग संगठन है और अमेरिका की दूसरी सबसे बड़ी उत्पादक है। इन लोगों को सचमुच यीस्ट पसंद है। इसे ही वॉरेन उपभोक्ता एकाधिकार कहते हैं : आप अपनी बियर का ऑर्डर ब्रांड नेम से देते हैं।

वैल्यू लाइन में इसकी जानकारी दी रहती है और अगर आप एन्युअल रिपोर्ट चाहते हैं, तो 314-577-2000 पर फ़ोन करें।

बीएचसी कम्युनिकेशन्स

उपभोक्ता एकाधिकार और टोल ब्रिज

बीएचसी कम्युनिकेशन्स आठ टेलीविज़न स्टेशन चलाती है और यह घरों तक पहुँच के संदर्भ में अमेरिका की सबसे बड़ी प्रसारण कंपनियों में से एक है। इसकी पहुँच अमेरिका के 20 प्रतिशत घरों तक है। शुरुआती 1995 में इसने युनाइटेड पैरामाउंट नेटवर्क शुरू किया। सही भाव पर यह ख़रीदने योग्य है।

वैल्यू लाइन और *एसऐंडपी* में इस कंपनी की जानकारी दी रहती है और आप 212-421-0200 पर फ़ोन करके एन्युअल रिपोर्ट प्राप्त कर सकते हैं।

बियर स्टर्न्स

टोल ब्रिज

यह निवेश बैंक और ब्रोकरेज हाउस है। यह कंपनियों के लिए पैसे उगाहती है और सिक्युरिटी बिक्री में मध्यस्थ होने के नाते इसे ट्रांज़ेक्शन फ़ी मिलती है। इसने पिछले दस में से 5 वर्षों में इक्विटी पर 20 प्रतिशत या अधिक रिटर्न हासिल किया। बाक़ी पाँच वर्षों में इसका इक्विटी पर रिटर्न 11.3 प्रतिशत और 18 प्रतिशत के बीच रहा। इस कंपनी को यह बात रोचक बनाती है कि इसके शेयर कभी-कभार बुक वैल्यू से कम पर मिल जाते हैं। चूँकि इसकी संपत्तियाँ बहुत लिक्विड हैं (उन्हें आसानी से नक़दी में बदला जा सकता है), इसलिए बुनियादी तौर पर आप एक ऐसी कंपनी ख़रीद रहे हैं, जिसे आप इसकी नेट एसेट वैल्यू से कम में ख़रीदते हैं और बेहतरीन रिटर्न हासिल करते हैं

वैल्यू लाइन और एसऐंडपी में इसके बारे में जानकारी दी रहती है तथा आप 212-272-2000 पर फ़ोन करके एन्युअल रिपोर्ट हासिल कर सकते हैं।

ब्रिस्टल-मायर्स स्क्विब कंपनी

उपभोक्ता एकाधिकार

यह कंपनी हर साल 11 अरब डॉलर की दवाएँ और स्वास्थ्य तथा सौंदर्य प्रॉडक्ट्स बेचती है। इसके कुछ ब्रांड नेम बैन, बफ़ेरिन और क्लेयरॉल हैं। पिछले दस वर्षों में कंपनी का रिटर्न ऑन इक्विटी 20 प्रतिशत से अधिक रहा है और पिछले पाँच वर्षों से यह 30 प्रतिशत से अधिक रहा है। पिछले दस वर्षों से प्रति शेयर आय 10 प्रतिशत की औसत वार्षिक चक्रवृद्धि दर से बढ़ रही है।

इसके आँकड़ों की जाँच करें। एन्युअल रिपोर्ट के लिए 212-546-4000 पर फ़ोन करें।

कैंपबेल सूप

उपभोक्ता एकाधिकार

हम सभी बचपन से इसके सूप को पहचानते हैं। लेकिन क्या आप जानते हैं कि कैंपबेल सूप फ्रैंको-अमेरिकन, वी8, स्वान्सन, पेपरिज फ़ार्म, व्लासिक, मिसेज़ पॉल्स,

प्रेगो (जिसका इतालवी भाषा में मतलब है, "आपका स्वागत है") और दर्जनों अन्य ब्रांड नेम्स की स्वामी है, जो आपके ग्रोसरी बास्केट में आते हैं?

वैल्यू लाइन में इसके बारे में जानकारी दी रहती है और आप 609-342-4800 पर फ़ोन करके एन्युअल रिपोर्ट प्राप्त कर सकते हैं।

सर्किट सिटी स्टोर्स

टोल ब्रिज

सर्किस सिटी (और वॉल-मार्ट) जैसे सुपरस्टोर ख़रीदने की इतनी शक्तिशाली स्थिति में इसलिए होते हैं, क्योंकि वे निर्माताओं को भाव कम करने के लिए मजबूर कर सकते हैं। कंप्यूटर - जो सर्किट सिटी का व्यवसाय हैं - केंद्रीकृत वेयरहाउसिंग की अनुमति देते हैं और कुछ मामलों में ये स्टोर दरअसल वेयरहाउसिंग का काम निर्माता के हवाले कर सकते हैं।

कंप्यूटर जैसे कंज़्यूमर इलेक्ट्रॉनिक्स कमॉडिटी बन चुके हैं, क्योंकि सारे निर्माता भाव के ज़रिये प्रतिस्पर्धा करते हैं। सर्किट सिटी बेहतरीन स्थिति में है। यह कम भाव पर प्रॉडक्ट इसलिए ख़रीद सकती है, क्योंकि यह बहुत बड़ी संख्या में ख़रीदती है। पिछले दस वर्षों से इसका इक्विटी पर रिटर्न 15.4 प्रतिशत से 25.4 प्रतिशत के बीच रहा है, जो बहुत सम्मानजनक है। पिछले दस वर्षों से प्रति शेयर आय भी 23 प्रतिशत की वार्षिक दर से बढ़ रही है, जो सचमुच अच्छी है।

वैल्यू लाइन में इससे संबंधित आँकड़े दिए रहते हैं और 804-527-4000 पर फ़ोन करके आप एन्युअल रिपोर्ट मँगा सकते हैं।

कोका-कोला कंपनी

उपभोक्ता एकाधिकार

अब तक आप इसके बारे में सब कुछ जानते हैं! सही भाव पर इसे आप अब भी ख़रीद सकते हैं। इसे नहीं चूकें, जब एक बार फिर यह वॉल स्ट्रीट की "आसमान गिर रहा है" की धुन पर नाचते हुए गिरे।

बहुत-सी कोका-कोला बॉटलिंग कंपनियों में भी वॉरेन की हिस्सेदारी है। कोका-कोला जब बरसों पहले विस्तार कर रही थी, तो इसने अपने प्रॉडक्ट्स के इस्तेमाल के अधिकार बेच दिए थे। इन कंपनियों के अब संपन्न व्यवसाय हैं। कोका-कोला बॉटलिंग कंपनी कनसॉलिडेटेड, कोका-कोला एंटरप्राइजेस, पैनअमेरिकन बीवरेजेस और कोका-कोला फ़ेमसा एसए की जाँच करें।

वैल्यू लाइन में कोका-कोला के बारे में जानकारी दी रहती है। एन्युअल रिपोर्ट के लिए 404-676-2121 पर फ़ोन करें।

कोका-कोला बॉटलिंग कंपनी कनसॉलिडेटेड

उपभोक्ता एकाधिकार

कोका-कोला बॉटलिंग कंपनी कनसॉलिडेटेड ग्यारह राज्यों में कोका-कोला को बोतलबंद करती है।

एसऐंडपी में इसके बारे में जानकारी रहती है और 704-551-4000 पर फ़ोन करके आप इसकी एन्युअल रिपोर्ट मँगा सकते हैं।

कोका-कोला एंटरप्राइज़ेस

उपभोक्ता एकाधिकार

यह संसार में कोका-कोला की सबसे बड़ी बॉटलिंग कंपनी है। यह अमेरिका में प्रयुक्त लगभग 55 प्रतिशत कोका-कोला प्रॉडक्ट्स का वितरण करती है।

कोका-कोला एंटरप्राइज़ेस की एन्युअल रिपोर्ट के लिए 770-989-3796 पर फ़ोन करें। (पुनःश्च। मेरे पूर्व पति के भाई हॉवर्ड बफ़ेट अब कोका-कोला एंटरप्राइज़ेस के संचालक मंडल में हैं।)

कोका-कोला फ़ेमसा

उपभोक्ता एकाधिकार

कोका-कोला फ़ेमसा दरअसल कोका-कोला कंपनी और फ़ेमसा का संयुक्त उपक्रम है। यह मेक्सिको सिटी और ब्यूनस आयर्स में कोका-कोला बनाती व बेचती है।

एसऐंडपी में इसके बारे में जानकारी दी रहती है और (5) 209-09-09 पर फ़ोन करके आप एन्युअल रिपोर्ट प्राप्त कर सकते हैं।

कॉक्स कम्युनिकेशन्स

टोल ब्रिज

केबल टीवी प्रदान करने वाली अग्रणी कंपनी।

इस कंपनी की जानकारी *वैल्यू लाइन* या *एसऐंडपी* में नहीं मिलेगी। एन्युअल रिपोर्ट के लिए 404-834-5000 पर फ़ोन करें।

डीन विटर, डिसकवर ऐंड कंपनी
टोल ब्रिज

यह एक निवेश बैंक है, जिसमें रिटेल ब्रोकरेज और क्रेडिट कार्ड का काम होता है। इसे डाइवर्सिफ़ाइड फ़ाइनैंशियल सर्विसेस कंपनी कहा जा सकता है। यह 67 अरब डॉलर का प्रबंधन करती है, जिससे यह ज़्यादातर मनी-सेंटर बैंकों जितनी बड़ी बन जाती है। रिटर्न ऑन इक्विटी पिछले पाँच वर्षों से 15.25 और 17.45 प्रतिशत के बीच झूलती रही है। प्रति शेयर आय पिछले चार वर्षों से लगभग 23 प्रतिशत वार्षिक दर से बढ़ रही है। कृपया ध्यान रखें कि इस कंपनी का विलय हाल ही में मॉर्गन स्टैनली ग्रुप के साथ हुआ है, जिससे अब एक नई कंपनी मॉर्गन स्टैनली, डीन विटर, डिसकवर ऐंड कंपनी बन गई है।

वैल्यू लाइन में इसके बारे में जानकारी दी रहती है और अगर आप एन्युअल रिपोर्ट चाहते हैं, तो 212-392-2000 पर फ़ोन कर सकते हैं।

द वॉल्ट डिज़्नी कंपनी
उपभोक्ता एकाधिकार

इसके पास मिकी माउस है और अब इसके पास कैपिटल सिटीज़/एबीसी भी है। वॉरेन हमेशा से इस कंपनी से प्रेम करते रहे हैं और उनके पास इसके शेयर 1960 के दशक से हैं। विलय के बाद उनके पास मौजूद इसके शेयरों की संख्या और बढ़ गई है। आप यह यक़ीन रख सकते हैं कि वे इन शेयरों को अपने पास रोककर रखेंगे, क्योंकि वॉरेन किसी अच्छे व्यवसाय को बेचना पसंद नहीं करते। पिछले दस वर्षों में से छह में रिटर्न ऑन इक्विटी 20 प्रतिशत से ज़्यादा रहा है और बाक़ी चार वर्षों में यह 13.7 से 18.9 प्रतिशत के बीच रहा है। पिछले दस वर्षों से प्रति शेयर आय 18.9 प्रतिशत की वार्षिक दर से बढ़ रही है।

वैल्यू लाइन और *एसऐंडपी* में इसके बारे में जानकारी दी रहती है। अगर आप 818-560-1000 पर फ़ोन करेंगे, तो मिकी माउस आपको एन्युअल रिपोर्ट भेज देगा।

फ़ेडरल होम लोन मॉर्टगेज कॉरपोरेशन
एक अजीब तरह का टोल ब्रिज

जैसा पहले बताया जा चुका है, वॉल स्ट्रीट इस ज़बर्दस्त व्यवसाय को फ़्रेडी मैक का नाम देती है। हम इस कंपनी पर पहले ही केस स्टडी कर चुके हैं। बस यह याद रखें, अगर कोई बैंक आपका मॉर्टगेज बेचना चाहती है, तो उसे यहीं जाना पड़ता है।

हाँ, वॉरेन के पास इसके बहुत सारे शेयर हैं और जब भी भाव पर्याप्त कम होगा, वे संभवतः और ज़्यादा शेयर ख़रीद लेंगे।

वैल्यू लाइन में इसके बारे में जानकारी रहती है और आप 703-903-2000 पर फ़ोन करके एन्युअल रिपोर्ट प्राप्त कर सकते हैं।

गैबेली इक्विटी ट्रस्ट

यह सही है, वॉरेन के पास थोड़ा गैबेली इक्विटी ट्रस्ट भी है। इसका प्रबंधन बहुत ही उत्कृष्ट निवेशक मारियो गैबेली करते हैं। अगर आपके पास इसके शेयर हैं, तो ट्रस्ट आपको एक एन्युअल रिपोर्ट भेजता है, जिसमें इसके निवेशों की सूची रहती है। इस तरह की रिपोर्ट से आपको निवेश के खेल में बहुत अच्छे विचार मिल सकते हैं। यह पता लगाना चाहते हैं कि मारियो क्या कर रहे हैं? 800-422-3554 पर फ़ोन करके एन्युअल रिपोर्ट का आग्रह करें।

गैनेट कॉरपोरेशन

उपभोक्ता-एकाधिकार किस्म का टोल ब्रिज

ये लोग 134 समाचारपत्र तथा *यूएसए टुडे* का प्रकाशन करते हैं। हम इस पर केस स्टडी कर चुके हैं। हाँ, वॉरेन के पास इस कंपनी के बहुत से शेयर हैं।

वैल्यू लाइन में इसकी जानकारी रहती है और आप 703-284-6000 पर फ़ोन करके एन्युअल रिपोर्ट हासिल कर सकते हैं।

जनरल इलेक्ट्रिक

एकाधिकार उपभोक्ता

मूलतः जीई ने ही पूरे ग्रह का विद्युतीकरण किया था। ज़्यादातर लोगों के लिए बिजली जीवन का सामान्य हिस्सा है, लेकिन सैकड़ों साल पहले ऐसा नहीं था। जिस कंपनी ने पूरे ग्रह में बिजली के तार बिछाने का ज्ञान और उपकरण दिए, वह थी जीई। और इसने भारी संपत्ति बनाई। आज जीई पूरे संसार के सबसे बड़े और सबसे डाइवर्सिफ़ाइड औद्योगिक दिग्गजों में से एक है। इस स्थिति में इसके पास किसी भी खेल में अपनी शर्तों पर खेलने की शक्ति है।

पिछले दस वर्षों से रिटर्न ऑन इक्विटी 16.5 प्रतिशत से 23 प्रतिशत के बीच रही है, जो बेहतरीन है। प्रति शेयर आय 11.6 प्रतिशत की वार्षिक चक्रवृद्धि दर से बढ़ रही है, जो बहुत शानदार है।

वैल्यू लाइन में इसके बारे में जानकारी रहती है और 203-373-2211 पर फ़ोन करके एन्युअल रिपोर्ट बुलाई जा सकती है।

जिलेट

उपभोक्ता एकाधिकार

संसार की लगभग आधी जनसंख्या हर दिन दाढ़ी बनाती है और अक्सर बाक़ी आधी जनसंख्या अपने पैरों के बाल साफ़ करती है। वे यह काम करने के लिए किन प्रॉडक्ट्स का इस्तेमाल करते हैं? जिलेट। ये लोग सचमुच जानते हैं कि पैसे कैसे बनाने हैं। पिछले दस वर्षों में रिटर्न ऑन इक्विटी लगातार 25 प्रतिशत से ऊपर रहा है और कुछ वर्षों में तो यह 40 प्रतिशत से ज़्यादा रहा है। पिछले दस वर्षों से प्रति शेयर आय 19 प्रतिशत की वार्षिक दर से बढ़ी है।

वॉरेन इस कंपनी से प्रेम करते हैं।

वैल्यू लाइन में इसके बारे में आँकड़े रहते हैं और 617-421-7000 पर फ़ोन करके एन्युअल रिपोर्ट मँगाई जा सकती है।

हर्शी फ़ूड्स

उपभोक्ता एकाधिकार

अमेरिका में चॉकलेट का सबसे बड़ा उत्पादक। कंपनी का ज़्यादातर वोटिंग स्टॉक मिल्टन हर्शी स्कूल फ़ॉर ऑरफ़न्स के लाभ के लिए ट्रस्ट में रखा जाता है। कंपनी के संस्थापक मिल्टन हर्शी ने अंत में अपनी ज़्यादातर दौलत उन बच्चों के लाभ के लिए छोड़ दी, जिन्होंने उन्हें अमीर बनाया था। इसका आपके लिए मतलब यह है कि एक बहुत बड़ा शेयरहोल्डर - अनाथालय का ट्रस्ट - है, जो बहुत महत्त्वपूर्ण भूमिका निभा सकता है।

वैल्यू लाइन में इसके बारे में जानकारी रहती है और आप 717-534-6799 पर फ़ोन करके एन्युअल रिपोर्ट प्राप्त कर सकते हैं

इंटरनेशनल फ़्लेवर्स ऐंड फ्रैगरेन्सेस

टोल ब्रिज और उपभोक्ता एकाधिकार

कंपनी ऐसे फ़्लेवर तथा फ्रैगरेंस ईजाद करती और बनाती है, जो परफ़्यूम्स, साबुनों, कॉस्मेटिक्स, डिटर्जेन्ट्स, तैयार आहारों, बीवरेज, डेयरी फ़ूड्स, दवाओं, मिठाइयों व तंबाखू में पाए जाते हैं। पिछले साल इसने अपने लगभग 1.5 अरब डॉलर के

प्रॉडक्ट्स बेचे थे। ये लोग आपके जीवन में काफ़ी ज़्यादा दख़ल रखते हैं और आप यह बात जानते भी नहीं थे।

इस कंपनी के आर्थिक आँकड़े बेहतरीन हैं! पिछले दस वर्षों से रिटर्न ऑन इक्विटी लगातार 16 प्रतिशत से अधिक रहा है और कुछ समय से यह 20 प्रतिशत से ज़्यादा है। प्रति शेयर आय पिछले दस वर्षों से 14 प्रतिशत की वार्षिक दर से बढ़ रही है।

वैल्यू लाइन में इसके बारे में जानकारी रहती है और 212-765-5500 पर फ़ोन करके एन्युअल रिपोर्ट प्राप्त की जा सकती है।

इंटरपब्लिक
टोल ब्रिज

इंटरपब्लिक एक अंतरराष्ट्रीय विज्ञापन एजेंसी है। वॉरेन के अनुसार विज्ञापन एजेंसियाँ दूसरी कंपनियों के विकास पर रॉयल्टी कमाती हैं। जब निर्माता अपना प्रॉडक्ट बाज़ार में उतारना चाहते हैं, तो उन्हें विज्ञापन करना पड़ता है, इसलिए वे किसी एजेंसी का इस्तेमाल करते हैं। एजेंसियाँ विज्ञापन बनाती हैं और मीडिया में देती हैं तथा विज्ञापन देने वाला इन सेवाओं के लिए जो ख़र्च करता है, उसका एक निश्चित प्रतिशत फ़ीस के रूप में लेती हैं। एजेंसियों पर महँगाई का लगभग कोई असर नहीं होता। मुद्रास्फीति की वजह से विज्ञापनदाताओं को पहले से ज़्यादा पैसे ख़र्च करने पड़ते हैं और विज्ञापनकर्ता जितने ज़्यादा पैसे ख़र्च करते हैं, एजेंसियाँ उतना ही ज़्यादा कमाती हैं।

एजेंसियाँ सेवा संबंधी व्यवसाय हैं, इसलिए वे पूँजी उपकरणों पर सिर्फ़ नाम मात्र ही ख़र्च करती हैं, जिसका मतलब है कि प्लांट व मशीनों को बदलने में मुनाफ़ा ख़र्च नहीं करना पड़ता।

इसके अलावा, सिर्फ़ 4 प्रतिशत अमेरिकी विज्ञापनदाता ही हर साल अपनी विज्ञापन एजेंसी बदलते हैं! इसका मतलब है कि जनता में प्रचलित मान्यता के विपरीत बड़े विज्ञापन ख़ाते एक ही कंपनी में बने रहते हैं। यह भी एक कारण है कि बरसों पहले बाज़ार में जिन बड़ी एजेंसियों का वर्चस्व था, आज भी उनमें से कई का दबदबा बना हुआ है। शीर्ष दस में से सात कंपनियों में *प्रबंधन की पाँचवीं या छठी पीढ़ी काम कर रही है।*

इंटरपब्लिक के आँकड़े बेहतरीन हैं। पिछले दस वर्षों में इसने इक्विटी पर 15 प्रतिशत या इससे ज़्यादा वार्षिक रिटर्न हासिल किया है। पिछले तीन वर्षों से वार्षिक रिटर्न ऑन इक्विटी 20 प्रतिशत से ज़्यादा रहा है। पिछले दस वर्षों से प्रति शेयर आय 13.8 प्रतिशत की वार्षिक दर से बढ़ रही है।

इसकी जाँच करके देखें।

वैल्यू लाइन में इस कंपनी के बारे में जानकारी दी रहती है और आप 212-399-8000 पर फ़ोन करके एन्युअल रिपोर्ट हासिल कर सकते हैं।

नाइट रिडर

उपभोक्ता एकाधिकार

यह समाचारपत्र प्रकाशित करने वाली कंपनी है। पंद्रह राज्यों में इसके 32 दैनिक अख़बार निकलते हैं। वॉरेन अख़बारों को पसंद करते हैं।

एसऐंडपी में इसकी जानकारी रहती है तथा आप 305-376-3838 पर फ़ोन करके इसकी एन्युअल रिपोर्ट प्राप्त कर सकते हैं।

ल्यूकेडिया नेशनल

टोल ब्रिज

यह एक जायदाद-कैज़ुएल्टी बीमा कंपनी है, जो इक्विटी पर औसत से बेहतर रिटर्न हासिल करती है और 1985 से 1992 तक इसे बुक वैल्यू से कम भाव पर ख़रीदा जा सकता था।

एसऐंडपी में इसके बारे में जानकारी दी रहती है और 212-460-1900 पर फ़ोन लगाकर आप एन्युअल रिपोर्ट माँग सकते हैं

लोज़ कॉरपोरेशन

उपभोक्ता एकाधिकार

लॉरेंस टिस्क के पास इस कंपनी का नियंत्रण है और वे 1960 के दशक से वॉरेन के मित्र हैं। टिस्क पैसे बनाने का तरीक़ा जानते हैं। लोज़ के पास सीबीएस का 23 प्रतिशत था, जिसे इसने 890 मिलियन डॉलर में वेस्टिंग-हाउस को बेच दिया। कंपनी सीएनए फ़ाइनैंशियल कॉर्प. तथा अमेरिका की चौथी सबसे बड़ी तंबाखू उत्पादक लॉरीलार्ड इंक. की स्वामी भी है।

वैल्यू लाइन और *एसऐंडपी* में इसके बारे में जानकारी रहती है तथा आप टिस्क को 212-545-2000 पर फ़ोन करके एन्युअल रिपोर्ट मँगा सकते हैं।

एमबीआईए इंक.
टोल ब्रिज

यह एक बीमा कंपनी है, जो म्युनिसिपल बॉण्ड के मूल धन और ब्याज के समय पर भुगतान को सुनिश्चित करती है। आपकी स्थानीय काउंटी की तरह म्युनिसिपैलिटीज़ भी अस्पतालों तथा हवाई अड्डों जैसी चीज़ों के ख़र्च के लिए म्युनिसिपल बॉण्ड जारी करती हैं। अगर वे एमबीआईए से बीमा करके बॉण्ड जारी करती हैं, तो उन्हें कम ब्याज दर देनी होती है, क्योंकि निवेशक यह मानते हैं कि बीमे वाले म्युनिसिपल बॉण्ड बिना बीमे वाले बॉण्ड से ज़्यादा सुरक्षित होते हैं।

कंपनी 1987 में सार्वजनिक हुई। इक्विटी पर इसका वार्षिक रिटर्न पिछले पाँच वर्षों से 13 से 15 प्रतिशत के बीच में है। पिछले पाँच वर्षों से प्रति शेयर आय 11.7 प्रतिशत की सालाना दर से बढ़ रही है।

वैल्यू लाइन में इसके बारे में जानकारी दी रहती है और आप 914-273-4545 पर फ़ोन करके एन्युअल रिपोर्ट माँग सकते हैं।

मैकडॉनल्ड्स कॉर्प.
उपभोक्ता एकाधिकार

9 ज़िलियन हैमबर्गर बिक चुके हैं, इसलिए शायद संसार के ज़्यादातर लोगों ने मैकडॉनल्ड्स के हैमबर्गर खाए होंगे। अकेले मैंने ही शायद एक हज़ार खाए होंगे! वॉरेन इस कंपनी से प्रेम करते हैं। इसने हैमबर्गर को एक ब्रांड नेम प्रॉडक्ट बना लिया है, जो आसान काम नहीं है।

पिछले दस सालों से कंपनी का रिटर्न ऑन इक्विटी हर साल 16 से 20 प्रतिशत के बीच रहा है, जो बहुत ज़ायक़ेदार है। और इसकी प्रति शेयर आय सालाना 13.4 प्रतिशत की दर से बढ़ रही है।

वैल्यू लाइन में इसके बारे में जानकारी रहती है और आप 630-623-7428 डायल करके एन्युअल रिपोर्ट मँगा सकते हैं। इंटरनेट : http//www.mcdonalds.com

मीडिया जनरल इंक.
टोल ब्रिज और उपभोक्ता एकाधिकार

मीडिया जनरल एक बड़ा समाचारपत्र प्रकाशक और टीवी तथा केबल सिस्टम्स का स्वामी है। वैल्यू इनवेस्टिंग के जीनियस मारिया गैबेली के नेतृत्त्व वाले एक समूह के पास इस स्टॉक की भारी संख्या है।

एसऐंडपी में इसके बारे में जानकारी दी रहती है और आप 804-649-6000 पर फ़ोन करके एन्युअल रिपोर्ट हासिल कर सकते हैं। इंटरनेट : http//www.mediageneral.com

मर्करी जनरल कॉर्प.

टोल ब्रिज

मर्करी कैलिफ़ोर्निया में यात्री वाहन बीमा करने वाली सबसे बड़ी एजेंसी है और अगर आपको यह बात पता नहीं हो, तो कैलिफ़ोर्निया में बहुत-सी कारें हैं। इसे इक्विटी पर बेहतरीन रिटर्न मिलता है।

एसऐंडपी में इसके बारे में जानकारी रहती है और 213-937-1060 पर फ़ोन करके आप एन्युअल रिपोर्ट हासिल कर सकते हैं।

मेरिल लिंच ऐंड कंपनी, इंक.

टोल ब्रिज

एक डाइवर्सिफ़ाइड फ़ाइनैंशियल सेवा कंपनी, जिसके पक्ष में एक विशाल रिटेल ब्रोकरेज नेटवर्क काम करता है। कभी-कभार आप इसे बुक वैल्यू से कम भाव पर ख़रीद सकते हैं। इसकी जाँच करें।

वैल्यू लाइन में इसके बारे में जानकारी रहती है और आप 212-449-1000 पर फ़ोन करके एन्युअल रिपोर्ट मँगा सकते हैं।

मॉर्गन स्टैनली ग्रुप

टोल ब्रिज

एक और डाइवर्सिफ़ाइड फ़ाइनैंशियल सेवा कंपनी, जो लगातार इक्विटी पर औसत से ज़्यादा रिटर्न कमाती है। इस कंपनी को कई बार इसकी बुक वैल्यू से कम भाव पर ख़रीदा जा सकता है। (जैसा हम पहले ही बता चुके हैं, मॉर्गन स्टैनली समूह का विलय हाल ही में डीन विटर, डिसकवर ऐंड कंपनी के साथ हो गया है और नई कंपनी मॉर्गन स्टैनली, डीन विटर, डिसकवर ऐंड कंपनी है। यानी अब आपके पास इस कंपनी पर निगाह रखने के दो कारण हैं।)

वैल्यू लाइन और *एसऐंडपी* में इसके बारे में जानकारी दी रहती है तथा आप 212-703-4000 पर फ़ोन करके एन्युअल रिपोर्ट हासिल कर सकते हैं।

नेस्ले एसए
उपभोक्ता एकाधिकार

यह एक स्विस होल्डिंग कंपनी है। इसकी सहयोगी कंपनियाँ ड्रिंक्स, सीरियल्स, दूध पाउडर, क्यूलिनरी प्रॉडक्ट्स, फ्रोज़न फूड, चॉकलेट, रेडी-टु-ईट डिशेज़, पालतू जानवरों के आहार, दवाएँ और कॉस्मेटिक्स बेचती हैं। लगभग 71 देशों में नेस्ले के 494 उत्पादन कारख़ाने हैं!

अमेरिका में इसकी ट्रेडिंग एडीआर के रूप में होती है। आप 41-21924-2111 पर अंतरराष्ट्रीय कॉल करके एन्युअल रिपोर्ट हासिल कर सकते हैं।

न्यू यॉर्क टाइम्स
टोल ब्रिज और उपभोक्ता एकाधिकार

यह कंपनी *न्यू यॉर्क टाइम्स* और *बोस्टन ग्लोब* की स्वामी है। इसके पास छह नेटवर्क टीवी स्टेशन तथा दो रेडियो स्टेशन भी हैं।

वैल्यू लाइन तथा *एसऐंडपी* में इसके बारे में जानकारी दी रहती है और आप 212-556-3660 पर फ़ोन करके एन्युअल रिपोर्ट हासिल कर सकते हैं।

पैनअमेरिकन बीवरेजेस
टोल ब्रिज

यह मेक्सिकन कंपनी अमेरिका के बाहर कोका-कोला की सबसे बड़ी बॉटलर है। इसका कामकाज मुख्यतः मेक्सिको, ब्राज़ील और कोलंबिया में है।

एसऐंडपी में इसके बारे में जानकारी रहती है और आप 212-687-8080 पर फ़ोन करके एन्युअल रिपोर्ट हासिल कर सकते हैं।

पेप्सिको, इंक.
उपभोक्ता एकाधिकार

वॉरेन ने तीन-चार चेरी कोका-कोला पीना शुरू किया, लेकिन इससे पहले वे पेप्सी पीते थे। कोला युद्ध शायद हो रहा है, लेकिन दोनों का भाव लगभग समान रहता है और बहुत कम लोग शिकायत करते हैं, अगर उन्हें कोका-कोला के बजाय पेप्सी मिल जाए या इसका उलटा हो। इसलिए अगर आपको कोका-कोला का शेयर ज़्यादा महँगा लगता हो, तो पेप्सी को आज़माकर देखें।

पेप्सिको एक ज़बर्दस्त कंपनी है, जिसका पिछले दस वर्षों से वार्षिक रिटर्न ऑन इक्विटी 20 प्रतिशत से ज़्यादा रहा है और प्रति शेयर आय 16.9 प्रतिशत की वार्षिक दर से बढ़ रही है। अगर आप इससे ज़्यादा खुद नहीं कमा सकते, तो इस कंपनी से जुड़ जाएँ।

वैल्यू लाइन में इसके बारे में जानकारी दी रहती है और आप 914-253-2000 पर फ़ोन करके एन्युअल रिपोर्ट हासिल कर सकते हैं।

फ़िलिप मॉरिस
असाधारण उपभोक्ता एकाधिकार

यह संसार में सबसे ज़्यादा बिकने वाली सिगरेट बनाती है - मार्लबरो। और सैकड़ों ब्रांड नेम फूड्स भी, जो आपको हर दिन आपके स्थानीय सुपरमार्केट में दिखते हैं।

वैल्यू लाइन में इसके बारे में जानकारी रहती है और आप 212-880-5000 पर फ़ोन करके एन्युअल रिपोर्ट मँगा सकते हैं।

प्रीमियर इंडस्ट्रियल कॉरपोरेशन
दर्जनों टोल ब्रिज

यह इलेक्ट्रॉनिक कम्पोनेंट्स, मेंटेनेंस प्रॉडक्ट्स और आग बुझाने वाले प्रॉडक्ट्स बनाती तथा बेचती है। पिछले आठ सालों से रिटर्न ऑन इक्विटी 20 प्रतिशत या इससे अधिक रहा है।

एसऐंडपी में इसके बारे में जानकारी दी रहती है तथा 216-391-8300 पर फ़ोन करके आप एन्युअल रिपोर्ट मँगा सकते हैं।

प्रॉपर्टी कैपिटल ट्रस्ट
लिक्विडेशन

यह नक़दीकरण है। कंपनी ने अपनी संपत्तियों को बेचकर शेयरधारकों को पैसे बाँटने का निर्णय लिया। वॉरेन ने 1993 में यह शेयर 4.80 डॉलर के भाव पर ख़रीदा था और उनका मानना था कि कंपनी 11.50 डॉलर का भुगतान करेगी, जिससे उन्हें 15 प्रतिशत का वार्षिक रेट ऑफ़ रिटर्न मिलेगा।

एसऐंडपी में इसके बारे में जानकारी रहती है और अगर आप 617-451-2499 पर फ़ोन करें, तो आपको एन्युअल रिपोर्ट मिल सकती है।

प्रोग्रेसिव कॉर्प.

एक तरह का उपभोक्ता एकाधिकार

प्रोग्रेसिव एक बीमा कंपनी है, जो ऊँचे जोखिम वाले बीमे में विशेषज्ञ है। इसकी एक ख़ास जगह है। इसके बेहतरीन अंडरराइटिंग मार्जिन हैं और इक्विटी पर इसका वार्षिक रिटर्न लगातार 20 प्रतिशत से ज़्यादा रहता है, जो बीमा व्यवसाय में ज़्यादा नहीं दिखता है। प्रति शेयर आय हालाँकि इधर-उधर होती है, लेकिन यह पिछले दस वर्षों से 22 प्रतिशत की वार्षिक दर से बढ़ी है।

वैल्यू लाइन में इसके बारे में जानकारी रहती है और 301-986-3000 पर फ़ोन करके आप एन्युअल रिपोर्ट हासिल कर सकते हैं।

रैल्स्टन प्यूरिना ग्रुप

उपभोक्ता एकाधिकार

रैल्स्टन प्यूरिना ग्रुप कुत्ते-बिल्ली के सूखे भोजन का विश्व का सबसे बड़ा उत्पादक है तथा ड्राई सेल बैटरियों का भी। अगर आप सफल निवेशक बनना चाहते हैं, तो उन चीज़ों के बारे में सोचें, जिन्हें खाया जाता है या जो जल्दी ख़त्म हो जाती हैं। पिछले पाँच वर्षों से इसका वार्षिक रिटर्न ऑन इक्विटी लगातार 40 प्रतिशत से ज़्यादा रहा है।

वैल्यू लाइन में इसके बारे में जानकारी रहती है और अगर आप 314-982-2161 पर फ़ोन करें, तो आपको एन्युअल रिपोर्ट मिल सकती है।

सीग्राम कंपनी

उपभोक्ता एकाधिकार

अगर आप किसी रेस्तराँ में इम्पोर्टेड वाइन की बोतल ख़रीदते हैं, तो इस बात की अच्छी संभावना है कि सीग्राम ने इसका आयात किया होगा। कंपनी डिस्टिल्ड स्पिरिट्स के लगभग 225 ब्रांड बनाती व बेचती है और लगभग 210 ब्रांड वाइन तथा शैम्पेन के - सभी ब्रांड नेम वाले। यह ब्रांडेड फ्रूट जूसेस की अग्रणी उत्पादक भी है और ट्रोपिकाना प्रॉडक्ट्स की स्वामी है। इसे एडल्ट बीवरेज कंपनी मानें। एंटरटेनमेंट कंपनी एमसीए में इसकी 80 प्रतिशत हिस्सेदारी है।

वैल्यू लाइन और *एसऐंडपी* में इसके बारे में जानकारी रहती है तथा आप 514-849-5271 पर फ़ोन करके एन्युअल रिपोर्ट हासिल कर सकते हैं।

सनट्रस्ट बैंक्स

वॉरेन को यह शेयर पसंद है और मुझे लगता है इसका कारण यह है कि इसके पास कोका-कोला के कई अरब डॉलर के शेयर हैं, जो इसकी बैलेंस शीट में 110 मिलियन डॉलर की शुरुआती लागत पर दर्ज हैं। यह इक्विटी पर औसत से ज़्यादा रिटर्न भी कमाता है।

एसऐंडपी में इसके बारे में जानकारी रहती है और आप 404-588-7711 पर फ़ोन करके एन्युअल रिपोर्ट मँगा सकते हैं।

थॉमसन कॉर्प.

टोल ब्रिज

थॉमसन कॉर्प. प्रकाशन के व्यवसाय में है, जिसमें समाचारपत्र शामिल हैं। इस कंपनी के आँकड़े वर्तमान में बहुत अच्छे नहीं दिखते हैं, क्योंकि विज्ञापन में मंदी का दौर चल रहा है, जिससे सभी समाचारपत्र कंपनियों को नुक़सान होता है। *न्यू यॉर्क टाइम्स* के आँकड़े देख लें।

वैल्यू लाइन में इसके बारे में जानकारी रहती है और अगर आप एन्युअल रिपोर्ट चाहते हैं, तो आप 416-360-8700 पर फ़ोन कर सकते हैं।

टिफ़ैनी ऐंड कंपनी

उपभोक्ता एकाधिकार

टिफ़ैनी आभूषण स्टोर है - सबसे लोकप्रिय आभूषण स्टोर! इसका उपभोक्ता एकाधिकार है। इसमें इक्विटी पर ऊँचा रिटर्न कमाने की क्षमता है और मंदियाँ हमें इसे ख़रीदने का बेहतर अवसर देती हैं। यह तीस साल पहले उच्च वर्ग का प्रिय आभूषण स्टोर था और आज भी है।

एसऐंडपी में इसके बारे में जानकारी रहती है और आप 212-755-8000 पर फ़ोन करके एन्युअल रिपोर्ट मँगा सकते हैं।

टाइम्स मिरर

उपभोक्ता एकाधिकार और टोल ब्रिज

यह एक समाचारपत्र कंपनी है, जो *लॉस एंजेलिस टाइम्स* की स्वामी है। विज्ञापन की मंदी से इसे नुक़सान होता है, लेकिन यह इक्विटी पर ऊँचा रिटर्न कमाने में सक्षम है।

वैल्यू लाइन और *एसएँडपी* में इसके बारे में जानकारी रहती है तथा आप 213-237-3700 पर फ़ोन करके एन्युअल रिपोर्ट प्राप्त कर सकते हैं।

टॉर्चमार्क कॉर्प.

टोल ब्रिज

यह बीमा और वित्तीय सेवा कंपनी है। यह 19 प्रतिशत से ज़्यादा रिटर्न ऑन इक्विटी लगातार कमाती है। इसकी प्रति शेयर आय पिछले दस वर्षों से 10.9 प्रतिशत की वार्षिक दर से बढ़ रही है। पिछले दो वर्षों में लोगों को इसे आकर्षक भाव पर ख़रीदने के कई अवसर मिले थे।

वैल्यू लाइन और *एसएँडपी* में इसके बारे में जानकारी रहती है तथा आप 205-325-4200 पर फ़ोन करके एन्युअल रिपोर्ट हासिल कर सकते हैं।

यूएसटी इंक.

उपभोक्ता एकाधिकार

यह धुआँ रहित तंबाखू बनाती है और यह बहुत से पैसे बनाती है।

वैल्यू लाइन में इसके बारे में जानकारी दी रहती है और आप 203-661-1100 पर फ़ोन करके एन्युअल रिपोर्ट हासिल कर सकते हैं।

वॉल-मार्ट स्टोर्स

टोल ब्रिज

वॉल-मार्ट प्रतिस्पर्धियों से कम भाव पर ख़रीद सकता है, जिसका मतलब है कि यह अपने ग्राहकों को किसी दूसरी जगह से बेहतर सौदे दे सकता है। इसलिए हर व्यक्ति यहीं पर सामान ख़रीदता है। ज़्यादा ख़रीदारों का मतलब है ज़्यादा वॉल्यूम, जिसका मतलब है ज़्यादा कमाई। कितनी कमाई? वॉल-मार्ट का वार्षिक रिटर्न ऑन इक्विटी पिछले दस वर्षों में 20 प्रतिशत से अधिक रहा है। इसकी प्रति शेयर आय 24 प्रतिशत की वार्षिक दर से बढ़ रही है। यह संसार का सबसे बड़ा रिटेलर है।

वैल्यू लाइन में इसके बारे में जानकारी रहती है और अगर आप 501-273-4000 पर फ़ोन करते हैं, तो वे आपको एन्युअल रिपोर्ट भेज देंगे।

वार्नर-लैम्बर्ट कंपनी

उपभोक्ता एकाधिकार

यह एक फ़ार्मास्यूटिकल, उपभोक्ता हेल्थ केयर और गम्स तथा मिंट्स कंपनी है। इसके पास लिस्टरीन, ब्रोमो-सेल्ट्ज़र, हॉल्स कफ़ टेबलेट्स, रोलेड्स एंटेसिड, स्किक और विलकिन्सन स्वोर्ड रेज़र्स ऐंड ब्लेड्स जैसे ब्रांड नेम प्रॉडक्ट्स हैं। इसका गम्स ऐंड मिंट्स प्रभाग डेंटाइन, ट्राइडेंट, फ़्रेशन-अप, बबलिशियस, मॉन्डो, सिन-अ-बर्स्ट, क्लोरेट्स और सट्र्स का स्वामी है। रिटर्न ऑन इक्विटी लगातार 30 प्रतिशत से अधिक रहा है और प्रति शेयर आय पिछले दस वर्षों से 11 प्रतिशत की वार्षिक दर से बढ़ रही है।

वैल्यू लाइन और *एसऐंडपी* में इसके बारे में जानकारी रहती है तथा आप 201-540-2000 पर फ़ोन करके एन्युअल रिपोर्ट मँगा सकते हैं।

वॉशिंगटन पोस्ट

उपभोक्ता एकाधिकार और टोल ब्रिज

वॉशिंगटन पोस्ट में समाचारपत्र, *न्यूज़वीक* मैग्ज़ीन, छह टीवी स्टेशन और पंद्रह राज्यों में 53 केबल टीवी सिस्टम्स शामिल हैं। वॉरेन के पास इसके शेयर बहुत लंबे समय से हैं।

वैल्यू लाइन और *एसऐंडपी* में इसके बारे में जानकारी रहती है तथा आप एन्युअल रिपोर्ट के लिए 202-334-6000 पर फ़ोन कर सकते हैं।

वेल्स फार्गो

टोल ब्रिज

वॉरेन को यह बैंक प्रिय है। उन्होंने इसके शेयर 63 डॉलर के सस्ते भाव पर ख़रीदे थे और बाद में यह 250 डॉलर तक गया है। यह शायद कभी सस्ते में नहीं मिल सकता। लेकिन अगर यह होता है, तो आप इंतज़ार कर सकते हैं।

वैल्यू लाइन और *एसऐंडपी* में इसके बारे में जानकारी रहती है तथा आप 415-396-3606 पर फ़ोन करके एन्युअल रिपोर्ट मँगा सकते हैं।

47

आदर्श स्थिति का इंतज़ार करना

शेयर बाज़ार में पैसे कमाने और गँवाने के बहुत से तरीक़े हैं। कोई शेयर हमेशा चाँद की तरफ़ जाता दिखता है और लगभग हर नुक्कड़ पर कोई शेयर आसमान से ज़मीन पर आता दिखता है। ग्राहम होरेस का उद्धरण देते थे, "आज जो गिरे हैं, उनमें से कई ऊपर उठेंगे और आज जो लोकप्रिय हैं, उनमें से कई गिरेंगे।" ज़्यादातर लोग और निवेश मैनेजर एक रणनीति से दूसरी पर कूदते रहते हैं। इस प्रक्रिया में वे अपनी दिशा भटक जाते हैं और डर तथा लोभ की जर्जर नाव पर सवार होकर वित्त के उथल-पुथल भरे संसार में हिचकोले खाते रहते हैं।

वॉरेन ने ग्राहम को अपना धर्मगुरु बना लिया। ग्राहम ने वॉरेन को शंका के तूफ़ानों से विचलित नहीं होने का विश्वास दिया, क्योंकि गिरता बाज़ार शेयर बाज़ार के सबसे साहसी महारथियों के अंदर भी शंका भर सकता है। अच्छी चीज़ें इंतज़ार करने वालों के पास आती हैं, जो जानते हैं कि वे क्या कर रहे हैं, यह अहसास थोड़ा बाइबल जैसा लग सकता है, लेकिन वॉरेन को ग्राहम के निवेश दर्शन में यह विशुद्ध व्यावसायिक दृष्टिकोण से सही लगा। और वॉरेन ने इस ख़ास रणनीति का पूरी धर्मनिष्ठा से अनुसरण किया। जिस समय यह रणनीति कोई अवसर प्रदान नहीं करती यानी इसे लागू नहीं किया जा सकता, उस वक़्त वॉरेन बस इंतज़ार करते हैं। इसका क्या मतलब है? यह सही है, वे बस बैठकर इंतज़ार करते हैं। और निश्चित रूप से, उन्हें बहुत ज़्यादा इंतज़ार नहीं करना पड़ता, क्योंकि कुछ ही समय में बाज़ार उन्हें उनके ख़ास व्यावसायिक दृष्टिकोण के निवेश का अभ्यास करने का आदर्श अवसर दे देता है।

वॉरेन अपनी इस रणनीति की तुलना खेल से करते हुए कहते हैं कि यह आदर्श गेंद का इंतज़ार करना है, जिस पर छक्का मारा जा सके। वॉरेन क्रीज पर खड़े रहकर सावधानी से आदर्श गेंद का इंतज़ार करते हैं और सिर्फ़ आदर्श गेंद पर ही वे अपना व्यावसायिक दृष्टिकोण वाला बल्ला घुममाते हैं।

निश्चित रूप से, हज़ारों गेंदों और कई बार एक-दो साल तक आदर्श गेंद का इंतज़ार करने के बाद जब उन्हें उत्कृष्ट प्रबंधन और ज़बर्दस्त भाव वाला उपभोक्ता एकाधिकार अपने पक्ष में आता दिखता है, तो वॉरेन उस गेंद पर छक्का जड़ देते हैं। वॉरेन के नाम पर एक छक्का दर्ज हो जाता है और बर्कशायर हैथअवे टीम के लिए 1 अरब डॉलर का मुनाफ़ा।

क्या आप उतने धैर्यवान हैं? मैं ऐसे ज़्यादा लोगों को नहीं जानती, जो इतने धैर्यवान हों। इसके बजाय, पैसा आपकी जेब में उछलता रहता है और आप तुरंत निवेश करना चाहते हैं। आइए मान लेते हैं कि आपको अभी-अभी विरासत में 1 मिलियन डॉलर मिले। आपके दिमाग़ में पहला सवाल यह आएगा कि इस पैसे का निवेश किस तरह करें? लेकिन अगर मैं आपसे कहूँ कि आप इस पर तब तक बैठे रहें, जब तक कोई शेयर आकर्षक भाव पर नहीं आए, तो आप मुझे ऐसे देखेंगे जैसे मेरा दिमाग़ चल गया हो। अगर आप किसी शेयर ब्रोकर को फ़ोन करते हैं, तो बहुत संभव है कि उसके पास सुनहरी संभावनाओं वाले बहुत से शेयरों के विचार होंगे, क्योंकि अगर उसके पास बहुत सारे विचार नहीं होंगे, तो आप किसी दूसरे शेयर ब्रोकर को खोज लेंगे, जिनके पास बहुत सारे विचार होंगे।

फ़ंड मैनेजर और व्यक्तिगत निवेशक दोनों को ही धैर्य से बैठकर आदर्श गेंद का इंतज़ार करने में बहुत मुश्किल आती है। निश्चित रूप से वे शायद जानते हैं कि आदर्श गेंद कैसी दिखती है, लेकिन इंतज़ार करना एक ऐसी चीज़ है, जो आप सिर्फ़ हवाई अड्डे पर करते हैं। शेयर बाज़ार में कुछ समय बाद उनकी अधीरता उन्हें भटका देती है, जिससे उनके मन में आदर्श गेंद की नई तसवीरें उभर आती हैं। इससे पहले कि उन्हें पता चल पाए, वे पुराने रुझान को छोड़ देते हैं और नए रुझान पर काम करने लगते हैं।

अगर लोग अपने जीवनसाथी उसी तरह चुनें, जिस तरह वे अपने शेयर चुनते हैं, तो कोई भी विवाह एक सप्ताह से ज़्यादा नहीं चल पाएगा। क्या आप आदर्श जीवनसाथी के सारे गुणों की सूची बनाने की कल्पना कर सकते हैं और उसे खोजने के लिए खुद को सिर्फ़ एक सप्ताह का समय देंगे? आप ऐसा नहीं करेंगे? और आप यह सुझाव देने वाले से कहेंगे कि उसका दिमाग़ घूम गया है। लेकिन यह निवेश के खेल में सारे समय होता है। आप जानते हैं कि यह सच है, क्योंकि अगर मैं आपको कल 1 मिलियन डॉलर दूँ, तो आप तुरंत इसका निवेश करने की कोशिश में जुट जाएँगे, चाहे यह स्थानीय बैंक में एफ़डी करना हो या आपके ब्रोकर के पास जाना हो, जो आपको उसकी बुद्धिमत्ता से लाभ कमाने के असंख्य तरीक़े सुझा देगा। हर दिन आप *वॉल स्ट्रीट जरनल* में किसी शेयर के बारे में पढ़ेंगे, जो पिछले छह महीनों में दोगुना हो गया है और आप सोचेंगे कि आपके पास वह शेयर क्यों नहीं था।

आप जानते हैं, इसमें केवल ख़रीदने की ज़रूरत होती है। इसमें केवल उस पैसे से काम कराते रहने की ज़रूरत होती है।

लेकिन मझधार में निवेश रणनीति बदलना काफ़ी हद तक मझधार में करियर बदलने जैसा होता है। आइए मान लेते हैं कि आप डॉक्टर बनने का प्रशिक्षण ले रहे हैं और चार साल तक पढ़ाई करने के बाद आप किसी वकील के बारे में पढ़ते हैं, जिसने 1 मिलियन डॉलर बनाए और आप निर्णय लेते हैं कि वकील ज़्यादा पैसे कमाते हैं, इसलिए आप वकील बनना चाहते हैं। यह सोचकर आप मेडिकल स्कूल की पढ़ाई छोड़कर लॉ स्कूल में नाम लिखा लेते हैं और एक-दो साल बाद आपको पता चलता है कि वॉल स्ट्रीट पर एमबीए ढेर सारे पैसे कमा रहे हैं और आप वकील के बजाय एमबीए बनने का निर्णय लेते हैं, इसलिए लॉ स्कूल छोड़कर बिज़नेस स्कूल में दाख़िला ले लेते हैं। यह स्थिति अनंत काल तक जारी रह सकती है और परिणाम यह होगा कि आपके पास अंत में कुछ नहीं होगा, जबकि अगर आप मेडिकल कॉलेज में रुके रहते, तो इस वक़्त आप एक डॉक्टर होते और अच्छे पैसे कमा रहे होते। यही कारोबारी संसार पर लागू होता है। आप यह नहीं देखते हैं कि फ़ोर्ड मोटर कंपनी कंप्यूटर बनाने की कोशिश कर रही है और आप यह नहीं देखते हैं कि आईबीएम कार बनाने की कोशिश कर रही है। हर एक के पास चीज़ें करने का अपना ख़ुद का तरीक़ा है और हर एक के पास इसके ख़ुद के प्रॉडक्ट्स हैं और हर एक ने अपना व्यवसाय सीखने में कई वर्ष लगाए हैं।

बर्कशायर हैथअवे के पास दो अलग-अलग व्यवसाय हैं, जो कुछ मील दूर हैं और उन्हें एक-दूसरे से संबंधित परिवार चलाते हैं। एक परिवार के पास अमेरिका के सबसे बड़े ज्वेलरी स्टोर्स में से एक बॉरशीम्स है और दूसरे के पास देश का सबसे बड़ा फ़र्नीचर स्टोर नेब्रास्का फ़र्नीचर मार्ट है। चूँकि हर व्यवसाय में बहुत विशेषज्ञता की ज़रूरत होती है, इसलिए एक का प्रबंधन दूसरे को चलाने में नाकाम रहेगा। व्यवसाय को चलाने के लिए आवश्यक कौशल सीखना बहुत महँगा पड़ेगा और शायद दोनों व्यवसायों को गंभीरता से नुक़सान पहुँचाएगा।

यही निवेश रणनीतियों के बारे में सही है। आप जो कर रहे हैं, उसकी सूक्ष्मताओं को सीखने में लंबा समय लगता है और सच्चे अवसरों तथा मूर्खतापूर्ण निवेश अवसरों में फ़र्क़ सीखने का कौशल हासिल करने में बहुत समय लगता है। क्या आप बाज़ार की टाइमिंग करते हैं, आरबिट्रेज खिलाड़ी हैं, डे-ट्रेडर हैं, तीव्र विकास रणनीति पर चलते हैं, ग्राहम के पुराने स्कूल का अनुसरण करते हैं या बफ़ेटोलॉजिस्ट हैं, जो बफ़ेट के नए संप्रदाय का अनुसरण करते हैं? हर रणनीति के अपने नियम हैं और एक से दूसरे पर कूदना ऐसा ही है, जैसे आप लगातार हर स्कूल में पहले ग्रेड में पढ़ते रहें।

वॉरेन आदर्श गेंद का इंतज़ार करने के इस सिद्धांत के इतने हिमायती हैं कि 1971 में जब बाज़ार सचमुच ऊँचाई पर था, तो उन्होंने अपना निवेश फ़ंड ख़त्म कर दिया और अपने निवेशकों से कहा कि वे जिस रणनीति का इस्तेमाल कर रहे थे, वह उस बाज़ार में लागू नहीं हो सकती। किसी दूसरी रणनीति में कूदने के बजाय, जिसके साथ वे आरामदेह नहीं हों, उन्होंने अपनी दुकान बंद कर दी और अपने निवेशकों को पैसे लौटा दिए।

इसके दो साल बाद तक बाज़ार ऊँचाई पर बना रहा और कई लोगों ने इस छलाँग में बहुत सारे पैसे कमाए। लेकिन वॉरेन बस हाशिए पर बैठकर इंतज़ार करते रहे। फिर एक दिन यह हो गया। बाज़ार गिर गया और शेयर ईंटों की तरह गिरने लगे। डर की गिरावट की तलहटी में वॉरेन इंतज़ार कर रहे थे और उनका इंतज़ार सफल रहा। और जैसा उन्होंने कहा, अचानक वॉल स्ट्रीट अवसर देने लगी तथा उनकी व्यावसायिक दृष्टिकोण निवेश रणनीति ने उनसे कहा कि वे अपने पैसे का बल्ला कुछ अविश्वसनीय गेंदों पर घुमाएँ। शायद इस समय की सबसे अच्छी गेंद *वॉशिंगटन पोस्ट* थी।

इस सबका निष्कर्ष यह है कि आपको अपनी ख़ास रणनीति पर चलना चाहिए और इससे कभी टस से मस नहीं होना चाहिए, क्योंकि इसी से आपको शक्ति मिलेगी, ज़ब शंकालु लोग "आग-आग" चिल्लाकर जहाज़ से कूद जाएँगे। इसका यह भी मतलब है कि जब पूरा संसार हर चट्टान के नीचे सोना देख रहा हो, तो आपको भीड़ के पागलपन भरे उत्साह के सैलाब में नहीं बहना चाहिए, बल्कि व्यावसायिक दृष्टिकोण वाले मूल्यांकन से ख़रीदारी का निर्णय लेना चाहिए।

इसलिए धैर्य रखें और ख़रीदने के लिए आदर्श गेंद का इंतज़ार करें। यह आएगी। और याद रखें कि यह शेयर बाज़ार का आशावाद नहीं, बल्कि निराशावाद है, जिसमें आपको सबसे ज़्यादा लाभकारी गेंदें मिलती हैं।

उपसंहार

आपने यह पुस्तक पूरी पढ़ ली है। आशा है कि हमने अपना काम कर दिया है और इतिहास तथा उन साधनों की एक नई समझ दे दी है, जो बफ़ेटोलॉजिस्ट बनने में आपकी मदद करेंगे।

आपमें से जो लोग ज़्यादा जानना चाहते हैं, उन्हें हम बफ़ेटवॉच नामक लोकप्रिय इंटरनेट वेबसाइट पर जाने की सलाह देते हैं, जो बफ़ेट संबंधी जानकारी देने का उत्कृष्ट काम करती है। इसका एड्रेस http://www.BuffettWatch.com है।

हम आपको यह अंतिम सलाह देकर विदा लेते हैं। यदि आप व्यावसायिक दृष्टिकोण वाला निवेश सचमुच सीखना चाहते हैं, तो आपको शायद यह पुस्तक एक से ज़्यादा बार पढ़नी चाहिए। व्यावसायिक दृष्टिकोण से निवेश करना सीखना मुश्किल नहीं है, लेकिन इसमें माहिर बनने के लिए थोड़े प्रयास की ज़रूरत होती है - किसी भी कारगर रणनीति को सीखने के लिए ऐसा करना पड़ता है। लेकिन एक बार जब आप इसमें माहिर बन जाते हैं, तो इसके बहुत बड़े पुरस्कार मिल सकते हैं।

आपके सभी निवेश प्रयासों में आप सफल रहें, इसी शुभकामना के साथ।

मैरी बफ़ेट और डेविड क्लार्स

अनुवादक के बारे में

डॉ. सुधीर दीक्षित *टाइम मैनेजमेंट* सहित सात लोकप्रिय पुस्तकों के लेखक हैं, जिनमें से कुछ के मराठी व गुजराती भाषाओं में अनुवाद हो चुके हैं। उन्होंने जे.के. रोलिंग की हैरी पॉटर सीरीज़ सहित 150 से भी अधिक अंतरराष्ट्रीय बेस्टसेलर्स का हिंदी अनुवाद भी किया है। पाठक sdixit123@gmail.com पर अनुवादक से संपर्क कर सकते हैं।